HEYNE BÜCHER

SCIENCE FICTION

Herausgegeben
von Wolfgang Jeschke

Vom BATTLETECH®-Zyklus erschienen in der Reihe
HEYNE SCIENCE FICTION & FANTASY:

Die Gray Death-Trilogie:

William H. Keith jr.: Entscheidung am Thunder Rift · 06/4628
William H. Keith jr.: Der Söldnerstern · 06/4629
William H. Keith jr.: Der Preis des Ruhms · 06/4630

Ardath Mayhar: Das Schwert und der Dolch · 06/4686

Die Warrior-Trilogie:

Michael A. Stackpole: En Garde · 06/4687
Michael A. Stackpole: Riposte · 06/4688
Michael A. Stackpole: Coupé · 06/4689

Robert N. Charrette: Wölfe an der Grenze · 06/4794
Robert N. Charrette: Ein Erbe für den Drachen · 06/4829

Das Blut der Kerensky-Trilogie:

Michael A. Stackpole: Tödliches Erbe · 06/4870
Michael A. Stackpole: Blutiges Vermächtnis · 06/4871
Michael A. Stackpole: Dunkles Schicksal · 06/4872

Die Phönix-Jade-Trilogie:

Robert Thurston: Der Aufbruch der Clans · 06/4931 (in Vorb.)
Robert Thurston: Blutname · 06/4932 (in Vorb.)
Robert Thurston: Falkenwacht · 06/4933 (in Vorb.)

MICHAEL A. STACKPOLE

Dunkles Schicksal

Dritter Roman
der Trilogie ›Das Blut der Kerensky‹

Zwölfter Band
im Battletech®-Zyklus

Deutsche Erstausgabe

Science Fiction

WILHELM HEYNE VERLAG
MÜNCHEN

HEYNE SCIENCE FICTION & FANTASY
Band 06/4872

Titel der amerikanischen Originalausgabe
BATTLETECH: LOST DESTINY
Deutsche Übersetzung von Reinhold H. Mai
Das Umschlagbild malte Les Dorscheid

8. Auflage

Redaktion: Rainer Michael Rahn

Printed in Germany 1997
Umschlaggestaltung: Atelier Ingrid Schütz, München
Technische Betreuung: Manfred Spinola
Satz: Rudolf Schaber, Satz- und Datentechnik, Wels
Druck und Bindung: Elsnerdruck, Berlin

ISBN 3-453-05836-4

Für die Männer und Frauen
der Operation Desert Shield und Desert Storm.

Sic Semper Tyrannis.

Wenn wir jemals die Sterne erreichen,
dann durch die Führung von Menschen ihres Mutes
und Pflichtbewußtseins.

Der Autor möchte Liz Danforth, Jennifer Roberson und Dennis L. McKiernan für ihre Hilfe bei der Entwirrung und Reparatur der schwierigen Stellen dieses Buches danken. Weiterer Dank gebührt John-Allen Price dafür, daß er ein Mitglied der Cox-Familie an die Serie ausgeliehen hat, und Dave W. Jewell, der seinen Namen und seine Familie zur Verfügung gestellt hat. Außerdem dankt der Autor Dr. J. Ward Stackpole für die Hilfe im Bereich medizinischer Technologie; alle Fehler sind vom Autor zu verantworten. Gleiches gilt für militärische Informationen, die von Captain Patrick T. Stackpole geliefert wurden; auch hier gehen alle Fehler auf das Konto des Autors. Wie immer möchte der Autor Donna Ippolitto dafür danken, daß sie dieses Buch in allgemein verständliches Englisch übertragen hat, Jordan Weisman und Ross Babcock für die Gelegenheit, das Buch zu schreiben, und wiederum Jordan und Sam Lewis, die ihn zu immer größeren Leistungen angespornt haben. Schließlich dankt der Autor noch dem GEnie Network, über dessen E-Mail-Kanäle Manuskript und Korrekturen vom Computer des Autors direkt zu FASA gelangten.

PROLOG

Sian
Kommunalität Sian, Konföderation Capella

5. Januar 3052

Als Sun-Tzu Liao das Lächeln auf dem Gesicht seiner Mutter erblickte, benötigte er die ganze Selbstbeherrschung seiner zwanzig Jahre, um ein Schaudern zu unterdrücken. Seine Schwester Kali, die an ihm vorbei in den Thronsaal huschte, hatte keine derartigen Zweifel. Ihre Miene war ein Spiegelbild des Gesichtsausdrucks ihrer Mutter. Sun-Tzu sah zu seinem Vater und fühlte Widerwillen angesichts der aufgesetzten Fröhlichkeit Tsen Shangs, dessen ganzer Körper sich im Gegensatz zu seiner Miene krümmen wollte.

Da saß sie, auf dem wuchtigen Mahagonisessel, dem Thron des Himmels. Das riesige Rund seiner Rückenlehne war mit Konstellationen und mystischen Symbolen verziert, die laut der capellanischen Mythologie das Universum definierten. Auf diesem Thron schien es, als herrsche Romano über die ganze Innere Sphäre, wobei sich das Universum wie ein christlicher Heiligenschein um ihr Haupt legte.

»Was gibt es, Mutter? Warum hast du uns rufen lassen?« Sun-Tzu hielt seine Stimme im Zaum. Er wagte nicht, Enthusiasmus zu heucheln; aus Angst, seine Furcht vor dem, was kommen mußte, könnte durchscheinen. Was es auch war, er konnte an Romanos Gesicht ablesen, daß sie es für einen unglaublichen Erfolg hielt. Er konnte nur beten, dieses eine Mal mögen das rationale Universum und das persönliche seiner Mutter übereinstimmen.

In ihrer regenbogenfarbenen Seidenrobe mit einem

gestickten Muster aus springenden und zuschlagenden Tigern war Romano prächtig anzusehen. Sie sagte keinen Ton. Das diffuse Licht, das durch das Gitterwerk der Galerien unter der Decke des Saales hereinfiel, ließ die dünnen Weihrauchfäden, die hinter dem Thron aufstiegen, deutlich werden. Die Kanzlerin breitete die Hände aus und deutete auf die Stufen zu ihren Füßen.

Nein, nicht wieder das. Es ist zu lange her. Sun-Tzu hielt sich etwas zurück, obwohl er sich schon im Hechtsprung auf den Thron hätte zuwerfen müssen, um seiner Schwester nicht hinterherzuhinken. Kali legte sich augenblicklich auf die zum Thron hinaufführenden Stufen und rieb katzengleich den Kopf an Romanos Bein. Als er näher trat, drehte sich seine Schwester zu ihm um, und einen Augenblick war ihr Gesicht von Wut verzerrt, bevor Romano ihr über das kastanienbraune Haar strich.

Am Fuß der Treppe blieb Sun-Tzu stehen und faltete die Hände hinter dem Rücken wie ein Soldat in lockerer Haltung. Einen Augenblick lang verdüsterte sich Romanos Miene, dann schenkte sie ihm ein Lächeln. Obwohl er an die launenhafte Natur seiner Mutter gewöhnt war, durchfuhr Sun-Tzu ein ängstlicher Schock angesichts ihrer Verärgerung, gefolgt von großer Erleichterung über ihr Lächeln. *Noch mehr Karma verbraucht. In irgendeinem früheren Leben muß ich unglaublich nobel gewesen sein.*

Romano verschränkte die Hände im Schoß. »Am Anfang«, erklärte sie feierlich, »erschuf Pangu Himmel und Erde aus dem Ur-Ei und daraus entstand das Leben seiner Schöpfung. Nüwa erschuf Männer und Frauen und erwählte unter ihnen eine Familie, die über alle anderen erhaben sein sollte.«

Kali zupfte eifrig am Robensaum ihrer Mutter, und mit einem sanften Streicheln erlaubte Romano ihr zu sprechen. »Die Liao wurden in Anerkennung ihrer Weisheit und ihres Mutes über den Rest der Menschheit erhoben, aber sie unterdrückten ihre Untertanen nicht. Sie waren Lehrer, keine Diktatoren, und führten die Menschen aus dem Verborgenen. Nur in Zeiten der Gefahr, wenn allein die Führung eines Liao die Menschheit retten konnte, gaben sie ihre Zurückhaltung auf.«

Romano blickte zu Tsen Shang, der sichtbar zusammenzuckte. »Und die Menschheit blühte und gedieh unter der Führung der Liao. Von ihrem Heimatstern zog die Menschheit aus, bis ihre Siedlungen die entferntesten Sterne schmückten, und noch darüber hinaus. Und die Liao blieben bei ihnen, halfen und lenkten. Der Sternenbund war das Werkzeug der Liao, die Erleuchtung der Menschheit war ihr Ziel.«

Sun-Tzu nahm den Faden der Geschichte auf. »Doch erhoben sich im Sternenbund viele Mächte, darunter Menschen von großer Habgier. Unter ihnen waren die Amaris, die das Monster Stefan hervorbrachten, ein Ungeheuer, das den rechtmäßigen Herrscher des Sternenbunds erschlug, die Liao-Schöpfung des Sternenbunds vernichtete und die Menschheit in ein dunkles Zeitalter zurückwarf.«

Romano nickte stolz, als ihr Sohn jedes Wort der Überlieferung fehlerfrei intonierte. »Wieder nahmen die Liao ihren göttlichen Auftrag an und übernahmen den Mantel des Ersten Lords des Sternenbundes. Doch leider, zum Unglück der Menschheit, hatte die Amarispest die anderen Großen Häuser befallen. Davion, Steiner, Marik und Kurita hielten sich für Erben des Sternenbundthrons. Sie führten Kriege, den Ersten, den Zweiten und Dritten, die der Menschheit die Gaben der Weisheit raubten, welche die Liao ihr gebracht hatten. In blindem Haß jagten die falschen Herren der Großen Häuser die Liao, um sie zu vernichten, doch sie hatten keinen Erfolg, bis ...«

Kali sprang auf und übernahm die Geschichte. »Bis eine Viper sich am Busen Liaos nährte. Die falschen Herren wußten wohl, daß die Schwäche der Liao ihr

Mitleid war, und so schickten sie ihnen einen Mann, der gebrochen und wegen seiner capellanischen Abstammung verachtet war. Aber dieses Mann, dieses Fleisch gewordene Böse, war nicht wirklich gebrochen. Vielmehr war er eine Ausgeburt des Verrats, geschaffen und gesteuert von Hanse Davion. Und sein Name war Justin Xiang.«

Sun-Tzu griff den Faden auf, den seine Schwester gesponnen hatte, ohne ihren Blutdurst zu übernehmen. »Dieser Justin Xiang verriet die Güte, die er von den Liao erfuhr. Er verführte die Schwächste der Liao und nahm Candace mit sich in das Reich seines Herren, raubte den Laio so ihr geliebtes St. Ives.« Er setzte zur abschließenden Zeile ›Und eines Tages wird dieser Verrat gerächt werden‹ an, aber seine Mutter schlug mit der Faust auf die Armlehne ihres Thronsesseis und unterbrach ihn.

»Dieser Verrat wurde heute gerächt! Ein Märtyrer im Dienste der Liao nahm Vergeltung für Justin Xiangs üblen Verrat. Er und seine Hure liegen tot auf New Avalon, wo sie sich närrischerweise sicher vor meinem Zorne wähnten.«

Romanos Blick ging in die Ferne, als sie weiter geiferte, aber Sun-Tzu hörte nicht mehr zu. *Allard tot? Candace auch?* Der erschreckende Ausdruck der Siegesgewißheit auf dem Gesicht seiner Mutter machte deutlich, daß sie glaubte, was sie sagte, aber Sun-Tzu hatte schon vor langer Zeit gelernt, daß der Glaube seiner Mutter und die Wirklichkeit nur gelegentlich in Übereinstimmung standen.

»Vater, ist das wahr? Kann es sein?«

Tsen Shang nickte müde. »ComStar hielt die Nachricht für wichtig genug, sie mit Vorrang zu verbreiten. Man erwartet, daß dein Onkel Tormana zumindest zeitweilig als Regent über den St. Ives-Pakt eingesetzt wird. Kai wird von der Clanfront nach Hause gerufen, um die Regierung zu übernehmen.«

Sun-Tzu verzog das Gesicht, als er versuchte, sich trotz des triumphierenden Gelächters seiner Mutter und Schwester zu konzentrieren. »Kai kehrt zurück. Wie groß ist die Gefahr, daß er Truppen gegen uns ins Feld führt? Die Truppen St. Ives' kämpfen derzeit gegen die Clans. Ist es denkbar, daß sie etwas von der überlegenen Clantechnologie enträtselt haben, bis sie hier eintreffen?«

Sein Vater zuckte die Achseln. »Ich weiß es nicht.«

»Bist du der Chef unseres Geheimdienstes oder nicht?« bellte Sun-Tzu. »Die Maskirovka muß Candaces Truppen doch beobachten. Nur weil wir der Schlange des Davion-Geheimdienstes den Kopf abgeschlagen haben, können wir uns noch lange nicht auf die faule Haut legen.«

Tsen Shangs Kopf ruckte hoch, und Feuer zuckte durch seinen Blick. Aber es erstarb so schnell, wie es aufgeflackert war. »Ja, *Sohn*, wir haben Berichte, aber sie sind höchst unzuverlässig. Die Clans haben bisher alles zerschlagen, was man ihnen entgegengeworfen hat. Ich erwarte für die St. Ives-Truppen nichts besseres.«

»Ich bete, daß du recht hast, Vater.« Sun-Tzu sah zu seiner Mutter. »Sie mag die Kinder ihrer Schwester verachten, aber du und ich können uns diesen Luxus nicht leisten. Sie hält sich für unverwundbar, aber ich hege keine derartigen Illusionen. Wenn wir bisher nicht angegriffen wurden, dann nicht wegen einer Unfähigkeit Candaces, uns gefährlich zu werden, sondern weil sie ihren Zorn bezähmt hat. Ihre Erben — Kai, Cassandra, sogar Kuan Yin oder Quintus — sind möglicherweise weniger zurückhaltend.«

Sun-Tzu kaute auf der Unterlippe. »Ich sage dir, Vater, sie werden kommen. Vielleicht warten sie, bis die Clans besiegt sind, aber eines Tages werden sie für Candace und Justin Rache nehmen.« Er schaute ein letztes Mal auf seine Mutter. *Und wenn der Tag kommt, muß ich bereit sein, meine Nation zu retten.*

1

Mar Negro, Alyina
Trellshire, Jadefalken-Besatzungszone

5. Januar 3052

Grauer Rauch lag über dem dunklen Ozean und verbarg Kai Allard, als er wieder an die Wasseroberfläche kam. Die gespenstische Stille, unterbrochen nur von seinem keuchenden Atem, überraschte ihn. *Ich bin mitten im Kampfgebiet, aber ich höre gar nichts!* Er kämpfte gegen die irrationale Angst an, die Kollision seines Mechs mit einem Clan-OmniMech könnte ihn nicht nur betäubt, sondern auch sein Gehör gekostet haben. *Nein, wenn dem so wäre, könnte ich auch mein Keuchen und das Platschen der Wellen nicht mehr hören.*

Kai sah zu der Klippe hoch, von der sein Kampfkoloß in die Wasser des Mar Negro gestürzt war. Als Antwort auf Prinz Victor Steiner-Davions dringenden Hilferuf waren Kai und seine Lanze herangeprescht. Mit experimentellen Myomermuskeln ausgestattet, hatte Kais modifizierter *Centurion* seine Begleiter bald hinter sich gelassen. Als er die Gefechtszone erreichte, mußte er Hanse Davions Erben in einem beschädigten BattleMech gegen vier der besten Clan-Maschinen kämpfen sehen.

Ich bin zum Berserker geworden! Ich ging zu dicht ran und gestattete einer der Maschinen, mich mit sich von der Klippe zu reißen. Kai blickte die zwanzig Meter hohe Kalksteinklippe hinauf und rief sich den schier endlosen Sturz in der tödlichen Umklammerung des OmniMechs in Erinnerung. Beim Aufprall auf das Wasser hatte er das Bewußtsein verloren. Sein letzter Gedanke war gewesen, daß die Felsküste an dieser Stelle einen guten Kilometer abfiel.

Als er eine halbe Stunde später wieder zu sich gekommen war, saß er noch immer im Cockpit *Yen-lo-*

wangs, seines *Centurion*, der in den Armen des Clan-Mechs gefangen war. Aber statt auf dem Meeresgrund lagen sie nur auf einem Felssims, etwa zehn Meter unter dem Wasserspiegel. Er hatte sich aus dem Cockpit befreit und war an die Oberfläche geschwommen.

Am Fuß der Klippe zog sich Kai auf einen vorragenden Felsen und nahm seine Ausrüstung in Augenschein. Die Kühlweste seines Mechs fungierte gleichzeitig als kugelsichere Weste, aber auch in Verbindung mit den Shorts bot sie keinen nennenswerten Schutz gegen die Kälte der bevorstehenden Nacht. Seine schweren Duraplast-Panzerstiefel schützten die Beine von den Knien abwärts, aber sie waren nicht für längere Fußmärsche gemacht. Ein Lichtblick war das Fahrtenmesser in der Scheide am rechten Stiefel. Kai lächelte, als er den Griff umfaßte.

»Tja, Victor, ich bekomme Gelegenheit, dein Weihnachtsgeschenk unter echten Gefechtsfeldbedingungen auszuprobieren.«

Augenblicklich machte sich ein Gefühl unbestimmter Angst in seinen Eingeweiden breit. *Ich weiß nicht einmal, ob Victor noch lebt! Ich hätte besser aufpassen müssen, ich hätte sichergehen müssen. Wenn er wegen mir ums Leben gekommen ist ...* Kai zwang sich hoch und stieg hastig den schmalen Pfad hinauf, der sich im Zickzack die Klippenwand emporwand. Obwohl ihn die Angst trieb, mahnte ihn etwas in seinem Innern zur Vorsicht. Als er sich der Oberkante der Klippe näherte, wurde er langsamer. Er bemerkte die leuchtend weiße Bruchkante, wo der Klippenrand unter den Füßen *Yen-lo-wangs* abgebröckelt war.

Weißer und schwarzer Rauch trieben in fetten Wolken gespenstisch über das Plateau. Kaum vier Stunden zuvor hatte hier ein grüner Dschungel gestanden, ein Ort, den Alyinas Tourismus-Ministerium als typisch für diesen Planeten hätte anpreisen können. Aber wenige Minuten Kampf hatten die Landschaft in eine kraterübersäte Wüste verwandelt. Geschwärzte Baumstümpfe erhoben sich wie Grabsteine auf einem vergessenen Friedhof. Das einzig verbliebene Grün befand sich auf Erdbrocken, die vom Artilleriefeuer aus dem Boden gerissen worden waren.

Überall lagen die Trümmer und Bruchstücke jener Kriegsmaschinen herum, die im Kampf um dieses ehemalige Paradies gefallen waren. In intaktem Zustand ragte ein BattleMech fünfmal so hoch auf wie Kai und schien wie eine unbesiegbare mechanische Offenbarung der kriegerischen Natur des Menschen. Seit er sich erinnern konnte, hatte Kai nur einen Traum gehabt: seinen Eltern zu folgen und ein MechKrieger zu werden. Für ihn gab es keine größere Ehre, als eine dieser gigantischen Kriegsmaschinen zu lenken, und keine noblere Sache, als damit Familie und Nation zu verteidigen.

Aber jetzt, so zerbeult und bis zur Unkenntlichkeit zertrümmert, spotteten die BattleMechs dieser Träume, die er nun als jugendliche Unschuld erkannte. Als gebrochene Stahlskelette herumliegend, tot in den Himmel blickend, erschienen sie nutzlos und noch schlimmer. Kai sah, daß diese Maschinen nur zerstören konnten. Das war ihre einzige Aufgabe, und die hatten sie in einem Maße erfüllt, das die wildesten Träume ihrer Schöpfer übertraf.

Kai rannte über das stille Schlachtfeld. Er kniete im Schatten eines gestürzten *Hagetaka* und suchte hastig das Feld nach einer Spur des *Daishi* ab, den Victor geführt hatte. Zuerst fand er nichts, dann lief er hinüber zu der Stelle, an der er den Mech des Prinzen zuletzt gesehen hatte. Dort fand er einen Fuß, der wohl einmal Victors Mech gehört hatte. Als sein Blick über die halbgeschmolzenen Panzerplatten der Umgebung streifte, bemerkte er die Spuren eines davongehumpelten BattleMechs.

»Gut. Er hat es geschafft.« Kai schlug mit der offenen Hand gegen den Fuß des *Daishi*. *Er konnte von hier ver-*

schwinden, aber vielleicht haben sie ihn woanders erwischt, flüsterte eine eisige Stimme in Kais Hinterkopf. *Wenn du dagewesen wärst, hättest du Victor beschützen können.*

Das Kreischen einer Seemöwe riß Kai aus seinen Gedanken. Die Brise, auf der die Möwe vorbeiglitt, zerriß den Rauch und erlaubte Kai den Blick zum dunklen Himmel. Vor der zunehmenden Dunkelheit leuchtete hell eine Konstellation aus zwei ineinanderliegenden Lichterrauten, die sich synchron über das Firmament bewegten. Ihm wurde froher ums Herz, als er die Landungsschiffe des Vereinigten Commonwealth erkannte, die sich aus Alyinas Gravitationsbereich freikämpften.

»Victor muß überlebt haben. Ohne ihn würden sie jetzt noch nicht abfliegen.« Kai sah sich um. Verstärkungen mußten eingetroffen sein, um Victor beim Rückzug zu helfen. An den Insignien der Uniformen erkannte er, daß sie zur Regiments-Befehlslanze gehört hatten.

Die Möwe kreischte wieder, und andere stimmten ein, als der Schwarm sich langsam zu Boden senkte. Kai bewunderte ihren scheinbar schwerelosen Flug und freute sich an der Schönheit ihrer schlanken Symmetrie. Der Kontrast zum Alptraum seiner Umgebung hätte nicht größer sein können. Er lächelte, als einer der Vögel heranschwebte und sanft auf dem zerborstenen Cockpit eines BattleMechs aufsetzte. Erst als eine zweite Möwe dort zu landen versuchte und verjagt wurde, erkannte Kai, warum die Möwen das Schlachtfeld angeflogen hatten.

»Nein!« Er sprintete hinüber zu dem gestürzten Koloß und verscheuchte beide Vögel. Als er das Cockpit erreichte, warnte ihn der Gestank von Blut und verbranntem Fleisch, aber er ließ sich nicht aufhalten. Er schaute in die Kanzel und sah die Überreste von Professor-General Sam Lewis auf der Pilotenliege. Kai hatte gehört, daß Lewis dem Regiment zugeteilt war, hätte aber nie gedacht, er würde selbst in die Schlacht ziehen. Die Lage mußte wirklich verzweifelt gewesen sein. Der

Neurohelm des Mannes war zertrümmert, und sein halbes Gesicht fehlte. Kai wurde bleich. Er fühlte, wie seine Knie weich wurden. Er drehte sich um, fiel auf die Knie und stützte den Kopf in die Hände.

Über ihm kämpften zwei Möwen um einen Augapfel.

Kais erster Gedanke war, alle toten Piloten — Freund und Feind gleichermaßen — aus ihren Mechs zu holen und auf einem gewaltigen Scheiterhaufen zu verbrennen, damit die Vögel sie nicht fressen konnten. Aber das war völlig unmöglich. Es hätte nicht nur seine momentanen Kräfte überfordert, die Kämpfe hatten in kilometerweitem Umkreis nichts Brennbares übriggelassen.

Außerdem hätte ein Scheiterhaufen den Clanstreifen in diesem Gebiet verraten, daß zumindest eine Person den Kampf überlebt hatte. Da dieser Krieger sich nicht bei ihnen gemeldet hatte, konnte er nicht zu den Clans gehören. Damit wäre die Jagd eröffnet gewesen.

Kai wollte die Möwen hassen, aber die Tiere versuchten auch nur zu überleben. Und in Anbetracht der glitzernden Lichtpunkte, die sich im Nachthimmel von Alyina fortbewegten, mußte er selbst sehen, wie er sein Leben retten konnte. Die Clans hatten die Zehnte Lyranische Garde besiegt, und Kai saß so weit hinter den feindlichen Linien fest, daß eine Flucht zur eigenen Truppe undenkbar geworden war. Seine einzige Chance lag in einer möglichen Rettungsmission. *Vor zwanzig Jahren sind die Löwen Davions aufgebrochen, um meinen Vater von Sian zu retten. Aber ich bin hier nicht auf Sian, und die Clans sind nicht so dumm wie Maximilian Liao.*

Seine Stimmung sank noch weiter. *Und ich bin nicht mein Vater. Für mich wird keine Rettungsexpedition kommen. Ich bin allein.*

Diese Erkenntnis hätte manchen anderen zum Selbstmord treiben können, aber in Kai heizte sie den Überlebenswillen erst richtig an. *Eine Mission habe ich schon verhauen, und mein Mech liegt zehn Meter unter Wasser, gefan-*

gen von einem anderen Mech. Im günstigsten Fall werde ich als vermißt geführt — aller Wahrscheinlichkeit nach als tot. Entschlossen, Familie und Freunden nicht durch eine Gefangennahme zusätzliche Schande zu bereiten, schwor er sich, dies unter Einsatz seines Lebens zu verhindern.

Wie die Möwen über ihm und die wilden Hunde, deren Heulen durch die Nacht zu ihm drang, suchte er das Schlachtfeld nach allem ab, was er irgendwie gebrauchen konnte. Er hebelte ein Staufach in der Pilotenkanzel eines *Steppenwolf* auf und zog einen olivgrünen Overall hervor. Der hatte Dave Jewell gehört, einem Mitglied von Victors Befehlslanze. Die Hosenbeine waren zu lang, aber das war egal. Mit dem Messer schlitzte Kai die Säume auf, um seine Mechstiefel nicht aufgeben zu müssen. Seine Kühlweste behielt er unter dem Overall an.

Das Fach enthielt auch mehrere Notrationen, die Kai in den kleinen Rucksack stopfte, der an einem Haken neben einem Netzgurt und einer Pistole hing. Die Waffe, ein Mauser & Gray M-39-Nadler, lag gut in der Hand, als er sie überprüfte und mit einem Plastikblock lud. Er schnürte sich den Gurt eng um die schlanke Taille.

Auf dem Boden des Staufachs fand Kai ein kleines Paket mit zwei Holodisks, einem Hologramm und einer kleinen Verigraph-Karte. Das in das Gewebe der Karte eingearbeitete Hologramm zeigte die lachenden Gesichter zweier Kinder, eines Knaben und eines Mädchens von mehreren Jahren Altersunterschied. Kai betrachtete die kindliche Schrift der Botschaft und erkannte, daß die Kinder ein Gebet geschrieben hatten, das ihren Vater im Kampf schützen sollte. Es war unterschrieben mit ›Katrina und David, Jr.‹.

Das Hologramm zeigte eine schlanke, attraktive Frau mit einem Baby. Als er es sah, erinnerte sich Kai daran, wie Jewell mit der Geburt seines dritten Kindes, Kari

Lynn, angegeben hatte. *Nicht einmal fünf Monate alt.* Ein Schaudern lief über seinen Rücken. »Sie hat ihren Vater nie gesehen.«

Kai blickte zu dem Leichnam hinüber, der halb aus den Haltegurten hing. Er zog die Erkennungsmarken über den Kopf des Toten und steckte sie in das Paket, bevor er es in den Rucksack legte. Er strich mit einer Hand über das Namensschild des Overalls. »Ich verspreche dir, diese Sachen deinen Kindern zu bringen, David Jewell. Ich werde sie wissen lassen, daß du mit deinem Leben Victor Steiner-Davions Freiheit erkauft hast.«

Kai kletterte aus dem Cockpit und schulterte den Rucksack. Als er zum Nachthimmel emporsah, konnte er die Landungsschiffe auf ihrem Flug aus dem System nicht mehr ausmachen. »Na gut. Ich bin etwa dreihundert Lichtjahre von zu Hause entfernt, und habe nicht einmal ein Paar ordentliche Wanderstiefel. Die Clans beherrschen Alyina, und ich bezweifle, daß ich mehr tun kann, als sie zu ärgern, indem ich mit dem Nadler einen ihrer Fußsoldaten erschieße.« Er schüttelte den Kopf. »Diesmal hast du wirklich ganze Arbeit geleistet, Kai Allard-Liao.«

Ein noch schlimmerer Gedanke kam in ihm auf. Auf Outreach hatte man ihn zu den besten MechKriegern gezählt, die den Clans entgegentraten. Wenn er jetzt schon in solchen Schwierigkeiten steckte, welche Hoffnung gab es dann noch für die Innere Sphäre?

2

Sprungschiff *Höhlenwolf,* äußere Umlaufbahn Satalice, Wolfsclan-Besatzungszone

17. Januar 3052

Phelan Wolf beobachtete, wie Ragnar Magnusson mit den Widersprüchen rang, die in der Clan-Invasion der Inneren Sphäre lagen. »Ja, Aleksandr Kerensky hat die Innere Sphäre vor über dreihundert Jahren verlassen, um seine Armee aus den Bruderkämpfen herauszuhalten, die den Sternenbund zerstört hatten. Er wollte sie vor den nationalistischen Einflüssen schützen, die zu den Konflikten zwischen den Mitgliedern des Sternenbunds führten. Die Weisheit dieses Vorgehens kannst du doch sicher erkennen, Ragnar, frapos?«

Der kleingewachsene Blondschopf runzelte die Stirn. »Aber Sie sagten, dieser Versuch, den Frieden unter seinen Leuten zu erhalten, sei fehlgeschlagen. Sie begannen untereinander zu kämpfen, und es brauchte Kerenskys Sohn Nicholas und einen Kader von Loyalisten, das Heer wieder zu einen. Und die Clans haben sich von der Inneren Sphäre ferngehalten, weil Nicholas sie lehrte, ihre Aufgabe sei es, die Innere Sphäre zu schützen, und nicht, sich in ihre Kämpfe und Politik einzumischen. Wenn das stimmt, was woll'n sie dann hier?«

»Sprich ordentlich! Keine Kontraktionen!« Phelan fuhr sich mit den Fingern durch das braune Haar, bevor er sich müde den Nacken kratzte. »Nur noch ein Teil der Clanner — die Bewahrer — glaubt an den Auftrag, die Innere Sphäre zu schützen.« Er streckte sich und stand auf, um in seiner engen Kabine auf und ab zu gehen. »Die anderen, sie nennen sich Kreuzritter, betrachten die Innere Sphäre als ihre rechtmäßige Heimat und kommen sicher zurück, um ihren Anspruch durchzusetzen.«

»Das ist Unsinn.« Ragnars blaue Augen funkelten. »Sie haben die Innere Sphäre im Stich gelassen. Welches Recht haben sie, die Innere Sphäre als ihr Eigentum zu bezeichnen?«

Phelan verzog spöttisch das Gesicht. »Dasselbe Recht, mit dem dein Volk Rasalhaag jahrhundertelang als freie Nation bezeichnet hat, obwohl ihr vom Draconis-Kombinat regiert wurdet.«

Ragnar setzte zu einer Antwort an, aber Phelan konnte sehen, wie sein Schützling zögerte, während er überlegte, wohin ihn dieses Argument führte. Ragnar schüttelte den Kopf. Er hatte erkannt, daß er einen Streit darüber, wer welches Recht auf einen Teil der Inneren Sphäre besaß, nur verlieren konnte. »Aber Sie haben mir erzählt, der ilKhan, Khan Ulric vom Wolfsclan, sei ein Bewahrer. Warum forciert er dann diese Invasion?«

Während Ragnar sprach, zupfte er an dem Armband um sein rechtes Handgelenk, als irritiere ihn die geflochtene weiße Kordel. Phelan erinnerte sich daran, wie ihn seine Leibeigenenkordel geärgert hatte. Er erinnerte sich auch mit Stolz an seine Adoption in die Kriegerkaste des Wolfsclans, eine Zeremonie, bei der die verhaßte Kordel zerschnitten worden war. Ein Grinsen trat auf sein Gesicht, und Ragnars Miene verdüsterte sich.

»Es stimmt, Prinz von Rasalhaag, der ilKhan ist ein Bewahrer, und trotzdem forciert er die Invasion. Du hast gehört, was er der Prima ComStars mitteilte. Das Ziel der Invasion war von Beginn an die Eroberung Terras, des alten Sitzes des Sternenbundes. Der Khan, dessen Krieger Terra einnehmen, wird für alle Zeiten zum ilKhan, und sein Clan wird über alle anderen erhoben.« Phelan hob stolz den Kopf. »Wenn das geschehen ist, kann der ilKhan ein Ende aller Kampfhandlungen befehlen und mit dem Wiederaufbau beginnen.«

Ragnars Augen verengten sich zu funkelnden Schlitzen. »Ganz offensichtlich lieben Sie diesen Eroberungskrieg. Wie kommt es, daß Sie, ein Cousin des Davion-Erben, die Clans und ihre barbarische Art ins Herz geschlossen haben?« Er breitete die Arme in einer Geste aus, die Phelans spartanische Kabine umschloß. »Sie waren ein Söldner, daher nehme ich an, man hat Sie gekauft, aber womit? Mit diesem Reichtum? Mit der Frau, Ranna? Was war Ihr Preis, Kell, Wolf, oder wer immer Sie sein mögen?«

Noch bevor Ragnar enden konnte, öffnete sich die Kabinentür, und eine Kriegerin mit feuerroter Mähne trat ein. Wie üblich zögerte sie keine Sekunde, das Wort zu ergreifen. »Sein Preis, Prinz Ragnar, ist derselbe, den man möglicherweise von dir verlangen wird. Wenn man das Ziel hat, soviel Zerstörung wie möglich zu verhindern, muß man sich entscheiden, welchen Weg man dazu einschlägt. Man kann sich entscheiden, wie du es getan hast, bis zur Niederlage zu kämpfen und auch danach nicht aufzugeben, und dennoch nichts erreichen.«

Ragnar bot ihr Kontra. »Oder, Oberst Natascha Kerensky, man kann zum Quisling werden, wie Phelan, und den Feind gegen das eigene Volk führen. Es war Phelan, der Günzburg den Clans auslieferte!«

»Und er tat es ohne einen Schuß. Niemand starb, als diese Welt ihren Besitzer wechselte, Ragnar.« Nataschas blaue Augen funkelten vor Wut. »Er hat nicht nur unzählige Leben gerettet, indem er diese Welt allein eroberte, es hat sein Ansehen unter den Clan-Kriegern ungeheuer gefördert. Es hat ihn zu einem Mann von großem Einfluß gemacht, und diesen Einfluß kann er einsetzen, um diesen Koloß zu bremsen.«

Der kleine Prinz wurde unter dem Schwall von Kerenskys Worten bleich. Dann senkte er den Blick und wurde rot. Phelan war klar, daß hinter ihrem Zorn mehr stecken mußte als nur Ragnars Bemerkungen. »Natascha, was ist los? Was ist geschehen?«

Die Schwarze Witwe ließ traurig die Schultern hängen. Phelan überkam das Bedürfnis, sie zu trösten, aber er beherrschte sich, um ihre Würde nicht anzutasten. »Ich habe Nachrichten, die du gerne hören wirst, Phelan, aber auch Neuigkeiten, die dir wohl zu schaffen machen werden.«

Eine Million furchtbarer Vermutungen tobte durch Phelans Gedanken, aber er wischte sie beiseite. Nach dem abrupten Bruch der Clans mit ComStar konnte ihn keine Nachricht über seine Familie aus der Inneren Sphäre erreichen. Die Berichte über die Verluste der Nebelparder und Novakatzen in der Schlacht um Luthien kannte er schon. Er und Natascha hatten sich insgeheim über den Erfolg ihrer alten Einheiten — der Kell Hounds und Wolfs Dragonern — bei der Verteidigung der Zentralwelt des Draconis-Kombinats gefreut. Sie hatten keine Verlustlisten der Söldnerkompanien zu Gesicht bekommen, bei denen sie gedient hatten, bevor sie zu den Clans gestoßen waren, aber sie waren sicher, daß ihre Freunde und Verwandten die Kämpfe überlebt hatten. Er konnte sich nicht vorstellen, was Natascha derart mitgenommen hatte. Er deutete auf einen Stuhl. »Also?«

Sie atmete langsam aus. »Cyrilla Ward ist tot.«

»Was?« Cyrilla war die Matriarchin von Haus Ward, der Blutnamensfamilie, zu der Phelan gehörte. Als er sie das letztemal gesehen hatte, kurz bevor die Clans im vergangenen September die Invasion wiederaufnahmen, hatte sie einen gesunden und kräftigen Eindruck gemacht, obwohl sie schon Anfang siebzig gewesen war. Seit seiner Adoption in die Kriegerkaste hatte die weißhaarige Cyrilla Phelan in den Gebräuchen der Clans unterrichtet und gefördert. Der Gedanke ihres Todes war für ihn unfaßbar.

Natascha zog eine Holodisk in durchsichtiger Plastikhülle aus einer Tasche ihres schwarzen Overalls. »Sie hat dies für dich aufgenommen. Es ist gerade mit einer Lieferung von Strana Metschty angekommen.«

Als er die Disk entgegennahm, bemerkte Phelan, daß Nataschas Hand zitterte. »Natascha, Cyrilla war deine enge Freundin, und ihr seid in derselben Geschko großgeworden. Obwohl ich sie nur kurze Zeit kannte, war Cyrilla mein Rettungsanker in den Clans.«

Die Schwarze Witwe nickte ernst. »Das ist sie noch immer, Phelan.«

»Ich verstehe nicht.«

Natascha erhob sich und strich die Brustpartie ihres Overalls glatt. »Die Holodisk wird alles erklären.« Sie schaute zu Ragnar. »Komm mit, Prinzchen. Phelan wird die Disk allein betrachten wollen. Wir werden eine Beschäftigung für dich finden, die Vlad und Conal Ward ärgert.«

Phelan betrachtete die Disk, dann hob er den Kopf. »Warte, Natascha. Wie ist es passiert?«

Sie schüttelte den Kopf. »Wir reden, nachdem du die Holodisk angesehen hast.« Sie seufzte müde. »Schau sie dir zweimal oder auch gleich dreimal an. Denk daran, daß sie an dich und an Ulrics Vision für die Clans geglaubt hat. Das ist so ziemlich das einzige, was an dieser ganzen Sache auch nur entfernt geistig normal ist.«

Phelan wartete, bis sich die Tür hinter Natascha und Ragnar geschlossen hatte, bevor er die Disk aus ihrer Hülle gleiten ließ und in das Sichtgerät legte. Als er sich in einen Sessel setzte, war er sich gar nicht so sicher, ob er die Aufnahme wirklich sehen wollte. *Es ist schon seltsam, ein Holovid von jemand zu empfangen, der tot ist. Wie ein Brief von einem Geist.*

Aus dem statischen Rauschen des Bildschirms formte sich das lächelnde Gesicht einer weißhaarigen Frau. Sie starrte Phelan geradewegs in die Augen, und für den Bruchteil eines Augenblicks war er sicher, daß Natascha sich geirrt hatte. Cyrilla mußte noch leben, weil niemand, der solche Lebenskraft ausstrahlte, einfach so sterben konnte. Ungefragt erwiderte er ihr Lächeln, aber der Schmerz über den Verlust machte sich bereits bemerkbar.

»Ich möchte wirklich nicht melodramatisch erscheinen, Phelan Wolf, aber ich fürchte, es geht nicht anders. Wenn du dies siehst, hat Natascha dich von meinem Tod in Kenntnis gesetzt. Bitte trauere nicht um mich, denn ich habe nicht gelitten. Ich hatte keinen langsamen Tod. Mein Tod war sauber, und ich habe nur einen Punkt bereut, als ich diese Welt verließ. Unglücklicherweise betrifft dieser eine Punkt dich.« Ihr Gesicht nahm einen Ausdruck an, den Phelan gut aus ihren zahllosen Vorträgen über die Sitten und Gebräuche der Clans kannte. »Du weißt, daß der Name Ward zu jenen gehört, die als Blutnamen geehrt werden, weil Jal Ward während des Vereinigungskrieges an der Seite Nicholas Kerenskys kämpfte. Du weißt auch, daß von allen Mitgliedern der Ward-Linie nur fünfundzwanzig Krieger zur gleichen Zeit das Recht haben, sich Ward zu nennen. Nur indem er alle anderen Anwärter auf einen Namen besiegt, kann ein Krieger dieses Recht erwerben, und mit diesem Sieg ist ein Sitz im Clankonklave und die Möglichkeit verbunden, zum Khan gewählt zu werden.

Ich hatte große Hoffnungen in dich gesetzt, was den Erwerb eines Blutnamens anging, Phelan. Deine Dienste für den ilKhan, deine Eroberung Günzburgs und deine Gefangennahme des Thronerben von Rasalhaag kennzeichnen dich als einen Krieger, der die Ehre eines Blutnamens verdient. Deine Taten haben dir einen Platz unter den vierundzwanzig Anwärtern garantiert, die von den Mitgliedern Haus Wards gewählt werden. Sieben weitere werden von einem Kommitee unter dem Vorsitz des Lehrmeisters gewählt. In diesem Fall ist das Conal Ward, und er ist dir nicht wohlgesonnen. Dennoch wirst du nicht gezwungen sein, dich durch die Vorkämpfe zu schlagen, um den zweiunddreißigsten

Platz zu erringen. Daher stehen deine Chancen im Blutrechtsduell nicht schlecht.«

Cyrillas Gesicht war von Konzentration verzerrt. »Zumindest habe ich das bisher angenommen. Nun aber habe ich erfahren, daß bestimmte Kräfte — Kreuzritter, um genau zu sein — mit allen Mitteln verhindern wollen, daß du jemals einen Blutnamen erringst. Wie Vlad bereits bei seinem Versuch, dich auf Strana Metschty zu töten, andeutete, würden Conal Ward und andere dein Ableben offen begrüßen. Meuchelmord gehört zwar nicht zu unseren Traditionen, aber es ist durchaus denkbar, daß man dich mit wachsendem Ruhm auf dem Schlachtfeld allein läßt, so daß du schließlich fällst. Ich habe keine Bedenken in Bezug auf deine Fähigkeiten im Kampf, und ich bin stolz auf das, was du erreicht hast. Ich weiß, du kannst und wirst noch mehr ereichen, aber wenn deine Weisheit helfen soll, die Clans zu führen, mußt du Gelegenheit bekommen, sie beim Clankonklave zum Ausdruck zu bringen. Das bedeutet, du mußt um einen Blutnamen kämpfen, und die Umstände verlangen, daß dies sehr bald geschieht.« Cyrilla seufzte und schüttelte den Kopf. »Bisher hat diese Invasion noch nicht zum Tod eines Ward-Blutnamensträgers geführt, um dessen Namen du kämpfen könntest. Das wirft ein gutes Licht auf die Krieger von Haus Ward, aber es läßt mir nur eine Wahl: Der Name, um den du kämpfen wirst, ist der meine.«

Phelan spürte einen Kloß in der Kehle. Sein Magen schien in bodenlose Tiefen zu stürzen. »Nein!« schrie er. »Das kannst du nicht getan haben! Nicht für mich!«

Cyrillas Ausdruck wurde ernst. »Ich hätte es vorgezogen, im Kampf gegen die Nebelparder zu fallen, so wie Natascha und ich es uns vor langer Zeit geschworen hatten. Es hätte mir auch genügt, bei der Jagd auf Banditen umzukommen, aber alle verfügbaren Kräfte des Wolfsclans sind an der Invasion beteiligt, und niemand würde einer alten Frau einen Mech geben. Mach dir aber keine Sorgen. Ich habe schon viele tun sehen, was ich nun tun muß, daher weiß ich, wie man es sauber und richtig macht.«

Cyrilla sprach weiter und zwang sich, eine fröhliche Miene aufzusetzen. »Ich habe dich in meinem Testament zum Erben meines Blutnamens bestimmt. Ein solcher letzter Wille hat bei uns die Kraft eines Gesetzes, und selbst Conal würde keinen Versuch wagen, dich um dein Erbe zu betrügen. Ich habe auch dafür gesorgt, daß du und Vlad, wenn überhaupt, nur im letzten Kampf aufeinandertreffen werdet. Das gibt dir Gelegenheit, seine Methoden zu studieren. Wenn es eine Gerechtigkeit im Universum gibt, wird dich jemand aus der Inneren Sphäre von ihm befreien, bevor du im Zweikampf gegen ihn antreten mußt. Phelan, keines meiner Genkinder hat besondere Leistungen vollbracht, und dadurch habe ich mich wie ein toter Zweig von Haus Ward gefühlt, bis du zu uns gestoßen bist. Du bist mein Kind, ein Kind der Zukunft. Mit Ulric und Natascha wirst du es sein, der die Clans in eine neue Zukunft führt, in der wir unser ganzes Potential realisieren können — als Krieger und als Menschen.«

Sie sah ihn mit zufriedener Miene an. »Trauere nicht um mich, Phelan Wolf. Mach mich stolz auf dich.«

Das Bild auf dem Schirm löste sich in weiße und graue Punkte auf, dann wurde der Monitor schwarz. Phelan starrte ihn an, hoffte, betete um mehr, irgend etwas, das ihm sagte, was er gerade gesehen hatte, sei nicht wahr. Er wußte, in der Kriegerkaste gehörte ein Krieger mit fünfunddreißig zum alten Eisen. Von diesem Zeitpunkt an bestand seine Aufgabe darin, neue Kriegergenerationen aufzuziehen und zu unterrichten. Viele entschlossen sich, ihrem Leben selbst ein Ende zu machen, weil sie sich für unnütz hielten.

Aber nicht Cyrilla. Sie hatte sich in die Politik von Haus Ward vertieft, war seine Anführerin geworden und hatte im Clankonklave geschickte Machtpolitik betrieben. Sie hatte DNS-Tauschs mit anderen Clans genehmigt oder ausgehandelt, um die Erblinie von Haus Ward zu stärken. Ihr Leben hatte eine Bedeutung und einen Wert, die weit über das hinausgingen, was ein Mitglied der Kriegerkaste normalerweise erwarten konnte. Ihr Tod, ihr Selbstmord...

Phelans Geist rebellierte gegen die frustrierende Stupidität dieses Systems. Natascha, Jaime Wolf, selbst sein eigener Vater, Morgan Kell, hatten längst bewiesen, daß MechKrieger mit Mitte Dreißig den Gipfel ihres Könnens nicht überschritten hatten. Und er kannte Hunderte anderer Krieger aus der Inneren Sphäre, für die ein MechKrieger gerade mal trocken hinter den Ohren war, nachdem er zehn Jahre im Cockpit gesessen hatte. Damit hätte er nach Clan-Standards auf jeden Fall seine beste Zeit bereits hinter sich.

Das Clansystem war irrwitzig, aber ihr überwältigender Erfolg bei der Invasion der Inneren Sphäre wies die Clanner gleichzeitig als Krieger erster Güte aus. Er hätte geneigt sein können, ihre Fähigkeiten dem Vorteil überlegener Technologie zuzuschreiben, aber er wußte, daß ihr Training weit rigoroser und anspruchsvoller war als alles, was ein Krieger der Inneren Sphäre mitmachte. Trotzdem, sein persönlicher Erfolg in den Reihen der Wolfsclan-Krieger bewies, daß *ihr* Weg nicht der *einzig richtige* war.

Die Kabinentür öffnete sich. Diesmal trat eine große, schlanke Frau in grauem Overall ein. »Phelan, ich habe es gerade gehört. Vlad war unten in der Sporthalle und produzierte sich. Ich mußte gehen. Dein Verlust tut mir so leid.« Sie streckte die Arme nach ihm aus, dann ließ sie sie in einer Geste der Hilflosigkeit sinken.

Phelan schaffte es, ein tapferes Grinsen aufzusetzen, obwohl er plötzlich die Fernbedienung in den Holoschirm schleudern wollte. »Danke, Ranna.« Als er die Hand nach ihr ausstreckte, setzte sie sich neben ihn auf die Armlehne.

Nervös schob sie eine Strähne ihres kurzen weißen Haares hinter das linke Ohr. »Cyrilla hat es für dich und die Clans getan«, erklärte sie. »Das mußt du verstehen.«

Er schaute wieder auf den leeren Bildschirm und nickte langsam. »Vielleicht ist es das. Vielleicht glaubte Cyrilla, ihr Opfer sei die einzige Möglichkeit für mich, den Clans zu beweisen, daß euer System nicht der Gipfel der menschlichen Entwicklung ist. Gott weiß, Vlad und Conal Ward könnten eine solche Lektion gebrauchen.« Er richtete die Fernbedienung auf den Betrachter und rief die Aufnahme ein zweites Mal ab.

Ranna hauchte einen Kuß auf seinen Kopf. »Wenn das Ergebnis weniger ist, war ihr Opfer umsonst.«

Als Cyrillas lächelndes Gesicht wieder sichtbar wurde, bemühte Phelan sich, den Schmerz zu unterdrükken. Er lehnte sich zurück, um ihren Worten noch einmal zu lauschen, und streichelte Rannas Rücken. »Also gut, Cyrilla. Wenn dein Erbe die Gelegenheit ist, den Clans zu zeigen, daß es mehr als eine Art gibt, sein Leben zu führen, werde ich das Beste daraus machen. Nie wieder soll jemand für die Clans tun müssen, was du getan hast.«

3

Sitz des Ersten Bereichs ComStars
Hilton Head Island, Nordamerika, Terra

18. Januar 3052

Präzentor Martialum Anastasius Focht richtete sich zu voller Größe auf und starrte den Ersten Bereich ComStars wütend an. »Wie könnt ihr es wagen, auch nur anzudeuten, irgendeine Inkompetenz meinerseits könnte diese schockierende Nachricht zur Folge haben!« In der Mitte der holzgetäfelten Kammer des Ersten Bereichs drehte er sich langsam um die eigene Achse und fixierte nacheinander jeden einzelnen der Präzentoren mit seinem einen Auge. »Ihr seid es, deren Arroganz ComStar dazu gebracht hat, diese Invasion der Inneren Sphäre zu fördern und zu unterstützen.«

Gardner Riis, der braunhaarige Präzentor von Rasalhaag, schlug mit der Faust auf sein kristallenes Podium. »Ich war mit dieser Politik nie einverstanden!«

»Ich auch nicht«, rief Ulthan Everson, der stämmige Präzentor von Tharkad. »Ich war von Beginn an ein Gegner dieser Invasion, und ich habe jeden Akt des Verrats gegen die Innere Sphäre bereut, den zu begehen ich gezwungen war.«

»Bah! Leere Worte ohne jede Bedeutung.« Der Präzentor Martialum nahm sich an die Kandare. *Beherrschung ist der Schlüssel zum Erfolg.* Wie es seiner Position entsprach, nahm er eine steife militärische Haltung ein. »Die Lage ist schmerzhaft deutlich. Die Clans haben ihr Vorhaben, uns Terra zu entreißen, klargemacht. Da Terra der Sitz des alten Sternenbundes war, wurde ihre Invasion mit dem einzigen Ziel gestartet, diese Welt zurückzuerobern.«

Huthrin Vandel, Präzentor New Avalon, fuhr sich so

heftig mit den Fingern durch den graumelierten Haarschopf, daß Focht jeden Augenblick erwartete, er werde ihn ausreißen. »Es scheint nicht minder klar, daß wir alle Beziehungen zu den Clans abbrechen müssen. Wir sollten aufhören, ihre eroberten Welten für sie zu verwalten. Unser Personal auf diesen Welten sollte untertauchen und Geheimberichte anfertigen, die wir an das Draconis-Kombinat und das Vereinigte Commonwealth weiterleiten können, damit sie diese Invasoren aus der Inneren Sphäre jagen können.«

»Untertauchen? Und wie, bitte sehr, sollen sie ihre Hyperpulsgeneratoren verstecken?« Die Prima in ihrer goldenen Robe wirkte erhaben und von den Ereignissen völlig unberührt. Aus ihren Worten troff der blanke Hohn. »Wir werden nichts dergleichen tun. Wir werden die von den Clans besetzten Welten weiter verwalten. Als Zeichen guten Willens werden wir auch weiter Informationen von den besetzten Welten unterdrücken. Wir werden auf diesen Zug der Clans reagieren, als bedeute die Eroberung Terras für uns nichts.« Myndo Waterly lächelte kalt. »Wir werden sogar Verhandlungen mit den Clans bezüglich der Übergabe Terras beginnen.«

Focht wirbelte herum. Ulthan Everson ergriff mit einem fast unverständlichen Gestotter das Wort. »Wahnsinn. Das ist kompletter und absoluter Wahnsinn! Sie kommen, um unsere Welt zu nehmen, und Ihr sagt, Ihr werdet ihnen dabei *helfen?*« Präzentor Tharkad blickte zu Focht. »Präzentor Martialum, du mußt dich diesem Plan *widersetzen.*«

Focht verschrankte die Hände im Rücken. »Es ist nicht meine Sache, Präzentor Tharkad, gegen Entscheidungen der Prima zu protestieren. Ich bin nur ihr Ratgeber. Wir haben diese Vorgehensweise auf dem Rückflug von Satalice nach Terra besprochen. Der ständige Wechsel der Schiffe und die zahlreichen Sprünge wirkten sich auf die Diskussion nicht gerade positiv aus, aber unser

Ergebnis gibt uns die Möglichkeit, die Clans aufzuhalten.«

»Aber die Prima hat gerade gesagt, daß sie mit den Clans über die Übergabe Terras verhandeln wird.« Everson wirkte höchst verwirrt.

Die Prima strahlte triumphierend. »Dieses Verhandlungsangebot wird uns Zeit geben, eine Armee zusammenzuziehen, die als Speerspitze bei der Vertreibung der Clans aus der Inneren Sphäre fungieren wird. Der Schlüssel unseres Vorgehens war immer die Rolle ComStars als Retter der Menschheit. Wir haben uns als Schild zwischen die Bevölkerung und die Ausschreitungen der Clans auf den besetzten Welten gestellt, und wir werden dies auch weiterhin tun. Schon jetzt glauben viele, dies sei der einzige Grund, aus dem die Clans keine weiteren Greueltaten wie die Vernichtung von Edo auf Turtle Bay begangen haben. Mit etwas geschickter Manipulation der Darstellung können wir unseren militärischen Widerstand gegen die Clans so erscheinen lassen, als wären sie zu weit gegangen.«

»Aber das ist die *Wahrheit*, ja?« Vandel starrte auf den Präzentor Martialum hinab. »Dieser Plan beruht auf deiner Fähigkeit, die Clans zu stoppen. Kannst du das wirklich?«

Focht blieb ein paar Sekunden stumm, um bei dem Präzentor von New Avalon den Eindruck zu erwecken, er sei mit seiner Antwort angemessen vorsichtig. »Die Schlacht um Luthien hat bewiesen, daß die Clans nicht unbesiegbar sind. Entlang der gesamten Front mußten die Clans ihre Taktiken denen der Inneren Sphäre angleichen. Auch nach dieser Veränderung sind sie mit ihren überlegenen Waffen eine gewaltige Streitmacht. Aber unsere Truppen sind keine unerfahrenen Rekruten, und unsere Ausrüstung gehört zum Besten, was die Innere Sphäre zu bieten hat.«

Die Präzentorin aus dem Draconis-Kombinat, eine kleinwüchsige Frau mit orientalischen Zügen, schürzte die Lippen. »Du hast die Frage nicht beantwortet, Präzentor Martialum«, stellte Sharilar Mori fest.

»Stimmt, Präzentorin Dieron. Wenn ich in meiner langen und durchaus wechselhaften Laufbahn etwas gelernt habe, dann daß absolute Siegesgewißheit nur närrisch genannt werden kann. Und nirgends liegt mehr Wahrheit in dieser Feststellung als bei einem Gefecht mit den Clans. Der Schlüssel zu einem Kampf gegen sie besteht in der Wahl des Geländes und der Aushandlung des Kampfziels. Wenn die Clans sich erst einmal auf die Stärke der Truppen festgelegt haben, die sie im Gefecht einsetzen, und darauf, worum sie kämpfen, wird es möglich, sie zu besiegen.«

Riis runzelte die Stirn. »Die Clans wollen Terra. Wenn du sie nicht besiegen kannst, haben sie ihr Ziel erreicht. Wenn du sie einmal besiegst, schicken sie beim zweiten Versuch nur entsprechend mehr Truppen. Es ist unvermeidlich.«

»Ich erlaube mir zu widersprechen, Präzentor Rasalhaag.« Focht schob die schwarze Klappe über seinem rechten Augen zurecht. »Wolcott, ein Planet im Draconis-Kombinat, liegt weit hinter den Clanlinien. Als die Invasionstruppen in Verhandlungen mit den Verteidigern traten, nahm ihr Kommandant die Bedingung an, daß der Planet nie wieder angegriffen werde, sollten die Truppen des Kombinats ihn besiegen. Die Kuritaner haben die Invasoren besiegt, und Wolcott wurde nicht erobert, obwohl die Kombinatstruppen diese Welt als vorgeschobene Basis für Angriffe auf besetzte Welten benutzen.«

Sharilar Mori lehnte sich vor. »Was ist mit Luthien? Werden die Clans Luthien wieder angreifen?«

Focht zuckte die Achseln. »Das weiß niemand sicher, Präzentorin Dieron. Aber da Luthien am Rand des Invasionskegels liegt und die Wölfe weit näher an Terra stehen als die Nebelparder und Novakatzen, glaube ich kaum, daß Luthien einen weiteren Angriff zu befürchten hat. Die Parder und Novakatzen sind erbitterte Rivalen der Wölfe und werden kein Risiko eingehen, das Rennen zu verlieren, wenn es sich vermeiden läßt.«

Sharilar nickte. Ihre nächste Frage richtete sie an die Prima. »Ich hörte Euch von Rivalitäten zwischen den Clans sprechen. Ich nehme an, Euer Verhandlungsplan beinhaltet mehrere Verhandlungsteams, mit dem Ziel, die Clans gegeneinander auszuspielen?«

Myndo verschränkte die Arme und steckte die Hände in die voluminösen Ärmel ihrer Robe. »Das war mein ursprünglicher Plan, Präzentorin Dieron, aber der Präzentor Martialum ist dagegen.«

Focht bemerkte eine Andeutung von Schärfe in der Stimme der Prima. Er erinnerte sich nur zu gut an die Tiraden, die er über sich hatte ergehen lassen müssen, als er sich gegen ihren Plan gestellt hatte. Schließlich hatte die Prima seinen Standpunkt akzeptiert, aber es war nicht freiwillig geschehen, und er erwartete nichts Gutes von ihrer Darstellung der Diskussion.

Sie warf ihm ein falsches Lächeln zu. »Getrieben von der Phobie des Militärs gegenüber jedweder Politik, bemerkte der Präzentor Martialum, daß die Invasionsstreitmacht zur Gänze von Militärführern aus der Kriegerkaste der Clans befehligt wird. Er hat zwar zugegeben, daß der ilKhan, Ulric Kerensky von den Wölfen, politisch durchaus erfahren ist, aber Anastasius meint, jede Art politischer Einmischung von unserer Seite würde als entschieden feindselige Handlung betrachtet. Wenn wir unsere Leute auf den besetzten Welten halten wollen, können wir nur mit dem ilKhan verhandeln. Immerhin hat der Präzentor Martialum zugestanden, daß wir die anderen Clanführer von unseren Verhandlungen mit dem ilKhan wissen lassen, weil er der offensichtliche Gewinner des Wettlaufs ist.« Myndo zog die Hände wieder aus dem Versteck und legte sie in Gebetshaltung zusammen. »Während ich seine Analyse der Clans für durchaus korrekt halte, wünschte ich mir, seine Paranoia der Politik gegenüber hätte ihn nicht für Khan Ulrics offensichtliches Motiv bei dieser Invasion blind gemacht. Hätten wir es vorhergesehen, wären wir auf die Verteidigung Terras besser vorbereitet.«

Verdammt sollst du sein, du Hexe! Ich weiß genug von Politik, um zu erkennen, daß du mich gerade den Wölfen zum Fraß vorgeworfen hast — hier und bei den Clans. Focht hob das weiße Haupt und studierte die Mitglieder des Ersten Bereichs. »Ich gestatte mir eine abweichende Meinung, was die Charakterisierung des ilKhan durch die Prima betrifft: Ulric ist alles andere als leicht zu durchschauen. Ich kann mir nicht vorstellen, wie ich das angepeilte Ziel der Invasion von ihm hätte in Erfahrung bringen können.«

Sharilar Mori zog in einem Ausdruck der Verwirrung die Brauen zusammen. »Aber ich entsinne mich aus deinen Berichten, daß du dir die Hilfe Phelan Kells bei dem Versuch gesichert hast, in die Räume des Khans einzudringen, um die Beweggründe für die Invasion zu erkunden.«

»Stimmt, aber der Tod des früheren ilKhans bei der Schlacht um Radstadt verhinderte die Ausführung dieses Plans. Für diesen Schicksalsschlag könnt ihr mich nicht verantwortlich machen.«

Präzentorin Dieron schüttelte den Kopf. »Natürlich nicht, Präzentor Martialum. Aber ich stelle fest, daß du dich bei der Beschaffung deiner Informationen stark auf Kell gestützt hast, einen Außenseiter bei den Clans. Hättest du keine bessere Informationsquelle finden können?«

»Du irrst dich, Präzentorin Dieron.« Focht verschränkte die Arme vor der Brust. »Vom Augenblick seiner Gefangennahme an wurde Phelan Kell als Teil des Wolfsclans betrachtet. Als Leibeigener in enger Verbindung zu Khan Ulric hatte er Zugang zu einer Unmenge von Informationen und die Möglichkeit, sich auf dem Flaggschiff der Invasoren beinahe frei zu bewegen. Er war meine einzige Zugangsmöglichkeit zu den Gedanken des Khans, und doch glaube ich inzwischen, daß Ulric uns beide manipulierte.«

Vandel faltete die Hände im Nacken. »Hättest du Kell nicht schneller zur Informationsquelle machen können, Präzentor Martialum?«

»Ich hatte nicht die Möglichkeiten, Präzentor New Avalon. Wie Präzentor Tharkad dir anhand von Kells Akte und der Geschichte seines Ausschlusses aus dem Nagelring bestätigen kann, besitzt er einen ungewöhnlich ausgeprägten Loyalitätssinn und eisernen Willen. Ulric gewann schon früh seinen Respekt. Das machte es sehr schwierig, irgendwelche Konzessionen von Phelan zu erreichen.« Focht sah zur Prima auf. »Ich hatte gedacht, das Angebot, Phelan mit seinen Eltern in Verbindung zu bringen, würde ausreichen, ihn auf unsere Seite zu ziehen, aber die Prima untersagte mir, solche Botschaften zu überbringen. Dadurch hatte ich nichts, um eine Beziehung zu Phelan aufzubauen. Als es mir dennoch gelang, war es zu spät.«

Die Prima wirkte angemessen betroffen. »Wie steht es jetzt mit dieser Beziehung, Präzentor Martialum?« schlug sie zurück. »Hätte er uns nicht sagen können, was wir wissen mußten, bevor ich es auf Satalice aus dem Mund des ilKhan hören mußte?«

»Ich denke kaum, Prima.« Focht atmete tief durch. »Phelan Kell wurde in die Kriegerkaste adoptiert. Das hat ihn noch enger an Ulric und die Wölfe gebunden. Darüber hinaus wurde Natascha Kerensky als eine seiner Lehrerinnen eingesetzt, und ihre Liebe für unseren Gesegneten Orden ist um einiges kleiner als ein Tau Muon. Und letztendlich möchte ich Eure Aufmerksamkeit auf den Ausdruck auf Phelan Kells Gesicht lenken, als der ilKhan Euch das Ziel der Invasion mitteilte. Er war von dieser Erklärung nicht minder schockiert als Ihr oder ich.«

»Mag sein«, flüsterte sie, aber ihre Stimme war voller

Skepsis. »Ich hoffe, du kannst ilKhan Ulric jetzt, wo er seine wahren Motive aufgedeckt hat, besser beurteilen.«

Allerdings, Prima. Focht nickte. »Ich habe beobachtet und studiert, wie Ulric denkt und arbeitet. Ich habe Gigabytes an Daten über alle Clanangriffe, ihre Kommandeure, Taktiken und Verluste. Das Material wird bereits in Sandhurst analysiert. Ich bin sicher, es wird mir den Schlüssel für den Sieg über Ulric und mit ihm über die Clans liefern.«

Everson kniff die Augen zusammen. »Und was sollen wir anderen tun, während du dir einen Weg überlegst, die Clans zu besiegen? Fiedeln, während die Nachfolgerstaaten brennen, oder haben wir in diesem Drama doch eine etwas konstruktivere Rolle?«

Die Prima bebte, als sie diese Frage hörte, aber sie antwortete mit leiser, ruhiger Stimme. »Ihre Aufgabe, Präzentor Tharkad, wird es sein, allmählich mit den Führern der Inneren Sphäre Kontakt aufzunehmen. Lassen Sie sie wissen, daß die Invasion ComStar mehr und mehr Sorgen bereitet. Nach dem Verlust ihres Geheimdienstchefs durch Romano Liaos Attentäter *muß* das Vereinigte Commonwealth unsere Hilfe beim Sammeln von Informationen benötigen. Machen Sie ihnen ein entsprechendes Angebot. Erzählen Sie ihnen, daß wir für das Wohl der Menschen auf den eroberten Welten versucht haben, neutral zu bleiben, aber daß die Clans uns zunehmend in eine Position drängen, in der wir auf ein Eingreifen nicht mehr verzichten können. Mit der Unterstützung der Nachfolgerstaaten wird ComStar die Führung bei der Vernichtung der Clans übernehmen.«

Der Präzentor Martialum verzog das Gesicht, als er das Leuchten in Myndo Waterlys Augen sah. Ihre Besessenheit von der Idee, die Menschheit gemäß den Lehren Jerome Blakes zu reformieren, hatte ComStar überhaupt erst in diese schwierige Lage gebracht. Für Myndo war ComStar irgendwie immun gegen etwas derart schimpfliches wie eine Niederlage. Schlimmer noch, sie erwartete vom Vereinigten Commonwealth, Jahrzehnte versteckter Kriegsführung zwischen ComStar und seinen Geheimdiensten zu ignorieren, um eine Streitmacht zur Rettung der Menschheit zu formen — im Namen ComStars.

Sie macht sich etwas vor und bringt dabei die Organisation, die sie fördern will, in Gefahr. Focht schluckte schwer. »Prima, die Lösung des Clanproblems muß militärischer Natur sein, nicht politischer — vergeßt das nicht. Setzt die Politik dazu ein, mir die Truppen und Zeit zu beschaffen, die ich benötige, und ich werde die Bedrohung für ComStar und das Wort Blakes aus dem Weg räumen.«

»Natürlich, Präzentor Martialum.« Myndo beruhigte ihn mit der ganzen Ehrlichkeit einer Natter. »Ich überlasse das Clanproblem ganz dir.«

4

Teniente, Präfektur Kagoshima
Militärdistrikt Pesht, Draconis-Kombinat

18. Januar 3052

Shin Yodama hielt Hohiro Kurita davor zurück, mit einem Hechtsprung über den Konferenztisch zu setzen und Tai-sa Alfred Tojiro zu erwürgen. »Iie, Hohiro-sama. Wir sind nur als Beobachter hier.«

Hohiro wirbelte herum. In seinen braunen Augen stand Überraschung über Shins Handeln. »Wie können Sie das sagen? Selbst wenn wir nur als Beobachter hier sind — wir sehen hier ein Desaster.« Hohiro deutete auf die Datenanzeige, die als Hologramm über dem Tisch schwebte. »Tojiro hat dem Dritten Bataillon des Dritten Pesht-Regiments gerade einen Sturmangriff auf eine befestigte Clanstellung befohlen! Der Mann kämpft im alten Stil!«

Shin fühlte, wie ihn der Mut verließ. »Ich weiß, Hohiro, aber wir waren gezwungen hierherzukommen, weil Tojiro seit langem die Protektion Ihres Großvaters genießt.« Er nickte in Richtung des größeren der beiden militärischen Führer im selben Raum. »Dasselbe gilt für Tai-sa Kim Kwi-Nam, den Kommandeur des Elften Pesht-Regiments. Wir haben nicht die Autorität, auch nur einen dieser Irren abzusetzen.«

Hohiros Hand fiel auf den Stutzen seiner Maschinenpistole. »Das ist alles, was ich an Autorität brauche.«

Shins Blicke zuckten über die bewaffneten Posten überall im Bunker. »Wir wären innerhalb von Sekundenbruchteilen tot, und unser Ableben würde man den Clans anlasten. Tojiro hat Beobachter verlangt, weil er beweisen will, daß seine alten Methoden ausreichen, die Clans zu vernichten.«

Hohiro knirschte frustriert mit den Zähnen. »Aber das tun sie nicht! Seine Leute werden massakriert! Der Clankommandeur hat bei dem Versuch, diese Welt zu erobern, massiv unterboten, und Tojiro schenkt ihm den Sieg.« Das Aufblitzen einer Flammenkugel, mit der ein Mech auf einem Sichtschirm unterging, raubte Hohiros Gesicht alle Farbe. »Ich kann nicht tatenlos zusehen, wie mein Volk stirbt.«

»Ich weiß.« Shin stieß langsam den Atem aus. »Sehen Sie sich vor.«

Hohiros Gesichtsausdruck zeigte seine Dankbarkeit. »Das werde ich.«

Der Sohn des Kriegsherrn des Draconis-Kombinats bahnte sich einen Weg durch die KommTechs und baute sich vor dem kleinwüchsigen Greis auf, der Tenientes Verteidigung befehligte. Shin trat hinter Hohiro, blieb aber weit genug zurück, um alle Wachtposten im Auge behalten zu können. Mit geübter Leichtigkeit verlagerte er seine Waffe und ließ das Lasergewehr mit dem kombinierten Schrotflintenlauf am Pistolengriff in der Rechten baumeln. Der Yakuza schätzte die Bedrohung durch die Posten ab und entschied, daß er im Notfall den ersten Schuß haben würde.

»Tai-sa Tojiro, vergebt meine Anmaßung«, begann Hohiro langsam, »aber Ihr ordnet die Vernichtung Eures Dritten Bataillons an.«

Tojiros Kopf schoß hoch wie von einer Feder getrieben, und Shin erkannte sofort, daß der Tai-sa nicht die geringste Absicht hatte, sich zurückzuhalten oder irgendwelche Höflichkeiten zu beachten. »Ach ja? Ich glaube mich zu erinnern, daß Ihre Einheit auf Turtle Bay vernichtet wurde, Hohiro Kurita. Ich dagegen habe noch nie ein Kommando verloren. Woher nehmen Sie die Frechheit, mich zu belehren?«

Hohiros hochgezogene Schultern zeigten Shin, daß er kurz vor der Explosion stand. »Ich habe aus meinem Fehler gelernt, Tojiro! Ich nehme an, Sie haben die Berichte gelesen? Wenn Sie Ihr Drittes Bataillon vorschikken, sind Sie ein Idiot!«

Der schlanke Kommandeur des Elften Pesht-Regiments legte die Hände aneinander. »Ich darf annehmen, daß seine Hoheit auch an der Aufstellung meiner Truppen etwas auszusetzen hat?«

Bei dem herablassenden Ton des Mannes erstarrte Hohiro. »Tojiro ist nur ein Idiot, das zeigt seine Strategie. Ihre Dummheit stellt neue Rekorde an Nachlässigkeit und Pflichtvergessenheit auf. Wenn Sie beide diese Schlacht weiter so führen wie bisher, werde ich Sie ihrer Aufgaben entheben!«

»Mit welcher Autorität? Den Befehl hier führe ich.« Tojiro stemmte die Fäuste in die Hüften. »Es ist mir gleichgültig, welchen Rang Ihr Vater sich einbildet. Meine Autorität wurde mir von Ihrem Großvater übertragen. Ich werde mein Kommando führen, bis er es mir entzieht.«

Hohiro schlug mit der Faust auf den Tisch. »Hören Sie zu, Sie Chimpera. Diese ganze Operation widerspricht allem, was wir über die Clans gelernt haben. Sie haben ihnen die Wahl des Schlachtfelds überlassen. Sie haben keine Luftstreitkräfte gegen ihre Mechs eingesetzt. Sie fördern Zweikämpfe gegen einen Gegner, der Ihnen auf diesem Gebiet hoffnungslos überlegen ist. So ziemlich das einzige, was Sie richtig gemacht haben, war das Verteilen der Nachschublager, so daß sich Ihre Truppen in der Bewegung versorgen können. Aber Ihre Truppen sind gar nicht in einer Position, von der aus sie diese Vorräte oder diese Strategie einsetzen können!«

»Von einem Mann mit einem Yakuza als Adjutant habe ich nichts anderes erwartet«, knurrte Kwi-Nam. »Echte Krieger rennen nicht davon und verstecken sich wie Banditen. Wir stellen uns dem Feind auf dem Feld der Ehre und töten ihn, oder wir sterben bei dem Versuch! Es gibt kein Leben ohne Ehre. Ich werde meinen Truppen nicht befehlen, sich zu entehren!«

»Sie sind wirklich verrückt!« Bei diesem Vorwurf setzte einer der Posten sich in Bewegung, aber Hohiro zwang ihn mit einem Blick zurück. Dann richtete er sich ruhig an Kwi-Nam. »Sie sollten da draußen sein, in einem Mech, bei Ihren Truppen.«

Tojiro wurde bleich. »Ich kann sie besser von hier befehligen, abseits des Kampfgetümmels.«

Hohiros frustrierter Aufschrei hallte durch die Funkzentrale. »Nein, Sie Narr, nicht zum Kämpfen! Haben Sie denn gar keinen der Berichte über die Clans gelesen?« Hohiro breitete die Arme aus, als wolle er den ganzen zylindrischen Bunker umfassen. »Sich hier einzuigeln, ist Selbstmord. Ein Schlag, und die Clans haben die gesamte Führung dieser Operation vernichtet. Auch wenn das in diesem Fall eine Hilfe wäre.«

»Unmöglich. Es ist nicht ein Clan-Mech in fünfzig Kilometer Umkreis.«

»Mechs nicht, aber Elementare.«

Als hätten Hohiros Worte sie beschworen, ertönte eine Serie von Schlägen auf dem Dach des Bunkers. In einer Reflexbewegung packte Shin Hohiros rechten Arm und zog ihn aus der Mitte des Raums. Hohiro flog über einen Schreibtisch, der umgeworfen wurde und über ihn stürzte. Einen Augenblick später drehte Shin sich um und hechtete in Deckung. Er schaffte es nicht mehr.

Die Sprengladung riß die Bunkertür aus den Angeln und wirbelte sie wie ein Sägeblatt durch den Bunker. Sie flog über Tojiro hinweg, an Kwi-Nam vorbei und tötete einen der KommTechs. Wie ein riesiges Kampfbeil schlug sie in eine Funkkonsole und zertrümmerte diese in einem Funkenschauer.

Die Wucht der Explosion warf Shin weiter und verlieh ihm eine größere Geschwindigkeit, als er es je beabsichtigt hatte. Er prallte mit einem trockenen Krachen seiner Rippen gegen einen Schreibtisch. Ein fürchterlicher Schmerz toste durch seine linke Seite. Dann rutschte er zu Boden. Der Aufprall sandte neue

Schmerzwellen durch seinen Körper. Er konzentrierte sich auf den Schmerz und benutzte ihn dazu, die Schwärze zu verbannen, die an den Rändern seines Blickfeldes nagte. *Ich darf nicht ohnmächtig werden!*

Der erste Clan-Elementar zwängte sich seitwärts durch die Türöffnung. Die mehr als zwei Meter große humanoide Gestalt trug einen unförmigen schwarzen Panzer mit einem Feuerball auf blauem Grund als Brustabzeichen. Der Novakatzen-Elementar hob den linken Arm — der in einer dreifingrigen mechanischen Klaue endete — und bestrich den Raum mit dem Feuer des Maschinengewehrs am Unterarm. Schreiend stürzten die getroffenen Techs zu Boden.

Shin hob die Waffe, stützte sie auf dem rechten Knie ab und drückte den Feuerknopf des Lasers. Die rubinroten Lichtspeere zogen eine flammende Spur die Brust des Elementars hinauf, dann durchstießen sie das V-förmige Sichtfenster. Der Clanner zuckte zurück. Seine Schultern schlugen gegen den Türrahmen, dann kippte er nach vorne. Rauch quoll aus dem Visier des Kampfanzugs.

Ein zweiter Elementar verdunkelte den Eingang, und Shin zog den Abzug der Schrotflinte durch. Er fühlte den Schmerz kaum, als die Nachladeautomatik parallele Schnittspuren über sein Knie zog. Die Patrone traf den Elementar rechts unten an der Brust. Der Eindringling schwankte. Die Spezialmunition bestand aus einer extralangen Bleikugel auf einer Magnum-Ladung. *Niemand erwartet, daß man einen Elementar damit umbringen kann. Es soll sie nur verletzen.*

Einer der Posten trat vor und preßte die Mündung seines Sturmgewehrs in die Delle, die Shins Schuß in die Panzerung geschlagen hatte. Während der Posten sein ganzes Magazin verfeuerte, packte der Elementar mit seiner Klaue den Brustkorb des Mannes und zerfetzte ihn mit einer Salve aus dem Maschinengewehr. Blut spritzte über den Konferenztisch und löste eine Serie von Kurzschlüssen aus. Der Elementar ließ den Leichnam des Soldaten fallen und ging vor dem Eingang in die Hocke.

Ein dritter Elementar stand auf der anderen Seite der Türöffnung. Die wuchtige Raketenlafette über den Schultern seines Panzeranzugs hinderte ihn daran hereinzukommen. Er hob den rechten Arm und bestrich den Raum mit dem Feuer des daran montierten Mechabwehr-Lasers. Alles, was der Strahl berührte, ging in Flammen auf.

Shin ließ sich nach rechts fallen und bezahlte dafür mit bohrenden Schmerzen im Brustkorb. Er stieß das Gewehr vor und zog den Schrotflintenabzug zweimal durch, bevor der Rückstoß ihm die Waffe aus der Hand riß. Einer der Schüsse traf den Elementar am rechten Knie und zwang ihn zu Boden, aber er sorgte gleichzeitig dafür, daß das Werferrohr der Kurzstreckenlafette sich auf die Tür richtete.

Wenn hier drinnen eine Rakete hochgeht, sind wir alle tot!

Hohiro sprang hinter dem Schreibtisch hoch, die Maschinenpistole in den Händen. Mit lautem Röhren und mehr als zehn Zentimeter langem Mündungsfeuer spie die Waffe eine Salve nach der anderen aus. Hohiro hielt den Abzug durchgedrückt und feuerte in nur zwei Sekunden das Zehn-Schuß-Magazin leer. Shin wußte, daß Hohiros Waffe mit ähnlicher Munition bestückt war wie seine Schrotflinte, aber die leichtere Pistolenmunition würde weniger ausrichten als seine Schüsse.

Dann explodierte vor der Tür eine Nova.

Shin sah den Feuerball im Werferrohr und hielt ihn für eine KSR, die den Bunker zu vernichten drohte. Feuer schlug aus der Rückseite der Lafette, wie er es schon häufig gesehen hatte, aber auch an den Seiten und der Front der Lafette stießen Flammenzungen hervor. Innerhalb einer Sekunde verdampfte die obere Ecke der Lafette in einem weißgoldenen Lichtblitz, dann wurde der Elementar von einer Serie donnernder Detonationen regelrecht zerrissen.

Die Explosion schleuderte die Leichen der Elementare in den Raum und riß die Trümmer in einem schmalen Kegel von der Tür aus davon. Ein Elementar schlug in eine Reihe von Datenübertragungsbanken und wirbelte sie davon wie eine Bowlingkugel einen Satz Kegel, während der andere wie ein Zombie-Akrobat Purzelbäume schlug, bis er neben Hohiros Deckung gegen die Wand prallte.

Shin versuchte den stürzenden Datenübertragungsbanken auszuweichen, aber sein ganzer Brustkorb schien einzufallen, als er verzweifelt versuchte, am Boden Halt zu finden. Eine Bank stürzte über seine Beine und nagelte ihn lange genug fest, um einer zweiten Gelegenheit zu geben, auf seinen Brustkorb zu schlagen. Wie ein Blitz zuckte der Schmerz durch seinen Körper. Shin schrie, dann gab er den Kampf gegen die Schwärze auf und verlor das Bewußtsein.

Ein nicht zu identifizierendes pulsierendes Geräusch grüßte Shin, als er das Bewußtsein wiedererlangte. Er öffnete die Augen und stellte fest, daß er auf einer Trage festgeschnallt war und in einen Hubschrauber verladen werden sollte. Alles war verwirrend, und Hohiros Anwesenheit neben der Trage machte da keine Ausnahme. »Sho-sa, was ist geschehen? Wo bin ich?«

Hohiro lächelte ihn an. »Ich lasse Sie zum Landungsschiff evakuieren. Sie fliegen zurück nach Luthien.«

»Sie kommen nicht mit?«

Der Sohn des Kriegsfürsten schüttelte den Kopf. »Ich habe Tojiro und Kwi-Nam des Befehls enthoben. Ich habe unsere Truppen über das Gelände verteilt und in Deckung geschickt. Wir werden so kämpfen, wie wir es von vornherein hätten tun sollen. Ich will die Kämpfe in die Länge ziehen und dafür sorgen, daß die Clans sich ihren Sold verdienen.«

Shin versuchte sich aufzurichten, aber der Druck in seiner Brust stoppte ihn. »Sho-sa, schicken Sie mich nicht weg. Diese gebrochenen Rippen sind nicht schlimm. Lassen Sie mich hierbleiben. Lassen Sie mich helfen.«

»Sie müssen gehen. Ich brauche Sie als meinen persönlichen Gesandten.« Er hob sein Ende der Trage an und half dabei, sie in den Hubschrauber zu hieven. An eine Sitzbank gekettet, saßen Tojiro und Kwi-Nam da. Ihre Gesichter waren wutverzerrt. Beide waren blutverschmiert, aber Shin wußte instinktiv, daß es nicht ihr eigenes war.

Hohiro ging in die Hocke und brüllte im Lärm der Rotorblätter in Shins Ohr. »Die beiden stehen unter Arrest. Sie tragen die Verantwortung für sie. Die Kapitäne von Landungsschiff und Sprungschiff sind *Ihre* Leute. Es wird den beiden nicht gelingen, sie auf ihre Seite zu ziehen. Ich hätte sie gleich hier erschossen, aber sie haben auf ihrem Recht bestanden, meinen Großvater zu sehen.«

»Sie werden Ihnen Ärger machen, Sho-sa.«

»Sie werden es versuchen, Shin. Sie müssen dafür sorgen, daß es ihnen nicht gelingt.« Er legte die Hand auf Shins Schulter. »Sie werden einen Monat bis Luthien brauchen. Sagen Sie meinem Vater, daß ich anderthalb Regimenter brauche, um diese Welt zu nehmen oder geordnet aufzugeben. Ich kann sie für die Dauer eines Hin- und Rückflugs halten, aber beeilen Sie sich. Alles, was über vier Monate hinausgeht, wird mir schwer zu schaffen machen. Wie ich schon sagte, wir werden abtauchen und die Clans auf Trab halten, bis die Verstärkung kommt.«

»Ich werde tun, was Sie verlangen, Sho-sa.« Shin zwang sich zu einem zuversichtlichen Gesichtsausdruck. »Und ich werde so schnell wie möglich mit Verstärkung zurückkommen.« Er warf einen Blick auf die beiden Offiziere, die Hohiro abgesetzt hatte. »Ich werde

Ihnen Hilfe bringen, selbst wenn ich dazu mit allen Dämonen der christlichen Hölle paktieren muß.«

Hohiro nickte ernst. »Das weiß ich, mein Freund. Ich verlasse mich darauf.«

Als Hohiro zurücktrat, wurde das Heulen der Rotoren heller. Shin versuchte den Kopf zu wenden, um Hohiro im Auge zu behalten, solange er konnte, aber die Gurte hinderten ihn daran. Er glaubte, ein letztes »Sayonara« aufzuschnappen, aber er war sich nicht sicher.

Irgendwie fühlte Shin tief in seinem Innern die Angst, Hohiro Kurita nicht lebend wiederzusehen, auch wenn er sich noch so beeilte.

5

Alyina
Trellshire, Jadefalken-Besatzungszone

19. Januar 3052

Hager und ausgehungert hockte Kai Allard an der Straße. Er wartete, bis die Rücklichter des Lasters hinter der Kurve im Wald verschwunden waren, dann sprintete er auf die andere Seite. Er preßte die zerfetzte Decke aus Tarnmaterial an sich wie einen Umhang. Wenn irgend jemand nahe genug war, um ihn aus der Deckung brechen zu sehen, mußte er ihn für ein fürchterliches Gespenst halten.

Die bislang vierzehn Tage auf Alyina waren ihm alles andere als leichtgefallen. Er hatte sich soweit wie möglich von dem Schlachtfeld entfernt, auf dem er in der ersten Nacht Dave Jewells Mech geplündert hatte. Pausen hatte er nur eingelegt, um sich auszuruhen oder wenn er Menschen gehört hatte. Als er von der Halbinsel weiter ins Landesinnere vordrang, hatte er den Eindruck, daß die Zerstörungen zunahmen. Er hatte keinen bewußten Kurs verfolgt, aber schließlich den Ort ereicht, an dem seine Mechlanze auf die Landung der Clans gewartet hatte.

Das zerrissene Stück Tarngewebe, das er bei sich trug, hatte ursprünglich *Yen-lo-wang* vor Infrarotscannern und Magnetischen Anomaliedetektoren geschützt. Jetzt hielt es ihn nachts warm. Das war allerdings auch wichtig, denn die Monsunregen durchnäßten ihn jeden Morgen und Nachmittag bis auf die Knochen. Das Tarngewebe hielt den Regen etwas ab, aber es war viel zu unhandlich, um es ständig zu tragen, wenn er sich auch nur annähernd lautlos durch den Wald bewegen wollte.

Zunächst bereute er es, bei seinen Männern auf einem

ordentlichen Lager bestanden zu haben, denn außer dem Tarnmaterial fand er im Eissturm-Lanzengebiet wenig oder gar nichts, was er gebrauchen konnte. Etwas nördlich der Linie der Zehnten Lyranischen Garde hatte er mehr Erfolg beim Plündern des Abfallhaufens der Frostfeuer-Lanze. Aber er achtete darauf, keine Spuren seines Besuchs zu hinterlassen.

Diese Vorsicht wurde von Beginn an belohnt. Mehrere Clan-Patrouillen durchquerten das Gebiet und sammelten Nachzügler auf, die weniger Glück hatten als Kai. Die Elementare beeindruckten Kai sowohl durch ihre Rüstung wie auch durch ihre Größe und Kraft, wenn sie keine trugen. Er schwor sich, einen Kampf mit ihnen so gut es eben ging zu vermeiden. Er entging den suchenden Clannern, indem er sich tagsüber in den Baumwipfeln verborgen hielt. Nach zehn Tagen wurden die Streifen seltener.

Seine Notrationen hielten eine Woche, dann zwang der Hunger ihn weiter ins Landesinnere. Zu seinem Ärger mußte er festellen, daß die Clans gefangene MechKrieger zu Aufräumarbeiten einsetzten. Sie bargen ihre eigenen Mechs, ließen die feindlichen Mechs jedoch zurück, wie sie gefallen waren. Dafür nahmen sie alles mit, was für einen Flüchtling von Wert hätte sein können. Als kleine Vorratslager an Stellen auftauchten, die Kai völlig unbekannt waren, erkannte er sie schnell als Fallen. So groß die Versuchung auch war, er mied sie.

Bei der Beobachtung eines Aufräumtrupps bemerkte Kai, daß die Elementarwachen die Gefangenen keineswegs grob behandelten. Alle Gefangenen trugen eine geflochtene weiße Kordel um das rechte Handgelenk, und die Wachen schienen ihnen sogar einen gewissen Respekt zu zollen. Er hörte, wie die Elementare sie als ›Leibeigene‹ ansprachen, maß dieser Anrede jedoch keinen besonderen Wert zu. Angesichts der Hast, mit der die Einheiten des Vereinigten Commonwealth abgezogen waren, erschien ihm die Zahl der Gefangenen allerdings sehr klein. *Es muß noch mehr geben, die sich irgendwo versteckt halten.*

Während er so die Gefangenen beobachtete, überlegte Kai, wie groß seine Chancen sein mochten, Mitstreiter zu befreien und für eine Revolte zu gewinnen. Keiner, den er sah, wirkte mißhandelt oder unterernährt, so daß er sie als durchaus kampftüchtig ansehen mußte. Aber die meisten Gefangenen waren MechKrieger und kaum erfahren in den Infanterietaktiken der Guerillakriegsführung.

Da er keine Möglichkeit sah, eine Kampftruppe zu organisieren, der es möglich gewesen wäre, die Clans von Alyina zu vertreiben, entschied er, daß seine Pflicht darin bestand, seine Freiheit zu bewahren und — sobald sich die Gelegenheit bot — einen Lagebericht an seinen Vater und Hanse Davion zu schicken. Wenn es ihm gelang, brauchbare Daten zu sammeln, bestand kein Zweifel daran, daß man versuchen würde, Alyina zu befreien und ihn zu retten. Allerdings mußte er dafür den Planeten bereisen, um festzustellen, welche Einheiten die Clans zurückgelassen hatten, und anschließend eine ComStar-Anlage finden, von der aus er seinen Bericht abschicken konnte.

Kai wanderte in einem eisigen Bach neben einer Straße weiter, bis er nach einer Weile einen flachen Felsausläufer erreichte, über den er aus dem Graben in den Wald klettern konnte. Er wartete, lauschte nach Lebenszeichen, dann schlich er langsam aber stetig weiter. Er hielt sich im Schatten dichter Fichten und vermied es sorgfältig, auf Äste oder Laub zu treten. Im Zickzack näherte er sich einem Garten, den er bereits zwei Nächte zuvor geplündert hatte.

Er kletterte über einen niedrigen Drahtzaun und ging neben einem Tomatenbeet in die Hocke. Er wollte gerade die Hand ausstrecken, als ein Licht aufflammte, begleitet vom Geräusch einer Patrone, die in den Lauf einer Repetierschrotflinte geladen wurde. Kai erstarrte.

Das grelle Licht des Scheinwerfers, der an den Lauf der Flinte geschnallt war, zwang ihn, die Augen zusammenzukneifen.

»Ich hab meiner Frau gleich gesagt, daß Waschbären ihre Spuren nicht verwischen.« Die Stimme war laut, aber Kai hörte keine Feindseligkeit darin. »Du heißt Jewell?«

Kai wollte den Kopf schütteln, dann nickte er, als ihm klar wurde, daß der Bewaffnete den Namen auf seinem Overall gelesen hatte. »Ja, Dave Jewell, so heiß ich. Was haben Sie mit mir vor, jetzt, wo Sie mich erwischt haben?«

Das Licht erlosch. »Ich bring dich ins Haus. Die Clanner können uns nicht mehr als bestrafen, ob wir jetzt einen oder zwei Commonwealther verstecken, richtig? Na komm.«

Kai stand langsam auf und trat aus dem Garten. Eine innere Stimme gellte, er solle fliehen oder den Mann zumindest entwaffnen, aber er beherrschte sich. Der Bauer kam ihm nicht zu nahe, aber Kai wußte, daß er die Schrotflinte jederzeit an sich bringen konnte. Er nickte, und der Bauer ging voraus.

Sein Führer brachte ihn zu einem kleinen, zweistöckigen Holzhaus, hinter dessen Gardinen gelbes Licht hervorlugte. Die Veranda war ziemlich hell, und er vermied lose und verwitterte Bretter. Er erhaschte auch einen kurzen Blick auf seinen Gastgeber, aber er konnte sich nicht entsinnen, den weißhaarigen Mann jemals zuvor gesehen zu haben. Die Gelassenheit, mit der er die Schrotflinte in einer Hand hielt, deutete jedoch auf eine gewisse Militärerfahrung hin.

Der Bauer winkte Kai ins Haus. Links neben der Tür brannte auf einem Eßtisch mit sechs Stühlen eine kleine Lampe. Dahinter, in der linken hinteren Ecke des Zimmers, war eine Kochnische mit einem bullernden Holzofen, der wohlige Wärme in das Zimmer strahlte. Die Mitte des Raumes wurde von einer Treppe hinauf in den ersten Stock beherrscht. Rechts von der Tür waren mehre Lehnstühle um einen runden Teppich zu einer Sitzgruppe arrangiert. In der rechten hinteren Ecken zogen sich Regale mit alten Papierbüchern und vielen Holovidbüchern sowie einem Lesegerät bis zur Decke empor.

»Willkommen in unserem Heim, Mr. Jewell.« Der Bauer stellte die Schrotflinte in einer Halterung neben der Tür ab. Er drehte sich um und deutete auf die weißhaarige Frau am Herd. »Das ist meine Frau, Hilda. Ich bin Erik Mahler, ehemals MechKrieger im Dienste des Archon des Lyranischen Commonwealth.«

Kai lächelte und schüttelte dem Mann die Hand. »David Jewell, Zehnte Lyranische Garde.«

»Zehnte Garde?« Hilda wischte sich erfreut die Hände an der Schürze ab. »Dann kennen Sie unseren anderen Gast.« Sie trat zur Treppe und rief leise nach oben: »Es ist alles in Ordnung, meine Liebe. Kommen Sie.«

Kai löste die Schnur, mit der sein Tarnumhang befestigt war. Er ließ das Tuch zu Boden gleiten und wollte den Rucksack ablegen, aber als der andere Flüchtling, der bei den Mahlers Unterschlupf gefunden hatte, die Treppe herabstieg, vergaß er alles andere. Sie war großgewachsen und schlank, mit kurzen schwarzen Haaren, die kaum den Kragen des Flannelhemds berührten. Die gelbliche Verfärbung an ihrer Stirn mußte das letzte Überbleibsel einer fast verheilten Prellung sein. Ihre blauen Augen weiteten sich überrascht, als sie ihn sah. »Kai!«

Geschockt lies Kai den Rucksack fallen. »Deirdre? Sind Sie nicht mit den anderen abgeflogen?«

Sie versteifte sich. »Die Clans haben das Hospital überrannt. Ich ergriff mit den anderen die Flucht.« Sie strich mit der Hand über die Prellung an ihrem rechten Auge. »Irgendwas hat mich getroffen. Ich weiß nicht mehr, was es war. Ich erinnere mich an gar nichts, bis ich hier aufgewacht bin.«

Erik lächelte. »Unser Hof lag im Auge eines schlimmen Sturms. Rings um uns her tobte der Kampf, aber niemand kam hierher. Ich fand Deirdre, als sie benommen durch den Wald irrte, und brachte sie hierher.« Er hob die rechte Braue. »Sie hat sie ›Kay‹ genannt.«

Kai nickte. »Ein Spitzname, den ich seit meiner Zeit an der New Avalon-Militärakademie habe. Ich antwortete so häufig mit ›Okay‹, daß meine Klassenkameraden mich schließlich ›Kay‹ nannten. Das Regiment hat den Brauch übernommen. Manche Leute glauben ernsthaft, mein voller Name sei David K. Jewell.«

Deirdres Freude über Kais Auftauchen verflog, aber sie gab kein Anzeichen, daß sie sein Täuschungsmanöver torpedieren wollte. Mahler, der zwischen den beiden hin und her sah, bemerkte entweder nichts, oder entschied sich, die Spannungen zwischen seinen beiden Gästen zu ignorieren.

Hilda ergriff die von der plötzlichen Stille gebotene Gelegenheit. »Kay — wenn Sie nichts dagegen haben, daß ich Ihren Spitznamen benutze —, Sie können sich gerne waschen, und wenn Sie wollen, bringe ich Ihnen ein paar frische Sachen. Danach können Sie etwas essen.«

»Ja, bitte«, lächelte Kai.

»Deirdre, warum bringen Sie Kay nicht hinaus zum Pumpenhäuschen und zeigen ihm, wie er die Wanne füllen kann.« Erik Mahler zuckte die Schultern. Es war nicht zu übersehen, daß seine linke Schulter steif war. »Nach den langen Jahren im Militär habe ich mich bei meiner Pensionierung entschlossen, zu den Wurzeln des Landlebens zurückzukehren und auf Technik soweit wie möglich zu verzichten. Ich finde es angenehmer so. Und jetzt, wo die Clans die Stromversorgung für die Außenbereiche reduzieren, sind wir weniger betroffen als andere.«

Kai lachte. »Nach zwei Wochen in der Wildnis kommt Ihr Haus für mich einem vergessenen Sternenbunddepot gleich.« Er nahm seinen Umhang und Rucksack auf, dann wandte er sich an Deirdre. »Wenn Sie so freundlich wären, Doktor. Ich möchte wieder Mensch werden.«

Kai zog den schmutzigen Overall aus und warf ihn auf die Bank des Pumpenhäuschens. Die Mandelaugen und Bronzehaut kündeten von seinem eurasischen Blut, aber Gesicht und Hände waren schwarz genug, um afrikanische Wurzeln vermuten zu lassen. Als er die Kühlweste abstreifte, sah Kai sich im Spiegel an der Tür und stellte fest, daß er die wenigen Fettpolster, die er einmal besessen hatte, auch noch losgeworden war. Er fuhr sich mit den Fingern durch das kurze schwarze Haar, dann schauderte er.

Seine Nägel waren ebenso schwarz wie das Haar.

Deirdre öffnete die Tür, und sein Spiegelbild glitt davon. »Etwas mager, aber sonst wirken Sie gesund.« Sie legte die Handtücher und Seife auf einen Hocker neben einem riesigen Holzbottich. »Darf ich fragen, warum Sie die Identität eines anderes Mitglieds der Garde angenommen haben, oder ist das ein Geheimnis, das Adlige gerne für sich behalten?«

Die Kälte ihrer Stimme fuhr wie ein Stich durch Kai, aber er ließ sich nichts anmerken. »Mahler las den Namen auf dem Overall und sprach mich mit Dave Jewell an. Da er zu diesem Zeitpunkt eine Schrotflinte auf mich gerichtet hatte, entschied ich mich, kein Risiko einzugehen, indem ich es zu erklären versuchte.«

»Wirklich? Liegt es nicht eher daran, daß Sie glauben, so weniger Wert als Geisel zu haben, wenn die Clans Sie gefangennehmen?«

Kai nahm die Kennmarken ab und steckte sie in die kleine Innentasche am Saum seiner Shorts. »Ich habe nicht vor, mich gefangennehmen zu lassen.«

Deirdre starrte ihn an. »Was ist aus Jewell geworden?«

Er schluckte, als er sich daran erinnerte, wie er das

Cockpit des *Steppenwolf* geplündert hatte. »Er ist im Kampf gefallen. Er starb, um Prinz Victor zu schützen.«

»Versteht sich.« Ein säuerlicher Ausdruck ließ ihre Züge scharf hervortreten und grub feine Linien in die Haut an den Augenwinkeln, aber in den Augen stand Trauer. »Was ist Ihnen passiert?«

Kai trat hinüber an die glänzende Pumpe neben dem Bottich und betätigte den Schwengel. »Ich wurde für tot gehalten und zurückgelassen, als mein Mech vernichtet schien.« Das Wasser spritzte schäumend in die Wanne, und Kai fühlte, wie ihn die Wut zu übermannen drohte. Schnell wechselte er das Thema. »Sie sagten, die Clans haben Ihr Hospital überrannt. Was ist geschehen?«

Deirdre schien in Trance zu versinken, und sie ließ sich wie ein Zombie auf die Bank nieder. »Es war wie eine Wiederholung von Twycross. Elementare stießen in unser Gebiet vor und vernichteten unsere Fahrzeuge. Das Veterinärkrankenhaus, in dem wir unser Hospital aufgebaut hatten, bot keine Deckung. Apparaturen explodierten, überall waren Flammen und fliegende Glassplitter.« Sie bedeckte für einen Augenblick das Gesicht mit den Händen, als sei die Erinnerung zu schmerzhaft. »So viel Blut. Ich arbeitete an einem Jungen mit einer Brustwunde, und wir konnten die Blutung nicht stillen. Dann wurde eine meiner Schwestern getroffen, und mir wurde klar, daß das Hospital unter Beschuß lag.«

Tränen rollten aus ihren geröteten Augen. »Ich befahl jemand, Sie über Funk zu Hilfe zu rufen, weil Sie mir gesagt hatten, wir lägen in Ihrem Sektor, und Sie würden uns schützen.« Sie ballte die Fäuste und starrte ihm trotzig ins Gesicht. »Ich hätte es besser wissen müssen.«

Kai knirschte mit den Zähnen. »Victor war in Schwierigkeiten. Die Clans hatten ihn in der Falle. Ich *war* unterwegs, Ihnen zu helfen, als sein Hilferuf kam. Ich war der einzige, der ihn rechtzeitig erreichen konnte. Ich mußte es tun.«

»Blaues Blut ist dicker als rotes, was, Lieutenant Allard-Liao?« Ihr Gesicht verzerrte sich zur Fratze.

»Jetzt reicht's, Doktor!« Kai stützte sich auf die Pumpe und sprang über den Bottich. Er packte sie an den Schultern und zerrte sie hoch. »Es war eine Entscheidung zugunsten der Priorität, genau wie Sie es in Ihrem Hospital machen. Ja, Victor war wichtiger als ein ganzes Landungsschiff voller Verwundeter. Wissen Sie warum?«

»Er ist ein abenteuersüchtiger Adliger, der gebrochene und blutende Männer und Frauen in seinem Kielwasser zurückläßt.« In ihren Augen loderte der Zorn.

»Nein!« Kai schüttelte sie. »Nein, Victor war wichtiger als Ihre Verwundeten, weil er ihnen allen etwas bedeutet. Wenn Victor fällt oder gefangengenommen wird, würden wir alle den Mut verlieren. Jeder einzelne von den Menschen, die in Ihrem Hospital gestorben sind, hat mit Victor gegen etwas gekämpft, das er oder sie als böse ansah, als eine Bedrohung für ihre Lebensweise. Victors Rettung gab ihrem Opfer einen Sinn.«

»Tot ist tot, und es ist sinnlos!« Deirdre riß sich los. »Verdammt sollen Sie sein, Sie und Victor und Hanse Davion und die Clans und überhaupt alle. Sie sehen Krieg alle nur als eine Möglichkeit, Ruhm zu ernten. Sie brüsten sich mit Mut und Tapferkeit und Opfern, als ob das den Tod eines halbausgebildeten Schuljungen, der zerfetzt wird, nur weil er ein Gewehr in der Hand hält, zu etwas Hehrem machen könnte. Das ist obszön. Es fördert die Vorstellung, Leben sei billig genug, um es für eine gerechte Sache wegzuwerfen.«

Sie deutete hinüber zum Haus der Mahlers. »Sehen Sie ihn an, Erik. Er ist ein alter Mann, über und über mit Narben bedeckt. Er hat eine Narbe an der linken Schulter, die aussieht, als hätte jemand versucht, ihm den Arm abzusäbeln. Er ist steif und kann sich kaum bewegen, aber als er sich entschlossen hat, darauf zu warten, daß Sie zurückkommen, um noch mehr Gemüse zu stehlen, benahm er sich wie ein Kommandosoldat. Es war eine Rückkehr in irgendeine böse Zeit, in der er sich gut fühlte, und es hätte ihn umbringen können.«

Sie zitterte vor Wut, aber Kai sagte nichts. Er verstand, daß ihre Wut nicht ihm allein galt, auch wenn er sie zu spüren bekam. Ihr Ausbruch rührte etwas in ihm an. Es rief ihm Erinnerungen an das Schlachtfeld ins Gedächtnis, das ihn erwartet hatte, nachdem er seinen Mech verlassen hatte.

»Sie kennen den Krieg nicht, Lieutenant, wirklich nicht.« Sie schlug sich frustriert auf die Hüften. »Ich bekomme einen Jungen in den OP und schneide ihn auf, sobald er in Narkose ist. Aber wenn ich ihn mir dann ansehe, ist das wie ein obszönes Puzzlespiel. Seine Gedärme sind von Schrapnell zerrissen, und Kot hat sich mit Blut und Speiseresten vermischt. Ich kann ihn säubern und seinen Dünndarm in eine Kolostomie stecken, aber ich weiß, daß es eine Entzündung geben wird. Aber ob wir genug Medikamente für ihn haben, das weiß ich nicht. Trotzdem flicke ich ihn zusammen. Haben Sie irgendeine Vorstellung davon, was es heißt, wenn ein Kind Sie bittet, es sterben zu lassen? Ich hatte einen Jungen, der eine professionelle Sportlerlaufbahn vor sich hatte, in der Klinik. Sein rechter Unterarm hing nur noch an einer einzigen Sehne. Er war verrückt vor Schmerzen, aber er ließ sich erst narkotisieren, als ich ihm versprochen hatte, ihn sterben zu lassen, falls ich ihn nicht heilen konnte. Und, verdammt noch mal, ich war nahe daran, es zu tun, weil ich wußte, daß es unmöglich für ihn gewesen wäre, sich daran zu gewöhnen.«

Kai legte die Hände auf ihre Schultern. »Ich weiß. Mein Vater hat den Unterarm verloren.«

»Ja, Ihr *Vater* hat den Unterarm verloren.« Ihre Stimme wurde eisig, als sie sich aus seinem Griff befreite. »Ich werde Ihnen mal etwas sagen. Nicht jeder ist so eng mit Hanse Davion befreundet, daß er vom New

Avalon-Institut der Wissenschaften einen neuen Arm bekommt, der besser funktioniert als der alte. Nein, Sie und Ihr Vater und Victor sind etwas Besonderes, und warum diese Leute bereit sind, die Kugeln und Raketen abzufangen, die eigentlich für Sie bestimmt sind, werde ich nie verstehen.«

Sie hob die Seife von der Bank und warf sie in die halbvolle Wanne. »So, Lieutenant. Gehen Sie. Waschen Sie sich. Versuchen Sie, all das Blut von Ihren Händen zu waschen.«

6

Avalon City, New Avalon
Mark Crucis, Vereinigtes Commonwealth

1. Februar 3052

Hanse Davion, Erster Prinz der Vereinigten Sonnen, legte seine Brille auf den Bericht, der vor ihm auf dem antiken Schreibtisch lag. Im selben Moment öffnete sich ein Flügel der wuchtigen Bronzetüren in der gegenüberliegenden Wand auf gutgeölten Scharnieren. Durch die Öffnung sah der Prinz eine wahre Phalanx von Sicherheitsposten und die große, schlanke Gestalt seines amtierenden Geheimdienstministers. *Gut, Alex. Pünktlich auf die Sekunde.*

Alex Mallory ging mit einem leichten Humpeln, das noch von der Folter stammte, die er vor mehr als zwanzig Jahren auf der Liao-Zentralwelt Sian erlitten hatte. Die Behinderung sah man nur, wenn Mallory müde war, und Hanse fühlte mit ihm. Alex' graue Augen leuchteten, aber die dunklen Ringe unter ihnen kündeten von zuviel Arbeit und nicht annähernd genug Ruhe.

Der Prinz grinste müde, als ihm klar wurde, daß er kaum besser aussehen konnte. »Ich muß mich entschuldigen, daß ich Sie habe rufen lasse, Alex. Ich weiß, daß Sie erst heute morgen um drei ins Bett gekommen sind.«

Alex zuckte die Schultern, aber er ließ sich dankbar in einen hochlehnigen Ledersessel vor dem Schreibtisch sinken. »Das macht nichts, Hoheit. Ich bin es gewohnt, mit vier Stunden Schlaf oder weniger auszukommen.«

»Das dachte ich mir. Justin hat Sie immer als Workaholic bezeichnet.«

Schmerz trat in seinen Blick, aber Alex zwang sich zu einem kurzen Lachen. »Aus seinem und Eurem Mund ist das ein wahrhaft hohes Lob.« Er öffnete eine der Aktenmappen, die er mitgebracht hatte. »Das sind die neuesten Meldungen von der Front. Die Clans scheinen ihren Vormarsch für den Augenblick gestoppt zu haben und ihre Stellungen zu konsolidieren.«

Hanse klopfte auf den Bericht vor sich. »Bei ihren letzten Angriffen haben sie einige Hüpfer gemacht. Kein Wunder, daß sie Ihr Hinterland erst einmal konsolidieren.«

»Stimmt.« Alex zupfte an der Manschette seiner schwarzen Wolljacke. »Das Draconis-Kombinat scheint ein paar Einheiten in ihren Rücken gebracht zu haben. Sie sammeln sich auf Wolcott, aber bisher halten die Clans ihr Versprechen, diese Welt kein zweitesmal anzugreifen. Eine andere Truppe startete von Pesht, hatte aber keinen der bemerkenswerten Erfolge anderer Kombinatsoperationen. Angesichts der Tatsache, daß zwei alte Haudegen die Truppen befehligten, kann ich nicht behaupten, überrascht zu sein.«

Hanse lehnte sich zurück und sehnte die Tage herbei, als er noch selbst einen Mech gegen die Clantruppen ins Feld hätte führen können. *Andererseits hat Kai Allard mich bei seinem Test auf Outreach schnell erledigt. Jetzt haben die Clans ihn besiegt. Wie lange könnte ich da draußen überleben?*

»Irgendwelche Neuigkeiten von Alyina?«

Der Geheimdienstminister kaute auf der Unterlippe, dann schüttelte er den Kopf. »Nichts. Es gibt kaum Zweifel, daß Kai Allard bei dem Versuch, Victor zu retten, ums Leben kam. Ich habe die Battleroms von Victors und Galen Cox' Mechs überprüfen lassen. Selbst wenn Kai den Aufprall auf das Wasser überlebt haben sollte, an dieser Stelle ist das Meer einen Kilometer tief. Selbst wenn das Cockpit irgendwie diesem Druck standgehalten hätte und Kai noch gelebt haben sollte, hatte er keine Möglichkeit, an die Oberfläche zu kommen. Sein Mech besaß kein komplett absprengbares Fluchtmodul wie ein *Tomahawk* oder *Wolfshund*.«

Hanse fühlte einen Kloß im Hals. »Er ist also tot?«

»Er wird als vermißt geführt. Angesichts der übrigen Tragödien in der Familie Allard-Liao halte ich es für das Beste, keine Informationen über Kai freizugeben.« Alex massierte seinen Nacken. »Wenn es soweit ist, werden die Battleroms beweisen, daß Kai ein ebenso großer Held des Vereinigten Commonwealth war wie sein Vater.«

Hanse nickte ernst. Der Schmerz schien sich wie mit kleinen Tentakeln um sein Herz zu legen. »Trotzdem. Sie haben ComStar wissen lassen, daß wir Priorität für jede Nachricht von oder über Kai bezahlen.«

»Das habe ich.« Alex' zunehmend freundlicher werdende Miene machte Hanse neugierig. »Dabei habe ich etwas sehr Interessantes erfahren. Ein Bericht wird gerade vorbereitet, aber ich kann Euch schon einmal eine Zusammenfassung geben.«

»Ich bitte darum.« *Ist es möglich, daß von ComStar ausnahmsweise einmal eine gute Nachricht kommt?*

»Wir sind immer davon ausgegangen, daß ComStar und die Invasoren zumindest eine gewisse Freundlichkeit verbindet.«

Hanse, der seinem Spitznamen ›Der Fuchs‹ noch immer gerecht wurde, mußte grinsen. »Allerdings, weil wichtige Daten von Welten zurückgehalten werden, die durch die Clans erobert wurden. Die überwältigenden Erfolge der Clans lassen auch den Schluß zu, daß Com Star ihnen zur Vorbereitung der Angriffe Daten zugespielt hat.«

»Richtig.« Alex legte die Fingerspitzen in einer Geste zusammen, die Hanse gespenstisch an Justin Allard erinnerte. »Als ich Kontakt mit ComStar aufnahm, wurde ich augenblicklich mit Huthrin Vandel verbunden — Präzentor New Avalon persönlich. Vandel hat mir versichert, daß jede Botschaft von oder über Kai augenblicklich übermittelt wird. Er hat erklärt, es mache ihn krank zu sehen, wie viele tapfere Bürger des Vereinigten Commonwealth in diesem Krieg ihr Leben lassen müssen.

Außerdem hat er eine gewisse Besorgnis im Ersten Bereich über die Clans angedeutet und auch, daß ComStar eventuell bereit wäre, die ComGuards auf die Clans loszulassen, eine Unterstützung durch die Nachfolgerstaaten vorausgesetzt.«

»Was?« Hanse starrte seinen Geheimdienstminister an. »Glauben Sie, Vandel heckt etwas gegen die Prima aus, oder ist das offiziell?«

»Wir haben noch zu wenig Daten, um eine sichere Schlußfolgerung zu ziehen, Hoheit, deswegen wollte ich vor einem Bericht erst eine Analyse durchführen lassen. Wir wissen, daß Huthrin Vandel und Ulthan Everson schon lange im Widerspruch zur Prima und ihrer Politik stehen, aber sie haben sich nie zu mehr als milden Zurechtweisungen aufraffen können. Wenn sie irgendwelche Ränke schmieden, stellt sich die Frage, warum gerade jetzt? Was hat sie getan, um sie endlich zum Handeln zu bewegen?«

Hanse kratzte sich am Kopf. »Würde es nicht ausreichen, daß sie die Clans unterstützt?«

»Sicher, Hoheit, aber wir müssen davon ausgehen, daß ComStar dies schon die ganze Zeit tut, und das macht den Zeitpunkt für ihren Vorstoß doch recht fragwürdig. Hätten sie die Prima zu Beginn der Invasion abgesetzt und dann mitgeholfen, die Clans zu besiegen, wäre ComStar in einer starken Position. Jetzt, nachdem sie den Clans zu einer Serie von Siegen verholfen hat, müßte die Prima ziemlich stark sein. Und die beiden würden unter diesen Umständen nicht einmal davon träumen, etwas gegen sie zu unternehmen. Sie könnte sie aus dem Ersten Bereich werfen und durch zwei ihrer Lieblinge ersetzen, so wie Sharilar Mori, die sie persönlich als Präzentorin Dieron ausgesucht hat.«

Hanse überlegte. »Das bedeutet entweder, daß ComStar die Clans als Bedrohung sieht und jetzt aufhalten will, oder Vandel tastet nach Unterstützung für einen Schachzug gegen die Prima. Warum?«

»Wieder habe ich nicht genug Daten, um mehr als eine Vermutung zu äußern, Hoheit.«

»Und die wäre?«

Alex grinste. »ComStar hat endlich bemerkt, daß der Marschweg der Clans auch Terra nicht ungeschoren läßt. Myndo Waterly spürt den heißen Atem der Wölfe im Nacken und schaut sich endlich nach Hilfe um.«

Hanse rieb sich die Brust. »Wie stehen die Chancen, daß sie welche bekommt?«

»Von uns? Das liegt bei Euch, Hoheit. Wir könnten ein paar Regimentskampfgruppen freimachen, aber das würde uns an der Jadefalken-Front Schwierigkeiten bereiten. Ich glaube auch nicht, daß das Kombinat Truppen übrig hat, aber Theodore könnte vielleicht überredet werden, ihr ein paar seiner Geisterregimenter zu schicken.«

»Romano Liao wird ihre Unterstützung versagen. Sie hilft niemand.« Hanse zog eine Schreibtischschublade auf und holte ein Röllchen Magentabletten heraus. »Was ist mit Thomas Marik? Er war ComStar-Adept, bevor er den Posten des Generalhauptmanns der Liga Freier Welten übernahm. Wird er ihr zu Hilfe kommen? Seine Truppen sind nicht gebunden. Er könnte reagieren.«

»Könnte schon, aber erinnert Euch, wie hart er auf Outreach mit Euch und Theodore Kurita verhandelt hat. Ihr habt nicht mehr von ihm verlangt als die Produktion von Nachrüstsets und Mechs, nicht etwa den Einsatz seiner Truppen zu Eurem Schutz. Er hat sich erst dazu bereit erklärt, als Ihr ihm angeboten habt, seinen Sohn Joshua zur Chemotherapie seiner Leukämie hierherzubringen. Was könnte ihm die Prima für die Verteidigung Terras anbieten?«

Hanse schluckte die letzte seiner Tabletten. »Eine sehr gute Frage. Gott weiß, welche Geheimnisse ComStar auf Terra ausgegraben hat und versteckt hält. Die Prima müßte Thomas schon etwas Ungeheures anbieten. Seine Truppen haben keine Ahnung vom Kampf gegen die Clans, und er weiß es. Er weiß auch, daß es einem Todesurteil für seine Truppen gleichkäme, sie jetzt in die Schlacht zu werfen. Das würde in der Liga einen Aufruhr auslösen, den er sich nicht leisten kann.«

Hanse kniff einen Moment lang die blauen Augen zusammen. »Übrigens, wie macht sich der junge Joshua Marik?«

»Ausgezeichnet. Die Leukämie geht zurück, und er scheint unsere Mittel sehr viel besser zu vertragen als die der Ärzte seines Vaters. Die Marik-Ärzte waren nicht sehr erfreut darüber, daß die Teams am New Avalon-Institut der Wissenschaften sie als ›Medizinmänner‹ bezeichnet haben, aber wir konnten noch einmal Frieden stiften. Wir werden Joshua noch mindestens sechs Monate hier unter Beobachtung halten.«

Lange genug, um sicherzustellen, daß die Lieferung von Nachrüstsets für unsere Mechs aus der Liga Freier Welten anläuft. »Sehr schön, Alex. Mein Kompliment. Ich bin besonders beeindruckt davon, wie gut Sie Justins Rolle ausfüllen.«

Alex schüttelte den Kopf. »Ich weiß Euer Lob zu schätzen, Hoheit, aber ich verdiene es nicht. Ich brauche einen Stab von sieben Mann, um das zu schaffen, was Justin vor seinem, äh, Abgang allein zustande brachte. Jeden Tag taucht etwas anderes auf, womit er sich beschäftigt hat, ohne daß ich etwas davon ahnte. Von diesem Verlust werden wir uns so schnell nicht erholen, wenn überhaupt.«

An Hanses Herz nagte der Schmerz. »Das weiß ich nur zu gut, mein Freund. Seltsam. Ich bin immer davon ausgegangen, daß Justin und ich unsere Arbeit in fünf bis zehn Jahren an unsere Söhne übergeben. Und nun ...« Seine Hände fielen auf die Schreibtischplatte.

»Ja, Hoheit.« Alex öffnete einen weiteren Ordner. »Es wird Euch freuen zu hören, daß wir die Laserpistole, aus der auf Justin und Candace geschossen wurde, zurückverfolgen konnten. Sie hat bestimmte Merkmale, die wir auch bei einem Waffenlager in der Mark Sarna gefunden haben. Es ist unwahrscheinlich, daß der Attentäter sie von dort geholt hat, daher suchen wir nach dem Raumschiff, das sie transportierte. Die Liste der Verdächtigen ist auf drei unabhängige Handelslandungsschiffe reduziert, und meine Leute überprüfen die Passagier-, Besatzungs- und Frachtlisten für jeden Flug dieser drei Schiffe nach New Avalon in den letzten zehn Jahren.«

Hanses Rechte ballte sich zur Faust. »Gut. Ich will jeden einzelnen in dieser Kette. Ich will sie allesamt wegen Mordes vor Gericht sehen, und anschließend wird es mir großes Vergnügen bereiten, ihrer Hinrichtung wegen Hochverrats und Königsmordes beizuwohnen.« Hanses Wut lag wie ein schweres Gewicht auf seiner Brust. »Ich wünschte mir nur, wir könnten den Kopf der Schlange vor Gericht stellen. Es macht mich wahnsinnig, daß Romano Liao und Tsen Shang meinem Zugriff entzogen sind.«

Alex nickte mitfühlend. »Was das angeht, Hoheit, habe ich keine Neuigkeiten, aber in diesem Fall betrachte ich das als gute Nachricht. Romano mag Eurem Zugriff entzogen sein, aber nicht dem Arm der Gerechtigkeit. Dieses Wissen tröstet mich ein wenig.«

»Ein hübscher Trost, aber nicht mit dem Gefühl zu vergleichen, meine Hände um ihren Hals legen zu können.«

Alex und Hanse lachten auf. »Alex, hat mein Sohn schon seine neuen Befehle erhalten?«

»Nein, die *Barbarossa* erreicht Biota erst Ende dieser Woche. Morgan Hasek-Davion ist bereits abgereist, um sie beim Sprung ins System zu begrüßen. Morgan wird ihm seinen Auftrag erklären, und anschließend macht sich die gesamte Zehnte Lyranische Garde zur Erholung und Ausrüstung auf den Weg nach Port Moseby. Nach Morgans Überzeugung wird Victor nicht gerade erfreut darüber sein, wieder hinter die Linien versetzt zu werden. Er erwartet ein Versetzungsgesuch Victors zu den Ersten Kathil-Ulanen oder einer anderen Fronteinheit. Wenn sein Gesuch abgelehnt wird, wird er annehmen, man wolle ihn bestrafen.«

So etwas kann nur mein Sohn denken. Hanse seufzte schwer und wünschte sich, die Magentablette würde schneller wirken. »Morgan und ich haben diese Möglichkeit diskutiert. Morgan kann mit ihm fertigwerden, er ist sehr viel überzeugender als ich.«

»Aber eine hart formulierte Protestbotschaft Eures Sohnes wird Euch nicht überraschen.«

»Natürlich nicht.« Hanse senkte den Blick. Sein Alter lastete auf seinen Schultern wie der riesige Fuß eines Mechs. »Glücklicherweise brauche ich ihm nur per Holovid zu antworten. Das läßt sich bearbeiten, bis ich ehrlich wirke. Sicher, die Zehnte hat eine Ruhepause dringend nötig, und wir werden sie in eine bessere Truppe verwandeln als je zuvor, aber auf Alyina sind sie durch die Mangel gedreht worden. Beinahe hätte ich am selben Tag wie Justin und seinen Sohn auch Victor verloren. Meine Frau ist sicher, daß Victor das gleiche Schicksal erwartet wie Ian.« Er schaute auf das Bild seiner Familie auf dem Schreibtisch. »Ich sehe dieser Eventualität alles andere als freudig entgegen, und das liegt nicht nur an der abgrundtiefen Furcht, meinen Sohn zu verlieren. Ich war nicht als Thronfolger vorgesehen und daher nicht darauf vorbereitet, diese Rolle mit ihrer dazugehörigen Machtfülle zu übernehmen, aber ich habe es geschafft. Bei meinen anderen Kindern bin ich mir da nicht so sicher, hauptsächlich weil sie noch so jung sind. Katherine ist gerade zwanzig und einfach noch zu unerfahren, um die Verantwortung über das Vereinigte Commonwealth zu übernehmen. Und Peter mit seinen siebzehn Jahren sieht sich bereits als Kriegerprinz, und das brauchen wir im Augenblick wirklich nicht.«

»Ihr solltet etwas mehr Zutrauen haben, Hoheit. Es

sind Ihre Kinder. Sie werden ihre Sache gut machen.« Alex erhob sich aus dem Sessel und streckte sich. »Ich werde noch die letzten Meldungen durchgehen, bevor ich versuche, noch etwas Schlaf zu ergattern. Und ich gestatte mir zu bemerken, daß die Ärzte Euch ebenfalls mehr Ruhe empfohlen haben.«

Hanse winkte ab. »Wenn ich die Bestätigung habe, daß Victor auf dem Weg ins sichere Hinterland ist, werde ich auch wieder schlafen können. Im Augenblick geht es mir gut.«

»Verzeiht meine Direktheit, Hoheit, aber Ihr tragt noch immer die Uniform von gestern. Ein kurzes Dösen im Lehnstuhl ersetzt nicht den Schlaf.«

»Sie haben mit meiner Frau geredet, was?« Hanse lächelte. »Also gut, sonst geben Sie ja doch keine Ruhe. Ich werde mich hinlegen.«

»Sehr gut. Noch etwas, bevor ich mich verabschiede, Hoheit.«

»Ja?«

»Wenn ich wieder mit Präzentor New Avalon rede, was soll ich auf seine mehr oder weniger versteckten Hilfeersuchen antworten?«

Hanse stieß die Luft zwischen den Zähnen aus. »Deuten Sie an, daß wir Ihnen jede Unterstützung zukommen lassen, aber machen Sie keine Versprechungen.« Hanse rieb sich das unrasierte Kinn. »Zwanzig Jahre lang hat uns ComStar geschadet, wie es nur irgend möglich war, und jetzt haben haben sie sogar dem Feind bei seiner Invasion geholfen. Sie haben mit dem Feuer gespielt, und es wird mir ein ungeheures Vergnügen bereiten, wenn ComStar bei lebendigem Leib geröstet wird!«

7

Militärisches Hauptquartier ComStars
Sandhurst, Britische Inseln, Terra

5. Februar 3052

In der Welt der Interaktiven Konstruktrealität, die sein Helm ihm präsentierte, schritt der Präzentor Martialum wie ein Riese über das Schlachtfeld. Der Computer zeichnete die Karte in exakten Details und lieferte Anastasius Focht ein farbiges Abbild Tukayyids im Maßstab von zweieinhalb Zentimetern zu 10 Metern. Dies führte dazu, daß die über die Landschaft verteilten BattleMechs wie Spielzeugsoldaten wirkten, die der Präzentor Martialum mit einem unvorsichtigen Schritt zu Hunderten auslöschen konnte.

Focht hob die Arme und senkte die Hände wie über einer imaginären Tastatur. Die Datenhandschuhe übermittelten die Bewegung an den Computer und der projizierte ein Tastaturschema, auf dem Focht seinen Befehl zur Veränderung des Maßstabs eingeben konnte. Er stellte mit trockener Befriedigung fest, daß das Schema der Tastatur dem Cockpit eines BattleMechs entsprach.

Wie in einem Zeitrafferfilm über das Wachstum von Pilzen wurden die BattleMechs immer größer, bis sie dem Präzentor Martialum an die Taille reichten. Er ging in die Hocke und visierte über die Schulter eines Wolfsclan-*Hagetaka* den Horizont an. Als er nichts sah, mußte er grinsen. Er streckte die rechte Hand aus, wie er es im Cockpit eines BattleMechs getan hätte, und schaltete von Sichtoptik auf Infrarot, dann Magnetdetektor und wieder zurück auf Sichtoptik. In keiner der verschiedenen Sensoreinstellungen machte er irgend etwas aus.

Er stand zufrieden auf. »Computer, halte fest, daß der Wolfsclan sich aufgrund des hügeligen Geländes der Przenoebene von Tukayyid bis auf 150 Meter an unsere in Stellung gegangenen Einheiten heranbewegt hat, ohne sie zu bemerken.«

»Notiert«, stellte der Computer emotionslos fest. »Die Prima möchte mit Ihnen sprechen. Verlassen Sie die Simulation, oder soll ich den Anruf in die Welt einfügen?«

Focht stieß einen schweren Seufzer aus. »Projizieren, wie beim letzten Mal.« Er wußte, daß sie das ärgern würde, aber er wollte die Simulation von Tukayyid noch nicht verlassen. Er hatte eine kleine Scharte im scheinbar unbesiegbaren Panzer der Clans gefunden und wollte sie nicht verlieren. *Der Schlüssel zum Sieg über sie liegt hier irgendwo versteckt. Jetzt muß ich ihn nur noch finden.*

Der Computer erzeugte eine dichte weiße Kumuluswolke am Himmel und projizierte das Gesicht der Prima hinein. Ihre Miene vermittelte dem Präzentor Martialum eine Ahnung davon, wie sich Adam nach dem Biß in den Apfel gefühlt haben mußte. »Du weißt, wie ich es hasse, mit dir zu reden, wenn du *dort* bist.«

»Verzeiht mir, Prima, aber ich habe viel zu tun, und die Möglichkeit, das Schlachtfeld in der Detailgenauigkeit zu studieren, die eine IKR mir bietet, ist von entscheidender Bedeutung.« Er neigte den Kopf und warf einen schnellen Blick auf sein hinter die Wolke projiziertes Bild, um eine saubere Animation sicherzustellen. Er wußte, warum sie etwas dagegen hatte, mit ihm zu reden, wenn er mit der IKR-Ausrüstung arbeitete. Auf ihrem Schirm erschien nur eine ausdruckslose Computeranimation seiner Gestalt, die ihr keine Möglichkeit bot, Mienenspiel oder Körpersprache zu lesen. Dadurch war sie im Nachteil, und das war es, was sie störte.

»Also schön, Präzentor Martialum. Ich will dich nicht bei der Verteidigung Terras behindern. Was hast du zu berichten?«

Er breitete die Arme aus. »Dies ist der Planet Tukayyid. Eine klimatisch relativ milde und etwas trockene

Welt in der Provinz Skandia der Freien Republik Rasalhaag. Es ist vor allem eine Agrarwelt. Der größte Teil der Landfläche besteht aus grasigen Ebenen unter der Kontrolle von Agrokombinaten. Unter der Kurita-Herrschaft siedelten mehrere Minderheitenreligionen hier; sie gründeten Mönchsgemeinschaften in den Bergen und in einem Fall unter dem Schmelztiegelmeer. Als Resultat dieser Entwicklung ist die Bevölkerung dieses Planeten relativ klein. Die Regierung ist dezentral organisiert. Jeder Konzern verwaltet seine Gebiete wie ein Lehen, mit Ausnahme der kleinen theokratischen Domänen.«

Die Prima konnte ein Gähnen nicht unterdrücken. »Sehr interessant, Präzentor Martialum. Ich nehme an, du bist nicht nur wegen der Möglichkeit, die Clans zu Tode zu langweilen, an dieser Welt interessiert?«

»Allerdings nicht, Prima.« Focht legte vorsichtig die Handflächen aufeinander. »Ihr schaut auf die Welt, die Terras Rettung werden wird.«

»Ich verstehe nicht.«

Der Präzentor Martialum genoß, daß der Computer seine verächtliche Miene verbarg. »Wie die Nachfolgerstaaten bereits feststellen mußten, können wir nicht vorhersagen, wo die Clans als nächstes zuschlagen. Allen Analysen ihrer Auswahltechniken zufolge müßten sie Tukayyid links liegenlassen, da der Planet keine Bedrohung für sie darstellt. Er besitzt keine einheimische Miliz, und alle kampffähigen Einwohner, die nicht anderweitig unabkömmlich waren, sind längst an der zerbröckelnden Frontlinie Rasalhaags. Aber ich kenne eine Möglichkeit, Tukayyid zu einem Hauptziel des Wolfclans zu machen. Sie besteht einfach darin, Khan Ulric zu einem Kampf auf dieser Welt herauszufordern, mit Terra als Einsatz.«

Angst zuckte über das Gesicht der Prima wie ein Blitz über den Nachthimmel. »Ich bin davon ausgegangen, daß wir gegen die Clans würden antreten müssen, und aus offensichtlichen Erwägungen will ich diesen Kampf nicht hier auf Terra. Ich nehme an, du hast Tukayyid nicht nur wegen des Mangels an potentiellen zivilen Schlachtopfern ausgewählt.«

Aus Wortwahl und Tonfall entnahm der Präzentor Martialum, daß die Möglichkeit ziviler Schlachtopfer für die Prima bei der Auswahl des Kampfplatzes eine durchaus untergeordnete Rolle spielte.

»Prima, für Tukayyid sprechen eine ganze Reihe von Gründen. Die Welt besitzt viele Ebenen für direkte Konfrontationen. Die Gebirge eignen sich für Überfallaktionen. Das Wetter ist zum überwiegenden Teil schön, was von Vorteil für Luft/Raum- und konventionelle Jagdmaschinen ist. Außerdem besitzt Tukayyid zahllose Lagerstätten, die zu dieser Jahreszeit leer stehen und auf den Ertrag der kommenden Ernte warten. Wir können sie für Munition und Ausrüstungen verwenden. Und vor allem ist die geringe Bevölkerung in leicht zu verteidigenden Positionen konzentriert, so daß die Clans keine Zivilisten gegen uns einsetzen können.«

Ein raubtierhaftes Grinsen breitete sich über das Gesicht der Prima aus. »Der Sieg gegen die Clans ist uns also sicher?«

Focht versteifte sich, aber das Bild auf dem Schirm der Prima tat es ihm nicht nach. »Prima, die Auswahl eines passenden Schlachtfelds für die Begegnung mit den Clans ist nur der erste Schritt beim Aufbau einer Strategie gegen sie. Tukayyid wird uns einen Vorteil verschaffen, aber wir müssen uns nichtsdestoweniger mit gewissen Fakten abfinden. Der erste und wichtigste Punkt dabei besteht in der Tatsache, daß uns die Freie Republik Rasalhaag keine Erlaubnis gegeben hat, Truppen auf ihrem Planeten abzusetzen oder ihn als Schlachtfeld zu benutzen.«

»Das wird sie.« Die Prima winkte ab. »Prinz Haakon Magnusson sucht so verzweifelt nach allem, was den Anschein eines Sieges seiner bemeitleidenswerten Nation hat, daß er die Chance, seine Welt von uns verteidigen zu lassen, mit beiden Händen ergreifen wird. Ich werde dafür sorgen, daß die Agrokombinate gleich morgen früh die Nachricht erhalten, daß wir alle Schäden ersetzen werden. Außerdem werden wir ihre Kommunikation bevorzugt behandeln, damit sie keinerlei Schwierigkeiten bei einer Evakuierung der Bevölkerung haben, die wir ihnen im übrigen wärmstens empfehlen werden.« Ihre Miene erinnerte an eine Mutter, die einem trotzigen Kind gut zuredete. »Wenn du diese Welt für deinen Sieg brauchst, wirst du sie bekommen. So oder so, Tukayyid ist dein.«

Ob sie wohl glaubt, den Sieg genauso einfach befehlen zu können? »Vielen Dank, Prima. Ich weiß Euren Vorschlag zu schätzen, die Welt zu evakuieren. Es würde meine potentiellen Probleme mindern.« Der Präzentor Martialum verschränkte die Arme. »Ich habe bereits begonnen, die ComGuards zusammenzuziehen und für die Überstellung nach Tukayyid vorzubereiten. Ich habe auch schon erste Anforderungen für Ausrüstung und Vorräte eingereicht, die mein Quartiermeister mir als verfügbar gemeldet hat. Ich rechne mit einem Feldzug von über einem Monat Dauer.«

»Ein Monat?« Myndo Waterly verzog das Gesicht. »Ich habe deine Anforderungen gesehen. Mit so vielen Truppen hätte ich gedacht, du besiegst die Clans innerhalb von Stunden!«

»Nein, Prima.« Focht deutete auf den Wald aus Clan-Mechs, der ihn umgab. »Die Clans sind auf schnelle Siege spezialisiert. Wenn die Kämpfe innerhalb einer Stunde zu Ende gehen, bedeutet das ComStars Niederlage. Bei dieser Schlacht müssen wir davon ausgehen, daß die Clans alles gegen uns aufbieten, was sie haben. Ich erwarte sogar, daß Khan Ulric Truppen aller sieben angreifenden Clans nach Tukayyid führt. Sie werden ohne Rücksicht zuschlagen, daher müssen wir lernen, ihren Schlägen auszuweichen.«

»Aber Vorräte für einen Monat? Ist das nicht übertrieben?«

Focht zuckte die Schultern. »Ich kann nur so antworten, wie ich es schon seit langem meinen Untergebenen sage, wenn sie Vorräte anfordern: Übriggebliebene Ausrüstung kann ich nach dem Sieg zurückgeben. Wenn mir die Munition ausgeht, ist ein Sieg unmöglich. Außerdem haben sich Nachschubdepots und Beweglichkeit für das Vereinigte Commonwealth und das Draconis-Kombinat als nützlich erwiesen. Hohiro Kuritas Truppen haben sich nur deshalb so lange auf Teniente halten können, weil er die Dritten und Elften Pesht-Regimenter in beweglichere Einheiten aufgeteilt hat.«

»Diesen Punkt will ich dir zugestehen.« Die Prima schob die Hände in die Ärmel ihrer goldenen Robe. »Du hast dein Schlachtfeld, deine Truppen und deine Ausrüstung. Was brauchst du noch?«

»Meine Berater und ich arbeiten an verschiedenen Szenarios, die auf früheren Clan-Einsätzen basieren, so daß wir ihre Strategien im Computer nachstellen können. Wir werden unsere Truppen immer wieder in Testkämpfen gegen sie ins Feld führen, bei denen vom Lanzenführer aufwärts alle mit Computersimulationen arbeiten und so den Feind kennenlernen. Beim Durchspielen dieser Strategien werden wir verwerfen, was sich als falsch erweist, und versuchen, taktische und strategische Regeln zu erarbeiten, die es uns möglich machen, mit den Clans fertig zu werden.«

»Du scheinst kein allzu großes Zutrauen in deine Fähigkeiten zu haben, Präzentor Martialum. Von einem MechKrieger mit deiner illustren Laufbahn hätte ich mehr erwartet.«

Focht hob mit bewußt betonter Bewegung den Kopf, damit die Computerprojektion sie übernahm. »Prima, es ist fast dreiundzwanzig Jahre her, daß ich in einem echten Gefecht stand. Davor bin ich in die Schlacht gezogen, wann immer der Archon es verlangte. Ich habe die besten Truppen geführt, die das Lyranische Commonwealth anzubieten hatte, und ich kann Euch versichern, daß unsere ComGuards noch besser sind. Ich habe nicht immer den Sieg geschmeckt, aber ich habe gelernt, meine Gegner zu respektieren, und die Clans verdienen jedes Quentchen Respekt, das ich aufbringen kann. Ich kann mir nicht vorstellen, daß die Zehnte Lyranische Garde unter meiner Führung besser hätte kämpfen können als unter der von Prinz Victor Steiner-Davion, und trotzdem haben die Jadefalken sie auf Alyina in der Luft zerrissen.«

Während er mit der linken Hand eine weit ausladende Geste ausführte, um die Prima abzulenken, veränderte Focht mit der Rechten den IKR-Maßstab auf 1:1, so daß die Clan-Mechs um ihn herum ins Gigantische wuchsen. »Wie wir von Anfang an wußten, sind die Clans die größte Bedrohung, der sich die Innere Sphäre je gegenübergesehen hat, und nun führt ihr Weg geradewegs nach Terra. Ich werde sie aufhalten, aber dazu benötige ich Eure volle Unterstützung beim Zusammenziehen meiner Truppen und Ausformen meiner Pläne.«

»Und du sollst meine volle Unterstützung *haben.*« Die Schultern der Prima sanken etwas herab. »Ich werde dafür sorgen, daß nichts zwischen dir und dem Sieg steht.«

»Gut.« *Jetzt noch die letzte Bitte.* »Dann werdet Ihr mir gestatten, zu Khan Ulric zu reisen, um diesen Kampf in Clan-Manier auszuhandeln.«

Obwohl Focht mit leiser und sachlicher Stimme gesprochen hatte, weiteten sich die Augen der Prima, und ihr Gesicht lief rot an. »WAS? Bist du wahnsinnig geworden?« In der IKR-Welt erwartete der Präzentor Martialum jeden Augenblick Blitze aus ihren Augen, die ihn zu Asche verbrannten. »Ich kann meinem Feldherrn nicht gestatten, ins Lager des Feindes zu reisen. Was, wenn sie dich gefangennehmen und foltern? Ich habe den Bericht darüber gesehen, wie sie Phelan Kell zerbrochen haben. Du könntest länger aushalten, aber zum Schluß würdest du auch alles verraten. Das kann ich nicht riskieren.«

»Prima, ich *muß* zu ihm.« Focht befahl dem Computer, den Zeitablauf zu beschleunigen, so daß um ihn herum die Welt im nächtlichen Dunkel versank. »Khan Ulric wird wissen, daß es eine Falle ist. Er wird wissen, daß wir auf ihn lauern. Die einzige Möglichkeit, ihn dazu zu bewegen, den Kopf der Clans in das Maul des ComStar-Löwen zu legen, besteht darin, ihn in seinem Bau aufzusuchen. Er wird meinen Mut schätzen und respektieren. Außerdem wird meine Handlungsweise die anderen Clans herausfordern, so daß sie gehorchen werden, wenn Ulric sie zur Beteiligung auffordert. Ein formelles Bieten mit dem ilKhan ist für diese Operation nicht weniger wichtig als Nachschub und Truppen.«

Er sah ihre verschlossene Miene und wußte, daß er verloren hatte. »Nein, Präzentor Martialum. Das kann ich nicht gestatten. Das werde ich nicht gestatten.«

»Denkt nach, Prima. Besprecht euch mit dem Ersten Bereich, bevor Ihr Eure endgültige Entscheidung trefft.« Er verschränkte die Arme und begegnete ihrem starren Blick ohne eine Regung. »Wenn Ihr mir nicht gestattet, Ulric von Angesicht zu Angesicht gegenüberzutreten, um diese Schlacht auszuhandeln, solltet Ihr zu üben beginnen.«

Sie wirkte verwirrt. »Sprich nicht in Rätseln, Präzentor Martialum. Ich weiß, wer und was du wirklich bist, und solch mystischer Unsinn paßt nicht zu dir. Was sollte ich zu üben beginnen?«

»Ihr solltet üben, was Ihr Ulric sagen wollt, wenn er sich bei Euch meldet, um die Verteidigung Terras auszuhandeln.«

Abrupt wurde die Wolke schwarz und hinterließ einen leeren Fleck im sternenübersäten Nachthimmel. Der Präzentor Martialum schüttelte den Kopf. »Politiker werden das nie verstehen; aber ein Krieger muß wissen, daß der Gegner, der sich ihm entgegenstellt, ein wahrer Krieger ist. Es überrascht mich nicht, denn für Politiker ist ein Kompromiß ein voller Sieg. In diesem Krieg kann es keinen Kompromiß geben, denn jedes andere Ergebnis als ein totaler Sieg über die Clans bedeutet das Ende ComStars.«

Er atmete tief durch und stieß einen lauten Seufzer aus. »Computer, Kontinent Boreal, Cokoladuberge. Wiederhole den Vormarsch der Novakatzen-Lanciers ...«

8

Landungsschiff *Barbarossa,* Nadirsprungpunkt Biota, Vereinigtes Commonwealth

7. Februar 3052

Victor Ian Steiner-Davion zupfte am Saum seiner Uniformjacke, bevor er an die Schottwand neben der Luke zur Kapitänskabine klopfte. Unter normalen Umständen hätte er bei einem Treffen mit seinem Cousin Marshal Morgan Hasek-Davion auf jede Förmlichkeit verzichtet, aber die Nachricht hatte um ein Gespräch mit *Kommandant* Steiner-Davion gebeten. Das bedeutete eine dienstliche Unterredung, keine private. »Kommandant Victor Steiner-Davion meldet sich wie befohlen, Sir.«

»Komm rein, Victor.« Hinter dem kleinen, zierlichen Schreibtisch wirkte Morgan Hasek-Davion wie ein Titan, der in einem Zwergensaal gefangen war. Sein langes rotes Haar verdeckte die goldenen Epauletten auf den Schultern der schwarzen Uniform. Mit einer riesigen Hand deutete Victor auf einen Stuhl, aber Victor blieb lieber stehen. »Freut mich, daß es dir gut geht. Wie ich hörte, hattest du es auf Alyina nicht leicht.«

Nicht leicht? Mein bester Freund fällt bei dem Versuch, mir das Leben zu retten, und meine Einheit wird zerschlagen? Und jetzt bist du hier, um mir mein Kommando zu entziehen. »Ich blieb unverletzt, Marshal. Dasselbe kann man von meinen Leuten nicht behaupten. Ich weiß nicht, was geschehen ist. Sie haben uns überwältigt.«

Morgan hob die Hand und unterbrach Victors Redefluß. »Die Analyse der Gefechtsroms läßt weder auf Schuld noch Nachlässigkeit von deiner Seite schließen. Du und deine Leute habt getan, was ihr konntet. Die Clans haben ihre Taktik geändert und euch härter angegriffen als früher. Was auf Alyina geschehen ist, war nicht deine Schuld.«

Victor sah geradewegs in Morgans grüne Augen. »Wenn dem so ist, warum bist du hier, um mir mein Kommando zu nehmen?«

Die Frage kam offensichtlich überraschend für Morgan. »Wovon redest du?«

»Ich weiß, was los ist, Marshal.« Der kleinwüchsige Prinz verschränkte die Arme hinter dem Rücken. »Man erzählt sich bereits, daß die Zehnte Lyranische Garde über eine Kommandostrecke nach Port Moseby fliegt. Wir sollen uns ausruhen und neu ausrüsten, heißt es, aber ich kenne den wahren Grund. Wir werden hinter die Front verlegt, weil wir auf Alyina geschlagen wurden. Andere Fronteinheiten werden vorverlegt, um unseren Platz einzunehmen. Ihr mottet die Zehnten Lyraner ein und ruiniert Generalin Andrea Kaulkas' Karriere, weil es den Eindruck macht, daß *ich* Mist gebaut habe.«

»Unsinn. Ich sagte bereits, daß Alyina nicht dein Fehler war.«

»Wenn dem so ist, versetz mich zu einer anderen Gefechtseinheit.«

»Das kann ich nicht tun, Victor.«

»Nicht zu deinen Kathil-Ulanen. Es wäre eine Ehre für mich, dort zu dienen, aber zu viele Leute würden denken, ich hätte den Posten nur meines Namens wegen bekommen, nicht wegen meines Könnens. Das werde ich nicht zulassen.« Er schloß die Augen und konzentrierte sich. »Gib mir bitte einen Posten bei den Elften Donegal Guards oder den Zweiten Crucis-Lanciers.«

Morgan schüttelte den Kopf. »Das kann ich nicht tun, Victor. Ich kann dir kein Kommando über eine andere Militäreinheit anvertrauen. Ich würde es bei keinem anderen Offizier deines Rangs tun, und wenn du tatsächlich nicht als Nutznießer von Vetternwirtschaft hingestellt werden willst, empfehle ich dir, keine Gefallen von mir zu verlangen.«

Die Bemerkung traf. Victor knirschte mit den Zähnen. »Marshal, es sind nur zwei Gründe denkbar, aus denen ich mit den Zehnten Lyranern in Urlaub geschickt werde. Der erste Grund besteht darin, daß meine Leistungen im Feld als katastrophal betrachtet werden. Das mag sein, nachdem mir zwei Einheiten praktisch unter dem Hintern weggeschossen wurden. Aber ich halte diesen Vorwurf für unfair, da wir uns den Clans auf Trellwan zum erstenmal gegenüberstellten, als wir noch nicht wußten, wie wir uns zu verhalten hatten. Auf Alyina haben sie ihre Taktik geändert, und wir haben es zu spät bemerkt, um uns darauf einzustellen. Trotzdem mußten sie für ihren Sieg teuer bezahlen.« Victor deutete mit der flachen rechten Hand auf einen Sichtschirm. »Du darfst nicht vergessen, daß wir auf Twycross gesiegt haben.« Er ballte die Hand zur Faust. »Wir haben den Clans zum erstenmal auf einer Welt des Vereinigten Commonwealth eine Abreibung verpaßt, und der Plan dafür stammte von mir und Kai und den anderen jungen Offizieren ...«

»Und ohne Kais verdammtes Glück hättest du die Zehnte Lyranische Garde schon auf Twycross verloren, nicht erst auf Alyina«, bellte Morgan. Seine Faust schlug auf den zerbrechlichen Tisch, verstreute die Schreibstifte und ließ die Computertastatur in die Luft hüpfen. »Anscheinend hat Kai auf Twycross sein ganzes Glück verbraucht, denn auf Alyina hat es ihn verlassen. Ja, du hast die Clans auf Twycross geschlagen, aber nur weil Kai sich in extreme Gefahr begeben hat, um die Falkengarde zu vernichten.«

»Nein, Marshal, bei allem Respekt: Kais Aktion war nicht der *einzige* Grund für unseren Sieg auf Twycross.« Victor ballte frustriert die Fäuste. »Unser Plan war gut. Wir waren bereits dabei, auf die Bedrohung in unserem Rücken zu reagieren, noch bevor wir erfuhren, daß Kai die Falkengarde aufgehalten hatte. Bis die Falken herangekommen wären, hätten wir unsere Position um 130 Grad gedreht, so daß sie sich durch ihre eigenen Verbündeten hätten schlagen müssen, um uns zu erreichen. Wir hätten sie vielleicht nicht besiegt, aber wir wären imstande gewesen, uns geordnet zurückzuziehen. Unsere Strategie war tadellos, Morgan, und du weißt das auch. Schließlich hast du den Plan selbst genehmigt.«

In Victors Augen loderte der Zorn. »Und wenn ich nicht unfähig bin, Truppen ins Gefecht zu führen, kann der einzige andere Grund, mich zurückzuziehen, darin liegen, daß jemand auf New Avalon mich aus der Schußlinie wissen will. Einen anderen Soldaten würden sie nicht von der Front abziehen, nur weil seine Mutter oder sein Vater das gerne hätte, warum also mich? Solange wir von anderen verlangen, ihre Söhne und Töchter der Gefahr auszusetzen, gehöre ich an deren Spitze. Na los, Morgan, bestreite, daß der Befehl, mich von der Front abzuziehen, von New Avalon stammt.« *Von meinem Vater.*

»Victor, du weißt sehr genau, daß alle Befehle, die ich erhalte, die Unterschrift deines Vaters tragen. Das besagt überhaupt nichts.« Morgan lehnte sich vor und legte die Handflächen flach auf das Aluminium der Schreibtischplatte. »Wenn deine Mutter oder dein Vater dich außer Gefahr oder aus der Schußlinie wissen wollen, haben sie sich dafür eine ganz besonders ungeeignete Welt ausgesucht. Port Moseby mag weit hinter der Front zwischen den Jadefalken und unseren Truppen liegen, aber der Planet befindet sich im Aufmarschgebiet des Wolfsclans. Das ist eine Versetzung vom Regen in die Traufe.«

»Ich ziehe den Regen jetzt der Traufe später vor.«

Morgans ernste Miene lockerte sich. »Ohne Zweifel. Aber ich finde deine Argumentation fehlerhaft. Du hast einen dritten Grund für deine Versetzung übersehen.«

Victor runzelte die Stirn. Ihm kamen Zweifel. »Und der wäre?«

»Du bist auch nur ein Mensch. Du warst in einige der schwersten Gefechte verwickelt, die wir gegen die Clans gesehen haben. Du hast vor kurzem einen engen Freund verloren, und deine Einheit wurde schwer geschlagen. Von den vierzig Mechs unter deinem Befehl sind gerade noch dreizehn einsatzbereit, und auch das nur nach *deiner* sehr großzügigen Zustandsbeschreibung der Einheit. Zehn weitere Mechs sind reparabel, aber sie ähneln mehr abstrakten Kunstwerken als Kriegsmaschinen. Du hast fünfzehn Mechpiloten durch Tod oder Verwundung verloren, und acht weitere benötigen eine Genesungspause, bevor sie wieder in ein Cockpit steigen können. Mit anderen Worten, dein Bataillon ist in Wirklichkeit nur noch eine verstärkte Kompanie, und der Rest der Zehnten Lyranischen Garde steht kein bißchen besser da.«

»Soll heißen?«

»Das soll heißen, du brauchst eine Erholungspause. Du brauchst Zeit, deine Einheit wieder aufzubauen.« Morgan setzte das mitfühlendste Gesicht auf, zu dem er fähig war. »Du brauchst einen Abstecher nach Port Moseby.«

»Verdammt, Morgan, das kann ich nicht.« Victor stieß sich mit dem Daumen auf die Brust. »Mein ganzes Leben lang hat man mich nur auf zwei Arten gesehen: entweder als ›kleiner Prinz‹, den man bei Laune halten muß, oder als Erbe des Fuchses, vor dem man Angst haben muß. Alle haben angenommen, daß ich wegen meiner geringen Größe einen Napoleonkomplex habe und ein blutrünstiger Kriegstreiber bin. Sobald ich meinem Vater oder dir nacheifern will, heißt es, ich bin ein Tyrann mit hysterischen Wutanfällen. Ich hasse es! Andererseits vergleicht mich aber jeder mit meinem Vater. Wenn ich nur die geringste Schwäche zeige, wenn ich nicht all das schaffe, was mein Vater getan hat, muß man mich bemitleiden, weil ich keine Hoffnung habe, jemals solche Heldentaten zu begehen. Jeder Fehlschlag wird zu einer Katastrophe hochstilisiert, weil ich die Nachfolge meines Vaters antreten soll. Ja, es ist eine schwere Aufgabe, aber ich kann sie erfüllen. Ich werde sie meistern, und ich werde meine Sache gut machen, aber ich muß die Chance dazu erhalten. Sicher, ich erwarte, daß die Leute mich ansehen und sagen: ›Das ist Hanse Davions Sohn.‹ Aber einmal wenigstens würde ich sie gerne sagen hören: ›Der Erste Prinz ist Victor Davions Vater.‹«

»Und genau aus diesem Grund mußt du mit deinen Truppen nach Port Moseby fliegen.« Morgan breitete die Arme aus. »Tust du es nicht, erscheinst du blasiert und dem Schicksal deiner Untergebenen gegenüber gleichgültig. Die Zehnte Lyranische Garde wird seit langem von designierten Nachfolgern des Archons kommandiert und hat für die Bevölkerung des Lyranischen Commonwealth eine enorme psychologische Bedeutung. Der letzte Steiner, der sie kommandierte, benutzte die Einheit dazu, im Vierten Nachfolgekrieg eine Kurita-Offensive zu stoppen. Er und seine Leute wußten, daß sie ein Himmelfahrtskommando übernahmen, und es heißt, der Kommandeur hat sich persönlich in Theodore Kuritas Gefangenschaft begeben, um den Überlebenden der Zehnten Lyranischen Garde sicheres Geleit zu erkaufen. Katrina Steiner, deine Großmutter, hat die Zehnte Lyranische Garde um diesen Kern von Überlebenden wiederaufgebaut, und sie wurden wieder zu einer Truppe, die ihre Feinde zu fürchten haben. Als du ein Bataillon in der Garde übernommen hast, wurde das als positives Zeichen für die Stabilität des Vereinigten Commonwealth gesehen, und der Sieg auf Twycross war in zweifacher Hinsicht etwas Besonderes, weil der Erbe des lyranischen Throns geholfen hat, die Zehnte zum Sieg über die Clans zu führen.«

Morgan fixierte Victor mit einem eisigen Blick. »Wenn

du deine Truppen jetzt aufgibst, wird die Zehnte Lyranische Garde sich entehrt fühlen. Sie werden wissen, daß du sie für Versager hältst, und von diesem Schlag werden sie sich nicht wieder erholen. Wenn du bei ihnen bleibst, wenn du ihnen deine Entschlossenheit zeigst, wird die Einheit stärker als zuvor wiedererstehen. Wenn nicht, wird man von der Zehnten nur noch sagen, daß sie nie wieder dieselbe war, seit sie zum letztenmal von einem *wahren* Steiner befehligt wurde.«

Das saß. So sehr er auch wieder zurück ins Kampfgetümmel wollte, er fühlte eine Gemeinsamkeit mit der Zehnten Lyranischen Garde, die er nicht so einfach aufgeben konnte. *Sie haben alles für mich getan, haben in den Kämpfen auf Alyina alles gegeben. Ich schulde ihnen meinen Beistand.* Er öffnete und ballte die Fäuste, dann verschränkte er die Hände langsam hinter dem Rücken.

»So ungern ich es zugebe, du hast mir den Fehler in meinen Gedanken gezeigt. Ich bedanke mich.« Victor beugte sich vor und packte die Lehne des vor ihm stehenden Stuhls. »Verdammt, Morgan, du mußt dich noch daran erinnern, wie es ist, wenn man etwas zum Krieg beitragen will, aber gezwungen ist, eine scheinbare Ewigkeit zu warten.«

Der Marshal lehnte sich in seinem Sessel zurück und nickte. »Allerdings, Victor, und daher weiß ich, daß du es überleben wirst. Im Vierten Nachfolgekrieg war ich so versessen auf einen eigenen Befehl, daß ich dachte, ich müßte daran ersticken. Dein Vater hat nicht zugelassen, daß ich in den Kampf ziehe, weil ich sein Erbe war, bis du geboren wurdest. Die Tatsache erfüllte mich mit großem Stolz, aber ich wollte ihm beweisen, daß ich ein fähiger Führer sein konnte.« Der ältere Mann lächelte zufrieden. »Als er mich dann endlich zu sich rief, erklärte er mir, eine Mission zu haben, die er niemand anderem anvertrauen konnte. Gleichgültig was es war, oder wie viele Männer und Mechs ich zur Verfügung hatte, ich hätte ja gesagt.«

Victor teilte Morgans Begeisterung. »Das war der Liao-Überfall auf Kathil und dein Vorstoß zur capellanischen Zentralwelt, um Justin Allard und Candace Liao rauszuholen, stimmts?«

»Genau.« Morgan schüttelte langsam den Kopf, als er sich an die Kämpfe erinnerte. »Ich war genauso versessen darauf, mich zu bestätigen, wie du es jetzt bist, Victor, und ich bin fürchterliche Risiken eingegangen. Ich hatte Glück, weil die capellanischen Truppen keine Clans waren, sonst hätte ich leicht in deine Position geraten können. Aber worum es mir geht, ist folgendes: Du mußt bei deinen Truppen warten und sie für jede denkbare Mission vorbereiten. Ich weiß nicht, ob ihr wieder an die Front versetzt oder die einzige Einheit im Aufmarschgebiet der Wölfe sein werdet. Du wirst weder bestraft noch beschützt. Die meisten anderen Kommandeure würden eine derartige Pause als Belohnung für erbrachte Leistungen sehen.«

Victor senkte ergeben den Kopf. »Wahrscheinlich hast du recht.« *Ich frage mich, wie weit ich gehen kann?* »Ich bin bereit, mich deinen Befehlen zu beugen, aber unter einer Bedingung.«

Morgan hob eine Braue. »Bedingungen für Befehle? Ich dachte, du haßt Bevorzugung.«

»Es geht nicht um mich, Morgan, sondern um meine Leute.« Ein teuflisches Funkeln trat in seine Augen. »Ich möchte, daß mein Bataillon als erstes neu ausgerüstet wird. Ich möchte, daß meine Truppen sofort mit dem Training beginnen können. Und ich möchte, daß mein Bataillon auf eine Einsatzstärke von fünfzig BattleMechs gebracht wird.«

Morgan legte die Fingerspitzen aufeinander. »Was genau hast du vor, Victor?«

»Der Grund für unsere ständigen Niederlagen gegen die Clans hat mehr mit unserer Gefechtsdoktrin zu tun als mit ihren überlegenen Waffen. In der Vergangenheit hatten sie vor allem dort Probleme, wo sie gegen irreguläre Einheiten antreten mußten. Wir haben versucht, uns ihnen in offener Feldschlacht zu stellen, und obwohl wir gewinnen können, wie die Kuritaner auf Luthien bewiesen haben, ist der Preis eines solchen Sieges zu hoch. Ich will ein verstärktes Bataillon speziell in Taktiken ausbilden, die uns gegen die Clans einen Vorteil verschaffen. Ich will eine Einheit, die schnell und mit Guerillataktiken vertraut ist. Wir können sie hetzen, können sie schlagen, wenn ihre Zahl zu gering ist, um uns zu schaden. Wir müssen sie unter Druck setzen. Wir wären das Gegenstück zur Delta-Kompanie Andrew Redburns im Vierten Nachfolgekrieg.« Der Prinz grinste schüchtern. »Ich dachte daran, uns ›Die Untoten‹ zu taufen, weil wir von den Toten auferstanden sind, um die Clans zu verfolgen.«

»Und du willst zurück nach Alyina, korrekt?«

Victor erstarrte, dann nickte er langsam. »Bin ich so leicht zu durchschauen?«

Morgan stand auf. Er trat um den Schreibtisch herum und legte die Hände auf Victors Schultern. »Nein, du bist mehr wie eine Rakete mit hundertprozentiger Zielerfassung. Generalin Kaulkas hat mich vor deiner Besessenheit gewarnt.«

»Bekomme ich die Einheit?«

Der Marshal des Vereinigten Commonwealth nickte. »Ja, aber es liegt an dir, Victor Steiner-Davion, dafür zu sorgen, daß deine Truppen, deine Untoten, gut genug werden, um sich den Namen ›Die Überlebenden‹ zu verdienen.«

»Das werde ich.« Victor sah auf. »Und bekommen wir Alyina?«

»Vielleicht.« Morgans Blick schweifte in die Ferne. »Aber ich denke, du wirst noch merken, daß dieser Krieg mehr als ein Alyina kennt, und du mehr zu rächen haben wirst als nur den Tod Kai Allards.«

9

Alyina
Trellshire, Jadefalken-Besatzungszone

8. Februar 3052

Kai Allards Axt senkte sich in schwungvollem Bogen und spaltete das Holzscheit in der Mitte. Er ließ die Axt im Block stecken, beugte sich hinab und warf die beiden Holzstücke auf den Stapel hinter dem Haus der Mahlers. »Nein, Erik, Sie können mich nicht überreden. Ich bleibe nicht hier.«

Sein Gegenüber schüttelte den Kopf. »Es macht uns keine Mühe.« Er rieb sich die linke Schulter. »Und ich bin Ihnen auch sehr dankbar für die Hilfe bei der Arbeit.«

Kai bemerkte die unterschwellige Besorgnis in der Stimme des Mannes, aber er ließ sich nicht umstimmen. »Sie wissen nicht, wie sehr Sie mir in den letzten drei Wochen geholfen haben. Ihr Dach über dem Kopf und das warme Essen haben mir wieder neue Kraft verliehen, und die harte Arbeit scheint mir etwas Muskelschmalz geliefert zu haben. Davon abgesehen sind Dr. Lear und ich jedoch einig, daß unsere Anwesenheit hier eine direkte Bedrohung für Ihre Frau und Sie darstellt. Wenn die Clans uns hier finden ...«

Mahler wehrte ab, aber Kai sah, wie der Blick des Mannes in die Ferne ging. »Die Clans haben ihre Aktivitäten in diesem Sektor so gut wie eingestellt. Diese Welt ist befriedet. Sie könnten hierbleiben.«

Kai zog die Axt aus dem Holz und stellte sich ein neues Scheit zurecht. »Sie wissen ebensogut wie ich, daß Dr. Lear und ich Verpflichtungen haben.« *Krach.* Zwei Holzstücke flogen durch die Luft. »Sie wissen jetzt schon viel zu viel von uns. Die Clans würden ihnen bestimmt nicht abnehmen, daß das Zufall ist.« Er wischte sich mit dem linken Unterarm den Schweiß von der Stirn. »Zum Beispiel wissen Sie, daß ich nicht Dave Jewell bin.«

Mahler verschränkte defensiv die Arme vor der Brust. »Und wenn ich weiß, wer Sie wirklich sind, warum sollte ich Ihnen nicht helfen?« Er öffnete die Knöpfe seines rot-schwarz karierten Flannelhemds. Er zog es zurück und legte das weiße Narbengewebe auf seiner linken Schulter frei. »Das haben mir die Drachen auf Styx verpaßt, als sie versuchten, Melissa Steiner von der *Silberadler* zu holen. Die Kell Hounds haben uns gerettet, und Ihr Onkel war einer von ihnen. Ich nehme meine Schulden ernst.«

In Kais Magengrube verkrampfte sich etwas. Im letzten Monat hatte er sich sehr lebendig gefühlt, obwohl er Lichtjahre von zu Hause entfernt ohne Hilfsmittel auf einem feindlichen Planeten festsaß. Dave Jewells Identität war angenehm für ihn gewesen, weil sie ihn von der Verantwortung eines Allard und Liao entbunden hatte. Sie hatte ihm auch das schmerzhafte Gefühl genommen, seine Familie enttäuscht zu haben, und den ständigen immensen Zwang zum Erfolg. Jetzt schlug all das wie eine Flutwelle über ihm zusammen, als Erik Mahler ihn an das heroische Erbe seiner Familie erinnerte.

»Sie schulden mir nichts, Erik Mahler. Ihre Verteidigung Melissa Steiners vor einem Vierteljahrhundert ist eine Tat, für die ich Ihnen schulde, die Gefahr unserer Entdeckung durch die Clans von Ihnen zu nehmen.« Wieder spaltete er ein Holzscheit. »Nachdem Sie das Geheimnis meiner Identität entdeckt haben, wissen Sie auch, daß es meine Pflicht ist, mich mit Prinz Davion in Verbindung zu setzen. Ich kann und werde mich nicht daran hindern lassen, diese Pflicht zu erfüllen.«

Mahler zögerte einen Augenblick, dann nickte er. »Sie haben recht. Ich wußte es die ganze Zeit. Ich hätte Sie nicht gebeten zu bleiben, aber ich fand, zumindest die Geste war ich Ihnen schuldig. Außerdem macht sich meine Frau jetzt schon Sorgen um Sie und Dr. Lear.« Er knöpfte sein Hemd wieder zu. »Ist es wirklich klug, sie mitzunehmen?«

»Ich würde es vorziehen, allein zu reisen. Das geht schneller und ist weniger riskant, aber sie weigert sich, hierzubleiben und Sie in Gefahr zu bringen.« Kai stapelte das Holz auf.

»Außerdem könnte es durchaus hilfreich sein, jemanden mit medizinischer Ausbildung dabeizuhaben.«

»Das meine ich nicht.« Mahler schnaufte belustigt. »Nach Ihrer ersten Nacht haben Sie beide kaum mehr als ein förmliches Guten Tag gewechselt. Ihre Beziehung scheint mir den Problemen nicht gewachsen, die Ihr Plan mit sich bringen wird.«

»Sie könnten recht haben.« Kai hob die Schultern und seufzte. »Aber ich glaube nicht, daß Dr. Lear mich behindern wird. Sie ist klug und kompetent, und mehr kann ich von einem Reisegefährten nicht verlangen.«

»Wirklich? Dann sind Sie eine seltene Art Mensch, Dave Jewell.« Mahler kniff die grauen Augen zusammen. »Ich für meinen Teil würde von meiner Begleitung zumindest noch erwarten, daß sie mich nicht haßt.«

Trotz ihrer Proteste bestand Erik Mahler darauf, Kai und Deirdre in seinem Hovertruck in die nächste Stadt zu fahren. Hilda packte ihnen einen Picknickkorb und füllte Kais Rucksack mit Zivilkleidung, die sie für die beiden umgeschneidert hatte. Als Kai sich weigerte, irgend etwas mitzunehmen, das sie nicht bereits mitgebracht hatten, versicherte Hilda ihm, daß sie alle Etiketten entfernt hatte und die Sachen nicht zurückverfolgt werden konnten. Kai war klar, daß sie keine Einwände akzeptieren würde, also gab er nach.

Insgeheim war er hocherfreut über alles, was die Mahlers für ihn und Deirdre getan hatten. Hilda hatte die Leitungen aus einer Kühlweste entfernt, so daß sie eine warme kugelsichere Weste abgab, die er unbemerkt unter einem von Erics alten Wollhemden tragen konnte. Sie hatte auch die Beine seiner Hose ausgelassen, damit er sie über den Mechstiefeln tragen konnte, ohne allzuviel Aufmerksamkeit zu erregen. Sie hatte sogar alle Namensetiketten aus seinen und Dave Jewells Kleidern geschnitten, die er mitgebracht hatte.

Erik und Kai hievten einen schweren Tisch und etwas von dem Brennholz, das Kai gehackt hatte, auf die Ladefläche des Hovertrucks. Mit Erik, Deirdre und Kai im Fahrerhaus würden sie wie eine Familie aus den Außenbezirken wirken, die nach Dove Costoso kam, um den Bauernmarkt zu besuchen. Das war ihre Tarnung, und Kai versteckte für den unwahrscheinlichen Fall, daß eine Patrouille mißtrauisch wurde, seinen Nadler unter dem Sitz.

Hilda hatte Tränen in den Augen, als sie sich verabschiedeten. »Sie können immer hierher zurückkommen, wenn es nötig ist. Das wissen Sie.«

»Ich weiß«, antwortete Deirdre. Sie legte die Arme um die ältere Frau und drückte sie fest an sich. »Ich kann Ihnen nicht genug für Ihre Hilfe danken.«

»Passen Sie nur auf sich auf, Deirdre. Mehr verlange ich nicht.«

Auch Kai drückte Hilda an sich und pflanzte einen Kuß auf ihre Wange. »Vielen Dank, Frau Mahler. Wir werden es schon schaffen.«

»Laßt von euch hören.«

»Machen wir«, antwortete Kai, aber sie wußten beide, daß er log.

Eriks Weg nach Dove Costoso führte mitten durch den Bollitisumpf. »Wenn ihr zwei zu Fuß hier entlanggezogen wärt, hättet ihr euch begraben lassen können. Selbst wenn ihr den Alligatoren und dem Treibsand entkommen wärt, hätte der Brutto Vapore euren Marsch beendet.«

Deirdre runzelte die Stirn und bewegte sich unruhig

zwischen den beiden Männern. »Der scheußliche Nebel?«

»Insektenschwärme, die hier im Sumpf leben. Ohne eine dicke Haut oder ein Fell werden Sie von den Insektenstichen betäubt. Anschließend legen die Viecher ihre Eier unter die Haut. Das Opfer bleibt die zwei Tage bis zum Ende des Ausschlüpfens im allgemeinen bei Bewußtsein, dann ziehen die Larven zum Abschluß des Brutzyklus in den Sumpf.«

Kai fühlte sich bei dem Gedanken an Hunderte von Larven, die sich den Weg aus seinem Innern fraßen, ganz und gar nicht wohl. »Die Überlebensrate für Wirte liegt wohl nicht besonders hoch?«

»Nee.« Erik schüttelte den Kopf. »Man erzählt sich zwar von einem Clan-Elementar, der das Ausschlüpfen überlebt haben soll, aber das ist nur ein Gerücht.«

Nachdem sie den Sumpf verlassen hatten, glitt der Hovertruck die sanft geneigten Hänge zu den Riscaldamentobergen empor, in deren Vorgebirge Dove Costoso lag. Kurz vor Morgengrauen waren die Lichter der Stadt das einzige Zeichen menschlicher Siedlung. Als die Sonne sich langsam über die Berge erhoben hatte, konnte Kai immer wieder Einödhöfe wie den der Mahlers bemerken. Die Stadt selbst wirkte für zivilisierte Maßstäbe recht klein.

»Ich habe eine Frage.« Deirdre kaute auf ihrer Unterlippe. »Wir fahren nach Dove Costovo, um von der dortigen ComStar-Anlage eine Botschaft nach New Avalon zu schicken. Das muß sehr teuer sein, aber wir haben kein Geld. Wie wollen Sie dieses Problem lösen?«

Kai rutschte etwas auf seinem Sitz hin und her. »Die Botschaft wird teuer, aber es gibt Wege, sie auch ohne Geld abzuschicken.«

Sie schnitt ihm das Wort ab. »Oh, verzeihen Sie. Ich hatte vergessen, daß Ihr Wort für ComStar Gold wert sein muß.«

Der plötzliche Angriff auf seine Herkunft brachte Kai

für einen Moment aus der Fassung. »Eigentlich bin ich überrascht, Doktor. Ist Ihnen nicht klar, daß ich keineswegs darauf brenne, das Vermögen meiner Familie zu belasten, wenn uns das Vereinigte Commonwealth selbst die Möglichkeit bietet, eine Nachricht abzuschikken?« Er verzog das Gesicht. »Außerdem würde ich es bis auf weiteres lieber vermeiden, meine Identität hinauszuposaunen.«

»Sie sollten den Ruf von der Unfehlbarkeit Ihrer Familie wirklich schützen, Lieutenant.«

»Das ist es nicht.« Kai lief ein kalter Schauer den Rükken hinab. »Irgendwas stimmt hier nicht. Die Clans wußten, daß Victor auf Alyina war. Sie haben sich sofort auf ihn gestürzt. Ich will nicht in die Lage kommen, gegen meinen Vater oder Hanse Davion ausgespielt zu werden.«

Mahler lenkte den Hovertruck um eine Schafherde herum. »Sie werden also weiter als Dave Jewell auftreten?«

Kai schüttelte den Kopf. »Unter den herrschenden Umständen halte ich es auch nicht für angebracht, mich als Militärangehöriger des Vereinigten Commonwealth zu identifizieren.« Er erhaschte einen Blick auf sein Spiegelbild im Seitenspiegel des Lasters. »Mit meinem schwarzen Haar und den Schlitzaugen könnte ich leicht als Auswanderer aus dem Kombinat durchgehen. Wie hört sich Kevin Abunai an?«

»Nicht schlecht, aber ich verstehe noch immer nicht, wie und warum ComStar eine Nachricht von diesem Kevin Abunai an Hanse Davion übermitteln soll.«

Kai grinste. »Das Vereinigte Commonwealth hat eine Reihe von Briefkastenkonten bei ComStar, genau wie manche Konzerne und andere Organisationen. Wenn man die Kontonummer kennt, kann man eine Nachricht nach New Avalon schicken, die der Prinz bezahlt. Je nachdem, wie das Konto aussieht, wird die Nachricht mit hoher oder niedrigerer Priorität behandelt.«

»Was? Davon habe ich noch nie etwas gehört.« Deirdre runzelte wütend die Stirn. »Wieso hat man mich nicht über dieses Geheimnummernsystem informiert — oder ist das für blaues Blut reserviert?«

Mahler hob fragend eine Braue. »Es ist Offizieren Ihres Rangs und höher vorbehalten, also *wurden* sie informiert, Doktor, es sei denn, Sie haben kein Training in Überlebens- und Fluchttechniken erhalten.«

Deirdre wurde rot. »Ich war auf einer medizinischen Konferenz, als ich diesen Kurs besuchen sollte. Aus meinen Unterlagen geht das nicht hervor, aber ...«

»Ärzte werden selten gezwungen, die stupideren Trainingskurse zu besuchen, die wir übrigen über uns ergehen lassen müssen«, beruhigte Kai sie. »Kein Problem. Kennen Sie Ihre Einheitskennung?«

»1024.«

»Und Ihren Rangcode und die Commonwealth-Identifikationsnummer?«

»G15a und 4432-44323-19826.«

Mahler machte eine erfreute Miene. »Dann wissen Sie ja, welche Nummer Sie ComStar geben müssen, um eine Nachricht nach Hause zu schicken. Als G15a müßte Ihre Botschaft beinahe mit Priorität rausgehen. Hab ich nicht recht, Lieutenant?«

»Wie? Stimmt.« Kai blinzelte überrascht. »Ja, das wäre eine schnelle Botschaft.«

Deirdre sah ihn an. »Was?«

»Nichts.« Kai sah zu Boden, weigerte sich, ihrem Blick zu begegnen. Was sie ihm gerade gesagt hatte, war ebenso erhellend wie verwirrend. Ihrer Personalakte nach stammte sie von Odell, einer Welt in der Mark Crucis der Vereinigten Sonnen. Ihre Identifikationsnummer jedoch begann mit einer 4. Das hieß, sie war auf einer Welt der Mark Sarna geboren, lange vor dem Krieg, der die Konföderation Capella halbiert hatte.

Hat ihr Haß auf mich etwas mit dem Krieg zu tun? Hanse Davion hat meinen Vater beauftragt, Maximilian Liao auszu-

spionieren, aber sein Deckmantel führte dazu, daß er schließlich zum großen Teil die Verantwortung für die capellanischen Kriegsanstrengungen gegen die Vereinigten Sonnen trug. Hat sie während des Krieges einen Verwandten verloren? Verachtet sie mich deshalb so?

Erik bremste den Hovertruck ab und scherte in den Verkehr Richtung Innenstadt ein. »Ich bringe euch bis nach Dove Costovo und setz euch etwa vier Häuserblocks von der ComStar-Station ab. Sie ist noch immer im provisorischen Hauptquartier untergebracht, weil die Stadt sich geweigert hat, den Bebauungsplan zu ändern, bevor ComStar ihr Vorzugspreise anbietet. Aber ihre Ausrüstung funktioniert, sagt man wenigstens.«

»Danken wir Gott für seine kleinen Wohltaten.« Als sie sich dem Ende der Reise näherten, fühlte Kai sich unwohl bei dem Gedanken, Erik Mahler allein zu lassen. »Hören Sie, Erik, nachdem Sie uns abgesetzt haben, verschwinden Sie aus der Stadt, so schnell Sie können. Ich habe kein gutes Gefühl bei dieser Sache.«

»Keine Sorge, Mr. Abunai. Ich habe Sie und Ihre Frau hier auf der Straße aufgelesen und mit in die Stadt gebracht. Ich spreche kein Japanisch, und Ihr Deutsch stinkt.« Er kratzte sich an der Schulter. »Ich mag euch Dracos eh nicht, wissen Sie. Vielleicht melde ich Sie selbst.«

Kai nickte ernst. »Domo arigato.« Er griff unter den Sitz und schob die Pistole in den Rucksack zu seinen Füßen. »Fertig.«

»Da wären wir.«

Der Wagen kam zum Stehen, und Kai öffnete die Tür. Er half Deirdre heraus, dann schlug er die Tür zu. »Was kann ich sagen?«

Erik schüttelte den Kopf und grinste. »Einmal ein MechKrieger, immer ein MechKrieger. Gott mit Euch.«

Kai schwang sich den Rucksack über, dann marschierte er zusammen mit Deirdre die Straße hinab. Die Com-

Star-Anlage war leicht zu finden. Sie befand sich in einem langen, schmalen Gebäude in der Mitte einer Straße, von der auf beiden Seiten müllübersäte Gassen abgingen. Ein zusätzlich mit Klingendraht gesicherter Gußeisenzaun schirmte den Vorhof ab, aber das Tor stand offen. Es wurde nur von einer Kamera in der Wand des Gebäudes überwacht.

Kai erschien das Gebäude größer und protziger als andere ComStar-Satellitenanlagen. »Warum hat ComStar dieses Gebäude gewählt? In einer kleinen Stadt wie dieser ist ein einfacher Laden eher ihr Stil.«

Deirdre zuckte die Achseln. »Ich weiß es auch nicht.« Sie starrte an dem Bauwerk empor und zitterte. »Das gefällt mir nicht.«

»Mir auch nicht«, gab Kai ihr recht, »aber wir haben keine Wahl.«

Deirdre folgte Kai über die Straße und die Stufen des Gebäudes empor. Noch bevor er klingeln konnte, öffnete sich die Tür, und ein gelbgewandeter Akoluth begrüßte sie. »Willkommen im Hause Blakes. Womit kann ich Ihnen dienen?«

Der Akoluth führte sie in ein kreisrundes Foyer, dessen Boden mit einem Schachmuster aus weißen und schwarzen Marmorfliesen ausgelegt war. Ein Korridor führte unter einer weiten geschwungenen Treppe tiefer ins Innere des Gebäudes. Links und rechts öffneten sich große Doppeltüren in reich mit antiken Möbeln ausgestattete Räume. Ein von der Decke des ersten Stocks herabhängender Kristallüster lieferte die Beleuchtung.

»Mein Name ist Kevin Abunai und das hier ist Denise Stratford. Wir möchten mit dem Präzentor dieser Station sprechen. Wir möchten eine Botschaft auf ein Empfängerkonto senden.«

Der Akoluth verneigte sich. Sein Lächeln schien gefroren. »Bitte warten Sie.«

Er zog sich in den Korridor zurück und schloß die Tür hinter sich. Kaum war das Schloß zugeschnappt, da fuhr Deirdre Kai an. »Denise Stratford?« zischte sie wütend. »Woher haben Sie denn das? Irgendein Spionagetrick, was?«

»Denise ähnelt Ihrem wirklichen Namen. Das macht die Erinnerung leichter. Aus demselben Grund nenne ich mich Kevin. Stratford kommt von Stratford-upon-Avon, dem Heimatort von ...«

»Will Shakespeare, Autor von *König Lear.*« Ihre blauen Augen funkelten, aber langsam verblaßte die Wut. »Schnell gedacht, Kevin. Man kann es sich beinahe merken.«

»Darum geht es ja auch.« Kai sah sich noch einmal im Foyer um. »ComStar hat viel Geld investiert, um das hier präsentabel zu machen — wenn der Zustand der Nachbarschaft irgendein Indiz dafür ist, wie es hier vorher ausgesehen haben muß. Warum so eine Geldverschwendung, wenn es nur ein provisorisches Quartier ist?«

»Ich weiß es nicht.« Deirdre ging in die Knie und kratzte etwas getrocknete Farbe von einem schwarzen Marmorsims. »Diese Goldfarbe ist frisch, und ich kann mich nicht an eine ComStar-Einrichtung in Dove Costoso *vor* der Invasion erinnern.«

»Ich auch nicht.« Kai runzelte die Stirn. »Ich habe das Gefühl, das hier ist mehr eine Botschaft oder ein Regierungsgebäude als eine Nachrichtenstelle.«

Die Rückkehr des Akoluthen verhinderte weitere Spekulationen. »Demi-Präzentor Khalsa erwartet Sie.« Er deutete auf einen Stuhl neben der Eingangstür. »Sie können Ihren Rucksack hierlassen. Ich werde auf ihn achten.«

Kai hätte den Rucksack lieber bei sich behalten, da er sowohl die Pistole wie auch das Messer enthielt, das Victor ihm gegeben hatte, aber er durfte kein Aufsehen riskieren. »Danke, Akoluth.« Er setzte ihn ab und folgte dem Mann durch den Korridor in ein großes mit Walnußholz getäfeltes Büro.

Hinter dem Schreibtisch erhob sich ein rundlicher Mann in scharlachroter Robe und streckte den Besuchern die Hand entgegen. »Willkommen, willkommen. Der Friede Blakes sei mit Ihnen.« Er schüttelte Deirdres Hand und flüsterte: »Nehmen Sie Platz, meine Liebe.« Dann umfaßte er Kais Hand mit beiden Händen und schenkte dem MechKrieger ein Lächeln, daß Kai unerwünscht familiär fand.

Kai setzte sich neben Deirdre und stellte zu seiner Freude fest, daß sie ihre Hand unter die seine schob. Khalsa ließ sich in einen riesigen Sessel sinken und lehnte sich zurück, bis das Licht der Deckenbeleuchtung auf seinem kahlen Schädel glänzte. »Wie kann ich Ihnen behilflich sein, Mr. Abunai und Ms. Stratford?«

»Wie ich bereits dem Akoluthen sagte, müssen wir eine Botschaft abschicken.«

»Nun, da sind Sie am richtigen Platz.« Khalsa drehte den Monitor seines Terminals herum, so daß Kai nicht mehr auf den Bildschirm blicken konnte. Er holte die Tastatur heran. »An wen ist die Botschaft adressiert?«

»Consolidated Manufacturing NA.« Mit einem Lächeln gab Kai dem Demi-Präzentor den Namen einer Scheinfirma des militärischen Sicherheitsdienstes. »Sie muß zum Hauptbüro.«

Khalsa sah ihn fragend an. »Das befindet sich auf New Avalon. Die Nachricht wird teuer.«

»Ich habe eine Nummer.« Kai schloß die Augen. »1024-G15a-4432- 44323-19826.« Er öffnete die Augen wieder, als Khalsa die Zahlen in den Computer eingab. »Das sollte reichen, um die Botschaft auf den Weg zu bringen.«

Khalsa nickte. »Das ist ein Davion-Militärcode.«

Kai fühlte, wie Deirdres Hand zitterte. »Tatsächlich?«

»Ich fürchte, ja. Und Consolidated Manufacturing ist natürlich eine VerCom-MilSD-Front.« Khalsa verzog das Gesicht, während die Reflexionen in seinen Augen Kai von einem Strom auf dem Monitor vorbeilaufender

Daten berichteten. Wie ein Lehrer, der enttäuscht über die völlig unglaubwürdige Entschuldigung eines Schülers ist, schüttelte der Demi-Präzentor den Kopf. »Also wirklich, Sie hätten nicht versuchen sollen, uns zu täuschen. Wir wissen, wer Sie sind.«

Kai hob die Brauen. »Was macht das für einen Unterschied? Ich habe Ihnen eine Kontonummer gegeben. Sie sollten meine Botschaft annehmen und senden.«

Der ComStar-Würdenträger schüttelte den Kopf. Seine fetten Wangen schwabbelten und ließen ihn mehr wie einen Basset aussehen denn wie einen Menschen. »Ich fürchte, Sie verstehen nicht. Diese Welt gehört jetzt den Clans, und ComStar verwaltet sie in ihrem Auftrag.« Die Tür hinter Khalsa öffnete sich, und zwei Männer mit automatischen Gewehren traten ein. »Wir müssen Sie leider festhalten, bis Ihre Eskorte zum Lager eintrifft.«

Deirdre warf Kai einen schnellen Blick zu. »Ich dachte, der Kontencode könnte uns nicht verraten.«

Khala lächelte sie verhalten an. »Das hat er auch nicht, Doktor Lear. Sie waren es. Ihre Schönheit hat Sie verraten. Ich konnte mich daran erinnern, Sie eine Woche vor Weihnachten hier in Dove Costoso bei einem Konzert gesehen zu haben. Ich hatte gehofft, Sie wiederzusehen, und die Listen der Verhafteten nach Ihnen abgesucht. Ich könnte niemals zulassen, daß jemand wie Sie mit einfachen Kriegern zusammengelegt wird. Das wäre undenkbar.«

Kai sah sie an. »Freut mich zu hören, daß der Alyinazweig Ihres Fanclubs in so guten Händen liegt.«

Deirdres Blick bat ihn um Verzeihung. Kai drückte ihre Hand, in der Hoffnung, sie zu beruhigen.

Der Demi-Präzentor stand auf und winkte die beiden ROM-Agenten vorwärts. »Bitte verzeihen Sie die schäbige Unterbringung, aber noch kann ich es mir nicht erlauben, mit Dr. Lear ein Risiko einzugehen.« Khalsa klopfte auf den Monitorschirm. »Ihre Datei gehörte zu denen, die wir aus beschädigten Davion-Computern retten konnten. Hier steht, Ihr Ergebnis beim Kursus Überleben und Fluchttaktiken lag nur zwei Punkte unter dem Optimum, Doktor. Ich fürchte, bis wir passendere Arrangements treffen können, bedeutet das für Sie das Verlies.«

Kai ließ ihre Hand los. »Aber mich müssen Sie doch nicht mit einsperren. Ich bin harmlos.«

Wieder blickte der Demi-Präzentor auf den Schirm und schüttelte dann traurig den Kopf. »Spielen Sie nicht den Unschuldigen. Trotz Ihrer verbissenen Versuche, alle Spuren Ihrer Identität zu verwischen, wissen wir, wer Sie sind. Wir sind zu schlau für Sie. ComStar können Sie nicht täuschen.«

»Offensichtlich nicht.«

Khalsa nickte, als einer der ROM-Männer Kai einen Stoß mit dem Gewehrlauf versetzte. »Sie vermuten richtig. Es war ein Kinderspiel, Sie an Hand des Rucksackinhalts zu identifizieren. Immerhin wurden die Holodisks über ComStar versandt.« Der Demi-Präzentor stieß einen müden Seufzer aus. »ComStar hat etwas gegen Täuschungsversuche. Ich schlage vor, daß Sie darüber gründlich nachdenken, während Sie auf den Transport ins Umerziehungslager warten, Mr. Jewell.«

10

Sprungschiff *Höhlenwolf*, vorbereitender Angriffsorbit Hyperion, Freie Republik Rasalhaag

8. Februar 3052

Phelan Wolf blickte auf die andere Seite des Raumes und sog tief die Luft ein. Er versuchte, seinen Brustkorb auszudehnen und breiter zu erscheinen, bevor er wieder ausatmete. Er trug einen grauen Overall mit einem roten Dolchstern auf der rechten Schulter und dem rotschwarzen Abzeichen der Dreizehnten Wolfsgarde auf der linken. Zumindest die Uniform war beeindruckend, das wußte er. In den drei Wochen seit Cyrillas Tod hatte er hart trainiert und sich geschliffen, aber schon in dieser ersten Runde der Blutnamenkämpfe konnte alles zu Ende sein.

Sein erster Gegner, ein riesiger Elementar, nickte langsam. Sein Oberkörper war nackt, und die bronzene Haut schien mit der Spritzpistole über Adern und Muskeln aufgetragen. Seine Rechte zuckte, und Phelan sah ein silbernes Aufblitzen. Als die Hand des Elementars sich darum schloß, hegte der MechKrieger keinen Zweifel, daß sein Gegner die Münze in zwei Teile hätte brechen können, ohne ins Schwitzen zu geraten.

Phelan drehte seine Münze in der Hand. Die Vorderseite zeigte das Wappen des Wolfsclans: einen Wolfskopf mit schmalen Augen und wachsam aufgestellten Ohren. Auf der Rückseite sah er den Namen ›Ward‹ in einer Schriftrolle. Darunter war sein Name ›Phelan Wolf‹ eingraviert, zusammen mit dem Datum.

Phelan sah wieder zu dem Elementar auf. Das kalte Grinsen seines Gegners hatte nichts Beruhigendes an sich.

Natascha klopfte ihm leicht auf den Rücken. »Laß

dich nicht beeindrucken. Er blufft nur. Wenn du die Entscheidung gewinnst, wirst du ihn zerquetschen.«

Der jüngere MechKrieger runzelte die Stirn. »Der Punkt ist mir noch nicht ganz klar. Wenn ich die Entscheidung gewinne, wähle ich die Waffen, aber er wählt den Ort, korrekt?«

Natascha nickte. »Wenn du gewinnst, wählst du deinen Mech. Er legt seinen Panzer an, und wenn er nicht sehr gut ist *und* sehr viel Glück hat, verstreust du seine Einzelteile über das Schlachtfeld.«

»Nicht gerade fair.«

Die Schwarze Witwe kniff die Augen zusammen. »Ein Blutnamenkampf hat mit Fairneß nichts zu tun. Du kämpfst um eine Ehre, die in den Nachfolgerstaaten und darüber hinaus nichts Vergleichbares kennt! Besiege ihn, besiege den Rest deiner Gegner, und du beweist dich als einer der ultimativen Krieger des Hauses Ward.«

Ihr wilder Gesichtsausdruck veränderte sich in eine Miene trockenen Humors. »Außerdem, wenn er die Entscheidung gewinnt, wird er sich für den unbewaffneten Zweikampf entscheiden. Du bist kein Versager auf der Matte, aber ...«

Phelan blickte hinüber zu seinem Gegner und sah einen Brustmuskel zucken wie eine tektonische Platte bei einem Erdbeben. »Ja, außerhalb meines Mechs möchte ich ihm auch nicht begegnen.« Er schauderte. »Ich bin dreißig Zentimeter kleiner und mindestens fünfunddreißig Kilo leichter als dieser Clown.«

Natascha verzog das Gesicht. »Ich würde damit warten, ihn einen Clown zu nennen, bis du ihn besiegt hast.«

»Da hast du nicht unrecht.«

Hinter Natascha füllte sich die kleine Zuschauergalerie langsam mit seinen Freunden. Evantha Fetladral, die Elementarin mit einem langen roten Zopf auf dem ansonsten kahlgeschorenen Schädel, saß neben Ragnar und schien ihm die ganze Prozedur zu erklären. Neben Ragnar saß ein Mann mit einem übergroßen Kopf und einer blonden Haarmähne. Carew war wie Phelan Unblut und lauschte interessiert ihrer Erklärung der Zeremonien. So wie Evantha und andere auf Masse gezüchtet waren, die ein Elementar benötigte, galt Carews kleinere Statur als wünschenswert für Luft/Raumjägerpiloten.

Als letzte trat eine großgewachsene schlanke Frau mit kurzem weißen Haar ein. Ranna lächelte Phelan zu, und ihre blauen Augen machten ihm Mut. Phelan erwiderte ihr Lächeln und fühlte, wie seine Stimmung sich besserte. Ranna nahm neben Carew Platz.

Natascha bewegte die Hand vor Phelans Augen und riß ihn in die Wirklichkeit zurück. »Du kannst später an sie denken.«

Phelan grinste. »Tut mir leid, aber du und deine Enkelin seid von atemberaubender Schönheit.«

Die Schwarze Witwe schüttelte den Kopf. »Bitte, träum weiter, wenn du unbedingt willst. Aber als ich an deiner Stelle war, dachte ich darüber nach, wie ich im offenen Zweikampf mit einem Elementar meine Chancen verbessern konnte.«

Phelan war sofort ernüchtert. »Was hast du getan?«

Natascha zuckte die Schultern. »Ich habe die Entscheidung gewonnen.«

Der MechKrieger drehte die warme Münze in der Hand. IlKhan Ulric Kerensky betrat den Raum und stellte sich in der Mitte auf. Natascha klopfte Phelan noch einmal auf den Rücken und zog sich zurück. Auch die Freunde und Helfer des Elementars zogen sich zurück und ließen die Kontrahenten mit dem ilKhan allein.

Als Ulric sich zur vollen Größe aufrichtete, schienen sein weißes Haar und sein Kinnbart im grellen Licht zu leuchten. »Ich bin der Eidmeister und akzeptiere die Verantwortung, Haus Ward zu repräsentieren. Stimmt ihr mir zu?«

»Seyla«, hauchte Phelan.

»Seyla«, kam das Echo aus dem Mund des Elementars.

»Dann soll, was sich hier ereignet, uns binden, bis wir alle fallen.« Der ilKhan nickte respektvoll. »Ihr repräsentiert das Beste, was Haus Ward dem Wolfsclan anzubieten hat. Doch es ist nicht der Wolfsclan, für den ihr heute kämpft. Ihr kämpft um das Recht und die Ehre, den Namen Ward zu tragen. Dieser Name ist gepriesen, wie die Namen all jener, die dem Traum loyal verbunden blieben, den Aleksandr Kerensky für sein Volk hatte. Versteht ihr das?«

»Seyla.«

»Und versteht ihr, daß ihr mit eurer Bereitschaft, euren Teil in diesem Kampf anzunehmen, Nicholas Kerenskys Willen heiligt, die Clans zum Gipfel der menschlichen Entwicklung zu formen? Eure Auswahl bereits kennzeichnet euch als Teil einer Elite, aber ein Sieg wird euch zu Recht unter die wenigen einreihen, die an der Spitze all dessen existieren, was den Clans heilig ist.«

Phelan nickte ernst. »Seyla.«

Ulric sah den Elementar an. »Du bist Dean und hast siebenundzwanzig Jahre gelebt. Warum bist du würdig?«

Muskeln flossen wie geschmolzener Stahl, als der Elementar sich reckte und in tiefem Baß antwortete: »Ich wurde von meinen Älteren für diesen Blutnamen nominiert wegen meiner Tapferkeit bei der Eroberung Rasalhaags und Satalices. Ich habe alle Tests an der Spitze meiner Geschko abgeschlossen und wurde noch nie im Zweikampf besiegt.«

Ulric nickte steif. Er war erfreut über die Leistungen eines Wolfes, wollte aber keinerlei Regung erkennen lassen, die man als Begünstigung eines der Teilnehmer hätte auslegen können. »Und du, Phelan Wolf, hast zwanzig Jahre gelebt. Warum bist du würdig?«

Phelan hob, wie er es mit Nataschas Hilfe einstudiert hatte, den Kopf und sprach mit klarer Stimme. »Ich wurde von Cyrilla Ward als Erbe des Blutnamens ausgewählt. Nach Gefangennahme und Leibeigenschaft wurde ich in die Kriegerkaste adoptiert, als ich mich dieser Ehre würdig erwiesen hatte. Allein habe ich Günzburg erobert und auf Satalice nahm ich Prinz Ragnar von Rasalhaag gefangen. Für diese Leistungen wurde ich ausgewählt.«

Wieder nickte Ulric förmlich. »Heldentum und Mut beider Krieger sind bewiesen und verifiziert. Eure Ansprüche sind berechtigt. Welches Schicksal euch in diesem Kampf auch erwartet, euer Licht wird weiter erstrahlen.« Der ilKhan trat einen Schritt vor und winkte beide Männer zu sich. »Zeigt die Zeichen eures legitimen Rechts, an dieser Entscheidung teilzunehmen.«

Die beiden Kontrahenten hoben ihre Münzen wie heilige Reliquien empor und näherten sich ihm. Während sie dies taten, glitt im Boden der Kammer eine Platte zur Seite, und ein konisches Podest auf einer schlanken Säule hob sich. Dort, wo der Kegel auf der Säule ruhte, war er mit einem Stück Plastikrohr verbunden, das herausgezogen werden konnte. Auf gegenüberliegenden Seiten des Kegels sah Phelan je einen Schlitz, der breit genug für eine Münze war. Auf der dem Khan zugewandten Seite saß ein kleiner Knopf, aber dessen Bedeutung blieb Phelan ein Rätsel. Die Form des Geräts erinnerte Phelan an eine Demonstration der Wirkungsweise einer Schwerkraftsenke am Nagelring.

Ulric nahm ihre Münzen entgegen und steckte sie in die beiden Schlitze. »Auch wenn wir trainieren, die Myriarden möglicher Gefechtssituationen zu meistern, so können wir doch nicht alles vorherbestimmen. Ein Krieger, der eines Blutnamens würdig ist, muß in der Lage sein, widrige Umstände zu überwinden und einen überlegenen Gegner zu besiegen, auch wenn er unter großen Schwierigkeiten kämpfen muß. Das furchtbare Chaos des Krieges spiegelt sich in diesem Blutrechtstest wider. Wenn eine Münze die andere erfolgreich gejagt hat und sie beide ihren Weg durch den Kegel beendet haben, wird die Münze des Jägers zuoberst liegen. Dieser Krieger wird die Art des Kampfes wählen. Der Besitzer der unteren Münze wird danach den Ort des Kampfes bestimmen. Auf diese Weise werden beide unter selbst gewählten Bedingungen antreten. Habt ihr das verstanden?«

»Seyla.«

Noch während das letzte Echo des Wortes durch den Raum hallte, betätigte der ilKhan den Knopf und gab beide Münzen frei. Sie rutschten auf voneinander unabhängigen Bahnen hinab und rollten an der Innenseite des Kegels auf ihr Ziel zu. Immer schneller bewegten sie sich tiefer und tiefer in den enger werdenden Kegel.

Phelan beobachtete sie mit einer Mischung aus Angst und Erregung. *Genau wie bei der Demo einer Schwerkraftsenke am Nagelring! Ich würde meine Münze bremsen, wenn ich könnte, aber die Schwerkraft ist so unvermeidbar wie der Tod und die Steuern.* Irgendwie war er sicher, daß seine Münze das Rennen gewann und damit Dean die Entscheidung überließ. Dann prallten die Münzen oben an der Säule klirrend aufeinander und verschwanden.

Die beiden Münzen fielen in das Plastikrohr. Ulric holte das Rohr vorsichtig heraus und hielt es hoch, so daß alle die unberührten Münzen sehen konnten. Mit schlanken Fingern holte er die obere Münze aus dem Gefäß, drehte sie um und las den Namen. »Dean, du bist der Jäger.«

Dean ließ seine Fingerknöchel krachen und grinste Phelan zuversichtlich an. »Der Jäger sieht keinen Grund für mechanische Unterstützung. Der Welpe hat damit geprahlt, einen Elementar im Faustkampf besiegt zu haben. Wir wollen sehen, wie er gegen einen Ward abschneidet.«

Ulric blickte zu Phelan. »Der Kampfstil ist entschieden. Wo wirst du dich dem Jäger stellen?«

Phelan schluckte und sah vor seinem inneren Auge die Siegchancen in einer Schwerkraftsenke verschwinden. Er öffnete den Mund, dann schloß er ihn abrupt wieder. Er starrte Dean wild an, und ein Lächeln umspielte seine Mundwinkel.

Ulric beobachtete ihn genau. »Phelan, wo wirst du dich dem Jäger stellen?«

Ohne den Blickkontakt mit Dean aufzugeben, hob Phelan die Rechte und deutete nach oben. »Dort draußen.«

Der Laderaum des Landungsschiffes war völlig leergeräumt worden, um eine hohe, freie Arena für seinen Zweikampf mit Dean zu liefern. Von der äußeren Schottwand abgesehen, die sich sanft zu den schmaleren Oberdecks hin bog, waren alle Wände plan und alle Winkel betrugen 90°. Nur verwischte Farbflecken und seltsam geformte Ätzflecken von verschüttetem Mechkühlmittel deuteten auf die normale Verwendung des Raumes hin.

Ich habe noch nie einen so leeren Mechhangar gesehen. Nur in den Shorts, die er normalerweise im Mechcockpit trug, in dieser riesigen Halle stehend, fühlte Phelan sich so nackt wie nie zuvor. Seine Wahl einer schwerelosen Umgebung für den Kampf half sicherlich, die Muskelkraft des Elementars zu neutralisieren, aber sie brachte eine ganze Reihe anderer Variablen ins Spiel. Alles in allem wünschte er sich doch, er hätte die Pistole mitbringen können, die er normalerweise im Cockpit umgeschnallt hatte.

Ich muß daran denken, daß jede Aktion eine gleiche und entgegengesetzte Reaktion auslöst. Als Kind im Troß einer Söldnereinheit hatte Phelan einen großen Teil seiner Jugend damit zugebracht, in der Schwerelosigkeit durch die Laderäume eines Landungsschiffes zu hüpfen. Er konnte sich nicht daran erinnern, jemals bei Null-G um sein Leben gekämpft zu haben, aber er erinnerte ich an eine Reihe wilder Ringkämpfe, bei denen die Kämpfer sich ottergleich durch die Luft des Laderaums gewunden hatten. *Das hier wird anders, fürchte ich.*

Phelan fühlte das Schiff erbeben, als der Pilot die vorderen Bremsdüsen zündete. Er packte eine nahe Strebe und kämpfte gegen die Tendenz an, nach oben davonzuschweben. Ein zweiter Bremsschub brachte das Schiff zum Stehen.

Ein Schweißtropfen fiel von seiner Nasenspitze und trieb wie eine winzige Glasmurmel nach oben davon.

Phelan war immer noch erstaunt, daß die Clans die ungeheuren Kosten dieser künstlichen Kampfarena in Kauf nahmen. Sie befanden sich in einer Gefechtszone, mitten in der Vorbereitung der Invasion Hyperions, und sie hatten alle Mechs vom Deck eines Angriffslandungsschiffes entfernt. Sie hatten das Schiff von der *Höhlenwolf* abgekoppelt und zugelassen, daß es tonnenweise Brennstoff verbrauchte, nur um einen Zweikampf zwischen zwei Männern um einen Titel möglich zu machen.

Aber es geht um mehr als einen Titel, erinnerte er sich. Der Blutname hatte eine enorme Bedeutung für die Clan-Krieger. Ein Sieg garantierte die Verwendung der DNS eines Kriegers im Zuchtprogramm des Clans. Außerdem brachte er dem siegreichen Krieger einen Sitz im Clan-Konklave ein und machte ihn für das Amt eines der beiden Wolfsclan-Khane wählbar. Und wie Cyrilla bewiesen hatte, konnte ein Blutname noch lange nach Beendigung der militärischen Laufbahn von Wert sein.

Die Stimme des Kapitäns schallte krachend durch die Lautsprecher an der inneren Schottwand. »Das Schiff befindet sich im freien Fall. Euer Schlachtfeld ist bereit. Geschick, Krieger.«

»Ich werde es kurz für dich machen, Phelan Wolf.« Dean schwebte sanft über dem Deck und trieb wie ein Geist auf ihn zu. Der Elementar ballte die Fäuste und spannte jeden Muskel seiner Arme zu einem stahlharten Knoten. »Eine Freigeburt wie du ist eine Schande für Haus Ward. Cyrilla muß schon vor langer Zeit den Verstand verloren haben.«

Die Verachtung in Deans Stimme brachte Phelan in Rage, aber er zwang sich zu einer freundlichen Erwiderung. »Wirklich, Dean?« Der MechKrieger breitete die Arme weit aus. »Wenn du mich haben willst, dann komm und hol mich.«

Es dauerte etwa drei Sekunden, bis Dean seine Lage ganz begriffen hatte. Er wirkte sehr beeindruckend, wie er so über dem Deck schwebte, aber ohne einen Düsentornister konnte er kaum etwas unternehmen, um seine Geschwindigkeit oder Flugrichtung zu beeinflussen. In einem wütenen Versuch, irgend etwas zu erreichen, schlug er um sich, löste aber dadurch nur eine langsame Drehbewegung aus, die ihn von Phelan entfernte.

Phelan hielt sich sorgfältig an der Strebe fest und ging in die Hocke. Mit der Geschwindigkeit einer zustoßenden Schlange stieß er sich mit den Beinen ab und trieb beide Fäuste in die dicken Muskelpakete über Deans Nieren. Der Elementar grunzte unter dem Schlag auf, konzentrierte sich aber viel zu sehr auf seine Drehbewegung, um dem Gegner allzuviel Aufmerksamkeit zu schenken.

Phelan benutzte seinen Kontrahenten wie einen Bock, drehte sich und schwebte zurück zum Deck. Der größte Teil seines Schwungs war auf Dean übergegangen und hatte den Elementar davongerissen. Der MechKrieger hatte jedoch noch genug Bewegungsenergie, um in die Nähe von Deck und Schottwand zu kommen. Er fing den Aufprall mit federnden Beinen ab und bereitete sich auf Deans Gegenschlag vor.

Der Elementar knallte mit der rechten Seite gegen das obere Deck, aber der Aufprall ärgerte ihn wahrscheinlich mehr als er Schaden anrichtete. Deans Faust schloß sich wie ein Schraubstock um einen der gerippten Träger. Er knurrte seinen Gegner an. »Das war der einzige Angriff, den du gegen mich starten wirst.«

Phelan glitt hinüber zu einer anderen Schottstrebe und zuckte die Achseln. »Ich stehe zu deiner Verfügung, Dean.«

Der Elementar schoß auf Phelan zu. Seine muskelbepackten Beine verliehen ihm einen ungeheuren Schwung. Mit schlagbereiten Fäusten flog er wie eine Rakete auf den MechKrieger zu. Sein Grinsen wurde immer breiter, dann verschwand es, als Phelan aus dem Weg sprang. Ohne ein Ziel, das seinen Aufprall dämpfte, rammte Dean mit voller Fahrt ins Deck.

Phelan ließ den Stützträger nicht los, sondern schwebte um ihn herum nach rechts hoch. Er ließ sich ganz bis auf die andere Seite der Strebe tragen, so daß seine Füße wieder Kontakt mit der Schottwand hatten. Dann stieß er sich ab und flog zurück. Seine Fersen bohrten sich in Deans Schulterblätter. Er knallte den Elementar erneut auf das Deck, stieß sich von seinem breiten Rücken ab und wirbelte durch die Luft.

Dean schlug mit der Faust aufs Deck, packte jedoch die Strebe, als er vom Rückstoß in die Höhe getrieben wurde. Er wirbelte herum. Blutstropfen sprühten aus seiner Nase und den aufgeschlagenen Lippen. »Verdammt sollst du sein, Phelan. Bleib stehen und kämpfe wie ein Krieger.«

Phelan hob die Hände über den Kopf, um den Aufprall mit dem Oberdeck zu dämpfen, und lachte laut. »Vergiß, daß ich eine Freigeburt bin, Dean. Ich bin ein Krieger und Mitglied von Haus Ward. Wenn du mich für weniger gefährlich als Vlad hältst, hast du keine Chance.«

»Ich werde dich zerquetschen!«

Phelan wies mit dem Finger auf ihn. »Laß es mich anders ausdrücken, Dean: Ich habe das Bieten gewonnen, und jetzt mußt du gegen einen Nachteil ankämpfen.«

Etwas von Phelans Spott erreichte Dean. Er schwebte

langsam empor, eine Hand fest um die Stützstrebe geschlossen. Mit der freien Hand fuhr er drohend durch die Luft, während er sich allmählich nach oben arbeitete. »Wenn ich dich erst in den Fingern habe, ist alles vorbei.« Deans verächtliches Schnaufen setzte einen Sprühregen von Blut frei.

Phelan fühlte seinen Triumph schal werden. Seine ersten Angriffe hatten Deans Unkenntnis des Schlachtfelds und seine Verachtung für Phelans kämpferische Fähigkeiten ausgenutzt. Evantha hatte Phelan im unbewaffneten Kampf trainiert, aber die meisten anderen MechKrieger verachteten den Faustkampf. Er hatte insbesondere bei Deans Sturzangriff gehofft, der Elementar könnte sich selbst bewußtlos schlagen, aber er wußte, daß er dabei nach einem Strohhalm griff.

Die Schwerelosigkeit nahm Deans Muskeln ihre furchtbare Schlagkraft. Gleichzeitig machte sie aber auch jeden möglichen Angriff Phelans weniger gefährlich. Dean würde sich nicht noch einmal hereinlegen lassen, und er würde auch keinen zweiten Sturzangriff riskieren.

Die einzige Möglichkeit, Dean zu besiegen, bestand darin, genau das zu suchen, worauf auch er aus war: den Nahkampf. Obwohl Phelans Verstand die Weisheit dieser Strategie anerkennen mußte, sträubte sich alles in seinem Innern bei dem Gedanken, mit diesem Monster zu ringen. Blut und Schweiß glitzerten auf Deans Körper, und die Muskeln bewegten sich fließend unter der gespannten Haut.

Er ist eine Python, die nur darauf wartet, mich zu erdrükken!

Als Dean die Beine zum Sprung unter den Leib zog, stieß sich Phelan vorsichtig vom Oberdeck ab und trieb nach unten. Dean ließ die Stützstrebe los und drehte sich, um direkt auf Phelan zuzutreiben. Er stieß sich vorsichtig ab und hielt die Arme erwartungsvoll ausgestreckt.

Phelan riß die Beine hoch und krümmte sich zu einem Ball. Die Bewegung riß ihn in einen Rückwärtssalto, aber er trat aus, gerade als Dean in Reichweite kam. Seine Füße trafen den Elementar am rechten Ohr, nahmen ihm seinen Vorwärtsschwung und versetzten ihn in eine leichte Drehung. Gleichzeitig warf Phelan den Kopf zurück und beugte den Rücken, so daß er in Reichweite von Deans Beinen aus der Drehung kam.

Der Kopftreffer hatte Dean etwas benebelt, aber als er sich wieder erholt hatte, war sein Kampfgeist noch gestärkt. Er versuchte augenblicklich, Phelan den Ellbogen in die Magengrube zu rammen, aber wegen seines breiten Körperbaus ging der Schlag weit vorbei. Immerhin brachte er sie beide in eine Drehung, die sie unkontrolliert durch den Laderaum schleuderte. Deans Linke riß an Phelans Arm, aber der MechKrieger hielt sich fest.

Sobald ihm klar wurde, daß Phelan nicht versuchte, ihm den Hals zu brechen, und auch seine Luftröhre nicht eingedrückt hatte, änderte der Elementar seine Angriffstaktik. Er trat aus, um die Drehung zu verstärken und sie dichter an die Schottwand zu bringen. Seine Nüstern blähten sich unter der Anstrengung, und Blutstropfen trafen Phelans Arm. Der Elementar rammte die Fäuste auf Phelans Beine und bestrafte den MechKrieger für dessen Wagemut.

Phelan befreite seine Beine und drehte sich nach oben davon. Gleichzeitig griff er noch fester zu. Dean griff nach Phelans Kopf. Der duckte ihn dichter an Deans Kopf, spannte die Bauchmuskulatur und rammte das rechte Knie in Deans Rückgrat.

»Arrgghhh!« Zischend stieß Dean den Atem aus. »Idiot, du kannst mich nicht einmal richtig würgen!«

Bevor Phelan noch antworten konnte, brachte die durch seinen Kniestoß ausgelöste Drehung die Beine des Elementars in Reichweite des Oberdecks. Dean stieß sich hart ab und riß sie beide hinab. Sie schlugen voll auf. Deans massiger Körper drückte Phelan gegen den

Boden. Sie trieben wieder empor, aber Dean stieß sich erneut ab und warf sie gegen eine andere Schottwand.

Wieder schlugen sie auf und Deans Schulter rammte sich in Phelans Rippen. Der MechKrieger stöhnte laut auf, und der Elementar lachte. »Weichling! Töte mich, brich mir den Hals, oder ich zerquetsche dich!«

»Ich bin nicht hier, um dich zu töten, Dean. Ich genieße nur die Aussicht.«

»Wie du willst.«

Dean konnte einen Träger greifen und schlug mit dem Rücken gegen die Schottwand, hämmerte Phelan gegen den Stahl. Er bäumte sich auf, um das Manöver zu wiederholen, aber Phelan pflanzte sein rechtes Bein fest gegen die Wand. Ein keuchendes Husten erschütterte den Riesen.

Augenblicklich versuchte er, Phelans Griff zu lösen. Er drehte sich vorwärts, wollte Phelans Kopf gegen den Träger schlagen. Phelan duckte sich dicht an seinen Gegner und hielt den Kopf unten. Er verstärkte den Griff noch einmal und bereitete sich auf einen erneuten Schlag gegen die Schottwand vor, aber Dean ließ die Strebe los.

Er weiß es! Dean schlug kraftlos nach Phelans Arm. Seine Finger gruben sich in die Muskeln des MechKriegers und hinterließen tiefe Spuren, aber Phelan ließ nicht locker. Er hatte das Gefühl, Dean versuche, seinen Arm zu häuten und anschließend auch die Muskeln bis auf den Knochen abzuziehen, aber er hängte sich an ihn wie eine Klette. *Es ist zu spät, es muß zu spät sein.*

Dean verlor an Kraft, wurde schließlich ganz still. Phelan hielt ihn noch zehn Sekunden fest, dann stieß er den Elementar davon. Der Mann trieb nach oben, während Phelan die Stützstrebe packte. Er blickte hinüber zur Luke, stieß sich ab, schwebte zum Interkom. »Es ist vorbei. Dean ist besiegt.«

Die Luke öffnete sich. Natascha wartete auf ihn. Sie grinste. »Ich habe es auf den Monitoren beobachtet. Ich war beeindruckt, aber du hättest es schneller zu einem Ende bringen können, wenn du seinen Hals gebrochen hättest.«

»Das war nicht nötig.« Ein Zittern lief durch das Schiff, als der Kapitän die Triebwerke einschaltete. Mit der Rückkehr simulierter Schwerkraft spürte Phelan plötzlich die Schwäche seiner Beine und die Müdigkeit in seinem Körper. »Es gibt keinen Grund, einen Gegner zu töten, solange es nicht notwendig ist. Ich sollte ihn besiegen, nicht töten.«

Phelan deutete hinüber zu Dean, der langsam zu Boden schwebte. »Er versuchte die ganze Zeit herauszufinden, was ich plante, darauf basierend, was er in meiner Situation getan hätte. Er dachte, ich wollte ihn erwürgen oder seinen Hals brechen. Aber ich habe die nackte Würgetechnik angewandt, die mich Evantha lehrte, und seine Halsschlagader abgedrückt. Ich brauchte mich nur lange genug festzuhalten, bis sein Gehirn aus Sauerstoffmangel den Dienst einstellte.«

Natascha nickte beifällig. »Du weißt natürlich, daß die übrigen fünfzehn Erstrundenkämpfe in diesem Blutnamenstest mit acht Todesfällen endeten.«

Phelan verzog das Gesicht. »Vlad?«

»Hat die Entscheidung gewonnen und seinen Elementar innerhalb von zwanzig Sekunden getötet.« Die Schwarze Witwe sah ihn listig an. »Man sagt, du hast keinen Killerinstinkt, und deshalb wirst du verlieren.«

»Gut.« Phelan grunzte und kratzte sich Deans Blut vom Arm. »Hoffentlich beten das alle meine Gegner als ihr Mantra nach.« Er zeigte mit dem Daumen auf Deans reglose Gestalt. »Das macht mir die Arbeit nur einfacher.«

»Seyla«, hauchte Natascha, dann folgte sie Phelan aus dem Laderaum.

11

Dove Costoso, Alyina
Trellshire, Jadefalken-Besatzungszone

8. Februar 3052

Zwischen zwei ROM-Agenten mit Automatikgewehren folgte Kai Allard-Liao Demi-Präzentor Khalsa die knirschenden Stufen in den Keller hinab. Der rundliche ComStar-Würdenträger zog einen alten Schlüssel aus der Tasche und schloß mit viel Getue eine Holztür auf, bevor er sie auf quietschenden, rostigen Scharnieren aufzog. Der ROM-Agent hinter Kai gab ihm einen Stoß und warf den schlanken MechKrieger geradewegs in einen Müllhaufen.

Nachdem sie die Schwelle steif, aber aus eigener Kraft, überschritten hatte, kniete Deirdre dort auf den Boden, wo Licht durch die Türe auf ihn fiel.

Khalsa trat in den Lichtkegel. »Ich muß mich für die Unordnung entschuldigen, aber wir haben die Renovierung dieses Gebäudes noch nicht abgeschlossen.« Er knipste einen Lichtschalter außerhalb des Raums an, dann deutete er auf einen Wasserhahn und Abfluß. »Dort können Sie sich frisch machen, und wenn nötig finden Sie sicher in dem Abfall etwas, das sich als Nachttopf verwenden läßt. Die ComGuards haben bereits einen Trupp losgeschickt, der sich um Sie kümmern wird, also dürfte Ihr Aufenthalt hier höchstens vierundzwanzig Stunden dauern. Ich muß mich noch einmal für diese Unterbringung entschuldigen, aber anderenorts kann ich Ihnen nicht trauen.«

»Warten Sie, bis Sie unsere Gegeneinladung erhalten und wir Ihnen Ihre Gastfreundschaft zurückzahlen.«

Khalsa setzte eine schmerzliche Miene auf. »Behalten Sie Ihren Humor, Mr. Jewell. Sie werden ihn brauchen.« Der Demi-Präzentor trat aus dem Eingang, und einer der ROM-Posten schloß die Tür. Mit einem entnervenden Kreischen drehte sich der Schlüssel im Schloß.

Kai schüttelte den Kopf. »Sie lassen sich eine Bewertung für Überlebens- und Fluchttaktiken in die Unterlagen fälschen, und das *müssen* auch noch die besten Noten sein, ja?«

Deirdre zuckte die Schultern. »Damals ging ich mit dem Knaben in der Verwaltung, der es gemacht hat. Was soll ich sagen?«

»›Tut mir leid‹ wäre nicht schlecht.« Kai stand langsam auf und hob den Finger an die Lippen. Er deutete zur Decke und berührte sein Ohr. Deirdres fragende Miene verschwand, als sie seine Warnung vor möglichen Abhörgeräten verstand.

»Tut mir leid.«

»Ich vergebe Ihnen.« Kai nickte. Die einzige Glühbirne, die kahl von der Decke hing, warf wenig mehr als ein Netz von Schatten über das Gewölbe. Die Wände des Kellers bestanden aus zusammengepaßten Steinen unterschiedlichster Größe, Form und Farbe. Vier breite hölzerne Säulen unterteilten den Raum in neun Bereiche. Der Bereich vor der Eingangstür und der in der Mitte des Kellers waren noch die saubersten. Die übrigen waren angefüllt mit bis zu zwei Meter hohen Müllbergen.

»Solange wir hier unten festsitzen, sollten wir es uns wenigstens etwas gemütlich machen. Sehen wir den Müll durch, ob wir etwas Brauchbares finden. Wir brauchen einen Nachttopf, und alles, was sich als Matratze oder Kissen verwenden läßt, wäre eine Hilfe.«

»Jawohl, Sir.« Der vorgetäuschten Ernsthaftigkeit der Antwort fehlte der Biß, den Deirdre normalerweise zur Schau stellte, wenn sie sich mit ihm unterhielt. Sie hob einen zerbeulten Kochtopf in die Höhe. »Persönliches Hygieneobjekt beschafft, Sir.«

Kai drehte sich um. »Sie haben den höheren Rang, Doktor. Erinnern Sie sich?«

Sie dachte einen Augenblick lang nach, dann schüttelte sie den Kopf. »Militärische Situation, lassen wir das Militär führen. Militär und Zivilisten passen nicht zusammen.«

Während er einen Haufen verknäulter Drähte, Schalter und alter Farbkanister durchwühlte, widersprach Kai. »Sosehr Sie den Krieg auch hassen mögen, Doktor, selbst Sie werden zugeben müssen, daß die Militärtechnologie positive Auswirkungen auf den zivilen Sektor hat.«

Der Sarkasmus in ihrer Stimme senkte die Raumtemperatur um mehrere Grad. »Ach wirklich, Mr. Jewell?«

Kai wand ein ausgefranstes Verlängerungskabel um den linken Unterarm, dann warf er die Kabelrolle auf ein freies Stück Boden in der Mitte des Kellers. »Ohne jeden Zweifel. Nehmen wir nur Ihr Fachgebiet. Sie wissen genau, daß chirurgische Verfahren zur Behandlung medizinischer Tragödien im zivilen Sektor ebenfalls zur Anwendung kommen. Die rekonstruktive Chirurgie bei militärischen Verwundungen hat Techniken entwickelt, die Menschen mit angeborenen genetischen Defekten helfen können. Selbst etwas so Primitives wie Radar wurde zunächst für den militärischen Einsatz entwikkelt, aber trotzdem gestattet es die zivile Flugkontrolle und Wetterbeobachtung.«

»Den letzten Punkt gestehe ich Ihnen zu, Mr. Jewell, aber nicht den ersten. Es ist nur gut, daß die Möglichkeiten, das Leiden und die Tragödie eines Krieges zu lindern, guten Zwecken dienen kann, aber mir wäre es lieber, man würde das Leiden von vornherein vermeiden.« Sie beugte sich vor und zerrte eine schwere Segeltuchplane zur Seite. »Iiiiieeeh! Was ist das?«

Auf ihren Entsetzensschrei sprang Kai über einen halb begrabenen Wassererhitzer und rannte zu ihr hinüber. Sie preßte sich an ihn, und er spürte, wie sie bebte. Das Ding wurde noch immer teilweise von der Plane verdeckt. Es war eine große, schneckenähnliche Gewebemasse, die am Fuß der grobbehauenen Steinmauer lag. Das freigelegte Ende wirkte hart, weiß und eckig, ließ aber keinen Schluß darauf zu, ob es sich um Kopf oder Schwanz handelte.

»Ist es tot oder lebendig?« fragte sie flüsternd.

Kai riß den Rest der Plane beiseite. »Weder noch.« Als das Ding ganz im Licht lag, sah Kai, wo lange Faserstränge von seinem Rücken geschabt worden waren. »Das ist Myomer. Sieht wie der Fingeraktivator eines Mechs aus.«

»*Das* ist Myomer? Ich habe noch nie ... Ich meine, das Myomer bei uns in der Chirurgie war ganz anders.«

Kai nickte. »Wundert mich nicht. Aber das ist tatsächlich einer der künstlichen Muskel, mit denen ein Mechfinger bewegt wird.« Er deutete auf die Seriennummer an der Unterseite der weißen Einführkappe. »Stammt von einer *Valkyrie.* Das ist Industriestärke. Die Myomere, die Sie bei der Chirurgie benutzen, werden anders hergestellt und müssen in natürliches Muskelgewebe integriert werden, um ihre Arbeit zu tun. Das chirurgische Material wird mehr wie Gummiringe benutzt.«

Deirdre verschränkte die Arme vor der Brust und sah auf ihn hinab. »Und wann haben Sie Ihr medizinisches Staatsexamen abgelegt?«

»Meine ...« Kai zögerte. »Die Mutter einer Bekannten hatte Brustkrebs. Sie hatte noch von einer alten Kriegsverletzung her ein paar Myomer-Transplantate in der Schulter, und als man den Krebs entdeckte, hat man eine radikale Mastektomie ausgeführt. Ihr Pektoralis Major wurde mit Myomeren wiederaufgebaut. Die Ärzte haben es meiner Bekannten erklärt, und ich war dabei.« Am fernen Blick in ihren Augen erkannte Kai, daß Deirdre wußte, er sprach von seiner eigenen Mutter.

»Und was macht dieser Aktivator hier?«

Der MechKrieger strich mit der Hand über den Bereich, an dem lange Myomerfaserstreifen abgezogen worden waren. »Auf den ersten Blick würde ich sagen, wer auch immer früher in diesem Haus gelebt haben mag, hat sich mit ein paar Reparaturen etwas dazuverdient.« Er hob eine dünne Drahtsaite mit einer Verdikkung an einem Ende auf. »Möglicherweise war es auch ein Musiker, der Myomerfasern als Ersatz für gerissene Gitarrensaiten benutzt hat.«

»Was?«

Kai reichte ihr die gerissene Saite. »Myomere ziehen sich zusammen, wenn Spannung angelegt wird. Die Kontraktion erfolgt blitzschnell, aber durch eine Variation der Spannung kann man die Stärke der Kontraktion ebenso kontrollieren wie die Zeitspanne, bis die Faser sich wieder lockert. Es ist eine sehr schwierige Aufgabe, aber mit einem Computerchip und Strom läßt es sich durchaus angehen. Es gab Leute, die haben mit dieser Idee von variabler Spannung zum Beispiel an Tennisschlägern herumgespielt, aber wirklich angenommen wurde sie nur von Musikern. Durch den Vorrang der Wiederbewaffnung nach dem Krieg fiel es allerdings recht schwer, Myomere für dies Art der Anwendung zu bekommen. Irgendwie hat der Besitzer dieses Hauses einen Aktivator organisiert und Geld damit gemacht.«

Deirdres Miene verwandelte sich in eine gefühllose Maske. »Sagen Sie nichts — noch ein ziviler Vorteil militärischer Greueltaten.«

»Ich begehe keine Greueltaten!«

Deirdre wandte sich ab. »Sie bringen berufshalber Menschen um.«

Kai drehte sie zu sich. »Hören Sie mir zu, *hören* Sie wirklich zu! Ich tue das, was man mir befiehlt. Wenn das zum Tod eines anderen Menschens führt, bereue ich das mehr, als Sie ahnen.«

»Aber Sie tun es weiter.« Sie versuchte sich aus seinem Griff zu befreien, aber er hatte ihre Oberarme zu fest gepackt. »Sie töten weiter, als ob es einen inneren Hunger stillt.«

»Als ich noch klein war, sagte mir mein Vater einmal:

›Einen Menschen zu töten, ist niemals leicht, und das darf es auch nicht sein.‹ Er sprach nicht über Taktik, er sprach von dem Preis, den man für jeden Tod bezahlt. Ich habe wirklich keine Freude daran zu töten. Ich hasse es.«

Bei der Erwähnung seines Vaters fühlte Kai, wie sie erstarrte. Dann verschwand ihre Kampfeslust völlig. *Mein Gott, es ist mein Vater! Was könnte er ihr angetan haben?* Er gab sie frei. Sie verschränkte die Arme vor der Brust und zitterte wie in einem eisigen Windzug. Sie ging langsam fort, unter die Glühbirne, und Kai hockte sich in ihren Schatten. *Jetzt ist nicht der richtige Zeitpunkt, sie nach meinem Vater zu fragen. Ich muß uns hier rausbringen.*

Er streckte die Hand aus und zog ein Stück Gartenschlauch unter einem Wirrwarr schwerer Nylonkabel und verbogener Bettfedern hervor. Er blickte hinüber zum Wassererhitzer, dann wieder auf den Schlauch. *Ich habe alles, was ich brauche ... Es könnte klappen, wenn sie mitmacht.*

Demi-Präzentor Khalsa rief Deirdre Lears Daten auf und stieß einen Seufzer aus, als der Computer Schicht um Schicht ihr Farbporträt aufbaute. Irgend etwas an ihr hatte ihn *infiziert,* schon als er sie das erstemal gesehen hatte. Die Art ihrer Bewegungen und das helle, höfliche Lachen, das wie Musik aus ihrer schlanken Kehle drang. Von Anfang an hatte er sie in seinen Träumen gesehen — und dann hatte sie *hier* in seinem Büro gestanden.

Das Schicksal glich wieder aus, daß es ihn auf einem derartigen Hinterwäldlerplaneten abgesetzt hatte.

Und du weist sein Geschenk zurück! Die Erkenntnis traf ihn wie ein körperlicher Schlag. Das Objekt von Begierden, die ComStar ihm schon längst hätte abgewöhnen sollen, war in seiner Hand, und er hatte sie in ein dunkles, feuchtes Loch geworfen, zusammen mit einem kräftigen jungen Mann, der sie trösten und ihre Ängste vertreiben konnte. *Wie konnte ich nur so blöde sein?*

Als seine Phantasiewelt in sich zusammenbrach, wies sich der Demi-Präzentor in Gedanken hart zurecht und begann die Situation in Ordnung zu bringen. »Ich kann sie von Jewell trennen und dafür sorgen, daß sie nicht ins Umerziehungslager kommt.« Der Gedanke an seinen letzten Besuch dort ließ ihn schaudern. »Nein, das wäre eine barbarische Verschwendung.«

Khalsa stemmte sich aus dem Sessel und verließ sein Büro. An der Kellertür winkte er mit dem Zeigefinger, und zwei ROM-Wachen folgten ihm die Treppe hinab. Er trat zur Tür und schob das Sichtfenster auf, sah aber nichts.

Mit einem Stirnrunzeln trat er hinüber an den Lichtschalter. »Das Licht ist aus, aber der Schalter ist an.« Die ROM-Wachen kamen näher, um durch das Sichtfenster zu blicken, und Khalsa betätigte mehrmals den Schalter. »Sie haben die Birne zerbrochen!«

In den erotischen Phantasien des Demi-Präzentors nahm Jewell seinen Platz bei Deirdre Lear ein, und der ComStar-Bürokrat zitterte vor Zorn. Er betätigte ein letztesmal den Lichtschalter, dann deutete er auf die Tür. »Aufmachen! Aufmachen!«

In den 1,27 Sekunden, die es von Kais Betätigung des an der Lichtleitung montierten Unterbrechers bis zum Ausfall der Stromversorgung des gesamten Stadtsektors durch die Überlastung dauerte, zog sich der beschädigte Myomeraktivator zusammen. Dabei verwandelte er sich von einer gelatineartigen Fasermasse in ein künstliches Muskelkabel von der Festigkeit geflochtenen Stahls und riß beide Stützpfeiler ein, an denen er mit Nylonkabeln befestigt war. Als der Strom ausfiel, löste sich das Myomer wieder, zu früh, um das Haus zum Einsturz zu bringen, aber spät genug, um die Aufgabe zu erfüllen, für die es vorgesehen war.

Der bis zu dem Riß in seiner Seite mit Wasser gefüllte

Erhitzer wurde wie ein Schleuderstein abgeschossen. Während des Fluges überschlug er sich langsam, wobei das schwerere Unterteil etwas hinter dem Oberteil zurückblieb. Kai sah, wie der Zylinder auf die Tür prallte und das halb verrottete Holz in einem Regen von Splittern explodierte. Er hörte einen erstickten Aufschrei, gefolgt von einem Krachen.

Das Projektil setzte seine Flugbahn fort, prallte von Körpern und Korridorwänden ab, bis es schließlich frontal auf eine Mauer aufprallte und zerbarst. Wasser schoß über den Boden. Im Licht der batteriegespeisten Notbeleuchtung wirkte der Wassererhitzer wie eine übergroße Bierdose, die jemand zertreten hatte.

Kai kniff die Augen zusammen und warf sich vorwärts aus dem Gewölbe. Mit einem Tritt in den Brustkorb schickte er den Demi-Präzentor gegen die Korridorwand. Als der dickliche ComStar-Würdenträger stöhnend zusammensackte, nahm Kai das Automatikgewehr aus den Händen des toten ROM-Agenten und auch dessen Munitionsgurt an sich. Er hängte ihn sich über die Schulter und blickte sich zu Deirdre um. »Also los.«

Plötzlich nahm er eine Bewegung über sich wahr. Er wich nach hinten aus und riß das Gewehr hoch. Ein ROM-Posten am oberen Ende der Treppe zog den Abzug im selben Augenblick durch wie Kai. Beide Waffen spuckten Qualm und Mündungsfeuer. Der Hals des ROM-Postens schien unter den Projektilen zu explodieren, dann sackte sein Leichnam nach hinten in den Gang.

Kai fühlte drei Kugeln auf seiner Brust einschlagen. Er wurde von den Füßen gehoben und gegen die Wand geschleudert. Sein Kopf schlug schwer auf, und regenbogenfarbene Lichter tanzten vor seinen Augen. Als sich die Dunkelheit über ihn senkte, kämpfte er dagegen an, aber es war vergebens.

Als er seine Augen wieder öffnete, erkannte Kai an

dem noch immer zur Decke steigenden Qualm und dem einzelnen Blutrinnsal, das von Stufe zu Stufe tropfte, daß er nur für ein, zwei Sekunden ohne Bewußtsein gewesen war. Der Schmerz in der Brust, der jeden Atemzug begleitete, erinnerte ihn an die Treffsicherheit des ROM-Agenten.

Deirdre fiel neben ihm auf die Knie. »O Gott, ich muß Sie irgendwohin bringen, wo ich operieren kann.«

Kai legte die linke Hand auf ihre Schulter. »Helfen Sie mir hoch.«

»Auf keinen Fall. Bewegen Sie sich nicht. Schwere Brustverletzung.« Sie beugte sich über ihn und starrte in seine Augen. »Die Pupillen sind leicht geweitet. Sie stehen unter Schock.«

»Ich habe nur Schmerzen.« Er klopfte sich mit der rechten Hand auf die Brust. »Ich trage meine Kühlweste, erinnern Sie sich? Ballistisches Tuch. Es hat die Kugeln aufgehalten, aber wahrscheinlich habe ich mir ein paar Rippen geprellt.«

»Oder gebrochen. Sehen Sie sich vor.« Sie half ihm auf die Beine und nahm dem zweiten ROM-Agenten den Munitionsgurt ab, ohne auf Kais Aufforderung zu warten. »Wie fühlen Sie sich?«

»Wackelig. Ich war für eine Sekunde weggetreten.« Er schüttelte den Kopf, um seine Gedanken zu klären, war aber mit dem Ergebnis alles andere als zufrieden. »Wir müssen hier weg.«

Sie sah auf die ComStar-Angehörigen hinab. »Der erste Posten ist tot. Sein Genick ist gebrochen. Die beiden anderen sind nur bewußtlos. Werden Sie sie töten?«

Er sah sie an wie eine Irre und ging zur Treppe. »Sie stellen keine Gefahr für uns dar. Gehen wir.« Den rechten Arm an den Brustkorb gepreßt, arbeitete er sich die Stufen hinauf. Das Automatikgewehr hielt er die ganze Zeit im Anschlag. Im Erdgeschoß ging er neben dem Leichnam des ROM-Postens in die Hocke, bemerkte aber sonst niemand. Er winkte Deirdre hinter sich her und lief durch den Gang zum Büro des Demi-Präzentors.

Sie huschten in den Raum, und Deirdre schloß hinter ihnen die Tür. »Was wollen wir hier? Machen wir, daß wir wegkommen!«

Kai ging hinüber zu Khalsas Schreibtisch. »Geht nicht. Ich habe ein Versprechen einzulösen.« Er steckte Dave Jewells Holographien in den kleinen Rucksack, den er mit ins ComStar-Zentrum gebracht hatte. Er überprüfte den Inhalt und stellte freudig fest, daß seine Pistole und das Messer noch an ihrem Platz waren.

»Außerdem interessiert mich, was der Demi-Präzentor uns an Fluchthilfe anzubieten hat.« Er brach die mittlere Schreibtischschublade auf und nickte. Dann steckte er einen Stapel Magnetkarten ein. »Reisekarten. Jetzt brauchen wir nur noch in die Garage, und sein Schweber bringt uns von hier weg.«

Deirdre nickte. »Dann los. Schnell.«

Kai schob ein neues Magazin in sein Gewehr und schüttelte den Kopf. »Erst noch etwas anderes. Die Bezahlung dafür, daß dieser Clown uns verraten hat.« Er zog einen Feuerstoß quer über den Schreibtisch, dann über die holzgetäfelten Wände. Das Computerterminal explodierte, und ein paar zerbrochene Gemälde fielen zu Boden.

Deirdre hielt sich die Ohren zu. »Nur gut, daß Sie Krieger geworden sind«, rief sie.

»Wieso?« fragte Kai, und schob ein neues Magazin in das Gewehr.

»Sie sind ein lausiger Innenarchitekt.«

Khalsas wütender Blick scheuchte die Untergebenen hastig aus dem verwüsteten Büro, hatte jedoch auf den Clan-Elementar vor ihm nicht die geringste Wirkung. Der Gips um seine linke Seite war noch nicht trocken und lag kalt und klebrig über den Bandagen um seine Rippen und das zertrümmerte Schulterblatt. Die

Schmerzmittel machten ihn etwas benommen, aber das Pflichtgefühl ComStar gegenüber zerschnitt den narkotisierenden Nebel.

»Ich habe gezögert, Sie zu rufen, Sterncaptain, aber ich hatte keine Wahl. Sie sehen ja selbst, was er angerichtet hat.«

Der Elementar nickte ernst. Selbst ohne seine Rüstung erschien er Khalsa unwahrscheinlich groß. Sein kurzgeschorenes blondes Haar und die militärische Haltung standen, zumindest für den Demi-Präzentor, im Widerspruch zur Klarheit seiner blauen Augen. *Das sind nicht die Augen eines Mörders.*

»Ich habe seine Handschrift überall in der Station gesehen, Demi-Präzentor. Schade um den Kronleuchter im Foyer.« Der Elementar hielt die Hände auf dem Rükken verschränkt. »Hätten Sie uns über die Festnahme eines VerComs informiert, hätten wir Ihnen alles abgenommen.«

Khalsa bebte unter der Herablassung in der Stimme seines Gegenübers. »Ja, Sterncaptain, ich bin sicher, das hätten Sie getan, aber meine Position hier gestattet mir die Entscheidung darüber, was mit Personen geschieht, die wir gefangennehmen, geradeso wie Sie die Leute kontrollieren, die Ihnen ins Netz gehen. Dieser Dave Jewell ist offensichtlich höchst gefährlich, deswegen habe ich Sie gerufen. Er hat Dr. Lear entführt, möglicherweise mit furchtbarer Absicht, und meinen Migliore-Schweber gestohlen.« Khalsa nahm ein Blatt von seinem zerschossenen Schreibtisch. »Hier ist eine Liste aller Ziele und Routen für die Reisekarten, die er gestohlen hat.« Er hielt sie dem Elementar hin, aber der Mann nahm sie nicht.

»Aus allem, was ich hier gesehen habe, muß ich schließen, daß er Ihr Fahrzeug nur als Ablenkung benutzen wird. Es ist gleichgültig, wohin es fährt, er wird nicht dort sein.« Der Elementar betrachtete die Spur der Einschußlöcher an der Wand. »Außerdem kann ich Ihnen versichern, daß die Frau ihn aus freien Stücken begleitet.«

Khalsa kniff die Augen zusammen. Der Tonfall seines Gesprächspartners behagte ihm überhaupt nicht. »Und woher wissen Sie all das, wenn Sie so freundlich wären?«

Der Elementar studierte den Schaden weiter, bis die Verwüstungen seinen Blick wieder zum Schreibtisch und zu Khalsa führten. »Diesen Raum zu verwüsten, hat Zeit in Anspruch genommen. Dabei hätte sie fliehen können. Außerdem haben die beiden Ihre Krankenstation besucht und Material mitgenommen, von dem sie als Ärztin wußte, daß es auf der Flucht von Wert sein würde. Ihre Partnerschaft hat ihnen gestattet, hinter den feindlichen Linien zu überleben, seit wir diese Welt eingenommen haben. Würden sie nicht zusammenarbeiten, hätten wir sie schon lange gefangen.«

Khalsa traute seinen Ohren nicht, als er die Bewunderung in der Stimme des Elementars hörte. Er schlug mit der Faust, die den Bogen Papier hielt, auf den Tisch. »Sie halten das für amüsant! Ich nicht! Ich will Dave Jewells Kopf auf einem Pfahl sehen! Hören Sie mich? Auf einem Pfahl!«

Der Elementar starrte Khalsa an, und der Demi-Präzentor fühlte, wie es ihm eiskalt über den Rücken lief. »Lassen Sie sie laufen, Khalsa. Früher oder später bekommen wir sie. Wohin sollen sie fliehen?«

»Es ist mir gleichgültig, wohin sie fliehen können, Taman Malthus, und ich will sie nicht ›früher oder später‹. Sie stellen einen störenden Einfluß auf dieser Welt dar, und in meiner Eigenschaft als planetarer Verwalter befehle ich Ihnen, ihre Gefangennahme zu Ihrer vorrangigen Aufgabe zu machen!«

Der Elementar schluckte. »Wie Sie wünschen, Demi-Präzentor. Ihr Wunsch ist mir Befehl.«

12

Imperial City, Luthien
Militärdistrikt Pesht, Draconis-Kombinat

19. Februar 3052

Shin Yodama versuchte sich im Besprechungszimmer so aufrecht wie möglich zu halten. Er war von dem Flug nach Luthien erschöpft, und es kostete ihn Mühe, Wut und Verachtung aus seinem Gesicht zu verbannen, als Tai-sa Alfred Tojiro und Tai-sa Kim Kwi-Nam Takashi Kurita ihren Fall vortrugen. *Sie verdrehen Worte und Fakten, um das Abschlachten ihrer eigenen Leute zu rechtfertigen.*

Alfred Tojiros zerfurchtes Gesicht trug eine Miene schmerzvollen Bedauerns. »Wir hätten sie besiegt, hätten sie von Teniente vertrieben, hätte man unserer Strategie Zeit gegeben, sich zu entwickeln. Unsere Männer waren tapfer und weigerten sich, grundlosen Geschichten über die Clans und deren Unbesiegbarkeit Glauben zu schenken. Wir waren bereit, den Namen Teniente zu den Namen Luthien und Wolcott auf die Liste der Orte zu setzen, an denen die Clans eine Niederlage erlebten.«

»Es ist so, wie Tai-sa Tojiro sagt«, nickte Tai-sa Kwi-Nam. »Wir hatten die Clans genau dort, wo wir sie haben wollten, aber wie konnten wir Befehle erteilen, während wir mit Hohiro stritten? Seine Einmischung hat nicht nur unsere Operation in Gefahr gebracht, sie riß Techs von den Radarschirmen, die uns vor den Clan-Elementaren in unserer Nähe gewarnt hätten. Euer Enkel und er« — Kwi-Nam wies mit dem Finger auf Shin — »haben unsere Truppen ihres Generalstabs beraubt.«

»Wir hätten die Welt nicht evakuiert, aber Euer Enkel hat uns unter Arrest und unter die Aufsicht dieses Banditen gestellt.« Tojiro spuckte Shin an. »Wir haben verlangt und befohlen, zu unseren Truppen zurückgebracht zu werden, aber statt dessen wurden wir hierher befördert.«

Takashi Kurita wirkte erhaben und tödlich, als er sich auf seinem Stuhl zurücklehnte. Er trug einen grünschwarzen Seidenkimono, und seine Arme ruhten auf den Armstützen. Er verschränkte die Finger und blickte darüber hinweg zu Shin Yodama. »Sho-sa Yodama, das sind schwere Anschuldigungen. Haben Sie und mein Enkel sich in die Kriegsführung dieser Offiziere eingemischt?«

Shin antwortete mit einem gedämpftem Knurren. »Wir haben ihre Unfähigkeit mitangesehen, bis wir es nicht länger ertragen konnten, wie treue Soldaten von ihren eigenen Offizieren abgeschlachtet wurden. Diese Männer haben keinen einzigen taktischen Planungsbericht studiert. Sie kämpften im alten Stil, und selbst dafür schlecht.«

»Still, du Narr!« zischte Tojiro. »Glaube nicht, du könntest dich über deinen Rang erheben. Der Koordinator weiß es besser. Er weiß, was für ein Stück Dreck du bist.«

Hinter Takashis Stuhl öffnete sich eine Tür. Ein großgewachsener, schlanker Mann betrat den Raum mit einer Leichtigkeit, die Shin augenblicklich erkannte. Im trüben Licht betrachtete Theodore Kurita Tojiro wie ein Stück aus einem Kuriositätenkabinett. »Und wenn ich behaupte, daß Shin Yodama für unsere Kriegsanstrengungen, für die neue Art, die Clans zu besiegen, von entscheidender Bedeutung ist, was würden Sie darauf antworten, Tai-sa Tojiro?«

»Ich würde antworten, daß Sie ein Narr sind.« Der kleinwüchsige Offizier drehte sich zum Koordinator um. »Wir wissen besser, daß die alte Weise nicht beiseite gefegt wurde, Lord Takashi. Wir flehen Euch und Eure Gerechtigkeit an. Uns wurde übel mitgespielt, und wir bitten um Euer Urteil.« Tojiro warf einen Blick auf

Shin. »Wir brauchen ein Exempel, das die Realität im Kombinat ausdrückt.«

Takashi Kurita schaute seinen Sohn an. »Er ist ein Krieger unter deinem Befehl.«

»Aber wir alle dienen dem Drachen.« Theodore verneigte sich vor seinem Vater, und Shin folgte seinem Beispiel.

»Also gut.« Takashi nickte den beiden alten Offizieren langsam zu. »Ihr habt recht. Die alte Weise ist noch nicht völlig beiseite gefegt. Wir erwarten noch immer Respekt der Autorität gegenüber. Das wißt ihr?«

»Hai, Kurita Takashi-sama.«

»Dann wißt ihr auch, was zu tun ist.« Takashi entließ sie mit einer Handbewegung. »Ihr dürft den Garten benutzen.«

Tojiro blinzelte zweimal. »Sumimasen, Kurita-sama. Vergebt mir. Wozu dürfen wir den Garten benutzen?«

»Um euch die Bäuche aufzuschlitzen, ihr verräterischen Hunde!« Takashi sprang auf, und beide Offiziere duckten sich. »Ihr beansprucht, meine Diener zu sein. Ihr wollt mir folgen, aber ihr ignoriert alles, was der Mann, dem ich den Befehl über meine Armeen übertragen habe, gesagt hat! Ihr stellt eure Ehre über die des Kombinats!«

»Nein, mein Lord, Ihr unterliegt einer Täuschung.« Kwi-Nam fiel auf die Knie und neigte die Stirn zum Boden. »Euer Sohn und seine Yakuza-Gefährten schotten Euch von der Wirklichkeit ab!«

»Iie!« brüllte Takashi und gab Kwi-Nam einen Tritt. »Hört auf zu winseln und zu kriechen. Durch euch hat das Kombinat mit Sicherheit den Planeten Teniente verloren — und ich wahrscheinlich meinen Enkelsohn. Seid froh, daß ich euch gestatte, euch selbst das Leben zu nehmen. Verschwindet aus meinen Augen, damit ich euch als Männer in Erinnerung behalten kann.«

Die beiden Offiziere hasteten aus dem Raum und ließen Takashi, Theodore und Shin allein um den Hologrammtisch in der Mitte des Raumes. Der Koordinator sah den Yakuza an. »Ich bewundere die Beherrschung, die es gekostet haben muß, einen Monat mit diesen Verrätern an Bord eines Landungsschiffes zu verbringen.«

»Auf dem ersten Teil der Reise stand ich unter Beruhigungsmitteln.« Shin rieb sich unbewußt die Rippen. »Und zu den übrigen Zeiten habe ich dafür gesorgt, daß sie betäubt waren.«

Theodore lehnte sich auf den Tisch. »Nach den neuesten Meldungen von Teniente lebt Hohiro noch. Er hat das Dritte und das Elfte Pesht-Regiment zu einer Einheit zusammengelegt. Sie haben Vorräte, sind aber in den Untergrund abgetaucht, wo sie Daten für einen möglichen späteren Gegenschlag sammeln. Ihre Überlebenschancen sind allerdings gering.«

Shin schluckte schwer. Seine Vorahnung, Hohiro niemals wiederzusehen, kroch mit eisigen Fingern sein Rückgrat hinauf. »Hohiro hat um anderthalb Regimenter zur Verstärkung seiner Stellung gebeten. Er glaubt, die Novakatzen mit diesen Truppen von Teniente werfen zu können.«

Der Kriegsfürst des Draconis-Kombinats schüttelte den Kopf. »Vielleicht hat er das geglaubt, als Sie abgeflogen sind, aber inzwischen ist das nicht mehr möglich. Die Einheiten sind zu schwer dezimiert worden, während Hohiro sein Kommando konsolidierte.«

»Aber eine Einheit dieser Größe sollte ausreichen, um ihn herauszuholen.« Shin atmete tief durch. »Meine Rippen sind verheilt. Teilen Sie mich einer Entsatzeinheit zu, und wir holen Hohiro zurück. Vielleicht verlieren wir Teniente, aber wir können die Truppen abziehen.«

Wieder schüttelte Theodore den Kopf. »Es kann keinen Entsatz für Teniente geben.«

Der Koordinator erstarrte. »Was soll das heißen? Wir reden hier von deinem Sohn.«

»Das weiß ich.«

»Du mußt ihn retten.«

»Wie, Vater?« Theodore ließ sich auf einen Stuhl neben dem Tisch fallen und gab eine Datenanfrage in die Tastatur unter dem Tischrand. Eine Karte des Kombinats und der Freien Republik Rasalhaag erschien, auf der ein Viertel aller Welten in Clan-Besatzungszonen lagen. »Die Nebelparder und Novakatzen sind in Position für den Angriff auf fünfzehn verschiedene Welten. Die Geisterbären schlagen sich eine Schneise durch das Rasalhaag-Gebiet und entblößen einen immer größeren Teil unserer Flanke für mögliche Angriffe. Die Tatsache, daß sie die Grenze zwischen ihrer scheinbaren Angriffszone und der der Nebelparder noch nicht überschritten haben, ist keine Garantie, daß es so bleibt.«

»Du argumentierst mit Hypothesen, Theodore, während dein Sohn in Gefahr schwebt.« Takashi wischte mit einer Geste durch die holographische Sternenkarte. »Hohiro ist dein Erbe. Ragnar Magnusson ist bereits an die Wölfe verloren. Ich will meinen Enkel nicht als Gefangenen der Clans wissen.«

»Er war es schon einmal.«

»Und Yodama hier hat ihn befreit.« Der Koordinator schlug mit der Faust auf den Tisch. »Gib Yodama die Truppen und laß ihn gehen.«

»Welche Truppen?« Theodore sprang auf. Er fletschte die Zähne, um seine Wut in Zaum zu halten. »Wen denn, Vater, wen soll ich schicken? Kann ich deine Klauen des Drachen schicken? Du und sie haben Luthien tapfer verteidigt, aber sie wurden ebenso zerschlagen wie alle anderen Einheiten, die unsere Heimatwelt beschützten. Wolfs Dragoner und die Kell Hounds sind abgereist, um ihre Wunden zu lecken, und es wird noch zwei oder drei Monate dauern, bis sie wieder einsatzbereit sind.«

»Es gibt andere Einheiten.«

Theodore seufzte schwer. »Ja, Vater, es gibt andere Einheiten, aber sie beschützen andere Welten. Wäre es nicht Hohiro, der auf Teniente gefangen sitzt, hätten wir dieses Gespräch nicht.«

»Aber er ist es, und wir haben es.« Der Koordinator setzte sich und starrte düster die Karte an. »Es muß einen Weg geben.«

»Wenn es einen gibt, Vater, dann bin ich unfähig, ihn zu finden.«

Shin vernahm Omi Kuritas helles, feminines Räuspern und wirbelte herum. Sie stand hinter ihm in der Tür. Die schlanke junge Frau trippelte mit höflich bescheidenem Schritt vor. Ihre weiße Seidenrobe raschelte bei jeder Bewegung, und Shin roch Jasminduft, als sie neben ihn trat. »Vater, Großvater, ich habe eine Frage: Wenn es für eine Freundin von mir, deren Bruder bei den Clans eingeschlossen ist, möglich wäre, die Truppen zu beschaffen, die sie zu dessen Rettung benötigt, würden sie für diesen Zweck benutzt werden?«

Der Koordinator nickte zackig. »Hai!«

Theodore beobachtete seine Tochter mißtrauisch. »Vielleicht.«

Omis Miene blieb eine reglose Maske. »Du würdest ihr nicht gestatten, den eigenen Bruder zu retten?«

Der Kanrei setzte sich langsam hin und stützte die Ellbogen auf den Konferenztisch. Er legte die Fingerspitzen aufeinander und fixierte Omi mit ruhelosen blauen Augen. »Omiko, ich habe bereits mehr Zeit auf dieses Problem verwandt, als ich jedem anderen zugestehen würde. Trotzdem stehe ich vor einem Dilemma. Gäbe ich deiner Freundin diese Freiheit, was sollte ich tun, wenn diese von ihr beschafften Truppen später zur Verteidigung eines wichtigeren Ziels benötigt würden?«

»Dein Wort halten, Vater.«

Theodore schüttelte ernst den Kopf. »Das ist kein Spiel, Omi. Das ist nicht dasselbe, wie wenn du mich fragst, ob du einen Bauer für mich bewegen darfst, wenn ich gegen deinen Bruder eine Partie Schach spiele. Du mußt wissen, daß die Truppen, die deine Freundin beschaffen könnte, lebenswichtig für die Verteidigung des Kombinats sind. Wir können sie nicht erübrigen.«

Omis Augen wurden zu saphirgrünen Schlitzen. »Und was, Vater, wenn sie diese Truppen von außerhalb des Kombinats besorgt?«

Shin fühlte, wie sich sein Magen verkrampfte, als Theodore zurückzuckte. Augenblicklich war Shin klar, woher sie ihre militärische Unterstützung holen wollte. So sehr er Hohiro in Sicherheit wissen wollte, so verräterisch erschien ihm ihr Vorschlag. Daß Theodore sich so gut in der Gewalt hatte, überraschte Shin.

Der Kriegsfürst lehnte sich zurück. »Deine Freundin ist erwachsen geworden, nicht wahr, Omiko? Sie spielt Erwachsenenspiele.«

»Ihr Vater erinnert sie regelmäßig daran, daß es sich hier nicht um ein Spiel handelt. Wenn sie ein Regiment beschaffen könnte, hätte sie die Erlaubnis, es zu Hohiros Rettung einzusetzen?« Omis Beherrschung begann Risse zu zeigen. Ihre Unterlippe zitterte nervös.

Ihr Vater beobachtete sie eine Weile, dann nickte er. Als sie ein aufblühendes Lächeln unterdrückte, hob er die Hand. »Aber deine Freundin, meine Tochter, muß verstehen, daß Erwachsenenspiele häufig nicht zum Sieg führen. Ja, wenn sie Truppen ausheben kann, können diese zu Hohiros Rettung in Bewegung gesetzt werden. Ich werde sogar Sho-sa Yodama als ihren Verbindungsoffizier einsetzen. Aber mein Angebot ist an Bedingungen geknüpft, denen sie zustimmen muß, bevor ich ihr erlaube, etwas zu unternehmen.«

Omi sah zu Boden. »Wie du es wünschst, Vater.«

»Meine Bedingung, und möglicherweise wird sie sie nicht akzeptieren, lautet: Von diesem Punkt an wird sie sich nicht mehr mit Victor Steiner-Davion in Verbindung setzen.«

Wäre da nicht das Stocken ihres Atems gewesen, hätte Shin sicher geglaubt, daß sie Theodores Worte gar nicht gehört hatte. Sie sah weiter zu Boden und befeuchtete mit der Zungenspitze ihre Lippen. »Aus Liebe zu ihrem Bruder und zum Kombinat wird sie deine Bedingung annehmen, sofern dein Verbot erst nach einer letzten Botschaft in Kraft tritt.«

»Hai, Omiko, hai!« Theodore nickte. »Geh. Sie soll ihre letzte Botschaft formulieren. Sho-sa Yodama wird ihr Bote sein.«

Omi verbeugte sich vor ihrem Vater und Großvater und zog sich aus dem Raum zurück. Die drei Männer blieben und bedachten ihren Mut und ihre Opferbereitschaft. Innerlich jubelte Shin. Zum erstenmal wagte er zu hoffen, Hohiro könnte gerettet werden. Er wußte, daß Omis Handeln Mut erfordert hatte, sowohl bei ihrem Angebot wie beim Akzeptieren der Bedingungen ihres Vaters. *Wenn seine Schwester Wahrerin der Ehre des Hauses wird, wird sich Hohiro möglicherweise noch wünschen, auf Teniente geblieben zu sein.*

Theodore sah seinen Vater an und bemerkte hinter den Händen ein halbverborgenes Lächeln. »Du wolltest etwas anmerken, Vater?«

Der Koordinator schüttelte den Kopf. »Sie ist wirklich deine Tochter, Theodore.« Sein Lächeln wurde zu einem Grinsen, aber er verkniff sich aus Respekt ein lautes Lachen, als er hinzufügte: »Jetzt wirst du genau wie ich entdecken, daß man bei Kämpfen mit seinen Kindern zwar einzelne Schlachten gewinnen kann, aber niemals den Krieg.«

13

Landungsschiff *Höhlenwolf*, Am Boden
Kontinent Alurial, Hyperion, Wolfsclan-Besatzungszone

25. Februar 3052

Phelan Wolf verschränkte die Arme hinter dem Rücken, als sich die Tür zum Bereitschaftsraum des ilKhans hinter ihm schloß. »Melde mich wie befohlen, Sir.«

Der ilKhan sah erfreut von seinem Schreibtisch auf. »Pünktlich wie immer.« Er klopfte auf den Schirm des Computermonitors vor sich. »Natascha war in ihrem Bericht über deinen Einsatz sehr genau, was dein Timing angeht. Sie meint, wenn deine Einheit sich nicht so schnell bewegt hätte, wäre der Simmonsdamm gesprengt worden, und die resultierende Flutwelle hätte die Garde ausgelöscht.«

»Ich glaube, Natascha übertreibt etwas. Carew und sein Flügelmann hatten die Rasalhaag-Kommandoeinheiten ziemlich festgenagelt. Wir haben sie ausgeschaltet und anschließend die verirrte Milizlanze gestellt. Sie hätten die bereits angebrachten Sprengsätze zünden können, aber sie leben alle in diesem Gebiet und hätten ihre eigenen Häuser vernichtet. Ich habe mehr Zeit damit zugebracht, Nachzügler durch die Tiganito Astako-Schneisen zu scheuchen.«

Der ilKhan lehnte sich zurück und beobachtete Phelan. »Wie passend, daß du gerade um diesen Ward-Blutnamen kämpfst. Du paßt zu ihm.«

Phelan runzelte die Stirn. »Ich verstehe nicht.« Cyrillas Selbstmord, um ihm einen Platz bei einem Blutnamenskampf zu verschaffen, schmerzte ihn noch immer.

Ulric stand auf und winkte Phelan zu einem Klappstuhl rechts neben dem Schreibtisch. »Wie du sehr wohl weißt, sind Blutnamen auf die Nachnamen jener loyalen

Krieger beschränkt, die mit Nicholas Kerensky darum kämpften, die Barbarei zu beenden, die unser Volk zerriß. Als Nicholas unsere Gesellschaften zu den Clans umformte, verbot er alle Familiennamen, mit Ausnahme der Blutnamen. Nach seinem Erlaß sollten nur jeweils fünfundzwanzig Einzelpersonen die Ehre haben, einen bestimmten Blutnamen zu tragen. Von Anfang an war der Wettstreit um Blutnamen heftig.«

»Das habe ich gesehen.« Phelan schüttelte den Kopf. »In diesem Wettkampf sind bereits Krieger gestorben.«

»Und es werden noch mehr für diese Ehre sterben.« Ulrics Miene verhärtete sich. »Jeder der fünfundzwanzig Blutnamen eines Hauses hat seine eigene Geschichte. Ein bestimmter Name ist bekannt für die Taten all jener, die ihn zuvor getragen haben. Es ähnelt der Sitte in den Nachfolgerstaaten, einen Mech vom Vater auf den Sohn zu vererben.« Der ilKhan beugte sich vor. »Nimm zum Beispiel den Kerensky-Namen, den ich die Ehre habe zu tragen. Blutnamen existieren seit knapp 300 Jahren bei den Clans, aber erst zwölf Personen haben diesen Namen getragen.«

Phelan schloß die Augen und rechnete nach. »Dann muß jeder Träger des Namens ihn im Durchschnitt fünfundzwanzig Jahre lang besessen haben. Und Cyrilla sagte, Ihr tragt ihn seit fünfzehn Jahren.«

Ulric nickte. »Und du weißt, daß Natascha ihren Blutnamen im Alter von zweiundzwanzig erwarb — als jüngste Kriegerin aller Zeiten. Ich habe den meinen im Alter von dreißig erworben. Siehst du die Bedeutung, frapos?«

»Pos. In den Clans gilt ein Krieger in dem Alter, in dem Ihr Euren Blutnamen errungen habt, als alt. Selbst wenn ich annehme, daß Ihr Euren Blutnamen relativ spät erworben habt und seine anderen Träger ihn mit fünfundzwanzig gewannen, bringt die durchschnittliche Dauer ihrer Trägerschaft sie auf über fünfzig Jahre. Das ist bemerkenswert.«

Der ilKhan nickte. »Die Wahrheit ist — und ich erwähne das nicht, um mich damit zu brüsten —, daß ich schon in jüngeren Jahren an Blutnamenskämpfen hätte teilnehmen können, aber ich habe darauf verzichtet, bis dieser Name frei wurde. Ich wollte ihn wegen derer, die ihn bereits getragen hatten — und ihrer Taten.«

»Ich verstehe nicht. Ihr habt die Ehre eines Blutnamens abgeschlagen, nur um auf diesen speziellen zu warten?«

»Natürlich.« Ulric gluckste ein wenig. »Was sollte ich mit einem Blutnamen, den schon Dutzende Krieger getragen hatten? Sicher, es ist immer noch ein Blutname, aber auf seine Geschichte kann man nicht unbedingt stolz sein.«

Der jüngere MechKrieger nickte. »Wenn die besten Krieger auf die besseren Namen warten, kämpfen die weniger guten Krieger um die schlechteren. Das verstärkt die Hierarchie.« Er grinste. »Ich kann mir auch vorstellen, daß jemand mit einem weniger geachteten Blutnamen riskante Unternehmungen startet, um seinem Blutnamen Ehre zu machen, und sich dabei selbst in Gefahr bringt.«

»Wieder beweist du deine Eignung für diesen Blutnamen. Wie Cyrilla und seine anderen Träger bist du fähig zur Einsicht und bleibst im Hinblick auf deine Fähigkeiten und Leistungen realistisch. Der Blutname, um den du kämpfst, ist einer der wertvollsten innerhalb der Clans.«

»Ich schätze, die Invasion verbessert den Ruf einiger Blutnamen.« Phelan versuchte sich die Geschichte von Nataschas Blutnamen vorzustellen.

Der ilKhan zuckte die Achseln. »Sie hilft einigen und zerstört andere. Einer der Blutnamen von Haus Malthus wurde auf Twycross entehrt. Der Anführer der Falkengarde führte seine Truppen in einen Hinterhalt, und sie wurden vernichtet. Während wir auf Strana Metschty waren, wurde um den Namen gekämpft, aber kein

MechKrieger wollte ihn auch nur anrühren, daher ist er an einen Elementar gegangen.«

Die Verachtung in Ulrics Stimme machte klar, daß er die Dummheit des Offiziers nur noch von der eines Kriegers übertroffen sah, der tatsächlich um diesen Blutnamen kämpfen wollte. »Ich nehme nicht an, Ihr habt mich gerufen, um über Blutnamen zu diskutieren. Was kann ich für Euch tun?«

»Ich möchte deine Hilfe bei der Lösung des ComStar-Rätsels.«

»Des ComStar-Rätsels?« Phelan runzelte die Stirn, als Ulric aufstand und durch den Raum wanderte. »Soweit ich weiß, verhandelt ComStar mit uns über die Übergabe Terras. Wir wissen, daß es sich um eine Hinhaltetaktik handelt, aber zu welchem Zweck?«

»Genau.« Ulric blieb stehen und blickte aus dem Sichtfenster auf die Armada des Wolfsclans. »Wir haben an den Verhandlungen teilgenommen und ComStar gestattet, unsere Welten weiter zu verwalten, um sie glauben zu machen, sie hätten uns eingelullt.«

»Aber ComStar muß doch wissen, daß wir Ihnen nicht völlig vertrauen, frapos?«

»Pos.«

»Ist es dann weise, unsere eroberten Planeten weiter von ihnen verwalten zu lassen?«

Der ilKhan nickte fast abwesend. »Aber sicher. Allermindestens bindet es ihre Energie. Wenn sie eine Revolte entfachen sollten, was würde es ihnen einbringen? Wir können auf jede Welt zurückkehren, die sie einzunehmen versuchen, und sie wieder unterwerfen, selbst wenn sie unsere Garnisonstruppen besiegen.« Ulric kniff die Augen zusammen. »Nein, wir müssen annehmen, daß sie Zeit schinden, um eine militärische Antwort auf unsere Bedrohung vorzubereiten. Wie stehen ComStars Chancen, ein Bündnis zwischen den verschiedenen Häusern der Nachfolgerstaaten zu schmieden?«

Phelan mußte an sich halten, um nicht laut loszuprusten. »Äh, ich würde sagen, sie sind sehr gering.«

Aus Ulrics Brustkorb stieg ein tiefes Glucksen auf. »Natascha und ihr Archivar haben mir dieselbe Antwort gegeben. An diesem Punkt stimmen alle drei meiner Berater über die Innere Sphäre überein. Das bedeutet, ComStar wird sich uns selbst entgegenstellen. Was weißt du über ihr Militär?«

Phelan sah auf seine Stiefel und konzentrierte sich. Er erinnerte sich an einzelne Gesprächsfetzen, die er als Kind aufgeschnappt hatte, ohne jedoch etwas Konkretes ausgraben zu können. »ComStar hat seine Com Guards. Ich glaube, ich habe irgendwo einmal Schätzungen gesehen, die ihre Stärke mit zwischen vierzig und fünfzig Mechregimentern angeben, aber diesen Zahlen kann man nur sehr begrenzt vertrauen. Die meisten Truppen sind in lanzen- oder kompaniegroßen Einheiten über die verschiedensten Einrichtungen verteilt. ComStar hat in der Vergangenheit auch eine große Zahl von Söldnern zum Schutz ihrer Zentren eingesetzt, die adoptiert wurden und deren Mechs der Orden repariert hat. Natürlich besitzen die ComGuards Infanterie-, Luft/Raum- und Panzerunterstützung.«

Der ilKhan rieb sich den Spitzbart. »Es ist weniger ihre militärische Stärke, um die es mir geht. Schließlich werden wir beim Gebot erfahren, was sie zu Verteidigung oder Angriff einsetzen können, frapos? Nein, ich hätte meine Frage deutlicher formulieren sollen. In der Annahme, daß sie eine militärische Lösung für unsere Invasion Terras suchen, möchte ich, daß du mir alles erzählst, was du über den Präzentor Martialum weißt.«

Phelan schlug das Herz bis zum Hals. *Weiß Ulric, daß ich mich einmal bereit erklärt habe, dem Präzentor Martialum bei der Suche nach dem wahren Ziel der Invasion zu helfen?* »Ich bezweifle, daß ich viel über ihn weiß.«

»Oh?« Der ilKhan hob überrascht eine seiner schneeweißen Brauen. »Du hast auf meinen Wunsch viel Zeit mit ihm verbracht. Du mußt einen Eindruck von dem Mann gewonnen haben. Berichte mir, was du weißt.«

Phelan konzentrierte sich, versuchte jedes Detail über den Anführer des ComStar-Militärs ans Licht zu holen. »Er kommt aus dem Lyranischen Commonwealth — sein Name und sein Deutsch machen das klar. Er hat auch erwähnt, daß er einmal auf den Lestrade-Gütern auf Summer war. Das deutete auf einen Adelstitel oder eine Stationierung auf Summer hin.« Phelan runzelte die Stirn. »Außerdem war er auf dem Nagelring, was ihn eindeutig dem Commonwealth zuordnet.«

»Aha.« Ein raubtierhaftes Grinsen breitete sich auf Ulrics Miene aus. »Würde es dich überraschen, wenn ich dir sage, daß niemand mit Namen Anastasius Focht jemals den Nagelring besucht, geschweige denn einen Abschluß erworben hat?«

Phelan dachte einen Augenblick nach, dann schüttelte er den Kopf. »Neg. ComStar hat überhaupt erst seit etwa zehn Jahren einen Präzentor Martialum. Ihr haltet Anastasius Focht für einen Decknamen, frapos?«

»Ich habe nicht den geringsten Zweifel. Der Name Anastasius bedeutet ›Der wiederaufersteht‹, und Focht ist die Vergangenheitsform von ›fechten‹. Ich denke, der Präzentor Martialum hat diesen Namen im Triumph über seine Rückkehr gewählt, oder auch als ständige Erinnerung an das, was zuvor seinen Sturz verursachte. Ein Mann, der einen solchen Namen wählen kann, ist gefährlich.«

»Dann wollt Ihr, daß ich daran arbeite, seine Identität aufzudecken?«

Der ilKhan nickte. »Nataschas Archivar hat bereits die Vorarbeit geleistet, aber ich habe ihn auf eine andere Frage angesetzt. Du mußt Fochts Geheimnis für mich lüften, aber du mußt mir auch die Einsichten liefern, die ich benötige, um ihn zu überbieten und zu schlagen.«

»Das werde ich, mein Khan.«

»Mach dir klar, Phelan, daß deine Mission wichtiger

ist als alles andere, was dir je als Mitglied des Wolfsclans aufgetragen wurde. Wenn wir Terra nicht einnehmen, wenn ein anderer Clan dies tut, gibt es keine Möglichkeit mehr, sie aufzuhalten.«

Phelan sah verwirrt auf. »Sie aufzuhalten?«

»Der Clan, der Terra einnimmt, ernennt einen neuen ilKhan. Wird ein Kreuzritter gewählt, ist der Krieg auf Terra noch nicht zu Ende. Er wird weitergehen, bis jede einzelne Welt der Inneren Sphäre und Peripherie die Clans als Meister anerkennt oder zu einem Schlackehaufen verkohlt ist.«

Phelan ließ sich die düsteren Gedanken vom heißen Wasser der Dusche wegschwemmen. Er hatte Stunden vor einem Computerterminal bei der Durchsicht tausender Dateien verbracht; brennende Augen und schmerzende Schultern waren die Folge gewesen. Als er eine Tasse Suppe in das Mikrowellengerät stellte, es anschließend jedoch einzuschalten vergaß, hatte er sich entschlossen, für heute Schluß zu machen. Da Ranna damit beschäftigt war, vor dem nächsten Angriff ihren *Lupus* umzukonfigurieren, erholte er sich unter der Dusche.

Bei seiner Ankunft war der Duschraum leer gewesen, aber als er das Zischen einer zweiten Dusche hörte, drehte Phelan sich um. Er grinste, bis er das Wasser aus den Augen hatte, dann spuckte er aus. »Du nimmst eine Dusche, Vlad? Ich dachte, dich müßte man *abschmieren*.«

Der andere nackte MechKrieger erwiderte Phelans giftigen Blick. Vlad sah nicht schlecht aus, aber die Narbe, die auf der linken Seite seines Gesichts von der Braue zur Kinnlade verlief, war weder exotisch noch attraktiv. In Phelans Augen spiegelte sie die grausame Neigung des Mannes. »Abschmieren? Ich wüßte nicht warum. Ich habe keine Zeit mit dir zugebracht, also bin ich sauber.«

Vlad betrachtete Phelan und schürzte die Lippen zu

einem abfälligen Grinsen. »Anscheind sind die blauen Flecke, die Dean dir beigebracht hat, verheilt. Was für ein Glück. Es geschieht selten, daß jemandem, der sich mit einem Elementar anlegt, erlaubt wird, aus seinen Fehlern zu lernen.«

»Zumindest habe ich mich meinem Gegner im fairen Kampf gestellt.«

»Die Verteidigung des Gejagten.« Vlad trat unter der Dusche hervor und strich sich das Wasser aus dem spitz zulaufenden schwarzen Haaransatz. »Ich habe meinen Gegner in rekordverdächtiger Zeit getötet. Dein Kampf sah aus wie eines dieser Scheingefechte, die wir von Solaris empfangen haben. Es war ein Witz.«

»Erzähl das Dean. Zumindest lebt er noch.« In Phelans Händen zuckte es, am liebsten hätte er Vlad erwürgt.

»Du bist zu zimperlich, um einen Blutnamen zu erobern, Phelan. Cyrilla hat eine schlechte Wahl getroffen.« Vlad schüttelte verächtlich den Kopf. »Deinen Gegner nicht umzubringen, ist eine Schwäche, die du überwinden mußt, Freigeburt.«

»Das werde ich, Vlad. Rechtzeitig zu unserem Kampf im Finale.«

14

Sitz des Ersten Bereichs ComStars
Hilton Head Island, Nordamerika, Terra

25. Februar 3052

Prima Myndo Waterly genoß das offensichtliche Unbehagen des Präzentors Martialum darüber, hierherbestellt worden zu sein. »Es ist schön, dich wieder hier auf Hilton Head zu wissen, Anastasius.« *Jetzt ist es aus mit deinen kleinen ›Virtual Reality‹-Spielchen während unserer Unterhaltungen.*

»Wie immer, Prima, bin ich erfreut, Euch zu sehen.« Die gespannten Linien um die Mundwinkel verrieten seine wahren Gefühle, aber Myndo war sich absolut sicher, daß er keine Ahnung davon hatte, sich verraten zu haben. »Ihr sagtet, Ihr hättet eine Entscheidung bezüglich meiner Planung zu den Clans und unserer Gegenwehr getroffen.«

Sie ließ ihn mitten in der kreisrunden Kammer stehen und trat an das halbrunde Fenster zum Innenhof. Das hereinströmende Sonnenlicht würde sie in einen feurigen Halo hüllen, und diesen Effekt suchte sie ganz bewußt. Erfreut bemerkte sie, wie das von ihrer goldenen Seidenrobe reflektierte Licht in ihren eigenen Augen schmerzte. Ihr Schachzug zwang den Präzentor Martialum, den Blick abzuwenden, und verhinderte, daß er mehr als das Profil ihres Gesichts sah.

»Ich habe deine Pläne studiert und glaube, du hast mit Tukayyid die richtige Wahl getroffen. Deine Pläne zum Schutz der Bevölkerung sind durchdacht, aber ich meine, wir werden den Planet evakuieren müssen.«

Der Präzentor Martialum reagierte sichtlich auf ihren Vorschlag. »Den Planeten evakuieren?«

»Natürlich. Das ist doch wohl die einzige Methode, die Zahl der möglichen zivilen Schlachtopfer wirklich auf ein Minimum zu begrenzen, oder bist du anderer Meinung? Wir wollen bei der Vorbereitung dieser Schlacht den richtigen Eindruck erwecken.«

»Ich bezweifle wirklich, daß es für die Clans irgendeine Bedeutung hat, wie wir mit den Zivilisten verfahren, Prima.«

Wen interessieren denn die Clans? Myndo steckte die Hände in die Ärmel ihrer Robe. »Anastasius, ich sorge mich darum, wie die Öffentlichkeit unser Handeln bewertet. Indem wir die Welt evakuieren, zeigen wir uns besorgter um das Wohlergehen der Menschen als jede Regierung.«

Focht rückte die schwarze Klappe über seinem rechten Auge gerade. »Und die Regierung von Rasalhaag hat dem zugestimmt?«

»Sie wird es tun, wenn sie ihr zerfleddertes Geheimdienstnetz auch weiterhin aufrechterhalten will.« Myndo verzog das Gesicht, als der Präzentor Martialum die Stirn runzelte. *Allerdings, Focht, die Politik diktiert dem Militär. So ist es schon immer gewesen, und so wird es immer sein.* »Präzentor Martialum, nimm mir das nicht übel. Du weißt, es ist das Beste, diese Leute zu evakuieren, und ich werde tun, was nötig ist, um für sie zu sorgen.«

»Ich danke Euch für diese unerwartete Gnade. Dadurch brauche ich keine Truppen mehr zum Schutz ziviler Ziele abzustellen.« Focht hob den Kopf. »Und meine Truppenanforderungen?«

Myndo breitete die Arme aus. »Abgesehen von kleinen Infanteriegarnisonen auf den Welten, die wir für die Clans verwalten, gehören die ComGuards dir. Bevor du protestierst, muß ich klarstellen, daß wir Truppen zum Schutz unserer Anlagen nach deinem Sieg über die Clans benötigen. Ich bin nur vorsichtig.«

Der Präzentor Martialum nickte langsam und wandte sich ab. »Und die BattleMechs, die hier unter Hilton Head lagern … Sie stehen zu unserer Verfügung?«

»Selbstverständlich.« Die Prima löste sich von dem

Fenster und stieg zum Boden des Raumes hinab. »Wie kannst du daran zweifeln, daß ich dir bei diesem Kampf zur Rettung Terras irgend etwas verweigere? Die Clans sind ein Dolch, der geradewegs auf unser Herz gerichtet ist, und du bist der einzige, der sie daran hindern kann, ComStar zu vernichten.«

Focht drehte sich wieder zu ihr um. »Verzeiht mir, Prima, aber ich habe genug Debatten des Ersten Bereichs miterlebt, um Eure Manipulationskünste zu kennen. Ihr werdet mir meine Offenheit verzeihen, aber ich hatte mehr Widerstand gegen meine Pläne erwartet.«

Myndo zwang sich zu einem leisen Lachen. »Mich kannst du nicht zum Narren halten, Anastasius. Ich weiß, daß deine Nachschub- und Truppenanforderungen gepolstert waren, weil du erwartet hast, ich würde sie zusammenstreichen. Und ich hatte auch nicht weniger im Sinn, aber beim Studium deiner Pläne habe ich erkannt, wie wichtig eine volle Unterstützung deiner Anstrengungen ist. Wenn du geplant hast, uns nur mit einem Teil dessen zu verteidigen, was du angefordert hast, kann ich deiner Planung nur helfen, wenn ich dir alles genehmige. Täusche dich nicht, Präzentor Martialum, ich verstehe die historische Bedeutung der Schlacht, auf die du dich vorbereitest, ganz genau. Du wirst fast fünfzig BattleMech-Regimenter zur Verfügung haben. Du wirst Zugriff auf Panzer, Artillerie, Luft/Raumunterstützung und Infanterie haben. Du wirst unter deinem Kommando die größte Streitmacht versammeln, seit General Aleksandr Kerensky mit der Sternenbundarmee die Innere Sphäre verließ.«

Der Präzentor Martialum beobachtete sie mißtrauisch, aber es gelang ihr, seinem forschenden Blick eine Unschuldsmiene zu präsentieren. Ihre dunklen Augen begegneten seinem starren Blick ohne Herausforderung. »Ich höre, was Ihr sagt, Prima, aber ich kann es nicht ganz glauben.«

Myndo verbarg ihre Verärgerung unter einer sanften,

leisen Stimme. »Aber du kannst mir vertrauen, Präzentor. Wir haben dasselbe Ziel. Wenn ich dich verrate, ist es unser beider Tod.«

Der hochgewachsene Mann nickte. »Das erinnert mich an die Fabel von dem Skorpion und dem blinden Hund, die einen Fluß überqueren müssen. Der Skorpion sagt: ›Laß mich auf deinen Rücken klettern. Ich lotse dich ans andere Ufer.‹ Der blinde Hund weigert sich und erklärt, er könne dem Skorpion nicht trauen, weil er ihn mit seinem Stachel umbringen könne. Der Skorpion gibt zurück, daß sie beide sterben würden, wenn er den Hund mitten im Wasser sticht. Der Hund läßt sich überreden, aber kaum sind beide in der Mitte des Flusses angekommen, sticht der Skorpion zu. Als sie langsam versinken, fragt der Hund: ›Warum hast du mich gestochen? Jetzt müssen wir beide sterben.‹ Und der Skorpion erwidert: ›Ich bin ein Skorpion. Das ist mein Wesen.‹«

»Ich bin kein Skorpion, Anastasius.«

»Aber Ihr seid eine Politikerin!« Focht berührte seine Augenklappe. »Die Politik war schon immer meine Nemesis. Sie hat mich ein Auge gekostet, mein Kommando und mein früheres Leben. Wenn ich hier als Euer Präzentor Martialum stehe, beruht dies ausschließlich darauf, daß meine Einstellung ein Bündnis zwischen Euch und Theodore Kurita besiegelte.«

Das ist keine Auseinandersetzung, die ich weiterzuverfolgen gedenke. »Ich nehme deine Einwände zur Kenntnis, Anastasius, aber selbst ich weiß, wann die Politik hinter der Wirklichkeit zurückzutreten hat. Noch keine Rede hat einen Partikelstrahl aufgehalten. Kein Geheimabkommen hat je ein Mechregiment besiegt, und keine politischen Abmachungen werden die Clans je aufhalten. Das sehe selbst ich.«

»Seht Ihr das wirklich? Versteht Ihr wirklich, was es bedeutet, mit den Clans ehrlich und offen zu sein?« Der Präzentor Martialum streckte die Arme aus, um sie zu packen, beherrschte sich aber im letzten Moment. »Die Schlacht um Tukayyid ist zu ernst für Spielereien.«

Diesmal verbarg Myndo ihre Wut nicht. »Daran erinnerst du mich bei jeder Gelegenheit, Präzentor Martialum. Du hast deine Sache gut vertreten. Warum bezweifelst du, daß ich die Weisheit deiner Vorschläge schließlich eingesehen habe?«

Focht setzte zu einer scharfen Antwort an. Dann schloß er den Mund und verneigte sich. »Vergebt mir, Prima. Ich bin nur ein halb erblindeter Hund, vielleicht sehe ich deshalb überall Skorpione.«

Myndo nickte gnädig und berührte seinen rechten Arm mit ihrer Linken. »Du bist mein Präzentor Martialum, *weil* du nach Skorpionen Ausschau hältst. Ich wünsche mir keinen Feldherrn ohne die geringste Ahnung von politischen Realitäten, aber ich möchte auch nicht, daß er von ihnen verzehrt wird. Du bist die Hoffnung ComStars. Unsere Zukunft liegt in deiner Hand.«

»Euer Vertrauen in die ComGuards steht auf festem Boden, Prima. Ich nehme an, ich habe Eure Erlaubnis, ilKhan Ulric aufzusuchen und die Schlacht auf Tukayyid auszuhandeln?«

»Geh mit dem Segen Blakes.«

»Sein Wille geschehe.«

Myndo unterdrückte ein Lächeln, als sich die Tür hinter Focht schloß. »Geh nur, Präzentor Martialum. Sorge dafür, daß sie sich ganz auf dich konzentrieren. Ob du nun auf Tukayyid gewinnst oder verlierst, während du dich auf den Kampf vorbereitest, werde ich den endgültigen Sieg ComStars über die Clans vorbereiten.«

15

Trainingszentrum Fort Ian, Port Moseby
Virginia Shire, Vereinigtes Commonwealth

28. Februar 3052

Victor Steiner-Davion blickte auf, als ein blonder Mann eine Holodisk auf den Schreibtisch warf. »Neue Testergebnisse, Galen?«

Victors Adjutant Galen Cox nickte. »Wir haben alle getestet, die mit dem letzten Landungsschiff angekommen sind. Zugegeben, Simulatoren sind keine Mechs, aber die meisten waren verdammt gut. Nur ein oder zwei von ihnen schienen angesichts der Kampfkraft der aufgerüsteten Mechs auszuflippen. Die meisten haben konservativ agiert und die Hitzeentwicklung im unteren Bereich gehalten. Von den fünfzig, die wir getestet haben, brachten nur elf die Mechs bis ans logische Maximum.«

Victor lehnte sich zurück und legte die Fingerspitzen aufeinander. »Irgendwelche Besonderheiten?«

Galen zuckte nonchalant die Achseln. »Ein paar. Da ist ein Kerl, mit dem Sie reden sollten. Er war mit Ihnen auf dem Nagelring.«

»Wer?«

»Renny Sanderlin.«

An der Betonung des Namens erkannte Victor, daß Rennys Ergebnisse nicht zu den besten gehörten. »Renny war mein Zimmergenosse. Was ist los?«

Galen ließ sich auf einen Stuhl fallen und beugte sich vor. Über dem Stapel Berichte auf Victors Schreibtisch waren nur seine Augen zu sehen. »Er hat es gerade noch geschafft, Victor. Wegen seines Rangs habe ich ihm den Befehl über eine Lanze gegeben. Er hat sich streng an die Regeln gehalten — aber die waren vier Jahre alt. Er und seine Leute haben überlebt, aber er war extrem vorsichtig. Laut seiner Akte wurde er nach der ersten Begegnung mit den Clans wegen Erschöpfung ins Hospital eingewiesen. Wahrscheinlich ist er deshalb so zurückhaltend.«

Galen blickte einen Moment lang zu Boden. »Angesichts seines Rangs müßten wir einen unserer Lanzenführer versetzen, um Platz für ihn zu schaffen.«

Victor kaute auf der Unterlippe. »Renny hat mich die letzten beiden Jahre am Nagelring durchgeschleppt. Ich bin ihm etwas schuldig. Wie würden Sie seine persönliche Leistung bewerten?«

Hauptmann Cox' Miene erhellte sich. »Er ist okay, daran kann kein Zweifel bestehen. Meiner Einschätzung nach hatte er Angst, seine Leute könnten das Vertrauen in ihn verlieren. Er zögerte, aber als wir seine Lanze einem Angriff aussetzten, hat er hart gekämpft und ziemlich gut geschossen.«

»Ein solches Zögern kann da draußen der Tod sein.« Der Prinz kratzte sich am Kopf. »Ich muß wohl wirklich mit ihm reden. Ich werde ihm eine Stellung anbieten, aber mit reduziertem Rang, vorausgesetzt Generalin Kaulkas stimmt zu. Murphys Lanze ist noch nicht vollzählig, korrekt?«

Galen nickte. »Wenn wir die elf nehmen, die ich erwähnt habe, plus Sanderlin, kommen wir auf 90 Prozent der autorisierten Gefechtsstärke. Es sind zwei weitere Landungsschiffe mit Freiwilligen im Anflug, also sollten wir auch den Rest der Piloten zusammenbekommen.«

»Gut.«

Cox stand auf, dann zögerte er. »Kommandant, soll ich meinen Bericht über Sanderlin zu den Akten geben oder nicht?«

Victor fühlte einen Klos im Hals. »Was haben Sie mit den anderen gemacht?«

»Die Testbewertung ad acta gelegt.«

Wenn Renny eine negative Bewertung in seiner Personal-

akte hat, könnte das später seine Karriere beeinträchtigen. Victor atmete tief durch. »Glauben Sie wirklich, er würde die anderen Krieger einer Lanze in Gefahr bringen, wenn er das Kommando führt?«

»Nicht jeder eignet sich für ein Feldkommando, schon gar nicht in einer irregulären Einheit wie dieser.«

Victor nickte. »Geben Sie es zu den Akten. Wenn Sie glauben, was Sie gerade gesagt haben, können Sie das hinzufügen.«

»Ja, Kommandant. Soll ich Sanderlin hereinschicken? Er wartet draußen.«

Der Prinz stand auf. »Herein mit ihm.«

Galen ging zur Tür und öffnete sie. »Lieutenant Sanderlin, der Kommandant erwartet Sie.«

Renny Sanderlin zwängte sich seitwärts an Galen vorbei, dann nahm er Haltung an und salutierte. »Lieutenant Renard Sanderlin meldet sich zum Dienst, Sir.«

Mit stolzgeschwellter Brust erwiderte Victor den Salut, dann packte er die Hand seines Freundes und schüttelte sie heftig. »Teufel, Renny, es war zu lange.«

»Seit Sudeten und der Planung des Angriffs auf Twycross.« Der großgewachsene Blondschopf grinste ihn breit an. »Ich habe gehört, daß du Rekruten brauchst, und da dachte ich mir, ich melde mich freiwillig.«

Galen wollte die Tür hinter sich schließen, aber Victor hielt ihn auf. »Galen, können Sie mir die Daten über die Nachrüstung besorgen?«

Cox nickte. »Bis wann?«

»In einer Viertelstunde. Einschließlich Fortschreibung zum Ende der Woche.«

»Wird gemacht.«

Nachdem Galen fort war, steuerte Victor Renny zu einem Stuhl und setzte sich hinter den Schreibtisch. Als er aufblickte, sah er Renny noch immer stehen. »Was ist, Renny?«

»Sir, ich möchte offen sein. Erlaubnis, frei zu sprechen?«

Victor nickte langsam. »Erteilt.«

»Kommandant, ich hatte bei meinem Kampf mit den Ulanen einige Probleme.« Er wurde rot. »Ich bin besser geworden. Ich werde Sie nicht enttäuschen.«

»Danke, Lieutenant.« Victor deutete auf den Stuhl. »Weil wir Freunde sind, will ich nicht hinter dem Berg halten. Galen hat gefallen, was er von Ihrer Kampffähigkeit gesehen hat. Er meinte, Sie seien bereit, mitten ins Kampfgeschehen zu marschieren, und das ist gut. Wir brauchen Leute, die bereit sind, ihre Maschinen bis zum Maximum zu belasten.«

»Danke, Sir.«

Victor blickte gerade in Rennys blaue Augen. »Unglücklicherweise sind Ihre Führungsqualitäten für diese Art von Einheit nicht geeignet. Das bedeutet, wenn Sie bei uns bleiben, werden Sie keine Lanze befehligen.«

Renny senkte den Blick. »Ich verliere meinen Rang?«

»Wie die Lage jetzt steht, habe ich eine Reihe ausgezeichneter Lanzenführer. Ich kann keinen von ihnen von seinem Kommando entbinden, nur weil Sie mein Freund sind.« Der Prinz breitete die Hände aus. »Und Galen glaubt, daß Sie einige Zeit brauchen werden, sich an unser System zu gewöhnen. Ich kann Ihnen keine Lanze geben, bevor Sie bereit sind, eine zu führen.«

Renny schüttelte den Kopf. »Sie haben sich nicht verändert, Sir. An der Akademie haben Sie Vetternwirtschaft gehaßt, und hier ist es genauso.«

Victor kniff die grauen Augen zusammen. »Überrascht Sie das?«

Der MechKrieger grinste. »Nein. Ich habe es nicht anders erwarten, und das macht es sogar ganz angenehm. Wenn Sie bereit sind, mich zu nehmen, bin ich bereit, meinen Rang aufzugeben. Sie kennen mich und wissen, wie Sie mich am besten einsetzen können. Mehr als den Tod oder das Versagen fürchte ich, keine Chance zu bekommen.«

Der Prinz erwiderte das Lächeln. »Nun, wenn Generalin Kaulkas meine Wahl bestätigt, werden die Untoten Sie mit Freuden aufnehmen.«

»Und ich werde es als Ehre betrachten, bei den Untoten zu dienen.«

»Genug der Formalitäten. Erzähl mal, bist du immer noch mit Rebecca Waldeck zusammen?«

Der großgewachsene Offizier nickte und hob die linke Hand. »Wir haben im letzten Jahr geheiratet, während ich ... Urlaub von den Ulanen hatte.« Er wurde rot und drehte den Goldring an seinem Ringfinger mit dem Daumen. »Sie erwartet unser erstes Kind. Irgendwann im Mai.«

»Das ist ja großartig, Renny.« Einen Augenblick lang beneidete Victor seinen Freund um die Möglichkeit, eine Frau kennenzulernen und zu heiraten, ohne daß es eine Frage der nationalen Sicherheit wurde. *Die einzige Frau, die ich um die Ehe bitten würde, ist Lichtjahre entfernt und ebenso unerreichbar wie die Heimatwelt der Clans, wo immer die sein mag.*

Ein rotes Licht an Victors Visiphon flammte auf. Der Prinz betätigte den Antwortknopf, und ein nervöser KommTech erschien auf dem Schirm. »Ich bitte um Verzeihung wegen der Störung, Hoheit, aber Generalin Kaulkas erwartet Sie unverzüglich in ihrem Büro.«

»Bin schon unterwegs.« Er warf Renny einen Blick zu. »Ich befürchte, das war's für diesmal, Renny. Tu mir einen Gefallen und such Galen. Sag ihm bitte, er soll ins Büro der Generalin kommen.«

»Ja, Sir.«

Victor erwiderte Rennys Salut, dann rannte er aus dem Büro. Er preschte um die Ecke, schoß zwei Stufen auf einmal die Treppe hinauf und wurde erst langsamer, als er ins Vorzimmer der Generalin trat. Dort winkte der KommTech, der als ihr Adjutant fungierte, ihn durch. Als er ins Büro der Generalin trat, sah er den Grund für die Nervosität in der Stimme des Technikers.

Generalin Kaulkas stand hinter dem Schreibtisch und

beobachtete den Monitor an der Zimmerwand. Dort sah Victor eine grafische Darstellung des Sonnensystems von Port Moseby. Er erkannte das Icon eines Sprungschiffes und ein kleineres Icon, das sich von diesem entfernte und auf den Planeten zuflog, auf dem sie sich befanden.

»Hier bin ich, Generalin.« Victor runzelte die Stirn. »Anflug?«

Andrea Kaulkas nickte kurz. Die spartanische Einfachheit der Bewegung war charakteristisch für ihre Persönlichkeit und ihren Führungsstil. »Es ist ein Kombinatssprungschiff. Es ist gerade im System aufgetaucht und hat ein Landungsschiff der *Leopard*-Klasse abgesetzt, die *Fukakaina*. Unseren Unterlagen zufolge steht dieses Schiff in den Diensten des Fürstenhauses. GAZ zwölf Stunden.«

»Die *Fukakaina?*« Victor trat näher an den Schirm. »Warum sollten sie die hierherschicken?«

Kaulkas zuckte die Achseln. »Keine Ahnung, aber wir werden es herausfinden.«

Der KommTech erschien in der Türöffnung. »Generalin, ich habe die Orbitalverteidigung in der Leitung. Sie wollen wissen, wie sie reagieren sollen.«

»Eine Luft/Raumjägerlanze als Eskorte starten.«

Der KommTech wirkte sehr verwirrt. »Als Eskorte, Ma'm?«

Kaulkas nickte. »Als Eskorte. Sie glauben doch nicht ernsthaft, daß die Kuritaner diesen Planet mit den vier Mechs angreifen wollen, die ein *Leopard* befördern könnte, oder?«

»Nein, Ma'm.« Der KommTech preßte eine Hand auf den Hörer in seinem linken Ohr. »Hoheit, das Schiff erbittet eine freie, abgeschirmte Leitung für ein Gespräch mit Euch.«

Victor blickte hinüber zur Wand, und Kaulkas nickte. »Legen Sie die Sendung hier herein.« Victor bemühte sich, seine Überraschung und Neugier zu unterdrücken.

Er konzentrierte sich auf den Schirm, dessen Bild sich zum Gesicht eines jungen Orientalen umformte, den er augenblicklich erkannte. »Komban-wa, Yodama Shin-san.«

»Und ich grüße Euch, Prinz Victor Steiner-Davion.« Shins Miene blieb unbewegt, aber Victor glaubte, in der Stimme des Mannes Freude zu hören. »Ich komme in einer Mission von großer Bedeutung für das Kombinat. Ich hoffe, Ihr und Euer kommandierender Offizier könnt dies aus meinen ungenügenden Erläuterungen ersehen. Zunächst jedoch wurde ich gebeten, einen Holodisk für Euch abzuspielen. Wenn Ihr gestattet.«

Victor nickte, und seine Eingeweide schienen sich verknoten zu wollen. »Die Leitung ist sicher.«

»Gut. Die Übertragung beginnt.«

Das Bild auf dem Schirm explodierte wie eine Strohhütte, die von einem Tornado erfaßt wurde. Als es sich neu formte, entstand ein Bild von Schönheit und Erhabenheit, wie Victor es von den Sendungen Omi Kuritas gewohnt war. Aber weder die Robe aus weißer Seide mit den aufgestickten rosafarbenen Kirschblüten noch das Lächeln auf ihrem Gesicht konnten ihn mit ihrem süßen Charme täuschen. Irgend etwas stimmte ganz und gar nicht.

»Victor, diese Botschaft erfüllt mich zugleich mit Hoffnung und Verzweiflung. Ich weiß, welch große Belastung mit dem Wiederaufbau deiner Einheit auf dir lastet, daher hatte ich beschlossen, dir in meinen Sendungen nur angenehme Augenblicke der Zerstreuung zu bieten. Als Antwort erhielt ich von dir Botschaften, die ich wegen deiner Offenheit im Bezug auf deine Gefühle uns, dem Krieg und dem Verlust eines Freundes gegenüber, in meinem Herzen bewahre. Du hast in deiner letzten Botschaft erklärt, deine Sendungen seien meiner nicht würdig, aber in Wahrheit trifft das Gegenteil zu. Ich fürchte, diese Botschaft wird ebenfalls dazu beitragen, denn ich muß eine Bitte an dich richten, dich um

Hilfe in einer Angelegenheit bitten, die nicht die deine ist. Du hast Pflichten und Verantwortung dem Vereinigten Commonwealth gegenüber, und ich habe sie gegenüber dem Draconis- Kombinat. Diese Verantwortung ist es, die unsere Beziehung so schwierig macht, aber ich weiß, daß keiner von uns sie wirklich aufgeben will. Wir — du, ich und unsere Geschwister — sind Symbole, die unserem Volk Mut und Zuversicht gegenüber unseren Feinden geben. Auch wenn wir diese Rolle durch den Zufall der Geburt haben, ist sie uns doch beiden heilig, selbst wenn sie unser persönliches Glück beeinträchtigt.«

Victor biß die Zähne zusammen, um die Gefühle zu unterdrücken, die ihre Worte in ihm hervorriefen. Obwohl sie sich bei ihrem Abschied auf Outreach vorgenommen hatten, nur Freunde zu bleiben, und obwohl sie wußten, daß sie einander wahrscheinlich nie mehr persönlich begegnen würden, hatten die Holodisks, die sie ausgetauscht hatten, ihre Gefühle für einander ungeheuer vertieft. Victor wußte tief in seinem Innern, daß er die Frau auf dem Schirm vor sich liebte, und der Gedanke, sie möglicherweise nie heiraten zu können, machte ihm Angst.

Die Kamera holte langsam ihr Engelsgesicht heran. »Am 18. Januar haben die Novakatzen Teniente überrannt. Mein Bruder Hohiro und Shin Yodama waren als Beobachter der Verteidigungsanstrengungen dort. Die Kämpfe entwickelten sich sehr zum Nachteil unserer Kräfte, und der Befehlsposten wurde schwer getroffen. Dies führte dazu, daß mein Bruder den Befehl über die verbliebenen planetaren Streitkräfte übernahm, und Shin, der verwundet worden war, nach Luthien sandte, um Entsatztruppen zu beschaffen. Hohiro nahm an, sich zwei bis drei Monate halten zu können, und hat dazu auch ausreichend Vorräte. Ohne eine Entsatzeinheit ist es ihm jedoch unmöglich, seine Leute abzuziehen. Shin erreichte Luthien einen Monat nach der Katastrophe, aber mein Vater hatte keine Truppen, die er Hohiro zu Hilfe schicken könnte. So sehr es ihn auch schmerzte, mein Vater mußte seinen Sohn im Stich lassen, um das Reich zu retten, das Hohiro eines Tages regieren soll.« Omi blickte einen Moment zur Seite und wischte eine Träne fort. »Ich habe meinen Vater um die Erlaubnis gebeten, Truppen zu Hohiros Rettung zu schicken, wenn ich sie finde. Er hat mir diese Erlaubnis gegeben. Und so wende ich mich an dich. Victor, ich bitte dich, mit deiner Einheit meinen Bruder zu retten. Shin Yodama und die anderen Männer in seiner Begleitung haben unsere gesamten Daten über die betreffende Welt bei sich, und sobald neue Berichte eintreffen, werden sie an dich weitergeleitet. Hohiro ist verständigt, daß er mit seinen Leuten untertauchen soll, weil wir wissen, es wird Zeit kosten, diese Operation vorzubereiten und auszuführen. Sein Schicksal liegt in deiner Hand.«

Omi hob die Hand. »Bevor du zusagst, und ich bete darum, mußt du noch etwas wissen. Um die Erlaubnis für diese Bitte an dich zu erhalten, mußte ich ein Geschäft mit meinem Vater abschließen. Im Gegenzug für die Erlaubnis, meinem Bruder diese Überlebenschance zu liefern, habe ich zugesagt, nie wieder in Verbindung mit dir zu treten. So sehr mich dies auch schmerzt, weiß ich doch, daß Hohiros Tod das Kombinat noch schwerer treffen würde. Wie du bin ich eine Gefangene der Umstände. Verzeih mir.«

Victor sackte auf einen Stuhl. Omis Worte hatten ihn wie ein Blitz getroffen. Ein Teil seines Hirns schätzte augenblicklich die Folgen von Hohiros Verlust für das Kombinat ein und jubilierte. Haus Kurita würde Omi nicht auf den Thron lassen. Sie wurde zu sorgfältig auf die Rolle der Wahrerin der Ehre des Hauses vorbereitet. Das hieß, die Führungsrolle würde an Minoru fallen, den jüngsten Sprößling Theodores. Victor wußte nur wenig von Minoru, aber das deutete auf einen Mann hin, der mehr mystische als kämpferische Neigungen aufwies. Das ließ nichts Gutes für die militärische Zukunft des Kombinats ahnen.

Der Prinz unterdrückte sofort jede Freude, die er beim Gedanken an den Zusammenbruch des Kombinats empfand. Er gab zu, daß das Draconis- Kombinat seit langem ein Dorn im Fleisch des Fuchses war, aber gleichzeitig bildete es einen Puffer zwischen den Clans und der Hälfte des Vereinigten Commonwealth. Außerdem waren das Training und die Verhandlungen auf Outreach darauf ausgerichtet gewesen, eine gemeinsame Front gegen die Clans zu bilden. Auch wenn es keine gemeinsamen Aktionen mit Kurita-Einheiten gegeben hatte, kündete die Umstellung ihrer Kräfte entlang der Grenzen von einem neugefundenen Vertrauen zwischen den beiden Nationen, das in der Geschichte der Inneren Sphäre ohne Beispiel war.

Er konnte Omis verzweifelte Bitte um Hilfe nicht ignorieren, aber er fühlte sich durch die ihr abgezwungene Bedingung bestraft. Er wollte sich einreden, sein Vater hätte so etwas niemals getan, aber dann mußte er daran denken, was er von seinem Vater wußte. *Hanse Davion hätte dasselbe Geschäft abgeschlossen, ohne eine Sekunde zu zögern, und ich hätte Glück gehabt, so billig davonzukommen. Sie hat recht, wir sind Gefangene der Umstände.*

Galen klopfte einmal an und trat in den Raum. »Generalin, Kommandant. Sanderlin sagte, Sie wollen mich sprechen?«

Victor nickte und sah Shin wieder auf dem Schirm erscheinen. »Wenn die Generalin keine Einwände hat, brauchen wir Gastunterkünfte für eine Reihe von Kurita-Offizieren.«

Galen sah ihn fragend an. »Kurita-Offiziere?«

Die Generalin nickte. »Sie sollten ihre Trainings- und Aufrüstungsarbeiten beschleunigen. Sie müssen einen Angriff vorbereiten.«

16

Alyina
Trellshire, Jadefalken-Besatzungszone

1. März 3052

Kai hielt Wache, während Deirdre am Bach ihren Durst stillte. Er beobachtete die Umgebung und ließ den Blick bewußt nicht auf ihrer schlanken Figur oder ihrem hübschen Gesicht ruhen. So sehr sie ihm auch gefiel, sie waren auf der Flucht, und die geringste Ablenkung konnte tödlich sein. Ein- oder zweimal während des Wahnsinns ihrer Flüchtlingsexistenz war Kai der Überzeugung nahe gewesen, es sei das Risiko wert, das Schicksal herauszufordern, aber es war ihm bis jetzt noch immer gelungen, sein Herz und seinen Hormonhaushalt unter Kontrolle zu halten.

Zum Glück hatte er dabei in Dr. Lear eine Verbündete. In den drei Wochen seit ihrer Flucht aus der ComStar-Station hatte sich ihre Einstellung ihm gegenüber gebessert, aber sie konnte noch immer abweisend und verschlossen sein. Sobald er versuchte, das Gespräch auf ein Thema zu lenken, das es ihm ermöglicht hätte, ihren Haß auf seinen Vater auszuloten, wich sie ihm augenblicklich aus und zog sich in ihr Schneckenhaus zurück.

Sie hatte seine gebrochenen Rippen mit gewohnter Effizienz versorgt und darauf bestanden, daß sie ein Versteck suchten, bis Kai leichter reisen konnte. Obwohl er eigentlich hatte weiterziehen wollen, waren sie schließlich zu einer Übereinkunft gelangt: Sie würden rasten, sobald sie die unmittelbare Umgebung hinter sich gelassen hatten. Eine kleine Höhle wurde zu ihrem Lager, bis Kai sie überreden konnte, daß seine Rippen weniger schmerzten, als es tatsächlich der Fall war.

Nachdem sie getrunken hatte, hob Deirdre den Kopf.

Wasser tropfte von ihren Haaren, und eine Libelle zuckte über das Wasser. Halb lachend füllte sie eine Wasserflasche. Dann kam sie geduckt zu ihm ins Unterholz gelaufen. »Sie sind dran.«

»Danke.« Kai streckte die Hand aus und wischte einen Wassertropfen von ihrer kecken Nasenspitze. »Haben Sie sich mal gefragt, was Ihre Freunde vom Medizinischen Kolleg sagen würden, wenn sie sie jetzt sehen könnten?«

Sie grinste ihn an. »Also, angesichts der Tatsache, wie lange wir schon überlebt haben, denke ich kaum, daß sie an meinem Abschluß in Fluchttaktiken zweifeln würden.«

»Da dürften Sie recht haben.«

»Natürlich sind Sie ein besserer Lehrer als alle, bei denen ich trainiert habe.«

Kai setzte erheitert das Automatikgewehr ab. »Ich nehme das in dem Geist, in dem es gemeint ist, und werde die Tatsache ignorieren, daß Sie Ihre militärische Ausbildung geschwänzt haben, wo Sie nur konnten.« Er kroch hinüber zum Bach und legte sich am Ufer flach auf den Bauch. Er ignorierte die Libelle und tauchte den Kopf ins Wasser.

Das kalte Wasser war herrlich erfrischend. Es durchnäßte sein Haar und wusch die drückende Hitze des Tages ab. Es drang in seinen dünnen Bart und kitzelte die Haut, die unter den Stoppeln gejuckt hatte. Das Wasser stärkte ihn wie ein Zauberelixier, und selbst die chronischen Schmerzen in seinem Körper schienen für einen Augenblick nachzulassen.

Er zog den Kopf zurück und schüttelte ihn aus wie ein Hund. Das Wasser spritzte in alle Richtungen. Er wollte sein Glück laut hinausbrüllen, aber das wäre dumm gewesen. Zum erstenmal, seit ihm klar geworden war, daß seine Einheit ihn auf Alyina zurückgelassen hatte, glaubte Kai tatsächlich daran, den Clans entkommen zu können.

Dann fühlte er den Gewehrlauf im Rücken.

»Schön langsam, Bursche. Dreh dich ganz langsam um, damit wir dich ansehen können.«

Kai drehte sich noch langsamer auf den Rücken, als der Mann seinen Befehl ausgesprochen hatte. Der Mann, der ihn mit dem Jagdgewehr angestoßen hatte, war so fett, daß sein Bauch von Kais Position aus die untere Gesichtshälfte verdeckte. Seine schmutzige Kleidung schien aus einheimischer Fertigung zu stammen. Der einzige Farbfleck war der offensichtlich frische Jadefalken-Aufnäher an der Schulter.

Hinter ihm stand ein anderer muskulöser Mann mit dem Gewehr im Anschlag, von Kais Füßen eingerahmt wie ein Ziel im Visier. Er schien gefährlicher als sein Boß, hielt sich aber zurück, als spüre er, daß Kai nicht allein war.

»He, Jocko, da haben wir einen guten Fang gemacht. Die schwarzen Haare sind zu lang, und hier auf'm Bild hat er keinen Bart, aber das ist Dave Jewell, so wahr ich Harry Truper heiße.« Truper stieß Kai das Gewehr in den Bauch. »Ich weiß nicht, was du ausgefressen hast, Junge, aber die Clans und ComStar sind saumäßig scharf auf dich.«

Kai starrte zu Truper hoch. »Sie wollen mich ausliefern?«

»Dafür werden wir bezahlt«, knurrte Jocko. »Wird Zeit, daß wir einen Fang machen.«

Truper nickte zustimmend. »Du bist der erste Kontrakt, den wir tatsächlich gefunden haben. Das wird uns erst mal den Ruf und die Miete sichern.«

»Aber ich bin einer von Ihnen, ich komme aus dem Vereinigten Commonwealth. Sie sollten mir helfen, statt mich zu verraten.«

Truper spie aus. »Du bist nicht wie ich, Junge. Ich habe eine Knarre, und du wirst von ComStar und den Clans gesucht. Außerdem hör ich an deinem Akzent, woher du kommst. Dein Hanse Davion hat sich einen

Scheißdreck um uns gekümmert, seit er die Melissa geheiratet hat. Er hat nur uns're Wirtschaft geplündert und uns in einen Krieg mit den Drachen geschickt. Ich komme ursprünglich von Tamar, und er hat unseren Anspruch auf die alten Paktwelten in der Republik Rasalhaag überhaupt nicht zur Kenntnis genommen. Wenn du weißt, was gut für dich ist, solltest du diesen Brüderlichkeitsstuß für dich behalten.«

»Hör auf zu quatschen, Harry, und brings hinter dich.«

Kai erstarrte. Auf diese Entfernung konnte auch seine kugelsichere Weste den tödlichen Treffer nicht aufhalten. »Warten Sie, nicht schießen. Ich komme freiwillig mit.«

»Tut mir leid, Kumpel«, erklärte Truper und spannte den Hahn seines Gewehrs. »Tote Gefangene können nicht mehr fliehen.«

Eine Kugel schlug in Trupers grausames Grinsen und durchschlug den Schädel. Das Gewehr fiel aus seinen kraftlosen Fingern, sein Körper überschlug sich und fiel nach hinten in das Wasser. Das Echo des Schusses verschluckte das Platschen, als Trupers Leichnam versank.

Kai griff nach der Nadlerpistole an seiner Hüfte. Er konnte sie aus dem Holster reißen, gerade als Jocko sich in Richtung des Gebüsches gedreht hatte, aus dem Deirdre ihren Schuß abgegeben hatte. Jocko brachte das Gewehr in Anschlag, und Kai zog durch. Die erste Nadelwolke zertrümmerte das linke Knie des Kopfgeldjägers. Der MechKrieger ließ die Waffe vom Rückstoß nach oben reißen, und die nächsten Schüsse trafen Jockos Hüfte, Seite und Schulter.

Trotz der Treffer zog Jocko den Abzug durch. Ein Flammenspeer schoß aus der Mündung geradewegs auf Deirdres Versteck zu. Kai pumpte einen Schuß nach dem anderen in seinen Gegner, und Jockos Körper wurde in einer langsamen Pirouette herumgerissen. Der Lauf seines Gewehrs fuhr wie eine Sense durch das lange goldene Sommergras, aber es löste sich kein zweiter Schuß. Leblos stürzte Jocko außer Sicht.

Kai rollte auf die Füße und stürzte zum Unterholz. Er riß das Gebüsch beiseite und stoppte erst, als er sie über dem dampfenden Automatikgewehr kauern sah. Er ging in die Knie und wollte sie vorsichtig herumdrehen, aber er traf auf Widerstand. Durch seine Gedanken zuckten Bilder von Leichenstarre, aber das Zittern ihres Körpers machte ihm klar, daß sie noch lebte.

»Bist du verletzt, Deirdre? Hat er dich erwischt?«

Sie versuchte ihn fortzudrücken. Als es ihr nicht gelang, zog sie das Automatikgewehr unter ihrem Körper hervor und warf es beiseite. »Verschwinde«, flüsterte sie mit kehliger Stimme.

In Kai stieg die Wut auf. Er riß sie herum. »Bist du verletzt?«

Sie richtete sich zu einer sitzenden Haltung auf. Er konnte kein Anzeichen einer Verwundung ausmachen. Mit beiden Fäusten trommelte sie auf seine Brust ein. »Verschwinde, verdammt noch mal.« Ihr Gesicht war zu einer Grimasse verzerrt, die ihr alle Schönheit raubte, die Kai jemals darin gesehen hatte. »Ich nehme keine Leben. Ich rette sie. Du hast mich verdorben. Du hast mich zu deinesgleichen gemacht!«

»Wovon redest du überhaupt?« Die Heftigkeit ihres Angriffs überraschte ihn, aber er erkannte blanke Angst in ihrer Stimme. »Du hast mir das Leben gerettet!«

»Aber ich habe dafür getötet. Das einzige, was ich mir geschworen hatte, niemals zu tun. Ich bin geworden, was ich bin, um das nie tun zu müssen!« Tränen strömten aus ihren blauen Augen. »Deinetwegen habe ich einen Menschen getötet. Ich habe ihm nicht einmal gegenübergestanden. Ich habe wie ein Feigling zugeschlagen, aus dem Hinterhalt. Ich habe ihn hingerichtet, und es ist alles deine Schuld!«

Sie versetzte ihm einen Schlag, der seinen Kopf zur Seite riß. Kai schmeckte Blut auf der Zunge. Sie wollte ihn noch einmal schlagen, aber er blockte ihren Arm ab und stieß sie zu Boden. »Nein, Doktor, es ist nicht alles meine Schuld. Wenn Sie jemand brauchen, dem Sie die Schuld geben können, dann ist das der Mann, der Ihnen keine andere Wahl ließ. Truper hat Sie zum Feuern gezwungen. Das wissen Sie auch!«

Kai stand langsam auf. »Ich habe Sie nicht verdorben. Das hat die Wirklichkeit besorgt. Sie haben vor langer Zeit die Entscheidung getroffen, Leben zu retten. Das war eine richtige Entscheidung, egal, aus welchen Beweggründen sie fiel. Der einzige Fehler dabei war Ihr Glaube, niemals in eine Lage geraten zu können, in der Sie jemanden würden töten müssen. Vielleicht hätte Ihnen eine Position als Hausarzt auf irgendeinem Hinterwäldlerplaneten an der Peripherie diesen Luxus gestattet, aber das Leben beim Militär bestimmt nicht.«

Deirdre drehte sich langsam auf die Seite und zog die Beine an die Brust. Kai unterdrückte sein Bedürfnis, sie an sich zu drücken, bis sie bereit war, der Wirklichkeit ins Auge zu blicken. »Ich kann nicht behaupten, ich wäre traurig darüber, daß Sie den Abzug durchziehen mußten, Doktor. Sie haben mir das Leben gerettet, und dafür bin ich Ihnen dankbar. In der Kultur meiner Mutter gibt es eine Tradition: Wenn man jemand das Leben rettet, ist man für ihn verantwortlich.«

»Ich will nicht für Sie verantwortlich sein. Sie haben auch noch andere Traditionen geerbt, an denen ich keinerlei Anteil haben will.«

»Das mag sein.« Kai schluckte. »Aber eines weiß ich: Ich bin Erbe einer Tradition der Ehrlichkeit, die es mir gestattet, Situationen realistisch zu sehen und zu beurteilen. Was immer Sie von mir denken mögen, mir fällt das Töten nicht leichter als Ihnen. Ich bedaure, Clansmänner töten zu müssen, und ich bedaure, daß ich Jokko erschießen mußte.«

Die Bitterkeit kehrte in Deirdres Stimme zurück. »Wenn Sie das Töten so bedauern, was machen Sie dann beim Militär? Warum befolgen Sie nicht den Rat, den Sie mir gerade gegeben haben, und nehmen Ihren Abschied?«

»Vielleicht habe ich ebenso wie Sie meine Gründe dafür, Doktor.« Er senkte den Blick, wich ihren wütenden Augen aus. »Ich bin bereit, die Verantwortung dafür zu übernehmen, Leben auszulöschen, aber das bedeutet nicht, daß ich Freude dabei empfinde. Jetzt und hier war das Töten dieser beiden die einzige Möglichkeit zu überleben.«

»Sie und Ihresgleichen sind Tiere.«

»Das sind wir alle, Doktor.« Kai hob das Automatikgewehr auf und warf es sich über die Schulter. »Aber ein paar von uns scheuen sich nicht, es auch zuzugeben.«

Den Spuren der Kopfgeldjäger folgend, fand Kai einen zerbeulten alten Hovertruck. Eine schnelle Durchsuchung lieferte ein Bündel Datenblätter, wie sie ComStar Kopfgeldjägern als Steckbrief aushändigte. Er fand seinen Steckbrief und vernichtete ihn. Außerdem fand er zwei andere Steckbriefe für Dinge, die er getan hatte, die man aber nicht mit Dave Jewell in Verbindung brachte.

Wichtiger aber war die Entdeckung einer Landkarte ihrer Umgebung. Truper und Jocko waren eingeteilt gewesen, ein keilförmiges Gebiet abzusuchen, das auch das kleine Tal einschloß, durch das sich der Bach schlängelte. Es verjüngte sich zu einem Punkt hin, den Kai als alte Gefechtsbasis erkannte. Ursprünglich hatte es aus wenig mehr als ein paar Wellblechbaracken und Lagerhallen bestanden, aber anscheinend hatte ComStar eine neue Verwendung dafür gefunden.

»Das dürfte einer Untersuchung wert sein.« Wenn dieses Gebiet einem Team von Kopfgeldjägern zugeteilt worden war, würden andere vergleichbare Suchzonen durchkämmen. Wenn man davon ausging, daß nicht alle

Kopfgeldjäger so blutrünstig waren wie Truper und Jokko, bestand durchaus die Möglichkeit, daß noch andere Flüchtlinge in der alten Gefechtsbasis gefangen waren.

Nach ein bis zwei Minuten Arbeit an der Zündung des Schwebers konnte Kai sie kurzschließen und den Startcode für die Hubpropeller eingeben. Bis er den Wagen zurück im Tal hatte, war sein Plan, wie sie in die Gefechtsbasis eindringen und sie auch wieder verlassen konnten, perfekt. Er zog die Pistole und machte sich an die Arbeit.

Deirdre sah mit geröteten Augen zu ihm auf. »Ich dachte, Sie hätten mich zurückgelassen.«

Kai schüttelte den Kopf. »Ach was. Ich habe nur sichergestellt, daß unsere Verkleidung nicht auffliegt, sobald wir unser Ziel erreichen.«

»Ich habe Schüsse gehört ... zwei. War da draußen noch jemand?«

»Nein.« Kai zögerte. »Ich mußte nur etwas erledigen.«

»Was?«

»Das wollen Sie nicht wirklich wissen.« Seine Zunge spielte an der Scharte in seiner Lippe. »Glauben Sie mir, Sie wollen es nicht wissen.«

Deirdre stand langsam auf und klopfte die Fichtennadeln von ihren Kleidern. Sie preßte die Arme an den Körper und starrte ihn mit stählernem Blick an. »Sagen Sie es mir.«

»Jocko hatte noch ein Gesicht.« Kai kniff die Augen zusammen und bereitete sich auf ihre Reaktion vor. »Es wird Zeit, daß Dave Jewell stirbt, und Jocko hat die richtige Größe.«

Deirdre blinzelte mehrmals, als ihr allmählich klar wurde, was er gesagt hatte. Sie setzte zu einer Erwiderung an, aber Kai schnitt ihr das Wort ab.

»Ja, Doktor, ich töte nicht nur, ich bin bereit, einen feindlichen Leichnam zu verstümmeln.« Er ballte die

Fäuste. »Vielleicht würde ich sogar zum Kannibalen, wenn die Lage ernst genug ist. Entspricht das Ihrem Bild von mir?«

Ihre Unterlippe zitterte, aber sie hatte sich relativ schnell in der Gewalt. »Kai, ich wollte nur sagen ... ich habe nachgedacht. Ich verabscheue meine Tat immer noch, und ich werde für den Rest meines Lebens Alpträume deswegen haben, aber es tut mir nicht leid, Ihr Leben gerettet zu haben. In dem Augenblick, als ich den Abzug betätigte, wußte ich, daß es das Leben des Fetten kosten würde, aber das war mir in diesem Moment egal. Das ist jetzt ein Teil von mir, und ich muß damit leben.« Sie streckte die Hand aus, mit der sie ihn geschlagen hatte, und streichelte sein Gesicht. »Sie haben recht, wir sind alle Tiere. Ich hätte gerne geglaubt, weiter von den wilden Emotionen entfernt zu sein, die ich Kriegern zuspreche. Ich will anders sein, weil ich anders sein *muß*. Ich kann nicht von Ihnen erwarten, das zu verstehen.«

»Deirdre, ich ...« Kai griff nach ihrer Hand, aber bei seiner Berührung erstarrte sie. Er sah die Gefühle in ihren Augen miteinander ringen und verstummte. »Wir machen uns besser auf den Weg.«

Deirdre drehte sich um und packte ihre Sachen zusammen. »Wohin?«

»Eigentlich nirgendwohin.« Er nahm seinen Rucksack in Empfang und schnallte ihn um. »Wir liefern nur die beiden an einer ComStar-Basis ab, kassieren das Kopfgeld und verschwinden wieder, so schnell wir können.«

17

Tiganito Astako-Schneisen, Kontinent Alurial
Hyperion, Wolfsclan-Besatzungszone

8. März 3052

Hoch oben im Cockpit seines modifizierten *Nova*-Omni-Mechs fühlte sich Phelan einen Augenblick als König all dessen, was er sah. Die gewundenen Arroyos und Canyons aus festgebackener roter Erde erstreckten sich rings um ihn, soweit er mittels der Sensoren seines Kampfkolosses blicken konnte. Hitze lag schimmernd über dem Land, verwischte die scharfen Kanten und ließ die kleinen Staubwirbel in der Ferne verschwimmen.

Phelan gestattete sich ein unvorsichtiges Lächeln. *Ein passendes Königreich für mich. Ebenso trostlos wie meine Chancen, diesen Blutnamenkampf zu gewinnen.*

Zum zweiten Mal hatte Phelan am Entscheidungsritual eines Blutnamenkampfes teilgenommen. Diesmal hatte Natascha das Ritual geleitet, weil sowohl Phelan wie auch seine Gegnerin Glynis bei der Dreizehnten Wolfsgarde dienten. Als sie ihn aufgefordert hatte, seine Würdigkeit zu erklären, hatte Phelan dieselbe Litanei wie zuvor aufgesagt und hinzugefügt: »Auf Hyperion habe ich die Verteidigung des Simmonsdamms geleitet und in der Wildnis Renegaten gejagt. Vor dem heutigen Kampf habe ich Dean, einen Elementar, besiegt, um das Recht zu erwerben, hier teilzunehmen.«

Glynis, eine kleine Frau mit dem übergroßen Kopf aller Clan-Luft/Raumpiloten, führte ihre Leistungen mit größerer Reserviertheit auf. »Ich habe meinen ersten Nebelparder getötet, noch bevor ich meine Geschko verließ. Bei der Invasion habe ich zehn andere Jäger und fünf Mechs am Boden abgeschossen. Auf Hyperion kamen zwei weitere Jäger hinzu, bevor ich auf den Ebenen nach fliehenden Panzern jagte. Vor dem heutigen Kampf habe ich Manas, einen MechKrieger, besiegt, um das Recht zu erwerben, hier teilzunehmen.«

Phelan hatte von Vlad in sadistischer Detailfreude gehört, wie Glynis Manas in Stücke gerissen hatte. Sein Vorgänger hatte den Fehler begangen, einen OmniMech für einen offenen Zweikampf mit einem OmniJäger zu konfigurieren, und Glynis eine freie Ebene anzubieten, die ihm ein erstklassiges Schußfeld lieferte. *Nur galt halt dasselbe auch für sie, und daran ist er gestorben.*

Wieder gewann Phelans Münze das Rennen und machte ihn zum Gejagten. Glynis wählte sofort den Jäger, was sie, wie Phelan sehr wohl wußte, auf dem Schlachtfeld überlegen machte. Ihr Luft/Raum-OmniJäger verfügte über weit stärkere Bewaffnung und eine höhere Geschwindigkeit, als sie irgendein Mech ähnlicher Gewichtsklasse aufbieten konnte.

Als Gejagter hatte Phelan wieder die Wahl des Kampfplatzes. Da er vor kurzem erst Versprengte durch die Schneisen gejagt hatte, wußte er, wie verräterisch und gefährlich das Canyonlabyrinth sein konnte. Er erinnerte sich vor allem daran, daß Carew und die anderen Piloten, die zu seiner Luftunterstützung abgestellt gewesen waren, Schwierigkeiten gehabt hatten, ihre Gegner in den engen, verwinkelten Schluchten zu erfassen und zu treffen.

Es hat ihnen gegen unsere Jäger geholfen, also sollte es mir auch helfen. Er hatte geplant, den Kampf im Innern des Irrgartens zu beginnen, aber Natascha hatte ihm klargemacht, daß es für einen Blutnamenkampf nicht angebracht war, sich zu verstecken, um seinen Gegner aus dem Hinterhalt zu überfallen. Er erinnerte sich, wie wenig beeindruckt die Schwarze Witwe gewesen war, als er über die Vorstellung, ein Mech könne einen Luft/Raumjäger in einen Hinterhalt locken, gespottet hatte.

»Ein Hinterhalt ist nichts weiter als ein überraschender Angriff. Glynis zu überraschen, dürfte für jemand von deiner Findigkeit nicht allzu schwer sein.«

Theoretisch nicht ... Zum vierten Mal, seit er auf der Planetenoberfläche abgesetzt worden war, überprüfte Phelan die Waffen. Der kantige Torso der *Nova* mit der NARC-Boje und den Einsatzkapseln erhob sich hoch über die Pilotenkanzel. Der Platz hätte von einer zusätzlichen Waffe ausgefüllt werden können, aber wenn er einen Treffer mit einer NARC-Kapsel erzielte, wurde Glynis' Jäger von einem Peilsender markiert, der die Treffsicherheit seiner Langstreckenraketen erheblich erhöhte. Das war ein Vorteil, den er nur von ganzem Herzen herbeisehnen konnte.

Die Schultern des Mechs trugen zwei wuchtige Arme. Im linken hatte Phelan eine LB10-X-Autokanone mit Munition untergebracht. Er hoffte, Glynis mit der Wahl seiner Munition zu überraschen. Der rechte Arm enthielt eine Langstreckenlafette und ausreichend Raketen für ein langes Gefecht.

Einer der Techs, die seine *Nova* modifiziert hatten, hatte bemerkt, Phelan gehe mit genug Munition für eine Belagerung in den Kampf, nicht für ein Scharmützel. Phelan hatte lachend abgewunken, aber tief in seinem Innern wußte er, daß die Zweifel des Techs berechtigt waren. Glynis' OmniJäger, ein *Visigoth,* konnte bei jedem Vorbeiflug große Brocken aus seiner Maschine reißen, während seine Bewaffnung darauf ausgelegt war, ihren Jäger langsam abzunutzen. Phelans einzige Chance bestand darin, lange genug zu überleben, um soviel wie möglich von seiner Munition einzusetzen.

Auf seiner Befehlskonsole blinkte ein rotes Warnlicht auf. Phelan rief die Radarkarte der Umgebung auf, und der Computer hob ein schnelles Objekt auf Kollisionskurs hervor. Mit Hilfe der Steuerknüppel an den Armstützen seiner Pilotenliege brachte Phelan die beiden Fadenkreuze in die Mitte der Hologrammanzeige. Der Computer verengte eine 360°-Sicht auf 160°, aber Phelan konzentrierte sich ganz auf die Mitte der Anzeige. Seine Aufmerksamkeit wechselte ständig zwischen ihr und dem Radarbild des Hilfsmonitors.

Mit über 450 Knoten Geschwindigkeit bot der Luft/Raumjäger nur für knapp drei Zehntelsekunden ein Ziel. Auf Phelans Schirm blinkten die Fadenkreuze auf, und seine Finger preßten alle drei Auslöser. Die *Nova* wurde vom Rückstoß durchgeschüttelt, als die Autokanone im linken Arm dem heranrasenden Jäger ihren Metallhagel entgegenschleuderte. Der rechte Arm schickte einen Raketenschwarm pfeilgerade auf die gegnerische Maschine zu. Von oberhalb der Kanzel spie das NARC-System ebenfalls eine kleine Rakete aus, die im Kondensstreifen der tödlicheren LSR folgte.

Blendend blaues Licht schlug über Phelans Cockpit zusammen, als die Partikelkanone des *Visigoth* einen Treffer erzielte. Der künstliche Blitzstrahl brannte eine ausgefranste Bresche in die rechte Flanke der *Nova.* In dampfenden Bruchstücken fiel die Fiberstahlpanzerung zu Boden, und der Mech wurde hart nach links geschleudert.

Während Phelan um die Balance seines OmniMechs kämpfte, rissen die LSR des Jägers rings um ihn Krater auf. Sie hatten nicht getroffen, aber sie hatten ihn auch nicht weit verfehlt, und die hochgeschleuderten Steinbrocken trommelten gegen das Kanzeldach wie ein Hagelsturm. Rubinrote Strahlbahnen bohrten sich durch die Wolke aus Staub und Dreck, aber nur eine traf ihr Ziel, und das, als der Jäger sich bereits wieder entfernte.

Der Bordcomputer der *Nova* zeichnete ein trauriges Bild auf den Zweitmonitor. Der PPK-Treffer hatte die rechte Torsoseite des Mechs praktisch bloßgelegt. Der Laser hatte ein riesiges Loch in die Rückenpanzerung des linken Torsos gebohrt. Ein zweiter Treffer an derselben Stelle, und Glynis würde die interne Struktur seiner Maschine beschädigen. Das machte den Reaktor und die Kreiselstabilisatoren verwundbar, ganz abgesehen von dem Endostrahlskelett, das den ganzen Mech trug.

Es gab nur zwei erfreuliche Nachrichten. Als er auf die Infrarotsensoren umschaltete, erstrahlte der *Visigoth* im Nachthimmel wie eine Supernova. Glynis hatte bei ihrem ersten Angriff sämtliche Waffen eingesetzt. Wahrscheinlich hatte sie gehofft, ihn mit einem konzentrierten Schlag auszuschalten. Auch wenn es ihr beinahe gelungen wäre, die Hitze all dieser Geschütze würde sie zwingen, mit einem zweiten Angriff zu warten, bis ihr Jäger abgekühlt war. Da die Geschwindigkeit des Angriffs sie weit außer Reichweite seiner Geschütze getragen hatte, nahm Phelan an, daß Glynis ihr Tempo etwas drosseln und sich mit dem Zurückkommen Zeit lassen würde.

Zeit, die er dringend brauchte, um sich in eine der Schluchten zurückzuziehen. Die Verwundbarkeit seiner rechten Torsoseite zwang ihn, sich eine Verteidigungsposition zu suchen, die Glynis bei ihrem nächsten Vorbeiflug größere Vorsicht abverlangte. Wenn sie ihre Geschwindigkeit um 100 Knoten verringerte, hatte er vielleicht eine Chance, einen LSR-Treffer zu erzielen.

Phelan grinste, als er ein kühlblaues Lämpchen auf der Befehlskonsole blinken sah. LSR und Autokanone hatten das Ziel verfehlt, aber die NARC-Rakete hatte den Jäger getroffen. Beim Aufprall hatte sie einen kleinen Peilsender an das Ziel geheftet, der die LSR ins Ziel lotsen würde. Als der Luft/Raumjäger sich entfernte, verlangsamte sich das Blinken. »Diesmal hattest du noch verdammtes Glück, Glynis. Beim nächstenmal bin ich an der Reihe.«

Er ließ seinen Mech über die Kuppe des Bergkamms rennen, bevor er in östlicher Richtung ins Tal lief. Sein Mech würde von ihrem Radarschirm verschwinden, so wie ihr Jäger von seinem Schirm verschwunden war, aber das störte ihn nicht. Monatelanges Training mit

Carew hatte ihn gelehrt, wie sie darauf reagieren würde.

Vorsichtig kletterte Phelan einen mit Felsen übersäten Hang hinab. Die Felsbrocken reichten in der Größe von der eines Schwebers bis zu Riesen, die selbst seinen Kampfkoloss weit überragten, und lieferten ihm eine gewisse Deckung, die er gern in Anspruch nahm. Mit den halbwegs modellierten Händen seiner Maschine stützte er sich an den Felsen ab und arbeitete sich zur Talsohle vor.

Plötzlich meldete sein Radarschirm einen hohen Überflug des *Visigoth,* und das NARC-Signallämpchen pulsierte schneller. Wie er es erwartet hatte, flog Glynis bei ihrer Suche nach seinem Mech auf einem neuen Kurs über seinen Standort, um ihn zu verwirren. Der MechKrieger hob den rechten Arm seiner Maschine gen Himmel. Als der Jäger über seiner Position war und das NARC-Licht im Rhythmus seines beschleunigten Pulsschlags blinkte, feuerte er einen ganzen Schwarm von Raketen ab.

Sie ist gut. Das muß ich zugestehen. Glynis schien den *Visigoth* über die rechte Tragfläche abzukippen und gleichzeitig den Bug nach oben zu ziehen, um den vom Boden zu ihr heraufschießenden Langstreckenraketen auszuweichen. Unter normalen Umständen hätte ihr Manöver Erfolg haben können, aber die NARC-Boje zog die Raketen heran wie ein Netz Fische. Die LSR schlugen vom Bug bis zum Heck in den Rumpf ein, kosteten den Jäger aber kaum mehr als Farbe und Panzerung.

Damit habe ich sie nur wütend gemacht, dachte Phelan mit einem unguten Gefühl in der Magengrube. Der Jäger verschwand über den Rand des Canyons, aber Phelan wußte, daß er zurückkehren würde. Er hüpfte mit seinem Mech den Hang hinab und kämpfte mit den Kontrollen, um den Stahlkoloß aufrecht zu halten. Ein Blick auf das gleichmäßig pulsierende NARC-Lämpchen bewies, daß Glynis ganz in der Nähe war.

Trotz dieser Vorwarnung kam ihr Angriff überraschend. In einem waghalsigen Manöver bremste sie den Jäger ab und schoß im Sturzflug über den Canyonrand. Wie ein silberner Todesengel hing ihr Jäger eine Sekunde lang am Himmel, während Feuer aus beiden Tragflächen schlug, dann war er wieder verschwunden.

Zwei LSR-Salven senkten sich auf Phelans Mech herab. Die erste Salve verfehlte ihr Ziel und schleuderte einen Hagelsturm von Felstrümmern in die Luft. Die zweite Salve traf die *Nova* an der linken Seite. Die Raketen fetzten Panzerstücke vom Torso und linken Bein, konnten die Panzerung aber nicht durchschlagen.

Dafür warfen die Raketentreffer am linken Bein die Nova aus dem Gleichgewicht. Als der 55 Tonnen schwere Mech landete, knickte das linke Bein weg. So sehr sich Phelan auch bemühte, den OmniMech aufrecht zu halten, die riesige Kampfmaschine kippte wie betrunken nach links ab, bevor sie die restlichen fünfhundert Meter zum Canyongrund hinabpolterte.

Warnsirenen und das Kreischen strapazierten Metalls gellten durch die Pilotenkanzel. Phelan schrie auf, als die Sicherheitsgurte der Pilotenliege sich in seinen Körper gruben, dann wurde er zurück in die Polster geworfen. Er konnte den Sturz ebensowenig beeinflussen wie die Schwerkraft, also zog er die Arme der Maschine an den Torso und betete.

Die *Nova* schlug derart hart auf, daß Phelan zunächst glaubte, Glynis hätte einen dritten Angriff gestartet und mit den Raketen einen Volltreffer erzielt. Weitere Schläge folgten, und es dauerte ein, zwei Sekunden, bis Phelan klar wurde, daß sie von Felsbrocken stammten, die er bei seinem Sturz losgerissen hatte. *Schlimm genug, daß ich gegen ein Pilotenas antreten muß, jetzt wendet sich auch noch das Schlachtfeld meiner eigenen Wahl gegen mich!*

Das Computerschema auf dem Zweitmonitor bestätigte ihm, wie sehr ihn das Kampffeld haßte. Die Purzelbäume den Hang hinab hatten Panzerung von Front und Rücken des Mech gerissen, auch wenn an keiner Stelle der Panzerschutz durchbrochen war. Indem er die Arme an den Torso gezogen hatte, hatte er die schlimmsten Schäden vermieden, aber das Diagramm des rechten Mecharms zeigte ein Versagen des Lademechanismus. *Verdammt, daß heißt, ich habe nur noch den einen Raketenpack zur Verfügung! Ich habe genug Munition für eine Belagerung, aber keine Möglichkeit, sie einzusetzen.*

Schlimmer noch, das linke Bein der *Nova* hatte schweren Schaden genommen. Praktisch die gesamte Panzerung war verloren. Die Endostahlknochen der Wade waren verbogen, und der linke Fuß des Mechs war nach innen gedreht. Als Phelan die Maschine hochbrachte und mit den Händen die Felstrümmer abklopfte, stellte er fest, daß sich das Bein zwar belasten ließ, aber seine Beweglichkeit hatte enorm gelitten.

Frustriert hämmerte er mit der Faust auf die Befehlskonsole. »Stravag Maschine! Freigeburt! Das einzige, was mir hier draußen noch bleibt, ist der Tod.« Er griff nach dem Auslöseknopf für den Schleudersitz, aber als der *Visigoth* vorbeischwebte wie ein Hai, der darauf wartet, daß ein Taucher aus einem Wrack auftaucht, hielt er inne.

Ein Teil von ihm wollte Glynis signalisieren, daß sie gewonnen hatte, aber er tat es nicht. Er würde nicht aussteigen, denn das war keine Garantie gegen einen erneuten Angriff, um ihn trotzdem zu töten. Er hielt sie nicht für derart blutrünstig, aber in einem Blutnamenkampf waren normale Konventionen belanglos.

Doch es war nicht die Angst zu sterben, die ihn innehalten ließ. Seine Niederlage war keine Überraschung, denn er hatte den Kampf eindeutig unterlegen begonnen. Aber der Kampf ging um so etwas Dummes wie einen Titel, und er konnte auch ohne ihn leben. Hier wegzukommen, die Möglichkeit dazu zu erhalten, war die einzig logische und vernünftige Handlungsweise.

Logisch und vernünftig für einen Nicht-Clanner.

Noch während sich diese Worte in seinem Kopf formten, fühlte Phelan einen Schock kalter Erkenntnis, der ihn völlig überraschte. In der Inneren Sphäre hatte er sich immer als Außenseiter gefühlt. Ja, er hatte seine Familie geliebt — er liebte sie immer noch —, aber er hatte immer das Gefühl gehabt, irgendwo anders hinzugehören. Es schien immer, als existiere die Welt auf einer minimal anderen Wellenlänge, und das hatte regelmäßig zu Konflikten geführt, wenn er es mit Autoritäten und gefestigten Strukturen zu tun bekam.

Als er zu den Clans gestoßen war, war er wie Ragnar ein Leibeigener geworden und hatte zuviel Zeit mit dem Versuch verbracht herauszufinden, woher die Clans kamen und was Ulric von ihm wollte, um sich Gedanken darüber zu machen, wie und wo er in ihre Gesellschaft paßte. Seltsamerweise wurde ihm nun klar, daß die raubtierhafte Art der Clangesellschaft, die sie in ständigem Wettstreit gegeneinander stellte, um den Besten zu ermitteln, seiner Natur entgegenkam. Weil die Clanner ihn als Außenseiter betrachteten, kämpfte er darum, sich als ihnen ebenbürtig zu beweisen. Dabei definierte er gleichzeitig, wer er war.

Erst in diesem Augenblick wurde ihm klar, daß er bei diesem Versuch, den Herausforderungen der Clans zu begegnen, selbst zu einem von ihnen geworden war. Er erkannte die Werte noch, mit denen er aufgewachsen war, und wußte sie zu schätzen, aber die Intensität und der Elan der Clans überdeckte diese Bruchstücke seiner Vergangenheit. Noch drei Jahre zuvor hätte er vielleicht versucht, einen Ausweg zu finden oder seine Haut möglichst teuer zu verkaufen, aber jetzt suchte er eine Möglichkeit, Glynis' Jäger vom Himmel zu holen und das Gefecht doch noch zu gewinnen.

Weil das für einen Krieger des Wolfsclans das einzig Logische und Vernünftige ist.

Er rückte seinen Pistolengurt in eine bequemere Position und betrachtete die Lage. Sein Mech stand unter einem Überhang, der ihn gegen Glynis' Angriffe schützen half. Als er aufblickte, konnte er einen 20° messenden Ausschnitt des Himmels sehen, was ihren Angriffsvektor erheblich einschränkte. Mit den Felsen zur Rechten hatte Glynis nur eine einzige Möglichkeit, ihn zu attakkieren: indem sie von links in den Canyon eintauchte und seinen Mech mit PPK und Buglasern beschoß.

Das NARC-Lämpchen blinkte immer schneller. Phelan drückte den Rücken der *Nova* an die Schluchtwand und drehte den Mechtorso nach links. Das kleine blaue Lämpchen schaltete sich mit immer schnellerem leisen Klicken an und aus.

Ich habe nur noch eine Raketensalve. Die muß sitzen.

Das Lämpchen brannte durchgängig.

Der *Visigoth* stürzte wie ein Falke auf Jagd nach einer Maus in die Schlucht hinab. Die PPK im Bug des Jägers brannte sich als elektrisch blauer Blitzstrahl die Canyonwand entlang. Steinbrocken prasselten auf das Kanzeldach der *Nova,* und heißer Dampf stieg in Schwaden zum Himmel empor. Einer der beiden Buglaser des Luft/Raumjägers zog eine Spur glühender Löcher über die Felswand, der andere schmolz Panzerung vom Torso der *Nova*.

Phelan verfolgte den *Visigoth* mit dem Fadenkreuz, während dieser durch den Canyon schoß. Seine Autokanone feuerte, sobald der Jäger in Sicht kam. Der Metallschauer zertrümmerte die Panzerung an der rechten Flügelspitze, konnte die Maschine aber nicht einmal erschüttern. Phelan drehte den Mechtorso nach rechts und löste eine zweite Salve aus, die Panzerung vom Heck der gegnerischen Maschine hämmerte, aber wieder war keine spürbare Wirkung an Glynis' OmniJäger auszumachen.

Beinahe hätte Phelan einen ungelenken Schritt nach vorn getan, um ihr die Raketen hinterherzuschicken, aber sie bot ihm keine klare Schußgelegenheit. Sie zog den Bug des *Visigoth* hoch und riß die Maschine in einen eleganten Looping, der sie knapp über den Felshang brachte. Dort brach sie das Manöver augenblicklich ab und ging in eine perfekte Rolle nach rechts über, die sie aus Phelans Sicht trug.

Die NARC-Anzeige blinkte langsamer. »Die runterzuholen, dauert ewig«, murmelte Phelan. Er warf einen Blick auf die Munitionsanzeige der Autokanone und feuerte zwei Salven in die Luft. Dadurch hatte er Zugriff zur Bündelmunition. »Wenn ich die Luft mit dem Zeug fülle, erziele ich mehr Gesamtschaden.«

Als die NARC-Anzeige wieder schneller pulsierte, sank sein Mut. »Es dauert trotzdem ewig, und sie braucht nur etwas Glück, während ich ihre Angriffe überleben *und* sie abschießen muß. Verdammt noch mal, sie ist nicht nachlässig genug, um in eine Schluchtwand zu donnern, und sie fliegt zu schnell, als daß ich es mir gestatten könnte, die Raketen für einen möglichen Glückstreffer zu verschwenden.« Er knirschte frustriert mit den Zähnen. »Wenn sie bloß einmal ein stehendes Ziel böte!«

Plötzlich sah er die Lösung. Als die NARC-Anzeige immer schneller blinkte, streckte Phelan die Hand aus und schaltete das System ab. Als er den Torso der *Nova* herumschwenkte, um dem Jäger zu begegnen, hörte er das Donnern der Triebwerke den Canyon erschüttern.

Sobald er sie sah, bellte Phelans Autokanone auf. Die Bündelgranaten schleuderten Hunderte Metallsplitter in die Luft, die Panzerfragmente von Tragflächen, Rumpf und Cockpit des Jägers fraßen. Als Reaktion löste Glynis wieder PPK und beide Frontallaser aus, aber alle drei Energiestrahlen verfehlten die *Nova*.

Phelan riß den Torso seiner Maschine herum und streckte den rechten Arm aus. *Jetzt oder nie!* Als Glynis den Bug des *Visigoth* hochzog, feuerte er seine Raketen ab. Ohne die Peilhilfe durch die NARC-Boje schossen sie unter dem Bauch des *Visigoth* hindurch.

Aber sie trafen ihr Ziel.

Die zwölf Raketen detonierten mitten in der Felsebene 200 Meter vor Glynis' Jäger. Die feurigen Explosionen schleuderten riesige Steinbrocken in die Höhe, geradewegs in die Flugbahn des *Visigoth.* Bei der Geschwindigkeit, mit der ihre Maschine sich bewegte, blieb Glynis keine halbe Sekunde zur Reaktion.

Ihre versuchte Rolle reichte nicht.

Ein scharfkantiger Felsbrocken durchschlug die linke Tragfläche, als sei der OmniJäger nur ein Modellflugzeug aus Papier und Balsaholz. Glynis' verzweifelte Rolle wurde dadurch noch beschleunigt, bis die Maschine auf dem Kopf stand. Als die rechte Tragfläche des *Visigoth* den Boden berührte, zerfetzte sie wie ein brüchiger Knochenausläufer. Ihre Panzerung flog als glitzernde Keramikwolke davon. Unmittelbar hinter dem Cockpit riß der Rumpf auf, und die eingelagerten Raketen stürzten ins Freie. Ihre Detonation löschte jede Spur von der Existenz des OmniJägers aus.

Phelan blickte auf den Scheiterhaufen inmitten des Felshangs. Ein Teil von ihm wollte um Glynis trauern, aber er unterdrückte das Gefühl. »Das war ein Blutnamenkampf«, sagte er laut. »Sie wußte, um was es ging, und hätte keine Träne vergossen, wenn ich verbrannt wäre.«

Aber war ein Blutnamenkampf Grund genug für sinnloses Blutvergießen? Und war das Töten für einen Titel auch nur im mindesten vernünftiger als dieser Krieg der Clans gegen die Innere Sphäre?

Phelan gab seinen inneren Zweifeln mit einem Nikken Gehör. »Ich gehöre jetzt zu den Clans. Ihre Sorgen sind meine Sorgen.« Er begann die langsame Kletterpartie den Hang hinauf. »Aber ihre Sorgen sind nicht meine *einzigen.*«

Er bewegte den Mech zur Seite, um nachzusehen, ob Glynis wie durch ein Wunder überlebt hatte.

18

Gefechtsbasis Tango Zephyr, Alyina
Trellshire, Jadefalken-Besatzungszone

9. März 3052

Kai studierte die ehemalige Gefechtsbasis durch das Fernglas und fühlte, wie sich seine Bauchmuskeln spannten. Ein Wald von Klingendraht umschloß die Wellblechhütten und niedrigen Bunkeranlagen. Die beiden Wachtürme waren bemannt, aber die Waffen waren ins Innere des Lagers gerichtet. Am Fahnenmast flatterte stolz die Flagge ComStars.

Durch das Glas konnte er niemanden erkennen, aber er sah zahlreiche Männer und Frauen in den verdreckten Überresten von Uniformen des Vereinigten Commonwealth, die durch Fußfesseln behindert durch das Lager schlichen. Die meisten waren dürr wie Skelette und bewegten sich mit einem lustlosen Schlurfen, das an Zombies erinnerte. Ein paar von ihnen bearbeiteten einen Garten in der Mitte des Lagers, während andere als Kettensträflinge den Trampelpfad zu den Doppeltoren des Lagereingangs ausbesserten.

»Wie schlimm ist es, Kai?«

Er senkte das Fernglas und kratzte sich am Bart. »Schlimm, aber nicht so schlimm, wie es sein könnte. Die Lagerwachen scheinen Einheimische zu sein, wie Truper und Jacko, aber die Verwalter gehören zu ComStar. Ich habe keine Clanner gesehen, aber das heißt nicht, daß keine da sind.«

Deirdre nickte, während sie die Haare zu einem kurzen Pferdeschwanz bündelte. Sie band ihn mit einer kurzen Kordel zusammen, dann wickelte sie einen schmutzigen Verbandsfetzen um den Kopf, um ihr rechtes Auge zu verdecken. »Meinen Sie, das reicht als Verkleidung?«

Kai drehte sich um und grinste. Sie trug einen von Trupers Overalls, und er hing an ihr herab wie die Haut eines Elefanten an einem Schoßhündchen. Zusammen mit dem dreckigen Lappen um ihren Kopf verbarg er auch den letzten Rest ihrer Schönheit. »Wenn ComStar so was wie eine Modepolizei hätte, würde man Sie dafür standrechtlich erschießen. Ich glaube kaum, daß Sie jemand erkennt. Wie sieht's bei mir aus?«

Sie kniff ihr freies Auge zusammen, dann nickte sie grimmig. »Mit dem Bart und dem Dutt sehen Sie aus wie ein Kurita-Renegat. Niemand wird Sie mit Dave Jewell *oder* Kai Allard in Verbindung bringen.«

»Gut.« Er warf das Fernglas zurück in den Wagen, dann rutschte er auf den Fahrersitz. »Bereit zu unserer Reise in die Höhle des Löwen?«

Sie rückte das Schulterholster in eine etwas bequemere Position, auch wenn man ihr noch immer ansah, wie ungern sie die Waffe berührte. »Bringen wir es hinter uns, bevor ich zur Vernunft komme und es Ihnen auszureden versuche.«

Kai warf einen Blick über die Schulter auf die beiden Leichensäcke im Heck. »Das würde nichts ausmachen. Sie würden zweifellos überstimmt werden. Die beiden da hinten wollen nach Hause.« Er gab den Zündcode ein und der Hovertruck erhob sich auf sein Luftkissen. Er drehte das Steuer und setzte den Gleiter in Bewegung.

Die durch den Hovertruck aufgewirbelte Staubwolke zwang die Gefangenen neben der Straße, sich abzuwenden und erbarmungswürdig zu husten. Kai tat ihnen das nicht gern an, aber andererseits reduzierte es die Gefahr, erkannt zu werden, erheblich. Hier in den Klauen des Feindes identifiziert zu werden, war das letzte, was sie gebrauchen konnten.

Ein hochgewachsener ComGuardist hielt den Hovertruck am Tor an. »Was wollen Sie hier?«

Kai deutete mit dem Daumen auf die Ladefläche. »Eine Lieferung. Zwei ziemlich reife Pakete.«

Der Mann warf einen Blick auf die beiden Säcke, dann rümpfte er angewidert die Nase. »Gebäude Drei. Das ist die Leichenhalle und Zahlstelle.« Er gab ein Zeichen, das erste der beiden Tore zu öffnen.

Kai bewegte den Hovertruck langsam vorwärts. Nachdem sich das Tor hinter ihm geschlossen hatte, wurde das vor ihm geöffnet. Er steuerte den Truck hindurch und in den hinteren Teil des Lagers. »Denken Sie daran: Sie sagen kein Wort, okay?«

Deirdre nickte stumm, und Kai bestätigte mit einem Lächeln, daß sie die Prüfung bestanden hatte. Er fuhr bis vor eine kleine Tür unter einer riesigen roten Drei an der Vorderseite einer der Wellblechhütten. Er schaltete die Motoren aus, so daß der Wagen zu Boden sank, dann wartete er, bis sich die Staubwolke als braune Patina über die Windschutzscheibe gelegt hatte, bevor er die Tür öffnete.

Deirdre folgte ihm in zwei Schritt Abstand. Kai stieß die Tür mit dem Fuß auf und trat ins Innere der Hütte, um sich den Staub abzuklopfen. Deirdre schob sich hinter ihm ins Innere und lehnte sich an die Wand.

Drei entsetzte ComStar-Akoluthen blickten ihn an wie einen Geist. Ein Mann schoß, deutlich entrüstet über den Staub auf seinen Papieren, in die Höhe. »Muß das sein?«

Kai blickte ihn aus verkniffenen Augen an, dann spuckte er in den Papierkorb.

Ein anderer Mann, älter und abgeklärter, zog seinen Mitarbeiter zurück und drückte ihn auf den Stuhl. Er blickte mit künstlichem Lächeln zu Kai empor. »Kann ich Ihnen irgendwie helfen?« fragte er mit erstickter Stimme.

»Hab da zwei für Sie, ni'wahr?« Kai saugte an den Zähnen, wie um einen Speiserest zu befreien. »Sind was dreckig und stinkig, aber sonst okay.«

Die Miene des Mannes wurde säuerlich. »Sie haben zwei Renegaten?«

Kai nickte.

Der Mann winkte Kai zu einem Stuhl neben seinem Schreibtisch. Kai setzte sich und ließ sich zurückfallen, bis sein Hinterkopf auf der Rückenlehne des Stuhls lag. Er stützte die Ellbogen auf die Armlehnen, und seine linke Hand spielte mit der kleinen ComStar-Fahne auf dem Schreibtisch.

Sein Gegenüber stellte die Fahne auf die andere Seite. »Haben diese Renegaten Namen?«

Kai nickte.

Der Mann wartete etwas, dann räusperte er sich. »Wie lauteten diese Namen?«

»Harry Truper und Dave Jewell.«

Die beiden anderen Akoluthen wandten sich um und starrten Kai an.

Er grinste und spuckte wieder in den Papierkorb.

Sie gingen wieder an ihre Arbeit, während Kais Gesprächspartner nervös die Namen in seinen Computer eingab. »Äh, Mister, äh, Harry Truper ist ein Kopfgeldjäger wie Sie.«

»Isser nich' mehr.«

»Verzeihung?«

Kai schob sich langsam hoch. »Er is' tot, ni'wahr? Er und dieser Dave Jewell sind zu 'ner Hütte gekommen, die ich und die Alte gefunden hatten, nachdem die VerCommies uns're Farm abgebrannt hatten. Sie wollten mich umbringen und als Jewell hier abliefern. Sie sagten, sie würden die Alte benutzen und dann abstechen, so wie sie's mit irgendner and'ren gemacht ham, wo Jewell vorher mit unnerwegs war.«

Er warf einen vorsichtigen Blick hinüber zu Deirdre, dann beugte er sich vor, um dem ComStar-Mann verschwörerisch etwas zuzuflüstern. »Das hätten se nicht sagen sollen. Die Alte ist nicht mehr sie selbst, seit 'n paar VerCommies mit ihr Landurlaub gefeiert haben, ohne auch nur 'ne C-Note dazulassen, *wakarimaska?* Sie hat's Truper besorgt, ni'wahr, und ich hab nach 'ner kleinen Schießerei Jewell erledigt.«

Sie blickten beide zu Deirdre hinüber, die kicherte und an den Fingern lutschte.

Den Akoluth schüttelte es.

Kai stocherte mit dem kleinen Finger in den Zähnen herum. »Jedenfalls dachten wir, die wär'n einfach Renegaten gewesen, bis wir ihre Spur verfolgt und den Hovertruck gefunden haben. Ich schätze, wir könnten zuminnest was Geld für sie kriegen. Die sin' doch Geld wert, oder?« Bei den letzten Worten wurde Kai lauter und ballte die linke Hand zur Faust.

Sein Gegenüber nickte hastig. »Sobald wir sie identifiziert haben, werden Sie bezahlt.«

Kai verzog das Gesicht und sog die Wangen ein, dann ließ er ein »Tsk« ertönen, indem er einen Mundwinkel öffnete. »Truper hat 'ne Kugel ins Gesicht bekommen, und Jewell sieht ziemlich angenagt aus, *wakarimaska?* Ich bin 'n bißchen wütend geworden, ni'wahr? Aber niemand, *niemand,* legt einen Finger an die Alte außer mir.« Er boxte den Mann leicht in die Schulter. »Genau wie bei Ihrer Misses, eh? Eheliche Pflichten, was?«

»Äh, ja.«

»Ja.« Kai grinste schief. »Also, ich weiß nicht, was die Wichser wert sin, aber diese Kopfgeldjägerei scheint ganz einfach. Wir ham Trupers Truck un' Zeug. Ham Sie noch mehr Aufträge für uns?«

Der Mann nickte und schob Kai eine Elektrotafel und einen Lichtgriffel zu. »Unterschreiben Sie hier, und Sie bekommen Ihr Geld. Einhundert C-Noten ist mehr, als Ihnen eigentlich zusteht, aber diese Leute haben Ihnen ja sehr zugesetzt.«

Kai zwang sich, die Augen aufzureißen. Dem Steckbrief zufolge, den er verbrannt hatte, war Dave Jewell das Zehnfache dieses Betrages wert, und er hatte eine ziemlich genaue Vorstellung davon, in wessen Tasche die Differenz landen würde. Er wandte sich zu Deirdre um und setzte ein breites Grinsen auf. »Haste gehört, Süße? Siebzig C-Noten für die beiden. Dein Anteil sin' volle Fünfunzwanzig!«

Sie kicherte.

Kai zwinkerte dem ComStar-Mann zu, als er sich wieder umdrehte. »Süßes Ding, aber hohe Finanz geht über ihren Kopf, *wakarimaska?*« Er packte den Lichtgriffel wie einen Dolch und zeichnete ein X auf die Tafel.

Sein Gesprächspartner holte mit zufriedener Miene ComStar-Noten aus einer Kassette in seiner Schreibtischschublade. Er schob sie Kai heimlich zu, dann gab er ihm zwei weitere Steckbriefe. Kai erkannte einen der Namen als den eines Soldaten der planetaren Miliz, ließ sich aber nichts anmerken.

»Da Sie Trupers Truck haben, können Sie für die Suche seinen Sektor behalten. Viel Glück bei diesen beiden.« Er verzichtete darauf, Kai die Hand zu reichen. »Zwei unserer Leute haben die Leichen bereits von Ihrer Ladefläche entfernt, so daß Sie wieder abreisen können.«

»Astral! Ich besorg euch die beiden Wichser.« Kai klopfte dem Mann auf die Schulter. »Uns wer'n Sie jetzt häufiger hier sehn.«

Wieder in der Fahrerkabine des Hovertrucks, startete Kai den Motor und fuhr in Richtung Tor. Er fuhr langsam, um die Gesichter der Gefangenen zu betrachten, die im Lager und an der Straße arbeiteten. Als er die Tore und Kettensträflinge hinter sich hatte, beschleunigte er.

»Was halten Sie von den Gefangenen, Doktor?«

Sie zog den Verband vom Kopf. »Unterernährt. Einige sind offensichtlich krank. Ich habe nicht viele Verbände gesehen, also schicken sie Sträflinge mit Gefechtsverletzungen entweder in ein Krankenhaus ...«

»Oder sie haben sie irgendwo begraben.« Kai runzelte die Stirn. »Ich habe nichts anderes erwartet.« Er sah in den Rückspiegel, aber durch die Staubwolke konnte er nichts mehr vom Lager sehen. »Ich bin froh, daß wir nicht entdeckt worden sind.«

»Ich auch.« Sie zitterte in Trupers übergroßem Overall. »Was nun?«

Kai zuckte die Schultern. »So wie ich es sehe, haben wir zwei Möglichkeiten. Die erste ist, so weit und so schnell wie möglich zu fliehen.«

»Das hat was. Und die zweite?«

»Sie haben uns Trupers alte Zone zugeteilt. Es gibt also zumindest ein Gebiet auf diesem Planeten, wo die Jäger nicht nach uns suchen.«

Sie nickte, dann warf sie ihm einen schrägen Blick zu. »Eine schwere Entscheidung. Darüber muß ich nachdenken. Übrigens, war das ernst gemeint, was Sie da im Lager gesagt haben?«

Kai legte die Stirn in Falten und versuchte sich zu erinnern, was er genau gesagt hatte. »Sie meinen das mit dem süßen Käfer?«

Deirdre schüttelte den Kopf. »Nein, die Sache mit meinem Anteil von 25 C-Noten.«

Kai lachte. »Aber nicht doch, Doc. Bei uns zwei gibt es nur fifty-fifty. Also, ich habe siebzig C-Noten ...«

»Kai ...«

Der ComStar-Akoluth staunte, daß Taman Malthus den stinkenden Leichnam Dave Jewells untersuchen konnte, ohne sich übergeben zu müssen. »Das ist er, Starcaptain. Da liegt Ihr Dave Jewell.«

Der Elementar hob den Kopf, und der Mann bedauerte augenblicklich, die Aufmerksamkeit des Clanners auf sich gezogen zu haben. »Sie irren, Akoluth.« Malthus hob die rechte Hand der Leiche hoch. »Dieser Mann hat Schwielen an der rechten Hand. Das deutet darauf hin, daß er sie bevorzugt benutzt hat. Er war Rechtshänder, Dave Jewell aber nicht.«

Der Akoluth schluckte. »Das ist nicht möglich.«

Malthus blickte ihn herablassend an und ließ die Hand wieder fallen. »Doch, das ist es. Sie haben Dave Jewell selbst dafür bezahlt, seinen Leichnam abzuliefern.« Der Elementar schnaufte verächtlich, dann schüttelte er den Kopf. »Dieser Jewell ist eine höchst interessante Beute, frapos?«

Der ComStar-Mann nickte stumm.

Malthus verschloß den Leichensack wieder und wischte sich am Hemd des Akoluthen die Hände ab. »Ich werde die Tatsache ignorieren, daß Sie sich von Ihrer Habgier haben blenden lassen. *Das* ist eine ComStar-Angelegenheit. Ich sehe keinen Grund, die Lage zu verkomplizieren, indem ich Demi-Präzentor Khalsa informiere.«

»Nein, Sir.«

»Gut. Sie sagten, Sie haben dem Kopfgeldjäger und seiner Frau weitere Ziele gegeben?«

»Ja, Sterncaptain. Sie durchsuchen Trupers altes Gelände.«

»Ausgezeichnet.« Malthus legte die schwere Hand auf den Nacken des Akoluthen und schob ihn zur Tür. »Sie werden mir eine Karte der Suchsektoren aushändigen.«

Der Elementar blickte über die Schulter auf die beiden Leichen. »Das ist das Ergebnis, wenn man Mitglieder der Verbrecherklasse gegen einen Krieger einsetzt. Jetzt werden wir euch Freigeburten zeigen, wie echte Krieger mit einem anderen Krieger umgehen. Das Bieten für diesen Auftrag wird hart werden, aber diese Jagd ist es wert.«

19

Bethel
Mark Capella, Vereinigtes Commonwealth

20. März 3052

Nicholas Chung schloß die Gurte seines Sicherheitsgeschirrs über der Brust. »Ich bremse zum Docken auf einen Dezimeter pro Sekunde ab. Bitte schnallt Euch auf dem Notsitz an.«

Sein Passagier lachte hell. »Wirklich, Chung, Sie hören sich an, als sei ich eine alte Frau. Ich habe nicht bis heute überlebt, nur um durch die Erschütterung beim Andocken an ein Sprungschiff zu sterben.«

Chung betätigte einen Knopf an der linken Seite seiner Kommandokonsole und löste eine Folge von fünf Warntönen aus, die durch das gesamte Landungsschiff hallten und auf den bevorstehenden Sprung hinwiesen. »Ihr mögt mich vor vielen Jahren auf Spica befehligt haben, aber ich bin der Kapitän der *Te Kuaiche.*«

»Und ich habe Ihr Schiff angeheuert, damit es mich nach Hause bringt.«

Chung überspielte seine Nervosität. »Das ist wahr, aber bin ich nicht verpflichtet, für die Sicherheit meiner Auftraggeber zu sorgen?«

»Sie haben völlig recht.«

Chung hörte zufrieden den Notsitz herunterklappen und die Sicherheitsgurte mit einem metallischen Klikken einschnappen. Seine Hände senkten sich auf die Steuerknüppel an den Armstützen der Pilotenliege. Vor sich auf dem Hauptschirm sah er den Dockkragen des Sprungschiffs *Kensing Bay.* Als er den linken Knüppel etwas vorschob, zentrierte der Computer das Fadenkreuz über dem Dockkragen. Das Fadenkreuz blinkte auf, und Chung fixierte mit einem Druck auf den Feuerknopf des Knüppels den Kurs.

»Es ähnelt der Zielerfassung von Mechwaffen, was, Chung?«

»Stimmt.« Mit dem rechten Steuerknüppel bremste er das Schiff ab, bis es sehr langsam an das Ziel herantrieb. »Glücklicherweise schießen Sprungschiffe nicht zurück.«

Sein Passagier antwortete nicht sofort, und Chung spürte tiefe, düstere Gedanken aus der Ecke der Pilotenstation dringen. Wenn sein Schiff erst an die *Kensing Bay* angekoppelt war, würde der Sprungschiffkapitän den Sprung nach Daniels einleiten. Einen Augenblick später würde sich das Raum-Zeit-Gefüge um beide Schiffe auftun und sie würden in einem anderen Sonnensystem in dreißig Lichtjahren Entfernung wieder auftauchen.

Und dreißig Lichtjahre näher an Sian. Dreißig Lichtjahre näher an Romano Liao.

Chung wandte sich um, konnte seinen Passagier in den Schatten jedoch kaum erkennen. »Seid Ihr sicher, daß Ihr diese Reise fortsetzen wollt? Ihr müßt es nicht, das wißt Ihr.«

»Ich habe keine Wahl, Chung.« Eine in einen schwarzen Handschuh gehüllte Faust schob sich ins Licht. »Romano Liao hat meine Liebe ermordet. Sie hat meine Kinder fast zu Waisen gemacht. Ihre Untaten haben Hunderte Millionen in der Konföderation Capella in den Tod getrieben.« Die Faust verschwand, und mit einem schweren Krachen schlug etwas gegen die Schottwand. »Ich hätte diese Reise bereits vor Jahren machen sollen. Ich habe zu lange gewartet und mein Zögern teuer bezahlt. Nie wieder.«

Ein metallenes Krachen hallte durch das Schiff. »Wir haben angekoppelt. Macht Euch bereit für den Sprung.«

Auch wenn er sein Brot damit verdiente, Landungsschiffe zwischen Sprungschiffen und Planeten hin und her zu steuern, hatte Nicholas Chung sich nie an das Gefühl des Hyperraumsprungs gewöhnt. Sein Blickfeld verschwamm, dann wurden die einzelnen Sterne größer, bis Licht in allen Farben des Regenbogens vor seinen Augen tanzte wie in einem leuchtenden Kaleidoskop. Er fühlte, wie sein Körper in eine einzige Dimension zusammengepreßt wurde, dann wirbelte er durch ein Dutzend anderer Dimensionen, bis er plötzlich wieder in der soliden dreidimensionalen Realität war, in der er den größten Teil seiner Zeit verbrachte.

Er schüttelte sich, dann packte er die Armstützen der Pilotenliege. Übelkeit wogte durch seinen Körper. Er schluckte die Galle hinab, die sich in seinem Mund sammelte, und betätigte einen Schalter zu seiner Rechten. »Landungsschiff *Te Kuaiche* koppelt ab. Danke fürs Mitnehmen, *Kensing Bay.*«

Er sah sich zu seinem Passagier um. »Ihr sagt, Ihr habt eine Passage von Daniels in den Pakt für uns?«

Sein Gast nickte. »Rufen Sie die Systemkarte auf. Das Sprungschiff soll in einer weiteren Umlaufbahn um den vierten Planeten warten.«

Chung tat wie geheißen und berührte das Sprungschifficon in der Nähe des vierten Planeten. »Das einzige Schiff dort draußen ist die VCSS *Valiant Heart* in 2 AE Entfernung von der Welt. Ist sie das?«

»Gerade voraus, Kapitän Chung.«

Chung fiel die Kinnlade herab. »Das kann nicht Euer Ernst sein. Das ist ein militärisches Sprungschiff des Vereinigten Commonwealth. Es wird hinaus an die Clanfront springen, nicht in den Pakt.«

»Chung, selbst Hanse Davion weiß von der Wichtigkeit meiner Mission. Die *Valiant Heart* wartet auf uns.«

Chung legte den Kurs an und hielt auf das Kriegsschiff zu. »Ich hoffe nur, Ihr wißt was Ihr tut.«

»Keine Sorge, Chung, ich weiß es. ›Auge um Auge‹ ist ein so einfaches Konzept, daß selbst Romano es auf Anhieb versteht.« Ein gedämpftes Lachen drang aus den Schatten. »Zu schade, daß sie keine Gelegenheit haben wird, darüber nachzudenken.«

20

Trainingszentrum Fort Ian, Port Moseby
Virginia Shire, Vereinigtes Commonwealth

21. März 3052

Selbst in den Schatten des Besprechungsraumes fühlte Shin Yodama sich zwischen so vielen Offizieren des Vereinigten Commonwealth wie auf dem Präsentierteller. Er saß links von Victor Steiner-Davion, ihm gegenüber an der abgedunkelten Tafel saß Galen Cox, und Shin wünschte sich, er wäre unsichtbar. Er bemerkte, daß der Stuhl neben ihm leer geblieben war. Nur Galen hatte vor Beginn der Besprechung den Versuch unternommen, mit ihm zu sprechen.

Die Spannung war so spürbar, daß sie ihn fast erdrückte. Eine halbe Sekunde lang glaubte er, sie sei auf ihn persönlich konzentriert, dann wischte er den Gedanken mit einem kurzen unbewußten Kopfschütteln beiseite. *Nicht auf mich, sondern auf dieses Ende des Tisches.*

Über dem Zentrum des rechteckigen Konferenztisches bewegten sich holographische BattleMechs. Die Übungsbilder, aufgenommen von den Geschützkameras eines zur Beobachtung eingesetzten *Heuschreck,* zeigten die unglaubliche Feuerkraft der BattleMech-Einheit. In äußerst koordinierten Angriffen kombinierten die Maschinen ihr Feuer und verwandelten ihre Ziele innerhalb von Sekunden zu Schrott.

Obwohl Shin bei der Übung anwesend gewesen war, nahm er sich die Zeit, seine Einschätzung der Einheit zu überprüfen. Victor Steiner-Davions Untote waren zu einem verstärkten Bataillon von über fünfzig Kampfkolossen reorganisiert. Die Einheit war weiter unterteilt in eine Artilleriekompanie, eine Sturmkompanie und zwei schnelle Einsatztruppen, sogenannte ›Sprint‹-Kompanien. Victors Befehlslanze bestand aus schnellen Mechs und war Bestandteil der Sprintkompanien.

Und was für Mechs! Shin wußte aus Gesprächen mit Victor, daß nicht einmal der Prinz selbst erwartet hatte, seine Einheit könnte so schnell und gut wiederaufgebaut werden. In der holographischen Feldschlacht, die über der Tischplatte tobte, sah Shin BattleMechs, die nie zuvor über die Schlachtfelder der Nachfolgerstaaten geschritten waren. *Bullova, Marodeur II* und eine Vielzahl weiterer neuer Mechtypen bevölkerten die Reihen der Untoten. Das Holovid des Übungsgefechts wirkte wie ein Werbefilm.

Victors OmniMech vom Typ *Daishi* war das Juwel der Einheit. Shin hatte Bilder von seinem Zustand nach Alyina gesehen, und die Maschine war inzwischen erstaunlich wiederhergestellt. Der breite, kantige Torso zeigte keine Spuren der Schäden, die er bei den Kämpfen gegen die Clans erlitten hatte, und der rechte Fuß war ersetzt worden. Die vogelähnlichen Beine des Mechs sorgten für einen ungewohnten Gang, aber Shin erkannte in Victors ruhiger Führung eine tödliche Absicht, die der überwältigenden Feuerkraft des *Daishi* angemessen war. Seine Bestückung mit Raketen, Lasern und Autokanonen machten den OmniMech für Einsätze von unterstützendem Artilleriebeschuß bis zu den heftigsten Nahkämpfen geeignet.

Selbst die normalen Maschinen, die Alyina überstanden hatten, wie Galen Cox' *Kreuzritter,* waren gegen die neuen und ungewohnten Inkarnationen ihres Typs ausgetauscht worden. Der *Kreuzritter* hatte durch den Umbau der KSR-Systeme und den Ausbau eines Maschinengewehrs etwas an Feuerkraft verloren, aber das wurde durch einen Flammer und ein Raketenabwehrsystem mehr als ausgeglichen. Weit wichtiger aber war, daß der neue *Kreuzritter* über Sprungdüsen verfügte, die dem riesigen Koloß erheblich mehr Beweglichkeit verschafften. Doppelstarke Wärmetauscher verhinderten ein allzu schnelles Überhitzen und erhöhten seine Fähigkeit, einen Angriff voll durchzuziehen.

Als das Holovid zu Ende war, betätigte Victor einen Schalter. Der Raum wurde allmählich wieder heller. Shin bemerkte den Ernst in Victors Miene, als dieser die seine Lanzen kommandierenden Offiziere ansah. *Wenn er sich verändert hat, seit wir auf Outreach gemeinsam trainiert haben, dann nur, indem er erwachsener geworden ist. Zum Glück des Drachen schmiedet der Sohn des Fuchses seine Pläne mit uns, nicht gegen uns.*

»Sie haben die Holovids alle schon gesehen, aber ich wollte, daß wir diesen Teil noch einmal anschauen, damit Sie wissen, wie zufrieden ich mit unseren Fortschritten bin. Ihre Leute arbeiten gut zusammen, und die neuen Mechs sind uns weit schneller vertraut geworden, als ich erwartet habe. Das ist gut, und ich möchte Ihnen allen ein Lob aussprechen.« Er spielte mit dem Reißverschluß seines olivgrünen Overalls. »In Ihren Akten befinden sich Belobigungen mit der Unterschrift von Generalin Kaulkas.«

Diese Mitteilung löste ein Lächeln auf den Gesichtern der Offiziere aus, konnte die Spannung, die über dem Raum lag, jedoch nicht abbauen. Shin fühlte, wie die übrigen Offiziere auf den Haken warteten, und Victors Zögern, gespielt oder nicht, steigerte die Spannung noch. Plötzlich fühlte Shin eine Spur von Mitgefühl für ihn.

»Unter den Untoten sind Gerüchte über die Art unseres Trainings in Umlauf. Ich habe Sie und Ihre Leute hart gefordert, und viele haben in diesen Übungen eine Absicht gespürt. Es stimmt, sie waren alle verschieden, insofern wir jedesmal auf eine andere Art gegen eine simulierte Clan-Einheit vorgegangen sind, aber alle Missionen hatten ein Zeitlimit. Unser Job besteht immer darin zu landen, den Gegner hart zu schlagen, Verstärkungen lange genug zurückzuhalten, um jemand zu evakuieren, und uns anschließend zurückzuziehen.«

Victor sah zu Shin hinüber. »Viele Ihrer Leute haben auch die Ankunft Sho-sa Yodamas und seiner Leute bemerkt. Es ist ihnen unwohl bei dem Gedanken, von Kombinatsoffizieren beobachtet zu werden, und jeder hier im Stützpunkt weiß, wieviel Zeit ich mit Gesprächen mit Sho-sa Yodama verbracht habe. Die Gerüchteküche hat Überstunden bei dem Versuch geleistet, Verbindungen zwischen unserem Training und dem Draconis-Kombinat herzustellen. Das wird noch zunehmen, wenn Yodama und seine Leute eine weitere Lanze mit Ausrüstung bilden, die sie mitgebracht haben oder von uns leihen, und mit uns zusammenarbeiten.«

Diese Erklärung hatte leise Flüche und vereinzelten Jubel unter den versammelten Offizieren zur Folge. Viele von ihnen starrten Shin an, als wollten sie ihn umbringen, aber der Yakuza wehrte ihre Blicke mit einem Lächeln ab. Ein oder zwei wurden rot und senkten den Blick, aber die älteren Offiziere starrten den Kuritaner in offener Herausforderung an.

Victor ignorierte es. »Was ich zu sagen habe, wird bis auf weiteres unter uns bleiben. Bei den Trainingskämpfen haben wir uns auf eine Mission vorbereitet, die uns in weite Fernen führen wird. Ich habe noch keine Erlaubnis für diese Mission, aber ich treffe mich heute mit Generalin Kaulkas, und innerhalb der nächsten vierzehn Tage werde ich alles mit Marshal Morgan Hasek-Davion besprechen. Vorher muß ich mir jedoch sicher sein, daß Sie hinter mir stehen.«

Er hob die Hand, um die sofortigen Loyalitätsbekundungen abzuwehren, dann ging sein Blick in die Ferne, als er seine nächsten Worte abwägte. »Sie alle wissen, daß mir, salopp ausgedrückt, zwei Kommandos unter dem Hintern weggeschossen wurden. Die Zwölften Donegal Guards brachen schon unter der ersten Welle zusammen, als die Jadefalken sie angriffen.« Ein trockenes Grinsen spielte um Victors Mundwinkel, als er Galen auf die Schulter klopfte. »Ich wurde von Trellwan wegbeordert, und Hauptmnn Cox hier hat dafür gesorgt, daß ich den Befehl befolgte. Die meisten von Ihnen waren auf Alyina, als die Falken mein Kommando ein zweitesmal zerschlugen. Und manche Stimmen behaupten sogar, ich hätte die Zehnte Lyranische Garde auf Twycross verloren, hätte Kai Allard nicht das Unmögliche geschafft und allein eine ganze Clan-Einheit ausgeschaltet. Manche sehen mich vielleicht als einen Unglücksbringer, und Kai Allard als meinen Schutzengel. Ohne ihn werden sie glauben, daß jede Einheit unter meinem Kommando zur Niederlage verdammt ist.«

Victor atmete tief durch, und Shin fühlte mit dem Prinzen, als dieser seine Gefühle bloßlegte. »Es wird noch schlimmer werden, fürchte ich, wenn ich Ihnen unsere Mission offenbare. Machen wir es kurz und schmerzlos: Hohiro Kurita, der Erbe des Drachenthrons, wurde von einer überlegenen Clan-Einheit hinter den Linien eingeschlossen. Nach letzten Meldungen — sprich einem Zustandsbericht, der vor drei Wochen eintraf — ist er am Leben und mit seiner Einheit im Untergrund. Ihre Fähigkeit, den Kampf fortzuführen, muß angezweifelt werden, und ihre Daten über die Kräfte, gegen die wir antreten müssen, werden bestenfalls lükkenhaft zu nennen sein. Das Kombinat kann die notwendigen Truppen für eine Rettungsaktion nicht erübrigen. Um genau zu sein, Hohiro Kurita wird Teniente nie verlassen, sofern wir keine Erlaubnis für diese Operation erhalten. Die Mission, für die wir trainiert haben, besteht darin, auf Teniente zu landen, Hohiros Truppen zu evakuieren und zu fliehen.«

Shin las Überraschung auf den Mienen der meisten Offiziere und offenen Widerwillen auf den übrigen. Er schloß, daß die von dieser Nachricht am tiefsten schokkierten Offiziere Veteranen mehr als einer Schlacht gegen das Draconis-Kombinat waren. *Sie halten an den alten Zeiten fest und sehen uns noch immer als den gefährlicheren Gegner.*

Victor beugte sich vor und stützte sich auf die Fäuste. »Ja, Sie haben richtig gehört, wir planen, einen zukünftigen Herrscher der Schlangen zu retten. Es ist mir gleichgültig, ob Ihnen dieser Aspekt der Mission gefällt — das ist unwichtig und ohne Bedeutung. Worum es mir geht, ist Ihr Vertrauen in meine Fähigkeit, diese Mission zu leiten. Ohne das wäre jede Mission — Rettungsversuch oder nicht — sinnlos.« Der Prinz richtete sich auf und verschränkte defensiv die Arme vor der Brust. »Ich werde Sie allein lassen, damit Sie ungestört diskutieren können. Reden Sie frei von der Leber weg. Ich will nicht wissen, wer was gesagt hat. Wenn Sie entschieden haben, ob Sie glauben, daß ich in einer heißen LZ ebenso effektiv kommandieren kann wie hier, oder nicht, wird Galen es mich wissen lassen.«

Victor drehte sich um und verließ das Zimmer. Shin wollte ihm folgen, aber Galen stand auf, trat an den Kopf des Tisches und hielt den Yakuza auf. »Ich würde es vorziehen, wenn Sie bleiben, Sho-sa. Ihre Mitarbeit ist ebenso wichtig und wertvoll wie die jedes anderen hier.« Der blonde MechKrieger blickte seine Mitoffiziere an. »Keine Scheu, Leute.«

Ein weiblicher Lieutenant lehnte sich zurück. »Ohne dem Drac zu nahe treten zu wollen, Hauptmann, aber ich sehe nicht, welchen Sinn eine Rettungsaktion im Kurita-Raum haben sollte. Die Nachschublinien sind zu lang, und wir haben keine Hoffnung auf logistische Unterstützung, wenn es schiefläuft. Ich finde, diese Mission ist Irrsinn.«

Galen schüttelte den Kopf. »Falsche Antwort, Livinsky. Sie sollen nicht über die Machbarkeit der Mission urteilen, sondern über Victors Fähigkeit, sie zu leiten.«

»Ein guter Kommandeur hätte all das berücksichtigt, Galen«, feuerte sie zurück. »Ein guter Kommandeur hätte einen derart närrischen Plan nie ausgeheckt.«

Als einige andere Offiziere ihre Zustimmung ausdrückten, beugte Shin sich vor und ergriff das Wort.

»Verzeihung, aber diese Punkte sind beachtet worden. Meine Vorgesetzten haben sich bereit erklärt, die Truppe zu transportieren und mit Munition zu versorgen. Und wir arbeiten daran, welche Rettungseinheiten wir aufbieten können, um die Retter zu befreien, sollte dies notwendig werden.«

»Alte Dracs in noch älteren Mechs«, spottete einer der Offiziere.

»Carson, ich möchte Sie daran erinnern, daß es alte Krieger in alten Mechs waren, die Nebelparder und Novakatzen auf Luthien von Imperial City ferngehalten haben.« Galen wandte sich wieder an Livinsky. »Also, Lieutenant, Sie haben Ihre Unterstützung. Was ist mit Victors Fähigkeiten?«

Ein dunkelhaariger Offizier am anderen Ende des Tisches streckte sich und gab zu erkennen, daß er das Wort ergreifen wollte. »Ich will nicht respektlos erscheinen, Galen, aber der Prinz hat es selbst gesagt: Er hat schon zwei Einheiten verloren. Ich bin auf Alyina durch die Hölle gegangen, und es macht mir nichts aus, Ihnen zu sagen, daß ich nicht versessen darauf bin, unter einem Kommandeur mit einem Napoleonkomplex zu dienen.«

Shin runzelte die Stirn. »Napoleonkomplex?«

Der Offizier nickte. »Ihr Dracs nennt es wahrscheinlich anders, aber es läuft auf folgendes hinaus: Victor versucht angestrengt zu beweisen, daß es kein Nachteil ist, klein zu sein.«

Shin hob zweifelnd eine Braue. »Ich muß sagen, ich finde die Vorstellung amüsant, die körperliche Größe als Faktor von irgendwelcher Bedeutung bei der Beurteilung anzusehen, was für ein Mechpilot oder Kommandeur ein Mann sein kann.«

Der Mann winkte ab. »Bei Victor geht die Sache tiefer, Sho-sa. Er versucht sich als seinem Vater und Morgan Hasek-Davion ebenbürtig zu erweisen. Das ist eine harte Aufgabe, und er ist ihr nicht gewachsen.«

»Sie sind ja bescheuert, Murphy!« Ein junger Leutenant sprang auf. »Wenn Sie glauben, Victor hätte Probleme, sind Sie verrückt.«

»Was wissen denn Sie, Hudson?« Die Verachtung in Murphys Stimme geißelte den jungen Mann. »Sie sind vielleicht ein großes As bei den Skye Rangers, aber Sie haben keine Ahnung, worüber Sie reden. Teufel, Sie haben diesen Krieg bis jetzt nur von der Reservebank aus gesehen, warten Sie mal, bis Sie *Ihre* Freunde abkratzen sehen.«

Noch bevor Dan Hudson etwas erwidern konnte, mischte sich Galen ein. »Ich habe nicht auf der Reservebank gesessen, Murphy, und ich habe von diesem Krieg verdammt mehr gesehen als Sie.« Galen stieß sich den Daumen gegen die Brust. »Ich mußte Victor k.o. schlagen, um seinen Arsch von Trellwan zu holen. Er wollte nicht weg, obwohl wir beide wußten, daß der Planet verloren war. Bis zu der Sekunde, in der ich ihn niedergeschlagen habe, hat er nachgedacht, geplant und versucht, einen Weg zu finden, den Clans beizukommen. Selbst danach noch, den ganzen Weg bis zum Sprungschiff, das uns wegbrachte, hat er sämtliche Telemetriedaten studiert, die von Trellwan gekommen sind. Er hat dieses Zeug so studiert, daß er Namen, Alter und Dienstnummer jedes einzelnen Mannes und jeder einzelnen Frau kannte, die unter seinem Befehl gestorben sind.«

»Klasse, Galen, jetzt kann ich beruhigt und in der Gewißheit sterben, daß man sich an mich erinnert.« Murphy schlug mit der Faust auf den Tisch. »Ich ziehe es vor, zu leben und vergessen zu werden.«

»Sie haben wirklich keinen Schimmer, Murphy, hab ich recht?« Galen schüttelte den Kopf. »Sicher, auf Twycross hat Kai uns den Arsch gerettet, aber wir wissen doch alle, wie die Schlacht verlaufen ist, oder? Erinnern Sie sich daran, wie wir unsere Einheiten gedreht haben, damit die Clans sich auch drehen mußten und ihre Verstärkung sich durch die eigenen Leute hätte schlagen müssen, um uns zu erreichen? Und falls Sie geruhen, sich zu erinnern: Victor hat gekämpft, bis sein Mech die gesamte Munition verschossen hatte, und danach noch weiter. Er war einer der Letzten, die das Schlachtfeld verließen, und soweit ich mich erinnere, waren Sie schon vorher verschwunden.«

Livinsky ergriff das Wort. »Wir reden hier nicht über Murphys Stärken und Schwächen, Galen. Wir sprechen über Victor, erinnern Sie sich? Mag sein, daß Sie und diese Ranger-Ratte hinter ihm stehen, aber Murphys Einwand ist nicht widerlegt. Wie können wir das Kommando einem Mann anvertrauen, der uns wahrscheinlich alle umbringt, nur um den Legenden um seinen Vater gerecht zu werden?«

Hudson warf Galen einen hoffnungslosen Blick zu, und Galen rieb sich die Stirn. »Sie begreifen es auch nicht, was?«

»Was denn?« fragte Murphy.

»Sie glauben, Victor will den Standard erreichen, den sein Vater gesetzt hat, richtig? Sie glauben, er will der Fuchs werden, ja?«

»Ziel erfaßt und Feuer, Galen.«

»Idioten.« Galens Stimme wurde zu einem verächtlichen Flüstern. »Victor ist heute schon viel weiter als sein Vater in seinem Alter. Irgendwann wird man sich an den Fuchs nur noch als seinen Vorgänger erinnern.«

Murphy schnaufte laut auf. »Das ist Hochverrat, Galen.«

»Galen spricht die Wahrheit.«

Alle sahen Shin an. »Bei allem Respekt für Hanse Davion — die Bedrohung, der Sie durch die Konföderation Capella und unser Draconis-Kombinat ausgesetzt waren, halten keinem Vergleich mit den Clans stand. Als Hanse Davion gegen unsere Truppen antrat, kämpfte er gegen einen Gegner mit ähnlicher Technologie und Krieger mit vergleichbaren Fähigkeiten. Ja, Davion war ein Genie und hat Dinge erreicht, die kein anderer Fürst der Nachfolgerstaaten erreicht hat, aber diese Leistungen sind nichts gegen die Schlachten unserer Tage.« Shins dunkle Augen glitzerten. »Im Vierten Nachfolgekrieg hat Hanse Davion den capellanischen Planeten Tikonov mit den acht Regimentskampfgruppen der Crucis-Lanciers angegriffen. Das war der größte Mechkampf in der Inneren Sphäre, seit Aleksandr Kerensky Terra überfiel, um den Usurpator zu töten. Die Militärexperten seiner Tage glaubten nicht daran, daß Davion eine derartige Offensive zustande bringen könnte, aber er hat es getan. Und er hatte Erfolg. Aber dieser Sieg war nichts gegen die Schlacht um Luthien. Ich war dabei. Wir hatten sechzehn Eliteregimenter, einschließlich Wolfs Dragonern und den Kell Hounds. Wir hatten weit über dreizehnhundert BattleMechs gegen die achthundert aufgeboten, die uns die Clans entgegengeworfen haben. Selbst mit der fortschrittlichen Mechtechnologie der Söldner und den Mechabwehrflugzeugen haben die Clans es beinahe geschafft, Luthien zu erobern. Niemand in der Inneren Sphäre hat je gewagt, davon zu träumen, was die Clans beinahe an einem einzigen Tag erreicht hätten.«

Galen gab ihm recht. »Die Zeiten haben sich geändert. Victor weiß, wie man die Clans bekämpft, und er hat den größten Teil seiner wachen Stunden damit verbracht, euch Clowns zu trainieren, Geheimdienstberichte aus unseren Quellen und von den Dracs zu studieren und diesen Angriff zu planen. Es hat niemals einen militärischen Führer gegeben, der seine Gegner so genau kannte.«

Ein anderer Offizier, ein älterer, grauhaariger Mann, rieb sich das Kinn. »Was willst du uns sagen, Galen?«

»Was ich euch sagen will, Charlie, ist folgendes: Victor ist nicht Hanse Davion, und er ist auch nicht Jaime Wolf. Er ist der schlimmste Alptraum, den die Clans je hatten. Wenn wir hinter ihm stehen, werden wir in Teniente einmarschieren und mit Hohiro Kurita wieder abziehen, und es werden nur qualmende Jaguare zurückbleiben.« Galen zeigte auf Murphy. »Und bevor Sie noch einmal davon anfangen, daß Victor seinen Vater imitieren will, überlegen Sie sich mal folgendes: Wäre Hanse Davion auch nur auf die Idee gekommen, diese Abstimmung zu verlangen, oder hätte er uns einfach nur befohlen, uns in Marsch zu setzen? Gesteht Victor zu, daß er um euer Vertrauen bittet, statt es als Geburtsrecht anzusehen.«

Shin sah einen nervösen Victor Steiner-Davion von seinem Schreibtisch aufblicken, als er mit Galen das Büro betrat. »Galen, Shin, wie lautet das Urteil.«

Galen setzte ein breites Grinsen auf, und Shin tat es ihm gleich. »Die Untoten folgen Ihnen, Boß. Jetzt liegt es an Ihnen, die Erlaubnis auszuhandeln.«

Erleichterung stand in Victors Gesicht. »Ich mach mich gleich daran.«

»Gut, aber wenn die Antwort ›nein‹ heißt, machen Sie sich keine Sorgen.«

»Wie bitte?«

Galen zwinkerte ihm zu. »Die Untoten haben beschlossen, Ihnen nach Teniente zu folgen, selbst wenn dazu die ganze Einheit zwei Wochen Urlaub nehmen muß.«

21

Alyina
Trellshire, Jadefalken-Besatzungszone

21. März 3052

Kai fühlte, wie sein Mund austrocknete, als er die Hand in den deutlich abgezeichneten Fußabdruck legte. Die Vertiefung reichte volle zwei Zentimeter in den etwas lehmigen Boden. »Wer immer das verursacht hat, war *groß*.«

»Und die Spur ist frisch.« Deirdre kniete neben ihm und zeichnete den Fußabdruck mit dem Finger nach. »Was meinen Sie?«

»Unser Verdacht, daß man uns verfolgt, bestätigt sich.« Kai wischte sich an den schmutzigen Beinen des Overalls die Finger ab. »Jemand von dieser Größe muß ein Elementar sein.«

»Dann haben wir Glück, daß er diese Spur hinterlassen hat, es sei denn ...«

»... er hat sie absichtlich hinterlassen.« Kai deutete in den Wald. »Wir sollten zum Lager zurückkehren und unsere Ausrüstung packen. Dieses Gebiet mag für eine gewisse Zeit sicher gewesen sein, aber die ist offensichtlich vorbei.«

Deirdre nickte und marschierte ins Unterholz. Selbst im Halbdunkel der letzten Nachtstunden fand sie ohne Probleme den Weg durch die Farne und Büsche des Waldes. Wie ein Schatten huschte sie zwischen zwei Birken hindurch und war verschwunden.

Kai bewunderte, wie gut sich Deirdre dem Leben in der Wildnis angepaßt hatte. Wie er erfahren hatte, war sie in ihrer Jugend auch Pfadfinderin gewesen. Ihr zufolge war es weniger eine Frage zu lernen, was sie tun durfte und was nicht, als sich daran zu erinnern, was sie auf den Pfadfindertreffen gelernt hatte. Während Kai sich als Pfadfinder auf Bereiche wie Elektronik und Sport konzentriert hatte, war sie im Zeltlager gewesen und hatte Pflanzen studiert, was in Verbindung mit ihrer medizinischen Ausbildung das Leben fern der Zivilisation sehr viel leichter machte.

Als er zwischen den Bäumen hervortrat, sah er sie knapp unterhalb des Hügelkamms kauern, der sie von ihrem Lager trennte. Sie blickte sich zu ihm um und winkte ihn vor. Dann stand sie auf und lief los. Ihr Kopf verschwand, als sie auf der anderen Seite des Kammes hinablief. Kai hastete zu ihrer alten Position und sah hinunter auf das Lager.

Sie hatten es in der Lichtung eines zweiten Birkenhains aufgeschlagen. Deirdre hatte den Platz für eine gute Hochsitzposition gehalten, und Kai hatte schon von Rehbraten geträumt, aber seit einer Woche hatten sie nichts größeres als ein Kaninchen gesehen. Birken und Unterholz waren dicht genug, um das Lager zu verbergen, und die Baumwipfel zerrissen sogar den Rauch des kleinen Lagerfeuers, mit dem sie sich nachts warmhielten.

Kai schüttelte traurig den Kopf. Viele seiner Freunde hätten diese Umgebung, insbesondere in Verbindung mit der hübschen Doktorin, als romantisch und einen wahr gewordenen Wunschtraum bezeichnet. Aber Deirdre blieb zurückhaltend, auch wenn ihre Beziehung inzwischen durchaus freundlich war und sie beide unter demselben Petrochem-Verschlag schliefen. Kai war sich ziemlich sicher, daß das nichts mit den Kopfgeldjägern zu tun hatte, und so war er wieder einmal gezwungen, sich über ihre Jugend und die Kriegserlebnisse seines Vaters den Kopf zu zerbrechen.

Als er zum Lager hinabging, zog Kai das Automatikgewehr von der Schulter und nahm den Pistolengriff in die Hand. Er arbeitete sich nach links, um Deirdre im Blickwinkel zu halten und trotzdem eine andere Perspektive zum Lager zu bekommen. Er rutschte auf abgefallenem Laub den Hang hinab und kam hinter einer dicken Föhre zum Stehen. Er wickelte die Trageschlaufe des Gewehrs um den linken Unterarm, um die Waffe zu stabilisieren.

Deirdre kauerte am Rand des Birkenhains und wartete. Als die Sonne über den Hügelkamm stieg, schien das Licht die Farbe des Laubs zu intensivieren und langsam einen Vorhang über dem Lagerplatz aufzuziehen. Deirdre sammelte ein paar Holzstücke, stand auf und ging ins Lager.

Es gab kein Anzeichen für die dort lauernde Falle. Als sie sich dem Kreis rußgeschwärzter Steine vor dem Verschlag näherte, sackte ihr rechtes Bein bis zum Knie ein. Das Holz flog davon, als sie mit beiden Händen in der Luft ruderte. Kai sah, wie sich ihre Schultern anspannten, als sie das Bein zu befreien versuchte, dann zuckte ihr Körper plötzlich zusammen, und ihre Schultermuskeln entspannten sich.

»Beruhigen Sie sich, Lear«, befahl eine rauhe Stimme hinter der schwarzen Plane des Verschlags. »Sie können ruhig auch kommen, Jewell. Sie sitzt fest, und wenn Sie sich nicht ergeben, bringe ich sie um.«

»Bleib weg, lauf!« Deirdre drehte sich in Kais Richtung. »Komm nicht ins Lager. Lauf weg.«

»Bewundernswert, Lear, aber dumm.« Kai sah den roten Punkt eines Laser-Zielfernrohrs über den Sand wandern und ihren rechten Oberschenkel entlang klettern. »Ihr Leben liegt in Ihrer Hand, Jewell. Kommen Sie her, und ich lasse sie leben.«

Kai stand langsam auf und ging ins Lager. »Hier bin ich.«

»Sehr gut. Entfernen Sie das Magazin aus dem Automatikgewehr, leeren Sie die Kammer und werfen Sie es fort. Anschließend tun Sie bitte dasselbe mit Ihrer Pistole.«

Kai gehorchte, machte aber bewußt keinerlei Anstrengungen, sich des Fahrtenmessers in seinem rechten Stiefel zu entledigen. »Das war's. Sie können jetzt rauskommen.«

Kai verschluckte sich fast, als sich der Elementar zeigte. Er ließ sich zehn Meter senkrecht aus einer der Birken fallen und landete auf beiden Beinen, die den Aufprall federnd abfingen. Er trug das lange schwarze Haar nach hinten gebürstet, und schwarze Schmiere um seine Augen ließ sie eingesunken erscheinen. Seine schwarze Montur lag wie eine zweite Haut über dem Körper und bedeckte ihn vom Hals bis zum Schritt. Ohne Ärmel oder Beine erinnerte sie Kai an die Ringkampftrikots der Militärakademie New Avalon.

Er ist noch größer, als ich mir das nach dem Fußabdruck vorgestellt hatte! Der Clanner ragte anderthalb Köpfe über Kai auf und wog mindestens das Doppelte des MechKriegers. Sein Bizeps war dicker als Kais Oberschenkel, und auf seinem Brustkorb hätte ein Landungsschiff aufsetzen können. *Vielleicht wäre es besser gewesen, wenn Truper mich erschossen hätte.*

Der Elementar neigte grüßend den Kopf. »Sie sind also die Laus in ComStars Pelz, die den ganzen Aufruhr ausgelöst hat. Wie amüsant. Unser Sterncaptain hat uns vor Ihnen gewarnt, aber nachdem ich Sie mehrere Tage beobachtet hatte, bin ich zu dem Schluß gekommen, daß es eher Ihr Glück war als besondere Fähigkeiten, die Ihnen ermöglicht haben, ComStar zu entkommen. Ich hätte meine Augen wegbieten können und Sie trotzdem gefunden.«

Er hob ein kleines schwarzes Kästchen hoch. »Sie haben sich sogar vormachen lassen, ich hätte ein Gewehr mit diesem Laservisier. Wir wußten, daß Sie sich wahrscheinlich in diesem Sektor aufhalten, deshalb mußte ich hart bieten, um ihn zu bekommen. Jemand anders in meiner Einheit hat eine einzelne Kugel geboten, aber ich habe sie geschlagen, indem ich auf ein Laservisier und ein Messer herabging.« Er holte einen gefährlich aussehenden silbernen Dolch hinter dem Rücken hervor. »Ich habe damit ein Loch gegraben, ein paar Pflöcke angespitzt, und schon habe ich Sie. Es war kaum der Mühe wert.«

Kai versuchte unbeeindruckt zu wirken, aber seine Gedanken waren in Aufruhr. Er warf einen Blick auf die Waffen, die er fortgeworfen hatte, und versetzte sich in Gedanken einen Tritt. *Wenn er weitergeredet hätte, hätte ich ...* Deirdre blickte mit um Entschuldigung heischender Miene zu ihm herüber, aber er schüttelte den Kopf. »Es war mein Fehler. Es tut mir leid, daß ich versagt habe. Ich ...«

»Jewell, Sie sind das traurigste Exemplar eines Kriegers, das ich auf dieser Welt gesehen habe.« Die Verachtung in der Stimme des Elementars verletzte Kai. »Taman Malthus dachte, Sie könnten ein Leibeigener des Clans werden, aber ich denke, ich rufe nur die Com Guards, damit die Sie in ihr Umerziehungslager bringen. Sie sind ein perfektes Beispiel dafür, wie ein Krieger nicht sein sollte.«

Kai kochte vor Wut. »Ach ja, und ein Soldat, der die Befehle seines Vorgesetzten mißachtet, ist besser?« Er war sich klar, daß seine Antwort dumm war, aber zweieinhalb Monate auf der Flucht hatten seiner Geduld arg zugesetzt. »So armselig unsere Krieger Ihnen auch erscheinen mögen, zumindest lernen sie zu gehorchen!«

Die Schweineaugen des Elementars weiteten sich, als Kais Angriff sein Ziel traf. »Unser Sterncaptain mag einen Blutnamen erworben haben, aber er ist beschmutzt. Niemand wollte um ihn kämpfen, nachdem sein letzter Träger ihm auf Twycross Schande gemacht hat. Tamans Mangel an Urteilsvermögen, den er schon damit bewies, einen Blutnamen so schlechter Herkunft zu erwerben, stellt er bei Ihnen erneut unter Beweis. Wären Sie so gefährlich, wie er glaubt, würde Ihre Gefangennahme meine Nominierung für den nächsten Blutnamenwettbewerb von Haus Konrad garantieren. So bieten Sie mir höchstens Stoff für einen Witz.«

Er hat recht, Kai, du bist ein Witz. Die Stimme aus den dunklen Tiefen seiner Seele wollte ihn tiefer in die Verzweiflung stürzen. *Er ist größer als du und weit gefährlicher. Er ist ein echter Krieger. Ergib dich. Er kann Deirdre beschützen, also überlaß sie ihm.*

Kais Müdigkeit nach Wochen der Flucht wollte sich mit seinen Selbstzweifeln verbünden, aber irgend etwas in seinem Innern bäumte sich dagegen auf. *Nein, zur Hölle, ich habe zu lange überlebt, um als Witzfigur abgetan zu werden.* Er holte das Messer aus der Stiefelscheide. »Sie wollen etwas zu lachen? Vielleicht sind Sie kitzlig. Wir können es feststellen.«

»Oh, die kleine Nacktschnecke hat Zähne?« Der Elementar lachte bellend auf. »Ja, das hat wirklich etwas Belustigendes. Jetzt stecken Sie das Messer weg, bevor ich Ihnen weh tun muß.«

»Tu es, tu es«, rief Deirdre. »Es ist vorbei. Mach keine Dummheit.«

Dumm. Feige. Du beschämst sie, du beschämst deine Familie und deine Nation. Kai fühlte Furcht in sich aufsteigen und ihm den Atem nehmen. Er nahm das Messer in die Linke, dann trocknete er die schweißfeuchte Hand an seinem Hosenbein. *Es stimmt. Er wird mich umbringen.*

»Du willst immer noch?« Der Elementar zeigte sich überrascht. »Vielleicht war diese Expedition doch nicht vergebens.«

»Nein!« Deirdre versuchte ihr Bein zu befreien, aber sie schrie vor Schmerzen auf und ließ es sein. »Kämpf nicht gegen ihn. Ergib dich. Bleib am Leben.«

Kai setzte eine tapfere Miene auf, um seine wahren Gefühle zu verbergen. »Ich glaube kaum, daß Demi-Präzentor Khalsa viel daran gelegen ist, mich am Leben zu erhalten, Deirdre. Vergessen Sie nicht, daß ich zwei Wachtposten getötet, sein Büro verwüstet und Sie gekidnapt habe.« Er sah zu dem Elementar hoch. »Sobald wir mit dem Bieten fertig sind, bin ich bereit.«

»Bieten?« Der Jadefalke nickte nachdenklich und warf

das Laservisier beiseite. »Ich bin Corbin. Ich werde Ihnen den Tod eines Kriegers gestatten.«

»Das beruhigt mich außerordentlich, aber eigentlich geht es mir um etwas anderes«, stellte Kai fest und nahm das Messer wieder in die Rechte. »Sie sind erheblich größer als ich, daher verlange ich ein Zugeständnis. Wenn ich Sie verletzen kann, lassen Sie Doktor Lear frei.«

Corbins fragende Miene schmolz zu einem breiten Grinsen. »Gut gehandelt und akzeptiert.«

»Tu das nicht! Nicht für mich!« schrie Deirdre.

Der Elementar salutierte. »Um Ihnen Ehre zu erweisen, werde ich sie zur Leibeigenen machen, wenn Sie fallen.«

»Und ich werde alles tun, was in meiner Macht steht, damit Sie sich diese Mühe ersparen können.« Sein alles in allem doch eher erbärmlicher Täuschungsversuch hatte funktioniert. Das erinnerte Kai an einen anderen Kampf gegen die Clans. Alder Malthus, der Kommandeur der Jadefalken-Einheit auf dem Weg durch den Großen Spalt auf Twycross, war einer ähnlichen Täuschung zum Opfer gefallen. *Erstaunlich, wie sich die Geschichte wiederholen kann. Wieder stehe ich einer überlegenen Clan-Einheit gegenüber, und wieder hängt das Schicksal Dr. Lears von meinem Erfolg ab.*

Die beiden Männer umkreisten sich langsam. Kai beobachtete Corbin, und Furcht vor der panthergleichen Eleganz seiner Bewegungen stieg in ihm hoch. Der Jadefalke bewegte sich auf den Fersen und schwenkte die linke Hand ständig hin und her, so daß die Dolchklinge in seiner Rechten immer wieder verdeckt wurde. Seine Schritte fraßen mehr Boden als die Kais, und der Kreis wurde immer kleiner. *Wie eine Schlinge, die sich zusammenzieht ...*

Kai nahm, ohne es zu bemerken, Kampfhaltung ein und das Messer in die Linke. Er konzentrierte sich darauf, Corbin als Ganzes zu sehen, statt sich mit einzelnen Körperpartien aufzuhalten. Er zwang sich, ruhiger zu atmen. Er machte sich weniger Sorgen darum, ein Loch in der Deckung seines Gegners zu finden, durch das er das Messer stoßen konnte, als nach Zeichen für einen bevorstehenden Angriff Corbins zu suchen.

Er durfte sich keine Panik erlauben. *Was sind meine Ziele in diesem Kampf.* Er trat einen halben Schritt zurück. *Ich muß ihn verletzen, ich muß!*

Corbin kam vor und schlug mit dem Dolch von links nach rechts quer über Kais Taille. Der MechKrieger sprang zurück, dann stieß er zögernd nach dem Arm des Elementars. Der Gegenangriff ging weit vorbei, und der Jadefalke löste sich, um zu lachen. »War *das* ein Angriff? Dann muß sie wahrscheinlich dein Essen kleinschneiden, damit du nicht verhungerst.«

Kai wurde puterrot. *Ihn verletzen? Das einzige Blut, das heute vergossen wird, ist meines.*

Corbin kauerte sich in einer unorthodoxen Verteidigungshaltung nieder. Sein rechter Arm mit dem Dolch war wie der Schwanz eines Skorpions über die Schulter gelegt und halbwegs aus dem Gefecht. Der Elementar deckte mit dem linken Arm den Körper und hockte tief genug, um mit einem Sprung eine ansehnliche Distanz zurückzulegen.

Er drehte die linke Hand um und winkte Kai mit den Fingern zu. »Komm, ich erlaube dir einen freien Stoß.«

Er verspottet mich! Kai knurrte und sprang vor. Er deutete einen Dolchstoß gegen die Hand seines Gegners an, dann trat er mit dem rechten Fuß gegen den dicken linken Oberschenkel des Jadefalken. Damit konnte er Corbin jedoch nicht aufhalten. Er drehte sich auf diesem Bein, holte mit dem linken Arm weit aus, um den Scheinangriff zu parieren, und stieß den Dolch nach vorne, um Kai aufzuspießen.

Instinktiv warf Kai das Messer in die Rechte und packte mit der Linken Corbins rechtes Handgelenk. Er pflanzte den linken Fuß auf und drehte seinen Körper an den des Elementars heran. Indem er den Schwung seines Gegners gegen diesen ausnutzte, trieb er seine linke Hüfte in Corbins Bauch und zog an dessen Arm, als er einknickte. Der Elementar flog über Kais Rücken und schlug hart auf.

Der MechKrieger drehte den Arm des Elementars um, aber bevor er den Ellbogen über seinem Knie brechen konnte, hatte Corbin sich bereits befreit. Kai schlug mit dem Messer aus, aber mit seiner Rechten fiel der Angriff eher schwach aus. Kai fühlte, daß er getroffen hatte, aber es schien den Clanner nicht zu beeindrucken.

Corbin lachte auf, während er wieder hochkam, aber als er mit der Linken seinen Rücken untersuchte, hatte er Blut an den Fingern. Seine braunen Augen funkelten. »Sie sind beinahe kompetent, Jewell. Ich hätte mit einem solchen Schnitt Ihre Nieren zerfetzt und Ihr Rückgrat gebrochen. Aber gut. Sie haben mich verletzt und die Freiheit Ihrer Frau Doktor gewonnen. Jetzt bin ich an der Reihe.«

Schneller als Kai je ein menschliches Wesen sich hatte bewegen sehen, griff Corbin an. In einer Wiederholung von Kais Attacke warf der Elementar den Dolch in die Linke und zog durch. Kai versuchte zurückzuspringen, aber er spürte augenblicklich, daß es ihm nicht gelungen war. Der heiße Schmerz, als Corbins Dolch seinen rechten Oberschenkel zerschnitt, war ein Schock.

Halb erwartete Kai, der Clansmann würde sich zurückziehen und seine Leistung bewundern, aber Corbin setzte sofort nach. Kai tanzte vorsichtig auf dem verletzten Bein nach hinten und konnte dem Angriff knapp ausweichen. Er schlug mit der Rechten zurück, aber der Schlag prallte an Corbins Schädel ab.

Corbin blieb ihm nichts schuldig und versetzte ihm einen kurzen rechten Schwinger gegen die Brust. Seine Faust prallte wie ein Dampfhammer auf Kais eben erst verheilte Rippen. Grausame Schmerzen explodierten in

Kais Brust, und er krümmte sich, um seine Rippen zu schützen.

Ein mit offener Hand ausgeführter Schlag an den Kopf riß ihn von den Füßen und schleuderte ihn durch die Luft. Er landete in den Trümmern des Verschlages, den er und Deirdre gebaut hatten. Die Petrochem-Plane hielt ihn fest, und er mußte kämpfen, um sich zu befreien. Gerade als ihm klarwurde, daß er sein Messer verloren hatte, hob ihn ein gestiefelter Fuß mit einem Tritt in den Magen vom Boden. Er prallte gegen einen Baum, stürzte zu Boden und krallte sich nach Atem ringend, in Wurzeln und Föhrennadeln.

Außer Atem und mit brennender Brust bereitete Kai sich auf den nächsten Angriff und seinen Tod vor. Er versuchte aufzustehen, aber er schaffte es nicht. *Ich bin am Ende.*

Corbins Schatten fiel über sein Gesicht. »Ich hatte unrecht. Sie sind kein Krieger. Kein Krieger würde einfach nur daliegen.« Die Stimme des Elementars troff vor Hohn. »Ich werde Sie töten und in einem namenlosen Grab verscharren, damit keiner Ihrer Verwandten durch Ihr Versagen beschämt wird.«

Corbins Worte fanden Widerhall in der dunklen Stimme, die Kais Gedanken seit seiner Kindheit begleitete. *Du warst schon immer ein Versager, Kai Allard-Liao. Sie werden deinen Namen von der Liste der Liaos tilgen, und niemand wird deinen verfluchten Namen je wieder in den Mund nehmen.*

Kai hustete. Er fühlte die Rippen krachen. »Egal. Ich habe Sie besiegt.«

»Was haben Sie?«

Kai keuchte eine Sekunde lang, dann hob er sich auf die Ellbogen. »Ich habe Sie verletzt. Sie müssen sie gehen lassen. Ich habe gewonnen.«

Corbins hämisches Gelächter hallte über die Lichtung. »Ach, das! Ich habe nur zugestimmt, weil ich mir dachte, daß Sie dann etwas besser kämpfen. Ich habe nie vorgehabt, unsere Übereinkunft zu ehren, weil ich mich nur von Übereinkünften zwischen Kriegern gebunden fühle.« Corbin hockte sich vor ihn, die Hände auf den Knien. Er senkte sein Gesicht bis unmittelbar vor das Kais. »Keine Freigeburt kann je Krieger genug sein, um mit mir zu verhandeln.«

Als der Clanner sich wieder aufrichtete, schlug Kai zu. Mit den steifen Fingern der rechten Hand stieß er hart in die Kehle des Elementars. Der Riese schrie auf und fiel zurück, die Hände auf den Adamsapfel gepreßt. Kai strampelte sich frei und kam schwankend auf die Beine. Als er seinen Gegner am Boden liegen sah, trat er ihm zwischen die Beine, drehte sich um und humpelte zu den Ruinen des Verschlags, um nach seinem Messer zu suchen.

»Kai, Vorsicht!«

Als er Deirdres Warnung hörte, warf sich Kai nach vorne zu Boden und rollte nach rechts. Er sah Corbin über sich vorbeifliegen und hörte, wie er mit einem lauten Krachen gegen eine der Birken prallte, die den Verschlag gehalten hatten. Corbin sank zu Boden, aber er hielt den Baum umklammert und landete auf den Knien.

Kai packte die Hälfte der Querstrebe des Verschlags und hebelte sich hoch. Während Corbin den Kopf schüttelte, um wieder zu sich zu kommen, humpelte Kai zu ihm hinüber und schwang das Holz wie eine Keule. Es zerbrach auf dem breiten Rücken des Elementars, trieb ihn aber erneut mit dem Gesicht voran gegen den Baumstamm. Als er abprallte, fiel Corbin in eine sitzende Position zurück, und Kai sah Blut auf der weißen Baumrinde glänzen.

Der MechKrieger versetzte Corbins Kopf einen Schlag um den anderen. Alle trafen ihr Ziel voll und rissen Corbins Kopf herum, aber der Mann weigerte sich, zu Boden zu gehen. Kais Fäuste waren naß vom Blut seines Gegners. »Fall um, verdammt, fall um!«

Corbin grinste ihn aus blutiger Fratze an. »Ist das alles, was du fertig bringst?«

Seine Rechte traf wieder Kais Rippen, aber der Schlag hatte an Wucht verloren. Er war hart und schwer, warf Kai zurück und ließ ihn schmerzlich aufstöhnen, aber er warf den MechKrieger nicht um. Kai biß die Zähne zusammen und sprang nach vorne, als Corbin wieder auf die Füße kam. Er traf den Elementar mit einem Flugtritt im Gesicht.

Corbin flog nach hinten. Er knallte mit derselben Schulter auf den Boden, mit der er gegen den Baum gekracht war, und ein häßliches Knirschen kündete von einem Knochenbruch. Trotzdem stemmte der Clanner sich mit dem linken Arm hoch und zog ein Knie unter den Körper. Als er sich umdrehte, hing sein rechter Arm kraftlos herab. Er knurrte: »Vielleicht steckt ja doch noch was in dir.«

Corbin stürmte vor, die linke Hand ausgestreckt und in mörderischer Absicht zuckend. Er packte Kais Schulter und begann sie zu zerquetschen, noch während Kai zurückwich. Der packte das glänzende Material von Corbins Anzug, ließ sich auf den Rücken fallen und stieß das linke Bein in den Bauch des Elementars. Als er seinen Gegner genau über sich hatte, stieß Kai ihn fort und wirbelte ihn durch die Luft.

Corbin schlug auf der kalten Feuerstelle in der Mitte des Lagers auf. Eine Wolke aus grauer Asche erhob sich und bedeckte den Mann, der halb im Steinkreis lag. Kai rollte sich auf Hände und Beine und kroch zu dem stöhnenden Elementar hinüber. Er war sich nur halbwegs bewußt, daß der Kopf des Clanners in einem seltsamen Winkel zu den Schultern hing.

Er kniete neben Corbins Kopf und hob mit beiden Händen einen rußgeschwärzten Steinbrocken. »In einem namenlosen Grab verscharren wolltest du mich, ja? Nicht in diesem Leben.«

»Nein, Kai, nicht!«

Er sah hoch und begegnete Deirdres entsetztem Blick. »Er muß sterben«, keuchte er.

»Kai«, flüsterte sie, »er ist schon tot.« Sie streckte die Arme nach ihm aus. »Bitte, Kai, du bist nicht wie dein Vater!«

Er blickte vom zerschundenen Gesicht Corbins zu Deirdre und wieder zurück. Der Adrenalinschub, der ihm das Leben gerettet hatte, machte ihn noch etwas benommen. »Mein Vater? Was reden Sie da?«

Sie bedeckte das Gesicht mit den Händen und fiel nach vorne. Kai warf den Stein beiseite und zwang sich hoch. Er fiel wieder auf die Knie und nahm sie in die Arme. »Was ist mit meinem Vater? Erzählen Sie es mir.«

»Dein Vater ist ein Mörder.« Sie vergrub ihr Gesicht an seiner Brust, aber er spürte, daß sie sich zurückgezogen hätte, wenn ihr gefangenes Bein sie nicht daran gehindert hätte. »Er hat bei den Kämpfen auf Solaris meinen Vater umgebracht.«

Kai schüttelte den Kopf. »Er hat nie gegen jemand namens Lear gekämpft.«

»Ich weiß. Mein Vater war Peter Armstrong, der erste Gegner, den er bei den Spielen auf Solaris getötet hat. Dein Vater hat ihn heimtückisch umgebracht. Mein Vater hatte keine Chance.« Ihre Stimme wurde leise. »Ein, zwei Jahre lang, als ich noch ein kleines Mädchen war, galt mein Vater als Märtyrer. Der böse Justin Xiang hatte meinen Vater ermordet, einen loyalen Sohn von Haus Davion. Auch Wolfson und Capet waren meine Helden. Als meine Mutter wieder heiratete, wollte ich meinen Namen nicht ändern, obwohl mein Stiefvater ein guter Mann war — ein Chirurg... Roy Lear. In der Schule hatte ich viele Freunde, und alle mochten mich. Dann stellte sich heraus, daß dein Vater ein Agent war, der geholfen hatte den Krieg zu gewinnen. Die Leute begannen, meinen Vater als wertlosen Renegaten zu bezeichnen. Dieselben Kinder, die vorher nach Geschichten über meinen Vater gefragt hatten, ärgerten mich jetzt.

Sie sagten, er sei so schlimm wie der Usurpator gewesen, wie Stefan Amaris, und sie wären froh, daß Justin Allard ihn umgebracht hatte. Ein paar Eltern behaupteten sogar, ich hätte schlechte Anlagen, und verbaten ihren Kindern, mit mir zu spielen.«

Kai löste sich von ihr, fand sein Messer und begann langsam, ihr Bein auszugraben. »Sind Sie deswegen Ärztin geworden?«

Deirdre hielt den Kopf gesenkt, aber sie blickte ins Nichts. »Nein. Ich wurde Ärztin, weil ich mir so oft vorgestellt hatte, wie ich meinen Vater hätte retten können. Ich trat den Vereinigten Commonwealth-Streitkräften bei, um zu beweisen, daß ich nicht aus einer Verräterfamilie stammte. Ich wollte dem Vereinigten Commonwealth den Schaden ersetzen, den mein Vater angerichtet haben mag. Was auch immer seine Verbrechen gewesen sein mögen, ich glaube nicht, daß er dafür den Tod verdient hatte.«

»Mein Vater ist kein Mörder.« Kai hob etwas Erde aus dem Loch, das er um ihr Bein gegraben hatte, und zog einen nach unten deutenden angespitzten Holzpflock heraus. »Er wollte den Tod Ihres Vaters nicht.«

»Wie können Sie das sagen? Er hat ihn heimtückisch umgebracht. Das Holovid ist überall erhältlich.«

»Ich weiß.« Kai zog einen zweiten Pflock aus der Erde. »Als ich noch klein war, in der Schule, hatte ich einen Streit nach dem Motto: ›Mein Vater ist stärker als deiner.‹ Der andere Junge ist zum Schluß weinend nach Hause gelaufen. Ich hatte ihm erzählt, mein Vater könne seinen umbringen.«

Deirdre schauderte. »Mich haben andere Kinder damit aufgezogen, Justin Allard würde mich auch erledigen.«

Kai setzte sich, und ein Kloß steckte in seiner Kehle, als er sprach. »An dem Tag nahm mein Vater mich mit nach Hause und zeigte mir das Holovid seines Kampfes mit Ihrem Vater. Er schaltete den Ton ab und erzählte mir, was er dabei gedacht hatte, statt zuzuhören, wie der Sprecher den Kampf in großartigen, dramatischen Worten kommentierte. Seine Aufgabe hatte darin bestanden, das Urbild des verräterischen Liao-Kämpfers zu präsentieren, um sein Verlassen der Vereinigten Sonnen zu rechtfertigen und Maximilian Liaos Aufmerksamkeit zu erregen. Schon nach dem ersten Feuerstoß, den er gegen Ihren Vater auslöste, wußte er, daß der Mech Ihres Vaters zu beschädigt war, um den Kampf fortzusetzen. Er wartete und hoffte darauf, daß er aussteigen würde.«

»Er ist nicht ausgestiegen. Er starb im Innern des Greif.«

»Ich weiß. Mein Vater erklärte mir, daß er die Intensität des Trainings unterschätzt hatte, das Philip Capet seinen Schützlingen angedeihen ließ. Er machte mir klar, daß man auf das Töten eines Menschen nicht stolz sein sollte. Er sagte, jemanden zu töten, ist das allerletzte Mittel, wenn nichts anderes hilft.« Kai sah sich zu Corbin um. »Wie in diesem Fall.«

Deirdre streckte die Hand aus und hob sein Kinn. »Er war die Ausnahme. Du hattest eine Wahl: Du hättest dich ergeben können. Statt dessen hast du gekämpft, um mich zu retten.« Ihre blauen Augen blickten in die seinen. »Nach allem, wie ich dich behandelt habe, warum?«

Kai schob ihre Hand fort und grub weiter. »Sie haben mir das Leben gerettet. Ich war Ihnen was schuldig.«

»Nein, Kai, das ist nicht gut genug.« Sie hob einen der Birkenholzpflöcke auf und grub mit. »Ich habe dich während unserer Bekanntschaft mit meinem Haß verfolgt, aber an jenem Morgen auf Skondia fand ich dich sehr attraktiv. Ich dachte, das neue Jahr hätte sehr gut angefangen.«

Kai lachte, dann brachte ihn ein schmerzhaftes Stechen in den Rippen zum Verstummen. »Das Gefühl hatte ich auch.«

Deirdre schluckte. »Als uns General Redburn dann vorstellte, schien es mir, als hätte ich mich und meinen Vater verraten. Danach habe ich ausgeschlagen und versucht, dich zu vertreiben, dich zu verletzen, wie dein Vater mich verletzt hatte. Ich versuchte immer wieder, meinen Haß auf dich zu konzentrieren, aber je mehr ich es versuchte, desto weniger fand ich, was ich hassen konnte.«

Während sie sprach, fühlte Kai den Abgrund zwischen ihnen verschwinden. In den zwei Jahren, die er Deirdre Lear kannte, hatte der scheinbare Widerspruch in ihren Gefühlen ihm gegenüber immer ein Rätsel dargestellt. Jetzt erst ergab ihr Verhalten einen Sinn. Der Teil seines Ichs, der Angst gehabt hatte, sie hasse ihn um seiner selbst willen, wollte laut aufjubeln. Er wollte sie in die Arme nehmen und nie mehr loslassen.

Aber eine kalte Furcht regte sich in seiner Magengrube und schien mit eisigen Krallen nach seiner Kehle zu schlagen. *Auch wenn du ihr Geheimnis jetzt kennst, Kai Allard, ändert das nichts daran, daß du ein Killer bist, und der Sohn eines Killers. Du bist die Antithese zu ihrem ganzen Leben, und dafür wird sie dich immer verachten.*

Kais Miene verdüsterte sich. »Sie haben nur nicht genau genug hingesehen, Doktor. Es gibt eine Menge zu hassen an mir, zum Beispiel meine Angewohnheit, Fehler zu begehen, andere Leute in den Tod zu schicken oder Leute zu Dingen zu zwingen, die sie eigentlich gar nicht tun wollen — wie andere Menschen erschießen. Warum ich bereit war, mich für Sie zu opfern? Weil die Welt Sie nötiger hat als mich.«

Er riß den letzten Pflock aus dem Loch. »Sie sind frei.«

Sie zog langsam das Bein aus dem Loch. »Du irrst dich, Kai.«

Er runzelte die Stirn. »Ihr Bein sitzt nicht mehr fest.«

»Nicht in dieser Hinsicht.« Sie schüttelte den Kopf, dann wich sie seinem fragenden Blick aus. »Die Welt braucht dich, allein schon deswegen, weil ich dich brauche.«

»Sie würden schon überleben. Sie kennen sich gut genug aus.«

»Körperlich vielleicht.« Sie schockierte ihn, indem sie sich vorbeugte und leicht mit den Lippen die seinen berührte. »Aber innerlich würde ich ohne dich sterben.«

22

Diosd
Wolfsclan-Besatzungszone

2. April 3052

Phelan freute sich, daß der ilKhan sich bereitgefunden hatte, dem Blutnamenkampf vorzustehen, der in der Großen Halle der früheren Basis der Dritten Rasalhaager Freien stattfand. Verschiedene Mitglieder des Wolfsclans standen im hinteren Teil der Halle, aber Phelan erkannte keinen von ihnen. Er wußte, daß sich der größte Teil der Dreizehnten Wolfsgarde von den Kämpfen der vergangenen zwei Tage ausruhte, und wünschte, er hätte dasselbe tun können.

Der ilKhan wartete, bis ein Elementar eines der Schwerkraftsenkengeräte hereingetragen hatte, dann begann er die Zeremonie. »Ich bin der Eidmeister und akzeptiere die Verantwortung, Haus Ward zu repräsentieren. Stimmt ihr mir zu?«

»Seyla«, antworteten Phelan und sein Gegner.

»Dann soll, was hier geschieht, uns binden, bis wir alle fallen.« Ulric wirkte selbst nicht allzu frisch. »Da dies euer dritter Kampf ist, wißt ihr, um welche Ehre ihr kämpft. Du, Phelan Wolf, hast zwanzig Jahre gelebt. Warum bist du würdig?«

»Ich wurde von Cyrilla Ward als Erbe des Blutnamens ausgewählt. Nach Gefangenname und Leibeigenschaft wurde ich in die Kriegerkaste adoptiert, als ich mich dieser Ehre würdig erwiesen hatte. Allein habe ich Günzburg erobert und auf Satalice nahm ich Prinz Ragnar von Rasalhaag gefangen. Auf Hyperion habe ich die Verteidigung des Simmonsdamms geleitet und in der Wildnis Renegaten gejagt. Auf Diosd nahm ich an der Jagd und Vernichtung der Befehlslanze der Dritten Freien teil. Vor dem heutigen Kampf habe ich Dean, einen

Elementar, und Glynis, eine Pilotin, besiegt, um das Recht zu erwerben, hier teilzunehmen.«

»Und du, Lajos, hast achtundzwanzig Jahre gelebt. Warum bist du würdig?«

Phelans Gegner im Blutnamenkampf rezitierte seine Leistungen. Wie Phelan war auch er ein MechKrieger, aber im Gegensatz zu diesem war er verwundet. Weißer Verbandsmull bedeckte seinen linken Arm und die Hand, so daß es schien, als trage er einen langen Handschuh. Die Haut um sein linkes Auge war schwer verbrannt und glänzte vor Salbe.

Er gehört in ein Krankenhaus, und nicht auf das Schlachtfeld, dachte Phelan bei sich, als Lajos seine Aufzählung beendete.

Der ilKhan legte mit ernster Miene die Hände zusammen. »Heldentum und Mut beider Krieger sind bewiesen und verifiziert. Eure Ansprüche sind berechtigt. Welches Schicksal euch in diesem Kampf auch erwartet, euer Licht wird weiter erstrahlen.« Ulric winkte beide Männer zu sich. »Zeigt die Zeichen eures legitimen Rechts, an dieser Entscheidung teilzunehmen.«

Phelan reichte dem ilKhan seine Münze. Danach bückte Ulric sich und nahm Lajos' Münze aus dessen linker Hand. Er schob beide Münzen in die Schlitze. »Auch wenn wir daraufhin trainieren, die Myriaden möglicher Gefechtssituationen zu meistern, so können wir doch nicht alles vorherbestimmen. Ein Krieger, der eines Blutnamens würdig ist, muß in der Lage sein, widrige Umstände zu überwinden und einen überlegenen Gegner zu besiegen, auch wenn er unter großen Schwierigkeiten kämpfen muß. Das furchtbare Chaos des Krieges spiegelt sich in diesem Blutrechtstest wider. Wenn eine Münze die andere erfolgreich gejagt hat und sie beide ihren Weg durch den Kegel beendet haben, wird die Münze des Jägers zuoberst liegen. Dieser Krieger wird die Art des Kampfes wählen. Der Besitzer der unteren Münze wird danach den Ort des Kampfes bestimmen. Auf diese Weise werden beide unter selbstgewählten Bedingungen antreten. Habt ihr das verstanden?«

»Seyla.«

Als der ilKhan die Münzen auf ihren gewundenen Bahnen durch die Schwerkraftsenke rollen ließ, betrachtete Phelan Lajos. *An seiner Stelle würde ich mich für einen Mechkampf entscheiden. Mit derart schweren Verbrennungen hat er nur so eine Chance, mich zu besiegen. Teufel, er kann sich kaum auf den Beinen halten. Beim Faustkampf würde ich ihn umbringen.* Er blickte auf und sah die Münzen am unteren Rand des Trichters verschwinden. So angeschlagen Lajos auch aussah, er war wegen seiner Leistungen als Krieger hier, und dafür verdiente er Respekt.

Die beiden Münzen fielen klimpernd in das Entscheidungsrohr. Der ilKhan zog den durchsichtigen Zylinder aus der Mitte der Säule und hielt ihn empor. Er hob die oberste Münze heraus und las den Namen darauf vor. »Phelan, du bist der Jäger.«

Lajos zuckte zusammen, als er die Entscheidung hörte. *Er weiß, er hat keine Chance. Der Kampf ist entschieden, noch bevor er beginnt.*

»Phelan, wie willst du kämpfen?«

Der MechKrieger sah dem ilKhan geradewegs in die Augen. »In meinem Mech, mein Khan.«

Phelan ließ den rechten Arm kreisen, bis sich das Gelenk hörbar lockerte. »Man sollte meinen, wir bekämen Gelegenheit, uns auszuruhen, bevor man uns zu diesem Blutnamenkampf hinausschickt, frapos?«

Sein Gegenüber in der Liftkabine nickte. »Du hast die Kämpfe besser überstanden als ich. Ihr Wolfgardisten seid ein seltsamer Haufen, aber ihr kämpft gut.«

Phelan lehnte sich zurück und steckte die Daumen hinter den Pistolengurt. »Du bist bei den Achten Dragonern, frapos? Ihr wart bei der Ölraffinereie im Oljental eingesetzt. Bist du der Lajos, der seine Natter in die Raffinerie gelenkt und sie in Brand gesetzt hat, um die Miliz ins Freie zu treiben?«

Der dunkelhaarige MechKrieger hob vorsichtig den bandagierten linken Arm und deutete auf sein Gesicht. »Wenn ich gewußt hätte, daß ich durch die Bresche in meinem Kanzeldach und das Loch im Neurohelm fast mitgebraten worden wäre, hätte ich es mir vielleicht noch einmal überlegt.«

Phelan blickte auf Lajos' lange Hosen und stellte sich den Verband vor, der das linke Bein umhüllte. »Du siehst wirklich etwas angeschlagen aus. Ich hasse Verbrennungen.«

»Niemand mag Verbrennungen, Phelan.« Lajos grinste schüchtern. »Als deine Münze oben lag, habe ich angenommen, du würdest einen Faustkampf wählen. Durch die Wahl eines Mechkampfes gestattest du mir, mich gebührend zu schlagen. Danke.«

Phelan nickte, als der Aufzug im Mechhangar der eroberten rasalhaager Installation zum Stehen kam. Bevor sich die Türen öffneten, ertönte die Stimme des ilKhans aus dem Deckenlautsprecher. »Lajos und Phelan, dies ist euer dritter Blutnamenkampf. Ihr habt beide einen Punkt erreicht, von dem andere Krieger nur träumen. Darauf könnt ihr stolz sein. Wenn sich diese Türen öffnen, beginnt der Kampf. Der Sieger erwirbt großen Ruhm, der Besiegte große Ehre.«

»Seyla«, flüsterten beide Krieger wie aus einem Mund.

Langsam glitten die Türen auf und boten den beiden Kriegern einen atemberaubenden Blick auf den Mech-Hangar. Reihenweise warteten kampfgezeichnete Kriegsmaschinen wie eine Legion des Schreckens darauf, zum Leben erweckt zu werden. Obwohl Phelan schon auf Dutzenden verschiedener Welten solche Szenen gesehen hatte, hinterließ der Anblick so vieler Vernichtungsmaschinen immer wieder einen Eindruck.

Zu ihrer Rechten stand Lajos' *Natter.* Auf dem rußgeschwärzten Rumpf des gedrungenen OmniMechs bildeten neue Panzerplatten ein bizarres Mosaik. An der von Lajos gewählten Konfiguration erkannte Phelan, daß der Mech ausschließlich mit einem Dutzend mittelschwerer Extremreichweitenlaser bestückt war. Die Waffen waren an den Armen der Maschine installiert, aber angesichts der Verletzungen seines Gegners würde nur die Hälfte von ihnen zum Einsatz kommen. Außerdem machte Lajos' Beinverletzung jeden Einsatz der Sprungdüsen seiner *Natter* praktisch zum Selbstmord.

Der Natter gegenüber ragte Phelans *Wolfshund* auf. Der große, schlanke BattleMech wirkte weniger wie eine Kampfmaschine denn wie die Erscheinung eines Kriegsgottes. Der Mech war bis auf die roten Einheitsinsignien auf den Schultern tiefschwarz, und der wölfische Kopf gab ihm eine Lebendigkeit, die der *Natter* völlig abging. Die Bewaffnung des *Wolfshund* machte nur ein Drittel der Laser an Lajos' Maschine aus, aber durch Geschwindigkeit und Beweglichkeit in Verbindung mit den eingebauten Störeinrichtungen wurde er zu einem ebenbürtigen Gegner für die schwerere Maschine.

»Viel Geschick, Phelan.«

Phelan verließ den Lift. »Dir auch, Lajos.«

Lajos sah den Schlag nicht kommen, als er den Aufzug verließ. Der linke Schwinger traf ihn völlig überraschend an der unverletzten Seite seines Kopfes. Der Schlag riß den MechKrieger von den Füßen und warf ihn auf den Stahlbetonboden.

Phelan stand über ihm und blies sich auf die schmerzenden Knöchel. »Tut mir leid, Lajos, aber der ilKhan hat gesagt, der Kampf beginnt, sobald wir den Lift verlassen. Ich wäre dir im offenen Kampf gegenübergetreten, aber nicht bei deinen Verletzungen. Blutrechtskampf oder nicht, ich bin nicht gezwungen, jeden Schritt mit Blut zu erkaufen.«

Phelan schauderte, als er den Datenschirm betrachtete. In fahlen Linien bewegte sich das grüne Licht des Schirms über seine Züge, als er vergeblich eine Zeile um die nächste nach einem Hinweis darauf absuchte, daß er einen Fehler gemacht hatte. *Das kann nicht wahr sein. Es ist unmöglich.*

Phelan hatte sich sorgfältig daran gemacht, das Rätsel um die Herkunft des Präzentors Martialum zu lüften. Er hatte alles festgehalten, was er über den Mann wußte, und die Informationen anschließend nach Verifizierbarkeit und Güte der Quelle geordnet. Was immer er selbst vom Präzentor Martialum wußte, ordnete Phelan hoch ein, auch wenn er sich ein letztendliches Urteil vorbehielt, solange er nicht sicher wußte, ob Focht ihn bewußt angelogen hatte.

Er hatte sich für Occams Skalpell entschieden: Die einfachste Lösung des Problems war wahrscheinlich die korrekte. Es hatte jedoch nicht lange gedauert, bis Phelan erkannte, daß sich für dieses Problem keine einfache Lösung anbot, oder zumindest keine einfache Lösung, die er akzeptieren und dem ilKhan präsentieren konnte. Die simpelste Antwort war natürlich, daß Focht von ComStar auf seine spätere Position vorbereitet und ausgebildet worden war und alle Auskünfte über seine Vergangenheit nur die Tatsache verschleiern sollten, daß ComStar schon seit Jahrzehnten Krieger ausgebildet hatte.

Die Tür der Kammer glitt auf, und Ulric trat ein. Im Lichtkegel der Schreibtischlampe erschien er wie ein Geist.

»Ich komme gerade aus der Krankenstation. Lajos beklagt seine Niederlage, aber er ist wohl ganz froh, noch zu leben. Ich habe mit den Ärzten auch über Glynis gesprochen. Sie hat möglicherweise das Schwerste hinter sich. Sie liegt noch im Koma, aber ihre Wunden verheilen.«

Phelan war hocherfreut über diese Neuigkeit. »Ich

bedanke mich für die Mitteilung. Es ist gut, daß sie überleben werden.«

»Ich freue mich, daß es dich beruhigt. Conal Ward beschuldigt dich natürlich, den letzten Kampf durch hinterlistige Täuschung gewonnen zu haben. Er hat eine Verhandlung des Clankonklave verlangt, aber ich habe seine Einwände abgelehnt. Du hattest die Wahl der Kampfart und hast entsprechend der Regeln für Blutrechtskämpfe gehandelt.«

Der junge MechKrieger seufzte. »Für Conal bin ich also nicht nur eine Freigeburt, sondern auch ein Betrüger? Ich nehme an, er wollte meinen Tod und Lajos an meiner Stelle? Hat er solche Angst, daß Vlad mich nicht besiegen könnte?«

Der ilKhan hatte es schwer, ein Grinsen zurückzuhalten. »Conal hat sich ausgesprochen wortreich über deine Perfidität ausgelassen, aber Lajos ist nicht in der Verfassung zu kämpfen. Ich habe Conal versichert, daß Lajos beim nächsten Blutrechtskampf im Haus Ward mit Sicherheit nominiert wird, also ist ihm kein Schaden entstanden. Und was Conals Besorgnis um Vlad angeht, würde ich darin keine größeren Hoffnungen setzen.« Ulric strich sich über den Bart. »Die beiden Kämpfer, die um das Recht stritten, in der nächsten Runde Vlad gegenüberzutreten, haben es geschafft, sich gegenseitig umzubringen, so daß Vlad kampflos weiterkommt. Damit steht Vlad im Endkampf, sofern er nicht vorher auf dem Schlachtfeld verwundet oder getötet wird.«

»Das passiert bestimmt nicht.« Phelan schüttelte den Kopf. »Soviel Glück habe ich nicht.«

»Allerdings nicht.« Der ilKhan deutete auf den Computer. »Also, was ist mit dieser möglichen Lösung des Rätsels Anastasius Focht? Erkläre mir alles, damit ich deiner Logik folgen kann.«

Der junge MechKrieger blickte auf seine Notizen und nahm sich ein paar Sekunden Zeit, seine Antwort zu formulieren. »Ich habe die Arbeit mit den Basisdaten begonnen, die Gus Michaels gesammelt hatte, bevor Ihr ihn nach Alyina geschickt habt. Danach ist Focht im äußersten Fall einhundert Jahre alt. Er ist offensichtlich männlichen Geschlechts, aber die Möglichkeit einer Geschlechtsumwandlung ist nicht auszuschließen. Das fehlende Auge ist möglicherweise eine Gefechtsverletzung. Sie hätte das Ende seiner Laufbahn als aktiver Soldat bedeutet, aber er hätte durchaus noch in befehlender Funktion dienen können. Wir wissen auch, daß er vor zwölf Jahren bei ComStar aufgetaucht ist, Deutsch wie ein Lyraner spricht und einige Zeit am Nagelring verbracht haben kann. Außerdem bemerkte Focht mir gegenüber, daß er einmal meinem Vater begegnet sei.«

»Nicht gerade üppig«, bemerkte Ulric leise.

»Stimmt, aber genug, um einen Ansatzpunkt zu liefern. In dem Wissen, oder zumindest der festen Annahme, daß Focht ein Deckname ist, habe ich die Daten aller Kadetten und Absolventen des Nagelring in den letzten achtzig Jahren abgefragt. Nach Überprüfung der Körpergröße und anderen Maßen blieben etwas über eintausend Kandidaten.«

Der ilKhan lehnte sich interessiert vor und umschloß ein Knie mit den Händen. »Du hast diese Personen mit ihren Laufbahnen in Korrelation gesetzt, um festzustellen, ob sie überlebt haben oder gefallen sind, frapos?«

»Pos, mein Khan. Wir haben auch diejenigen eingeschlossen, die als vermißt gelten, selbst wenn sie in Kämpfen lange vor dem Vierten Nachfolgekrieg verschwunden sind. Nach dem Vierten Krieg blieben kaum Kandidaten übrig, und bei denen verliefen alle Nachforschungen ergebnislos. Nichts.«

Phelan klopfte mit dem Fingerknöchel auf den Monitor. »Daraufhin machte ich mir so meine Gedanken über die Suchparameter des Programms. Ich begann eine zweite Suche nach einem bekannten Wert: nach mir selbst. Ich ließ den Computer auf dieselbe Weise nach mir suchen, in der er nach Fochts Identität gesucht hatte.«

»Und?«

»Kein Ergebnis!« Phelan grinste. »Ich erweiterte die Maschen, indem ich die Daten entfernte und den Nachnamen Kell eingab. Der Computer lieferte meinen Vater, aber er ignorierte mich und meinen Onkel Patrick. Der Grund dafür ist, daß Patrick und ich nach den von uns benutzten ComStar- und LyrCom-Daten tot sind.«

»Aber du lebst noch. Und gleiches gilt mit ziemlicher Gewißheit für den Präzentor Martialum.« Ulric zupfte sich nachdenklich am Kinnbart. »Du hast die Filterparameter verändert, frapos?«

»Pos. Ich blieb bei unserem Kern von eintausend Kandidaten und ließ nach Jokern suchen. Focht hat einmal einen Aufenthalt auf den Lestrade-Gütern auf Summer erwähnt, also suchte ich Personen, die auf Summer gedient hatten oder in irgendeiner Weise mit Aldo Lestrade zu tun hatten. Das halbierte die Auswahl.« Phelan begann, an seinen Fingern abzuzählen. »Eine andere Bemerkung Fochts mir gegenüber führte mich zu der Vermutung, daß er sein Auge im Vierten Nachfolgekrieg verlor. Da ich bereits alle Personen überprüft hatte, die den Krieg überlebten, konzentrierte ich mich auf die Toten und Vermißten. Ich versuchte auch eine Kreuzkorrelation mit Kontakten mit meinem Vater oder gemeinsame Einsätze. Durch eine Unachtsamkeit führte ich in der betreffenden Programmzeile auch soziale Kontakte auf — ich kopierte den Hinweis auf Lestrade, änderte nur den Namen —, und das sorgte für eine höchst interessante Einschränkung der Kandidaten. Bemerkenswerterweise waren alle als tot oder vermißt aufgeführt.«

Der ilKhan hörte interessiert zu. »Du hast versucht, den Tod der Kandidaten zu verifizieren, frapos?«

Der MechKrieger nickte. »Totenscheine, Autopsieberichte, Grabsteine, was immer sich fand. Die genealogische Datensammlung von Domain war eine ungeheure Hilfe. Bei der Durchsicht fand ich auch einen hübschen Gedenkstein für mich auf Arc-Royal.«

Phelan versuchte, die Bemerkung beiläufig klingen zu lassen, aber die Worte blieben ihm im Halse stecken. Es war nicht so sehr der Gedanke, für tot gehalten zu werden, der ihm zu schaffen machte, als die Trauer, die seine Familie empfinden mußte. Der Wolfsclan war seine neue Heimat geworden, aber er liebte seine Blutsverwandten deswegen nicht weniger und fühlte ihre Schmerzen mit.

»Das kann kein angenehmes Erlebnis gewesen sein, Phelan.«

»Das war es wirklich nicht, ilKhan, aber es löste eine Erinnerung aus.« Phelan gab eine Datenanfrage in den Computer ein, und das Bild eines riesigen Mausoleums aus Marmor und Granit erschien auf dem Schirm. In den schwarzen Marmor war in goldausgelegten Lettern der Name STEINER eingraviert.

»Nach dem Tod Archon Katrina Steiners nahm ich an ihrer Beisetzung bei. Sie wurde zusammen mit anderen berühmten Trägern dieses Namens in der Familiengruft beigesetzt. Ich erinnerte mich, damals aufgeschnappt zu haben, daß eine der Gedenktafeln im Innern des Gewölbes einen leeren Sarg ziert. Ohne dieses Wissen hätte ich meinen besten Kandidaten verloren.«

Phelan gab eine weitere Datenanfrage ein und rief ein Porträtbild auf. »Ich glaube, dieser Mann ist heute Präzentor Martialum. Er studierte drei Jahre lang am Nagelring, wechselte danach jedoch nach Sanglamore auf Skye, wo er auch seinen Abschluß machte. Während dieses Aufenthalts auf Skye erregte er zum erstenmal das Interesse der Familie Lestrade, die diese Freundschaft kultivierte. Er befehligte sowohl die Siebte wie die Zehnte Lyranische Garde, die gerüchteweise heute Victor Steiner-Davions Einheit sein soll. Der Nachfolger des Archons dient häufig bei der Zehnten Garde, und unser Mann war damals ein wahrscheinlicher Anwärter auf den Titel. Er mußte seinen Anspruch jedoch zurückstecken, als Katrina Steiner erfolgreich gegen Archon Alessandro rebellierte und selbst den Thron bestieg. An diesem Punkt in Fochts Leben wurde Aldo Lestrade zu einem wichtigen Einfluß. Aldo hatte Talent für Intrigen, zu denen auch einige Attentatsversuche gegen Archon Katrina gehörten. Der letzte dieser Versuche erfolgte mitten im Vierten Nachfolgekrieg.«

Der ilKhan nickte. »Was ist mit seiner militärischen Laufbahn? Was für ein Kommandeur war er?«

Phelan betätigte eine andere Taste. »Er war ein ausgezeichneter Heerführer. Seine Männer nannten ihn den ›Hammer‹, weil er eine Vorliebe dafür hatte, Feuerkraft auf bestimmte Ziele zu konzentrieren. Das war besonders gegen die Kuritaner effektiv, deren alte Strategie sich auf zahllose Kleinstaktionen stützte. Bei seinen wenigen Gefechten gegen die Liga Freier Welten bewies er Verständnis für die taktischen Erfordernisse hochmobiler Einheiten, versuchte aber trotz allem, seine Gegner in eine Position zu drängen, in der er sie niederhämmern konnte.«

»Nur die wenigsten Kommandeure sind bereit, ihre Taktik dem Gegner anzupassen«, stellte Ulric fest. »Seine Fähigkeit dazu — und seine Kenntnis unserer Taktiken — machen ihn sehr gefährlich.«

»Ich stimme Euch zu, ilKhan.« Phelan kaute auf der Unterlippe. »Die einzige Unstimmigkeit liegt darin, daß man unserem Kandidaten keinerlei Subtilität zutraute, was für Focht keineswegs zuzutreffen scheint. Anscheinend hat er in seiner neuen Inkarnation auch ein paar neue Tricks gelernt.«

»Hältst du ihn des Verrats für fähig?«

Phelan runzelte die Stirn. *Nun, er hat mich gebeten, die Clans für ihn auszuspionieren, aber nachdem ich ein Mitglied der Kriegerkaste geworden war, hat er meine Ablehnung ak-*

zeptiert. »Ich halte ihn vor allem für einen Krieger, ilKhan. Wegen Lestrade und dessen politischen Winkelzügen wurden er und seine Einheit im Vierten Nachfolgekrieg mit einem Himmelfahrtskommando betraut. Er hat sich gut geschlagen und zum Abschluß der Aktion sich Theodore Kurita ergeben, um das Leben seiner Männer zu retten. Sein Angriff vereitelte den geplanten Gegenschlag des Kombinats gegen die Isle of Skye. Man nimmt an, daß Theodore ihn hingerichtet hat.«

Der ilKhan stand auf. Seine Miene war eine Studie der Nachdenklichkeit. »Alter und Hautfarbe stimmen. Die Ausbildung ist die richtige und sein militärischer Hintergrund passend für seine derzeitige Stellung. Was ich von seiner Fähigkeit gesehen habe, strategische und taktische Analyse zu kombinieren, entspricht sicher seinem Hintergrund. Gibt es irgend etwas, das deine Schlußfolgerung zweifelhaft erscheinen läßt?«

Phelan zuckte die Achseln. »Nun, er *könnte* durchaus in einem Grab auf Dromini IV verwesen, aber er ist der beste Kandidat, den wir haben. Abgesehen von der Tatsache, daß er eigentlich längst tot sein müßte, paßt er perfekt zu Anastasius Focht.«

Ulric nickte. »Sehr schön. Wir werden von der Annahme ausgehen, daß du recht hast. Bereite eine komplette Akte über ihn und die vier anderen Topkandidaten vor. Ich brauche sie heute abend. Du wirst die anderen Analytiker morgen einweisen.«

Phelan hob fragend eine Braue. »Ich habe noch ein paar Überprüfungen geplant. Warum die Eile?«

»Weil ich möchte, daß alle vorbereitet sind, wenn der Präzentor Martialum in drei Tagen hier eintrifft, um die Zukunft ComStars fortzubieten.«

23

Sprungschiff *Höhlenwolf,* Transitorbit
Diosd, Wolfsclan-Besatzungszone

5. April 3052

Der Präzentor Martialum trat hocherhobenen Hauptes ein, als die Brückenschotts in die Wände glitten. Die beiden gepanzerten Elementare neben dem Eingang nahmen ebenso Haltung an wie die Clan-Offiziere, die in zwei Reihen bis zu dem Punkt aufgestellt waren, an dem der ilKhan auf Focht wartete. Von der Decke der Brücke hing das Banner des Wolfsclans neben einem ComStar-Wimpel. Aus den Lautsprechern drang eine martialische Melodie aus den Zeiten des Sternenbundes.

Focht rückte die Augenklappe zurecht, dann marschierte er im Takt der Musik über das Deck zum Holotank, neben dem Ulric auf ihn wartete. Während er zwischen den Reihen der Clan-Krieger entlangschritt, bedachte er sie mit denselben respektvollen Kopfbewegungen, die er seinen Leuten schenkte, wenn er sie inspizierte. *Sie alle sind Krieger, die ich respektieren muß.* Er biß die Zähne zusammen. *Alles andere wäre Selbstmord.*

Er blieb vor dem ilKhan stehen und salutierte. Der Clan-Führer erwiderte den Gruß, dann reichte er dem Präzentor Martialum die Hand.

»Der Friede Blakes sei mit Ihnen, ilKhan Ulric.«

»Und mit Ihnen, Präzentor Martialum. Ich freue mich, Sie wiederzusehen, auch wenn es nur für kurze Zeit ist.«

»Ebenso wie ich, ilKhan.« Focht schüttelte Ulrics Hand, dann trat er neben ihn. Er suchte die Gesichter der versammelten Soldaten ab, um nachzusehen, ob er jemanden an seiner blinden Seite übersehen hatte. Als er Phelan nirgends entdecken konnte, blickte er hinauf zur Galerie über der Brücke, aber auch dort konnte er die vertrauten Umrisse nicht ausmachen. *Hat Phelans Fehlen eine besondere Bedeutung?*

Ulric erwiderte den Salut seiner Truppen, bevor er sie entließ. »Wenn Sie mir folgen möchten, Präzentor Martialum? Ich denke, der Holotank eignet sich am besten für unser Gespräch.«

Focht glaubte, in Ulrics Worten etwas mehr als nur das Geschäftliche zu lesen, aber er hatte nicht genug Hinweise, um dieses Rätsel zu lösen. Er neigte den Kopf und folgte dem ilKhan.

Das Innere der Maschine machte es möglich, sich wie ein Gott zu fühlen. Innerhalb des Vierkants aus schwarzen Wänden wanderte Focht geradewegs durch eine holographische Karte der Inneren Sphäre. In Kopfhöhe sah er die Grenze zur Peripherie — von wo aus die Clans in die Innere Sphäre eingedrungen waren —, und knapp über dem Boden schwebte seine geliebte Terra. Er glaubte keinen Moment daran, es könne ein Zufall sein, daß ComStars Heimatwelt an einem Punkt des Tanks erschien, wo Ulric sie mit einem unbedachten Schritt zermalmen konnte.

Der Präzentor Martialum versuchte nicht einmal, ein Lächeln zu unterdrücken, als er die virtuelle Realität des Holotanks betrat. Wie ein Kind beim ersten Besuch eines Planetariums bewunderte er den Anblick der Myriaden von Sternen, alle einzeln beschriftet. Fochts eigene Computerwelten erforderten Datenanzüge und IKR-Helme, was sie im Vergleich mit dieser Anlage wie Spielzeuge erscheinen ließ.

Focht warf einen letzten Blick auf die Brücke und wandte sich höflich an den ilKhan. »Ich hatte gehofft, Phelan wiederzusehen. Es war eine Überraschung, als mich Elementare im Hangar abholten.«

Ulric hob die Achseln. Er streckte die Hand aus und berührte einen neben einem Stern hängenden Schriftzug. Ein leuchtendgrünes Fenster öffnete sich unter dem Stern, und Daten glitten durch die Luft — von

Fochts Standpunkt aus in Spiegelschrift. »Phelan wäre gerne gekommen, aber seine Einheit steht auf Diosd, für den Fall, daß weitere Miliz-Verbände auftauchen. Wir glauben, sie alle erwischt zu haben, aber die Zentralcomputer des Planeten wurden von ein paar Fanatikern vernichtet. Das erschwert unsere Arbeit natürlich.«

Als Ulric den unteren Rand des Fensters berührte, zog es sich wieder zu einem kleinen Schriftzug zusammen. »Ihre Sorge um Phelan erinnert mich aber an etwas, das ich gerne mit Ihnen besprochen hätte, bevor wir mit den Verhandlungen beginnen. Es handelt sich um einen persönlichen Gefallen, für den ich Ihnen verbunden wäre.«

Ein persönlicher Gefallen? »Ja, ilKhan?«

Der Anführer des Wolfsclans verschränkte die Hände im Rücken und sah an Focht vorbei. »Ich habe eine Holodisk aufgenommen, die ich an Oberst Morgan Kell von den Kell Hounds schicken möchte. Ich will ihm mitteilen, daß sein Sohn lebt und einer meiner geachtetsten Krieger ist.« Ulrics blaue Augen begegneten Fochts Blick. »Überrascht Sie das, Präzentor Martialum?«

Focht versuchte nicht, seine Reaktion zu verbergen. »Allerdings, ilKhan, und es freut mich auch. Es wird den Kells große Freude bereiten.«

»Ja, das denke ich auch. Sie kennen sich mit Familien weit besser aus als ich, mit den kleinlichen Rivalitäten und tiefen Gefühlsbindungen zwischen ihren Mitgliedern.« Der ilKhan verschränkte die Arme vor der Brust. »Wie Sie wissen, legt unsere Kultur mehr Gewicht auf enge Clan- und Hausbindungen, was zu Lasten von Familieneinheiten geht. Selbst wenn dies eine Schwäche sein sollte, ist es jetzt nicht von Bedeutung. Ich will den Kells kein Leid zufügen, nur weil wir Phelan hier brauchen. Wie sagt man in der Inneren Sphäre: Blut ist dikker als Wasser, frapos?«

»Ja, ilKhan, doch wir pflegen hinzuzufügen: ›aber nicht so dick wie die Pflicht‹.« Focht studierte seinen

Gegner eingehend. *Das ist nicht der Ulric, den ich kennengelernt habe. Meint er es ehrlich, oder versucht er nur, mich aus dem Gleichgewicht zu bringen?* »Was mein Verständnis von Familien angeht, so ist es wahrscheinlich nicht so gut, wie Sie vermuten. Meine Familie war berüchtigt für Mißverständnisse, aber ich glaube, Sie haben den Kell-Haushalt richtig eingeschätzt.«

»Gut. Ich habe Phelan über diese Botschaft nicht informiert, aber ich werde ihm gestatten, eine Antwort zu empfangen. Falls Sie Oberst Kell eine eigene zusätzliche Nachricht zukommen lassen möchten, um ihm dies mitzuteilen oder Ihre Einschätzung von Phelans Leben hier bei uns zu übermitteln, tun Sie das.« Ulric hob die Hand. »Und ich weiß natürlich, daß die Prima die Übermittlung dieser Botschaft angesichts unserer momentanen Beziehungen unterbinden kann.«

»Ich werde Oberst Kell mitteilen, wie gut es seinem Sohn hier geht.« Focht gestattete sich ein verschwörerisches Grinsen. »Ich bin möglicherweise sogar in der Lage, die Prima in dieser Sache zu umgehen.«

»Gut, dann bin ich bei meinem Verrat nicht allein. Ich glaube nämlich kaum, daß das Große Konklave meine Kontaktaufnahme mit dem Feind gutheißen würde.« Die blauen Augen des ilKhans wurden zu Schlitzen. »Wir leben in gefährlichen Zeiten, Anastasius. Was wir hier tun, ist wundersam und fürchterlich, und die größte Tragödie ist, daß die Politiker dies alles zunichte machen können.«

»Ich teile Ihre Furcht, Ulric. Wir können einander vertrauen. Ich werde Sie nicht verraten.«

»Und ich Sie auch nicht.«

»Was unsere Diplomaten nicht aufteilen können, bleibt uns, damit wir darum kämpfen. Hätte es an mir gelegen, hätte ich den Krieg gegen Sie nicht gewählt, ilKhan. Ich habe Sie zu lange beobachtet, um mich auf einen Waffengang mit einem Gegner Ihres Kalibers zu freuen.«

Der ilKhan lachte. »Ich bin nicht immun gegen Schmeicheleien, Anastasius. Das könnte Ihnen bei den Verhandlungen einen Sternhaufen einbringen.«

»Solange er nur zur Dreizehnten Wolfsgarde gehört.«

»Eine interessante Wahl, mein Freund, aber wollen Sie derjenige sein, der Natascha Kerensky oder Phelan Wolf mitteilt, daß sie nicht gegen Sie kämpfen dürfen?«

»Touché, mein Khan. Es gibt Missionen, die über die Möglichkeiten bloßer Krieger hinausgehen.« Focht schaute sich zu einer der Computerkonsolen um, an der einer seiner Helfer mit einem Clanner arbeitete. »Ich habe Daten mitgebracht, die uns helfen werden, diese Schlacht richtig auszuhandeln.«

Das Sternenfeld flackerte kurz auf. »Ihre Daten dürften jetzt verarbeitet sein. Wollen wir beginnen?«

»Ja.« Focht reckte sich. »Ich bin Anastasius Focht, Präzentor Martialum ComStars und oberster Befehlshaber der Truppen ComStars. Myndo Waterly, Prima ComStars und Hüterin der Heiligen Worte Blakes, hat mir die Aufgabe übertragen, diese Schlacht auszuhandeln. Ich verbürge mich für die Wahrheit und Offenheit all dessen, was ich anbiete.«

Ulric nickte, dann nahm er ebenfalls Haltung an. »Ich bin Ulric Kerensky, ilKhan der Clans und Khan des Wolfsclans. Ich trete aus eigener Verantwortung für das Große Konklave der Clans in Verhandlungen mit Ihnen ein. Ich verbürge mich für die Wahrheit und Offenheit all dessen, was ich anbiete.«

Seine Hand fuhr durch tausend Sonnen. »Als Verteidiger haben Sie die Wahl des Schlachtfelds.«

»Und ich habe meine Wahl getroffen, ilKhan.« Focht streckte die Hand aus und berührte den Schriftzug an der Sonne Tukayyids. »Ich halte den vierten Planeten für einen geeigneten Austragungsort.«

Das Fenster öffnete sich, und die linke Hand des ilKhans strich durch dessen Kinnbart, als er den blaugoldenen Planeten darin rotieren sah. Der Holotank senkte den Blickwinkel in die Atmosphäre und ließ ihn über riesige Felder reifenden Weizens schwenken. Sie flogen wie Adler über die weiten Ebenen, stiegen in die dunklen Pozoristuberge. Aus den wolkenverhangenen Gipfeln stürzten sie in Flußtäler hinab, durch Sümpfe und Deltas, hinaus über das dunkle Schmelztiegelmeer.

»Das kann man kaum eine erschöpfende Untersuchung nennen, aber planetologisch scheinen die Voraussetzung für die verschiedensten Gefechte gegeben.« Der ilKhan runzelte die Stirn. »Die Bevölkerung ist klein und auf bestimmte Gebiete konzentriert?«

»Die meisten Bewohner werden evakuiert. Die Landungsschiffe, mit denen unsere Truppen ankommen, werden die Zivilisten abtransportieren. Es werden nur die absolut notwendigen Minimalbesatzungen in Fabriken auf Tukayyid zurückbleiben, die nicht abgeschaltet werden können. Wir werden alle potentiell gefährlichen Anlagen abschalten und sind, sofern Sie zustimmen, bereit, die Gebiete bestimmter religiöser Gemeinschaften zu Nichtkampfzonen zu erklären. Außerdem übernimmt ComStar die Hälfte der späteren Wiederinstandsetzungskosten, falls die Clans die andere Hälfte übernehmen.«

»ComStar trägt die Kosten der Evakuierung und Heimführung?«

Focht nickte. »Wenn Sie den Planeten erobern, werden wir die Bevölkerung zurück nach Tukayyid oder auf eine beliebige andere Welt Ihrer oder deren Wahl schaffen. Wir werden die Menschen in diesem Fall als Ihre Untertanen betrachten, so daß Sie die erste Wahl des Zieles haben.«

»Das ist annehmbar«, stellte Ulric fest, und bei seinem Lächeln sträubten sich Fochts Nackenhaare. »Es gibt keinen Grund, das Schachbrett mit belanglosen Steinen vollzustellen, frapos, Anastasius?«

Augenblicklich trat das Bild eines Schachbretts vor Fochts inneres Auge. Er sah die Prima als seine Dame, und Natascha Kerensky nahm diese Position neben Ulric ein. Es war kein beruhigendes Bild. Dabei machte er sich weniger Sorgen um Nataschas Angriffe als um die ›Hilfe‹ der Prima. »Ich würde es damit vergleichen, wie vor Beginn des Spiels Fans vom Spielfeld eines Sportereignisses entfernt werden. Sie wissen ebensogut wie ich, daß der Vergleich unserer Schlacht mit einem Schachspiel das Leben der Männer und Frauen, die auf Tukayyid ihr Leben lassen werden, herabwürdigt.«

Ulric hob beide Hände. »Nichts könnte mir ferner liegen, Anastasius. Aber Sie müssen zugeben, daß unsere Vorbereitungen denen eines Schachspiels ähneln. Ich habe Ihnen die Wahl des Schlachtfelds überlassen, sozusagen die Wahl der Farbe. Nun müssen wir entscheiden, wer wem Figuren opfert, welchen Wert sie besitzen, und wie wir diesen Vorteil dem Gegner gegenüber ausnutzen können.« Seine Miene versteinerte sich. »Mir ist eine Einheit schließlich weit wichtiger als einem Politiker, der eine Eliteeinheit verschleudert wie ein Turmopfer in einem Angriffszug.«

Plötzlich fühlte Focht sich mit einem Bein im Grabe. *Oh, du spielst ausgezeichnet, Ulric. Hast du das Geheimnis meiner Identität enträtselt? War es Phelan, der es für dich geschafft hat, und ist er deswegen heute nicht hier?* »Nichts anderes würde ich von Ihnen erwarten, ilKhan, denn Sie sind ein Militär von großer Einsicht. Doch bedeutet das nicht, daß Sie keine Einheit in ein Himmelfahrtskommando schicken würden, wenn Sie der Ansicht wären, der mögliche Erfolg lohne das Risiko.«

»Ein guter Einwand, Präzentor Martialum.« Ulric schien weit gelassener als Focht lieb war. »Also, welche Truppen werden Sie benutzen, um den Planeten zu verteidigen?«

Focht berührte eines der Icons unter dem Bild Tukayyids. Ein zweites Fenster öffnete sich. Es blieb schwarz mit neongrüner Umrandung. Der Präzentor Martialum streckte den Arm zu einer Welt tief in der

Wolfsclan-Besatzungszone aus. »Von Rasalhaag I kommt die 278. Division unter dem Befehl von Präzentor IV Byron Koselja.« Als sich das Rasalhaag-Fenster öffnete, holte Focht das Icon der ComGuards-Einheit heraus und warf es in Richtung Tukayyid.

Es schoß wie ein Komet durch das künstliche Universum, bevor es im leeren Fenster erschien. Ein weiteres Icon folgte, dann ein drittes, bis Focht alle Truppen aus ComStars Asta-Zone abgezogen hatte. Anschließend arbeitete er sich ins Vereinigte Commonwealth vor und zog Truppen aus der Jadefalken-Besatzungszone ab. Entgegen dem Uhrzeigersinn schickte der Präzentor Martialum sämtliche ComGuards-Divisionen nach Tukayyid.

Als er fertig war, studierte er die zweiundsiebzig Einheitssymbole, die er Tukayyid zugeteilt hatte. »Die Daten, die ich mitgebracht habe, beschreiben die ausgewählten Einheiten mit einer Aufstellung ihrer Geschichte und den Akten ihrer Mitglieder.«

»Mit Ausnahme Ihrer eigenen Akte, Präzentor Martialum?«

Focht hob den Kopf. »Der Grund, aus dem ich Ihnen die Daten meiner Leute gebe, ist die Tatsache, daß unsere Einheiten kaum in echte Kämpfe verwickelt waren. Trotzdem wäre es ein Fehler, sie als unerfahren zu behandeln. Im Interesse der Offenheit werde ich Ihnen die Daten meiner Laufbahn als ComStars Präzentor Martialum liefern. Irgendwelche Schlußfolgerungen aus meiner früheren Karriere zu ziehen, wäre ein Fehler.«

»Wirklich?« Ulric wandte sich ab und wanderte langsam zur anderen Seite der Tukayyid-Fenster. »Kann ein alter Soldat neue Strategien lernen?«

»Ist eine Raupe identisch mit einem Schmetterling? Ich habe den Namen Anastasius Focht aus einem bestimmten Grund gewählt. Ich bin nicht mehr der Mann, der ich einmal war. Nach dem Verlust eines Auges sehe ich klarer als je zuvor.« Focht verschränkte die Hände hinter dem Rücken. »Wir werden Tukayyid mit etwa fünfzig BattleMech-Regimentern und entsprechender Luft/Raum-, Artillerie-, Panzer- und Infanterie-Unterstützung verteidigen. Wir haben uns gegen den Einsatz von Marine-Einheiten entschieden, da Tukayyid kaum Wasserflächen besitzt und Seegefechte eine unnötige Gefährdung der Unterwasserstadt im Schmelztiegelmeer darstellen würden.«

Ulric schien von der Stärke der ComStar-Verteidiger einen Augenblick wie geschockt. »Fünfzig Regimenter?«

Focht nickte ernst. »Alles, was ComStar aufzubieten hat, mit Ausnahme der beiden Mechdivisionen auf Terra. Die Prima wollte ihre Leibgarde behalten.«

»Dann kämpfen wir nicht um Tukayyid. Tukayyid ist nur Ihr Gefechtsfeld für die Schlacht um Terra.«

Hast du erst ein Vorgeplänkel erwartet, um deine Stärke zu testen? »Ja, ilKhan, es handelt sich um die Entscheidungsschlacht. Wir haben ebensowenig ein Interesse daran, auf Terra selbst zu kämpfen, wie Sie. Wenn Sie Tukayyid erobern, werden wir uns nicht nur um die Bevölkerung dieses Planeten kümmern, sondern Ihnen auch Terra und unsere sämtlichen Einrichtungen in den Besatzungszonen übergeben. Wir werden die Welten weiter für Sie verwalten, und unsere Einnahmen werden Ihnen gehören. Falls Sie es befehlen, werden wir alle Dienste für die Nachfolgerstaaten einstellen. Wir werden unsere Leute anweisen, sich in Ihre Streitkräfte zu integrieren und werden effektiv ein Teil der Clans werden — wenn Sie dies zulassen.«

Ulric tigerte durch den Holotank, und Focht hatte Schwierigkeiten, ihn zu interpretieren. Er hatte sich in einen introspektiven Kokon zurückgezogen. Focht glaubte, die Synapsen im Hirn des ilKhans fast knistern hören zu können, aber er gab sich nicht der Illusion hin, der ilKhan könne unter dem Druck des ComStar-Gebots zusammenbrechen.

Es war jedoch offensichtlich, daß die Wahl Tukayyids

für die Entscheidungsschlacht den ilKhan überrascht hatte und ihm schwer zu schaffen machte. Focht hätte es nicht für möglich gehalten, diesen Mann derart aus der Fassung bringen zu können. *Vielleicht hat er wegen seines Wissens um meine Herkunft etwas anderes erwartet.* Der Präzentor Martialum beobachtete den ilKhan sorgfältig, aber Ulrics Miene bot keinerlei Rückschluß auf seine Gedanken.

Dann blieb Ulric stehen und starrte Focht durch das Gefechtsfenster an. »Sie werden für den Fall des Sieges eine Gegenleistung verlangen.«

Focht nickte. »Die Prima hat mich angewiesen zu verlangen, daß sich die Clans nach einer Niederlage aus der Inneren Sphäre zurückziehen.«

Er hatte lautes Gelächter als Antwort erwartet, aber statt dessen schien Ulric es sich ernsthaft zu überlegen. »Ich fürchte, das ist unmöglich, Anastasius, und Sie wissen es auch. Sollte ich mich auf diese Bedingung einlassen, würde das Große Konklave mich absetzen und die Vereinbarung widerrufen. Wir werden uns nicht zurückziehen.«

Der Präzentor Martialum akzeptierte diese Antwort widerspruchslos. »Ich habe nichts anderes erwartet.« Mit einem Finger zog er eine pulsierende rote Linie, die quer durch Tukayyid verlief. »Wenn Sie sich nicht zurückziehen, gestehen Sie mir zu, daß Sie und Ihre Truppen diese Linie niemals überschreiten werden. Tukayyid soll auf immer der Punkt bleiben, an dem die Clans Terra am nächsten waren.«

Ulric legte die Hände wie zum Gebet aneinander. »Auf immer ist eine sehr lange Zeit, mein Freund. Weder ich noch irgend jemand, den ich kenne, könnte die Clans dazu bringen, diese Übereinkunft so lange zu respektieren. Aber ich kann eine Waffenstillstandslinie durch Tukayyid akzeptieren, und Ihnen ein Jahr Waffenruhe gewähren, wie Sie es hatten, als wir unseren Vormarsch zur Wahl eines neuen ilKhans abbrachen.«

Der Präzentor Martialum schüttelte den Kopf. »Zweifelsohne betrachten Sie ein Jahr als großzügig.«

»Es hat Ihren Einheiten die Möglichkeit gegeben, sich durch neue Ausrüstung und Training besser auf den Kampf gegen uns einzustellen. Stellen Sie sich die Fortschritte vor, die Ihnen ein weiteres Jahr Atempause ermöglichen würde.«

»Stellen Sie sich die Fortschritte vor, die uns ein Jahrhundert Frieden ermöglichen würden.«

»Ein Jahrhundert? Da könnte ich dem Großen Konklave noch eher ›für immer‹ verkaufen als ein Jahrhundert. Fünf Jahre.«

»Ein Augenzwinkern, Ulric. Fünf Jahre ist nichts für uns. Sechzig Jahre — die Karrieredauer unserer besten Militärführer. Geben Sie mir sechzig Jahre.«

Der ilKhan mußte grinsen. »Sechzig Jahre? Im Vergleich zu Ihnen sind wir Eintagsfliegen. Sechzig Jahre sind zwölf Generationen unserer Krieger. Ich werde lange tot und vergessen sein, bis der Krieg wieder beginnt. Zehn Jahre im Höchstfall.«

»Wir sind langsame Schildkröten. Für uns sind zehn Jahre nichts. Zehn Jahre ist zu wenig, um einen guten Krieger, geschweige denn Kader auszubilden, die sich Ihnen entgegenstellen könnten. Sagen wir dreißig Jahre. Lassen Sie die Krieger, die sich Ihnen gestellt haben, nach Hause zurückkehren, um eine neue Generation von Kriegern aufzuziehen, die sich gegen Ihre besten Kämpen stellen.«

Ulric schien mit dem Gegengebot zu zögern. »Ich fürchte dreißig Jahre sind zuviel, mein Freund. Ich kann Ihnen fünfzehn zugestehen und dieses Gebot absichern. Sofern Sie mich auf Tukayyid nicht töten, glaube ich, daß ich lange genug ilKhan bleiben kann, um diese Übereinkunft zu garantieren. Über einen längeren Zeitraum hinaus kann ich nicht den nötigen Einfluß ausüben, um die Clans daran zu binden.«

Focht rückte seine Augenklappe zurecht. *Du stehst mit*

dem Rücken zur Wand, nicht wahr? »Fünfzehn Jahre kann ich akzeptieren. Immerhin haben Sie mir die Wahl des Schlachtfelds überlassen.«

»Das stimmt.« Der Khan des Wolfsclans sah sich noch einmal die Daten Tukayyids an. »Wann soll die Schlacht stattfinden?«

»Anfang Mai?«

»Das liegt im Bereich des Machbaren. Wenn die Clans ihre Wahl bezüglich der Einheiten getroffen haben, die Tukayyid angreifen, werde ich Ihnen diese Informationen zukommen lassen.«

Focht streckte dem Khan durch das Bild Tukayyids die Hand entgegen. »Gut gehandelt und akzeptiert, il-Khan.«

Ulric grinste. »Sie haben während Ihres Aufenthalts bei uns viel gelernt. Meinen Sie, es war genug?«

»Zumindest genug, um zu wissen, daß die Antwort auf diese Frage auf Tukayyid liegt.«

24

Sitz des Ersten Bereichs ComStars
Hilton Head Island, Nordamerika, Terra

8. April 3052

Prima Myndo Waterly sah hinüber zur schlanken Präzentorin von Dieron, als die Computerprojektion des Präzentors Martialum verblaßte. »Nun, Sharilar Mori, was meinst du?«

»Ich fühle mich hochgeehrt und froh, daß Ihr mir diesen Bericht zeigt, bevor Ihr ihn dem Ersten Bereich vorführt«, stellte Sharilar fest, aber ihre Miene zeigte keine Gefühlsregung. »Ich frage mich jedoch, warum Ihr mich für diese Ehre ausgewählt habt.«

»Warum?« Myndo lächelte gütig, um ein Bild von Weisheit und Abgeklärtheit zu vermitteln. »Hast du vergessen, daß ich deine Vorgängerin als Präzentorin von Dieron war und dich persönlich als meine Nachfolgerin bestimmt habe, als ich zur Prima wurde?«

»Nein, Prima, ich habe es nicht vergessen, aber ich wäre kein Mensch, wenn ich mir über mein Glück keine Gedanken machte.« Sharilar senkte den Blick auf den Parkettboden der Privatgemächer der Prima. »Ich hoffe, ich war während meiner Zeit als Präzentorin von Wert.«

»Das warst du, Sharilar, und du wirst es noch weiter sein.« Die Prima setzte sich in einen Sessel und klopfte auf die Armlehne eines Sessels neben ihr. »Bitte, setz dich. Ich muß dir etwas von großer Wichtigkeit mitteilen.«

Sharilar bewegte sich mit ihrer üblichen Eleganz, aber Myndo spürte ihre Nervosität. *Gut. Würde sie meine Art, diese Situation anzugehen, nicht aufregen, wäre sie völlig ungeeignet für das, was ich von ihr erwarte.* »Präzentorin von Dieron, was hältst du von der Übereinkunft des Präzentors Martialum mit den Clans?«

Sharilar saugte an der Unterlippe, bevor sie eine Antwort gab. »Ich hätte mir eine längere Kampfpause gewünscht, aber ich glaube ihm, daß fünfzehn Jahre das Höchste der Gefühle waren. Ich vermute, in diesem Zeitraum können das Vereinigte Commonwealth und das Draconis-Kombinat genügend Truppen ausheben, um die Front zu halten, wenn die Kämpfe wieder aufflammen.«

Myndo legte eine Hand auf Sharilars Unterarm und drückte ihn sanft. »Ich stimme dir voll und ganz zu. Wenn du jetzt deine Gedanken fünfzehn Jahre in die Zukunft richtest — nehmen wir an, du wärst die Prima —, wie würdest du ComStars Überlebenschance einschätzen?«

Insgeheim genoß Myndo, wie Sharilar bei der Vorstellung zusammenzuckte, sie könne selbst Prima werden.

»Das ist eine schwierige Frage, Prima. Wenn wir die Clans besiegen, werden sie uns sicher von ihren Welten vertreiben. Alles, was wir in den letzten beiden Jahren erreicht haben, wird vergebens gewesen sein. Wenn das Draconis-Kombinat und das Vereinigte Commonwealth die Clans nicht aufhalten können, wird Terra fallen. Ich würde sagen, unsere Überlebenschancen sind minimal, sofern es uns nicht gelingt, die Nachfolgerstaaten zu einen, damit sie uns gegen die Clans beistehen.«

Die Prima lehnte sich zurück. »Und angesichts der momentanen Haltung Hanse Davions, wie schätzt du denn unsere Chancen ein, die Innere Sphäre zu einen?«

»Sehr gering, Prima.«

»Korrekt. Kurz gesagt hat uns der Präzentor Martialum bestenfalls fünfzehn Jahre gekauft. Wenn die Clans ihn auf Tukayyid besiegen, sterben ComStar und der Traum des Seligen Blake sofort.«

Auf Sharilars Stirn traten tiefe Falten. »Aber der Präzentor Martialum hörte sich sehr zuversichtlich an. Er sagte, er habe den Schlüssel zum Sieg über die Clans. Kann er verlieren?«

Myndo schnaufte abfällig. »Sharilar, du mußt lernen, die Wirklichkeit zu sehen. Der Präzentor Martialum sieht Konflikte wie ein riesiges Kriegsspiel — eine Schachpartie. In seiner Vorstellung kann alles auf diesem Schachbrett entschieden werden, und nichts von dem, was sich im übrigen Universum abspielt, hat einen Einfluß auf dieses Ergebnis. Soweit es ihn betrifft, wird die Schlacht um Tukayyid alles entscheiden, und anschließend werden er und ilKhan Ulric als Freunde auseinandergehen.«

»Seid Ihr nicht etwas hart in Eurem Urteil?«

Die Prima warf mit einer beiläufigen Bewegung ihr langes Haar zurück. »Keineswegs, Präzentorin von Dieron. Du mußt es so sehen: Der Präzentor Martialum ist ein alter Soldat, und dies wird die größte Schlacht seiner Karriere. Ob er gewinnt oder verliert, seine Zeit geht zu Ende. Er wird sich nie wieder einer Herausforderung stellen, die dieser gleichkommt. Diese Schlacht ist die Erfüllung seiner Träume, aber unsere Träume müssen weitergehen. Er will ComStar schützen, aber wir — du und ich — müssen Blakes Traum treu bleiben, die Menschheit zu verbessern.« Die alte Frau lehnte sich in ihrem Sessel vor und sprach in einem leisen, verschwörerischen Flüsterton. »Das Todesurteil ComStars ist bereits unterzeichnet. Wir müssen seine Vollstrekkung verhindern.«

Sharilar nickte hölzern, als die Bedeutung dieser Worte sie allmählich überwältigte. »Der Traum Jerome Blakes darf nicht untergehen. Das wäre ein Verrat an der Menschheit.«

»So ist es. Während der Präzentor Martialum seine äußersten Bemühungen darin setzt, die Clans zu zerschlagen, müssen wir über seine Aktionen hinausdenken und den endgültigen Sieg ComStars und Blakes sicherstellen.«

Sharilar starrte die Prima an. »Aber wie soll das gehen? Was können wir tun?«

»Computer, zeige die Zielliste der Operation Skorpion.«

Der Computer gehorchte augenblicklich. Wo noch kurz zuvor das Gesicht des Präzentors Martialum in der Luft gehangen hatte, erschienen nun leuchtende Buchstaben. Myndo überflog die Liste erneut und badete sich in selbstgefälligem Ruhm, dann betrachtete sie lächelnd Sharilar Mori, die mit offenem Mund die Liste anstarrte.

»Ja, Sharilar, es ist ein vom Konzept her verwegener, aber in der Ausführung simpler Plan. Phase Eins: Aufstände auf allen von uns verwalteten Clan-Welten. Die Garnisonstruppen werden eingeschlossen, die Planeten im Namen ComStars befreit. Das bringt ComStar den Ruhm des Befreiers der Menschheit.«

»Ich sehe die Weisheit darin wohl, Prima, aber Phase Zwei? Wird es nicht zu Panik und Verwirrung bei denen führen, die wir als Verbündete brauchen, wenn wir alle Einrichtungen in den Nachfolgerstaaten schließen?«

Die Prima kniff die dunklen Augen zusammen. »Ich will Panik in den Nachfolgerstaaten. Durch ihre unglaubliche Arroganz leben Hanse Davion, Theodore Kurita und Thomas Marik in dem Wahn, sie könnten uns ignorieren. Sie alle wurden um Unterstützung bei der Verteidigung Terras gebeten, und sie alle haben sich mit leeren Versprechungen aus der Affäre gezogen. Sie halten uns für nutzlos, und ich will ihnen beweisen, daß wir sie verletzen können. Ein Interdikt über der gesamten Inneren Sphäre wird ihnen den Hals zuschnüren und sie daran erinnern, daß sie ohne uns keine Hoffnung haben, sich den Clans zu widersetzen. Dann werden wir die Sanktionen im Gegenzug für bestimmte Konzessionen wieder aufheben, so wie wir es vor dreiundzwanzig Jahren bei den Vereinigten Sonnen getan haben. Wir werden sie zwingen, uns so einzusetzen, wie es die Clans auf den besetzten Welten tun. Wenn die Kommunikation zwischen den Zentralwelten und den anderen Planeten wieder aufgenommen wird, werden sie feststellen müssen, daß bereits eine derartige Situation existiert, und es wird ihnen nichts anderes übrigbleiben, als sie zu akzeptieren.«

Sharilar schauderte. »Der Präzentor Martialum und der Erste Bereich werden sich diesem Plan widersetzen.«

»Und deswegen dürfen sie nichts davon erfahren.« Myndo sah Erkennen in Sharilars Zügen. »Du hast recht, Präzentorin von Dieron. Ich habe dich zu mir gerufen, weil du erfolgreich die kurze Allianz mit Theodore Kurita ausgehandelt hast. Du bist geschickt und weißt, außerhalb der normalen Kanäle zu agieren. Ich muß den Ersten Bereich aus unserer Planung ausschließen, und dir kann ich vertrauen. Du mußt die Botschaften schnell an all unsere Präzentoren und Demi-Präzentoren schicken, damit sie die nötigen Vorbereitungen treffen können. Operation Skorpion wird gleichzeitig mit dem Kampf des Präzentors Martialum gegen die Clans starten.« Myndo setzte die Miene einer Eroberin auf. »Wenn der Präzentor Martialum die Clans besiegt hat, wird ilKhan Ulric erfahren, daß seine Truppen tief hinter den feindlichen Linien gefangen sind. Wir werden die Clans zum Abzug zwingen. Dann werden sie uns für immer in Ruhe lassen.«

In Sharilar Moris Blick trat ein unheilvolles Glitzern. »Es soll geschehen, wie Ihr befehlt, Prima. Ich frage mich jedoch, was es mit Eurer Namensgebung für diesen Plan auf sich hat. Warum Skorpion?«

»Wegen einer alten Fabel, Sharilar. Es ist die Geschichte von einem blinden alten Hund und einem Skorpion, der jenen über die Welt aufklärt.«

25

Landungsschiff *Barbarossa,* Transitorbit
Port Moseby, Virginia Shire, Vereinigtes Commonwealth

9. April 3052

Victor Steiner-Davion fühlte, wie sich ein bleiernes Netz um sein Herz legte und es in die Tiefe zog. »Morgan, das kann nicht dein Ernst sein!«

Der großgewachsene Marshal des Vereinigten Commonwealth stand vor seinem Vetter und sah ihn überrascht an. »Und dieser angebliche Plan soll *dein* Ernst sein? Du rufst mich hierher, damit ich *das* begutachte?« Morgan hielt die Holodisk hoch wie ein Stück Abfall. »Ich habe schon intelligentere Planungen für Kriegsspielszenarien bei gemeingefährlichen Irren gesehen.«

Victor wurde rot. »Morgan, wir haben an diesem Plan gefeilt. Meine Leute haben hart dafür trainiert. Unsere Kampfmoral ist besser als je zuvor, und wir haben die volle Unterstützung des Kombinats. Selbst Generalin Kaulkas hat den Plan abgesegnet.«

Morgan Hasek-Davion warf die Holodisk verächtlich auf seinen Schreibtisch. »Na gut, du hast sie täuschen können, aber bei mir gelingt dir das nicht. Wäre das ein Skript für *Der ewige Krieger,* könnte ich möglicherweise einen *Fetzen* von Sinn entdecken. In diesem Macho-Dreck kann der Held ganze Einheiten eigenhändig auslöschen. Aber seit wann haben du und deine Leute ein Superheldentraining absolviert? Das einzige, was uns das einbringt, sind *zwei* auf Teniente festhängende Prinzen.«

»Nein, Morgan, du irrst dich.« Victor ballte krampfhaft die Fäuste. »Der Plan kann funktionieren, und er *wird* funktionieren. Gib uns nur eine Chance.«

»Im Krieg geht es nicht um Chancen, Victor. Im Krieg geht es um tödliche Gewißheiten — vor allem die Gewißheit, daß Menschen im Krieg sterben.« Morgans Blicke spien Funken. »Du schickst ein verstärktes Bataillon mit bestenfalls unvollständiger Information über den Feind auf eine Welt. Du kennst den Standort der zu entsetzenden Truppen nicht, aber du hast die Möglichkeiten auf ein Dutzend verschiedene Orte auf dem nördlichen Kontinent reduziert. Du hoffst darauf, daß Hohiro euch beim Anflug zur nächstgelegenen Landezone lotsen kann. Aber du hast keine Ahnung, ob die Sicherheit seiner Kommunikation gewährleistet ist, oder auch nur, ob er nicht längst gefangengenommen und sein Widerstand gebrochen wurde — nicht einmal, ob er überhaupt noch lebt. Du könntest geradewegs in einen Hinterhalt fliegen.«

»Das würde stimmen, wenn wir als Feinde anfliegen würden. Du hast den Plan gelesen. Sie werden nicht ahnen, daß wir eine feindliche Einheit sind.«

»O ja«, höhnte Morgan, »ein Anflug mit getarnten Landungsschiffen. Wirklich ein brillanter und narrensicherer Plan.«

»Du hattest auf Sian auch nichts anderes«, schoß Victor zurück.

»Stimmt, aber die Unterschiede zwischen Sian und Teniente sind kaum aufzuzählen.« Morgan hob die Hand und zählte an den Fingern ab: »Maximilian Liao war erstens dumm und zweitens verzweifelt; die Clans sind weder das eine noch das andere. Wir flogen in Liaos eigenen Landungsschiffen ein; du benutzt unsere Landungsschiffe mit neuer Bemalung. Wir hatten zwei der drei wichtigsten Geheimdienstler Liaos in unserer Tasche; du hast keinerlei Unterstützung im gegnerischen Lager. Reicht das, oder muß ich weitermachen?«

Victor kochte vor Wut. Er wollte die Faust gegen die Schottwand rammen. Frustriert riß er am Kragen seines Hemdes und berührte versehentlich den steinernen Affen, den er als Anhänger trug. Der stammte von Kai Allard, und Victor erinnerte sich plötzlich daran, wie Kai ihm gesagt hatte, Sun Hou-Tzu solle ihn beschützen. *»Dieses Totem soll dich daran erinnern, immer du selbst zu bleiben, was auch geschieht.« Das waren Kais Worte. Jetzt, so wie Morgan mir zusetzt, bin ich nur ein trotziges Kind, nicht mehr.*

Der Prinz zwang sich, die Fäuste zu öffnen. »Deine Einwände sind berechtigt, aber ich habe Shin Yodamas feste Zusicherung, daß die Täuschung gelingen wird. Ich muß davon ausgehen, daß Theodore Kurita die Informationen, mit denen wir arbeiten, selbst überprüft hat.«

Morgan starrte Victor hart an. »Das garantiert noch nicht ihre Fehlerlosigkeit.«

»Aber es beweist, daß der Kanrei gewillt ist, das Leben seines Sohnes darauf zu verwetten, daß sie stimmen.« Victor zwang sich zu einem ruhigeren Tonfall und versuchte bewußt, Atmung und Puls zu verlangsamen. »Morgan, du kannst ebenso deutlich wie ich sehen, daß dieser Plan von größter Wichtigkeit ist. Du hast mir selbst gesagt, daß es noch andere Alyinas und andere Leben zu rächen gibt außer Kais.« Victor strich wieder über den Jadeanhänger. »Hier habe ich die Chance, mehr zu tun, als nur Kais Tod zu rächen. Nach dessen Tod hat Galen mich daran erinnert, daß sein Opfer sinnlos wäre, wenn es den Clans gelingt, uns zu vernichten. Dazu müßten die Clans unsere Lebensweise und Regierungen zerstören. Solange ihnen das nicht gelingt, werden wir uns widersetzen. Du hast die Berichte über die Freie Republik Rasalhaag gesehen.« Victor deutete auf den Holovidschirm an einer Ecke des Schreibtisches. »Der Verlust Prinz Ragnars hat ihre Kampfmoral geschwächt. Bis dahin hatten die Leute daran geglaubt, für ihren Traum der Selbstbestimmung zu kämpfen. Jetzt, nachdem die Clans Ragnar gefangen haben und das Herz seines Vaters praktisch gebrochen ist, kämpfen die Truppen des Freien Rasalhaag wie in Trance. Selbst dieser Bastard Tor Miraborg ist zu einem

Schoßhund der Wölfe geworden, und auf Günzburg wurde nicht einmal gekämpft.«

Morgan lehnte sich gegen die Schreibtischkante. »Was willst du mir sagen, Victor?«

Am Tonfall seines Cousins erkannte der Prinz, daß sein nächster Vorstoß entscheidend sein würde. »Ich will dir gar nichts sagen, Morgan. Ich bitte dich nur, die Bedeutung dieser Mission für die Nachfolgerstaaten zu bedenken. Wenn wir Hohiro zurückbringen, können die Menschen darüber jubeln, wie wir ihn den Novakatzen unter der Nase weggeschnappt haben. Sie werden sehen, wie wichtig es für uns ist, mit dem Draconis-Kombinat zusammenzuarbeiten. Sie werden sehen, daß Hohiro und ich fähig sind, miteinander zu leben, ohne uns gegenseitig umzubringen, und das wird ihnen eine Hoffnung für die Zukunft geben, über den Krieg gegen die Clans hinaus. Unseren Truppen wird es beweisen, daß man die Clans täuschen kann. Es wird beweisen, daß die Militärdoktrin, die wir laufend predigen, funktioniert. Es wird beweisen, daß wir die Clans schlagen können.«

»Und wenn sie fehlschlägt, Victor? Was dann?«

Der kleinwüchsige Prinz zuckte die Schultern. »Für das Kombinat wird es kurzfristig wenig Unterschied machen. Es sieht sich immer noch weit überlegenen Clan-Truppen gegenüber. Ein Sieg könnte die Kampfmoral stärken, aber Hohiros Tod, wenn er überhaupt bekanntgegeben wird, wird sie nur noch darin bestärken, ihre Welten gegen die Clans zu verteidigen. Was eine Regierung Minoru Kuritas angeht — ehrlich gesagt, ich glaube nicht daran, daß er jemals den Thron besteigen wird, und selbst wenn, werde ich es bestimmt nicht mehr erleben.«

Morgan nickte. »Und was würde dein Tod für das Vereinigte Commonwealth bedeuten?«

»Wenig oder gar nichts.« Victor begegnete Morgans überraschtem Blick ruhig und gefaßt. »Gib's zu, Morgan. Alle Welt zweifelt an meiner Fähigkeit, die Davion-Legende weiterzuführen, die mein Vater und du begonnen haben. Ich war immer der kleine Prinz, der sein Bestes gibt, niemals der kleine Prinz, der es schaffte. Außerdem würde es mehr als ein Amtsträger des Commonwealth begrüßen, wenn meine Schwester Katherine oder mein Bruder Peter Thronanwärter würde.«

Der Marshal ging um den Schreibtisch herum und ließ sich in den Stuhl fallen. »Du willst also die Genehmigung zu dieser Mission, um allen zu beweisen, wie falsch sie liegen?«

»Nein, Morgan, das Spiel funktioniert nicht mehr.« Victor richtete sich zu voller Größe auf. »Du löst keinen neuen Wutanfall aus, weil ich damit nur beweisen würde, daß mir die für diese Operation notwendige Objektivität fehlt. Ja, ich bin cholerisch, aber ich habe mich in der Gewalt. Ich habe diese Mission aus allen Blickwinkeln überprüft, aber ich bin bereit, sie aufzugeben, wenn sich die Situation ändert oder du es mir befiehlst. Aber ich weiß, daß der Plan solide ist, und ich schätze, du weißt es auch.«

Morgan Hasek-Davion legte die Fingerspitzen aneinander. Sein langes kupferfarbenes Haar verdeckte die Marschallsepauletten seiner schwarzen Uniformjacke. »Du hast es weit gebracht, Victor. Ich kann mich noch daran erinnern, wie du dich gegen die Versetzung nach Trellwan gewehrt hast. Du hast mich um Mitgefühl gebeten, und nicht zum letztenmal, wenn ich das erwähnen darf. Immer habe ich dir widersprochen oder dich gezwungen, die volle Verantwortung für dein Handeln zu übernehmen.« Er breitete die Hände aus. »Jetzt kommst du mit einem Plan zu mir, für den du von vornherein die Verantwortung übernimmst. Ich fühle, daß dies zum Teil so ist, weil Kai Allard dir das früher abgenommen hat. Ich bedauere seinen Verlust, aber es freut mich, daß er dich gezwungen hat, erwachsen zu werden. Du bist etwas ganz Besonderes, Victor. Du bist ein

Licht, das sehr, sehr hell brennt, entschlossen, deinem Namen gerecht zu werden. Ich habe immer gewußt, daß du zu Großem bestimmt bist.«

Der Prinz kniff die Augen zusammen. »Wenn das stimmt, warum machst du es mir dann so schwer?«

»Weil ein Licht, das so hell leuchtet, dazu neigt, schnell auszubrennen. Ich werde niemals zulassen, daß du das Leben der Männer und Frauen unter meinem Befehl auf eine bloße Ahnung hin riskierst. Der Krieg ist ein Schmelztiegel, in dem der Mensch sein wahres Wesen kennenlernt. Ich wollte nicht, daß andere leiden, wenn du versagst.«

Victor senkte den Blick und schluckte. »Ich verstehe. Hast du ein Urteil gefällt?«

Morgan zögerte etwas, bevor er antwortete. »Ich werde eine Kopie deines Berichts mit meinen Anmerkungen an deinen Vater schicken. Unter Vorbehalt seiner Zustimmung oder Ablehnung autorisiere ich das Erste Verstärkte Bataillon, Zehnte Lyranische Garde, sich auf den Weg zu den wartenden Kombinatssprungschiffen zu machen. Ich erwarte einen vollständigen Bericht nach jedem Sprung, ebenso wie neue Geheimdienstberichte. Natürlich liegt die endgültige Entscheidung bei deinem Vater, aber ich denke, diese Mission ist soeben genehmigt worden.«

Victors Herz schlug bis zum Hals. »Danke, Morgan.«

»Bedank dich nicht, Victor. Spar dir die Energie dafür auf, deinen Plan zu verwirklichen.« Morgans Augen wurden schmal. »Bleib du selbst und dir selbst gegenüber ehrlich. Du hast keinen Kai Allard dabei, der dir dabei aushelfen könnte. Wenn sich diese Mission als Rohrkrepierer erweist, brich sie ab. Beende sie, bevor sie dein Ende wird.«

26

Alyina
Jadefalken-Besatzungszone

12. April 3052

Kai fuhr mit dem Finger über die vor ihm auf dem Boden ausgebreitete Karte. »Hiernach scheinen wir dem Mahlerhof nicht näher als zweihundert Kilometer zu kommen.«

Deirdre hockte rechts neben ihm und preßte mit beiden Armen die Knie gegen die Brust. »Wahrscheinlich ganz gut so. Wenn wir näher herankämen, könnten wir in Versuchung geraten, sie zu besuchen, und das würde ihnen mit Sicherheit die Clans auf den Hals hetzen.« Sie streckte die Hand aus und legte einen Finger auf die Karte. »Du hast behauptet, an unserem Ziel steht ein Radioteleskop, aber ich sehe keine Eintragung für ein Observatorium auf Mount Sera.«

»Die Anlage ist mehr oder weniger geheim.« Er drückte ihre Hand. »Das Geheimdienstministerium unterhält zahlreiche Forschungsprojekte im gesamten Vereinigten Commonwealth. Sie unterscheiden sich nach Sicherheit und Bekanntheit. Die Waffenforschungen des NAIW auf New Avalon zum Beispiel gelten als streng geheim, aber jeder weiß, daß es sie gibt, und auch wo. Die Sicherung besteht mehr darin, wie schwierig es ist, sie zu erreichen — und daß kaum jemand weiß, an welchen Projekten genau man dort arbeitet.« Kai stand auf und klopfte Laub und Zweige von den Knien des Overalls. »Erinnerst du dich an all die UAP-Sichtungen auf New Avalon vor zehn Jahren?«

»Die Unerklärten Atmosphärischen Phänomene?« Sie kniff die blauen Augen zu und konzentrierte sich. »Ich habe nie viel von dem Gerede über Fremdwesen aus dem All gehalten, aber ich glaube mich daran zu erinnern. Was ist damit?«

»Im Hudsongolf-Flugzentrum hat das Vereinigte Commonwealth *Hammerhai*-Prototypen getestet, die nach Plänen in einem Kernspeicher aus der Sternenbundzeit gebaut worden waren. Das Projekt war streng geheim, deshalb fanden alle Flüge nachts statt, und UAP-Gläubige meldeten ständig Sichtungen von Flugmaschinen, die unmögliche Manöver ausführten. Die VCS verweigerten jeden Kommentar und mauerten. Das machte die Sache natürlich nur noch schlimmer, und sogenannte UAP-›Untersucher‹ erklärten, das Schweigen der Regierung beweise die Existenz von Fremdwesen, mit denen geheime Verhandlungen im Gange seien.«

Deirdre faltete die Karte zusammen. »Ich glaube, ich habe einen Bericht darüber gesehen. Ich fand ihn zum Schießen. Angeblich sollte ein abgestürztes Raumschiff und die Leichen der Fremdwesenbesatzung in Bereich 51, Hangar 18b, der Hudsongolfbasis versteckt sein.«

»Ich erinnere mich. Auch an den Absturz.« Kai legte vorsichtig seine kugelsichere Weste an. »Einer der Prototypen stürzte auf eine Farm knapp außerhalb von Moore's Folly im Roswelldistrikt. Die VCS stellten das Gebiet unter Quarantäne und sammelten jedes kleine Stückchen ein, das sich an Bord der Maschine befunden hatte, auch die Fiberstahlpanzerung. Es stellte sich aber heraus, daß sie ein oder zwei Splitter übersehen hatten, und eines davon bekamen die UAPler in die Hände, die es augenblicklich als Probe eines Materials verkauften, das die Menschheit nicht herstellen konnte. Sie behaupteten, die Regierung würde die Leichen von Fremdwesen verbergen. Zum größten Teil waren die UAPler paranoide Verschwörungstheoretiker, die blindlings Amok liefen und mit ihren ständigen Forderungen nach Informationen vor allem den Büroangestellten in den Ministerien das Leben schwermachten.«

»Glaubst du an ›Fliegende Untertassen‹, Kai Allard?«

Der MechKrieger zuckte die Schultern. »Es kommt

gar nicht darauf an, was ich glaube oder nicht. Ich weiß nicht, ob da draußen noch jemand lebt, und es ist mir auch egal. Wenn einer von ihnen jetzt vorbeikäme und uns einladen würde, mit zu ihm nach Hause zu fliegen, würde ich annehmen.«

»Und deshalb gehen wir zu dem Radioteleskop?«

Kai schloß schweigend den Reißverschluß des Overalls. Er hatte Deirdre gesagt, er hoffe mit dem Radioteleskop eine kodierte Botschaft ins All senden zu können. Er wußte, daß jede auf diese Weise abgeschickte Botschaft Jahrhunderte brauchen würde, um New Avalon zu erreichen, und mindestens zwanzig Jahre bis zur nächsten Welt des Vereinigten Commonwealth. Mit ziemlicher Sicherheit wußte sie es ebenfalls. Die Chance, daß ein Sprungschiff irgendwo in ihrem System lag, das ihre Botschaft weitertragen konnte, war minimal, aber das Risiko wert.

Was Kai ihr nicht verraten hatte, war das Geheimnis der Nachrichtengeräte, die das Vereinigte Commonwealth entwickelt hatte, um ComStars interstellares Kommunikationsmonopol zu brechen. Die Black Box-Geräte waren sehr viel langsamer als ComStars Hyperpulsgeneratoren, aber sie konnten eine Nachricht ins Vereinigte Commonwealth befördern, bevor sie beide zu alt waren, um eine Rettung noch zu würdigen.

Er wußte nicht, ob die Anlage eine dieser Faxmaschinen besaß, aber die bloße Möglichkeit machte einen Versuch unumgänglich. Kai bedauerte, sein Wissen vor Deirdre geheimhalten zu müssen, aber er wußte selbst nur durch die Stellung seines Vaters und Informationen, die er als Kind aufgeschnappt hatte, von diesen Geräten. Diese Informationen mit jemandem zu teilen, selbst mit der Frau, die er liebte, hätte das Vertrauen seines Vaters verletzt und sie unnötig in Gefahr gebracht.

»Das ist wohl unsere beste Chance, ein galaktisches Taxi von diesem Felsbrocken zu bekommen.« Er schulterte seinen Rucksack. »Wir werden noch ein paar Wochen brauchen, bis wir in den Bergen sind. Dann huschen wir durch den Tedescopaß und sind am Mount Sera. Dort schicken wir unsere Botschaft ab und warten.«

So gelassen Kai sich auch gab, es würde nicht so einfach werden. Ihr Weg führte sie durch den Vorrei-Nationalpark, um eine Stadt und zwei Dörfer herum und erst danach in die Vorgebirge. Der geschützte Wald war mit seinen hohen Föhren und goldenen Tälern sicher pittoresk, aber seine Durchquerung würde alles andere als einfach werden. Bis sie ihr Ziel erreichten, waren sie bestimmt müde und zerschlissen.

Deirdre stopfte die Karte in ihren Rucksack. »Und du bist sicher, die Anlage ist da?«

»Sehr sicher sogar.« Mit dem rechten Fuß verteilte er die Asche des kleinen Lagerfeuers und machte sich auf den Weg. »An der Militärakademie New Avalon habe ich eine Vorlesung von Professor Todor Meir gehört. Er sprach über Forschungen, die er ausgeführt hatte, vermied aber jeden Hinweis darauf, wo das geschehen war. Später auf einem Empfang bemerkte ich eine Taucheruhr an seinem Arm, und wir kamen ins Gespräch. Er erwähnte das Mar Negro auf Alyina. Es kostete mich nur minimale Detektivarbeit, das Rätsel zu lösen, und mein Vater bestätigte meine Schlußfolgerungen.«

Deirdre holte ihn lächelnd ein. »Wie der Vater, so der Sohn.«

Kai warf ihr einen schnellen Blick zu und suchte eine Spur des alten Hasses, aber auf ihrem hübschen Gesicht war nichts davon zu sehen. »Ich hoffe doch.«

Sie stieg über einen umgefallenen Baumstamm. »Da brauchst du dir keine Sorgen zu machen. Deine Eltern sind sehr stolz auf dich.«

»Wirklich?« Der Stolz, der durch seine Brust brandete, überraschte Kai. »Wie kommst du darauf?«

Deirdre ging schweigend ein Stück weiter durch den schattigen Wald, bevor sie antwortete. »Als ich auf Outreach über deine Aktionen auf Twycross aussagen mußte, konnte ich es in ihren Augern lesen. Obwohl ich deinen Vater verletzen wollte, konnte ich nicht anders, als die Wahrheit zu sagen. Ich glaube kaum, daß sie noch stolzer auf dich sein könnten, Kai. Deine Herkunft hat dich zu einem Menschen gemacht, wie ich es gern wäre.«

»Sag das nicht. Du hast Wundervolles geleistet und wirst noch weit mehr schaffen.«

Sie hob die Achseln. »Ich habe versucht, Buße für das zu tun, was mein Vater getan hat. Meine Herkunft hat mir dabei nicht sonderlich geholfen.«

Kai schüttelte den Kopf und kletterte über ein Netz von Luftwurzeln einen Hang hinauf. »Du beißt dich zu sehr an dem fest, was du für die Sünden deines Vaters hältst. Peter Armstrong war vielleicht nicht der beste Vater des Universums, aber eigentlich bist du auch nicht wirklich seine Tochter.«

»Was?«

»Hör mal, du sagst, du wolltest wiedergutmachen, was dein Vater dem Vereinigten Commonwealth angetan hat. Dazu hättest du eine Million Möglichkeiten finden können.« Er hielt an und half ihr den Hügel hinauf. »Du hast dich für die Medizin entschieden. Ich glaube, das geschah, weil dein wirklicher Vater, Roy Lear, ein Arzt war. Ich würde sagen, bei der Wahl deines zukünftigen Lebenswegs bist du von deiner wahren Herkunft ausgegangen.« Kai zuckte die Schultern. »Andererseits, was weiß ich schon? Ich sollte die Psychologie den Profis überlassen.«

Deirdre schob ein paar dunkle Haarsträhnen hinter das linke Ohr. »So habe ich es nie betrachtet. Ich habe meinen Stiefvater immer als Lehrer gesehen, nie als Vater. Ich habe ihn geliebt, aber nicht so, wie es normal gewesen wäre.«

»Wer weiß schon, was normal ist?« Kai mußte lachen, als er an seine Familie dachte. »Meine Eltern waren ständig aus irgendeinem Grund auf dem Sprung. Staatsbankette, Besprechungen auf anderen Welten, Kriegsplanungen und Gefechte — die Liste kannte kein Ende. Trotzdem haben sie dafür gesorgt, daß wir sicher in dem Bewußtsein waren, geliebt zu werden. Sie hatten Vertrauen in uns und wollten, daß wir werden, was wir uns vorgenommen hatten. Auch wenn wir sie häufig monatelang nicht gesehen haben, war es vielleicht besser so als mit Eltern, die ständig da sind, aber einem nie genug Liebe schenken. Kein Fremder könnte die Art, wie ich aufgewachsen bin, als normal bezeichnen, aber für mich war es das.«

Sie nahm seine Hand. »Du bist ganz schön klug für einen Soldaten, weißt du das?«

»Wirklich?«

»Abgesehen von zwei Punkten, über die ich mir Gedanken mache.«

»Ja?«

»Bringt der Weg zum Sera uns nicht ungeheuer nah an Dove Costoso heran?« Sie rümpfte die Nase. »Ich bin nicht versessen darauf, auch nur auf demselben Kontinent wie dieser ComStar-Demi-Präzentor zu leben.«

»Soviel zu meinem Vorhaben, bei ihm ein Täßchen Tee zu trinken.« Kai drückte ihre Hand. »Wir werden die Stadt weit genug umgehen, um nicht bemerkt zu werden. Wir kommen ihr nahe, aber nicht zu nahe. Was noch?«

»Erklär mir noch mal, warum wir den Hovertruck nicht behalten haben.«

Der MechKrieger schnitt eine Grimasse. »Der Truck war für unser Vorhaben nicht geeignet. Wir wären gezwungen gewesen, uns an die Straßen oder ebenes Gelände zu halten. Außerdem haben wir unsere Verfolger hoffentlich verwirrt, indem wir ihn programmiert haben, durch sämtliche Suchsektoren zu fliegen. Sie können nicht wissen, wann oder wo wir den Hovertruck verlassen haben, und dadurch, daß wir ihnen den Elementar mitgeschickt haben, dürften wir ihnen auch gewisse Probleme bereitet haben. Wenn nichts sonst, haben wir zumindest Zeit erkauft, indem wir sie zwingen, neu zu bieten, um einen Jäger auszuwählen.«

»Irgendwie macht mich dieser Punkt nicht sonderlich fröhlich, Kai.«

Kai nickte und fühlte, wie sich die Härchen in seinem Nacken aufstellten, als er an einen erneuten Kampf gegen einen Elementar dachte. Er blickte Deirdre an und ließ sich von ihrer optimistischen Miene anstecken. Er überzeugte sich sogar selbst, daß das Gefühl von Unheil in seinen Gedanken nur ein kalter Windhauch unter dem Kragen des Overalls war.

»Ich biete eine Rüstung ohne Raketenlafette!« brüllte ein Elementar.

»Ich verzichte auf den Laser!« rief ein anderer.

Taman Malthus sprang über das Geländer der kleinen Arena, in der die Mitglieder seiner Einheit um das Recht boten, Dave Jewell zu jagen. Er kam mit beiden Füßen auf, als wolle er Stützpfeiler in den Felsboden rammen. Nur mit Shorts und Sandalen bekleidet, ballte er die Fäuste und starrte die beiden letzten Elementare in der Arena an.

»Ihr seid ein Witz. Ihr seid ein Witz.« Malthus ließ den Blick über die Männer und Frauen seines Sterns gleiten. »Wir jagen einen Menschen, keinen BattleMech.«

»Aber Sterncaptain, du hast gesehen, was er mit Corbin gemacht hat.«

»Ich habe es gesehen. Er hat ihn zerschnitten, zerschlagen und sein Genick gebrochen. Dann hat er ihn gefesselt wie ein Tier, das man zum Schlachter bringt. Er hat ihn an den Hovertruck gebunden und das Fahrzeug auf eine wilde Jagd durch die Suchsektoren geschickt. Das macht die Suche schwieriger, aber es sagt nichts darüber aus, ob Jewell gut oder Corbin nur einfach dumm war.« Malthus deutete hinter sich auf das Verwaltungsgebäude. »Die Labors haben Corbins Dolch untersucht und Blutspuren daran entdeckt. Jewell ist verletzt und möglicherweise in schlechtem Zustand. Daß er den Truck losgeschickt hat, könnte ein verzweifelter Versuch gewesen sein, uns abzuschütteln.«

»Ich biete«, setzte eine Frau an.

Malthus winkte ab. »Dein Gebot ist nichts wert, denn mein Gebot *ist* nichts.« Er hob die geballten Fäuste an die Schultern. »Ich werde ihn mit bloßen Händen fangen.«

»Wie?« rief ein anderer Elementar. »Wir haben keine Ahnung, wo er sich aufhält.«

»Doch, das haben wir. Er ist verletzt und muß wissen, daß er keine Chance hat, uns in der Wildnis lange zu entkommen. Das bedeutet, er muß an einen Ort zurückkehren, der groß genug ist, um in der Menge unterzutauchen und möglicherweise Kontakt mit Partisanen aufzunehmen.« Der Anführer der Elementare verschränkte die Arme über dem muskulösen Brustkorb. »Wir werden unsere Suche auf Dove Costoso und Umgebung konzentrieren. Wir werden seinen Weg kreuzen und ihn aufspüren. Er hat einen Mann meiner Einheit getötet. Das macht ihn zu mehr als nur zu einer Laus im Pelz von Demi-Präzentor Khalsa. Ich werde diesen Dave Jewell finden, und dann, wenn er sich sicher glaubt, wird sein Leben mir gehören.«

27

Lothan
Wolfsclan-Besatzungszone

17. April 3052

Phelan grunzte, als ein weiterer Leuchtpunkt an den Umrissen seines Mechs zeigte, wo der Elementar die Panzerung angeknabbert hatte. »Du kleiner Bastard. Wenn du dich nur zeigen würdest, brächte ich dich um, aber ich kann dich nirgends finden.«

Edicks Aktionen überraschten Phelan. Während des Rituals hatte der Clansmann stolz mit seinen bisherigen Siegen im Blutrechtkampf geprahlt und eine lange Aufzählung seiner Taten geliefert. Schüsse aus dem Hinterhalt waren nicht das, was er von diesem Kampf erwartet hätte.

Er hatte sich gefreut, als Natascha die oberste Münze gezogen und gesagt hatte: »Phelan, du bist der Jäger. Wie willst du kämpfen?«

Er hatte sich Edick zugewandt und breit gegrinst. »In meinem Mech.«

Ganz entgegen Phelans Erwartungen hatte der riesige Elementar diese Mitteilung so gelassen hingenommen, als hätte der MechKrieger Wasserpistolen auf zwanzig Schritte gewählt. Phelan wußte, daß Edick alle vorherigen Entscheidungen gewonnen und immer den direkten Zweikampf gewählt hatte. Er hatte im ersten Kampf einen Luft/Raumpiloten getötet, und die beiden MechKrieger, die sich ihm danach gestellt hatten, waren im Hospital wieder aufgewacht. Anstatt bei der Aussicht auf seinen ersten Kampf mit schwerer Benachteilgung nervös zu werden, hatte Edick gelassen erklärt: »Wir werden im Camelot-Industriepark auf Lothan kämpfen.«

Als Phelan das Schlachtfeld sah, wußte er, daß der

Mann gute Ratgeber hatte. Das Industriezentrum bestand aus Gebäuden unterschiedlicher Größe, die sich in Material und Bauweise stark ähnelten und den Park in eine glitzernde Welt aus Stahl und Spiegeln verwandelten. Auf den Befehl des ilKhans war die gesamte Anlage zur Vorbereitung des Gefechts evakuiert worden. Irgendwo im Innern dieses Spiegelglaslabyrinths wartete ein Elementar auf Phelan.

Die untergehende Sonne badete sämtliche Spiegelflächen in Blut.

Phelan schaltete die Ortung auf Infrarot und augenblicklich wieder zurück, bevor das grelle Licht ihm völlig die Sicht nehmen konnte. Die von den Spiegeln reflektierte Hitze machte IR nutzlos. Soweit Phelan feststellen konnte, hatte Edick sich in dem großen Gebäude rechts von ihm verschanzt. Indem er von einem Stockwerk zum nächsten rannte oder sich möglicherweise auch einfach den Weg durch die Innenwände freischlug, konnte der Elementar seinen leichten Laser aus sicherer Deckung abfeuern.

Ein anderer MechKrieger wäre geradewegs in das Gebäude eingebrochen, aber Phelan hielt sich zurück. Er wußte, daß Edick sich zu seinem Schutz auf Phelans Zurückhaltung beim Anrichten von Verwüstungen verließ, aber sein Zögern, geradewegs durch die Hauswand zu stürmen, kam aus der Erkenntnis, daß es sich dabei um die einzige offensichtliche Lösung seines Problems handelte. Er konnte nicht glauben, daß Edick damit nicht gerechnet haben sollte. Außerdem fühlte er sich in seinem Mech nicht sonderlich wohl.

Die freie Wahl des Kampfplatzes sollte zwar den Vorteil aufwiegen, den der Gewinner der Münzentscheidung hatte, aber die Clans unternahmen noch weitere Schritte, um einen einigermaßen fairen Kampf um das Blutrecht sicherzustellen. Daher hatte Phelan für dieses Gefecht anstelle seines *Wolfshund* einen *Kojote* erhalten. Der leichte Mech war für seine Kundschafterfähigkeiten bekannt, aber kaum besser bewaffnet als ein Elementar. Keines seiner Geschütze konnte Edick mit einem Treffer erledigen. Genau aus diesem Grund hatte er eine Maschine dieses Typs erhalten.

»Ich habe nur Laser, und die sind gegen diese verdammten Spiegelfassaden nutzlos! Ich würde meinen rechten Arm für ein simples Maschinengewehr geben, mit dem ich diese Fenster zerschießen kann.« Als er reflexartig die Fäuste ballte, folgten die modellierten Hände des *Kojote* seinem Beispiel.

Die Gebäude seiner Umgebung ragten bis zu zehn Stockwerke hoch auf, dreimal so hoch wie sein Mech. Wegen des Metallgehalts der Baustoffe und Einrichtung war die Magnetortung wertlos. Das Sonnenlicht verhinderte den Einsatz von Infrarot. Phelan konzentrierte sich auf die Optik, aber seine Chance, die kleinen Öffnungen auszumachen, durch die Edick auf ihn feuerte, war minimal. Solange sein Gegner im Gebäudeinnern blieb, war Phelan schwer im Nachteil.

Der MechKrieger legte einen Schalter an der Befehlskonsole um und schaltete sein Mikro auf die Außenlautsprecher. »Komm raus, spielen, Edick.«

»Komm rein, mich holen, Phelan«, hallte die Antwort durch die Glasschluchten.

Der Spott in Edicks Stimme veranlaßte Phelan beinahe dazu, eine Faust durch die Hauswand zu treiben und mit der ganzen Masse des *Kojote* zu folgen. »Wenn ich nur ...« Er verstummte, als er das Echo seiner Worte hörte. Eine Millisekunde lang packte ihn die Furcht, dann kam ihm eine Idee, und er lachte auf.

»Ja, das könnte klappen.«

Er drehte das Mikro auf höchste Empfindlichkeit und steigerte die Leistung der Außenlautsprecher. Die Rückkopplung steigerte sich zu einem kreischenden Crescendo, das seine Zähne klappern ließ. Er schaltete hastig die Helmlautsprecher ab und schob den Regler für die Außenlautsprecher bis zum Anschlag durch.

Ringsum bebten und zitterten die verspiegelten Wände unter dem Höllenlärm der Rückkopplung. In einem Regen aus Kristallsplittern löste sich die ganze Hausfront auf und prasselte zu Boden. Der tödliche Hagel ergoß sich über den *Kojote,* aber Phelan ignorierte ihn und konzentrierte sich ganz auf das Gebäude, in dem Edick sich versteckt gehalten hatte. Wo noch Sekunden zuvor ein gewaltiger silberner Spiegel gewesen war, kamen jetzt Büros und Flure zum Vorschein, gezeichnet von den unmißverständlichen Spuren des Elementars, der sich, wo immer nötig, den Weg freigebrochen hatte. Das Ganze erinnerte Phelan an den Aufriß eines von Ratten infizierten Gebäudes in einer Kammerjägeranzeige. Sein Überraschungsangriff hatte eine fette Ratte mitten im fünften Stock gefangen.

»Es ist vorbei, Edick.« Der rechte Arm des *Kojote* zuckte hoch, und der mittelschwere Laser im Unterarm flammte auf. Er traf Edick in die Brust. Der Elementar schien ihn mit dem Arm abwehren zu wollen, und Phelan wunderte sich über die Verwegenheit seines Gegners.

Plötzlich ging die Welt in Flammen auf. Ein loderndes, waberndes Meer aus gelbem Feuer verschlang das gesamte Gebäude. Edick blieb eine Sekunde lang als Schattenriß erkennbar, dann verschwand er in dem Inferno. Die Schockwelle traf den *Kojote* und schleuderte ihn nach hinten in ein anderes Bauwerk. Der Mech stolperte, trieb Kopf und Schultern durch drei Stockwerke.

Phelan drückte den Neurohelm nach hinten in die Kopfstütze der Pilotenliege, um sich vor dem Aufprall zu schützen. Er kam hart auf, war für einen Moment wie weggetreten, dann blickte er von einem Innenhof zum Himmel empor. Er drehte den Kopf des *Kojote,* blickte durch das aufgerissene Loch.

Das lodernde Gebäude stürzte auf ihn zu.

Die Fersen des *Kojote* rammten sich in das Stahlbetonfundament. Dann streckten sich die Beine des Mechs und rammten Kopf und oberen Torso des Kampfkolosses durch die andere Seite des Hauses. Die Arme streckten sich in einer weiten Bewegung hoch und zurück, die den *Kojote* halb aus der Umklammerung der Mauern zog. Ein zweiter mächtiger Beinstoß, und er war frei.

Phelan drehte seinen Mech, zog Arme und Beine unter den Torso und stand auf. Als eine weitere Detonation sie erschütterte, mußte er die Maschine stabilisieren. Er wirbelte herum. Die brennenden Trümmer stürzten in das Gebäude, das ihn gefangengehalten hatte. Durch die Breschen in den unteren Stockwerken geschwächt, erbebten die Mauern, dann fielen sie langsam zusammen und begruben ihre lodernden Gegenstücke von der anderen Straßenseite.

Weit entfernt sah Phelan die blinkenden roten und blauen Lichter einer zivilen Feuerwehr, die heranraste, um eine Ausbreitung des Brandes zu verhindern. Er ließ den *Kojote* in die Knie gehen und räumte mit beiden Mechhänden die Straße. Er starrte in die Flammen und schüttelte den Kopf.

»Du bist für einen Blutnamen gestorben, Edick. Wir Clans halten uns für besser als die Bürger der Inneren Sphäre, aber ich frage mich, ob ein Volk, das aus purer Eitelkeit solche Verwüstungen anrichten kann, sich jemals zivilisiert nennen darf.«

Phelan betätigte die Halt-Taste des Holovidbetrachters. »Seht ihr, da auf seinem Laser?« Der MechKrieger deutete auf einen verschwommenen schwarzen Kragen am Lauf von Edicks leichtem Laser. »Das sieht aus wie irgendein Gummiteil. Er hat ein kleines Loch in eines der Fenster geschlagen, den Laser und dieses Ventil hineingestopft und auf mich gefeuert.«

Auf Nataschas Gesicht stand ein eiskaltes Lächeln. »Edick zertrümmert die Hauptgasleitung des Gebäudes, so daß es sich mit Erdgas füllt. Den Strom hat er ausgeschaltet, damit kein zufälliger Funke eine Explosion auslösen kann. Die Ventile gestatten ihm, den Laser einzusetzen, ohne ein Feuer zu entfachen.«

Ranna, die hinter Phelan stand, legte die Hände auf seine Schultern. »Mit seinen Schüssen wollte er dich dazu bringen, das Gebäude anzugreifen. Du brichst ein, er springt ins Freie, benutzt seinen Laser …«

»… oder seinen KSR-Werfer und bringt das ganze Gebäude zur Explosion.« Phelan schauderte, dann blickte er dankbar hoch, als Ranna seine Schultern drückte.

»Die Explosion hätte ausgereicht, um deinen *Kojote* schwer zu beschädigen. Der Einsturz des Gebäudes wäre dein sicherer Tod gewesen.«

»Du wärst bei lebendigem Leib geröstet worden.« In Nataschas Stimme klang Schrecken mit. »Normalerweise würde ein Elementar es niemals wagen, sich am Kampf um einen Nicht-Elementar-Blutnamen zu beteiligen. Aber der Name, um den du kämpfst, ist so wertvoll, daß jeder einen Versuch wagen will. Außerdem hat Edick sich in den ersten Runden gut geschlagen.«

Phelan stimmte ihr zu. »Er hatte ebenso viele Siege auf seinem Konto wie ich.«

»Stimmt, Phelan, aber das hatte viel mit Glück zu tun. Das Verfluchte ist, Elementare können sich nicht erlauben, fair zu kämpfen. Infernoraketen und explodierende Häuser sind nicht die richtigen Waffen für einen Blutnamenkampf.«

Phelan runzelte die Stirn. »Edick mußte so etwas versuchen. Hätte er mich in offenem Gelände angegriffen, ich hätte ihn zerschmettert.«

»Zugegeben. Genau deswegen hätte er warten sollen, bis ein Elementar-Blutname verfügbar wurde. Er hat hoch gepokert und noch höher verloren.«

Als sich plötzlich die Tür zu Phelans Raum öffnete, wurde Nataschas Kommentar abrupt abgeschnitten. Phelan sprang auf, als ilKhan Ulric eintrat. Alle drei blieben in Habtachtstellung, bis Ulric die Tür hinter sich geschlossen hatte. »Rührt euch«, sagte er und grinste sie an.

Phelan und Ranna verschränkten die Hände im Rükken, während Natascha sich in einen Sessel fallen ließ und nach ihrem Bier griff. »Verzeiht die Bemerkung, ilKhan, aber Ihr seht aus wie jemand, der gerade eine Schlacht hinter sich gebracht hat.«

»Eine Schlacht? Schon eher einen Feldzug.« Der il-Khan beugte sich vor und stützte sich mit beiden Händen auf die Rückenlehne des Sessels neben Natascha. »Die Jadefalken versuchen ihr möglichstes, Twycross vergessen zu machen, während Novakatzen und Nebelparder ihre Verluste bei der Belagerung Luthiens wettmachen wollen. Geisterbären, Stahlvipern und Diamanthaie möchten zu uns anderen aufschließen, und alle wollen sie ihre Vorteile bei Clan Wolf herausschlagen.«

»Diamanthaie? Ich wußte gar nicht, daß sie zu den Invasionsstreitkräften gehören.«

Ulric zuckte die Schultern. »Das Konklave hielt den Kampf für wichtig genug, zusätzliche Clantruppen zu aktivieren.« Er winkte hinüber zur Couch. »Bitte, setzt euch.« Er warf einen Blick auf die Flasche in Nataschas Hand. »Du hast nicht zufällig noch so eine, Phelan?«

Der junge MechKrieger bückte sich und öffnete den kleinen Kühlschrank unter dem Holovidbetrachter. »Es ist Timbiqui Dunkel. Ragnar hat es planetenwärts requiriert, während ich auf Lothan die Kunst der Brandstiftung zu neuen Höhepunkten trieb. Es ist ein Importbier aus der Nähe der Freie Welten-Grenze.« Er hob schüchtern die Schultern. »Am Nagelring war es das beliebteste Bier.«

»Mir schmeckt im Moment alles, was den bitteren Geschmack in meinem Mund hinunterspült.« Ulric nahm die Flasche und öffnete den Verschluß. Er trank, schloß die Augen und entspannte sich. »Das ist gut. Erinnert mich, diese Welt zu erobern.«

Natascha lehnte sich auf die rechte Armstütze. Das

weiße Lederpolster brachte ihren schwarzen Overall gut zur Geltung, als sie die Knie anzog. »Und? Habt Ihr die Truppen für die Schlacht gegen ComStar aufgestellt?«

Ulrics Augen öffneten sich. »Ich sagte ihnen, fünfundzwanzig Galaxien wären eine angebrachte Antwort auf ComStars Gebot von fünfzig Regimentern. Das wären jeweils drei Galaxien, mit den vier zusätzlichen für die bisherigen Erfolge des Wolfsclans.«

Natascha nickte zustimmend. »Natürlich.«

»Das löste einen Feuersturm aus. Ich habe zwei der zusätzlichen Galaxien sofort wieder weggeboten, aber die anderen verlangten zusätzliche Konzessionen. Sie haben meinen Wunsch, den Sieg zu erringen, korrekt gesehen und versucht, ihm die Spitze zu nehmen. Ich war gezwungen, alle Wolfsclan-Truppen für die ersten fünf Tage der Kämpfe in Reserve zu halten.« Ulrics grimmige Miene ließ Phelan erschaudern. »Sie wollten zwei Wochen, aber ich konnte es auf fünf Tage zurückdrücken.«

»Als ob die Schlacht um Tukayyid zwei Wochen dauern würde«, spottete Natascha. »Ich hätte es begrüßt, bei der Landung dabeizusein, aber es ist nicht schlecht, wenn wir uns die Kämpfe aussuchen können, nachdem die Kampflinien gezogen sind.«

Ulric schüttelte den Kopf. »Das Problem ist, daß diese Idioten anschließend gegeneinander um das Recht geboten haben, als erste zu landen. Die Nebelparder haben gewonnen, aber meiner Meinung nach haben sie dafür zuviel aufgegeben. Die anderen haben für ComStar nichts als Verachtung übrig, weil sie die pazifistische Botschaft des Ordens ernstnehmen und sich einbilden, Fochts Truppen mit Leichtigkeit überrollen zu können. Sie haben die Gefahren durch ComStars Luft/Raumkräfte, Panzer und Artillerie als vernachlässigbar abgetan. Ich bin mir sogar ziemlich sicher, daß Sterncolonels und Sterncaptains gegeneinander bieten und ihre Schlagkraft weiter senken werden.«

Phelan gefielen die Implikationen in den Worten des ilKhan oder seiner matten Stimme ganz und gar nicht. »Wir werden ComStar doch besiegen, frapos? Ich meine, ich habe mein ganzes Leben lang seltsame Geschichten über ComStar und seine geheimen Mechlager gehört, aber ich habe niemals einen Beweis dafür gesehen, daß sie über fünfzig Regimenter verfügen. Wie stehen die Chancen, daß Focht geblufft hat?«

»Ich habe keine Ahnung, und das ist die Antwort auf beide Fragen.« Ulric nahm noch einen Schluck. »Du hast den Bericht über Focht geschrieben und weißt, wie andere Schlachten gegen unseren Gegner verlaufen sind. Wenn Focht fünfzig Regimenter hat, die er uns entgegenstellen kann, sind das beinahe viertausend Mechs. Wenn wir mit den fünfundzwanzig Galaxien beginnen, die wir einsetzen, abzüglich der fünf Wolfs-Galaxien, geben wir ihnen am ersten Tag bereits einen Vorteil von tausend Mechs. Wenn wir davon ausgehen, daß sich Luft/Raum-, Panzer- und Artilleriekräfte beider Seiten neutralisieren, hat unsere Seite noch immer nur 71% ihrer Stärke.«

Ranna stützte die Ellbogen auf die Knie und lehnte sich vor. »Jeder unserer Mechs muß 1,3 ComStar-Mechs erledigen, nur um einen Gleichstand zu erzielen. Natürlich setzt das vollen Einsatz voraus, und wir wissen, daß die anderen Clans einen Teil ihrer Stärke fortbieten werden. Die Nebelparder und Novakatzen sind auf Luthien dieser Erfolgsrate nicht einmal nahegekommen.«

Natascha lachte. »Ich weiß überhaupt nicht, warum ihr euch Sorgen macht. Sollen die andern sich doch am ersten Tag schon lächerlich machen. Ich hasse ComStar seit dem ersten Tag, an dem ich mit diesen schleimigen Akoluthen zu tun hatte, als wir einen Kontrakt für die Dragoner aushandeln mußten. Das reicht, um mich zu motivieren und dafür zu sorgen, daß die Garde alles plattwalzt, was sich ihr in den Weg stellt.« Sie warf Ulric einen schnellen Blick zu. »Die Garde ist im Gefecht, frapos?«

»Pos, Natascha, pos.« Ulric hob in verteidigender Pose die Arme. »Ich bin schließlich nicht verrückt. Wenn ich die Garde nicht eingeplant hätte, würdest du dir den Weg in die Invasionstruppen erbieten. Ich habe dich lieber auf meiner Seite.« Der ilKhan blickte zu Phelan. »Genug davon, ich bin nicht hergekommen, um diese Entwicklungen zu diskutieren. Ich wollte Phelan zum vierten Sieg im Kampf um sein Blutrecht gratulieren.«

»Danke, mein Khan.« Phelan hatte jedoch ein wichtigeres Problem. »Wenn wir in zwei Wochen auf Tukayyid antreten müssen — findet das letzte Gefecht vor oder nach der Schlacht gegen ComStar statt?«

»Ich fürchte danach.«

»Ihr fürchtet es? Ich verstehe nicht.«

Die Stimme des ilKhans wurde zu einm Flüstern. »Es besteht die Möglichkeit, daß du oder dein Rivale bei den Kämpfen das Leben verlierst. Sieh dich vor und halte dir den Rücken frei.«

»Ihr wollt doch nicht andeuten, Vlad oder Conal könnten auf Tukayyid etwas versuchen?«

Ulric nickte. »Nach der Entscheidung auf Tukayyid wirst du im letzten Kampf um Cyrilla Wards Blutnamen auf Vlad treffen. Wenn du in Schwierigkeiten gerätst, und die Elfte Wolfsgarde ist die am nächsten kämpfende Einheit, würde ich an deiner Stelle nicht auf schnelle Hilfe zählen. Niemand wird dich absichtlich töten, aber es kann gut sein, daß sie ComStar die Entscheidung in diesem Blutrechtkampf überlassen.«

28

Landungsschiff *Dao,* Hexare
Kommunalität Sian, Konföderation Capella

20. April 3052

Hausmeister Ion Rush lehnte sich in seinem Sessel zurück, als sein in einem Umhang gehüllter Gast ihm gegenüber Platz nahm. »Ihr seht müde aus.«

Sein Gast lachte. »Müde, ja, das bin ich. Aber da ich bereits tot bin, ist das gar nicht schlecht, oder?«

Rush grinste und konnte sogar den Mundwinkel heben, von dem sich eine Narbe über die Wange bis zum Ohr zog. »Als ich hörte, Romanos Attentäter habe Euch ermordet, konnte ich es nicht glauben. Als ich dann Eure Nachricht erhielt, hielt ich es für einen Trick. Selbst jetzt kann ich kaum glauben, daß wir diesen Kurs eingeschlagen haben.«

»Zur Umkehr ist es nun zu spät, mein Freund.« Die behandschuhte Linke des Gastes knallte hart auf die Stuhllehne. »Es ist bereits Hochverrat, mich an Bord dieses Schiffes zu haben. Dein Leben ist in Gefahr und verloren, wenn auch nur einer der Männer meine Anwesenheit auf der *Dao* andeutet.«

»Habt keine Angst vor Verrat. Haus Imarra ist völlig loyal mir und Haus Liao gegenüber.«

»Und wir sind uns einig, daß Romano eine Bedrohung für das Weiterbestehen von Haus Liao geworden ist.«

»Absolut. Wäre Hanse Davion nicht völlig mit den Invasoren beschäftigt, hätte er die Kanzlerin für diesen Affront zerquetscht. Die dreckige Hündin!« Rush zwang sich zur Beherrschung und öffnete die verkrampften Fäuste. »Was die Gefahr für mein Leben betrifft, wann in den letzten zwanzig Jahren war es sicher? Nur weil Romano Zuflucht hinter einem Haus gefunden hatte, das ich verteidigte, habe ich die Säuberung nach Eurer Flucht von Sian überlebt. Ich hatte das Glück, bei einigen Schlachten gegen die andurischen Invasoren zu siegen und später eine Einheit der Marik-Garde zu überwinden. Dafür erhob Romano Haus Imarra zu ihrer persönlichen Leibwache, aber wir wissen, daß unsere wahre Pflicht darin besteht, die Linie der Liaos zu beschützen, nicht die Frau, die auf dem Thron sitzt.«

Rush hoffte halb, die Tiefe seines Pflichtgefühls verbergen zu können, aber das leise Lachen seines Gastes machte ihm klar, daß er sich offenbart hatte. »Mach dir keine Sorgen. Ich hadere mit Romano und ihrem Gefährten. Auge um Auge, Zahn um Zahn. Meine Kinder sind mehr als fähig, ihre Kämpfe selbst auszutragen. Ich hoffe nur, meine Intervention wird deine Aufgabe erleichtern.«

Der dunkelhaarige Mann verneigte sich dankbar. »Nachdem diese Bedenken ausgeräumt sind, gibt es keinen Konflikt mehr, was meine Pflicht betrifft.«

»Wie sieht unser Flugplan aus?«

»In zwei Tagen springen wir nach Sian. So lange braucht das Kearny-Fuchida-Triebwerk noch zum Aufladen. Wenn wir ankommen, fliegen wir mit normaler Geschwindigkeit nach Sian. Ich erwarte unsere Ankunft um den achten Mai. Ich habe die gewünschten Vorbereitungen getroffen, so daß Ihr Eure Angelegenheit innerhalb einer Woche erledigen und wieder abreisen könnt.«

»Ausgezeichnet, Rush, ausgezeichnet.« Der Gast rieb sich über die Fingerknöchel. »Du bekommst die stabile Regierung, an der dir gelegen ist, und ich bekomme meine Rache. Spätestens am vierzehnten Mai wird sich das Schicksal der Inneren Sphäre für immer verändert haben.«

29

Tedescopaß, Alyina
Jadefalken-Besatzungszone

1. Mai 3052 (Operation Skorpion — Tag 1)

Kai winkte Deirdre mit übersteigerter Geste weiter. »Komm schon, Süße. Es ist nicht mehr weit.«

Er blickte den grasüberwachsenen Pfad zur Kuppe des Passes hinauf, der zog sich wie ein breiter Sims den Berg entlangzog. Zu seiner Linken spielten Granitvorsprünge Verstecken zwischen den Bäumen eines Nadelwalds ganz ähnlich dem, durch den sie in den letzten zwei Wochen gewandert waren. In dieser Höhe lichtete sich der Wald etwas, aber Kai mochte das Gefühl der untergehenden Sonne auf seinem Gesicht.

Rechts von ihm fiel der Boden ab, als hätte jemand den Talboden abgebrochen und senkrecht in die Erde gerammt. Ein paar Baumwipfel reichten bis zur Höhe des Pfades und sogar darüber hinaus, aber alles in allem hatte Kai freie Sicht nach Norden und Westen. Weit entfernt konnte er Dove Costoso erkennen. Die Stadt lag wie ein Kreidebruch mitten im Wald. Hinter ihr nagte der Berg, an dem sie ihre Reise begonnen hatten, an der roten Sonnenscheibe.

Deirdre holte ihn ein und nahm seine Hand. »Ich bin erschöpft, Kai. Das muß die dünne Luft hier oben sein.«

»Erschöpfung macht dich nur noch hübscher.« Kai küßte sie auf die Nase. »Mir macht die Luft auch zu schaffen. Noch hundert Meter, dann sind wir oben. Wir können während der Nacht hier rasten, und morgen steigen wir auf der anderen Seite hinunter und haben den Sera erreicht.«

Deirdre pustete eine Haarsträhne von der Stirn. »Gott sei Dank. Hätte ich gewußt, wie anstengend diese Tour wird, hätte ich mich in Dove Costoso gestellt.«

»Du wärst nicht allein gewesen«, seufzte Kai. Deirdre

hatte ihn gebremst, aber ohne sie hätte er es nicht geschafft. *Ich habe die Verantwortung für sie übernommen, und sie für mich. Wenn wir nicht zusammengearbeitet hätten, wären wir gar nicht erst bis hierher gekommen.*

Ihre Augen funkelten blau. »Was? Du meinst, ich könnte jetzt die Gastfreundschaft des Demi-Präzentors genießen?«

Kai drehte sich um und zog sie weiter. »Sicher könntest du das. Er würde deine Bettmanieren schätzen.«

»Davon träumt er aber nur.«

Der MechKrieger grinste. »Nun ja, wir verließen ihn ziemlich ramponiert, und der Himmel weiß, durch deine Pflege bin ich viel schneller wieder gesund geworden.«

Als sie die Paßhöhe erreichten, legte sie den Arm um seine Taille. »Wir haben eine ganz besondere Beziehung. Ich bezweifle ehrlich, ob mir Khalsas Zustand je so wichtig wäre wie deiner.«

Kai löste den Rucksack und legte das Automatikgewehr darauf. Dann zog er Deirdre in seine Arme und küßte sie. »Möglicherweise ist mein Zustand chronisch, Doktor. Ich halte es für denkbar, daß Sie mich für eine lange Zeit pflegen müssen.«

»Ich mache Hausbesuche«, flüsterte sie und drückte ihn an sich.

»Rührend, aber ich fürchte, Mr. Jewell, Doktor Lear, Sie werden Ihr Verlangen ein andermal befriedigen müssen.«

Kai drehte sich langsam um und schob Deirdre nach links, fort vom steilen Abgrund. Am tiefen Baß der Stimme erkannte er sofort, daß der Sprecher nur ein Elementar sein konnte und unglaublich stark sein mußte. Auf den Mann, dem er sich gegenüber sah, paßte diese Beschreibung weit mehr als Kai gehofft hatte. Er trug sein blondes Haar kurzgeschoren, und seine eisblauen Augen erschienen dem MechKrieger fremd und unbegreiflich. Seine Kleidung bestand nur aus Shorts und Ledersandalen.

Hinter ihm glitten drei weitere Elementare aus den Bäumen südlich und östlich des Plateaus. Einer schnitt den Weg ab, den sie heraufgekommen waren, während ein anderer den Weg nach Nordosten blockierte. Alle drei trugen Overalls und Messer, aber sie hatten ihre Waffen nicht gezückt.

Ihr Anführer preßte die rechte Hand auf das Brustbein. »Ich bin Taman Malthus, der Sterncaptain des Elementar-Trinärsterns hier auf Alyina. Ich möchte Ihnen zu Ihren Fluchtbemühungen gratulieren. Sie zu finden und gefangenzunehmen war eine Herausforderung.«

An Haltung und Tonfall des Mannes erkannte Kai, daß seine Worte als Kompliment gedacht waren. »Ich weiß es zu schätzen, Sterncaptain.« Kai legte die Hand auf die Pistole an seiner Hüfte. »Ich möchte Sie darauf hinweisen, daß ich bewaffnet bin, also warum ziehen Sie und Ihre Leute nicht ab, bevor es unangenehm wird.«

Malthus nickte auf eine unbeeindruckte Art, die Kai ärgerte. »Es ist eine Mauser & Gray-Nadlerpistole. Bei meiner Größe benötigen Sie etwa drei Treffer — Kopf- oder Brusttreffer —, um mich zu töten. Da die Projektile kaum über Masse verfügen, können sie mich nicht abbremsen. Bis Sie mich getötet haben, hätte ich Sie erreicht und über den Klippenrand in den Tod gerissen. Gleichzeitig wird einer meiner Untergebenen Dr. Lear töten.«

»Ihr letzter Jäger hat bereits versucht, Deirdre gegen mich zu benutzen.«

»Hat er das?« Malthus richtete sich auf. »Er hat mit dem Leben für seine Dummheit bezahlt.« Der Elementar sah zu Deirdre hinüber und wies sie mit einer Handbewegung an, sich von Kai zu entfernen. Sie sah sich zu ihm um, und er nickte zustimmend. »Ich versichere Ihnen, Mr. Jewell, daß ich sie nicht gegen Sie benutzen werde. Im Gegenteil, wenn Sie mich im Zweikampf besiegen, dürfen Sie beide frei abziehen.«

Kai schnaufte abfällig. »Dasselbe Geschäft hat mir Ihr

Corbin vorgeschlagen, aber er hat es mitten im Kampf widerrufen. Sie können doch wohl etwas Besseres anbieten.«

»Das kann und werde ich.« Malthus senkte anerkennend den Kopf. »Ich lasse Sie von einem Landungsschiff zurück zu Ihrem Volk bringen.«

Der MechKrieger steckte die Daumen in den Pistolengurt. »Dr. Lear, mich und alle Gefangenen in Gefechtsbasis Tango Zephyr.«

»ComStar wird es nicht gefallen, wenn wir dem Orden die Gefangenen nehmen, aber alles, was Demi-Präzentor Khalsa ärgert, gefällt mir. Gut gehandelt und akzeptiert.« Malthus drehte sich zu einem seiner Männer um. »Du hast unsere Vereinbarung gehört. Wenn Jewell mich besiegt, wirst du dafür sorgen, daß mein Teil eingehalten wird.«

»Pos, Sterncaptain.«

Kai löste den Pistolengurt und warf ihn neben das Gewehr über seinen Rucksack. Er trat einen Schritt vom Abgrund zurück und streckte das rechte Bein. »Ich nehme an, Sie haben nichts dagegen? Nach dem Aufstieg bin ich etwas steif.«

Malthus streckte sich ebenfalls. Seine Oberschenkel hatten beinahe den Umfang von Kais Brustkorb. »Ich möchte nicht, daß Sie einen Nachteil haben. Die Warterei hier oben hat mir auch nicht gut getan.«

»Wie haben Sie uns gefunden?«

Der Clansmann hob die Achseln. »Wir hatten angenommen, Sie würden nach Dove Costoso zurückkehren, um in der Menge unterzutauchen. Dann haben wir ihre Spur nördlich der Stadt gefunden. Nach Konsultation einer Landkarte erkannten wir, daß Sie Ihr Weg eigentlich nur über diesen Paß aus dem Costosotal hinausführen konnte. Wir warten seit heute morgen.«

Als Kai das andere Bein streckte, sah er, wie Deirdre ihn anstarrte. »Du brauchst das nicht zu tun. Du kannst dich ergeben.«

Der Elementar schüttelte den Kopf, und sein Blick bohrte sich tief in Kais Seele. »Er ist ein Krieger, Frau. Er ist noch nicht gefangen, und die Freiheit ist zum Greifen nah.«

»Der Tod ist keine Freiheit. Ergib dich. Ich will nicht, daß du stirbst.«

»In gewisser Weise bedeutet es den Tod, nicht zu kämpfen.« Kai begann mit einer Serie von Hüftdrehungen. »Sterncaptain, wenn Sie mich töten, sorgen Sie dafür, daß Khalsa sie nicht bekommt.«

»Akzeptiert. Zu Ehren Ihres Sieges über Corbin werde ich sie zur Leibeigenen der Jadefalken machen.«

»Das ist Wahnsinn!« Deirdre wandte sich an Malthus. »Sterncaptain, machen Sie *ihn* zum Leibeigenen. Warum wollen Sie ihn umbringen?«

»Ich werde seine Ehre nicht durch ein solches Angebot verletzen.«

Kai nickte grimmig. »Und würde ich mich ergeben, käme ein solches Angebot nicht in Frage.«

»Aber wenn du dich ergeben würdest, wärst du noch am Leben«, bestand Deirdre.

Kai wollte sie in die Arme nehmen, aber statt dessen sagte er: »Deirdre, das verstehst du nicht. Du bist eine Heilerin, aber ich bin ein Krieger. Du wärst bereit, all dein Können und deine Möglichkeiten einzusetzen, um jemandem das Leben zu erhalten, und hier und jetzt kann ich dasselbe tun.«

»Aber ich würde nicht sterben, um jemand zu retten!«

»Mit etwas Glück werde ich das auch nicht.« Kai blickte hinüber zu dem Elementar. »Wenn Sie soweit sind, fangen wir an.«

»Ich bin bereit.« Malthus nahm Kampfhaltung an. »Es beginnt.«

Kai wußte, daß er nur gewinnen konnte, wenn der Kampf schnell vorüber war. Er beugte sich nach hinten, täuschte einen seitlichen Beinschwinger gegen den Kopf des Elementars an, dann trat er voll gegen Malthus' rechtes Knie. Der linke Arm des Elementars flog hoch, um den Kopfschlag abzuwehren, und seine rechte Hand lenkte den Tritt ans Bein teilweise ab. Aber trotzdem traf Kai mit ansehnlicher Wucht und tänzelte wieder außer Reichweite, bevor Malthus ihn packen konnte.

Der Elementar rieb sein Bein und nickte. »Sie sind sehr gut, Mr. Jewell. Ich verstehe, wie Corbin verlieren konnte. Er hat Sie sicher unterschätzt, aber mir wird das nicht passieren.« Malthus richtete sich auf und winkte Kai heran. »Los, noch einmal!«

Kai griff erneut an, aber als sein rechter Fuß an der Stelle durch die Luft schnitt, wo sich Malthus' Kopf hätte befinden sollen, hatte der Elementar sich bereits geduckt und brach nach links aus. Ein schwerer Schlag traf Kais Rückgrat und warf ihn nach vorne. Höllische Schmerzen schossen durch seinen Rücken und in die Beine, nahmen ihnen für einen Augenblick jedes Gefühl.

Er landete auf dem Gesicht und warf sich sofort herum. Der rechte Fuß des Clanners kam an der Stelle nieder, wo er zu Boden gestürzt war. Kai riß das rechte Bein hoch, trieb die Fußspitze von hinten in Malthus' Oberschenkel, dann drückte er sich ab und rollte davon.

Er kam nur mühsam wieder auf die Beine. Schmerzen pulsierten in seinem Rücken. *Beim Blute Blakes, er hat mich mit einem Schlag fast zum Krüppel gemacht, und nichts, was ich tue, scheint ihn zu beeindrucken.* Er beobachtete, wie der Elementar sich zu ihm umdrehte, und bemerkte keinerlei Wirkung am rechten Bein des Mannes.

Gib auf, Kai, zischte die leise Stimme in seinen Gedanken. *Mach dieser Farce ein Ende.*

Der Elementar griff an. Ein rechter Haken flog auf seinen Kopf zu, und der MechKrieger riß den linken Arm hoch, um abzublocken, während seine Rechte auf Malthus' Kinn zuschoß. Er fühlte, wie sein Schlag traf, und hörte ein Aufgrunzen des Elementars.

Malthus' Schlag schleuderte Kais Arm gegen dessen

eigenen Kopf. Eine Bombe schien in seinem Kopf zu explodieren. Brodelnde Kugeln in allen Farben des Regenbogens platzten vor seinen Augen, und seine Knie wurden zu Gummi. Unfähig, das Gleichgewicht zu halten, fiel er zu Boden. Er schmeckte Schmutz und Blut. Als er sein Gesicht abtastete, war seine Hand naß und rot vom Blut, das aus seiner Nase rann.

Riesige Hände packten ihn an Oberschenkel und Nacken. Malthus schüttelte ihn durch und warf ihn drei Meter weiter. Kai schlug hart auf, drehte sich ein paarmal um die eigene Achse und blieb auf dem Rücken liegen. Vor seinen Augen tanzten noch immer Sterne, und der Rest der Welt schien in Nacht versunken.

Malthus packte die Brust seines Overalls und zog ihn hoch. Ein Schlag in den Magen, und Kai klappte nach Atem ringend zusammen, dann traf ihn ein Kniestoß in die Rippen. Seine Lungen loderten, und sein Magen revoltierte. Er kämpfte verzweifelt um sein Gleichgewicht. Mit Mühe konnte er sich mit einer Hand und einem Knie aufstützen. Er wollte schreien, sich ergeben, aber ihm fehlte der Atem dazu.

Halbblind und in Panik blickte Kai gerade rechtzeitig auf, um den nächsten Schlag des Elementars kommen zu sehen. Er versuchte auszuweichen, schaffte es aber nur teilweise, so daß er statt auf den Rücken auf die Seite geworfen wurde. Er trat blindlings aus und fühlte, daß er irgendwie getroffen hatte.

Der erste Atemzug, der seine Lungen wieder füllte, vertrieb die Panik, konnte jedoch nichts gegen die Verzweiflung in seinen Gedanken ausrichten. *Du hast versagt, Kai. Dein ganzes Leben kommt auf diesen Punkt: blind, blutend und sterbend. Daß deine Eltern diese Schande ertragen müssen und Deirdre sie mitansehen muß!* Die Schmerzen in den Rippen und der Magengrube unterstrichen die Erbärmlichkeit der Niederlage.

»Nein!« heulte er auf. *Ich werde nicht aufgeben. Ich kämpfe nicht um Deirdre oder meine Eltern oder für die Nach-*

welt. Ich kämpfe um mich selbst. »Ich werde nicht verlieren!«

Kai hievte sich hoch und konzentrierte sich auf seine Atmung, um den Schmerz zu unterdrücken. Malthus massierte sich das rechte Bein. Kai wischte sich mit dem Ärmel das Blut aus dem Gesicht und winkte den Elementar heran. »Komm schon. Wir wollen den Kampf beenden, bevor es zu dunkel wird.«

Malthus rückte vorsichtig vor und favorisierte etwas das rechte Bein. Kais einzige Chance bestand darin, den Elementar k.o. zu schlagen, aber um einen solchen Schlag landen zu können, mußte er auf jede Deckung gegen die fürchterlichen Hiebe seines Gegners verzichten. *Egal, es muß sein!*

Der MechKrieger wartete, bis Malthus den rechten Fuß aufsetzte, dann sprang er vor. Er führte mit dem linken Fuß, dann riß er das rechte Bein hoch, vollführte eine Drehung und knallte den Fuß gegen Malthus' rechte Schläfe. Er sah den Kopf des Gegners herumfliegen, aber er wußte bereits, daß Malthus nur die Wucht des Treffers abfangen wollte.

Die rechte Faust des Elementars fegte Kai aus der Luft. Er kam hart auf, rammte sich den rechten Arm in die Rippen und nahm sich selbst den Atem. Er prallte ab und drehte sich langsam in der Luft. Kai hörte ein Donnern und sah flackernde Lichter am Abendhimmel, konnte aber keinen Sinn darin erkennen.

Er streckte das rechte Bein, um auf den Füßen zu landen, aber irgend etwas verhedderte sich um seinen Fuß und rutschte zur Seite. Erst als er mit dem linken Fuß aufkam, sah er, was los war: Sein Rucksack und Pistolengurt fesselten seine Beine aneinander und rissen ihn in die Tiefe.

Völlig außer Atem konnte er nicht einmal schreien, als er in die Dunkelheit stürzte.

Khalsa sah, wie Dave Jewell von der Klippe stürzte, gerade als sein Kanonier einen der Elementare in Stücke schoß. Hinten im Mannschaftsabteil schrie der Sprungmeister immer wieder: »Los, los, los!« Die Sprunginfanterie senkte sich auf das Plateau, und die Flammen der Sprungtornister loderten grellsilbern durch die Nacht.

Der Pilot schaltete die Außenscheinwerfer ein. Das Plateau war heller erleuchtet als um zwölf Uhr mittags. Er nickte Khalsa zu.

Der Demi-Präzentor rückte das Bügelmikrophon zurecht. »Hier spricht Demi-Präzentor Khalsa von ComStar. Auf Befehl Prima Myndo Waterlys übernimmt unser Heiliger Orden die Kontrolle über Alyina. Wo immer sie auf unserer Welt tätig waren, wurden Ihre Männer arrestiert oder, zu meinem Bedauern, getötet, Sterncaptain Malthus. Sie sind unser Gefangener.«

Malthus erhob sich langsam und schüttelte den Kopf, um wieder klar denken zu können. »Stravag Hund! Komm her, und ich reiß dir das Herz mit bloßen Händen heraus!«

»Aber, Sterncaptain. Spricht man so mit seinem Gastgeber?« Khalsa rieb sich die Hände, dann kratzte er sich unter dem Gipsverband. »Ich könnte meinen Leuten befehlen, Sie auf der Stelle zu erschießen, aber ich glaube kaum, daß Sie darauf Wert legen. Und glauben Sie nicht, Sie wären der einzige, dem diese Schande zustößt. Operation Skorpion treibt euch Eindringlinge überall zusammen.«

Er schaltete die Außenlautsprecher ab. »Rufen Sie die anderen Helikopter, damit sie die Gefangenen abholen. Wir werden sie zurück nach Dove Costoso schaffen, bis wir sie zum Hauptlager nach Valigia schicken können.« Der Pilot nickte, und Khalsa grinste breit. »Operation Skorpion. Großartig.« Er zeigte hinunter auf Malthus. »Pieks! Das war's.«

30

Avalon City, New Avalon
Mark Crucis, Vereinigtes Commonwealth

1. Mai 3052 (Operation Skorpion — Tag 1)

Hanse Davion knetete mit starken Fingern seine schmerzende linke Schulter, während er zu seiner Frau aufblickte. Sie war noch immer die zierliche Person, die er ein Vierteljahrhundert zuvor geheiratet hatte, aber ihre Miene war eine Maske des Zorns, die er in all den Jahren nur selten zu Gesicht bekommen hatte. Eigentlich hätte sie in ihm ebenfalls Wut und den Wunsch wecken müssen zurückzuschlagen, aber er wußte genau, was ihre Wut erregt hatte, und er konnte es ihr nicht übelnehmen.

»Hanse, das kannst du Victor nicht erlauben! Egal, was Morgan sagt, wir wissen beide, daß es eine Verzweiflungstat mit besten Aussichten auf einen katastrophalen Fehlschlag ist.« Melissa Steiner-Davion sah ihren Mann aus hellgrauen Augen an. »Wenn du ihm das erlaubst, bringst du ihn um.«

Hanse hievte sich aus dem Stuhl und packte sie an den Handgelenken. Sie wollte sich lösen, aber er hielt sie fest. »Melissa, bitte. Ich liebe Victor ebenso wie du. Wenn ich der Meinung wäre, sein Plan sei ein Selbstmordunternehmen, würde ich ihn auf der Stelle stoppen. Das weißt du. Du weißt auch, daß ich ihn nicht aufhalten kann.«

»Ihr Davion-Männer!« Er gab sie frei, und sie drehte sich fort. »Hanse, hier in unseren privaten Räumen habe ich die Leidenschaften kennengelernt, die deine Seele beherrschen. Jedesmal, wenn du Schlachtenroms von der Front betrachtest, sehe ich dir an, wie du dir wünschst, mitten im Kampfgetümmel zu stecken.

Manchmal habe ich den Eindruck, ihr Davions seid für das Schlachtfeld gezüchtet, so wie manche Hunde für die Jagd.« Melissa ging hinüber ans Fenster, wo das Mondlicht einen silbernen Glanz auf ihr blondes Haar warf. »Bei dir ist es mehr als nur ein Wunsch, es ist ein Hunger.«

»Du hast nicht so sehr Angst, daß Victor getötet wird, sondern daß er das Gemetzel lieben lernt, nicht wahr?« Als sie schauderte, bedauerte Hanse seine Worte auf der Stelle. Seine Stimme wurde sanfter. »Ich weiß, du hast gehofft, die Davion-Neigung zum Krieg zu unterdrükken, indem du Victor mehr als Steiner erzogen hast. Sicher, die Steiners haben sich auch im Krieg bewährt, aber ihre wahre Stärke lag schon immer in Verhandlung und Verwaltung ihres riesigen Besitzes. Die Steiners sind in erster Linie Staatsmänner und erst in zweiter Linie Krieger.«

Sie wirbelte herum und wischte eine Träne von der Wange. »Und was ist daran verkehrt? Ist es ein Verbrechen zu hoffen, daß meine Kinder und Enkel in einer Zeit und einem Universum leben können, in dem der Krieg eine untergeordnete Rolle spielt? Nein, ich bin keine echte MechKriegerin, deshalb verstehe ich die Beziehung zwischen euch und euren Maschinen nicht. Ihr redet über sie wie über Freunde, wie treue Gefährten, die zerschossen oder getötet werden und anschließend wiederauferstehen, um weiterzukämpfen. Manchmal scheint es mir, ihr MechKrieger glaubt, daß nicht ihr das Töten und Kämpfen besorgt, sondern eure Mechs. Das reduziert den Krieg zur reinen Materialschlacht, aber wir wissen beide, wie falsch diese Vorstellung ist. Ihr Davions sonnt euch im Schlachtenruhm. Dein Bruder Ian, Victors Namensvetter, starb in einer Schlacht um eine öde Wüstenwelt, die weder ihm, noch denen, gegen die er kämpfte, irgend etwas bedeutete. Er hätte nicht einmal in der Nähe von Mallory's World sein dürfen, aber er ist dort gestorben. Und du! Als New Avalon vor zwanzig Jahren angegriffen wurde, hast du dich augenblicklich in die Schlacht gestürzt und nicht einmal daran gedacht, Hilfe zu rufen!«

Sie ballte die Fäuste, und Hanse fühlte, wie sich seine Brust zusammenschnürte. »Jetzt hat mein Sohn, mein Victor, einen Plan ausgebrütet, der ihn tief in feindliches Territorium trägt, auf eine Mission, die möglicherweise nicht mehr erreicht, als Hohiro Kuritas sterbliche Überreste einzusammeln. Es ist das Risiko nicht wert.«

Hanse ballte die rechte Hand zur Faust, dann zwang er sie wieder auf, um den Druck auf seiner Brust zu lindern. »Ich will mich nicht über den relativen Wert des Missionszieles mit dir streiten. Du hast recht, daß Hohiro Kurita möglicherweise gar nicht mehr lebt, aber bereits der Rettungsversuch wird für das Kombinat von Bedeutung sein. Diese eine Tat, von Victor auf die Bitte Omi Kuritas hin ausgeführt, könnte das Bündnis zwischen Theodore und mir besiegeln, es für die nächste Generation und vielleicht darüber hinaus fortschreiben.« Er atmete langsam durch. »Ian starb auf Mallory's World, weil er von seinen Leuten keine Aktion verlangen konnte, zu der er selbst nicht bereit war. Er fiel bei der Verteidigung seiner Männer. Er hielt die Kurita-Truppen auf, die sie verfolgten, im vollen Bewußtsein, damit Selbstmord zu begehen. Er muß etwas geahnt haben, bevor er zu dieser Mission aufbrach, denn er hat mich vorher noch zu dem Versprechen gezwungen, ihm nicht zu folgen.« Hanse setzte sich auf den Bettrand. »Ich wünsche mir oft, ich hätte dieses Versprechen gebrochen und Ian hätte überlebt.«

»Du hast ihm Hilfe geschickt. Sie kam nur etwas zu spät.«

»Es macht wirklich keinen Unterschied, Liebes. Es kommt nur darauf an, daß Ian als Erster Prinz der Vereinigten Sonnen das Recht hatte, sein Leben in Gefahr zu bringen. Es war seine Entscheidung, und er hat sie auf seine Art getroffen. Er hat die Mission auf sich genommen, weil er der Meinung war, kein anderer könne sie schaffen.«

Um Melissas Mund spielte die Andeutung eines Lächelns. »Die meisten von euch Davions glauben, ihr Name sei nur ein anderes Wort für ›Messias‹.«

Der Prinz nickte. »Du bist näher an der Wahrheit, als du ahnst. Ein Herrscher hat nicht nur das Recht, sich in Gefahr zu begeben, er hat die *Pflicht*. Er muß durch sein Beispiel beweisen, daß die Sache der Nation wichtiger ist als sein Leben.« Er schlug mit der flachen Hand auf das Bett. »Ich war hier, als die Todeskommandos auf New Avalon landeten. Als mir klar wurde, was da geschah, fühlte ich weder Panik noch Furcht, nur Wut darüber, daß sie wagten, die Heiligkeit *meines* Planeten zu verletzen. Ich war außer mir darüber, daß sie so wenig Respekt vor mir und meinem Volk hatten und uns anzugreifen *wagten*. Ich lief zu meinem Mech, um Avalon City zu verteidigen, aber vor allem, um dem Feind zu zeigen, daß nichts uns dazu bringen könnte, vor ihm zu kuschen. Die Kämpfe in jener Nacht waren entsetzlich, aber sie waren notwendig für die Zukunft der Vereinigten Sonnen. Sie haben mir gestattet, mir selbst und anderen zu beweisen, daß ich des gewaltigen Vertrauens und der Macht würdig bin, die mir die Vereinigten Sonnen gegeben haben. Jetzt ist Victor an der Reihe.«

Melissa schüttelte den Kopf. »Nein. Victor kennt seine Verpflichtungen und Verantwortung als Erbe des Vereinigten Commonwealth. Es gibt Zeiten, da diese Verantwortung — für die Stabilität der Regierung — wichtiger ist als sein Hang zum Abenteuer.«

»Wenn du glaubst, es ginge hier um Abenteuerlust, Melissa, dann unterschätzt du deinen Sohn.« Hanse kniff die Augen zusammen. »Der Abenteurergeist ist Victor schon auf Trellwan ausgetrieben worden. Auf Twycross hat er gelernt, Menschen zu führen, und auf Alyina zu verlieren. Er kennt seine Verantwortung weit besser als du oder ich es in seinem Alter taten, und das ist seine Art zu zeigen, daß er sie annimmt. Wenn er die Clans mit seiner Strategie, seiner Planung und seinen Untoten nicht besiegen kann, wird er sich nie als würdiger Erbe sehen.«

»Es ist närrisch, so viel Gewicht auf einen dummen Einsatz zu legen.«

»Du irrst dich, Gemahlin.« Der Prinz fühlte, wie der Schmerz mit dünnen Fingern die linke Seite seines Körpers abtastete. »Wenn Victor bei dieser Mission versagt, wird er nie den Thron besteigen. Er wird wissen, daß er den Herausforderungen nicht gewachsen ist, die auf den Archon-Prinz warten.«

»Er wird sterben«, flüsterte sie voll Grauen. »Er wird sterben, genau wie Ian.«

Hanse schüttelte den Kopf. »Nein, dazu ist Victor zu klug. Er weiß, daß er auch dann noch einen Wert hat, wenn er seine Aufgabe nicht erfüllen kann. Das ist sein Steiner-Erbe, und er wird seinen Davion-Leidenschaften nicht gestatten, deine teutonische Logik zu überwältigen.«

Melissa starrte Hanse bettelnd an. »Du wirst Victors Mission nicht verbieten. Du hattest es nie vor, oder?«

Der Prinz erwiderte ihren Blick. »Victor ist mein Erbe, nicht meine Marionette.«

Sie ließ resigniert den Kopf hängen. »Gott sei mit dir, Victor.«

»Amen.«

Ein greller Lichtblitz zuckte durch die Nacht, gefolgt von einem lauten Krachen. Melissa fuhr herum und blickte durch die Spitzenvorhänge. »Was war das?«

Der Fuchs grinste; jetzt ging es ihm schon besser. »Für mich hat sich das angehört wie ein Lastzug mit gefährlichen Petrochemikalien, der bei einem Ausweichmanöver auf nasser Straße ausbricht und gegen die Außenmauer der Haupt-ComStar-Anlage prallt.«

Sie beugte sich etwas vor. »Ich sehe ein Feuer nahe der Stadtmitte.« Das Heulen von Sirenen begleitete ihre

Bewegung, als sie sich langsam zu ihrem Mann umdrehte. »Hast du dir Hörgeräte einpflanzen lassen?«

Der Erste Prinz stand auf und legte die Arme um sie. »Wir haben eine Nachricht von Theodore Kurita erhalten. Es scheint die Möglichkeit zu bestehen, daß ComStar ein generelles Interdikt über die gesamte Innere Sphäre ausrufen will. Alex fand, mit meiner Zustimmung, daß ein kleiner Unfall, der die Evakuierung der ComStar-Anlage erfordert, ganz angebracht wäre. Natürlich werden wir alle Gehilfen und Akoluthen unter Quarantäne stellen müssen, um sicherzugehen, daß sie durch den Unfall keine langfristigen Schäden davontragen. Und wir werden das ganze Gebiet entgiften müssen. Es kann Jahre dauern, bis die ComStar-Einrichtungen wieder benutzbar sind.«

»Hast du keine Angst vor einem neuen Interdikt?«

Hanse schüttelte den Kopf. »Wir dürften rund 80 Prozent der Anlagen einnehmen, gegen die wir vorgehen. Damit und mit unseren Faxmaschinen können wir jedes Interdikt umgehen. Die Prima könnte auf ein paar Welten eine Rebellion auslösen, auf denen es uns nicht gelingt, die Hyperpulsgeneratoren zu erobern, aber mit Nahrungslieferungen erwirbt man sich mehr Loyalität als mit Nachrichten. Welten, die sich ComStar anschließen wollen, soll ComStar auch ernähren.«

»Soviel zur Rebellion.« Melissa schmiegte sich in Hanses Arme. »Waren ›giftige Chemikalien‹ das beste, was euch eingefallen ist?«

»Im Grunde hat die Prima uns die Inspiration dazu geliefert. Gibt es ein besseres Mittel, Ungeziefer loszuwerden, als eine Tankladung Insektizide? Operation Skorpion, ha!«

31

Tukayyid
ComStar-Interventionsdistrikt, Freie Republik Rasalhaag

1. Mai 3052 (Operation Skorpion — Tag 1)

Zum erstenmal in all seinen Jahren bei ComStar verstand Anastasius Focht, wie die Prima sich als Muttergöttin einer Menschheit verstehen konnte, die auf die Wiedergeburt wartete. In seinem Hauptquartier tief unter den Tamobergen breitete sich eine Interaktive Konstruktrealität des nördlichen Kontinents um ihn herum aus. In seinem IKR-Helm und Overall war er ein Titan, der über den computergenerierten Bergen thronte.

Über seinem Kopf schwebte wie ein Halo knapp außerhalb seines Blickfeldes ein Ring aus den Myriaden Ansichten der Beobachtungsstationen und Truppen in einem Regenbogen von Farben. Durch eine einfache Bewegung der rechten Hand holte er das Band der Datenberichte auf Augenhöhe. Der Reigen verlangsamte sich, dann stoppte er. Das Bild weitete sich und transportierte ihn auf die Przenoebenen. Die anderen Ansichten wirbelten wieder nach oben davon, während der Funkverkehr langsam lauter wurde.

»Bestätigung, Zentrale. Bei uns werden Jadefalken abgeworfen.«

In der Ferne sah er vier Landungsschiffe bei Präzisionsbremsschüben ihre Ladung ausstoßen. Die kugelförmigen Schiffe hingen bewegungslos über der Ebene und verkohlten die Weizenfelder, während ein Mech nach dem anderen aus ihren gepanzerten Bäuchen hüpfte. Sorgfältig darauf bedacht, den Ionenjets der Landungsschiffe nicht zu nahe zu kommen, aber ohne das Grasfeuer zu beachten, nahmen die Jadefalken-Mechs Aufstellung.

Focht öffnete einen Funkkanal. »Präzentorin Gesicki, du kannst deine Scouts jetzt zurückziehen.«

Anna Gesickis Stimme verriet gleichzeitig Furcht und Verärgerung. »Meine Leute haben keine Angst, Präzentor Martialum. Die Weißen Löwen werden die Stellung halten.«

Focht mußte grinsen. »Ich habe keinen Zweifel an den Fähigkeiten deiner Truppen, Präzentorin. Ihr steht einem Sternhaufen der Jadefalken gegenüber. Sicher erinnerst du dich, wie verwundbar sich dieser Clan bei den Überfallaktionen des Vereinigten Commonwealth erwiesen hat. Denke daran, daß Prinz Victors Fehler auf Alyina darin bestand, sich zu früh zu stellen. Du hast ausreichende Luft-, Artillerie- und Panzerunterstützung. Setze sie ein, wie wir es geplant haben.«

»Ja, Sir.« Gesicki zögerte. »Ich wollte nur feststellen, daß meine Scouts bereit sind, ihre Position zu halten, bis die Zeit zum Rückzug gekommen ist.«

»Ich verstehe dich wohl, Präzentorin. Der Zeitpunkt ist jetzt. Wir wollen nicht, daß sie von den vorrückenden Falken bemerkt werden. Die Falken sollen von unserer ersten Kampflinie überrascht werden.«

»Es wird geschehen, Präzentor Martialum. Sie ziehen sich zurück, Sir.«

»Sehr gut. Denke daran, die Weißen Löwen müssen mit den Clans spielen, wie eine Katze einen Hund ärgert. Schlagt zu, faucht, macht euch größer, als ihr seid, dann springt weg. Sorgt dafür, daß sie ihre Kraft sinnlos verschwenden.«

Focht unterbrach die Verbindung, indem er nach oben griff und den Stroboskopring herabzog. Er wirbelte um den Kopf des alten MechKriegers, bis dieser einen grauen Schirm gewählt hatte. Mit ein paar einfachen Handbewegungen brachte er ihn in eine reglose Position am Himmel über Przeno. Auf dem Schirm blickte ein Mann von seinem Computerterminal auf.

»Zu Diensten, Präzentor Martialum.«

»Ich möchte etwas überprüfen, Hettig.« Focht breitete die Arme aus. »Die Jadefalken sind auf den Przenoebenen gelandet. Die Nebelparder stehen in den Dinjubergen und im Racicedelta. Die Diamanthaie sind im Kozicetal, die Geisterbären greifen Spanac und Luk an, und die Novakatzen attackieren Joje, Tost und Losije.«

»Korrekt, Sir«, bestätigte der KommTech. »Die Stahlvipern sind auf einem Vektor im Anflug, der sie in einer Stunde an die Hladnoquellen bringen wird. Unsere Einheiten sind verständigt.«

»Ausgezeichnet. Irgendwelche Neuigkeiten von Brzo oder Skupo?«

»Nein, Sir. Anscheinend verschmähen die Wölfe den Köder.«

Focht runzelte die Stirn. Er konnte nicht glauben, daß Ulric seine offene Einladung, diese beiden Standorte anzugreifen, ausschlug. Er hatte seine 66. und 278. Divisionen dort stationiert und Ulric wissen lassen, daß es sich um zwei der besten Einheiten der ComGuards handelte. Die ComGuards würden den Kriegern des Wolfsclans standhalten, sofern sie sich an seine Strategie hielten.

»Keine voreiligen Schlüsse, Hettig. Gibt es irgendwelche Anzeichen für einen Einsatz der Wölfe? Wurden alle Landungsschiffe erfolgreich geortet und gekennzeichnet?«

Hettigs Miene verdunkelte sich. »Wenn es auf dieser Welt irgendwo Clan-Truppen gibt, von denen wir nichts wissen, melde ich mich freiwillig, mit einem Dosenöffner gegen sie anzutreten!«

»So drastisch brauchst du nicht gleich zu werden, Hettig.« Focht machte eine Handbewegung, und sein Bild auf Hettigs Visiphon lächelte. Der Enthusiasmus des KommTechs entsprach dem der übrigen ComGuards. Nach zwanzig Jahren Training hatten sie endlich Gelegenheit zu zeigen, was sie konnten. Ob nun aus persönlichem Stolz oder um ComStar zu retten, seine Truppen sehnten sich nach dem Kampf und waren froh, ihn hier auf Tukayyid endlich zu finden.

»Die Antwort auf die Frage, nach der Ihr sucht, Präzentor Martialum, lautet: Soweit wir es feststellen können, nehmen die Wölfe an den Kämpfen nicht teil.«

Hettigs Analyse bestätigte Fochts Vermutungen. *Aber warum nicht? Warum ist Ulric nicht hier?* Focht kaute auf seiner Unterlippe. Wenn der ilKhan seine Truppen nicht in den Kampf schicken durfte, konnte das seinen Sturz bedeuten. Sollte das der Fall sein, könnte die zwischen ihnen ausgehandelte Übereinkunft schon jetzt Makulatur geworden sein. In dem Falle war alles verloren, wie der Kampf auch ausging.

Noch während er diese Möglichkeit überdachte, verwarf Focht sie wieder. Wäre die Übereinkunft verfallen, hätten die Clans die Schlacht neu ausgehandelt. Sie hatten zwar untereinander um das Recht geboten, die Angriffe auf die verschiedenen Ziele zu führen, aber niemand hatte angeboten, den ganzen Kampf neu auszureizen. *Nein, Ulric wird kommen, aber die anderen haben ihn ausmanövriert. Sie sahen die Schlacht als kurzes Gefecht und wollten ihn nicht dabei haben, um ihm keine Chance zum Sieg zu geben.*

Focht nickte. *Ulric hat ihnen gestattet, ihn aus den Kämpfen des ersten Tages herauszuhalten. Er wird Brzo und Skupo angreifen, aber erst, nachdem er gesehen hat, wie meine Truppen sich schlagen. Er benutzt die anderen Clans als Vorhut und hofft, daß ich meine Reserven in die Schlacht werfen muß, bevor er eingreift.*

»Hettig, versetze alle Reserveeinheiten in Bereitschaft. Sie sollen jeweils ein Bataillon für eine sechste Reservearmee zur Verfügung stellen.«

»Ich habe es notiert, Sir.«

»Gut.«

Focht war siegessicher, vorausgesetzt seine Leute hielten sich an die Schlachtpläne. Organisatorisch waren die ComGuards in zwölf Armeen aufgeteilt. Auf Tukayyid war jedes Landungsgebiet der Clans einer von sieben Armeen zugeteilt. Die kleinsten und unerfahrensten Armeen wurden in Reserve gehalten, um ihre Kameraden bei Bedarf zu unterstützen. Abgesehen von der Sechsundsechzigsten Division, die zur Begrüßung der Wölfe aus einer Reservearmee in die Fünfte Armee versetzt worden war, hatten alle Armeen die operationale Integrität ihrer vorherigen Stationierungen beibehalten.

Alle Armeen waren weiter in sechs Divisionen unterteilt. Im Gegensatz zu den übrigen Streitkräften der Inneren Sphäre waren die ComGuards von vorherein als kombinierte Streitkräfte organisiert. Durch langes Training hatte Focht die normale Rivalität zwischen den Waffengattungen abbauen und die Guards zu Kampfverbänden von erschreckender Effizienz zusammenschmieden können.

Wenn die Innere Sphäre unsere Fähigkeiten auch nur ahnen würde, hätte man längst versucht, uns zu vernichten. Zunächst würden die Panzer die Clantruppen angreifen. Dann würden Luft- und Artillerieangriffe ihnen gestatten, sich aufzuteilen und die Flanken der Clankräfte zu bedrängen. Die Mecheinheiten der ComGuards sollten immer wieder kurze Attacken ausführen und anschließend untertauchen, um den Gegner konstant in Bewegung zu halten. Da jede Division als Einheit in Kooperation mit einer zweiten Division agierte, sollten sie in der Lage sein, die Clans langsam abzunutzen.

»Es verläuft alles nach Plan.«

»Verzeihung, Präzentor Martialum?« Hettig sah seinen Kommandeur fragend an.

»Nichts. Ich habe nur laut gedacht. Welche Zonen sind im Augenblick besonders umkämpft?«

»Noch wird nirgends geschossen, aber Dinju und Spanac scheinen kurz vor ...« Hettig preßte die Hand an den Lautsprecher über dem linken Ohr. »Priorität Alpha-I-Botschaft der Prima für Euch.«

Ärger stieg säuregleich aus seiner Magengrube nach oben. »Ich nehme das Gespräch hier in Przeno an.« Er drehte sich um, als Hettigs Bild sich ausdehnte und über eine ferne Gewitterwolke legte. Myndo Waterlys Gesicht ersetzte das seines Adjutanten. »Prima, der Angriff hat begonnen.«

Die weißhaarige Anführerin ComStars nickte gnädig, dann fuhr sie plötzlich herum. »Sie sitzen nicht in einem Mech.«

»Und wenn sich die Lage nicht dramatisch verschlechtert, werde ich es auch nicht tun.« Er versuchte, so gleichmütig wie möglich zu klingen, aber etwas von seinem Ärger schlug durch.

»Es war das Bestehen auf einem festen Hauptquartier, das den Kombinatstruppen auf Teniente Schwierigkeiten bescherte.« Ihr Blick wies Focht zurecht. »Haben Sie aus dieser Situation nichts gelernt?«

»Allerdings habe ich das, Prima. Alle Leitungen aus diesem Bunker sind mit dem planetaren Kommunikationsnetz verbunden. Durch Glasfaserkabel erreichen sie Sendeunterstationen. Die Botschaften sind natürlich zerhackt und werden entweder direkt von den Unterstationen oder über Satelliten an unsere Truppen gestrahlt. Es kostet ein, zwei Sekunden Verzögerung, zwingt die Clans aber, Einheiten bei dem Versuch zu verschwenden, uns aufzuspüren.« Er sorgte dafür, daß der Computer einen verärgerten Gesichtsausdruck darstellte. »Eure Sendung bindet wertvolle Resourcen.«

»Dann werde ich mich kurz fassen.« Myndo ließ ein Lächeln um ihre Lippen spielen, dessen Künstlichkeit ihm nicht entging. »Ich wollte dir nur noch einmal klar machen, wie wichtig ein Erfolg in dieser Sache für ComStar ist.«

»Ich bin mir der entscheidenden Bedeutung unseres Sieges wohl bewußt, Prima.«

»Gut, aber ich wollte, daß du auch ein persönliches Interesse daran hast.« Ihre Augen glitzerten mit einer

Kälte, die Focht das Rückgrat entlanglief. »Wenn du siegst, werde ich dir geben, was du dein ganzes Leben gewollt hast.«

»Ihr braucht mich nicht dafür zu belohnen, daß ich meine Pflicht tue, Prima.«

»Aber ich werde es tun, mein Freund.«

Aus ihrem Mund klangen diese Worte eher wie eine Drohung. »Ich fühle mich geehrt«, erwiderte Focht.

»Du wirst mehr sein als nur geehrt«, erklärte Myndo. »Du wirst erhaben sein. Wenn du die Clans besiegst, werde ich dir dein Geburtsrecht zurückgeben.« Die Prima ComStars hob den Kopf. »Ich werde dir deinen alten Ruhm zurückbringen und dich zum Archon des Lyranischen Commonwealth machen, Frederick Steiner.«

32

Teniente, Auf dem Flug ins Systeminnere Nebelparder-Besatzungszone

4. Mai 3052 (Operation Skorpion — Tag 4)

Victor Steiner-Davion schaute geradewegs in die Kamera. Er setzte bewußt eine grimmig zufriedene Miene auf, wie er sie von Morgan Hasek-Davion bei einer Ansprache an seine Truppen erwartet hätte. Er trug eine Kühlweste, und Kais Anhänger ruhte auf der äußeren Kevlarschicht. Mit einem behandschuhten Finger öffnete er eine Leitung zu allen Kommunikationsmonitoren der aus drei Schiffen bestehenden Armada, die sich im Anflug auf den Planeten befand.

»In zwei Tagen werden wir mit den letzten Vorbereitungen für die Invasion Tenientes beginnen. Wir sind nur noch vierundvierzig Stunden vom Eintauchen in die Atmosphäre entfernt, und alles verläuft nach Plan. Unsere Mission läuft und ist nicht mehr aufzuhalten.« Seine grauen Augen senkten sich, aber nur für einen Augenblick. »Beim letzten Unternehmen dieser Art waren wir noch die Vereinigten Sonnen, und viele von uns haben höchstens MechKrieger gespielt. Damals erklärte mein Cousin Morgan Hasek-Davion seinen Leuten, daß die Geschichte später fragen würde, wie sie mit so wenig so viel erreichen konnten. Er hatte volles Vertrauen in ihre Fähigkeiten. Nun, ich weiß, wie es ihnen gelungen ist, trotz unglaublicher Schwierigkeiten zu gewinnen. Ich habe die Lösung während des letzten Jahres gefunden, als ich mit euch zusammengearbeitet habe. Wir haben Alyina durch euren Mut und eure Entschlossenheit überlebt, die Clans für jeden Zentimeter Boden teuer bezahlen zu lassen. Wir haben hart gearbeitet und sind durch unsere gemeinsame Zähigkeit eine Einheit geworden. Wir haben durch euren Willen und euer Verlangen, den Kampf zurück zu den Clans zu tragen, neue Taktiken und Strategien gemeistert.«

Victors Augen glitzerten hart und kalt. »Dies ist unsere Chance, den Clans und dem ganzen Universum zu beweisen, daß die Innere Sphäre sich nie geschlagen geben wird. Unser bester Fall, unser größter Sieg ist eine Mission, in der nicht ein Schuß fällt. Wir landen, erfüllen unseren Auftrag und fliegen wieder ab — so einfach ist das. Wenn wir doch kämpfen müssen, dann habe ich keinen Zweifel daran, daß wir mehr austeilen als einstecken werden. Aber wir sind nicht hier, um Teniente zurückzuerobern. Wir sind auf einer Rettungsmission. Skalps können wir ein andermal sammeln. Dies ist die erste Schlacht der Untoten. Es wird nicht die letzte sein. Nehmt euch die Zeit, in eure Maschinen zu steigen und euch anzuschnallen. Überprüft alle Systeme doppelt und dreifach. Wenn wir einsteigen, dann wird es heiß. Die Samthandschuhe bleiben an Bord. Wir werden eine Legende begründen, mit der die Clans in Zukunft ihre Kinder erschrecken.«

Victor drückte einen Knopf, schloß die Verbindung und sah hoch zu Shin. »Na?«

Der Yakuza nickte. »Ihre Vertrauensversicherungen werden dafür sorgen, daß sie alles tun werden, um sich Ihres Vertrauens würdig zu erweisen. Ich beneide die Truppen nicht, auf die wir am Boden treffen.«

Galen hielt den Daumen hoch. »Nach dieser Ansprache können Sie die Leute sogar nach Sian führen.«

Hinter Galen flackerte ein rotes Licht über einem Funkmonitor. Victor und Shin zogen sich zurück. Galen zog die Kapuze seiner Robe hoch und schaltete den Monitor ein. »Hier ist ComStar-Landungsschiff *Klare Voraussicht.*«

»*Klare Voraussicht,* hier ist ComStar-Bodenkontrolle, Kunkaisektor.«

»Sprechen Sie, Kunkai.«

Die Stimme des Bodenfunkers verlor an Schärfe.

»*Voraussicht,* wir haben keinerlei Anweisungen, die euch, *Ekstase der Vernunft* oder *Tapfere Weisheit* betreffen. Hier unten ist alles etwas durcheinander. Könnt ihr mir eine Bestätigung eurer Mission liefern?«

Galen lehnte sich zurück, paßte aber auf, daß seine Augen nicht sichtbar wurden. »Kunkaisektor, ich darf nur sagen, daß wir in einer Mission der Beta Predeir-Stufe unterwegs sind. Unsere Order wurde unter Lima Zebra 0945 abgelegt.«

»Verstanden, *Voraussicht.* Bitte warten.«

Galen schaltete das Mikro aus. »Ich hoffe, das war richtig, Galen.«

Der KombinatsmechKrieger nickte. »Perfekt, Galen. Diese Sicherheitsstufe dürfte uns mit minimalen Problemen rein- und wieder rausbringen.«

Victor drückte die Daumen. Als er es bemerkte, verschränkte er die Hände hinter dem Rücken. Während die drei Männer in der dunklen Enge der Funkstation warteten, wünschte er sich, irgendwo die Kühlweste anschließen zu können. Auch auf Shins Gesicht sah er Schweißperlen.

Galens Monitor piepste. »Wir hören, Kunkai.«

»Verstanden, *Voraussicht.* Aufgrund der Operation Skorpion wird eure Mission durch den Demi-Präzentor mit Alpha-Priorität ausgesetzt. Laut Ihrem Befehl haben Sie Truppen an Bord. Liefert sie bei 45 Grad 33 Minuten Nord, 2 Grad 10 Minuten West ab. Wir können die Unterstützung gut gebrauchen. Eure GAZ liegt bei achtundvierzig Stunden, korrekt?«

Im Hintergrund hörte Victor gedämpfte Detonationen. Er blickte hinüber zu Galen und hob die Schultern.

Galen senkte seine Stimme um eine Oktave zu einem Knurren. »Probleme mit Kurita-Aufständischen, Kunkai?«

»Kurita? Wär das schön.« Die Stimme des Redners wurde unter den lauter werdenden Explosionen gepreßt. »Irgendein verdammter Clankommandeur hat

Anfang der Woche ein Überraschungsmanöver angeordnet. Als wir seine Leute einsperren wollten, waren sie weg.« Eine weitere Explosion hallte durch die Kabine. »Jetzt sind sie wütend.«

»Verstanden, Kunkai. Wir sind unterwegs. Der Friede Blakes sei mit dir. *Voraussicht* Ende.«

In Victors Kopf wirbelten die Gedanken durcheinander. *ComStar kämpft gegen die Clans? Und wir müssen uns ausgerechnet ComStar-Schiffe für unsere Aktion aussuchen.*

Galen legte die Arme auf die Konsole. »Was nun, Victor? Wenn wir nicht die angegebenen Koordinaten ansteuern, merkt die Bodenkontrolle, daß wir nicht zu ComStar gehören.«

»Und wenn wir es tun«, fügte Shin hinzu, »erwartet uns der Clankommandeur bereits.«

»Stimmt. Wir müssen davon ausgehen, daß die Clans in der Lage sind, den Funkverkehr abzuhören.« Victor kaute auf seiner Unterlippe. »Nachdem wir als Ziel identifiziert sind, werden die Clans gegen uns vorgehen, wo immer wir aufsetzen.«

Shin beugte sich vor. »Brechen wir die Mission ab?«

»Und fliegen mit leeren Händen nach Hause? Auf keinen Fall. Der Plan sah vor, daß wir bis zum letzten Moment warten, bevor wir Hohiros Position feststellen, aber jetzt müssen wir die Aktion halt etwas vorziehen. Finden Sie heraus, wo er ist und welche Truppenstärke er bis zu unserer Ankunft aufbieten kann.«

»Hai.«

Galen verzog das Gesicht. »Sie wollen ComStar helfen?«

Auf Victors Miene stand teuflische Heiterkeit. »Wenn wir mit dem Schwanz in einem Schraubstock hingen, wie würde ComStar dann reagieren?«

»Die Gebühren verdoppeln?«

»Exakt.« Victor zeigte auf den Monitor. »Geben Sie Kunkai Bescheid, daß wir geradewegs über ihnen runterkommen. Sie sollen die Position um jeden Preis halten. Und sorgen Sie dafür, daß die Clans den Funkspruch ebenfalls auffangen. Das dürfte sie anspornen, noch verbissener anzugreifen, so daß sie sich gegenseitig fertigmachen.«

Galen richtete sich auf. »Verstanden. Und was machen wir?«

»He, wir sind nur hier, um unser Paket abzuholen.« Victor zuckte die Achseln. »Wir suchen keinen Streit, aber wenn sich uns jemand in den Weg stellt, dann werden wir den Clans mehr Zores geben, als sie erwartet haben.«

33

Dove Costoso
Alyina, Jadefalken-Besatzungszone

5. Mai 3052 (Operation Skorpion — Tag 5)

Deirdre Lear saß auf ihrer Pritsche, die Knie unter das Kinn gezogen, und drückte den Rücken in die hinterste Ecke der Zelle. Sie hatte ihr Gesicht in den Armen vergraben, und ihre bitteren Tränen durchnäßten die Beine des Overalls. Ihre Kinnmuskeln schmerzten von der Anstrengung, mit der sie die Zähne zusammenbiß, um nicht laut aufzuschreien.

Als Kai ihr zu erklären versucht hatte, warum er gegen Taman Malthus kämpfen mußte, hatte sie sich gezwungen, auf ein Urteil zu verzichten. In ihrem Innersten wußte sie, wie verrückt es für ihn war, gegen einen so viel größeren Gegner anzutreten. Kai war von dem langen Marsch bereits erschöpft, und auch wenn die Verwundungen des letzten Zweikampfes verheilt waren, war er nicht in Topform. Der Kampf würde wild und brutal werden, und der Geist ihres Vaters trat vor ihr inneres Auge.

Und doch, als die beiden Kontrahenten mit ihrem Duell begannen, sah sie, wie sehr Kai der Kampf lag. Sie freute sich sogar an seinen Finten und Schlägen. Sie wußte, daß Kai sich bis zum Äußersten treiben mußte, und um so wunderbarer war es, wie die Müdigkeit von ihm abzufallen schien. Seine überraschend flüssigen Bewegungen und Schnelligkeit machten sie stolz, ihn versorgt zu haben.

Als Kai und Malthus Schläge austauschten, hielt sie die Schäden fest, die sie einander beibrachten. Deirdre löste sich irgendwie von dem Geschehen, als säße sie in einer Klinik und beobachte einen anderen Arzt bei einer

Operation. Als Kais Fuß den Oberschenkel des Elementars traf, wußte sie, daß der Tritt Quetschungen und Aderrisse verursacht hatte. Malthus war zumindest ein blauer Fleck sicher. Wäre der Tritt mit mehr Schwung gelandet, hätte Kai sogar den Knochen anknacksen können.

Unwillkürlich war sie mitgegangen, hatte versucht, den Schlägen und Gegenangriffen auszuweichen. Ihr Herz schlug bis zum Hals, als Kai zu Boden ging, aber als er wieder aufstand, wußte sie, daß er sich nie ergeben würde. Ein Teil von ihr wollte ihn anflehen, aufzugeben, aber sie hatte zuviel Respekt vor dem Mut, mit dem er den Elementar zum Angriff aufforderte.

Als Kai hochsprang und nach Malthus' Kopf trat, wollte sie jubeln. Als die Faust des Sterncaptains Kai in die Rippen traf, teilte sie seinen Schmerz, und als er auf den Boden prallte, erwartete sie nicht, daß er wieder aufstand. Sie wußte, es war vorbei, aber zumindest lebte er noch.

Dann kam der ComStar-Hubschrauber mit ratternden MGs.

Durch den gewaltsamen Tod des ihr am nächsten stehenden Elementars abgelenkt, hatte sie Kai nicht einmal in die Tiefe stürzen sehen.

Sie streckte die Arme aus, um Kai zurückzuholen, aber das pulsierende Donnern der Helikoptermotoren übertönte alle letzten Worte, alle letzten Rufe Kais.

Kai, Kai, KAI! Sie wollte seinen Namen hinausschreien, so wie sie es nicht hatte tun können, als er fiel. Und sie wollte die Elementare in der gegenüberliegenden Zelle anbrüllen, aber sie würde ihnen nicht zeigen, welchen Schmerz sie ihr zugefügt hatten. Vielleicht hatten sie ihren Körper in ihrer Gewalt, aber es würde ihnen nicht gelingen, sie zu brechen. Nicht den Clans. Auch nicht ComStar. Niemandem.

Wie aus weiter Ferne hörte sie, daß jemand den Kombinationscode der Tür in die Tastatur eingab. Als sie sich quietschend öffnete, roch sie Essen. Ihr Magen knurrte reflexartig, aber sie war zu erfüllt von Schmerz und Trauer, um etwas zu sich zu nehmen. Sie sah nicht einmal auf, als ihr anonymer Kerkermeister ein Tablett unter der Gittertür ihres Käfigs hindurchschob. Irgendwann würde er es wieder abholen.

Als sie das Geräusch eines Schlüssels hörte, der sich im Schloß ihrer Tür drehte, hob sie den Kopf. Zu ihrer Rechten sah sie auf der anderen Seite eines schmalen Ganges die drei Elementare in ihrem Käfig. Sie hingen an den Gittern, die Knöchel ihrer Fäuste weiß vor Anstrengung, und starrten den ComStar-Bediensteten mit einem Hunger an, den kein Essen stillen konnte.

Sie schaute nur eine halbe Sekunde lang zu ihnen hinüber, aber es erfüllte sie mit wilder Freude, daß die rechte Gesichtshälfte des Sterncaptains Malthus noch immer verfärbt war.

Ihre blauen Augen wandten sich der rundlichen Gestalt zu, die ihre Zellentür öffnete. Khalsa schob ihr Tablett mit dem Fuß zur Seite und schloß langsam die Tür. Er lächelte sie an, und seine Mundwinkel verschwanden unter den schwabbligen Wangen. In seiner roten Robe schien der Demi-Präzentor wie ein Mönch, der sich mit dem Gedanken trug, die Kontemplation über die Todsünde der Völlerei gegen die der Lust einzutauschen.

»Doktor Lear, bitte, warum essen Sie nicht?« Er verschränkte die fetten Finger über seiner beachtlichen Leibesfülle. »Ich wäre schon früher gekommen, aber wir mußten noch ein paar Steiner-Partisanen ausschalten. Hören Sie, Sie dürfen diesem Mann nicht nachtrauern. Er ist Ihrer Tränen nicht wert. Er war ein Schuft, der Sie nur in Schwierigkeiten gebracht hat.« Seine Stimme wurde zu einem Flüstern. »Er hatte Frau und Kinder in den Vereinigten Sonnen. Sie sind zu schade für jemand wie Dave Jewell.«

Deirdre warf ihm den eisigsten Blick zu, den ihre rotgeränderten Augen zustande brachten, sagte aber nichts. Sie vertraute ihrer Stimme nicht. Sie beruhigte sich damit, daß Khalsa Kais Decknamen benutzte. Es bewies, wie sehr er sich überschätzte. Es war wichtig für Kai gewesen, seine Identität geheimzuhalten, und sie hatte sich angestrengt, ihn nicht zu verraten. *Nicht einmal, als er starb, konnte ich seinen Namen rufen!* Nichts würde sie dazu bringen, ihn im Tod zu verraten.

Khalsa schob sich näher, bis er sein breites Hinterteil auf den Rand ihrer Pritsche senken konnte. »Sie müssen etwas essen, um bei Kräften zu bleiben.«

Sie starrte ihn schweigend an.

Ein einzelner nervöser Schweißtropfen formte sich auf Khalsas Stirn. »Eigentlich wollte ich es mir als Belohnung aufsparen, wenn Sie etwas essen, aber Ihre Seele braucht die Stärkung wohl nötiger. ›Stärkt die Seele, und ihr stärkt den ganzen Menschen‹, wie unsere Prima immer wieder sagt.« Er lächelte sie an wie ein Priester, der einem zum Tode Verurteilten die frohe Botschaft näherbringen will. »Anscheinend wollen meine Vorgesetzten die Elementare morgen in unser Hauptlager bei Valigia bringen. Aber Sie dürfen hier in Dove Costoso bleiben, bei mir!«

Khalsa klatschte in die Hände, als sei damit irgendwie alles im Lot. Sein erwartungsfrohes Grinsen vereinigte sexuelle Lust und kindliche Unschuld. Ihr wurde übel, und sie war froh, nichts gegessen zu haben. »Sie werden den Anblick dieser ausländischen Mörder nicht länger ertragen müssen.«

Khalsas rechte Hand senkte sich auf ihr linkes Knie, als wolle er den Auslöser eines Sprengkastens eindrükken. Ein Woge von Adrenalin brandete durch ihre Adern.

Deirdre riß ihr Knie zurück und sprang in einer einzigen, panthergleichen Bewegung auf. »Wagen Sie es nicht, Sie Wurm!« Sie ballte die Fäuste. »Ich würde nicht hier bei Ihnen bleiben, wenn die Alternative darin bestünde, in die Sonne geworfen zu werden. Die Elementare sind vielleicht Fremde und Mörder, aber zumindest haben sie es nie verheimlicht. Wir wußten, daß sie unsere Feinde sind, und sie haben ohne Zögern angegriffen. Aber trotz allem haben sie sich ehrenhaft geschlagen und waren an einem fairen Kampf interessiert.«

Khalsa wurde bleich, bis sein Gesicht beinahe die aschgraue Farbe des Zellenbodens annahm. »Aber ... aber sie haben Ihren Geliebten ermordet.«

Deirdre schlich auf ihn zu. »Wirklich? Sie haben sie auf unsere Spur gehetzt. Sie haben uns verraten. Sie haben sich hinter einem Deckmantel angeblicher Neutralität versteckt, aber Sie haben uns gefangengenommen und die Elementare gerufen. Wer trägt hier die Schuld, die Hunde des Krieges oder ihre Herren?«

Khalsa sprang entgeistert auf und stolperte auf dem Weg zurück zur Tür fast über das Tablett. »Sie sind wahnsinnig! Ich biete Ihnen die Möglichkeit, einem lebenslangen Aufenthalt in einem Gefangenenlager zu entkommen.« Er schloß ungeschickt die Tür auf. »Sie verurteilen sich selbst.«

Sie sprang vor und versetzte ihm eine Ohrfeige, die einen roten Handabdruck auf seinem Gesicht hinterließ. »Sie Tier! Sie können froh sein, daß Sie mich derart anwidern. Bei meiner Ausbildung und meinem Wissen könnte ich Ihren Vorschlag annehmen und anschließend dafür sorgen, daß Ihr restliches Leben, soweit ich Ihnen eines zugestehe, die Hölle auf Erden wird.«

Sie trat einen Schritt zurück und gestattete ihm, seine füllige Gestalt durch die Tür zu zwängen. »Lauf, Khalsa, lauf. Solange ich lebe, werden Sie nicht sicher sein. Ich werde Sie in Ihren Träumen besuchen. Sie werden mein Gift in Ihrem Essen schmecken, und bei jedem kleinen Schmerz, jeder Krankheit werden Sie sich fragen, ob ich Sie doch noch erwischt habe.« Deirdre lachte auf die grauenhafteste Art, die sie sich vorstellen konnte. »Und eines Tages wird dies der Fall sein.«

Völlig entgeistert verriegelte Khalsa die Zellentür und ergriff die Flucht. In der Zelle gegenüber stand Taman Malthus steif von seiner Pritsche auf und trat an das Gitter. »Sie sind eines Kriegers wert.«

»Bilden Sie sich ja nichts ein«, zischte sie. »Sie sind mir um nichts sympathischer als er. Sie sind es, der Blut an den Händen hat. Sie haben ihn getötet — nein, Sie haben ihn ermordet ...«

Der Schmerz in Malthus' Blick schockte sie. Sie unterbrach ihre Tirade. »Sie irren sich, Doktor. Ich bin kein Mörder. Nur indem wir gegen die Besten antreten, können wir beweisen, daß wir die Besten sind.« Er öffnete die Hände und schloß sie, einen Finger nach dem anderen, um die Gitterstäbe. »Ihr Geliebter hat mich niedergeschlagen, aber er hat mich nicht besiegt. Er wußte es, und er wußte, daß er den Preis für seinen Wagemut zu zahlen hatte. Meine Tat als Mord zu charakterisieren, macht meinen äußerst würdigen Gegner zu nicht mehr als einem Opfer.«

Deirdre packte die Gitterstäbe ihrer Zelle, und ihr ganzer Körper erbebte. »Er war ein Opfer — ein Opfer dieses dummen Krieges!« Als das Adrenalin in ihren Adern verbrannte, gossen Müdigkeit und Schwäche flüssiges Blei in ihre Muskeln.

»Das, Doktor, ist eine üble Beleidigung. Jewell kannte und akzeptierte seine Rolle in unserem Kampf. Er war ein besserer Krieger als viele in den Clans.« In einem Wutanfall riß Malthus an den Stäben, aber sie gaben nicht nach. »Hätte ComStar mir meinen Sieg nicht geraubt, hätte ich, Taman Malthus, mein Versprechen Ihnen beiden gegenüber wahr gemacht.«

Kai ist sinnlos gestorben! Trotz der Ehrlichkeit in den Worten des Sterncaptains brach sie innerlich zusammen. Die Erkenntnis, daß Kais Tod umsonst gewesen war, hämmerte auf sie ein und verdrängte das Trauma vom Tod ihres Vaters. Sie verstärkte ihre lebenslange Überzeugung, daß der Krieg und das Töten dumm und feige waren. Kai hatte es zugegeben, aber trotzdem war er in den Tod gegangen wie eine Motte, die vom Licht angezogen wird.

Sie öffnete den Mund, wollte etwas sagen, aber die melodischen Töne des Verliesschlosses stoppten sie. Die Tür öffnete sich erneut. Das Feuer in ihren Adern flammte wieder auf, als sie Khalsas scharlachrote Gestalt erkannte, aber sie blieb stumm, als sie bemerkte, daß er den Raum rückwärts betrat. Das Licht spiegelte sich auf seinem Kopf, der sich in einem besonders schmerzhaften Winkel nach hinten neigte.

Der Grund für diese unangenehme Kopfhaltung war die Mündung eines Automatikgewehrs an seinem rechten Nasenloch.

»Hören Sie, Doktor, ich weiß, daß das nicht der rechte Ort oder Zeitpunkt ist«, witzelte der Mann, dessen Waffe Khalsa in den Raum drängte, »aber ich habe da ein paar größere Beschwerden. Nehmen Sie noch Patienten an?«

Die offensichtliche herzliche Freude in Deirdres Gesicht ließ Kais Herz schneller schlagen. Sie trat vom Gitter ihrer Zelle zurück und preßte beide Hände vor den offenen Mund. Sie blinzelte mehrmals, dann starrte sie ihn an wie einen Geist.

»Bist du es wirklich?«

»Entweder das, oder der Demi-Präzentor hier ...«, er wedelte mit dem Gewehr »... hat einen ganz besonders üblen Alptraum.«

»Rkl«, kommentierte Khalsa.

Kai schob den korpulenten ComStar-Würdenträger hinüber zur Zellentür. »Aufmachen.«

Der Demi-Präzentor nahm die Schlüssel von seinem Gürtel. »Damit kommen Sie nie durch.«

Kai ruckte das Gewehr. »Wenn ich Ihren Rat benötige, spalte ich Ihnen den Schädel und such in Ihrem Gehirn danach. Ich bin müde, und ich bin wütend, und ich bin von einem Ast zum andern durch den Wipfel einer ziemlich hohen Föhre bis zu einer ausgesprochen harten Landung gefallen. Auf-ma-chen!«

Khalsa gehorchte, und Kai stieß ihn beiseite. Deirdre flog durch die offene Tür und drückte ihn an sich. Es machte ihm nichts aus, daß sein ganzer Körper unter dem Aufprall schmerzte. Das Gefühl und der Geruch ihres Körpers machten den Schmerz bedeutungslos. »Ich liebe dich, Deirdre.«

»Du bist es, du bist es wirklich. Ich dachte, ich hätte dich verloren.«

Als ihre Tränen sein Gesicht benetzten, fühlte er ein Ziehen an der rechten Hüfte. Er legte den linken Arm um ihre Taille, hob sie in die Höhe und drehte sich um, als Khalsa gerade den Nadler aus seinem Holster zog. Der Lauf des Autogewehrs traf die Schläfe des Demi-Präzentors, als er die Waffe hob. Der Mann taumelte nach hinten.

Khalsa prallte gegen das Zellengitter der Elementare. Malthus' Hände schlängelten sich zwischen den Gitterstäben hindurch und packten ihn an Kopf und Hals. Die Muskeln des Clansmannes spielten. Er riß Khalas Kopf scharf nach rechts. Kai hörte ein Krachen, dann glitt Khalsa tot zu Boden.

Der MechKrieger drückte Deirdre noch fester an sich und legte den Kopf an den ihren, damit sie sich nicht umsah. »Danke.«

Taman Malthus ließ die offenen Hände unschuldig durch das Gitter baumeln. »Ich habe Ihnen einen Ihnen rechtmäßig zustehenden Abschuß gestohlen.«

»Hat mir die Kugel erspart.« Kai ließ Deirdre frei. »Wie geht es dir, Liebes? Geht es wieder?«

Sie schniefte und wischte sich durchs Gesicht. »Mir gehts viel besser. Ich dachte, du wärst tot.«

»Ich fühl mich auch so. Was hältst du davon, wenn wir jetzt das Radioteleskop besuchen? Diesmal nehmen wir Khalsas Limousine.« Er deutete mit dem Gewehr auf die Elementare. »Nachdem diese Jungs hier festsitzen, dürfte es gelingen.«

»Gehen wir.«

»Warten Sie!«

Kai sah hinüber zu Malthus. »Äh, Sie werden es mir verzeihen, wenn ich darauf verzichte, unseren kleinen Kampf fortzusetzen. Ich weiß, daß es für Sie eine Ehrensache ist, aber ich habe schon einen Kampf gegen die Schwerkraft und einen Monsterbaum hinter mir.« Er breitete die Arme aus, damit der Elementar sich seinen zerrissenen und fleckigen Overall ansehen konnte. »Betrachten Sie sich als Sieger, okay?«

»Das tue ich. Und Sie sind der mutigste Krieger, den die Innere Sphäre anzubieten hat.«

»Ein mutiger Krieger, ich?«

»Seit unserer Heimkehr habe ich noch von keinem tapfereren gehört.« Der Elementar nickte Deirdre zu. »Wie ich ihr bereits erklärt habe, hatte ich den Kampf gewonnen. Die Tatsache, daß Sie sich so bereitwillig gestellt haben, beweist, daß Sie meinen Respekt verdienen, und hat mich gezwungen, über das Wesen unserer Gegner nachzudenken. Ich bin bereit, mein Versprechen, Ihnen eine Transportmöglichkeit zur Verfügung zu stellen, einzuhalten, vorausgesetzt, Sie tun mir einen Gefallen.«

Kai kniff die Augen zusammen. »Und der wäre?«

»Sagen Sie mir Ihren wahren Namen.« Malthus hob abwehrend die Hände. »Ich weiß, daß Sie nicht Dave Jewell sind. Ich habe seine Akte gelesen. Er war Linkshänder, Sie sind es nicht. Ich muß wissen, wer Sie sind.«

Deirdre mußte grinsen, als Kai rot wurde. »Sterncaptain Taman Malthus, darf ich Ihnen Lieutenant Kai Allard-Liao vorstellen.«

Malthus blieb der Mund offenstehen. Er taumelte nach hinten und setzte sich auf seine Pritsche. »Sind Sie der Kai Allard-Liao, der auf Twycross war?«

Mit brennenden Wangen nickte Kai.

»Und Sie sind auch der Kai Allard-Liao, der unseren Hinterhalt für den Steiner-Prinzen hier auf Alyina vereitelt hat?«

Wieder nickte Kai.

Malthus starrte ihn an, dann sah er die beiden anderen Elementare an, die seine Zelle teilten. »Kai Allard-Liao.« Es begann ganz sachte, aber sein Gelächter wurde immer lauter und heftiger. Er hielt sich den Bauch und fiel nach hinten, gab seinen Untergebenen damit ein Zeichen, sich ihm anzuschließen. Einer von ihnen lachte so sehr, daß er zu Boden fiel, während der andere sich an den Gitterstäben festhalten mußte.

Kai blickte Deirdre überrascht an, aber sie zuckte nur ebenfalls verwirrt die Achseln. »Ich habe ja schon die verschiedensten Reaktionen auf meinen Namen erlebt, aber das ist das erstemal, daß jemand lacht.«

Malthus kämpfte sich unter Mühen hoch. »Verzeihung, Lieutenant, aber wir lachen Sie nicht aus. Wir lachen über uns.« Eine neue Woge der Heiterkeit schlug über ihm zusammen. Mit tränenden Augen kämpfte er einen erneuten Lachanfall nieder und begegnete Kais fragendem Blick. »*Der* Kai Allard-Liao.«

»Ich verstehe nicht.«

»Nein? Twycross. Die Prinzenfalle.« Malthus schüttelte den Kopf. »Hätte ich gewußt, daß wir hinter Ihnen her sind, hätte ich einen ganzen Stern eingesetzt.«

Einen ganzen Stern Elementare? Für mich? Das ist Irrsinn! »Ich dachte, Clanner bevorzugen ausgewogene Gefechte.«

»Stimmt. Also zwei Sterne.«

Einer von Malthus' Leuten nickte enthusiastisch.

»Sie sind verrückt.«

»Wirklich?« Malthus richtete sich auf. »Auf Twycross haben Sie die Falkengarde vernichtet. Auf Alyina haben Sie die Zangen einer Falle offengehalten, die den Thronerben des Vereinigten Commonwealth verschlingen sollte. Anschließend haben Sie vier Monate hinter den feindlichen Linien überlebt. Sie sind uns entkommen, haben die Belohnung für Ihren eigenen Tod kassiert, und Sie — ein MechKrieger — haben einen Elementar im Zweikampf besiegt. Sie sind von einer Hochebene gestürzt, durch einen Baum gefallen, schwer aufgeschlagen, und trotzdem hierher nach Dove Costoso gekommen und haben einen Ausbruch organisiert.«

Kai schüttelte vehement den Kopf. »Nein, nein, Sie blasen das alles auf.«

»Kai, hör auf damit.« Auf Deirdres Stirn standen steile Falten. »Was würdest du sagen, wenn Victor all das geleistet hätte? Würdest du dann auch behaupten, es sei nicht der Rede wert?«

Er sah sie an, als wäre sie verrückt geworden. »Mach dich nicht lächerlich. Natürlich nicht.«

»Warum ist es bei dir selbst anders?« Sie streichelte seine Wange. »Du hast dich so lange an einem dermaßen hohen Standard gemessen, daß du gar nicht ahnst, wie besonders du bist. Was du vollbringst, ist ein Wunder. Oberst Wolf hat es selbst gesagt, als du bei den Prüfungen auf Outreach fünf Mechs besiegt hast.«

»Fünf Mechs?« stöhnte Malthus.

»Drei Sterne«, murmelte einer seiner Begleiter.

»Aber, aber, aber ...«, stotterte Kai, bis Deirdre den Finger auf seine Lippen legte. *Stimmt das, was sie sagen? Bin ich wirklich so gut, oder lassen sie sich nur von einem schier unglaublichen Glück täuschen?* Er erinnerte sich an einen seiner Mechinstruktoren, der ihm erklärt hatte: »Mit Glück kommst du weiter als mit Können.« *War ich wirklich all die Jahre zu hart mit mir?*

Er wartete auf die dunkle Stimme, die ihn warnte, daß eine derartige Arroganz sein Ende sein würde, aber sie ließ sich nicht hören. *Vielleicht bin ich wirklich gut, oder auch nur ein Glückspilz. Keins von beiden ist eine Entschuldigung für Übermut oder Nachlässigkeit, aber vielleicht bin ich nicht ganz so schlecht, wie ich mir eingebildet habe.*

Kai grinste, als er zum ersten Mal, seit er denken konnte, fühlte, wie die Last auf seinen Schultern abnahm.

Deirdre küßte ihn.

»Machen Sie so weiter, Doktor, und ich glaube Ihnen fast alles.« Er sah zu Malthus hoch. »Anscheinend stehen wir zumindest kurzfristig auf derselben Seite. Wenn Sie es mit dem Angebot, uns hier wegzubringen, ernst meinen, laß ich Sie raus. Aber nur unter der Bedingung, daß wir unseren Kampf nicht fortsetzen müssen.«

»Warum sollte ich gegen einen Verbündeten kämpfen?« Malthus schüttelte den Kopf. »Bevor ich Sie von Alyina schaffen kann, muß ich meine Leute befreien und die Toten rächen. Ich glaube, meine Leute wurden in das ComStar-Lager bei Valigia geschafft.«

Deirdre erstarrte. »Die ComStar-Anlage bei Valigia ist eine Festung. Sie wurde vom Direktor eines Konzerns gebaut, der diese Welt wie sein persönliches Lehen regierte. Gepanzerte Elementare könnten in ihrem Innern bestimmt einigen Schaden anrichten, aber dazu müßten sie erst einmal durch das Tor kommen.«

»Unsere Rüstungen liegen in den Bergen, wo wir auf Sie gewartet haben, aber wir haben keine Flugtornister. Wir brauchen schweres Geschütz, um die Mauern zu sprengen. ComStar hat über die letzten vier Monate die Bevölkerung entwaffnet, und wir haben alle Mechtrümmer auf der Oberfläche des Planeten aufgeräumt.«

Kai lachte. »Ich weiß, wo eine Gausskanone auf uns wartet. Das dürfte reichen.« Er zog die Schlüssel aus Deirdres Zellentür und warf sie Malthus zu. »Es wird langsam Zeit, daß jemand ComStar eine Botschaft überbringt, und wenn wir zusammenarbeiten, bin ich sicher, daß wir daraus eine ganz besondere Sendung machen können.«

34

Skupo, Tukayyid
ComStar-Interventionsdistrikt, Freie Republik Rasalhaag

6. Mai 3052 (Operation Skorpion — Tag 6)

Von der Pilotenliege seines modifizierten *Wolfshund* aus betrachtete Phelan das Meer aus goldenen Tritikalhalmen, die sich im Wind wiegten. Es erstreckte sich kilometerweit in alle Richtungen, nur gelegentlich erhob sich ein Baum daraus wie Unkraut in einem gepflegten Garten. Abgesehen von den Schneisen, die er und seine Mechs bei ihrem Vormarsch geschlagen hatten, und ein paar kleinen Kanälen, die sich von seiner Position aus vorschoben, lag das Feld unberührt und still.

Das Ganze war ihm unheimlich. Nicht nur, daß er keine Spur des Feindes sehen konnte, nun ging auch noch langsam die Sonne hinter der Kuppe des flachen Hügels auf, an dessen Fuß er stand. Der Hang schien steil genug, um einem Ansturm jeden Schwung zu nehmen, und er war sicher, daß der Gegner auf der anderen Seite auf sie lauerte.

»Waffenmeister, hier ist Axtstern.«

»Ich höre, Axtstern.«

»Wir haben Sektoren 3021 und 3022 abgesucht. Kein Widerstand. Entweder beißen die Fische heute nicht, oder wir marschieren geradewegs in eine riesige Falle. Erbitte Luftaufklärung der Sektoren 3023 und 3024, bevor wir weitergehen.«

»Warten, Axtstern.«

Phelan runzelte die Stirn. »Verstanden, Waffenmeister.« Er schaltete um auf die Befehlsfrequenz seines Sterns. »Wir warten hier. Sensoren auf volle Leistung. Mal sehen, ob wir entdecken, was für einen Empfang ComStar uns bereitet hat.«

Im Wolfsclan-Hauptquartier tigerte Ulric Kerensky durch den Holotank. Zu seiner Rechten bereiteten sich die OmniMechs der Vierten Wolfsgarde auf den Gegenschlag einer ComStar-Einheit vor. In harten Kämpfen, die den größten Teil des Morgens gedauert hatten, war es Clan Wolf nicht gelungen, die Schlinge um Brzo zuzuziehen und die Zehnte ComStar-Armee einzukesseln. Das Eintreffen dieser neuen Gegner, der Neunten Armee, machte die Eroberung Brzos zu einer weit langwierigeren Aufgabe als erwartet.

Du bist gut, Anastasius Focht. Ich hatte gehofft, unsere verzögerte Landung würde dich dazu bringen, deine besten Truppen gegen die anderen Clans einzusetzen, aber du hast der Versuchung widerstanden. Du hast die Diamanthaie im Koticetal gebunden und die Vierundvierzigste Novakatzen-Kavallerie bei Joje zerschlagen. Jetzt hältst du mich hier bei Brzo auf.

Der Kopf des ilKhans ruckte hoch, als ein Adjutant den Holotank betrat. »Ja?«

»Meldung von den Wolfsspinnen, mein Khan. Axtstern bildet die Vorhut. Sie erbitten einen Überflug der Sektoren 3023 und 3024.« Die Hand des Mannes lag auf der Zifferntastatur seines Klemmbretts. Ulric nickte, und der Mann gab einen Befehl ein. Der Holotank lieferte eine taktische Karte des Skupogebiets. »Die Elfte Wolfsgarde hat soeben die vorgeschobenen Stellungen der 278. Division erreicht, und der Rest der Dreizehnten Garde kämpft entlang dieser breiten Front südlich Skupos gegen die 166. Division.«

Die taktische Karte zeigte die gesamte Westflanke ComStars ungedeckt. Ulric wußte, daß sie verteidigt sein mußte, aber er konnte nicht wissen, durch welche Truppen. Einen Sternhaufen von Galaxis Alpha abzuspalten, um eine Zangenbewegung zu versuchen, war ein gefährlicher Schachzug. Laut Karte waren sie entweder so gut wie am Ziel, oder aber — wenn Focht Skupo so stark verteidigte wie alle anderen Ziele — sie wanderten geradewegs in einen Hinterhalt.

Ulric fuhr mit dem Finger den Hügelkamm entlang. »Wenn sie auf Widerstand treffen, dann hier. Der Gegner schlägt zu, wenn Axtstern auf halber Höhe ist. Ein hoher Überflug soll sie unterstützen. Anschließend dreht das Geschwader und bombardiert den Hügel entlang dieser Linie. Das gibt Axtstern Gelegenheit, die Höhe zu stürmen. Ist Beilstern noch vor Axt?«

»Ja, Sir.«

»Gut. Sterncommander Phelan und Sterncommander Fetladral sollen die Linie nach dem Bombardement gemeinsam attackieren. Beil greift zuerst an, um Verwirrung zu stiften — Nadelstichtaktik — und die Verteidiger mürbe zu machen. Sterncolonel Kerensky soll mit dem Rest des Sternhaufens schnell nachrücken. Wir beginnen in zehn Minuten.«

»Ja, Sir.«

Als der Adjutant abzog, legte Ulric das Kinn in die rechte Hand und strich sich über den Bart. »Sorge dafür, daß dein erster Schuß trifft, Anastasius. Wenn Natascha durchbricht, ist Skupo mein.«

Anastasius Focht weigerte sich, der Müdigkeit Tribut zu zollen. In seiner künstlichen Welt stand er auf den Hügeln vor Skupo und betrachtete den Stern aus fünf Mechs, der am Fuß des Hügels wartete. Weit hinter den Maschinen rückte der Rest des Sternhaufens langsam vor. Auch ohne die Vergrößerung durch den Computer hätte er die unverwechselbaren Umrisse des *Wolfshund* an der Spitze der Vorhut und den nachtschwarzen *Daishi* in der Führungsposition der restlichen Einheit erkannt.

»Das ist der wahre Irrsinn des Krieges. Ich weiß, wie gut ihr seid, Phelan Wolf und Natascha Kerensky. Ich habe alle Berichte über eure Wolfsspinnen gelesen und weiß, daß ihr uns schlagen könnt, obwohl wir die dreifache Übermacht haben. Es wird mich Männer und Maschinen kosten, aber ich muß mich euch trotzdem entgegenstellen.«

Er öffnete eine Verbindung zu Präzentor IV Krag Jernberg. »Präzentor Jernberg, deine 138. Division steht der Dreizehnten Wolfsgarde gegenüber.«

Jernsbergs Stimme verriet keine Emotion. »Banditenschreck wird die Stellung halten, Präzentor Martialum.«

»Dessen bin ich mir sicher, Präzentor. Denke daran, dein Vorteil ist die Überraschung. Solange ihr eingegraben und abgeschirmt seid, können sie zwar raten, wo ihr seid, es aber nicht wissen. Du mußt dir jedoch darüber im klaren sein, daß diese Einheit eine Elitetruppe ist. Wenn ihr zurückfallen müßt, ist dies keine Schande.«

»Wir werden die Stellung halten.«

»Gut.« Es kostete ihn Mühe, die nächsten Worte herauszubringen. *Der Irrsinn des Krieges.* »Wenn ihr den *Wolfshund* oder den *Daishi* eliminieren könnt, wird dies die Leistung der Einheit erheblich reduzieren.«

»Sie sind so gut wie tot«, kam Jenbergs rasselnde Antwort.

»Sichtanzeige auf Bodenmodus. Bolzenschwarm formiert sich um meine Position.« Carew betätigte einen Knopf auf seiner Befehlskonsole und schaltete die Sichtanzeige von Luft-Luft auf Luft-Boden. Die 160°-Hologrammanzeige tastete den Bereich auf jeder denkbaren Wellenlänge ab, zeigte auf der Höhe der Hügelkuppe jedoch kein Ziel. *Ich weiß, daß sie da lauern, aber wo?*

»Bolzenleiter, Drei und Vier sind negativ. Sie müssen abgeschirmt sein.«

»Verstanden, Drei.« Carew neigte den Steuerknüppel des *Visigoth* nach rechts und ging in eine lange Kehre. *Alle Ortungen negativ, aber es muß eine Möglichkeit geben. Phelan schwitzt da unten LSRs und ich kann die Kerle nicht finden, die auf ihn warten. Das Gelände wirkt unberührt. Moment!*

Carew gab einen Befehl in seinen Computer ein. Er spielte die Radardraufsicht der Hügelkette noch einmal ein, dann legte er die topographischen Daten der Königlich Rasalhaager Planetographischen Gesellschaft darüber. Entlang der Kuppenlinie sah er ein Moirémuster. Die momentane Oberflächenstruktur stimmte nicht mehr mit der letzten KRPG-Messung des Planeten überein.

Carew befahl dem Computer, die Unstimmigkeit zu vergrößern und die Differenzen zwischen den beiden Datenquellen farblich abzuheben. *Die Leute da unten haben große Festungsanlagen gebaut, um uns hinters Licht zu führen, aber ihre Ausrüstung war nicht ausreichend, um den Zustand vor ihren Arbeiten perfekt wiederherzustellen.*

Als sich das Bild seinen Befehlen entsprechend veränderte, sah er eine gezackte grüne Linie entlang des Hügelkamms. »Jawoll!« Er öffnete die Verbindung zum Rest seines Schwarms und überspielte die Grafik. »Um meine Position formieren. Wir greifen auf An- und Abflug mit allen Waffen an, die wir haben. Wir haben nur diese eine Gelegenheit, also wollen wir unseren Schlammkäfern helfen, so gut wir können.«

Er schaltete auf Bodenfrequenz. »Axt Eins, Beil Eins, hier ist Bolzen Eins. Wir haben das Ziel erfaßt. Haltet die Köpfe unten. Wir machen die Arbeit, ihr klaubt die Reste auf.«

Phelan sprintete in seinem *Wolfshund* den Hügel hinauf, als die vier *Visigoths* zum Angriff flogen. Hunderte Raketen schossen von den Jägern herab und ritten auf ihren Kondensstreifen geradewegs in die Hügelkuppe. Das Stakkato der Explosionen erinnerte an eine Kette von Knallfröschen, als sie die obere Kante des Hügels sauber zu Staub zerbliesen. Riesigen Kürbissen gleich stiegen Feuerbälle in den Himmel, dann fielen sie zusammen und hinterließen nur ölig schwarze Rauchwolken.

Phelan fühlte den Boden unter dem Bombardement erbeben, aber er rannte weiter, so schnell er konnte.

Durch den Rauch, der rings um ihn her aufstieg, sah er blaue Glanzlichter, als PPK-Blitze in die feindlichen Stellungen einschlugen. Gelegentlich zuckte auch ein blutroter Laserstrahl auf, aber Phelan konnte nicht erkennen, ob er sein Ziel traf.

Er stellte jedoch mit grimmiger Befriedigung fest, daß aus den ComStar-Stellungen niemand das Feuer erwiderte. *Vielleicht haben wir sie alle erwischt!* So sehr er das auch glauben wollte, das konnte einfach nicht wahr sein. Als sein *Wolfshund* die halbe Höhe des Hangs erreichte, machte er sich für den Gegenangriff der ComStar-Truppen bereit.

Präzentor Karg Jernberg schüttelte den Kopf, um einen klaren Gedanken fassen zu können, dann sah er durch das aufgesprungene Kanzeldach seines *Exterminator.* Er brachte den gewaltigen Mech auf die Beine und zerfetzte mit dessen modelierten Händen den Rest der Sensorabschirmung, die ihre Stellungen abgedeckt hatte. Durch den Rauch und die Deckentrümmer sah er die Toten und Verwundeten, die der Luftangriff gefordert hatte, aber er verdrängte dieses Bild sofort wieder.

»Beim Heiligen Worte Blakes! Auf Sie!«

Als sein *Exterminator* vorrückte, mußte Jernberg feststellen, daß die Befestigungen seines Grabens zerschlagen waren. Nur noch durch die Grabenmauer hüftabwärts geschützt, fühlte er sich mit seinem Mech halbnackt. Aber dennoch, als er die Arme seiner Maschine hochriß und die Fadenkreuze auf die Brustpartie des heranstürmenden *Wolfshund* senkte, durchströmte ihn ein Gefühl der Unbesiegbarkeit.

»Für Blake!« brüllte er. »Für die Prima! Wir halten!«

Evantha Fetladral wühlte sich aus den Erdmassen, unter denen sie das Luftbombardement begraben hatte, und auf der linken Seite der Visierplatte erschien ein Statusbericht der übrigen Elementare im Beilstern. Obwohl ihr

Stern knapp unter der Hügelkuppe gelegen hatte, schien niemand durch eigenes Feuer ausgefallen zu sein. *Gutes Team. Bereit, dicht heranzurücken.*

»Wir schlagen hart zu, Beile. Benutzt die Raketen gegen die Mechs, dann konzentriert euch auf mögliche Raketenstellungen. Strahlführer koordinieren.«

Ein schwarzer Rauchvorhang driftete über sie, dann gab er die Sicht auf einen ComStar-Mech frei, der in einen U-förmigen Vorbau des Grabens trat. Der *Exterminator* war bis auf den goldenen Stern in der Mitte der Brustpartie schneeweiß und hätte wundervoll ausgesehen, wäre die Panzerung an der rechten Brustpartie nicht abgesprengt gewesen. Daran, wie die geschmolzene Panzerung sich vom Endostahlskelett fortkrümmte, erkannte Evantha, daß eine PPK die Schäden durch den LSR-Beschuß noch verschlimmert hatte.

Sie drehte sich in Richtung des BattleMechs, als der Kampfkoloß gerade die Arme hob und feuerte beide Kurzstreckenraketen ab. Noch während diese auf Flammenstrahlen dem Ziel entgegendonnerten, sprengte sie die jetzt nutzlose Lafette ab.

Aus dem Augenwinkel sah sie die Raketen einschlagen, aber ihre Aufmerksamkeit war bereits auf ein neues Ziel gerichtet. Evantha Fetladral rückte vor, um Panik in die Gräben zu tragen.

Phelans Mund trocknete aus, als er den ComStar-*Exterminator* vor sich aufragen sah. Ein Mech dieses Typs war seit Jahrhunderten nicht mehr in der Inneren Sphäre aufgetaucht, und das hatte seinen Grund. Der *Exterminator* war speziell dazu entwickelt worden, Befehls-Mechs aufzuspüren und auszuschalten. Diese Aufgabe hatte er so gut erledigt, daß besondere Jagdteams auf ihn angesetzt worden waren.

Und dieser Mech hatte es auf ihn abgesehen.

Als der *Exterminator* die Arme hob, bemerkte Phelan zwei Lichtblitze an den Schultern eines Elementars, der etwas unterhalb der Hügelkuppe kauerte. Beide KSR flogen geradewegs auf die Brustpartie des ComStar-Mechs zu und verschwanden in dessen Torso. Phelan sah die Maschine unter den Explosionen der Geschosse erzittern.

Die Raketen lieferten Phelan ein, zwei Sekunden Zeit für einen Ausweichversuch. Er warf sich nach links, der unwillkürlichen Bewegung des *Exterminator* entgegengesetzt. Als ihm die Arme des gegnerischen Mechs folgten, richtete Phelan die Geschütze seines *Wolfshund* aus.

Der *Exterminator* erbebte unter Sekundärexplosionen. Ein gedämpftes Krachen und eine bläulichweiße Rauchwolke kündeten vom Ende einer Sprungdüse. Flammen kränzten die Raketenabwehrkanone im Torso, als ein ganzer Granatengurt explodierte. Panzerplatten zerbarsten, als die Raketenabwehrgranaten ausgelöst wurden und sich den Weg ins Freie bahnten.

Phelan schauderte, als ein Hagel von ihnen durch das geborstene Kanzeldach des *Exterminator* brach. Schwarzer Rauch stieg aus dem Loch in den Himmel, und der Kampfkoloß fiel reglos nach hinten. Phelan änderte den Kurs wieder und stürmte auf die Bresche in den Befestigungen zu, aber ein anderer ComStar-Mech nahm den Platz seines gefallenen Gegners ein.

Phelan deckte den *Wächter* mit allen Frontalwaffen ein, die ihm zur Verfügung standen. Der mittelschwere Impulslaser an *Grinsers* rechter Schulter brannte die Panzerung am linken Arm des *Wächter* ab. Der Impulslaser an der anderen Schulter fraß eine Bresche in den rechten Arm, während der mittlere Impulslaser zu tief lag und, statt die ComStar-Maschine zu treffen, die Grabenmauer zu Glas zerschmolz.

Der schwere Laser des *Wolfshund* nutzte den Schaden an der als linker Arm dienenden Autokanone des *Wächter* aus. Unter der teuflischen Liebkosung des gebündelten Lichts verdampfte der letzte Rest der Panzerung, und die Autokanone wurde weißglühend, bevor sie ebenfalls zerschmolz. Der durch den Verlust eines Arms aus dem Gleichgewicht geworfene Mech wankte, blieb aber stehen.

Der ComStar-Pilot bewies seinen Kampfgeist und erwiderte das Feuer. Zwei KSR stiegen wirbelnd aus der Brust des *Wächter* und sprengten Panzerung von *Grinsers* rechter Flanke. Der leichte Laser unterhalb der Raketenlafette feuerte eine Strahlbahn ab, die Lack und Panzerung an der linken Brustseite des *Wolfshund* kochte, aber keiner dieser Angriffe konnte ernsten Schaden anrichten oder Phelans Vorstoß auch nur bremsen.

Er donnerte in die Bresche. Mit einem Tritt gegen die linke Torsohälfte stieß Phelan den *Wächter* nach hinten in den Graben. Er stolperte über die Trümmer des *Exterminator* und kippte nach hinten. Als er gegen die jenseitige Grabenwand prallte, wurde er von herabstürzenden Erdmassen begraben.

Phelan hatte seinen Gegner noch nicht ausgeschaltet, aber er sah, wie sich drei Elementare auf ihn stürzten und überließ ihn seinem Schicksal. Er wandte sich nach links und tat einen Schritt vor, räumte die Bresche für die anderen Strahlen. Während er damit beschäftigt war, kam ein ComStar-*Lancelot* um die Ecke.

»Das ist also der Friede Blakes«, lachte er und senkte das Fadenkreuz über die schlanke Silhouette der gegnerischen Maschine. »Kommt nur ran, Jungs. Wir verteilen soviel Frieden, wie ihr nur wollt. Und ihr braucht nicht mal zu warten.«

Der Präzentor Martialum beobachtete, wie Phelans Lanze eine Sektion des Grabens eroberte. Die gezackte Grabenlinie hinderte die Clanner daran, ihre Waffen über seine gesamte Länge einzusetzen, aber er machte es gleichzeitig extrem gefährlich, sich Breschen in der Anlage zu nähern, besonders für steifarmige Maschinen wie einen *Lancelot*. Noch bevor er um die Ecke gekommen war, hatte Phelan bereits Panzerung von Torso und Armen der Maschine geschossen.

Er öffnete einen Funkkanal. »Hettig, übernimm bitte die Koordination für den Rückzug der 138. von Skupo. Präzentor Jernberg ist tot oder zumindest kampfunfähig. Die Panzer sollen den verfolgenden Sternhaufen behindern. Denk daran, daß die meisten Mitglieder der Division noch unerfahren sind. Ein Rückzugsbefehl darf keine Panik auslösen.«

»Verstanden, Präzentor Martialum.«

Focht wandte sich wieder dem Schlachtfeld zu und sah den Rest der Wolfsspinnen in voller Geschwindigkeit den Hang erstürmen. Es hatte sie ganze zwei Minuten gekostet, den Vorsprung von Phelans Stern aufzuholen. Die schnellsten Maschinen der Gruppe befanden sich bereits im Gefecht mit den Mechs des Banditenschreck. Die Verluste der 138. würden grauenvoll sein.

Der richtige Ort und die richtige Taktik, aber die falschen Leute. Aber ich konnte unmöglich eine erfahrenere Division gegen eine so kleine Einheit einsetzen. Er starrte auf Phelans Mech hinab. *Wenn ich schon verlieren muß, dann lieber gegen Krieger, die ich respektieren kann. Es ist noch nicht vorbei. Eine Schlacht macht noch keinen Krieg. Ich weiß es, und was noch schlimmer ist, ich weiß, daß du es auch weißt.*

»Hettig, zieh die 282. von Brzo ab, damit sie sich um die Wolfsspinnen kümmert.«

»Sie werden für die Strecke einen Tag oder länger brauchen. So lange hält die 138. nicht durch.«

»Ich weiß, Hettig. Ich weiß.« Der Präzentor Martialum nickte grimmig. »Sie sollen die 138. nicht retten. Sie sollen nur die Wolfsspinnen aufhalten. Wenn sie können.«

35

Teniente
Novakatzen-Besatzungszone

6. Mai 3052 (Operation Skorpion — Tag 6)

Victor Ian Steiner-Davion blickte auf die Uhr der Befehlskonsole seines *Daishi,* den er *Prometheus* getauft hatte. »Kama-ichi, wo bleiben sie? Sie kommen in die rote Zone.«

Shins Antwort krachte in den Sprechern seines Neurohelms. »Sie sind auf dem Weg, Hoheit, aber sie kommen nur mit der Geschwindigkeit des langsamsten Mechs voran.«

»Shin, ich weiß nicht, ob wir für so etwas Zeit haben.« Victor rief eine taktische Karte der Umgebung auf. Hinter seinem *Daishi* und dem Rest der Lanze sah er die drei Landungsschiffe. Der Großteil seiner Truppen war in einem Halbkreis um den Nordwestsektor der effektiven Geschützreichweite der Landungsschiffe aufgestellt. Aus dieser Richtung erwarteten sie den Clan-Angriff. Ein großes Quadrat im Osten repräsentierte die größte geschätzte Entfernung, die die Clans zurückgelegt haben konnten, und ein kleineres Quadrat ihre wahrscheinliche momentane Position.

Beide waren für Victors Geschmack viel zu nahe. »Shin, geben Sie durch, sie sollen die beschädigten Maschinen zurücklassen. Wir können einen Hubschrauber losschicken, der die Piloten abholt.«

»Hoheit, viele dieser Mechs sind seit Jahrzehnten in Familienbesitz.«

Victor fluchte. »Ich verstehe, Shin.« Der Prinz erweiterte die Karte, bis auch der Kombinatskonvoi an ihrem Rand sichtbar wurde. Die Clans waren näher und bewegten sich mit Sicherheit schneller. *Da sitzen wir nun in der einzigen LZ, die groß genug für unsere Schiffe ist. Und die*

Clans wissen das. Das ist ein Gefühl, als müßten wir bei einer Kneipenschlägerei mit einem am Boden festgenagelten Fuß mitmischen.

Victor schaltete das Funkgerät auf die Frequenz der *Klare Voraussicht* um. »Kapitän Coir, haben Sie genug Brennstoff für einen kleinen Hüpfer?«

»Bestätige. Ich schaffe ein oder zwei, aber wir werden den Himmel in Brand setzen.«

»Halten Sie sich bereit. Möglicherweise müssen Sie ein paar von uns abholen.«

»Aye aye, Sir. Wir halten uns bereit.«

Der Prinz schaltete zurück auf Befehlsfrequenz. »Shin, ziehen Sie Lanze Kama zurück und erkunden Sie Hohiros Weg. Bringen Sie sie so schnell wie möglich kampfbereit her. Galen, Sie, Murphy, Hudson und Cooper formieren Ihre Lanzen um meine Position. Wir schlagen einen weiten Bogen und versuchen die Clans nach Westen abzulenken. Macles, Sie übernehmen den Befehl über die restliche Einheit und bleiben hier um abzufangen, was wir nicht vertreiben können. Auf meinen Befehl, oder wenn ich keine Befehle mehr gebe, ziehen Sie sich in die *Tapfere Weisheit* zurück und hauen ab, so schnell Sie können. Verstanden?«

»Laut und deutlich, Sir.«

Victor atmete tief durch. »Gut, dann los.«

Ihre letzte klare Sichtung der Clantruppen, die jetzt zu ihnen unterwegs waren, hatte einen vollen Sternhaufen gezeigt. Damit verfügte der Gegner über etwa doppelt so viele Maschinen wie Victor jetzt gegen sie einsetzte. Wenn es einen Silberstreif am Horizont gab, dann war es die Tatsache, daß die Clans keine Fronteinheit auf Teniente stationiert hatten, so daß die Truppen nur teilweise mit OmniMechs ausgestattet waren.

Etwas tief in seinem Innern schrie Victor an, daß er auf dem besten Weg war, Selbstmord zu begehen. Er erinnerte sich daran, wie am Nagelring von besonders schlechten Schachspielern gesagt worden war, sie seien

Meister der ›Kamikaze‹- oder ›Custer‹-Verteidigung. Als sich manche Kadetten bei taktischen Übungen als unfähig erwiesen, akzeptable oder zumindest erfolgreiche Manöver auszuführen, war der Begriff des ›Custer-Plans‹ entstanden.

Seine Truppen angesichts eines überlegenen Gegners aufzuteilen, hatte tatsächlich etwas von einem Custer-Plan, und Victor haßte den Gedanken. Gleichzeitig wußte er, daß sich der Clankommandeur wegen der Möglichkeit einer ComStar-Offensive nicht voll auf ihn konzentrieren konnte. *Wenn er dadurch ausreichend abgelenkt ist, könnte es uns gelingen, ihn wieder zurückzulocken.* Victor öffnete die Leitung zur *Voraussicht.* »Kapitän Coir, starten Sie und nehmen Sie die Kurita-Nachzügler auf.«

»Aye aye, Sir.«

Hinter ihm loderte ein silbernes Ionenfeuer auf, als die *Voraussicht* in den Nachthimmel stieg. Die schwarzen Mechs der Untoten warfen lange Schatten. Als das Landungsschiff weiter emporstieg, schloß die Dunkelheit die Kampfkolosse wieder ein.

Victor warf einen Blick auf die taktische Karte. »Beeilen wir uns etwas. Laut dieser Karte sind sie zwar schlimmstenfalls noch zehn Kilometer entfernt, aber ich habe kein gutes Gefühl bei dieser Sache.«

»Ditto«, bestätigte Galen. »Ich traue Spionageberichten nicht, schon gar nicht, wenn sie von ComStar stammen.«

Victor brachte den *Daishi* auf volle Geschwindigkeit und rannte nach Westen. Unmittelbar vor dem Zusammentreffen mit den Clans wollte er wieder in östliche Richtung abdrehen. Bei seiner momentanen Geschwindigkeit und der vermuteten Entfernung hatte er noch fast zehn Minuten bis dahin. Nach nur sechs Minuten zog sich eine in Nord-Süd-Richtung verlaufende Hügelkette quer über Victors Marschroute.

»Galen, auf der anderen Seite der Hügel schwenken

wir nach Norden, dann täuschen wir einen Schwenk nach Osten vor.« Er blickte auf die taktische Karte und sah die Clans in drei Kilometern Entfernung. »Wir werden sie überraschen.«

»Verstanden. Aufgepaßt, Mädels. Wir haben die Gefahrenzone erreicht.«

Er hatte Galens Worte noch in den Ohren, als Victor die Hügelkuppe erreichte und auf der anderen Seite hinabstürmte. *Gefahrenzone? Von wegen, wir sind mitten in der Hölle gelandet.*

Die relative Sicherheit der westlichen Hangseite war auch dem Clankommandeur einladend erschienen. Als Victor die Kuppe überquerte, sah er zwei Dutzend Mechs in voller Geschwindigkeit durch die Nacht donnern. Sein Computer kennzeichnete alle Maschinen mit einer Nummer und der Modellangabe. Der Clankommandeur hatte seine kleinsten und schnellsten Mechs vorausgeschickt, um sie von den zur Verstärkung heranrückenden Maschinen abzuschneiden. Er konnte nicht wissen, daß es sich dabei nur um einen müden Haufen Kurita-Mechs handelte, die kaum in der Verfassung für ein hartes Gefecht waren.

»Zum Angriff, Untote!« Victor feuerte zwei Schwärme Blitzraketen auf eine vorbeisprintende Clan-*Hummel* ab. Der Feuerleitcomputer seines *Daishi* lenkte die zwölf Kurzstreckenraketen geradewegs ins Ziel. Sie hämmerten auf die *Hummel* ein, sprengten die Panzerung vom Torso und rechten Bein. Der Pilot kämpfte gegen die Erschütterungen an, aber der Mech wurde schließlich doch umgeworfen und rollte davon.

Victor sah, wie ein Clan-*Centurion* eine LSR-Salve aus der Lafette in der Mitte seines Torsos auf ihn abfeuerte. Noch bevor er versuchen konnte, *Prometheus* zum Ausweichen zu bewegen, hörte er ein durchdringendes Aufheulen aus der rechten Brustpartie des *Daishi.* Von den zehn auf ihn zufliegenden Raketen hatten nur sechs das Ziel erfaßt. Sie verschwanden alle in einem Metallhagel, als das Raketenabwehrsystem des OmniMech sie in der Luft zerfetzte.

Der Prinz senkte das Fadenkreuz auf die Silhouette des *Centurion.* Er preßte den Feuerknopf, und ein silbernes Gaussgeschoß flog aus der Kanone im linken Arm des Mechs. Victor verlor die Kugel aus den Augen, aber er sah den *Centurion* erzittern, als sie ihm beinahe den linken Arm abriß. Der unter dem Gaussgeschütz montierte schwere Laser kochte die Panzerung von der Brustpartie des Clanmechs, aber seine beiden anderen schweren Laser verfehlten das Ziel völlig.

Auf den silbernen Feuerstrahlen seiner Sprungdüsen schoß Galens *Kreuzritter* über das Schlachtfeld. Er feuerte ganze LSR-Salven von den Schulterlafetten auf entfernte Ziele ab, während die Blitz-KSR aus den Beinen der Maschine jeden Mech attackierte, der ihm zu nahe kam. Als der Stahlkoloß wieder den Boden berührte, verwüstete eine doppelte LSR-Salve einen fliehenden Clan-*Brandstifter.*

»Victor, nach links!«

Ohne nachzudenken riß der Prinz den OmniMech zur Seite. Aus dem Augenwinkel sah er einen Clan-*Vulkan,* dessen schwere und mittelschwere Impulslaser die Luft zum Kochen brachten, wo er noch Sekundenbruchteile zuvor gestanden hatte. In der Verwirrung hätte er schwören können, von Kais Stimme gewarnt worden zu sein. *Unmöglich. Kai ist tot. Wer war das?*

Ein wuchtiger *Quasimodo* pflanzte beide Füße auf und stellte sich dem *Vulkan* entgegen. Die kantige Kali-Yama-Autokanone auf seiner Schulter spie Donner und Blitz. Der Urangranatenhagel traf den *Vulkan* knapp rechts der Mittelachse und zerschnitt seinen Torso, als sei er aus Weichkäse modelliert. Panzersplitter, vermischt mit Bruchstücken des Endostahlskeletts, bedeckten den Boden, als der Clan-Mech sich stark zur Seite neigte, um die zerschossene Flanke zu schützen. Er tat einen halben Schritt vorwärts, dann kippte der obere

Torso ab, und die Maschine brach an der Einschußlinie auseinander.

»Danke für die Hilfe«, strahlte Victor seinen Retter an.

Renny Sanderlin lachte. »Danke für dein Vertrauen, Victor.«

Entlang der Schlachtreihe überschütteten die Untoten die Clan-Maschinen mit Feuer und Raketen. Einerseits haßte Victor den Anblick, wie die kleinen Mechs von seiner weit überlegenen Truppe zerschossen wurden. Aber dieser Gedanke erstarb schnell, als er sich daran erinnerte, wie überlegene Clan-Einheiten seine Zwölften Donegal-Guards zerlegt hatten. *Sie waren selbst auf Alyina in der Übermacht, als wir wußten, was wir zu erwarten hatten. Jetzt ist Zahltag.*

Die Untoten rückten vor, als die Clan-Einheiten langsamer wurden und umkehrten. Seine Truppen konzentrierten ihr Feuer und schickten einen Mech nach dem anderen zu Boden. Einzelne Kriegsmaschinen schienen in der Dunkelheit unter dem Beschuß aus Lasern und Raketen in Flammen zu stehen. Die Explosionen warfen sie um, und die Energiestrahlen kochten die Panzerung wie Faserstahlschwaden davon. Die Mechs wurden bei lebendigem Leibe gehäutet, dann zertrümmerten die Laser und Raketen auch die Myomermuskeln und Metallknochen.

»Untote, zurück.« Victor schüttelte sich, als er seine Linie den Gegner verfolgen sah.

»Verzeihung, Sir, aber sie rennen wie die Hasen.«

Galen mischte sich ein. »Klappe, Murphy. Der Clan-Kommandeur dürfte uns schon erwarten, wenn wir zu nahe kommen.«

»Den schaffen wir.«

In Murphys Stimme hörte Victor die Hoffnungen und Wünsche der übrigen Untoten. Er verstand ihr Verlangen, Jagd auf die Clanner zu machen. Endlich frei von der Angst vor ihren Peinigern, frei von dem Schrecken, der ihnen seit der ersten Begegnung mit den Clans im Nacken gesessen hatte, brannten sie darauf, es den Invasoren heimzuzahlen.

Er verstand das Gefühl, denn er teilte es.

»Zurückziehen. Wir sind nicht hier, um diesen Felsbrocken zurückzuerobern, wir wollen nur die Wertsachen abholen.« Er blickte auf die taktische Karte, und auch wenn er die Hauptstreitmacht der Clantruppen nicht sehen konnte, wußte er doch, daß sie dichter an die Landungsschiffe herangerückt war. *Ich hatte nicht erwartet, so schnell auf ClanMechs zu stoßen. Wie weit vor meine Haupttruppe würde ich ScoutSterne schicken?*

»Galen, benutzen Sie Ihre Sprungdüsen und überprüfen Sie die Strecke, die wir gekommen sind. Die Hauptstreitmacht kann nicht weit sein.«

»Verstanden.« Statik prasselte in der Leitung, als die Ionenstrahlen den *Kreuzritter* in die Höhe trugen. »Victor, ich sehe eine große Clan-Einheit mit Kurs auf die Landungsschiffe. Sie haben Mechs in unsere Richtung abgestellt.«

Als der *Kreuzritter* sich wieder zu Boden senkte, schaltete Victor auf Rundspruch. »Achtung. Novakatzen zwischen uns und den Schiffen. Bewegung.«

Als sie über die Hügel kamen, die sie vor den ScoutSternen verborgen hatten, schien es Victor, als habe sich die Ebene in einen äußeren Kreis der Hölle verwandelt. Eingewiesen von zwei der kleineren Untoten-Mechs deckten die Artillerielanzen die Novakatzen über die Hügel hinweg mit LSR-Salven ein. Die Detonationen ließen den Boden erbeben und erhellten mit ihren grellen Feuerbällen die Nacht.

An der Spitze seiner Lanze stürmte Victors *Daishi* den Hang hinab. Er rammte einen Clan-*Sprinter* und ließ die kleinere Maschine inmitten zertrümmerter Panzerung auf dem Rücken liegen. Mit einer halben Drehung feuerte er das Gaussgeschütz durch den Torso der

Clannermaschine. Sie blieb mit einem klaffenden Loch zurück, aus dem ein Stakkato von KSR-Explosionen ertönte.

Ein Clan-*Loki,* bis auf den rotgoldenen Novakranz der Clan-Insignien in der Mitte des Torsos tiefschwarz, marschierte durch den Raketensturm und senkte die Geschütze auf *Prometheus.* Die Autokanone in seinem linken Arm spuckte Feuer, als sie das rechte Bein des *Daishi* mit Granaten eindeckte. Aus dem Gaussgeschütz im rechten Arm schoß eine silberne Kugel geradewegs in die rechte Flanke von Victors Mech, schleuderte ihn herum und warf ihn krachend zu Boden.

Der Prinz klammerte sich fest und grinste erleichtert, als keine Funken durch die Kanzel schlugen. Er stemmte sich mit *Prometheus'* linkem Arm hoch, bis er den rechten auf den *Loki* richten konnte. Er senkte das Fadenkreuz über die Silhouette des OmniMechs, aber bevor er seine schweren Impulslaser auslösen konnte, trat ein anderer Mech an seine rechte Seite und nahm den *Loki* unter Beschuß.

Renny Sanderlins *Quasimodo* gab eine Salve aus der Kali-Yama-Autokanone ab. Die Spur der Vernichtung verlief von rechts nach links, begann an einer Schulter und endete an der anderen. Unterwegs zertrümmerte sie Kopf und Cockpit und enthauptete die feindliche Maschine. Unter der Erschütterung des Angriffs kippte der *Loki* nach hinten und schlug als verbogener Schrotthaufen auf.

Victor wollte sich wieder über Funk bei Renny bedanken, aber da ging die rechte Flanke des *Quasimodo* in Flammen auf. Der VerCom-Mech wirbelte nach links. Panzerplatten flogen durch die Luft. Ein Laser schnitt durch die Rauchwolke, und der *Quasimodo* stolperte über die Beine des *Daishi.* Als Renny zu Boden ging, riß er Victors Maschine ungewollt mit herum.

Obwohl er dem Angreifer den Rücken zuwandte, konnte Victor den *Thor* sehen, der Rennys Maschine zerschossen hatte. Als er näher kam, versuchte Victor den rechten Arm seiner Maschine in Schußposition zu bringen. *Außerhalb des Schußfeldes! Ich bin tot!*

Der *Thor* richtete die Autokanone im linken Arm auf Victor. Der Pilot senkte sie auf *Prometheus'* Kopf, als wolle er einem verwundeten Tier den Gnadenschuß geben. Er machte noch einen Schritt, um sich seines Abschusses sicher zu sein, dann zuckte er zusammen, als wäre er auf ein Starkstromkabel getreten. Während Victor ihn beobachtete, verwandelte sich die Farbe der Torsopanzerung von Schwarz in Rot und schließlich in Weiß. Um ein großes rundes Loch in der Brustpartie des *Thor* zerschmolz der Panzer, dann schlugen die letzen Ausläufer vier schwerer Laserstrahlen durch die Öffnung.

»Was, zum Teufel?« Victor richtete seinen Mech auf, als der *Thor* erstarrte und danach langsam zur Seite kippte. »Wer auch immer den *Thor* erledigt hat, ich danke ihm herzlich.«

Ein leiser Funkspruch mit starkem statischen Rauschen antwortete ihm. »Es war mir ein Vergnügen, Victor Steiner-Davion.«

»Hohiro, bist du das?«

»Ich bin es, Untoten-Führer. Das 311. Pesht-Regiment schließt auf.« In der Ferne sah Victor die Kurita-Mechs in Sicht kommen. »Wir würden es nie zulassen, daß unseren Gästen bei ihrem ersten Besuch im Kombinat etwas zustößt.«

36

Sian
Kommunalität Sian, Konföderation Capella

8. Mai 3052 (Operation Skorpion — Tag 8)

Obwohl er durch jahrelanges Mitansehen der Verderbtheit seiner Mutter abgehärtet war, schockte Sun-Tzu der Anblick, der sich ihm bot. Es war nicht die Nacktheit seiner Eltern — er hatte sie beide bei verschiedenen Gelegenheiten nackt gesehen — oder die Tatsache, daß sie sich anscheinend wieder versöhnt hatten, da sie gemeinsam auf dem Bett lagen. Tsen Shang, der die Anziehung, die Romano auf ihn ausübte, nie hatte erklären können, hatte Sun-Tzu einmal gesagt, sie würde ihn nie umbringen lassen, und er würde immer zu ihr zurückkehren, sofern sie es zuließ.

Sun-Tzu schockierte die Gewalttätgkeit der Szene — und daß beide offensichtlich überrascht worden waren. Tsen Shang war aus dem Bett gefallen. Seine Beine hatten sich anscheinend in den Laken verfangen, als er sich in Richtung Nachttisch zu werfen versucht hatte. Bei diesem Versuch hatte er das Tischchen umgeworfen, und die Laserpistole, um die es ihm gegangen war, lag nur Zentimeter vor seinen ausgestreckten Fingern. Der Teppich unter seiner rechten Hand war von den rasiermesserscharfen Fingernägeln der letzten drei Finger bis zum Boden aufgeschlitzt.

Die Laserwunde in Tsens Rücken war erstaunlich unblutig. Wäre da nicht die dünne rote Spur von der Wunde das Rückgrat hinab gewesen, hätte man den schwarzen Kreis für einen entzündeten Mückenstich halten können. Er schien kaum ausreichend, einen Mann von Tsen Shangs Statur zu töten, aber an seiner Lage erkannte Sun-Tzu, daß der Schuß das Herz seines Vaters zerrissen hatte.

Er stand auf und wischte sich die Hände an den Hosenbeinen ab. »Da du bei dem Versuch gestorben bist, meine Mutter zu beschützen, nehme ich an, du bist guten Mutes gestorben. Das ist hier auf Sian eine seltene Leistung.«

Als er seine Mutter betrachtete, wußte Sun-Tzu, daß für sie das Gegenteil galt. Sie war gegen das Kopfbrett gesackt, und es schien, als habe sie sich wie eine Katze hochgezogen, um ihren Mörder anzufauchen. Ihr Gesicht war noch immer wutverzerrt, aber die Haltung ihres Körpers wirkte eher bemitleidenswert als erschrekkend. Trotz allem konnte Sun-Tzu nicht anders, als bei ihrem Ableben mehr Erleichterung als Trauer zu empfinden.

Er verschränkte die Arme vor der Brust, um ein Schaudern zu unterdrücken. Romanos Mörder hatte mit großer Sorgfalt agiert. Der Laser hatte seine Mutter mitten zwischen die Augen getroffen. Er erkannte in der Schußwunde das biblische Kainsmal, aber er verwarf diese Erklärung wieder. Er wußte, daß seine Mutter den Mörder beschimpft und damit geprahlt haben mußte, ihn mit der Macht ihres Dritten Auges vernichten zu können. *Welch besseren Beweis für ihren Wahnsinn kann es geben?*

Obwohl er sich sicher war, die Ereignisse im Schlafzimmer seiner Eltern korrekt rekonstruiert zu haben, machte ihm der Gedanke an das Kainsmal zu schaffen. *Wenn ich mich richtig erinnere, war Kain ein Brudermörder.* Er wußte, daß seine Mutter den Mord an ihrer Schwester befohlen hatte, und er verdächtigte sie, auch für den Tod ihres Vaters die Verantwortung zu tragen. *Eine symbolische Geste?*

Ihm wurde klar, wer seine Eltern getötet hatte. »Wie passend, wie ausgesprochen angemessen.« Er kniete nieder und hob die Laserpistole seines Vaters auf. Er genoß die kühle Glätte des Griffstücks und das Gewicht in seiner Hand. Er wußte, wo er den Mörder finden konnte, und beschloß, ihm zu danken, bevor er die Arbeit vollendete, die der Attentäter seiner Mutter auf New Avalon hatte erledigen sollen.

Als er durch die Korridore des Palastes ging, fühlte er sein Herz immer schneller schlagen. Aber es war nicht Angst, es war Vorfreude. Die Rache für seine Eltern würde seine erste Aktion als Kanzler der Konföderation Capella sein. Nach seinen Plänen kam diese Thronbesteigung erheblich verfrüht. Den Tod seines Vaters hatte er überhaupt nicht erwartet, auch wenn er die Möglichkeit in Betracht gezogen hatte, Tsen Shang ausschalten zu müssen, nachdem Romano aus dem Weg geräumt war.

Die Erkenntnis, welch ungeheure Möglichkeiten ihm plötzlich offenstanden, hätte manchen anderen zusammenbrechen lassen, aber nicht Sun-Tzu. Ihn beflügelte sie. Er würde schnell handeln müssen, um seine Macht zu konsolidieren, aber nicht mit einer brutalen Säuberung, die so recht nach dem Geschmack seiner Mutter gewesen wäre. Solche Maßnahmen konnten weder Loyalität noch Vertrauen schaffen, nur deren Gegenteil. Nein, er würde die Handlungen seiner Mutter stillschweigend zurücknehmen und den Opfern ihrer Greuel Entschädigungen zahlen.

Er würde seinem Volk den Samthandschuh zeigen, sicher in der Gewißheit, die eiserne Faust auch in dieser Hülle einsetzen zu können. Um sie weiter zu einen, würde er einen Präventivschlag gegen eine der Basen führen, die sein Onkel Tormana im Vereinigten Commonwealth unterhielt. *Mit genügend Beweisen für den Plan, uns anzugreifen, werde ich eine äußere Bedrohung aufbauen, die uns eint.*

Er nahm die Waffe einen Augenblick in die Linke, bis er sich die schweißnasse Rechte an der Hose getrocknet hatte. Er drehte den Türknauf und stellte zufrieden fest, daß die Tür unverschlossen war. Er zog sie langsam auf und schlich sich geräuschlos in den Raum, der über die

Jahre zu seiner Zuflucht geworden war. Er zog die Tür hinter sich zu und studierte die zweite Fußspur im Staub, die sich bis zu der in einen Kapuzenmantel gehüllten Gestalt hinter dem Schreibtisch zog.

»Die Berichte über Ihren Tod waren anscheinend stark übertrieben, Justin Allard.« Sun-Tzu hob die Pistole und richtete sie ruhig auf die sitzende Gestalt. »Ich muß Ihnen zu Ihrer Treffsicherheit gratulieren. Ich hatte schon auf Outreach gehört, daß Sie mit Ihrem Handlaser gut umgehen können, aber eine derartige Geschicklichkeit hätte ich nicht erwartet.«

»Es gibt vieles, was du nicht erwartest, Sun-Tzu Liao«, zischte Candace Liao, als sie sich vorbeugte und die Kapuze nach hinten rutschen ließ. »Justin war gut, sehr gut sogar, und er hat den Attentäter erwischt, der uns beide ermorden wollte, aber er war nicht gut genug, um eine tödliche Schußwunde zu überleben.«

Vor Sun-Tzus Augen drehte sich der Raum. Ihm stockte der Atem. »Wie? Du bist nicht tot!«

Mit einer steifen Bewegung streifte Candace den Mantel von der linken Schulter. »Du weißt natürlich, daß ich vor sechs Jahren auf New Avalon wegen Brustkrebs behandelt wurde. Ich unterzog mich einer Brustamputation. Das Muskelgewebe wurde mit Myomerfasern rekonstruiert. Der Laser eures Attentäters war stark genug, sich durch menschliches Gewebe zu brennen, aber Myomer ist erheblich härter. Als ich fiel, schlug ich mir den Kopf an und verlor das Bewußtsein, was den Eindruck erweckte, die qualmende Brustwunde hätte mich getötet.«

»Und jetzt kommst du her, bringst deine Schwester um und bildest dir ein, du könntest einfach auf den Thron steigen, ja?« Sun-Tzu bleckte die Zähne, als könne er sie damit abschrecken. Candace stand vor ihm wie eine schwarze Leere, in der all seine Pläne und Träume verschwinden mußten. »Du willst Kanzlerin der Konföderation Capella werden.«

»Hör auf, dich zu verstellen. Deine Schauspielerei auf Outreach konnte mich nicht täuschen. Du bist ebensowenig impulsiv oder verrückt, wie ich tot bin.« Candace lachte verächtlich. »Ich hätte die Konföderation Capella jederzeit haben können. Als ich vor zwanzig Jahren abreiste, haben Justin und ich eine ganze Reihe von Möglichkeiten erörtert, mir den Thron zu verschaffen. Wir hätten behaupten können, ich sei entführt worden, aber schließlich sei mir auf wunderbare Weise doch noch die Flucht geglückt. Mein Vater hätte mich wieder in seine Arme geschlossen, ebenso wie das Volk. Wenn nicht sofort, dann wenn die Truppen des St. Ives-Paktes gegen die Invasoren aus Andurien ins Feld gezogen wären, oder wenn der St. Ives-Pakt die diplomatischen Beziehungen mit dem Vereinigten Commonwealth abgebrochen hätte, um Hanse Davion an einem Angriff auf die Konföderation Capella zu hindern. Es gab Intrigen innerhalb anderer Intrigen, und ich hatte von Anfang an mehr als genug Helfer innerhalb der Konföderation. Romanos Säuberungen haben mich ein oder zwei meiner Agenten gekostet, aber sie haben Dutzende neuer geschaffen. Du wärst gar nicht so weit von der Wahrheit entfernt, wenn du dir vorstellst, daß ich mehr Leute in diesem Palast auf meiner Gehaltsliste hatte als meine Schwester.«

Ich habe mich zu sehr auf das Bild verlassen, das meine Mutter von ihrer Schwester zeichnete. Diesen Fehler werde ich nicht wiederholen. Sun Tzu lehnte sich gegen die Tür und konzentrierte sich auf die Schmerzen, die der Türknauf in seinem Rücken verursachte. »Warum hast du so lange gewartet?«

Candace verschränkte die Finger und sah ihn an. »Weil ich kein Interesse daran habe, Kanzlerin der Konföderation Capella zu werden. Deine Mutter sah mich als Hure und Verräterin, weil ich mich mit Hanse Davion verbündet habe, aber ich habe einen Weg gefunden, meinem Volk seine kulturelle Identität zu erhalten, ohne die es im Commonwealth assimiliert würde. Auch wenn ich Hanse für einen weit verantwortlicheren Herrscher halte, als Romano es je hätte werden können, hatte ich kein Interesse, mein Volk in seinem Reich aufgehen zu sehen. Als capellanische Kanzlerin wäre ich eine Allianz mit Hanse Davion eingegangen, um den Krieg zu beenden. Das hätte die Konföderation zu einem Pufferstaat zwischen ihm und der Liga Freier Welten gemacht. Ich wäre gezwungen gewesen, im Krieg von 3039 gegen Haus Marik loszuschlagen, schon damit die Kämpfe nicht auf unseren Welten ausgetragen wurden. Früher oder später hätte uns das Vereinigte Commonwealth geschluckt.«

Die kalte Logik in den Worten Candaces überraschte Sun-Tzu. Der Abgrund zwischen ihr und den Motiven, die seine Mutter jeder Aktion ihrer Schwester untergeschoben hatte, war ungeheuer. »Wenn dem so ist, was machst du dann hier?«

Candace blickte in Richtung des Schlafzimmers ihrer Schwester. »Was ich mit Romano getan habe, war privat, nicht politisch. Es war der letzte Akte in einem viel zu langen Drama.«

Ihr Neffe schüttelte den Kopf. »Aber die Nachricht ihrer Ermordung wird Racheforderungen nach sich ziehen.«

»Selbst Romano wußte, wie sie die wahren Umstände des Todes ihres Vaters geheimhalten konnte. Dies ist deine erste Lektion als Kanzler. Hier in der Konföderation Capella ist die Wahrheit das, was du verkündest.« Candace stand langsam auf und hüllte sich wieder in ihren Mantel. »Ich habe deine Mutter nicht getötet. Sie hat in einem Wutanfall Tsen Shang erschossen und anschließend Selbstmord begangen. Du hast einen Verigraphbrief gefunden, der dies bestätigt, hast ihn gelesen und anschließend vernichtet, weil er Dinge erwähnte, die nicht für die Öffentlichkeit bestimmt sind. Du wirst deine Aussagen zu ihrem Tod vage halten, aber du wirst öffentlich und privat trauern. Natürlich wirst du bei dieser Gelegenheit allen Feinden Capellas Rache schwören, auch wenn nicht ganz klar ist, wofür.«

Gar nicht so weit von dem entfernt, was ich erklären wollte. Sun-Tzu fühlte, wie ein Teil seines Selbstbewußtseins zurückkehrte. »Und meine zweite Lektion als Kanzler?«

»Vertraue deiner Schwester keine Sekunde. Kali ist mindestens so wahnsinnig wie ihre Mutter.« Candace hob abwehrend die Hand. »Und deine dritte Lektion: Laß meine Kinder in Ruhe. Keiner von ihnen hat ein Interesse am Himmlischen Thron. Laß sie in Ruhe, und du brauchst sie nicht zu fürchten.«

»Ihre bloße Existenz ist eine Bedrohung.«

»Sie ist nur eine Bedrohung, wenn du etwas gegen sie unternimmst.« Der Ausdruck in Candaces grauen Augen ließ Sun-Tzu eiskalte Schauer durch den Körper fahren. »Es gibt mehr Wege in die Konföderation Capella und diesen Palast und wieder hinaus, als du je ahnen wirst. Wenn es sein muß, kann und werde ich zurückkehren oder eine beliebige Zahl meiner Agenten einsetzen, sie zu rächen. Ich mag darauf verzichten, die Verantwortung für die Konföderation zu übernehmen, aber das heißt nicht, ich könnte es nicht tun, wenn es sein muß.«

Er bewegte die Laserpistole. »Und wenn ich dich erschieße?«

Sie zuckte die Achseln. »In dem Fall wird ein voller Bericht über alle Sicherheitslecks hier in der Konföderation — einschließlich genügend Informationen für einen erfolgreichen Staatsstreich, der Kuan Yin auf den Thron brächte — seinen Weg auf Hanse Davions Schreibtisch finden. Ich kann dir versichern, daß er weniger zurückhaltend sein wird, als ich es je sein könnte.«

Sun-Tzu senkte die Waffe. »Warum nur meine Eltern? Warum hast du mich und meine Schwester verschont?«

»Dich habe ich verschont, weil du nicht dumm bist. Wenn die Konföderation überlebt, liegt das an deiner Führung. Ich habe meine Schwester gehaßt, aber ich will nicht, daß das capellanische Volk leiden muß. Nach Maximilian und Romano braucht meine Heimat einen geschickten Herrscher, und dich halte ich für fähig, einer zu werden. Was deine Schwester angeht, ich mußte ja auch mit Romano leben. Was uns nicht umbringt, macht uns stärker. Außerdem bevorzuge ich es, wenn du dir deine Feinde im eigenen Haus suchst.«

Sie durchquerte den Raum und öffnete mit einer Handbewegung eine Geheimtür in der hinteren Wand. »Denk daran, die Zukunft der Konföderation Capella liegt in deiner Hand. Betrachte das als heiliges Erbe. Der Unterschied zwischen der Wirklichkeit und deinen Spielchen auf Outreach ist folgender: Hier darfst du dir überhaupt keinen Fehler mehr erlauben. Denke daran, und du wirst überleben. Vergiß es, und du wirst zerquetscht.«

Sun-Tzu starrte die Wand an, die sich hinter seiner Tante geschlossen hatte. Dann steckte er die Laserpistole in den Gürtel seiner Hose. *Na dann. Die Schreckensherrschaft meiner Mutter hat ein Ende, und ich habe es überlebt. Sehr schön.*

Er ging um Justins alten Schreibtisch herum und ließ sich in den Sessel fallen. Er berührte eine Taste an der Computerkonsole, und zu seiner Überraschung leuchtete der antike Monitor auf. *Wie interessant. Er funktioniert noch. Es steckt noch Leben in der Maschinerie, die die Konföderation Capella zerstörte.*

Sun-Tzu lehnte sich zurück. »Meine Mutter und mein Großvater haben Hanse Davion dermaßen gehaßt, daß sie nicht sahen, wie ausgezeichnet seine Methoden geeignet waren, uns zu vernichten. Ich bin nicht so blind.

In mir werden Hanse Davions eigene Taktiken und Strategien sich gegen ihn selbst wenden.« Er lächelte und legte die Fingerspitzen aufeinander. »Die Konföderation Capella lebt, und was uns nicht umbringt, macht uns stärker.«

37

Tukayyid
ComStar-Interventionszone, Freie Republik Rasalhaag

9. Mai 3052 (Operation Skorpion — Tag 9)

Wie ein Atlas seiner künstlichen Welt stand der Präzentor Martialum über den Dinjubergen und beobachtete den Abzug der Nebelparder. Als sich die Schlacht in den ersten acht Tagen des Krieges entwickelt hatte, war Focht klargeworden, daß die Nebelparder die Ankunft der Zweiten Armee als Entsatztruppe der Fünften Armeedivision, welche die Berge ursprünglich gehalten hatte, gar nicht bemerkt hatten. Dadurch hatten die Nebelparder unglaubliche Mengen Munition darauf verwendet, die ihrer Ansicht nach letzten Verteidiger zu eliminieren. Als die zweite Hälfte der Fünften Armee nach der Eliminierung der Ersten Parder-Kavallerie das Racicedelta heraufgezogen kam, um die Parder in den Bergen einzukesseln, war das Ende abzusehen.

Focht sah den abziehenden Clannern amüsiert nach und gestattete sich einen Anflug von Stolz über den Sieg gegen die Nebelparder. Der ursprüngliche ilKhan der Invasion, Leo Showers von den Nebelpardern, war Focht ein ganz besonderer Dorn im Auge gewesen. Hinzu kam, daß es die Nebelparder gewesen waren, die bei der Unterdrückung eines Aufstands auf Turtle Bay die Großstadt Edo in Schutt und Asche gelegt hatten. Ihre Niederlage bereitete ihm besonderes Vergnügen.

Sieh dich vor, Anastasius. Halte dich und deine Leute nicht für unbesiegbar. Noch während er sich so ermahnte, gab er sich selbst gegenüber zu, daß ihm seine Analyse der Clans und ihrer Taktiken einen Vorteil verschafft hatte. Seine Truppen hatten diesen Vorteil zu nutzen gewußt und in den Dinjubergen in einen Sieg verwandelt. Dasselbe Ergebnis schien auf den Przenoebenen, an den

Hladnoquellen und sogar im Kozicetal sicher. Wenn alles so weiterlief, bedeutete das den Sieg über vier der Clans.

Trotzdem, damit ist der Krieg noch nicht gewonnen. Focht holte das Bilderhalo herunter. Er wählte das Fenster zum Brzotheater. Während es sich ausbreitete und die Gebirgskette des Südostens ersetzte, öffnete er eine Verbindung zu Hettig.

»Präzentor Martialum?«

»Irgendwelche Berichte über Aktivitäten der Wölfe, Hettig?«

»Einen Augenblick, Sir.«

Brzo war ein ziemlich großer Agrokomplex und erschien dem Präzentor Martialum wie ein Betondiskus, der die Nabe eines goldenen Rades bildete. Hinter dem Komplex krallten sich mit schneebedeckten Fingern die Pozoristuberge in den Himmel. In und um Brzo waren Hinweise auf einzelne Scharmützel erkennbar, aber Kämpfe waren nicht im Gange.

»Die Wölfe scheinen sich neu auszurüsten und auf einen Vorstoß in die Berge zu warten. Mit Ausnahme der Wolfsspinnen scheinen alle Wolf-Einheiten bereit, unsere Kampfeinladung anzunehmen. Unsere Elfte Armee hat bereits Verteidigungsstellungen bezogen. Die Vorratslage ist gut. Die Fragmente der Neunten und Zehnten Armee befinden sich auf dem Rückzug, allerdings wird die 282. weiter von den Wolfsspinnen bedrängt.«

Focht stieß einen Seufzer aus. »Präzentor Wollam soll die 282. abziehen und in die Berge führen.«

»Er versucht es bereits und meint, er wird es schaffen, sobald er herausfindet, wo die Wolfsspinnen auf ihn warten.«

»Solange sie von Natascha Kerensky angeführt werden, sind seine Chancen, das zu entdecken, sehr gering.« Er schüttelte den Kopf. »Unsere Scouts sollen alle Versorgungsstützpunkte des Wolfsclans auf den Ebenen aufspüren und für Überfälle vormerken. Wenn sich eine davon in der Nähe der 282. befindet, kannst du Wollam dorthin schicken.«

»Ja, Sir.«

Focht strich sich übers Kinn. Plötzlich wurde ihm klar, daß er diese Angewohnheit von ilKhan Ulric übernommen hatte. *Was verbirgst du vor mir, Ulric? Warum akzeptierst du meine Wahl des Schlachtfelds, hier im Gebirge? Geht es dir nur darum, meine Leute aus den vorbereiteten Stellungen zu holen und unsere Nachschublinien zu strecken, oder hast du etwas bemerkt, was mir entgangen ist?*

Phelan ging mit seinem *Wolfshund* in die Hocke. Die drei leuchtend blauen PPK-Blitze schossen über den Kopf des Mechs. »Axtstern, wir ziehen uns zurück. Vor uns stehen Panzer.« Er schaltete auf Haufenfrequenz um. »Natascha, der Blutbeckenpaß wird von Panzern gehalten. Überspielung folgt.«

Mit einem Knopfdruck setzte er die Datenübertragung zu Natascha Kerenskys *Höhlenwolf* in Gang. Schon der kurze Blick auf die feindlichen Einheiten vor ihnen hatte dem Computer genügt, aus den Sensordaten eine Liste der georteten Einheiten zu erstellen. »Es sieht aus, als wolle ComStar diesen Paß unbedingt halten.«

Der Computer meldete drei schwere *Burke*-Panzer, zwei schwere *Furien* und ein *Rhino.* Der kettengetriebene *Burke* besaß einen Geschützturm mit drei PPKs und eine frontale LSR-Lafette. Die *Furien* konnten mit ihren Gaussgeschützen den größten Schaden anrichten, aber sie bereiteten Phelan vor allem aufgrund ihrer ungeheuer harten Panzerung Sorgen. Eine *Furie* konnte sich ohne weiteres auf einen Schlagabtausch mit einem Mech einlassen, und Phelans *Wolfshund* war für einen derartigen Beschuß nicht ausgerüstet.

Das *Rhino* war ein stark gepanzerter Raketenwerfer mit zwei mittelschweren Lasern zur Mechabwehr bei Nahgefechten. Es war schneller als die *Burkes,* konnte aber nicht mit den *Furien* mithalten, wenn sie zu schneller Bewegung gezwungen waren. Dies, und die Tatsache, daß sie sich eingegraben hatten, beruhigte Phelan etwas. Immerhin bestand keine Gefahr, daß sie auf seinen Stern losstürmten.

»Natascha, die Panzer haben sich eingegraben. Ist Bolzenschwarm noch verfügbar?«

»Axt Eins, wir drängen die ComGuards in eure Richtung. Ich schlage vor, ihr verjagt die Panzer und sichert euch deren Stellungen. Jetzt mußt du zeigen, daß du deinen Sold verdienst, Phelan.«

»Verstanden, Schwarze Witwe.« Phelans Mechs sollten in der Lage sein, die Panzer zurückzuwerfen, aber durch die Befestigungen wurde ihre Aufgabe erheblich erschwert. »Bekomme ich Luftunterstützung?«

Carews Stimme kam über den Äther. »GAZ dreißig Sekunden, Axtstern. Macht euch bereit.«

»Verstanden, Bolzen Eins. Wir nehmen den Paß.« Er schaltete hastig zurück auf die eigene taktische Frequenz. »Aufgepaßt. Luftangriff steht bevor. Thea und Ace, ihr springt rein. Konzentriert euch auf das *Rhino.* Das ist ein harter Gegner, aber wenn man ihn massiv genug angeht, kann er explodieren. Der Rest greift den ersten *Burke* an. Die *Furien* sind ziemlich schnell, und wenn wir ihnen die Gelegenheit geben, werden sie fliehen.«

»Verstanden, Sterncommander. Beim Luftangriff.«

Carew öffnete eine Verbindung zu seinem Flügelmann. »Gib mir Deckung, wenn ich runtergehe, Virgil. Anschließend decke ich dich. ComStar hat Maschinen in der Luft, aber ich sehe keine.«

»Verstanden, Carew.«

Der Clanpilot schaltete die Sichtanzeige auf Bodenmodus und warf seinen *Visigoth* in eine steile Wende. Sein Computer meldete die Position von Phelans Stern, ebenso die gemeldete Position der ComStar-Panzer. Er legte einen Kurs an, der beide Linien verband, dann stieß er den *Visigoth* nach unten, bis er mit 650 Knoten knappe 500 Meter über dem Boden dahindonnerte.

Nur eine Millisekunde lang blitzten die ComStar-Panzer als mögliche Ziele auf der Sichtanzeige auf, aber er drückte die Feuerknöpfe durch, während sie noch auf dem Hologramm waren. Die PPK und die beiden mittelschweren Laser im Bug seines Jägers badeten die Kanzel in rotviolettes Mündungsfeuer. Zwei LSR-Salven schossen aus den Tragflächenlafetten und bremsten ihn um 40 Knoten ab.

Als die Hitze über dem Cockpit zusammenschlug, riß er den Knüppel nach hinten und zog die Nase des *Visigoth* gen Himmel. Mit einem Ruck nach links brachte er den Luft/Raumjäger in eine Rolle und flog senkrecht zu seinem Angriffsvektor davon. Als er die Maschine wieder in Rückenlage gebracht hatte, schaltete er die Sichtanzeige auf Luft-Luft zurück und beobachtete Virgil bei seinem Angriff.

Plötzlich hallten Warnsirenen auf. Er sah die heranbrausenden ComStar-Jäger im selben Augenblick. Der Bordcomputer identifizierte sie als *Rapiere*. Das bedeutete einen harten Kampf für Virgil und ihn. »Angriff abbrechen, Virgil, wir haben Gesellschaft.«

Die Detonationen hallten noch in seinen Ohren, als Akoluth R. G. Flute den Sicherheitsgurt strammzog, der ihn im Schalensitz des *Rhino*-Turmkanoniers hielt. »Verdammt noch mal, der Beschuß hat die Panzerung zum Schmelzen gebracht und das Turmgelenk blockiert. Anderson, setz uns in Bewegung. Wir können nur auf Ziele schießen, die du uns vor die Kanone holst.«

»Nichts zu machen, Akoluth. Eine Kette ist gerissen. Wir bewegen uns nirgendwohin.«

»*Furie* Eins ist unbeschädigt, aber *Furie* Zwo hat Geschützturmsperre. *Burke* Eins ist in derselben Lage wie wir, *Burke* Zwo hat Panzerung verloren, *Burke* Drei ist seine Raketen und eine der PPKs los.« Der Funker neigte sich nach hinten und blickte zwischen Flutes Füßen in den Turm hinauf. »Sie wollen wissen, was sie machen sollen.«

»Kämpfen! Was sollen wir hier denn sonst? Der Friede Blakes sei mit euch, Kameraden«, erklärte der Akoluth ernst. »Da kommen sie.«

Phelans *Wolfshund* stürmte auf den Paß zu, noch während Virgil zum Bombardement ansetzte. Der zweite *Visigoth* feuerte PPK und Laser, brach den Angriff jedoch abrupt ab. Der MechKrieger konnte sich nur einen Grund vorstellen, der einen Jäger zu einem solchen Verhalten veranlaßte: die Ankunft feindlicher Maschinen. Die Erinnerung an seinen Blutkampf gegen Glynis zuckte durch seine Gedanken. Er hatte kein Bedürfnis, sich und seine Leute einem Beschuß durch ComStar-Jäger auszusetzen.

Als er in den Paß rannte, konnte Phelan sehen, wie Bolzenschwarm die Panzer zugerichtet hatte. Er flüsterte ein Stoßgebet um Hilfe für Carew und Virgil bei ihrem Luftgefecht mit den ComStar-Maschinen. Mit Ausnahme einer *Furie* erinnerten die Panzer an Zinnminiaturen, die mit einer Lötlampe bestrichen worden waren. Rußgeschwärzte Panzerreste, überzogen mit Laser- und PPK-Spuren, bedeckten Geschütztürme und Frontenden der Fahrzeuge. Keines war zerstört, aber fünf von ihnen waren beschädigt.

Ich hoffe nur, das reicht.

Über ihm donnerten die *Nemesis* und *Viper* vorbei. Theas *Nemesis* feuerte zwei LSR-Salven auf das *Rhino* ab. Mehr als die Hälfte schlugen vor dem wuchtigen Panzer in den Boden ein, aber der Rest zertrümmerte die Panzerung am Bug des Fahrzeugs weiter.

Der Kanonier des *Rhino* brachte die Raketenlafetten hoch und schoß eine volle Breitseite von vierzig Raketen auf die *Nemesis* ab. Durch das überhastete Zielen und die schnelle Flugbewegung des Mechs traf jedoch nur ein Viertel davon ihr Ziel. Explosionen sprengten Panzerung vom linken Arm und Bein der *Nemesis.* Die Panzerung wurde nicht durchschlagen, aber jeder Schaden an so leicht gepanzerten Maschinen schwächte den Stern, besonders, solange die *Furien* und *Burkes* noch im Gefecht waren.

Ace bewegte seine *Viper* mit einer solchen Eleganz, daß Phelan sich den Stahlkoloß beinahe als riesige fremdartige Lebensform vorstellen konnte. Die gedrungene Kampfmaschine richtete die PPK im linken Arm auf das *Rhino* und sandte einen prasselnden künstlichen Blitzschlag in die Frontpanzerung des Fahrzeugs. Der Strahl eines mittelschweren Impulslasers an der Unterseite des rechten Mechunterarms begleitete den Blitzschlag und stieß ins Innere des Panzers vor.

Mit einem einzelnen Lichtblitz schlug eine Feuerzunge aus dem Bug der Maschine, dann riß ein Feueraball sie auseinander. Wie eine Fluchtkapsel schoß der Geschützturm senkrecht in die Höhe. Noch bevor er den Höhepunkt seiner Flugbahn erreicht hatte, detonierten die Raketen in der Steuerbordlafette und wirbelten ihn in einer Drehbewegung nach hinten. Er prallte gegen eine Felswand, dann verschwand er aus Phelans Blickfeld.

Irgendwo gab es eine Explosion, aber Phelan war zu beschäftigt, sich darum zu kümmern. Er warf sich nach rechts, als einer der *Burkes* versuchte, ihn mit zwei bläulichweißen PPK-Strahlen aufzuspießen. Der Schuß ging weit daneben, aber durch das Ausweichmanöver verriß er den Angriff auf die beschädigte *Furie.* Sein schwerer Laser und zwei der mittelschweren Impulslaser verwüsteten den Boden vor dem feindlichen Panzer. Nur eine einzelne Strahlbahn traf und verkochte einen Teil der Bugpanzerung.

Adeptin Elza Speer zog beide Lenkknüppel der beschädigten *Furie* nach hinten. Auf der Hologrammanzeige sah sie das goldene Fadenkreuz exakt in der Mitte. Sie zog den linken Steuerknüppel eine Sekunde lang vor und holte dadurch den *Wolfshund,* der den feindlichen Angriff anführte, unter das Kreuz.

»Meine Arbeit ist getan, Perry. Hol ihn dir.«

Das Gaussgeschütz der *Furie* stieß eine silberne Kugel aus, die den *Wolfshund* unterhalb des rechten Knies traf. *Grinser* wurde zur Seite gerissen, aber Phelan konnte die Maschine gegen den Zug der Schwerkraft aufrecht halten. *Stravag! Noch so ein Treffer, und ich verlier das Bein.* »Es wird Zeit, daß wir diese Furien ausschalten.«

In Phelans Augen war die Clan-*Nova* eine speziell für den Kampf gezüchtete, riesige, aerodynamische Kröte. Die zylindrische Autokanone, die an die Stelle des rechten Armes trat, spie einen Strom von Granaten in gerader Linie auf die unbeschädigte *Furie* zu, ohne sie jedoch zu erreichen. Der LSR-Schwarm der *Nova* schoß darüber hinweg und badete den Geschützturm des ComStar-Panzers in Feuer.

Der Angriff schien die Besatzung der *Furie* nicht im mindesten zu beeindrucken. Der Geschützturm drehte sich mit Leichtigkeit und zertrümmerte mit einer Gaussgeschützkugel die Panzerung am linken Bein der *Nova.* Auch wenn der Mech stärker gepanzert war als Phelans *Wolfshund,* erkannte sein Pilot, daß ein weiterer Treffer gegen dieses Bein von irgendeiner der noch einsatzbereiten gegnerischen Waffen genügte, das Bein bis auf die Knochen freizulegen und die *Nova* praktisch auszuschalten.

Dimitrias *Eismarder* war an die linke Flanke der Formation gedriftet. Seine Autokanone verfehlte den angepeilten *Burke,* und die LSR-Salve warf nur Erdbrocken in die Luft. Einzig der mittelschwere Laser im Torso des *Eismarder* traf das Ziel, konnte aber nicht mehr ausrichten als leichten Panzerungsschaden.

Der *Burke* erwiderte den Beschuß mit weit größerem

Erfolg. Eine seiner drei PPKs schoß über das Ziel hinweg, aber die beiden anderen nahmen den *Eismarder* gnadenlos in die Zange. Die künstlichen Blitzstrahlen schälten die Panzerung von beiden Armen und hüllten Kopf und Schultern des Clanmechs in Panzerdampf. Ein zweiter *Burke* wollte seinen Gefährten unterstützen, aber seine Angriffe verfehlten ihr Ziel.

Phelan schauderte. *Das wird härter, als ich gedacht habe. Lieber Gott, mach, daß uns Carew wenigstens die Geier vom Hals hält.*

Carew zog die Maschine hoch und wendete, so daß er über und hinter den beiden *Rapier*-Jägern hing, die sich auf Virgil stürzten. Er freute sich über den Positionsvorteil, aber gleichzeitig machte ihm Angst, daß sie denselben Vorteil gegenüber Virgil besaßen. »Virgil, zwei am Heck. Brich rechts!«

Virgil riß den *Visigoth* herum, aber der vordere *Rapier* blieb dran und führte eine noch engere Kehre aus. Mit seinem doppelten Heck und schlanken Tragflächen wirkte die Maschine nicht annähernd so gefährlich wie Virgils kompakter Jäger. Aber sie bewegte sich mit der Eleganz eines Raubvogels und eröffnete mit der Autokanone im Bug das Feuer.

Virgils Manöver zog seine Maschine geradewegs in den Granatenhagel. Die Geschosse donnerten auf den Rumpf des schlanken Jägers ein und fetzten ganze Panzerplatten davon, die wie glitzernder Regen eine Spur hinter dem *Visigoth* formten. Ein PPK-Strahl kostete die Clanmaschine zusätzliche Panzerung, dann stiegen LSR aus dem Rapier und spießten den beschädigten Jäger auf. In einem Lichtblitz und einer schwarzen Rauchwolke brach der *Visigoth* in der Luft auseinander.

Virgils Icon verschwand von Carews Hologrammanzeige, und der vordere der beiden *Rapiere* stieg in den Himmel hinauf. Seine Umrisse loderten weiß auf der Infrarotortung. Der Wolfsclan-Pilot peitschte den *Visigoth* in eine rechtsgedrehte Spirale, brachte ihn aus der Rolle und sah den Flügelmann des *Rapier* seinem Kameraden geradewegs unter das Fadenkreuz folgen.

Beide mittelschwere Laser rissen die Panzerung über dem Hecktriebwerk auf, und die Hälfte der Raketen, die Carew gleichzeitig abgefeuert hatte, sprengten ebenfalls Keramikstahltrümmer ab. Andere Raketen senkten sich auf spiralförmiger Flugbahn in Rumpf und linke Tragfläche, zerschmetterten die Panzerung und beschädigten das aerodynamische Profil des *Rapier.*

Der beschädigte ComStar-Jäger stellte sich auf die linke Tragfläche und wendete in einem engen Kreis, während sein Flügelmann weiter hoch und nach rechts zog. *Wenn ich dir nachsetze, mein Kleiner, kommt dein Begleiter von oben. Das kannst du vergessen!* Carew zog nach rechts hoch. *Dieses Spiel wird jetzt nach meinen Regeln gespielt.*

Wie erwartet kam der beschädigte Luft/Raumjäger aus der Kehre, als der *Visigoth* auf eine Verfolgung verzichtete. Carew hielt das Fadenkreuz auf dem Ziel und löste die beiden mittelschweren Laser im Heck des *Visigoth* aus. Einer von ihnen schälte weitere Panzerteile vom Triebwerk, während der andere dem linken Flügel des *Rapier* weiter zusetzte.

Unwillkürlich mußte Carew grinsen, als der Jäger vor ihm eine Serie enger Kehren flog. *Ja, ich weiß, daß du ein besserer Pilot bist als dein Flügelmann. Schlußendlich werden wir zwei es unter uns austragen, aber ich bin dir für Virgil noch etwas schuldig.* Er biß die Zähne zusammen, trat die Schubpedale durch und riß den *Visigoth* herum.

Am Boden warf Phelan einen Blick auf den Hilfsmonitor und sah, daß die entfernte Explosion vom Absturz eines der beiden Jäger gestammt hatte. *Hoffentlich war es nicht Carew!* Dann bemerkte er, wie am Himmel über ihm noch zwei *Rapiere* und ein *Visigoth* kämpften, und er war sich nicht sicher, ob er Carew wünschen sollte, daß er bereits tot war, oder im Gefecht gegen eine zweifache Übermacht dem Tod entgegenging.

Zu mehr gab ihm der Kampf, in den er selbst verwikkelt war, keine Zeit. Lees *Nova* driftete durch sein Gesichtsfeld und verdeckte für einen Augenblick die *Furie,* die seinen *Wolfshund* beschossen hatte. Die *Nova* deckte die *Furie* mit Autokanonen- und LSR-Feuer ein und sprengte noch mehr der Frontpanzerung ab. Im Gegenzug setzte der Panzer zurück und drehte nach rechts, um anschließend mit einem Schuß seines Gaussgeschützes eine klaffende Bresche mitten in die Torsopanzerung der *Nova* zu schlagen.

Phelan brachte *Grinser* nach rechts und kreuzte seinerseits den Weg der *Nova.* Der Clanmech sprintete neben einen der *Burkes.* Er setzte sämtliche Waffen ein, aber der schwere Laser, der seine rechte Hand ersetzte, feuerte über das Ziel hinweg. Die drei Impulslaser zogen ihr Feuer vor und zurück über die linke Flanke des *Burke.* Dessen gesamte Panzerung verwandelte sich in geschmolzenes Metall, das zähflüssig von der geborstenen Kette tropfte.

Da der Geschützturm blockiert war, konnte der *Burke* ihn nicht auf *Grinser* richten. Er war praktisch außer Gefecht. Phelan hoffte, daß dies auch die Besatzung einsah, da er kein Verlangen hatte, sie zu töten, solange es sich vermeiden ließ.

Aces *Viper* landete vor der vom Luftangriff unberührt gebliebenen *Furie.* Die PPK des Mechs schmolz die Panzerplatten am Bug der ComStar-*Furie* in einen großen Klumpen, dann nagte sein mittelschwerer Laser am verbliebenen Panzerschutz. Die *Furie* drehte ihr Geschütz und feuerte eine silberne Kugel auf den Torso der *Viper,* die den Mech halb nach links schleuderte.

Dimitrias *Eismarder* richtete seine Waffen auf einen anderen *Burke,* aber das Erlebnis mit ihrem letzten Ziel hatte die Pilotin zu sehr mitgenommen. Autokanone, mittelschwerer Laser und LSR verfehlten ihr Ziel. In der

Zwischenzeit brachte die Besatzung des *Burke* die PPKs zum Einsatz. Zwei künstliche Blitzschläge trafen den *Eismarder.* Einer brannte Panzerung von der Torsomitte des Mechs. Der zweite Strahl peitschte die letzten Panzerungsreste vom linken Arm des *Eismarder* und begann, die metallenen Knochen und gummiartigen Muskelfasern anzunagen.

Aus dem Geschützturm des dritten *Burke* peitschten zwei PPK-Strahlen auf die *Nemesis.* Wie der *Eismarder* verlor auch die *Nemesis* dampfende Panzerbrocken vom linken Arm und Torso, aber Thea überstand den Beschuß, ohne den *Burke* aus der Zielerfassung zu verlieren. Zwei LSR-Salven stiegen aus den Lafetten und durchschlugen die Panzerung am Bug des ComStar-Panzers.

Ihre Detonationen lösten eine Serie von Sekundärexplosionen aus, die den *Burke* aus seiner Stellung rissen und auf den Rücken warfen. Beide Ketten rissen, peitschten durch die Luft und lösten sich in ihre Bestandteile auf. Der Geschützturm des kastenförmigen Panzers flog davon und zertrümmerte an einem Berghang, dann brach der Rumpf des *Burke* in der Mitte ein und zersplitterte in eine Million Bruchstücke. Die Nova in seinem Herzen stammte von Munitions- und Treibstoffexplosionen und hatte weit größere Auswirkungen als alle Clanattacken.

In seinem Cockpit, in dem er sich so wohl wie in der Gebärmutter fühlte, machte Carew zwei Entdeckungen. Erstens konnte sein Luft/Raumjäger schneller steigen und abtauchen als ein *Rapier.* Das wurde ihm klar, als der *Visigoth* sich auf den angeschlagenen *Rapier* stürzte. Der Pilot versuchte zu fliehen, aber Carew holte ihn ein und zog der zweiten Maschine davon.

Der *Visigoth* griff den *Rapier* mit beiden Lasern und Raketen an. Die Raketen hämmerten auf den Rumpf und die linke Tragfläche ein. Carew sah, wie einige Löcher in dem zylindrischen Jäger aufbrachen, und die starre Geradeaushaltung der Seitenruder kündete von einem Schaden an der Steuerung.

Einer der Laser schmolz die letzten Panzerreste vom Triebwerk des *Rapier.* Mit einem Aufblitzen auf der IR-Anzeige beschädigte der Laser das Triebwerk. Es wurde sofort dunkler, und der *Rapier* wurde langsamer. Jetzt, wo die Seitenruder blockiert waren und der Jäger zum Geradeausflug gezwungen war, genügte ein einziger Angriff, um die Maschine zu vernichten.

Aber wenn er seinem Wunsch folgte und den *Rapier* abschoß, bedeutete das seinen Tod. Das war Carews zweite Entdeckung. Der Flügelmann bremste im Heckschußfeld des *Visigoth* ab, flog aber zu unruhig, um Carew eine sichere Zielerfassung zu ermöglichen. Der Clansmann fluchte und riß den Steuerknüppel nach rechts. Seine Maschine glitt zur Seite. Dann ging sie in einen engen, nach links eingebogenen Steigflug.

Der ComStar-Pilot ging mit seinem *Rapier* in eine harte Kehre, die den Drehradius des *Visigoth* unterschnitt, aber Carew führte mit dem Luft/Raumjäger eine Rolle aus, die den *Visigoth* auf die linke Tragfläche stellte. Er nahm Schub weg und ließ den Jäger wie einen Stein fallen. Unmittelbar darauf federte er ihn seitlich in weniger als einem Kilometer Abstand hinter den *Rapier.*

Noch bevor er feuern konnte, hatte der *Rapier*-Pilot zu einem Immelmann angesetzt und schoß wieder auf den *Visigoth* herab. Bei der Geschwindigkeit der beiden Maschinen dauerte es nur drei Sekunden, bis sie sich wieder voneinander entfernten. In diesen drei Sekunden feuerten beide Maschinen alle verfügbaren Geschütze ab, und das aus nächster Nähe.

Carews *Visigoth* wurde schwer durchgeschüttelt, als die Autokanone des *Rapier* eine ausgezackte Bresche in die Panzerung der linken Tragfläche schlug. Blaues Licht erfüllte das Cockpit, und Statik krachte in den Helmlautsprechern, als eine PPK Panzerung von der rechten Tragfläche kochte. Die zweite PPK und die Langstreckenraketen des *Rapier* verfehlten ihr Ziel, und Carew war sich sicher, damit sein Glück für diesen Tag aufgebraucht zu haben.

Aber die Computerberechnung der Schäden, die er seinerseits der ComStar-Maschine hatte beibringen können, heiterte ihn auf. Seine PPK hatte ihr Ziel ebenfalls verfehlt, die LSR jedoch hatten das mehr als wettgemacht. Sie hatten ganze Brocken aus dem *Rapier* gerissen, und die Stellen, an denen sie eingeschlagen waren, markierte der Computer als Wärmetauscherpositionen. Zusätzlich hatten die Raketen auch Panzerung vom Triebwerk gesprengt, und die beiden vorderen Lasergeschütze hatten die rechte Tragfläche und den Rumpf getroffen, wo sie möglicherweise einen Feuerleitcomputer beschädigt hatten.

Carew nickte und studierte die grellweiße IR-Signatur des *Rapier. Du läufst heiß — eine heiße Maschine für jemanden, der sich für einen ebenso heißen Piloten hält.* Er zog die linke Tragfläche hoch, glitt in eine Doppelkehre und grinste, als der *Rapier* sich in seine Richtung drehte.

Die noch am wenigsten beschädigte *Furie* drehte ihren Geschützturm nach rechts und spie ein Gaussprojektil in den linken Arm der *Nemesis.* Der silberne Ball schlug durch den bereits beschädigten Panzerschutz und zertrümmerte die LSR-Lafette. Die *Nemesis* erzitterte, hielt sich jedoch aufrecht und bedachte die *Furie* im Gegenzug mit einem Raketenbombardement, das die Bugpanzerung des Panzers zerfraß.

Aces *Viper* konzentrierte sich ebenfalls auf die *Furie* und eröffnete mit PPK und mittelschwerem Laser das Feuer. Sie setzte die Arbeit fort, die Theas Kampfkoloß begonnen hatte, und eine Strahlbahn zerschnitt sogar die rechte Panzerkette. Das Metallband wirbelte davon und ließ die *Furie* mitten in der Drehung erstarren. Dreck und Erde spritzten hoch in die Luft, als sich der

Panzer verzweifelt zu bewegen und seinen Peinigern zu entkommen versuchte.

Wegen der Abwärme, die sein Cockpit aufheizte, setzte Phelan nur die Impulslaser gegen die *Furie* ein. Das Stakkato der roten Lichtblitze schlug durch die geschwächte Bugpanzerung, als sei sie nicht vorhanden. Eine interne Explosion erschütterte die *Furie,* dann erstarb jede Bewegung des Panzers, während sich von oben Staub auf ihn legte und unter der Karosserie ölig schwarzer Rauch hervorquoll.

Elza Speer bearbeitete hektisch die Steuerknüppel und versuchte, den nach rechts abdrehenden *Schwarzfalke* zu verfolgen. »Ich versuch's ja, Perry, verdammt noch mal, aber der Mech macht es mir verflucht schwer.«

Perrys Antwort ging in Metallgekreische unter. Elza sah die Autokanone des *Schwarzfalke* aufblitzen, dann fühlte sie, wie die *Furie* nach links ruckte. Donnernde Raketenexplosionen auf dem Rumpf ließen ihre Ohren klingeln. Sie fühlte das Beißen von Metallsplittern, die von den Metallwänden abgesprengt wurden, und als sie einen Blick auf ihre Arme und Hände warf, waren sie mit winzigen, blutenden Kratzern bedeckt.

Sie verstärkte ihre Anstrengungen, die *Furie* zu drehen, aber damit brachte sie nur die qualmenden Trümmer einer anderen Maschine gleichen Typs in Sicht. »Verdammt.« Sie beobachtete den *Fenris* beim Schußwechsel mit dem verbliebenen einsatzbereiten *Burke* und freute sich, als der Mech mit zertrümmertem Torsopanzer zurückweichen mußte. Gleichzeitig stellte sie jedoch fest, daß der Bug des *Burke* eingedrückt war und die Besatzung den Panzer bereits aufgab.

Elza schüttelte sich und legte den Rückwärtsgang ein. »Ich bin nur ein Werkzeug der Weisheit Blakes. Zur Hölle, Perry, schieß auf irgendwas!«

Der *Rapier* senkte sich wie eine Lenkrakete auf Carews *Visigoth.* Seine Autokanone spie Feuer und Metall. Es war ein Orkan von Granaten, der durch den Rumpf des Luft/Raumjägers schlug. Warnsirenen heulten durch die Kanzel, aber Carew zwang sich, sie zu ignorieren. *In der Atmosphäre ist das egal.* Der Jäger bockte, und der Computer meldete den Ausfall eines Wärmetauschers. *Nun, das ist in der Atmosphäre nicht ganz so schlimm.*

Sein Gegenfeuer bohrte sich in den über ihn hinwegdonnernden ComStar-Jäger. Einer seiner beiden mittelschweren Laser rächte sich für den angerichteten Schaden, indem er dem *Rapier* einen dritten Wärmetauscher zertrümmerte. Das azurblaue Skalpell der PPK folgte einigen LSR unter die Triebwerksabdeckung und durchbohrte die Abschirmung des Fusionsreaktors. Eine Hitzekorona flammte um das Triebwerk auf, und der *Rapier* schoß nach vorne, als hätte der Pilot die Nachbrenner eingeschaltet.

Carew hielt den Atem an, als der Pilot den Bug seiner Maschine hochziehen wollte. Zunächst schien alles zu klappen, aber dann sank die IR-Signatur seines Triebwerks plötzlich ab. Carew schaltete die Ortung um, dann wurde ihm klar, daß der Bordcomputer das Triebwerk stillgelegt hatte, um eine Explosion zu verhindern.

Der *Rapier* begann sich langsam zu drehen, und ohne Schub senkte sich seine Nase dem Boden zu. Das Dach der Pilotenkanzel flog auseinander, als die Explosivbolzen detonierten, und der Pilot stieg auf dem Feuerstrahl einer Notrakete in den Himmel. Dann flammten die Gyrojets des Pilotensessels auf und stabilisierten seinen Flug.

Carew schaltete das Funkgerät ein. »Falls in Sektor 4123 Elementare sind: Ein ComStar-Pilot geht gerade zu Boden. Ich weiß seinen Namen nicht, aber Clan Wolf will ihn als Leibeigenen.«

Elza wurde gegen die Haltegurte geworfen, dann stellte sie fest, daß der rechte Steuerknüppel nicht mehr reagierte. »Das war's, Perry!« So sehr sie sich auch bemühte, sie konnte den Panzer nicht schnell genug drehen, um die beweglicheren Mechs daran zu hindern, die beschädigte rechte Seite der *Furie* anzugreifen. Der *Thor*, der *Fenris* und die *Libelle* hatten sie mit ihren Geschützen malträtiert, ohne daß Perry Gelegenheit gehabt hätte, das Feuer zu erwidern.

Sie schaltete die Motoren aus, wartete einen Moment und öffnete ihre Luke. Die kalte Luft, die in das Fahrerhaus strömte, war eine willkommene Erfrischung, bis eine Brise den Gestank brennender Panzer herantrug. Sie rümpfte die Nase, dann kletterte sie langsam ins Freie, um sich den Besatzungen der anderen verbliebenen *Furie* und der letzten beiden *Burkes* bei der Übergabe anzuschließen.

»Ich will nur hoffen, der Präzentor Martialum weiß, was er tut.« Sie sprang vom Rumpf und hob die Hände. »Zum Teufel mit der Weisheit Blakes. So eine Schlacht ist ganz einfach nur dumm.«

Phelan sah mit Genugtuung, wie die Besatzungen ihre Panzer verließen. Er schaltete die Außenlautsprecher ein. »Sie haben gut und tapfer gekämpft.« Er deutete in die Richtung, aus der die ComStar-Truppen ursprünglich gekommen waren. »Bitte gehen Sie in Deckung. Weitere Ihrer Truppen sind auf dem Weg, und es dürfte in Kürze unangenehm werden.«

Er schaltete das Funkgerät auf die Haufenfrequenz um. »Schwarze Witwe, hier spricht Axt Eins. Der Paß gehört uns. Wir sind noch einsatzbereit, aber lange halten wir nicht mehr durch. Bolzen hat eine Maschine verloren, es sind allerdings derzeit keine ComStar-Luftstreitkräfte zu orten. Bitte um weitere Anweisungen.«

Als Natascha ihm antwortete, hörte er die Wut in ihrer Stimme. »Meldet euch zu Reparatur und Neuversorgung im Sternhaufenhauptquartier.«

Phelan runzelte die Stirn. »Was ist passiert? Rennt ComStar zu schnell?«

»Nicht so schnell, daß wir sie nicht hätten einholen können. Wir wurden zurückbeordert. Als der Druck nachließ, haben sich Wollam und seine Truppen nach Nordosten verzogen.«

»Was?« Der MechKrieger betrachtete die brennenden Panzer und die Schäden an seinem Stern. *Das hätte unser Tod werden können.* »Wir haben das Einsatzziel erobert, Sterncolonel.«

»Ich weiß, aber wer kann schon die Gedanken des ilKhan lesen?«

Also hat Ulric uns zurückbeordert. Irgend etwas Großes muß im Gange sein. »Befehl verstanden. Wir bringen Gefangene mit.«

»Ist notiert, Axtstern. Gute Arbeit.«

»Verstanden, Schwarze Witwe. Wir sind schon unterwegs.«

Ulric hob den Kopf, als Conal Wards Gesicht auf dem Monitor in seinem Büro erschien. Das schwarze Haar des Kriegers klebte an der schweißnassen Stirn; die Polster des Neurohelms hatten es plattgedrückt. »Vielen Dank, daß du dich endlich meldest, Galaxiscommander Ward. Ich hätte eine sofortige Meldung vorgezogen, auch wenn du erst auf eine günstige Gelegenheit gewartet hast, deinen Mech zu verlassen.«

Conal starrte ihn an. »Verzeiht mir, ilKhan, aber meine Roten Wölfe haben hart gekämpft, und ComStar hat unsere Funksprüche gestört. Mein HQ mußte mir einen Läufer mit deiner Botschaft schicken.«

Auf der Stirn des ilKhan standen tiefe Falten. »Lüge mich nicht an, Conal. Du hast den Kampf gegen die 278. Division der ComGuards noch lange nach meinem Rückzugsbefehl fortgesetzt.«

»Wir schlagen sie, Ulric. Das kannst du uns nicht nehmen.«

»Ja, ihr schlagt sie, aber ihr verbraucht euren Nachschub doppelt so schnell wie zugestanden.«

»Was hat es schon zu sagen, wenn uns keine Raketen und AK-Granaten bleiben, nachdem wir sie alle zerstört haben?« Conals Wut war nicht zu überhören. »Du willst mich und meine Männer beschämen.«

»Unsinn«, schnaufte Ulric. »Ich habe mit großer Genugtuung festgestellt, wie erfolgreich ihr wart. Ich habe dafür gesorgt, daß alle Clans erfahren, wie Vlad und deine Elfte Wolfsgarde eine der besten ComGuards-Einheiten auf Tukayyid ausmanövriert haben.«

»Wenn das stimmt, warum werden wir dann zurückgezogen, um in die Berge zu steigen, während die Wolfsspinnen weiterkämpfen dürfen? Es ist eine Schande, daß du diese alte Hexe ihre Laufbahn weit über ihr Alter hinaus fortsetzen läßt.«

»Sie hat Erfolg, und ihre Truppen verbrauchen den Nachschub nicht schneller als erlaubt.« Ulric kniff die Augen zusammen. »Außerdem bist du nicht Natascha Kerensky. Nach ihrer Zeit bei den Wolf-Dragonern genügt schon ihr Name, um den ComGuards Furcht einzujagen. Der Kommandeur der 282. Division hat im Marik-Bürgerkrieg gegen sie gekämpft und verloren. Sie schlägt ihn in ihren Bann, und seine Furcht färbt auf seine Mitstreiter ab. Im übrigen habe ich sie ebenfalls zurückbeordert.«

»Es ist trotzdem widernatürlich, genau wie diese ganze Schlacht. Die ComGuards rennen davon, ducken sich und verkriechen sich, statt gegen uns zu kämpfen.«

Ulric nickte zustimmend. »Es ist widernatürlich. Der Präzentor Martialum hat unsere Schwäche erkannt und sie bereits ausgenutzt, um die Nebelparder zu besiegen. Wir sind kurze Entscheidungsschlachten gewohnt. Während der gesamten Invasion haben uns Partisanen zu schaffen gemacht, die uns die Gelegenheit, unsere

Kräfte zu konzentrieren, vorenthalten. Jetzt sehen wir uns ebendieser Taktik in größerem Maßstab gegenüber, auf einer Welt, auf der wir nicht die Vorräte für einen langen Krieg zur Verfügung haben.«

Conal winkte ab. »Bah. Wir könnten ihn schon morgen gewinnen. Das würdest du selbst erkennen, wenn du hier wärst.«

»Du irrst dich, Conal, und wenn du an diesem Irrtum festhältst, wirst du die Kämpfe nicht überleben.« Ulric setzte eine verschmitzte Miene auf. »Was allerdings deinen Vorschlag betrifft, mir die Lage persönlich anzusehen, gebe ich dir recht. Ich bin dem Kampf zu lange ferngeblieben. Wenn wir uns den ComGuards in den Bergen stellen, werde ich unsere Truppen in die Schlacht führen. Dann werden wir ein für allemal das Schicksal der Inneren Sphäre besiegeln.«

38

Mar Negro, Alyina
Trellshire, Jadefalken-Besatzungszone

10. Mai 3052 (Operation Skorpion — Tag 10)

Vom Rand der Klippe aus sah Kai die beiden Elementare auftauchen. Rund um sie herum schien das Meer zu kochen. Sie hielten die Daumen in die Höhe, und er gab das Zeichen weiter. Jemand warf einen Schalter um, und die Winde begann zu arbeiten. Das Stahlkabel unter seiner rechten Hand spannte sich. Unter ihm hob sich *Yen-lo-wangs* Gaussgeschütz der Wasseroberfläche entgegen.

Kai konnte kaum fassen, was in den letzten fünf Tagen alles geschehen war. Die Flucht war perfekt abgelaufen. Kai und Deirdre hatten die Limousine des Demi-Präzentors requiriert und waren über eine alles andere als direkte Route zum Mahlerhof gefahren, während die Elementare sich einen schweren Hovertruck besorgt und ihre Rüstungen aus den Bergen geholt hatten, bevor sie auch zu den Mahlers gekommen waren.

Erik Mahler arretierte den Steuergriff der Winde und zeigte Malthus, wie er ihn wieder lösen konnte, wenn die Zeit kam. Er hatte recht unterkühlt auf die Ankunft der Elementare reagiert, aber Hilda hatte sie mit derselben Höflichkeit behandelt, die sie Kai bei dessen Eintreffen gezeigt hatte. Kais Waffenstillstand mit den Elementaren half, auch Mahler umzustimmen, und als er erfuhr, daß sie sich gegen ComStar verbündet hatten, bestand der alte MechKrieger darauf, ihnen bei der Organisation der Rettungsmission und Überwachung des Steiner-Widerstands zu helfen.

Erik hatte ihnen über die Bergungsaktionen berichten können, die ComStar auf der Halbinsel durchgeführt hatte, weil er auch in eine Arbeitsmannschaft gesteckt worden war. Soweit er wußte, waren alle Mechs ins All abtransportiert worden, aber er konnte sich an keine Unterwasseroperationen erinnern. Das hatte Kai noch zuversichtlicher gemacht, daß *Yen-lo-wang* und sein Gaussgeschütz auf sie warteten.

Am Morgen nach der Ankunft der Elementare fuhren sie alle hinaus zu der Klippe, an der sein *Centurion* ins Meer gestürzt war. Sie bemühten sich, ihr Ziel geheimzuhalten, und hielten ständig Ausschau nach ComStar-Patrouillen, bemerkten jedoch niemand. Um so überraschter waren sie, als noch jemand an der Klippe auftauchte.

Gus Michaels kam herüber und legte die Hand auf Kais Schulter. »Sorry, daß wir nicht mehr von *Yen-lo-wang* raufholen konnten, Jungchen. Der *Centurion* läßt sich bergen, aber nicht mit 'ner Winde. Der Omni hält ihn fest, sonst wäre er einen ganzen Kilometer abgesackt.«

»Ich weiß.« Als Kai hinunter auf das dunkle Wasser blickte, sah er unter den Wellen einen weißen Zylinder sichtbar werden. »Wenn er in den Abgrund hinabgesunken wäre, hätte der Druck das Cockpit zerquetscht, und ich wäre gestorben.«

»Mit Glück kommt man weiter als mit Können, Jungchen.«

Kai mochte den kleinen, stämmig gebauten Mann. Malthus war mißtrauisch gewesen, aber der MechKrieger führte es darauf zurück, daß Gus erklärt hatte, im Auftrag des ilKhans unterwegs zu sein. Die Gefechtsberichte über Kais Aktionen auf Alyina hatten Hinweise auf einen Mech mit überlegener Myomertechnologie enthalten, und Gus war losgeschickt worden, um der Angelegenheit nachzugehen. Er hatte bei ihrer Ankunft gerade den Ort des Gefechts aufgespürt, und sie fanden seine Bergungsausrüstung sehr hilfreich.

Das Gaussgeschütz brach durch den Wasserspiegel. Ein kleiner Wasserfall ergoß sich aus der Mündung. Abgesehen von ein paar Tangstreifen und herabhängenden Drähten am hinteren Ende, mit dem es an *Yen-lo-wang* gekoppelt gewesen war, schien es in gutem Zustand. Die Elementare halfen, es zur Küste zu bewegen, dann warfen sie Polster und alte Reifen über das Geschütz, damit es auf dem Weg nach oben nicht durch einen Aufprall an der Klippe beschädigt wurde.

Malthus kam herüber und legte den Arm über Gus' Schulter. »Merke dir das alles gut für den ilKhan, kleiner Mann. Jetzt beginnt die Befreiung Alyinas.«

Nachdem sie das Gaussgeschütz auf der Ladefläche des schweren Hovertrucks verstaut und versteckt hatten, begann eine hitzige Diskussion über das weitere Vorgehen. »Es ist ohne Bedeutung für mich, daß du ein Gesandter des ilKhan bist, Michaels.« Malthus stemmte die Fäuste in die Hüften. »Du wirst auf dem Mahlerhof bleiben.«

Die grünen Augen des Historikers sprühten Funken. »Moment mal. Ich habe euch die Pläne für die Anlage besorgt, die ComStar in Valigia benutzt.«

Der Elementar schüttelte den Kopf. »Du hast aus dem Gedächtnis gezeichnet, und das nach einer einzigen, überhasteten Besichtigung vor zwei Wochen. Und du warst seit dieser Besichtigung auf der Flucht.«

»Ich bin ausgebildet, mich an Details zu erinnern. Ich habe euch eine Karte besorgt. Du bist mir etwas schuldig.«

Malthus richtete sich zur vollen Größe auf. »Ich schulde dir nichts. Du bist ein Berichterstatter.«

»Und ob ich das bin. Wie soll ich einen Bericht über all das schreiben, wenn ich nicht dabei bin?«

Malthus grinste ihn an. »Nach dem Kampf darfst du unsere Gefechtsroms betrachten. Unsere Rüstungen werden alles aufzeichnen.«

Gus erwiderte das Grinsen des Elementars. »Sehr schön, dann gib mir eine der Rüstungen, damit ich meine eigene Chronik des Angriffs aufzeichnen kann.«

Der Anführer der Elementare wischte diesen Vorschlag mit einer Handbewegung beiseite. »Du gehörst nicht der Kriegerkaste an.«

Kai runzelte die Stirn. »Verzeihung, Taman, aber ihr habt vier Rüstungen und seid nur zu dritt.«

»Richtig«, gab Taman zu. »Eine ist für dich bestimmt, wenn du sie willst.«

Kai starrte ihn an, dann schloß er langsam den Mund. »Ich? In einer Elementarrüstung?«

»Du bist ein Krieger, Kai Allard-Liao. Unsere Rüstung ist nicht dasselbe wie ein Mech, aber sie macht einen Krieger zum Äußersten, was für ein lebendes Wesen erreichbar ist. Du hast Herz, Verstand und Seele eines Kriegers, jetzt kannst du auch Haut und Muskeln eines Kriegers haben.« Malthus schaute zu Boden. »Wir verstehen es, wenn du dich weigerst.«

Kai blickte zu Locke und Slane. Die beiden Elementare nickten. *Sie bieten mir die höchste Ehre an, die sie sich vorstellen können.* Begeisterung erfüllte ihn. »Ich bin dessen nicht würdig, aber ich nehme das Angebot an, und werde mein Besten tun, das Angedenken des Kriegers zu ehren, der die Rüstung vor mir trug.«

Alle drei Elementare gratulierten ihm begeistert mit wuchtigen Schlägen auf Schultern und Rücken. Kai lachte. »Immer vorausgesetzt, ihr könnt die Rüstung so umbauen, daß sie mir paßt, und ich kann ein bißchen damit üben.«

»Einverstanden«, antwortete Malthus mit trockenem Amüsement. »Wir brauchen alle etwas Zeit zum Training.«

Gus nickte zustimmend. »Wenn ich das recht verstehe, Malthus, hüpft ihr in eure Rüstungen, fahrt mit dem Truck nach Valigia, ladet die Kanone, von vorne notabene, und sprengt dann die ComStar-Festung, korrekt?«

»Korrekt.«

»Bingo!« Gus verschränkte die Arme vor der Brust.

»Ich komme mit, weil ihr in der Gefechtszone keine Zeit haben werdet, in die Rüstung zu steigen.«

Malthus runzelte die Stirn. »Wir machen uns fertig, bevor wir in den Kampf ziehen.«

»Genau, und falls euch kein Weg einfällt, ins Fahrerhaus zu klettern, nachdem ihr euren Blechfrack angelegt habt, braucht ihr einen Fahrer — mich.«

Kais Blicke wanderten vom bärtigen Gesicht des kleinen Mannes zur verärgerten Miene des Elementars und zurück. Malthus zuckte die Schultern, und Gus grinste unverschämt. »Laß dich nie auf einen Streit mit einem Historiker ein, Kai. Die Sieger schreiben die Geschichte, aber die eigentliche Arbeit erledigen wir. Wenn du Wert darauf legst, der Nachwelt mit mehr als einer Fußnote überliefert zu werden, laß den Historiker gewinnen.«

Deirdre schmiegte sich in Kais Arme. In den Wäldern hinter dem Hof der Mahlers waren sie allein und konnten reden. »Ich woll dich auch nicht verlieren, Deirdre.« Seine Gedanken rasten, während er nach Worten suchte. »Ich habe die Pläne für die ComStar-Festung gesehen. Wenn ich sie nicht begleite, haben sie kaum eine Chance, ihre Freunde zu befreien. Aber wenn sie Erfolg haben, wird Malthus seinen Eid halten, uns und die Kriegsgefangenen aus dem Vereinigten Commonwealth freizulassen.«

»Ich weiß. Ich weiß es ja, aber ich hasse den Gedanken, von dir getrennt zu werden. Als ich glauben mußte, ich würde dich nie wieder sehen ...«

Kai fühlte ihr Zittern und drückte sie an sich. »Keine Bange. Du wirst mich nicht verlieren. Ich sterbe nicht.«

»Verspotte mich nicht, Kai.« Sie schob ihn fort und wischte sich die Tränen ab. »Das kannst du nicht versprechen.«

Wie soll ich es erklären? Kai atmete tief durch, dann seufzte er laut auf. »Ich erwarte nicht, daß du es verstehst. Ich verstehe es wahrscheinlich selbst nicht. Weißt du, das Vertrauen, das du und auch die anderen in mich setzen, hat mir die Augen geöffnet. Ich sehe jetzt, daß ich Fähigkeiten und Fertigkeiten besitze, die mir bei meiner Arbeit ungeheuer nützen. Ebensowenig wie du aufhören könntest, die Kranken zu versorgen, kann ich ...«

»Aufhören zu töten?« Sie wandte sich traurig ab. »Ich glaube, ich habe dich schon verloren.«

Er packte sie an den Schultern und schüttelte sie. »Nein, du weißt, daß das nicht wahr ist. Ich bin keine Killermaschine!«

»Wen willst du überzeugen, Kai? Mich oder dich selbst?«

»Deirdre, ein Krieger ist nicht dasselbe wie ein Mörder. Meine Aufgabe besteht darin, mich auf Konflikte vorzubereiten, um die Freiheiten zu schützen, die wir uns als zivilisiertes Volk zugestehen. Die Clans wollen uns beherrschen und uns unsere Freiheiten nehmen, also kämpfe ich gegen sie. ComStar hat ähnliche, noch heimtückischere Ziele, und auch gegen die muß ich kämpfen. Ich mach das nicht als Werkzeug der Politik, sondern als einzelner Mensch, der um die Erhaltung dessen kämpft, was der ganzen Menschheit heilig sein sollte.« Er schluckte. »Man könnte argumentieren, daß du mit dem Einsatz von Medikamenten oder Antibiotika auf Zellebene Krieg führst, so wie ich auf mehrzelliger Ebene. Ich halte den Vergleich für falsch, weil ein anderes lebendes Wesen wertvoller ist als ein Virus oder eine Bazille. Aber in mancher Hinsicht paßt der Vergleich mit einer Krankheit, und ich muß darauf hoffen, die Gefahr der Ausbreitung einer Bedrohung für die ganze Menschheit durch rechtzeitiges Eingreifen zu stoppen. Verstehst du das?«

Deirdre nickte. »Nur zu gut.« Sie lächelte und nahm sein Gesicht in beide Hände. »Es liegt gerade daran, daß ich es verstehe. Ich weiß genau, wie es ist, ein Leben zu retten, und auch, eines zu nehmen. Ich kann dir kein Leben voller Tod wünschen.«

»Das kann ich selbst niemandem wünschen.« Kais Blick ging in die Ferne. »Ich bin bereit, diese Verantwortung auf mich zu nehmen. Es ist meine Entscheidung und meine Pflicht. Ich genieße es nicht, aber ich nehme es auf mich, damit andere nicht dazu gezwungen sind.«

»Ich weiß, und ich liebe dich dafür.« Sie küßte ihn. »Wir haben noch eine Woche?«

»Ja. Mahler, Michaels und Malthus planen, Slane und Locke trainieren. Von Sonnenaufgang bis Sonnenuntergang gehöre ich ihnen.«

Sie nahm seine Hand und zog ihn in Richtung auf das Haus. »Dann bist du für den Rest der Zeit mein, Kai Allard-Liao. Wenn deine Tage mit Tod und Schrecken erfüllt sind, sollen die Nächte dem Leben und der Liebe gehören.«

39

Landungsschiff *Klare Voraussicht,* Transferorbit
Teniente, Nebelparder-Besatzungszone

14. Mai 3052 (Operation Skorpion — Tag 14)

Victor Steiner-Davion trat aus der Luftschleuse und marschierte zum nadelförmigen Bug der Raumfähre. Als er das Wappen des Vereinigten Commonwealth über dem Schiffsnamen *Arkturus* sah, mußte er grinsen. Er klopfte auf den Rumpf des Raumbootes, und eine Luke öffnete sich. Ein Soldat kletterte ins Freie und salutierte. Er erwiderte den Gruß. Dann sah er Galen, der sich mit beiden Tornistern durch die Schleuse zwängte.

Hinter ihm kamen Shin Yodama und Hohiro in den Hangar. Hohiro mußte sich mehr auf seinen Gehstock stützen, als der Prinz in der geringen simulierten Schwerkraft des Schiffes für nötig gehalten hätte. *Die monatelange Flucht hat ihm sehr zugesetzt. Trotzdem, er und seine Leute haben sich verteufelt gut geschlagen.* Er ging hinüber zu seinen beiden Gastgebern.

»Ich werde bald abreisen. Mein Dank und meine besten Wünsche begleiten euch und euer Volk. Ohne euren Geheimdienst und den Mut deiner Männer hätten wir es nie von Teniente zurück ins All geschafft.« Victor schüttelte den Kopf. »In mancher Hinsicht kann ich es immer noch nicht glauben.«

Hohiro lächelte, aber seine Erschöpfung machte sich schnell wieder bemerkbar. »Als ich Shin Hilfe holen schickte, hätte ich nicht erwartet, daß sie aus dem Vereinigten Commonwealth kommen würde.«

»Gute Helfer sind schwer zu finden«, warf Shin ein.

»Und wir sind besonders preiswert«, vervollständigte Victor lachend. »Als ich die Bitte hörte, war ich sicher, daß du unter umgekehrten Vorzeichen dasselbe für mich getan hättest. Ich hoffe nur, mein Vater wäre weise genug gewesen, eure Hilfe anzunehmen.«

Hohiro senkte den Blick, dann sah er hinüber zu Shin. »Mein Freund hat mir erzählt, wie es zu dieser Bitte gekommen ist. Ich weiß, mit welchen Kosten sie verbunden war, und ich bedaure, dir und meiner Schwester Schmerzen zugefügt zu haben.«

Victor lehnte sich gegen die Schottwand. »Auf Outreach waren wir ursprünglich spinnefeind. Dort haben wir gelernt, uns zu respektieren. Wir haben akzeptiert, was wir tun mußten, um unsere Pflicht zu erfüllen. Persönliche Schmerzen fallen in diese Kategorie. Deine sichere Rückkehr wird den Schmerz deiner Schwester über ihre Übereinkunft mit deinem Vater lindern. Und ich würde ihren Schmerz stärker fühlen als meinen eigenen. Indem ich dich rette, rette ich mich selbst.«

»Du überraschst mich immer wieder aufs neue, Victor. Du entstammst nicht unserer Samuraitradition, aber du verstehst Giri und Ninjo — Pflicht und Mitgefühl — wie einer von uns.«

Der Prinz des Vereinigten Commonwealth zuckte mit den Schultern. »Ich hatte einen guten Lehrmeister. Außerdem ist der Konflikt zwischen Pflicht und Gefühl nicht den Samurai oder Yakuza allein vorbehalten. Thronerben aller Traditionen verstehen ihn sehr genau. Unsere Väter hatten Glück. Ihre Ehen stehen nicht im Widerspruch zu ihren Gefühlen. Ich fürche, so viel Glück wird mir nicht beschieden sein, wenn es einmal soweit sein wird. Aber vielleicht werde ich der letzte Prinz sein, der vor diesem besonderen Dilemma steht.«

Hohiro lehnte sich mit beiden Händen auf seinen Aluminiumstock, dann nickte er langsam. »Ich hoffe, die Realität läßt deine Vorstellungskraft hinter sich. Du mußt nicht abreisen. Du könntest mit uns nach Luthien kommen und von dort weiterfliegen.«

»Ich auf Luthien? Willst du, daß meinem Vater das Herz im Leibe platzt?« Omis Bild tanzte verführerisch vor seinem inneren Auge, und beinahe hätte er zugestimmt. Dann wurde ihm klar, daß man ein Treffen mit ihr nicht zulassen würde. *Willst du, daß mir das Herz zerspringt?*

Galen trat hinzu und durchbrach die peinliche Stille. »Schlimmer noch, wollen Sie, daß der Archon mir den Kopf abreißt? Der Erbe Steiners und Davions auf dem schwarzen Luthien? Das würde reichen, Amaris den Usurpator von den Toten aufzuwecken.«

Sie brachen alle in lautes Gelächter aus, und die Anspannung löste sich. »Ich weiß das Angebot zu schätzen, Hohiro. Ich würde Luthien gerne ein andermal sehen, aber ich fürchte, die Protokollführer unserer beiden Reiche bekämen einen Schlaganfall, würde ich einfach so vorbeikommen.«

»Ich verstehe«, erklärte Hohiro, dann fügte er leise hinzu, »mein Freund.«

Victor gluckste. »Ich hätte nie gedacht, das einmal von einem Kurita zu hören.«

»Und ich hätte nie erwartet, es einmal zu einem Davion oder einem Steiner zu sagen.« Der Erbe des Drachen schüttelte den Kopf. »Man stelle sich vor: Die Clans kommen, um uns zu vernichten, aber es gelingt ihnen nur, uns zu einen.«

»Ich fürchte, es bedarf mehr als einer gemeinsamen Operation, uns zu einen, Hohiro. Jahrhunderte des Mißtrauens und Blutvergießens sind so leicht nicht zu überwinden. Wer weiß, zu was die Furcht und die Verdächtigungen, die zwischen unseren Häusern stehen, uns eines Tages zwingen werden?«

Hohiro ergriff Victors Rechte und legte sie zwischen seine Hände auf dem Knauf des Gehstocks. »Du hast mein Leben gerettet. Unserer Tradition zufolge bist du nun verantwortlich dafür.«

Victor erinnerte sich an den Clan-*Thor.* »Und du hast mein Leben gerettet, also bist du für mich verantwortlich.«

»Ja.« Hohiro drückte seine Hand. »Was auch kommt, wir wollen uns an diese Verpflichtung erinnern. Vielleicht kann sie nicht verhindern, daß wir eines Tages gegeneinander kämpfen müssen, aber sie wird zumindest dafür sorgen, daß wir vorher nach vernünftigeren Lösungen suchen. Ich will dir nicht im Kampf gegenübertreten, Victor Steiner-Davion.«

»Und ich nicht dir, Hohiro Kurita.«

»Dann können wir lernen, einander nicht zu fürchten. Auf diese Weise können wir nicht verdorben werden. Niemand wird uns gegeneinander aufstacheln können.«

Victor legte seine Linke auf Hohiros Hand. »Zumindest für eine Generation können wir lernen, einander nicht zu fürchten.«

Die beiden Männer sahen sich in die Augen, und Victor bemerkte keinen Verrat in Hohiros ruhigem Blick. Ihr Griff war fest und löste sich erst, als Shin und Galen sich die Hände schüttelten. Victor drehte sich um und bot Shin die Hand. »Auch wenn Ihr Prinz mir den Erfolg der Rettungsoperation anrechnet, wäre ohne Ihre Hilfe nichts davon zustande gekommen. Es war mir ein großes Vergnügen und eine Ehre, mit Ihnen zu arbeiten.«

Shin verneigte sich. »Und das Vertrauen, das Ihr mir gezeigt habt, war eine große Ehre für mich. Eines Tages hoffe ich, mich dessen würdig zu zeigen.«

Victor grinste und drehte sich wieder zu Hohiro um. »Halt ihn in deiner Nähe. Er ist wertvoller als jeder Höfling. Und falls du ihn clonen kannst, schick mir einen.«

Hohiro lachte. »Nur, wenn du mir eine Kopie von deinem Galen Cox und Kai Allard schickst.«

Victor erstarrte. »Kai hat Alyina nicht mehr verlassen.«

»Dann sind die Verbrechen der Clans jenseits aller Vergebung. Es tut mir sehr leid, Victor. Ich werde Gebete für ihn sprechen.«

»Danke. Ich werde es seinen Geschwistern sagen.« Victor sah sich zu den Techs um, die gerade die Brennstoffschläuche abkoppelten und die Laderaumluken schlossen. »Ich muß fort.«

Hohiro drehte sich wieder zur Luftschleuse um. »Eine gute und sichere Reise, mein Freund.«

»Eine schnelle Heimreise, mein Freund«, gab Victor zurück. »Sag deiner Schwester ...«

»Ja?«

»Sag ihr ...« Ihm fehlten die Worte. Er hob die Schultern und schüttelte den Kopf.

»Ich werde es ihr sagen.« Hohiro winkte ihm aus der Schleuse noch einmal zu. »Sie wird alles von mir hören, was sie über den Mann wissen will, der die Novakatzen das Fürchten lehrte. Ich werde ihr von dem Mann erzählen, der mir das Leben rettete. Von meinem Freund.«

40

Pozoristuberge, Tukayyid
ComStar-Interventionszone, Freie Republik Rasalhaag

16. Mai 3052 (Operation Skorpion — Tag 16)

Der Regen prasselte unablässig auf Phelans *Wolfshund* nieder. Die computererzeugte Hologrammanzeige wakkelte und verschwamm unter der Sintflut, die sich über die Sensoren in den aufgerichteten Ohren des Mechkopfes ergoß. Auch in Infrarot wirkte die Gebirgslandschaft, die ihn umgab, ebenso düster und trostlos wie im sichtbaren Licht.

Im Innern der Pilotenkanzel arbeitete Phelan im bunten Widerschein eines halben Dutzends von Monitoren und Geschützanzeigen an der Computertastatur und versuchte, die einströmenden Daten in immer kleineren Temperaturschritten zu filtern. Die Anzeige löste sich auf, dann bildete sie sich kaum verändert wieder zurück.

»Verdammt! Dieser verfluchte Regen wäscht alles auf die gleiche verdammte Temperatur.« Allmählich hatte Phelan die Nase von Tukayyid gestrichen voll. Die Wolfsspinnen hatten Tage untätig gewartet, nur unterbrochen durch die gelegentliche Verfolgung von ComStar-Angreifern. Dann waren sie plötzlich in die Berge geschickt worden, gerade rechtzeitig für diese Gewitterfront. *Beeilung, warten! Beeilung, warten!*

Er wußte, daß Ulric einen Plan hatte, aber es störte Phelan, daß er laufend Berichte über die Gefechte anderer Clans hörte, während die Garde festsaß. Sie hatten zwei ComStar-Versuche, das Nachschublager zu überrennen, zurückgeschlagen, und Phelan wußte, daß der Khan hocherfreut über ihre Erfolge war. Trotzdem fühlte er sich wie ein Krämer, der hinter Ladendieben herjagte, und nicht wie ein Krieger, der um die Herrschaft über Terra kämpfte.

Frustriert schaltete er die Ortung auf Optik um und brachte den Wolfshund in eine Position, in der sich die Spitzen seiner Ohren über den soliden Granitblock erhoben, der ihn verbarg. Er richtete sich langsam auf und ärgerte sich, daß die Hologrammanzeige eine zerklüftete Felsenlandschaft darstellte, während ihm die Sichtfenster nur den Ausblick auf eine Granitwand boten.

Ein Blitzschlag fuhr aus den schwarzen Gewitterwolken hinab ins Tal jenseits seiner Stellung. Phelan zuckte zusammen und drehte sich von dem grellen Licht weg. Das Nachbild des Blitzes tanzte noch vor seinen Augen, aber er zwang sich trotzdem, auf die Hologrammanzeige zu blicken. Er schauderte, dann rief er eine Wiederholung des Augenblicks ab, in dem der Blitz die Landschaft in grellweißes Licht getaucht hatte.

»Eins, zwei, drei …« Phelan zählte leise mit, während er mit dem Steuerknüppel die einzelnen Mechs auf der Anzeige kennzeichnete. Nachdem er eine volle Kompanie abgezählt hatte, begann er die Panzer und Infanteriezüge zu zählen. Es dauerte nicht lange, und sein Mund war staubtrocken. »Bei allen Teufeln, das ist ein ComStar-Angriff, der die Garde vom 341. Sturmhaufen trennt. Ganz und gar nicht, was Ulric vom Präzentor Martialum erwartet hat.«

Phelan drückte zwei Knöpfe auf der Befehlskonsole. Wegen des tosenden Sturms und den zahllosen Schluchten des Gebirges war an geregelten Funkverkehr nicht zu denken. Gleichzeitig verhinderte der Verzicht darauf eine Anpeilung durch ComStar. Allein der Sturm, der jede Art von Ortung wertlos machte, hatte bisher seine Entdeckung verhindert, und mit einer ganzen Kompanie von Mechs, die sich zwischen seinen Stern und seinen Sternhaufen schob, wollte er auch unentdeckt bleiben.

Mit der linken Hand betätigte er das Fadenkreuz seines im Rücken des BattleMechs montierten Lasers. Die Knöpfe hatten seine Leistung auf einen Bruchteil dessen reduziert, was im Gefecht angebracht war, und gleichzeitig die Brennweite verlagert. Er gab einen Satz Koordinaten ein, wartete auf die Zielerfassung und schaltete das KommSystem auf den Lasergenerator.

»Hier spricht Axt Eins. Vierzig, Vier-Null, Mechs rükken gegen Sektor 4134 an. Sie besitzen Panzer- und Infanterieunterstützung. Datenüberspielung folgt.« Er gab ein Checksignal, und von irgendeiner Relaisstation erhielt der Bordcomputer das Okay. Nach genau 2,3 Sekunden waren die Ortung und deren Analyse mit Lichtgeschwindigkeit unterwegs zum Gardehauptquartier.

Phelan las die Aufstellung der ComStar-Einheit, die der Computer auf den Hilfsmonitor gab. *Hmmm. Laut Computer ist es die Dreizehnte Armee, das heißt, sie sind brandneu. Die einzelnen Mechs stammen, wie zu erwarten war, aus der Sternenbundzeit, und sie sind unbeschädigt. Definitiv eine Reserveeinheit.*

»Schwarze Witwe an Axt Eins. Greift von der Seite oder von hinten an.«

Phelan blinzelte ungläubig. »Ich habe gerade mal einen Stern, Colonel. Selbst für die Clans ist das ein sehr schlechtes Verhältnis.«

»Der Rest des Sternhaufens ist unterwegs, Axt Eins. Ihr müßt sie stoppen. Khan Garth Radick bringt den 341. Sturm hoch, um ihnen den Garaus zu machen. Los!«

Phelan schaltete den Laser aus und fuhr die Leistung wieder hoch. Er schaltete die Kommunikation zurück auf Funk und verstärkte die Energiezufuhr. »Axtstern, wir sollen die ComStar-Kompanie im nächsten Tal angreifen. Wir setzen auf Bewegung und kümmern uns weniger um Treffsicherheit als darum, möglichst große Verwirrung zu stiften. Nicht lange zielen. Sie stehen dicht gepackt wie die Sardinen. Ihr könnt gar nicht vorbeischießen.«

Ace meldete sich. »Bekommen wir Hilfe, Commander?«

Phelan erkannte die Frage als Bitte um Information, nicht als Meinung über den Sinn des Befehls. *Das sind die Clans. Befehl ist Befehl, zum Nachdenken gibt es Vorgesetzte.*

»Es geht das Gerücht, Drei. Gebt alles, was ihr habt. Sie sind neu, und wenn wir Glück haben, auch unerfahren. Sie werden in Panik geraten.« Er schaltete das Funkgerät aus. *Wenn nicht, sind wir tot.*

Adept Horagi Kano stemmte sich in den Wind und marschierte weiter. Er behielt den Rücken seines Vordermannes im Auge und versuchte, so gut es ging, auf dem schmalen Felsensims die Balance zu halten. Unter ihnen rumpelte ein *Rhino* durch die Schlucht und wartete nur darauf, ungeschickte Fußsoldaten unter seinen Ketten zu zermalmen.

Kano klammerte sich an seinen Infernowerfer. *Der Präzentor Martialum hat uns hierhergeschickt, um die Clans aufzuhalten. Die ganze Last der Menschheit ruht auf unseren Schultern.* Er versuchte, seine Gedanken ganz ihrer hehren Aufgabe zu widmen und das Platschen durchnäßter Socken in seinen Stiefeln zu verdrängen. *Allzeit bereit. ComStar verläßt sich auf uns.*

Über sich, etwa zwanzig Meter den Hang hinauf, sah er ein paar Felsen sich bewegen, und einige Kiesel stürzten herab, prasselten auf seinen Helm. Er fluchte und folgte mit seinem Blick ihrer Sturzlinie. Als er hochblickte, zuckte ein Blitz auf und warf grellweiße Glanzlichter auf die Verkörperung eines Kriegsgottes.

»Waaahhh!« schrie er auf und hob den Infernowerfer. Der Mann hinter ihm stürzte in der Aufregung in die Tiefe. Kano zog das Werferrohr auf volle Länge und klappte die Zieleinrichtung hoch. ComStar verläßt sich auf uns.

Als der Mech seinen schweren Laser auf den Zug

richtete, betätigte Kano den Auslöser. »Ich gebe mein Leben für den Ruhm der Prima!«

Die Infernorakete explodierte kurz vor dem Torso des *Wolfshund*. Eine klebrige Wolke aus Petrochemgelee bedeckte den Mech mit einem lodernden Mantel. Der Regen verdünnte das Napalm etwas, aber dadurch verteilte es sich nur über den gesamten Rumpf und verwandelte den Mech in eine lebende Fackel.

Warnsirenen ertönten, und die Hitzeanzeige in Phelans Cockpit stieg aus dem alten Blau nach Grün und beinahe bis hinauf in die gelbe Zone, aber der Regen hatten die ganze Maschine dermaßen abgekühlt, daß kaum die Gefahr einer Überhitzung bestand. Er drückte den Feuerknopf auf der Kuppe seines rechten Steuerknüppels und schwenkte den Laserstrahl über die Infanteristen, aus deren Reihen das Geschoß gekommen war, und in die Flanke eines *Rhino*.

Noch während der Panzer seinen Geschützturm in seine Richtung schwenkte, ließ Phelan *Grinser* ins Leere treten und hinab auf den Boden der Schlucht fallen. Er beugte die Beine, um den Aufprall am Hang abzufangen, dann stieß er sich wieder ab und kam sicher am Boden auf. Der rechte Fuß seines Mechs zertrümmerte einen Schweber.

Den Bruchteil einer Sekunde schien alles wie erstarrt. Der *Wolfshund* stand wie ein Feuergeist im Tal, der die erbärmlichen Sterblichen verspottete, die es gewagt hatten, sein Reich zu betreten. Der Widerschein der Flammen badete den regennassen Fels in Gold und ließ die Schatten entsetzter Soldaten wie wehende schwarze Fahnen über die Schluchtwände zucken. Hoch über den Fahrzeugen seiner Umgebung aufragend, fühlte Phelan sich losgelöst und unsterblich. Er genoß den panischen Schrecken, den er auf den Gesichtern sah.

Dann stießen seine Kameraden in das Tal vor. Die ComStar-Panzer schwenkten ihre Geschütztürme in

Richtung der wagemutigen Eindringlinge. Als eine ganze Kompanie ComStar-Mechs umschwenkte, um gegen den Axtstern zu kämpfen, wußte Phelan, daß er bis zum Hals in Schwierigkeiten steckte.

Als eine PPK auf ihn feuerte, warf sich Phelan nach links und flüsterte leise: »Phelan, Phelan, in leuchtender Pracht, überlebst du den Kampf heut nacht?«

Der Präzentor Martialum stand unsichtbar in seiner virtuellen Wirklichkeit am anderen Ende des Tales und schauderte, als er den brennenden Mech wie einen Racheengel in die Schlucht springen sah. *Wie haben sie uns hier gefunden? Wenn sie diesen Versuch, sie aufzuteilen, vereiteln ...*

Es dauerte nur eine Sekunde, dann hatte der Computer den Maßstab der Konstruktrealität so verändert, daß Focht riesig genug war, die Krümmung des Planeten wahrzunehmen. Aber statt der ganzen Länge der Pozoristuberge sah er nur einige klare Stellen, Inseln im Meer aus grauen Wolken zu seinen Füßen. Der Sturm machte es ihm unmöglich, etwas anderes zu sehen als die unmittelbare Umgebung seiner Truppen oder Kundschafter.

Wir tappen blind durch ein Minenfeld. Wenn ich sie nicht sehen kann, können sie mich auch nicht sehen, aber diese beiderseitige Benachteiligung beruhigt mich ganz und gar nicht.

Er schrumpfte wieder auf Mechgröße und öffnete eine Verbindung zu den von dem Clanstern attackierten Truppen. »Akoluth Durkovic, wende Kompanie Gamma und vernichte den Stern hinter euch. Präzentor Leboeuf, dein Bataillon Alpha wird angegrifffen. Verstärk es.«

Seine Truppen setzten sich in Bewegung, aber einfach würde es nicht werden. Die Clanmechs bewegten sich so schnell, daß sie Bataillon Alpha kein gutes Ziel boten. Sie konnten sich nach Belieben bewegen und ausweichen, Truppen verscheuchen und Fahrzeuge zerstören, während seine Truppen durch ihre eigenen Kameraden waten mußten, um den Gegner zu erreichen. Das hemmte ihren Gegenschlag und erlaubte den Mechs, die Infanterie derart zu terrorisieren, daß sie in panischer Flucht das Weite suchte.

Wütend mußte Focht zusehen, wie Phelan Kells *Wolfshund* sich hinter ein ComStar-*Rhino* duckte. Er packte den Geschützturm mit der linken Hand und verdrehte ihn so, daß die Raketen ComStar-Truppen treffen mußten, wenn sie eingesetzt wurden. Laserstrahlen schossen zu ihm hinüber, aber der schwere Panzer schützte ihn. Als ein *Schwarzritter* mit PPK und zwei schweren Lasern vorbeigeschossen hatte, sprang der *Wolfshund* wie ein Schachtelkaspar hoch und feuerte zurück. Zwei der mittelschweren Impulslaser und der schwere Armlaser schnitten die Panzerung vom rechten Arm des *Schwarzritter.*

Die anderen Mechs des Clansterns waren nicht minder effektiv. Ihr Geschützfeuer traf die verschiedensten Ziele. Der *Thor* und der *Fenris* verteilten ihre Raketen in einem Zufallsmuster über die enge Schlucht und verursachten maximale Schreckenswirkung. Die *Libelle* teilte in einem Schußwechsel mit einem *Lancelot* mehr aus, als sie einstecken mußte, und der *Schwarzfalke* ließ einen affenähnlichen *Kintaro* teuer für den Versuch bezahlen, bis auf optimale Reichweite seiner Waffen vorzurücken.

Phelan Kell ist nicht dumm. Dieser Angriff wäre reiner Selbstmord, wenn nicht ... »Hettig, GAZ für Bataillone Beta und Gamma zum Entsatz von Alpha?«

»Zehn Minuten, Präzentor Martialum.«

Focht ballte die Fäuste. »Beeilung, Durkovic. Du mußt sie zurückschlagen, sonst ist Bataillon Alpha nur noch eine Erinnerung, bis deine Verstärkungen eintreffen.«

Verglichen mit seinen Gefühlen zu Beginn des Angriffs war Phelan außer sich vor Freude, mehr als einen Feuerwechsel mit dem ComStar-Bataillon überlebt zu haben. Ein zweiter Schuß aus seinem schweren Laser trennte den rechten Arm des *Schwarzritter* sauber an der Schulter ab. Die anderen Mitglieder seines Sterns hatten gehörigen Schaden angerichtet, und die Infanterie war in alle Winde zerstoben, aber die gegnerischen Mechs kamen schnell näher.

Eine Sekunde lang erhellte das leuchtende Blau eines PPK-Strahls das Tal, dann wurde es wieder dunkel. Rote und grüne Lichtbolzen zuckten von einem Ende des Canyons zum anderen. Die Stakkatoflammen einer Autokanonensalve und die Feuerschweife himmelwärts schießender Raketen trugen ihren Teil zur Beleuchtung der Höllenlandschaft bei. Echte Blitze verspotteten die künstlichen Lichteffekte, während Qualm und Nebel sich zu undurchdringlichen Vorhängen zwischen den Kämpfern vermischten.

Phelan zielte an den Laserbahnen entlang, feuerte, duckte sich und veränderte die Position. Langsam aber unaufhaltsam wich er vor der Kompanie zurück, die seine Leute bedrängte. Soweit er es in der tintenschwarzen Dunkelheit erkennen konnte, hatten sie noch keine größeren Schäden erlitten, aber viel Hoffnung gab es trotzdem nicht für sie. Nach tagelangen Gefechten waren die Mechs seines Sterns nicht mehr in bester Verfassung. Die Panzerung, die er bei der Paßerstürmung verloren hatte, war nicht vollständig ersetzt worden, und *Grinsers* rechtes Bein war noch immer verwundbar.

Ein mächtiger, greller Blitz schlug hoch auf dem Bergkamm am hinteren Ende der Schlucht ein. Sein Licht schleuderte hohe Schatten auf die Nebelschwaden, und als er erlosch, versank das Tal in noch tiefere Dunkelheit. Phelan kniff die Augen zusammen, aber als er sie wieder öffnete, sah er eine Kette von Lichtern auf dem Kamm. Er zwinkerte, wünschte sich, sein Neurohelm würde ihm erlauben, sie zu reiben, dann schaltete er die Optik auf Vergrößerung.

Natascha und der Rest des Sternhaufens waren da.

Mit eingeschalteten Identifikationslichtern schleuderten die Wölfe eine erbarmungslose Breitseite in die Schlucht. Nataschas *Höhlenwolf* schlug mit allem zu, was er hatte, und neben ihr feuerte Rannas *Kriegsfalke* mit zwei PPKs auf die ComStar-Truppen. LSR-Einschläge und Explosionen zogen sich wie eine Kette von Vulkanausbrüchen den Canyon entlang. Rote Laserstrahlen und blaue PPK-Blitze schwenkten hin und her durch die ComStar-Reihen. Phelan sah das stotternde Aufblitzen von Autokanonen, und Sekunden später erreichte ihn die Kakophonie der donnernden Explosionen.

Phelan schaltete auf taktische Frequenz um. »Bereitmachen, Axtstern. Wir haben hier die Hintertür unter Verschluß. Entweder sie kommen bei uns durch, um zu fliehen, oder sie stoßen tiefer in unser Territorium vor. Wie es auch kommt, angenehm wird es bestimmt nicht.«

Der Präzentor Martialum sah zu, wie die Dreizehnte Wolfsgarde über das Bataillon Alpha der 2/82. Division herfiel. Kompanie Gamma, die zwischen Phelans Stern und den neu eingetroffenen Verstärkungen in der Falle saß, hatte die Wahl zwischen einem Spießrutenlauf, um zum Rest des Bataillons auf dem Weg durch die Schlucht aufzuschließen, oder der Suche nach einem anderen Ausweg. Er lächelte, als Akoluth Durkovic seine Leute nach oben durch den Paß führte, den Phelan dazu benutzt hatte, sie zu überfallen.

»Gut gemacht, Durkovic. Das zwingt sie, auf euch Jagd zu machen.« Focht öffnete die Verbindung zu Hettig. »Wie weit ist der Rest der 2/82. noch entfernt?«

»GAZ eine Minute, aber der Flankenschutz meldet Clanaktivität.«

Von seinem Blickpunkt aus schaute der Präzentor Martialum den Hang hinauf zu Natascha Kerensky und ihrem Sternhaufen. Das Bild ihres Mechs verschwand eine Mikrosekunde lang in Statik, dann erschien es wieder. Es war ein wenig nach links verrückt, weil der

Computer auf die Datenzuspielung eines noch funktionsfähigen Mechs umgeschaltet hatte. Auf der rechten Seite sah er die qualmenden Trümmer eines *Schläger.*

Ringsum brach im Bataillon Alpha Panik aus. Obwohl er Veteran von hundert Schlachten war, fühlte Focht, wie sich sein Magen verknotete, als die Clantruppen in die Schlucht stürmten. Jetzt war Rückzug die einzige Überlebenschance, und er hoffte darauf, daß Nataschas Truppen den Flüchtigen blindlings folgen würden, bis der Rest der 2/82. den Spieß umdrehen konnte. Aber angesichts der Tatsache, daß die 2/82. vollständig aus Neulingen bestand, schien ein Durchbruch der Dreizehnten Wolfsgarde wahrscheinlicher.

»Verflucht sei dieser Sturm, ich kann keine Jäger starten! Hettig, können wir die Artillerie der 9/247. auf diesen Kampf umlegen?«

»Ja, Sir. Der Gefechtsschauplatz liegt am Rand ihrer Reichweite, aber sie können bombardieren.«

»Ausgezeichnet. Die Rückzugslinie des Alpha-Bats 2/82 mit eindecken. Sofort.«

»Artillerie ist eingewiesen.«

Präzentorin Susan Litto nahm den Ausdruck entgegen und öffnete den Rundspruchkanal. »Sektor 91534, vier Salven, alle Batterien. Hohe Flugbahn, wir müssen über einen Berg feuern.«

»Verstanden«, hörte sie Kanonier Bob Rule. »Haben wir Eigene in dem Sektor?«

»Die Ladung braucht dreißig Sekunden, bis sie da ist. Vermutlich ist die Antwort bis dahin nein.«

Als der Artilleriebeschuß sein Ziel erreichte, hatte bis auf eine Lanze das ganze 2/82. Alpha Sektor 91534 verlassen. Die Granaten zerplatzten über dem Tal und gaben ganze Schwärme faustgroßer Sprengköpfe frei. Während die kleinen Bomben durch die Luft taumelten, hielt eine Plastikhülle die Titanstahlkugeln rund um den

Sprengsatz zusammen. Beim Aufprall der Bomben kam es zur Detonation.

Die meisten schlugen am Boden auf.

Eine ganze Menge traf einen vorstürmenden Clan-*Katamaran* voll am Bug. Eine Sekunde lang schien es, als sei der OmniMech mit voller Wucht in eine Feuerwand gelaufen. Qualmende Panzerschuppen fielen wie Federn von einem verwundeten Vogel, der Mech stolperte vor, dann kippte er vornüber. Die zweite Salve warf einen brennenden Mantel über den Mech und hob ihn in die Luft. Als sich der Rauch verzogen hatte, sah der Präzentor Martialum nur noch einen verbogenen, glühenden Trümmerhaufen, wo der *Katamaran* gelegen hatte.

Die beiden nächsten Salven erledigten keinen der Gegner mehr, aber sie stoppten die Wolfsgarde. Hastig bearbeitete Focht seine Phantomtastatur und schaltete von der Nachhut Bataillon Alphas auf die Vorhut um. »Wir müßten etwa jetzt zum Rest der Division stoßen …«

Als der *Lindwurm*, der den Präzentor Martialum mit Bildmaterial versorgte, um die Biegung der Schlucht kam, strömten Clanmechs durch einen Paß und brachen quer durch den Rest der Division. Wie die Ritter vergangener Epochen trug die bloße Wucht des Ansturms die Wolfsclan-Truppen durch die ComStar-Linien hindurch. Zu Boden stürzende Mechs wurden unter den metallenen Füßen von Freund und Feind gleichermaßen zertrümmert.

Hoch auf dem Bergkamm unterstützten andere Clanmaschinen den Angriff mit mörderischem Laser- und LSR-Feuer. Ein OmniMech, ein monströser *Gladiator*, erweckte sofort Fochts Interesse. Er hackte auf die Tastatur ein und der Computer vergrößerte das Bild und bearbeitete es nach. Im Widerschein eines rubinroten Energieblitzes erkannte er das Wolfsclan-Emblem und darunter fünf Sterne.

Fünf Sterne! Der Mech gehört einem Khan. Natascha ist hinter ihnen. Ist das Ulric?

Noch bevor er dem *Gladiator* eine Computerkennung geben und seinen Truppen den Angriffsbefehl übermitteln konnte, trottete ein ComStar-*Highlander* neben den *Lindwurm* und richtete den rechten Arm auf den *Gladiator.* Der Clanmech drehte sich langsam zu den Neuankömmlingen um. In einem silberhellen Lichtblitz feuerte der *Highlander* aus seinem Gaussgeschütz eine silberne Kanonenkugel auf ihn ab.

Der Kopf des *Gladiator* drehte sich gerade, als die Kugel seine rechte Wangenplatte traf. Panzertrümmer flogen vom Gesicht des Mechs und ließen einen bloßen Totenschädel zurück. Die Sichtplatten des Cockpits zerbarsten, dann schlug die Kugel eine letzte Bresche, als sie durch die Rückwand des Kopfes ins Freie brach.

Der *Gladiator* wankte eine Sekunde lang, dann kippte er nach vorne. Er drehte sich langsam im Fallen und schlug mit dem Kopf voran auf. Das gewaltige Gewicht der Maschine zertrümmerte die letzten Reste des Kopfes und der Schultern. Selbst wenn der Pilot den Gausstreffer auf wundersame Weise überlebt hatte, mußte ihn dieser Sturz getötet haben.

Irgendwie wußte der Präzentor Martialum, daß die Truppen unter seinem Kommando die Bedeutung dieses Augenblicks erkannten. Mit einer blinden Selbstaufopferung, die er eher von Clantruppen erwartet hätte, stürmten die Reste des Bataillons Alpha vor und trafen auf die Flanke der Claneinheit. Ihr Angriff hatte eine deutliche Schockwirkung auf die ClanKrieger und brachte sie in Verwirrung.

Aber der Höhepunkt des Tumults war schnell überschritten, als die Umrisse der Wolfsspinnen am Ende der Schlucht sichtbar wurden. Gerade als er den Mech der Schwarzen Witwe kennzeichnete, verschwand seine Bildverbindung im Rauschen der Statik, und seine Welt versank im Grau, als der Computer vergeblich versuchte, seine Blindheit zu kurieren.

41

Mahlerhof, Alyina
Trellshire, Jadefalken-Besatzungszone

17. Mai 3052 (Operation Skorpion — Tag 17)

Kai trug wie die Elementare nur MechKriegershorts. Er blieb reglos stehen, während Slane ihn abschätzte und eine kleine Anpassung des Panzeranzugs vornahm. Taman und Locke grinsten ihn an. Erik und Hilda beobachteten die ganze Operation mit großem Interesse, während Michaels recht gelangweilt schien. Deirdre stand hinter den Mahlers und benutzte sie als Deckung.

Ein Teil Kais wollte sie beruhigen, wie er es in der Nacht zuvor getan hatte. Aber irgendwie war es im harten Licht der Wirklichkeit nicht so leicht, Phantome zu verjagen, wie in nachglühender Intimität. Er lächelte ihr zu, und sie zwang sich, die Geste zu wiederholen.

Taman zerrte den unteren Teil der Elementarrüstung herüber, und Kai hielt sich an der Seitenwand des Hovertrucks fest. Er wischte sich Gras und Dreck von den Füßen und stieg in die Panzerhose. Das Futter, ein glänzender schwarzer Stoff, lag warm um seine Beine. Seine Füße senkten sich in die gespaltenen Stiefel und fanden dort etwas mehr Widerstand.

»Ganz drin?«

Kai nickte. »Die Beinabstimmung ist perfekt. Das enge Gefühl am linken Knie ist weg. Hüftdruckkragen frei.« Während er die Erklärung abgab, drückte er auf einen Riegel, der einen Metallreifen um den Rand des Anzugs lockerte.

»Korrekt.«

Locke und Slane befestigten die Arme an den beiden Hälften des Brustpanzers. Locke trat zuerst heran und ließ Kai den linken Arm in den Metallärmel schieben. An dessen Ende fühlte der MechKrieger einen Handschuh mit einem Daumen und zwei Fingern. Er schob je zwei Finger in ein Loch und fühlte in allen drei Ausläufern eine Enge am ersten Gelenk. Als er Finger und Daumen bewegte, sah er, wie sich die Dreifachkralle am Ende des Arms bewegte.

Das brachte ein Grinsen in seine Miene. »Kralle funktionsklar.«

»Check.« Taman, der kontrollierte, wie der linke Brustpanzer im Hüftkragen saß, blickte auf. »Feuerprozedur für das Maschinengewehr?«

»Wenn die Waffe scharf ist, ziele ich mit Zeige- und Mittelfinger. Nach Zielerfassung, oder wenn ich feuern will, balle ich den Daumen unter die beiden übrigen Finger. Dasselbe gilt für den Laser im rechten Arm.«

Während er sprach, ging Kai die Bewegungen durch. Das System war offensichtlich. Er brauchte nur auf das Ziel zu zeigen, um die Waffen ausrichten. Ein solches Punktschießen wurde seit Jahrtausenden benutzt, um Infanteristen beizubringen, wie man zielt, ohne zu denken. Die unnatürliche Handstellung verhinderte den unbeabsichtigen Einsatz der Waffen weitgehend.

Slane zog ihm den rechten Brustpanzer an, dann hakte er die beiden Panzerhälften unter dem Rückensaum zusammen. Der Metalltorso reichte über Kais Schultern hinaus und bot ihm noch zusätzlich einen hohen Kragen, der seinen Kopf bis über die Ohrenspitzen schützte. Dasselbe schwarze Futter wie an den Beinen lag auf seiner Brust, und der ganze Anzug erinnerte ihn an manche der Tauchermonturen, die er gelegentlich getragen hatte.

Kai blickte zu Taman. »Ich bin froh, daß ihr mir beim Anlegen dieser Rüstung helft. Es muß ziemlich schwierig sein, in einem Notfall oder allein hier reinzusteigen.«

Malthus schüttelte den Kopf. »Normalerweise ist der Brustpanzer bereits zusammengebaut und wird nur abgelassen. Wenn er wirklich unter Druck und sehr müde ist, kann ein Elementar den ganzen Panzer auf den Boden legen und hineinkriechen. Wir helfen dir nur, damit er paßt. Wie fühlt er sich an?«

Kai überlegte eine Sekunde. »Großartig. So gut wie nie. Er scheint auch nicht mehr so wuchtig wie Anfang der Woche.«

Locke brachte den Kopf und die Brustplatte, aber Deirdre trat zwischen den Mahlers hervor und legte die Hand auf seinen Unterarm. »Eine Minute?«

Malthus nickte, und Kai drehte sich mit steifen Beinen zur Seite. »Was meinst du?«

Ihre blauen Augen blickten zu Boden. »Du hast die passende Haut zu deinem Herz aus Stahl.«

Ihr ernster Ton überraschte ihn. »Deirdre, wenn es um dich geht, habe ich kein Herz aus Stahl. Ich liebe dich.«

Sie nickte, dann streckte sie die Hand aus und strich über den Teil seiner Brust, den der Panzer noch freiließ. »Ich weiß, und ich liebe dich auch. Ich weiß ...« Ihre Stimme versagte.

»Was?« Er wollte sie in die Arme schließen, aber seine Metallglieder bewegten sich mit einer mechanischen Ungelenkigkeit, die ihnen beiden Angst machte. »Was?«

Deirdre zwang sich zu einem Lächeln und wischte eine einsame Träne von der Wange. »Ich weiß, daß du der beste Krieger auf diesem Planet bist. Du wirst nicht sterben.« Sie stellte sich auf die Zehenspitzen, küßte ihn, drehte sich um und ging.

Kai streckte die Arme nach ihr aus, dann schauderte er, als die Metallklaue seines linken Arms vor ihr Bild zuckte. Hilda Mahler legte den Arm um Deirdres Schultern und führte sie ins Haus. Erik brachte das Kopfstück der Rüstung.

»Frauen sehen es nie gern, wenn ihre Männer in den Krieg ziehen.«

Kai nickte. »Irgendwelche Anregungen?«

»Du mußt es verstehen. Wenn du wiederkommst, kannst du Wut gemischt mit Freude und Erleichterung erwarten.« Erik hob die Kombination aus Helm und Brustplatte, und Kai beugte sich vor. »Sie ist eine starke Frau, Herr Allard, und Sie brauchen einander. Passen Sie auf, daß Sie einander nicht erdrücken.«

»Danke.«

Als der letzte Rüstungsteil an seinem Platz war, schnappte der Hüftkragen in Position und versiegelte den Anzug. Kai hörte ein leises Summen, als sich das schwarze Futter fest gegen seinen Körper legte. Das Innere des Anzugs paßte sich seinem Körper warm und fest an; die Sohlen der Stiefel wurden hart und glichen sich seinen kleineren Füßen an.

Dann erschien eine Hologrammanzeige zwischen Kais Gesicht und dem V-förmigen Sichtfenster. Neben der normalen, auf 160° zusammengepreßten 360°-Ansicht sah er zwei Reihen mit Kästchen über und unter der Anzeige. Als er auf den Kasten mit der Aufschrift IR blickte, blinkte dieser kurz auf, dann schaltete die Hologrammanzeige auf Infrarotmodus um. Er sah auf ›Optik‹, um sie wieder zu normalisieren, dann auf den Kasten mit der Aufschrift TakKom.

»Rüstung gecheckt, alle Systeme grün«, meldete er. »Dieses stimmgetriebene Funkgerät ist wirklich gut, aber gibt es keine Probleme mit nervösem Geplapper?«

Malthus runzelte die Stirn. »Ein Krieger mit solchen Gewohnheiten würde aus der Einheit fliegen. Elementare neigen nicht zu sinnlosem Palaver.«

»Natürlich. Tut mir leid.« Malthus' Miene lockerte sich.

Der Anzug war ein technologisches Wunder, wie es die Innere Sphäre nie gekannt hatte. Auf einer Welt mit Standardschwerkraft konnte er darin etwa 500 Kilogramm heben. Die Kralle konnte fast 30 MPa Druck erzeugen, mehr als genug, um einem Mech die Panzerung abzureißen und gut das Zehnfache des notwendigen Drucks, um Knochen zu brechen. Seine Laufgeschwindigkeit wurde trotz des größeren Gewichts etwas erhöht, und seine Sprungweite verdoppelte sich. Er wußte, daß die Rüstung auch über Sprungdüsen verfügte, aber Malthus hatte sie desaktiviert, da Kai keine Zeit zum Training mit ihnen hatte.

Locke setzte seinen Helm auf. »Kai, denke daran, daß du deine Waffen mit der Handbewegung, die du vorhin erwähnt hast, beliebig abfeuern kannst, sobald sie scharf sind. Du kannst sie mit dem Blicksystem sichern, aber das Maschinengewehr bleibt scharf, bis du den Anzug wieder ablegst.«

»Für den Fall, daß mich etwas überrascht?«

»Korrekt. Wenn deine Rüstung beschädigt oder wenn du verletzt wirst, leitet der Anzug eine Chemotherapie gegen Schock und Schmerzen ein. Der Anzug schließt sich um die Wunde und löst ein Notsignal aus, das uns eine Peilung gestattet. Dieses Peilsignal unterscheidet sich von dem, das du über den Alarmkasten der Anzeige einschalten kannst. Das ist nur für Notfälle.«

Kai bewegte die Gliedmaßen, um sich wieder daran zu gewöhnen. Jetzt, nach der Aktivierung der Rüstung, konnte er leicht und flüssig agieren. Er ging hinüber zu den anderen, die in ihren grüngrau getarnten Rüstungen dabei waren, auf die abgedeckte Ladefläche des Hovertrucks zu klettern. Er trat nahe genug an Malthus, um durch die Sichtscheibe dessen Augen funkeln zu sehen.

»Taman, ich danke dir für diese Ehre.«

Der Elementar legte Kai die Kralle auf die Schulter. »Jetzt weißt du, wie sich ein echter Krieger fühlt. Nun wollen wir unsere Freunde retten und unsere Feinde jagen.«

Mit einem Hovertruck war man nicht auf konventionelle Straßen angewiesen. Gus Michaels zufolge war das der größte Vorteil dieses Fahrzeugs. Fast von Anfang an schien ihr Chauffeur ein geradezu perverses Vergnügen daran zu haben, den Wagen über unebenes Gelände zu lenken, aber Kai staunte über die Fähigkeit der Rüstung, die Stöße zu absorbieren, die den Truck durchschüttelten.

Während Dove Costoso nördlich und landeinwärts vom Mar Negro und dem Hof der Mahlers lag, war Valigia eine 400 Kilometer westlich gelegene Küstenstadt. Am liebsten wäre Michaels über das Mar Negro geflogen und hätte die Stadt vom Hafen her betreten, aber das hatte Taman verboten. Der Hovertruck hätte zwar ohne weiteres über die Wellen schweben können, aber die Gefahr, bei einem Propellerausfall das Gaussgeschütz zu verlieren, hatte diesen Weg ausgeschlossen.

Normalerweise dauerte die Fahrt nach Valigia vier Stunden, aber ihr Truck schaffte sie in gut drei. Sie fuhren in die Stadt ein, ohne überprüft oder angehalten zu werden. Michaels hielt sich streng an die Verkehrsregeln und steuerte den Wagen mit minimalem Aufenthalt durch die weißgetünchte Stadt.

Er lenkte den Truck in eine Gasse gegenüber dem Haupttor der ComStar-Festung. »ComStar-Zentrale, wie gewünscht.« Michaels blickte durch das offene Fenster nach hinten in den Laderaum. »Soll ich den Zähler laufen lassen?«

»Du wartest!« befahl Malthus. »Team, Waffen scharf machen.«

Kai blickte zum entsprechenden Kasten der Anzeige. Das Hologramm verwandelte sich in die Umrisse seiner Rüstung. Er blickte auf den linken Arm und machte das MG scharf. Als er den leichten Laser am rechten Arm aktivierte, mußte er an seinen Vater und die Waffe in dessen künstlichem linken Unterarm denken. *Ich hoffe, ich kann diesen Laser ebensogut einsetzen wie du den deinen, Vater.*

Er grinste, als die altvertrauten Selbstzweifel schwiegen. »Waffen scharf und bereit, Sterncaptain.«

»Ausschwärmen.«

Kai hüpfte aus dem Truck und ging an dessen Heck in

Stellung. Er suchte die Oberkante der Festungsmauern ab, entdeckte aber niemand auf dem massiven Mauerwerk. Die Postenhäuschen an den Ecken schienen leer. Über ihm liefen dicke Stromkabel von der Straße über die Mauer und die acht Meter hohen Eisentore im Torbogen in die Anlage. Ein riesiger Sendeturm erhob sich im Zentrum der Anlage, und an seiner Spitze blinkte langsam ein rotes Licht.

Locke stieg aus und ließ die beiden Kabel unbeachtet, während er sich auf die Straße und den riesigen Strommasten zubewegte. Slane senkte das Heckbrett des Hovertrucks und half Taman, einen Doppel-T-Stahlträger herauszuziehen, der neben dem Gaussgeschütz gelagert war. Kai gefiel der Gedanke an den Schaden nicht, den diese Ladung im Lauf der Waffe anrichten würde, aber sie hatten keine andere Wahl.

»Geschütz bereit.«

Taman legte seinen Laser auf das Gaussgeschütz und benutzte ihn als Zielgerät. Mit Hilfe seiner Kralle schob er das Geschütz etwas nach rechts. »Ziel anvisiert. Status?«

Kai überprüfte noch einmal die Mauern. »Frei.«

Locke nahm den Wurfhaken am Ende des Stahlseils in die Klaue und schleuderte ihn in die Höhe, wo er sich über das obere Stromkabel legte. Wie die meisten Hochleitungen war auch diese nicht isoliert. Er nahm den zweiten Wurfhaken und schleuderte ihn hinterher.

In dem Bruchteil einer Sekunde, bevor die Drahtseile, mit denen das Geschütz nun an die Stromkabel gekoppelt war, zerschmolzen, wurde der Stahlträger auf ungeheure Geschwindigkeit beschleunigt und rammte die Eisentore knapp über der Mittellinie. Er riß sie aus den Angeln. Die größeren Bruchstücke wirbelten über den Hof und gruben sich in die Mauern des Hauptgebäudes, während die kleineren Splitter die sechs im Freien befindlichen Akoluthen ins Jenseits beförderten.

Kai und Locke sprinteten über die Straße und sprangen wie Hürdenläufer über schleudernde Wagen. Als sie in den Hof stürmten, sah Kai ComGuards aus einem Gebäude zu ihrer Linken hasten. Er riß das Maschinengewehr hoch, deutete und schwenkte den Feuerstoß von links nach rechts. Die Männer fielen blutüberströmt nach hinten, aber Kai schenkte ihnen keine weitere Beachtung.

Ich habe eine Mission, und die werde ich erfüllen!

Wie sie es auf dem Herweg abgesprochen hatten, feuerte Locke als erster auf die Tür zum Gefängnistrakt. Kai sah das Maschinengewehr aufflackern, dann zog Locke sich zurück und ließ Kai den Vortritt. Er ignorierte die roten Flecken an den Wänden und trat die Tür zum Zellentrakt ein. Auf seiner Hologrammanzeige sah er, wie Locke sich umdrehte und die Tür bewachte, woraufhin er sich auf den Weg hinab ins Verließ der Festung machte.

Ein ComGuardist warf sich um die Ecke und eröffnete mit seinem Automatikgewehr das Feuer. Kai fühlte den Aufprall der Kugeln wie einen sanften Windhauch. Ohne einen Gedanken deutete er auf seinen Feind. Das Maschinengewehr zerfetzte ihn.

An der ersten von mehreren Stahltüren streckte Kai die Hand aus und legte die Kralle um das Schloß. Er schob den Daumen zwischen Mittel- und Ringfinger hoch, als diese sich krümmten, trieb die Stahlkralle durch den Schließmechanismus und riß ihn heraus. Ein harter Tritt mit dem rechten Fuß, und die Tür knallte gegen die Mauer. Die sechs Elementare im Innern der Zelle sprangen auf.

Mit einem Blick aktivierte er den Außenlautsprecher. »Bewegung. Ihr seid frei.«

Einer von ihnen, ein dunkelhaariger Elementar mit zwei blauen Augen, zögerte. »Wer bist du?«

»Spielt das eine Rolle? Sterncaptain Malthus schickt mich.« Kai trat aus der Zelle und widmete sich der nächsten Tür. »Bewegung, Bewegung!«

Als er das Ende des Korridors erreicht hatte, rannte er die Steintreppe hinauf und brach durch die Tür in das Hauptgebäude. Wie erwartet, stand er vor der ComGuards-Waffenkammer. Ein Soldat drehte sich um und wollte seinen KSR-Werfer abfeuern, aber ein Feuerstoß aus dem Maschinengewehr machte der Bedrohung ein Ende.

Kai deutete auf die Waffenkammer. »Bewaffnet euch. Wir müssen diese Anlage befrieden.«

Als er Explosionen im Hof bemerkte, sprintete Kai vor und bahnte sich den Weg in ein Zimmer mit Fenster. Ein gepanzerter *Rotunda*-Wagen war von irgendeinem Auftrag in der Stadt zurückgekehrt und stand jetzt im Schatten der Toreinfahrt. Aus den KSR-Werfern unter den Scheinwerfern des Wagens zischten zwei Raketen auf Locke zu. Ihre Detonation schleuderte Stein und Mörtel über den Hof, aber Kai hörte nichts, was Auskunft über Lockes Zustand gab.

Der *Rotunda* setzte sich in Bewegung, um Malthus und Slane gegen die Hofmauer zu drängen. Als er gerade wenden wollte, um seine Waffen zum Tragen zu bringen, schoß der Hovertruck durchs Tor und rammte ihn am Heck. Der *Rotunda* geriet ins Schleudern, während der Hovertruck auf die Seite kippte und davonrollte.

Kai sprang durch das Fenster. Der *Rotunda* setzte wieder vor, und Kai hechtete auf den Wagen zu. Er landete bäuchlings auf dem Dach und rutschte in Richtung Heck, aber mit der Kralle fand er Halt. Er zog sich nach rechts und rammte den Laser durch die Windschutzscheibe. Dann ballte er die Faust und sandte Feuer in die Fahrerkabine.

Vom Dach des Hauptgebäudes flog eine KSR herab und traf die ungeschützte Unterseite des Hovertrucks. Die Explosion riß das Fahrzeug auseinander. Kai wirbelte vom Dach des brennenden *Rotunda* und zielte auf den ComGuardisten, aber Slanes und Malthus' Laser traffen sich im Ziel und verwandelten den Mann in eine Fackel. Zwei der befreiten Elementare rannten über die Festungsmauer. Einer deutete zur Straße. »Weitere Fahrzeuge und Truppen, Sterncaptain!«

»Sterncaptain, holen Sie die Leute von der Mauer!« brüllte Kai. Er bückte sich hinter den *Rotunda* und schob den Wagen an. Als er schneller wurde und auf den Torbogen zurollte, gab Kai ihm einen letzten Stoß, trat nach rechts und schnitt mit dem Laser ein Stück aus dem rechten Vorderreifen. Der Wagen schleuderte quer in den Torbogen und holperte auf die Straße hinaus.

Das vordere ComStar-Fahrzeug fuhr auf den stromlinienförmigen Bug des *Rotunda* und schoß in die Höhe. Der leichte *Gabriel*-Schweber wurde hoch genug geschleudert, um mit den hinteren Seitenrudern gegen den Torbogen zu prallen und einen langsamen Rückwärtssalto auszuführen. Er stürzte knapp hinter dem brennenden Hovertruck zu Boden. Erst kam er mit dem Heck auf, dann kippte er auf den Geschützturm und stürzte, sich drehend, in die Garage der Festung.

Der dem *Gabriel* folgende Hovertruck rammte den *Rotunda* ebenfalls. Seine Rotoren kreischten auf und zersprangen, als der Truck auf dem Dach des gepanzerten Wagens landete. Dann explodierten in einem Stakkato aus Licht und Detonationen die restlichen Kurzstreckenraketen in den Magazinen des *Rotunda*. Die Soldaten auf dem Truck wurden in alle Himmelsrichtungen geschleudert, dann stürzte der Torbogen zusammen und begrub die brennenden Trümmer unter sich.

Ein ungepanzerter Elementar erschien im Eingang des Hauptgebäudes. »Anlage gesichert, Sterncaptain. Wir haben den Hyperpulsgenerator erobert. Er ist noch funktionsfähig. Wir empfangen auch den lokalen Funkverkehr. Danach ist ein Panzergrenadierbataillon hierher unterwegs. GAZ eine halbe Stunde. In der Garage wurden sechs vollständige Rüstungen und ein *Höhlenwolf* gefunden.«

Malthus deutete auf den Garageneingang. »Ein zweiter Stern soll sich ausrüsten und meinem Stern anschließen. Ich hätte gerne mehr als zwei Elementarsterne gegen ein Bataillon Panzergrenadiere geboten, aber wir müssen mit dem auskommen, was wir haben.«

Kai drehte sich zu ihm um. »Hat der Mann gesagt, daß man einen OmniMech in der Garage gefunden hat?«

Der Mann nickte. »Betriebsbereit und voll bewaffnet, aber ohne Codemodul. Wir hatten Glück, daß niemand ihn erreicht hat und gegen uns einsetzen konnte.«

»Sterncaptain, wie würde es Ihnen gefallen, ihr Gebot von zwei Elementarsternen um einen Mech zu erhöhen?«

Malthus' Rüstung verneigte sich vor ihm. »Irgendwie wundert es mich nicht, daß Sie wissen, wie man einen unserer OmniMechs steuert.«

»Bei meiner Prüfung habe ich fünf Mechs in einem *Daishi* abgeschossen.«

Der Elementar deutete auf die Garage. »Das trifft sich. Wenn ich mich richtig erinnere, ist *Daishi* euer Name für unseren *Höhlenwolf.* Geh, und hol dir deinen Mech. Es wird Zeit, daß ComStar lernt, was für eine schlechte Idee diese Operation Skorpion ist.«

42

Tukayyid, ComStar-Interventionsdistrikt, Freie Republik Rasalhaag

20. Mai 3052 (Operation Skorpion — Tag 20)

»Wenn das der Wille Blakes war, ist Jerome Blake kein geringeres Monster als der Usurpator Amaris.« Als er wie ein Titan durch die Pässe der Pozoristuberge wanderte, konnten Fochts unsichtbare Füße keinen Schritt tun, ohne auf einen ausgebrannten Panzer oder zertrümmerten Mech zu treten. In manchen der geschwärzten Trümmer loderten noch immer Feuer. An andern Stellen detonierten ohne Vorwarnung Munitionsreste, obwohl die Schlacht längst vorüber war.

Ringsum halfen Clan-Fußsoldaten, die verstreuten ComGuards zum Austauschzentrum zu treiben. Verwundete halfen noch weit schlimmer zugerichteten Männern und Frauen, sich über das unzugängliche Terrain zu schleppen. Die Elementare, die in der Schlacht so grausam gewütet hatten, leisteten ihren verletzten Gegnern nun Hilfe und erkannten so stumm deren Mut selbst in der Niederlage an.

Auch die Toten, die ringsum verstreut lagen, vom Regen durchweicht, in zerrissenen Uniformen, steif und starr, sagten nichts mehr. Wohin immer der Präzentor Martialum auch blickte, sah er Leichen. Er wünschte sich, der Computer könne ihn so groß werden lassen, daß er die bleichen, aufgedunsenen Körper und die Blutlachen nicht mehr sah, aber irgendwie wußte er, daß er ihnen nicht entfliehen konnte.

Sie sind überall auf diesem Planeten. So sehr wir uns in Sitten und Gebräuchen von den Clans unterscheiden, so ähnlich sind wir uns bei Tod und Verletzung. Er durchlebte den Schmerz des Pistolenschusses noch einmal, der ihn Jahrzehnte zuvor das rechte Auge gekostet hatte. *So sehr diese Clanner sich von uns abgrenzen, und so sehr wir eine Verwandschaft mit ihnen abstreiten möchten, wir sind doch alle so erbarmungswürdig menschlich.*

Er rieb sich die Schläfe, um die Kopfschmerzen zu lindern. *Ich hätte es vorhersehen müssen. Ich hätte es besser wissen müssen.*

Ein Fenster öffnete sich auf der Steilwand eines Berges, und Focht blickte in Hettigs ausgemergeltes Gesicht. »Der ilKhan hat uns angefunkt. Er wartet darauf, zu Euch durchgestellt zu werden.«

Der Präzentor Martialum ließ sich vom Computer in grobes, ungefärbtes Wollzeug und schwarze Lederstiefel kleiden. Eine schwarze Augenklappe bedeckte seine leere rechte Augenhöhle. Er ließ den Computer Falten der Erschöpfung auf sein Gesicht zeichnen, dann seufzte er laut auf, weil ihm klar wurde, daß er sich *tatsächlich* so erschöpft fühlte, wie die Computergraphik ihn darstellte.

»Ich glaube, ich bin für das Gespräch mit dem ilKhan bereit, Hettig.« Er stockte eine Sekunde, dann fügte er hinzu. »Nachdem du ihn durchgestellt hast, ist dein Dienst zu Ende. Geh schlafen.«

Ulrics Projektion materialisierte knapp vor ihm, noch in Kühlweste und Shorts. Ein blutiger Stoffetzen lag um seinen rechten Oberarm, und seine Beine schienen einen leichten Sonnenbrand zu haben. Er wirkte nicht minder müde als der Präzentor Martialum, in dessen virtuelle Wirklichkeit er sich aus seinem Holotank eingeklinkt hatte.

»Heil euch, ilKhan der Clans. Euer Volk hat tapfer gekämpft.« Focht hoffte, die Ehrlichkeit seiner Worte würde die Computerbearbeitung überstehen. »Ich schätze Ihre Bereitschaft, hier mit mir zu sprechen.«

»Und heil Euch, Sieger von Tukayyid.« Ulric neigte das Haupt. »Ich hatte auf eine persönliche Begegnung gehofft, aber ich stimme Ihnen zu, daß diese Methode für das, was wir erledigen müssen, besser geeignet ist.«

Focht schüttelte bedrückt den Kopf. »Seltsam, daß Sie mich den Sieger nennen, wo doch alles, was sich hier ereignet hat, Ihr Werk war. Sie wußten genau, was geschehen würde, wann, und wahrscheinlich auch wo. Die Clans haben verloren, weil Sie es so wollten.«

Der ilKhan erstarrte, dann verschränkte er die Hände hinter dem Rücken und wanderte langsam über das Schlachtfeld. »In Ihrer Aussage liegen zwei Fehler.« Er wich den Trünmmern eines *Katamaran* aus. »Erstens hätte ich mich des Hochverrats schuldig gemacht, wenn ich getan hätte, wessen Sie mich anklagen, und Hochverrat wird mit dem Tode bestraft. Ich habe nicht das Bedürfnis zu sterben, daher würde ich so etwas nicht tun. In Wirklichkeit haben Sie einen Weg gefunden, uns zu besiegen. Sie haben unsere Schwachstelle gefunden und ausgenutzt. Sie wußten, daß unsere Kampfdoktrin sich nicht für lange Feldzüge eignet, und haben erkannt, daß unsere Nachschubprobleme unser Untergang werden würden.«

»Nein, Ulric, nicht ich habe diese Strategie entdeckt.« Focht breitete die Arme aus und deutete um sich auf die vom Krieg verwüstete Landschaft. »Victor Steiner-Davion und Theodore Kurita haben beide gesehen, daß die Clans auf schnelle Entscheidungsschlachten getrimmt sind. Sie wußten, Sie würden in Schwierigkeiten geraten, wenn Sie zu langen Feldzügen gezwungen werden.«

Aus Ulrics Kehle stieg ein glucksendes Lachen. »Sie sind nicht halb so blind, wie Sie vorgeben. Sie haben den wichtigsten Schwachpunkt der Clans entdeckt. Das Bieten fördert Brillanz und Wagemut, aber gleichzeitig *minimiert* es die Verluste. Wir kauterisieren unsere Wunden, bevor sie auftreten. Wenn ein Kommandeur verliert, liegt es daran, daß seine Strategie oder sein Gebot ungenügend war. Für die Truppen, die eine Niederlage erleiden, ist das keine Schande, und sie können wieder eingesetzt werden. Wir belohnen den Sieg mit genetischer Unsterblichkeit, aber wir isolieren uns von der blinden, zermürbenden Brutalität des Krieges.« Er wies mit dem Finger auf das furchtbare Bild der Umgebung. »Seit Nicholas Kerensky die Clans ins Leben rief, haben wir keine derart erdrückende Niederlage erlitten. Ihre Truppen haben innerhalb von drei Tagen die Hälfte der Nebelparder aus dem Feld geschlagen! Der Rest mußte den Planeten nach zehn Tagen verlassen, aber nur, weil ihre Anführer nicht rechtzeitig erkannten, daß sie verloren hatten. Sie sind es nicht nur nicht gewohnt, so lange zu kämpfen, sie haben noch nie so schnell verloren. Die Sechsten Parderdragoner sind zerschlagen, und in den Reihen der Pardergrenadiere stehen mehr Geister als lebende Krieger.«

»Und doch stelle ich fest, ilKhan, daß die Nebelparder und Wölfe politische Gegner sind. Ich weiß, zwischen Ihren beiden Clans herrscht alles andere als Sympathie, und ich muß mich fragen, ob Sie nicht durch eine Herausforderung einen der Nebelparder-Khans zu einem ganz und gar unzureichenden Gebot gezwungen haben.«

Ulrics blaue Augen glitzerten wie Eis. »Das ist eine Frage, auf die es keine Antwort gibt, da beide Khane der Nebelparder in den Dinjubergen gefallen sind.«

»Oder ist es vielmehr eine Frage, die Sie nicht beantworten wollen?« Focht ging langsam um den ilKhan herum. »Ich habe die Kämpfe in den Pozoristubergen genau beobachtet.«

»Dann haben Sie gesehen, wie Khan Garth Radick gefallen ist.«

»Ja, und ich habe gesehen, wie Khan Natascha Kerensky und ilKhan Ulric Kerensky mit allem fertig wurden, was ich ihnen entgegenwarf. Sie wußten, daß ich mich auf lange Kämpfe vorbereitet hatte, und daher haben Sie ebenfalls Lager mit Munition und Vorräten angelegt. Sie haben die Munition Ihrer Truppen streng rationiert und die Mehrzahl Ihrer OmniMechs mit Energiewaffen ausgerüstet. Sie haben die Einheiten zerschlagen, die ich abgestellt hatte, Ihre Versorgungszentren zu zerstören, dann haben Sie meine Einheiten in den Bergen gejagt und vernichtet. In diesem Gefecht zwischen Ihnen und mir haben Sie mich geschlagen.«

Ulric strich sich über den Kinnbart. »Mag sein, Präzentor Martialum, aber die Pozoristuberge sind nicht die Welt. Auf den Przenoebenen sind die Jadefalken gerade zwanzig Kilometer von ihren Landungszonen vorgerückt — und selbst das nur durch die Falkengarde —, dann blieben sie stecken. Sie sind nicht weitergekommen. Hätten Sie eine Reserveeinheit in den Kampf geschickt, hätten Sie sie zurückgetrieben. In der zweiten Woche wurden die Diamanthaie aus dem Kozicetal getrieben. Die Geisterbären konnten Spanac erobern und bis zum Schluß halten, aber sie hatten Luk und den größten Teil der Siebten Bärengarde verloren. Die Novakatzen haben den Losijedistrikt ganze fünf Tage halten können, aber sie verloren bei Joje und Tost und wurden schließlich von Ihren ComGuards vertrieben. Am dreizehnten Tag haben Sie die Stahlvipern von den Hladnoquellen verjagt. Selbst wenn wir den Sieg der Geisterbären bei Spanac zählen und Przeno als Unentschieden rechnen, haben Sie die Schlacht um Tukayyid gewonnen. Unser Abkommen gilt. Die Clans werden in den nächsten fünfzehn Jahren nicht weiter gegen Terra vorrücken.«

Focht schüttelte den Kopf. »Würden Sie mich für einen hoffnungslosen Romantiker halten, wenn ich sage, nicht einmal fünfzehnhundert Jahre könnten den Preis dieses Sieges aufwiegen?«

»Ich würde Sie für einen General halten, der die Folgen des Krieges akkurat eingeschätzt hat und seinen Truppen einen hohen Wert beimißt.« Ulric wischte sich den Schweiß von der Stirn. »Ich habe die Verlustmeldungen meiner Truppen gesehen. Die Todesrate liegt bei 20 Prozent, bei 35 Prozent Verwundeten und 62,3

Prozent Materialschaden — die Hälfte davon läßt sich reparieren. Und ich weiß, daß meine Leute noch gut abgeschnitten haben.«

Focht drehte sich um. »Ihre Leute haben gut abgeschnitten? Sind Sie denn nicht der ilKhan? Kommandieren Sie nicht *alle* Clans?«

Der ilKhan schüttelte den Kopf. »Da diese Schlacht das vorzeitige Ende unseres Kreuzzuges werden sollte, wurde beschlossen, die einzelnen Operationen den Khanen der Clans zu übertragen. Ich durfte alle Daten einsehen, die von der Planetenoberfläche kamen, aber ich war nicht verpflichtet, unaufgefordert einen Beitrag zu leisten. Da niemand es für notwendig erachtete, meinen Rat einzuholen, konnte ich mich dem Wohl meines Clans widmen.«

Aha, sie haben dich gezwungen, allein zu handeln, und zum Dank hast du sie ihrem Schicksal überlassen. »Hätten Sie sie geführt, sie koordiniert, hätten Sie mich besiegt.«

»Sie sind der Sieger, Anastasius. Es besteht keine Notwendigkeit, dem Unterlegenen zu schmeicheln. Durch Ihre Taten, durch den Tod und das Elend haben Sie meinen Mit-Khanen gezeigt, was ich ihnen nicht deutlich machen konnte. Hätte ich sie angeführt und verloren, wäre ich abgesetzt worden — es könnte immer noch geschehen —, weil der Fehler bei mir gelegen hätte.« Wieder blickte Ulric sich um. »Jetzt müssen Sie begreifen, was ihr Kreuzzug angerichtet hat, und die Verantwortung dafür übernehmen.«

»Sie haben keine einfache Aufgabe, Ulric. Sie führen ein Volk, das zum Krieg erzogen ist. Sie werden die Niederlage nicht leicht akzeptieren können.«

»Meine Aufgabe ist leichter als die Ihre, Anastasius. Zumindest werden die Angriffe gegen mich offen ausgetragen. In den Clans spielen wir zwar mit Politik, aber unsere Konflikte lösen wir als Krieger.« Ulric blickte in Fochts gesundes Auge. »Brüten Sie nicht zuviel über Ihren Sieg nach, Präzentor Martialum. Operation Skorpion war ärgerlich, aber sie hat unsere Operationen hier nicht beeinträchtigt.«

Focht seufzte schwer. »Ich gebe Ihnen mein Wort: Hätte ich davon gewußt, hätte ich Sie gewarnt.«

»Das weiß ich.« Ulric lächelte matt. »Ich habe eine letzte Bitte, frapos?«

»Pos«, nickte der Präzentor Martialum. »Worum geht es?«

»In drei Tagen wird ein Blutnamenkampf um Cyrilla Wards Namen stattfinden. Ich möchte ihn hier auf Tukayyid abhalten. Phelan Wolf wird gegen Vlad antreten. Die Erlaubnis hierzubleiben würde ihnen gestatten, vor dem Endkampf auszuruhen.«

»Selbstverständlich. Brauchen Sie noch irgend etwas für die Vorbereitung?«

Ulric schüttelte den Kopf. »Ich glaube nicht. Aber Phelan hat den ilKhan um die Erlaubnis gebeten, Sie einzuladen.« Er grinste. »Der ilKhan war großzügig genug, es zu gestatten.«

Focht verneigte sich. »Bitte sagen Sie Phelan, daß seine Einladung mich ehrt, aber ich werde nicht in der Lage sein, sie anzunehmen. Ich verlasse Tukayyid noch in dieser Stunde.«

»In dieser Stunde?« Ulrics Augen blitzten auf. »Die Prima ist offensichtlich sehr erfreut über Ihre Leistungen hier.«

»Das fürchte ich auch, mein Freund.« Focht verschränkte die Arme vor der Brust. »Prima Myndo Waterly hat mich nach Hause beordert. Sie sagt, sie habe eine Belohnung für mich.«

43

Tukayyid
Freie Republik Rasalhaag

23. Mai 3052

Die furchtbare Ruhe, die ihn erfaßt hatte, verwunderte Phelan Kell Wolf und machte ihm gleichzeitig Angst. Er trug einen grauen Overall mit einem roten Dolchstern auf der rechten Schulter und dem schwarzroten Spinnenabzeichen der Dreizehnten Wolfsgarde auf der linken, und hielt das Haupt erhoben, wie es sich für einen Krieger geziemte. Fast arrogant hatte er den Daumen unter den Pistolengurt an seiner linken Schulter gesteckt. Es war ihm gleichgültig, was andere von seiner Angewohnheit hielten, im Cockpit eine Waffe zu tragen. Er war ein Wolf, und sein Clan hatte im Kampf gegen die ComGuards keine einzige Niederlage erlitten. Insbesondere seine Einheit unter dem Kommando Natascha Kerenskys hatte alle ComGuards-Einheiten vernichtet, die gegen sie antraten.

Das Gewicht der Goldmünze in seiner rechten Hand erinnerte ihn an die Bedeutung des Geschehens. Wenn sein Gegner erschien, würden er und Vlad ihre Münzen in den Schwerkraftsenkensimulator stecken, der rechts neben ihm stand. Die beiden Münzen würden um die Wette hinab in den durchsichtigen Auffangzylinder kullern, wo die obere Münze die Wahl der Waffen entschied. Der Verlierer hatte die Wahl des Kampfplatzes.

Phelan hatte dieses Ritual bereits viermal absolviert. Er war auf vier andere Krieger von Haus Ward getroffen und hatte sie besiegt. Er hatte nur einen von ihnen getötet, und er bedauerte es, daß der Elementar ihm keine andere Wahl gelassen hatte. Obwohl er nach den Kämpfen gegen ComStar müde war, hielt er sich aufrecht. *Ich werde siegen.*

Hier in der Mitte der Arena eines Agrokomplexes, dessen Besitzer dem Hobby der Pferdezucht frönte, konnte Phelan die Anspannung der Menge körperlich fühlen, als sie das Gebäude langsam bis zum Rand des zentralen Lichtkegels füllte. Sie waren gekommen, um den Entscheidungskampf im Blutrecht um den Namen Cyrilla Wards zu sehen. Dieser Name hatte einen beinahe heiligen Ruf, und es war allgemein bekannt, daß die beiden Finalisten einander haßten. Wenn die Menge Glück hatte, würden sie entscheiden, ihren Kampf mit bloßen Händen auszutragen, gleich hier in der Manege.

Über ihm erschien das Bild der Arena auf einem Ring von Monitoren. Die Kamera holte sein Konterfei langsam heran, dann erfolgte ein Schnitt zu zwei Männern, die von der Nordseite des Gebäudes näher kamen. Als sie durch die Menge traten, erkannte Phelan beide, und ein Funken von Besorgnis zuckte durch seine Brust. Vlad *mußte* zur Entscheidung anwesend sein, aber der andere Mann war nicht der, von dem er gehofft hatte, er würde als Schiedsrichter fungieren.

Conal Ward nahm den Arm von Vlads Schultern und stieg auf das hölzerne Podest vor den beiden MechKriegern. Er war großgewachsen, mit dunklem Haar und gutem Aussehen, und er strahlte Selbstvertrauen und Majestät aus. »Ich bin der Eidmeister und akzeptiere die Verantwortung, Haus Ward zu repräsentieren. Stimmt ihr mir zu?«

Deswegen also ist Conal hier. Bei der letzten Prüfung repräsentiert er, der Clan-Lehrmeister, sein eigenes Haus. »Seyla.« Aus Respekt für das Amt verneigte sich Phelan, dann richtete er sich wieder auf und beobachtete seinen Gegner.

Die Scheinwerfer warfen silberne Glanzlichter auf Vlads nach hinten gekämmtes Haar. Der MechKrieger rückte seinen Gürtel zurecht, während er sich vor Conal verbeugte, und ließ Phelan die Schnalle sehen. Ein schwarzer Hundekopf mit Augen aus Malachit. »Seyla«, hauchte Vlad.

Phelan zwang seine Wut nieder. Er war Leibeigener des Wolfsclans geworden, als Vlad ihn besiegt und gefangengenommen hatte. Bei dieser Gelegenheit hatte Vlad ihm die Gürtelschnalle abgenommen, und seither benutzte er sie, um Phelan an dessen Minderwertigkeit zu erinnern. So sehr Phelan sie auch zurückbekommen wollte — wegen ihrer Bedeutung und weil sie eine Frau für ihn gemacht hatte, die er geliebt hatte, und die im Kampf gegen die Clans gefallen war —, er weigerte sich, Vlad die Genugtuung zu geben, seine Wut zu sehen.

Er bemerkte, wie ihn sein Gegenüber beobachtete. *Du willst spielen, Vlad? Hier hast du was zu interpretieren.* Phelans Miene blieb unbewegt, aber er hob die linke Hand und zog, wie um sich zu kratzen, eine Linie von oberhalb des linken Auges bis an sein Kinn.

Vlad zuckte zusammen, als habe ihn ein Blitz getroffen. Die Linie, die Phelan gezogen hatte, entsprach der Narbe auf Vlads Gesicht. Als dessen Wangen sich röteten, wußte Phelan, daß er innerlich verbrannte, weil die Narbe ihn daran erinnerte, daß er Phelan sein Leben verdankte. Er war schwach gewesen, und Phelan hatte ihn gerettet. *Das ist für ihn eine Schande, die nur mein Tod auslöschen kann.*

Conal blickte von einem Mann zum anderen. »Was sich hier ereignet, soll uns binden, bis wir alle fallen. Ihr repräsentiert das Beste, was Haus Ward anzubieten hat. Das ist beeindruckend, denn im Gegensatz zu anderen Häusern und Clans hat Haus Ward bei den Kämpfen hier auf Tukayyid keinen Blutnamensträger verloren und sich ruhmreich geschlagen. Für eure Taten werdet ihr für immer in unserem Gedächtnis bleiben, aber nur einer von euch wird hier und heute einen Blutnamen erringen. Versteht ihr, daß ihr mit eurer Bereitschaft, euren Teil in diesem Kampf anzunehmen, mit eurem Blute

Nicholas Kerenskys Willen heiligt, die Clans zum Gipfel der menschlichen Entwicklung zu formen? Versteht ihr, daß euch bereits eure Auswahl als Teil einer Elite kennzeichnet, aber ein Sieg euch zu Recht unter die wenigen einreihen wird, die am Gipfel all dessen existieren, was den Clans heilig ist?«

»Seyla.«

Der Lehrmeister lächelte. »Du bist Vlad und hast vierundzwanzig Jahre gelebt. Warum bist du würdig?«

Vlad hob den Kopf. Auf allen Bildschirmen starrte er der Menge entgegen. »Ich habe alle Tests in den oberen zwei Prozent meiner Geschko abgeschlossen. Aufgrund meiner Aktionen gegen die Novakatzen wurde ich als Sterncommander für die Erkundungsexpedition ausgewählt, die uns zurück in die Innere Sphäre führte. In meinem ersten Gefecht tötete ich mehrere Piraten und Söldner. Außerdem nahm ich ohne größere Anstrengung den Krieger gefangen, der mir gegenübersteht.«

Vlad machte eine Pause, um seine Bemerkung wirken zu lassen, bevor er weitersprach. »Bei der Invasion der Inneren Sphäre habe ich an jedem Angriff der Wölfe teilgenommen. Auf Rasalhaag tötete ich persönlich vier der gefürchteten Drakner. Bei den jüngsten Kämpfen auf Tukayyid gab mein Stern keinen Millimeter des Bodens zurück, den wir eroberten. Vor dem heutigen Kampf habe ich zwei MechKrieger und einen Elementar getötet, um das Recht zu erwerben, hier teilzunehmen.«

Conal wandte sich Phelan zu. »Du bist Phelan Wolf und hast einundzwanzig Jahre gelebt. Warum bist du würdig?«

Phelan räusperte sich kurz, dann begann er mit der Aufzählung seiner Kampfgeschichte. »Ich wurde von Cyrilla Ward als Erbe des Blutnamens ausgewählt. Nach Gefangenname und Leibeigenschaft wurde ich in die Kriegerkaste adoptiert, als ich mich dieser Ehre würdig erwiesen hatte. Allein habe ich Günzburg erobert, und auf Satalice nahm ich Prinz Ragnar von Rasalhaag gefangen. Auf Hyperion habe ich die Verteidigung des Simmonsdamms geleitet und in der Wildnis Renegaten gejagt. Auf Diosd nahm ich an der Jagd und Vernichtung der Befehlslanze der Dritten Freien teil. Vor dem heutigen Kampf habe ich zwei Elementare, einen Piloten und einen MechKrieger besiegt, um das Recht zu erwerben, hier teilzunehmen.«

Der Lehrmeister wollte das Wort ergreifen, aber Phelan schnitt ihm das Wort ab. »Und als Leibeigener rettete ich bei der Schlacht um Radstadt meinen Gegner vor dem sicheren Tod.«

Eigentlich war diese Bemerkung eine Entgleisung, aber Vlads tomatenroter Kopf war Phelan das Risiko einer Zurechtweisung wert. Conal warf Phelan einen mörderischen Blick zu, und Vlad blähte wütend die Nase. Er steckte beide Daumen in den Gürtel, aber Phelan weigerte sich, darauf einzugehen und starrte seinem Gegner in die Augen.

Conal Ward streckte beiden Männern die Hände entgegen. »Heldentum und Mut beider Krieger sind bewiesen und verifiziert. Eure Ansprüche sind berechtigt. Welches Schicksal euch in diesem Kampf auch erwartet, euer Licht wird weiter erstrahlen. Zeigt die Zeichen eures legitimen Rechts, an dieser Entscheidung teilzunehmen.«

Phelan packte sein Medaillon zwischen Daumen und Zeigefinger und reichte es Conal. Der Lehrmeister nahm es und steckte es in einen Schlitz der Schwerkraftsenke. Dasselbe tat er mit Vlads Münze. »Wenn eine Münze die andere erfolgreich gejagt hat und sie beide ihren Weg durch den Kegel beendet haben, wird die Münze des Jägers zuoberst liegen. Dieser Krieger wird die Art des Kampfes wählen. Der Besitzer der unteren Münze wird danach den Ort des Kampfes bestimmen. Auf diese Weise werden beide unter selbstgewählten Bedingungen antreten. Die Münzen werden die Entscheidung fällen.«

»Seyla«, intonierten Vlad und Phelan mit einer Stimme.

Conal betätigte den Freigabeknopf, und die goldenen Münzen begannen den kurvenreichen Weg nach unten. Phelan beobachtete seine Münze mit Adleraugen. Bis sie in der Tragesäule verschwanden, war er sich ziemlich sicher, daß seine Münze langsamer lief. *Ja, ich gewinne die Entscheidung!*

Phelan hatte sich lange den Kopf über seine Entscheidung zerbrochen. Er wußte, Vlad würde den Mechkampf wählen, weil ihm das die beste Chance lieferte, Phelan zu töten. In ihren beiden bisherigen Mechgefechten hatte Vlad gewonnen. Beim erstenmal hatte er einen OmniMech gegen Phelans *Wolfshund* eingesetzt. Das hatte Vlad einen erheblichen Vorteil gegeben, aber Phelan gab zu, daß er im zweiten Kampf einen ebensolchen Vorteil durch die Teilnahme Natascha Kerenskys auf seiner Seite gehabt hatte.

Phelan war bereit, in einem Mech zu kämpfen, und erwartete nichts anderes, sollte Vlad die Entscheidung gewinnen; aber er wollte mit blanken Fäusten gegen seinen Kontrahenten antreten. *Einen persönlichen Haß kann man nicht auf unpersönliche Weise austragen.* Außerdem wußte Phelan, daß ein Faustkampf mit geringerer Wahrscheinlichkeit tödlich enden würde. Er war bereit, für seinen Blutnamen zu töten, aber er war stolz darauf, in diesem ganzen Wettkampf erst einen Gegner auf dem Gewissen zu haben.

Phelans Selbstvertrauen erreichte seinen Höhepunkt, als er das Klirren hörte, mit dem die beiden Metallscheiben in der Röhre aufschlugen. Conal zog das Rohrstück heraus und hielt es in der linken Hand. Statt die oberste Münze herauszuholen, drehte er das Rohr um und ließ beide Münzen in seine rechte Handfläche fallen. Im selben Augenblick wurde Vlad das Opfer eines fürchterlichen Hustenanfalls. Conals Daumen drückte die obere Münze gegen den Zeigefinger, während die Münze, die das Rennen verloren hatte, in seiner Handfläche verborgen blieb.

Phelan fiel die Kinnlade herab. *Er betrügt. Er hat die Münzen umgedreht, um die Entscheidung umzukehren!* Entrüstung brandete in ihm auf, aber er als er protestieren wollte, hielt ihn etwas in seinem Innern zurück. *Wozu? Fair oder unfair, du kannst Vlad besiegen. Du kannst sie alle besiegen. Sie sind nur Clanner, aber du bist der Beste zweier Völker.*

»Vlad, du bist der Jäger.«

Vlad hob lässig die Hand und öffnete seinen Overall, um die Kühlweste freizulegen, die er darunter trug. »Von Anfang an hat Phelan Kell behauptet, ein MechKrieger zu sein. Obwohl er auf diesem Gebiet ein gewisses Talent bewiesen hat, hat er seine größten Siege außerhalb eines Mechs errungen. Ich werde ihm die Gelegenheit geben, sein Können gegen einen *echten* MechKrieger zu beweisen. Ich werde in einem Mech jagen.«

Vlads Versuch, ihn einzuschüchtern, reizte Phelan zum Lachen. Er äffte Vlads Aktion nach und zeigte, daß er ebenfalls eine Kühlweste unter dem Overall trug. »Nicht erhofft, aber weder unerwartet noch gefürchtet.« Er grinste seinen Gegner an.

Conal kniff die Augen zusammen, um seine Überraschung zu verbergen. »Phelan, die Art des Kampfes ist entschieden. Wo wirst du dich jagen lassen?«

»Die Felder hier sind eben, das Gelände gestattet keine Tricks oder Illusionen.« Phelan sah nach Osten. »Fünf Minuten sollten genügen, die Kameras aufzubauen. Hier, jetzt.«

»Hier, jetzt.« Vlad bleckte die Zähne. »Du bist zu schwach, mich zu besiegen Phelan. Ich habe *alle* meine Gegner im Blutrecht getötet, und ich werde auch dich töten.«

»Streng dich an, Vlad. Ich habe keinen der anderen absichtlich getötet, aber bei dir wird es mir ein Vergnügen sein.«

Conal hob die Arme. »Dann zu euren Maschinen. Möge der wahre Krieger gewinnen!«

Phelan drehte sich auf dem Absatz um und ging nach Süden davon. Als er in die Menge trat, öffneten sich am hinteren Ende der Halle die Tore. Sie glitten langsam zur Seite, und das Sonnenlicht fiel wie Laserstrahlen in die Halle. Zuerst kniff Phelan unter dem grellen Licht die Augen zu, aber als in der Toröffnung die Umrisse seines *Wolfshund* sichtbar wurden, verwandelte sich seine Miene.

Natascha tauchte neben ihm auf und nahm seinen Pistolengurt in Empfang. »Du hast es gesehen?«

Phelan zuckte die Schultern. »Was soll es. Ein Faustkampf, ein Mechkampf, es ist alles dasselbe.« Er blickte über die Schulter. »Vlad ist mein. Cyrillas Name ist mein.«

Die Schwarze Witwe klopfte ihm auf die Schulter. »Gesprochen wie der Wolf, den sich Cyrilla vorgestellt hat.«

»Nein, Natascha.« Er drehte sich um. »Gesprochen wie der Wolf, zu dem du und Cyrilla und Ulric mich gemacht haben. Tukayyid hat den Clans gezeigt, daß die Krieger der Inneren Sphäre sie besiegen können. Jetzt ist es an mir, ihnen zu zeigen, daß trotz ihres Exils, trotz ihrer Ausbildung und ihrer Zuchtprogramme die Innere Sphäre nicht so weit hinter ihnen liegt, daß einer von uns unfähig wäre, einer ihrer Besten zu werden.«

Er blieb am Fuß des *Wolfshund* stehen und zog den Overall aus. Natascha reichte ihm den Pistolengurt. Er legte ihn um, beugte sich vor, um das Holster an den rechten Oberschenkel zu binden, und als er sich wieder aufrichtete, hatte Ranna den Platz ihrer Großmutter eingenommen.

Sie streckte die Arme aus und drückte ihn an sich. »Du bist der beste Krieger von Haus Ward. Wenn du zurückkommst, werden wir deinen Sieg feiern.«

Phelan hielt sie fest und preßte seine Lippen auf die ihren. Er drückte sie an sich, wollte sie nie wieder loslassen, aber dann löste er sich doch. »Ranna, ich weiß, du und Vlad wart in einer Geschko. Ich kann nicht versprechen, daß er diesen Kampf überlebt.«

»Er weiß, welches Risiko er eingeht.« Ranna hielt den Kopf hoch erhoben, und ihre blaue Augen funkelten. »Du, Phelan Wolf, bist der Mann, den ich liebe. Du wirst tun, was du tun mußt. Wenn er stirbt, werde ich den Verlust für den Clan betrauern. Wenn du stirbst, werde ich meinen Verlust betrauern. Du bist der rechtmäßige Erbe von Cyrilla Wards Namen. Geh, stelle dich deinem Vermächtnis, hol dir dein Erbe.«

Phelan gab ihr einen letzten Kuß, dann kletterte er am Bein des *Wolfshund* hinauf, stieg auf den linken Arm und von dort auf die Schulter des Kampfkolosses. Er schob sich durch die Luke im Hals der Maschine in das Cockpit, schloß sie hinter sich und versiegelte die Kabine. Als er einen schweren Schalter über der Luke umlegte, spürte er, wie unter ihm der Fusionsreaktor, das Herz der Maschine, zum Leben erwachte. Rings um ihn her flammten Leuchtknöpfe, Anzeigen und Bildschirme auf, erhellten die Kanzel mit gedämpftem Licht.

Ganz ruhig, Phelan. Nimm dir Zeit. Nichts überhasten. Er rückte den Pistolengurt zurecht. *Egal wie dumm oder sinnlos es ist, benimm dich so wie immer.*

Er arretierte den Schalter, drehte sich um und beugte sich zum Schränkchen hinter der Pilotenliege hinab. Er öffnete es und zog vier medizinische Sensorpflaster heraus. Er zog den Schutzfilm von der Klebeseite und befestigte je ein Pflaster an Oberarmen und Oberschenkeln. Danach holte er die dazugehörigen Kabel heraus und befestigte das abgerundete Ende an den Pflastern. Er führte die roten Kabel durch die Schlaufen der Kühlweste, bis die Stecker an seinem Hals herabhingen.

Er zwängte sich an der Befehlskonsole vorbei und ließ sich auf die Pilotenliege fallen. Aus einer Tasche am rechten unteren Saum der Kühlweste zog er die Anschlußkabel und steckte sie in die Buchsen der Liege.

Augenblicklich begann die Kühlflüssigkeit durch die zwischen der äußeren Kevlarschicht und dem GoreTex-Futter auf seiner Haut eingelagerten Schläuche zu strömen. Auf seinen Armen entstand eine Gänsehaut, als die Weste ihre Arbeit aufnahm, aber er wußte, daß es im Kampf schnell heiß werden würde.

»Vlad hat wahrscheinlich Infernogranaten geladen. Ich sollte die Kälte genießen, solange ich kann.«

Nachdem er die Haltegurte über Brust und Taille geschlossen und zweimal überprüft hatte, griff er hinter seinen Kopf. Aus einer Nische über der Pilotenliege zog er den Neurohelm herab. Er senkte ihn über den Kopf und auf die Schulterpolster der Kühlweste. Dann rückte er ihn zurecht, bis das keilförmige Sichtfenster zentriert war und die Neurosensoren gut an der Kopfhaut anlagen, und fixierte ihn mit Hilfe der Velcrolaschen. Er zog den Kinngurt stramm, dann steckte er die medizinischen Sensorkabel in die Buchsen an der Helmunterseite.

Er betätigte einen Knopf auf der rechten Seite der Befehlskonsole. »Musterabgleichung: Sterncommander Phelan Kell Wolf.«

Die Helmlautsprecher übertrugen die monotone Stimme des Bordcomputers. »Stimmusterabgleichung erfolgt. Initialisierungssequenz wird fortgesetzt.«

In jedem Mech verglich der Computer das Stimmuster des Benutzers mit den Daten der autorisierten Piloten, um einen Mißbrauch zu verhindern. Da es möglich war, ein Stimmuster vorzutäuschen, programmierte jeder Pilot zusätzlich einen eigenen Kontrollsatz. Es war ein Satz, an den er sich erinnern konnte, und da er ihn vor jedem Kampfeinsatz sprechen mußte, wählte ein Pilot etwas, das für ihn persönlich von Bedeutung war. Der Kennsatz war unmöglich zu erraten und gestattete dem MechKrieger, seine Kampfmaschine zu sichern und zu personalisieren.

Phelan atmete langsam aus. »Kenncode: Ein Krieger

scheut die Pflicht nicht, aber er genießt auch nicht den Tod.«

»Autorisierung bestätigt, Sterncommander. Sie haben volle Kontrolle.«

Die holographische Gefechtsanzeige entstand vor seinem Gesicht; nacheinander schalteten sich die Waffensysteme ein und wurden überprüft. Die drei frontalen mittelschweren Impulslaser im Torso zeigten keine Probleme. Bei der Aufladekontrolle des schweren Extremweitenlasers im rechten Arm schien etwas zu haken, aber der Computer brachte es sofort in Ordnung. Auch der mittelschwere Extremweitenlaser im Rücken des Mechs funktionierte einwandfrei, und die elektronischen Störgeräte in den aufgerichteten Ohren des *Wolfshund* waren in perfektem Zustand.

Phelan wußte, daß Vlad einen Mech erhalten würde, der seinem in Bewaffnung und Panzerung ähnelte, deshalb war er nicht überrascht, eine *Natter* an der Nordseite des Gebäudes auftauchen zu sehen. Der OmniMech hatte durch das Modularsystem, das den Austausch verschiedener Waffensysteme gestattete, eine größere Bandbreite an möglicher Bestückung. Phelans Computer zeichnete das Diagramm einer Natter auf den Hilfsmonitor und suchte die Standardbestückungen nach der wahrscheinlichsten Bewaffnung seines Gegners ab.

Nach Ansicht des Computers hatte Vlad sich für ein Waffenpaket entscheiden, das auf maximalen Schaden über kurze Distanz ausgelegt war. Damit mußte er mit zwei Blitz-KSR-Lafetten unter dem ausladenden Schulterpanzer des vogelähnlichen Mechs rechnen. Der linke Arm der *Natter* verfügte über einen schweren Laser ähnlich dem im rechten Arm des *Wolfshund.* Die Autokanone im rechten Arm war nicht sonderlich stark, aber in einem Gefecht zwischen leichten Mechs konnte sie sich als sehr wirksam erweisen. Auch der zentral montierte Flammer konnte auf kurze Distanz Schaden anrichten.

Conals Stimme krachte durch Phelans Helm. »Das Schlachtfeld ist bereitet. Viel Geschicklichkeit, Krieger. Der Kampf beginnt!«

Beide Maschinen blieben nach Conals Signal eine volle Sekunde reglos stehen. Dann senkte Phelan das Fadenkreuz über die kompakte Silhouette der *Natter* und löste seine Waffen aus. Der schwere Laser zerfetzte die Panzerung am linken Bein des OmniMechs in qualmende Stahlkeramikstreifen. Die Impulslaser bohrten sich in die Panzerung am linken Arm, der rechten Flanke und der Torsomitte.

Als Phelan einen Knopf auf der Befehlskonsole betätigte, schaltete die Hologrammanzeige auf Infrarot um und zeichnete einen weißglühenden Fleck mitten auf den Rumpf der *Natter. Jawohl, der ist durchgegangen und hat die Reaktorabschirmung beschädigt! Bei ihm wird es jetzt ziemlich heiß werden.*

Vlads Gegenangriff zeigte über die noch erhebliche Entfernung einen Schwachpunkt seiner Mechkonfiguration. Der schwere Laser der *Natter* traf das linke Bein *Grinsers* und schleuderte Panzerbrocken davon, und die Autokanone sprengte Panzerplatten vom rechten Bein des *Wolfshund,* aber Phelan konnte den Aufprall abfangen und hielt seine Maschine aufrecht.

Als sein Computer die Panzerungsschäden darstellte, lief er mit dem *Wolfshund* nach Nordwesten los. Dadurch bot er Vlad die rechte Flanke, aber es brachte ihn auch näher. *Das wird er nicht erwarten. Ich spiele ihm in die Hände, und er wird unvorsichtig werden.*

Vlad drehte seinen Mech mit, um Phelan im Visier zu behalten, aber Phelan bemerkte, daß die *Natter* sich etwas unbeholfen bewegte. *Sollte ich mit dem Torsotreffer auch das Gyroskop beschädigt haben?* Die Sensoren im Neurohelm gestatteten dem Computer, den Gleichgewichtssinn des Piloten zur Regulierung der Kreiselstabilisatoren zu verwenden, aber wenn er einen von ihnen beschädigt hatte, war die *Natter* in großen Schwierigkeiten. *Wenn ich mit dem einen Schuß ein solches Glück hatte, kann das nur göttliche Wiedergutmachung für Conals Betrug sein.*

Trotz der Bewegung seines Mechs hielt Phelan die *Natter* im Fadenkreuz. Sein Daumen senkte sich auf den Auslöser, und der scharlachrote Lichtstrahl des schweren Lasers schnitt durch die Panzerreste an der rechten Torsoseite der *Natter* wie eine Sense. Ein erneuter Hitzeblitz zeigte Phelan, daß er einen Wärmetauscher zerschossen hatte, aber weit wichtiger waren die Bruchstücke der internen Mechstruktur, die hinter dem OmniMech zu Boden fielen.

Einer der Impulslaser in der Brust des *Wolfshund*-Torsos zog eine Reihe qualmender Einschußlöcher über den Kopf der *Natter.* Die beiden anderen verwüsteten gemeinsam ihren linken Arm. Nachdem sie die letzte Panzerung verdampft hatten, machten sie sich an die Myomermuskeln und Endostahlknochen. Sie zerschmolzen das künstliche Gewebe und heizten das Metall bis zum Schmelzpunkt auf. Weißglühend stürzte der linke Arm der *Natter* zu Boden.

Noch während Phelan seine Waffen auslöste, feuerte Vlad ebenfalls. Der schwere Laser im linken Arm zerschmolz die Panzerung am rechten Arm des *Wolfshund,* bevor die Waffe den Geist aufgab. Nur ein qualmender Rest von Panzerung verblieb Phelan, während der größte Teil wie Wasser zu Boden rann. Die Autokanone im rechten Arm durchlöcherte die Panzerung an *Grinsers* linker Flanke, und eine der beiden KSR-Salven zertrümmerte die Panzerung um den mittleren der Torsolaser.

Die Raketen- und Granatentreffer schüttelten den *Wolfshund* so durch, daß Phelan die Zähne klapperten. Er kämpfte mit der Steuerung und hielt den leichten Mech aufrecht, rannte weiter auf seinen Gegner zu. Dann geriet die *Natter* ins Stolpern. Durch den Verlust des linken Arms aus dem Gleichgewicht gebracht, kippte der Mech nach links. Vlad riß den Torso hoch und nach rechts, um die Maschine auf den Beinen zu halten, aber das geschwächte Torsoskelett kreischte auf und verbog sich langsam.

Die *Natter* fiel nach vone und schlug hart mit dem Kinn auf. Der Mech hüpfte einmal, die Sichtscheibe flog davon und überschüttete den Boden mit glitzernden Glasscherben. Die Beine der Kampfmaschine strampelten hiflos, konnten aber nur große Brocken aus Erde und Getreide in die Luft schleudern. Der weiche Boden bot den riesigen Metallfüßen keinen Halt. Der rechte Arm des Mechs war durch den Fall gestreckt und hatte zuwenig Spiel, um die Maschine anzuheben, aber Phelan hatte ohnehin Zweifel, ob der Torso der *Natter* das ausgehalten hätte.

Er hielt den *Wolfshund* zwanzig Meter entfernt an und beobachtete, wie Vlads Füße nach dem Rand des Cockpitfensters tasteten. Wie ein Betrunkener, der nach durchzechter Nacht aus einer Bar torkelte, verließ Vlad die Kanzel, kippte nach hinten und fing sich am Rand des Fensters ab. Er tat einen Schritt nach vorne, dann fiel er den Erdhügel hinunter und blieb auf dem Gesicht liegen.

Phelan schaltete die Außenlautsprecher ein. »Es ist vorbei, Vlad.«

Vlad stemmte sich in eine sitzende Haltung hoch und nahm den Neurohelm ab. »Freigeburt!«

Mit tödlicher Präzision schwenkte Phelan den rechten Arm des *Wolfshund* herum und richtete die Mündung des schweren Lasers auf Vlad. »Freigeburt?« Ihn fröstelte. »Ich habe dich gerade aus deinem OmniMech geschossen. Du glaubst doch wohl nicht, daß du mich mit deinen Flüchen treffen kannst, franeg?«.

Vlad stand auf und schleuderte seinen Helm in Phelans Richtung. Er prallte von der Schnauze des *Wolfshund* ab und schlug mit einem leisen Wummern gegen das Kanzeldach. »Du bist eine Freigeburt, Phelan Findling. Du wirst mir nie gleichkommen.«

»Das reicht.« Phelan schlug auf das Schloß der Haltegurte. Er ließ den *Wolfshund* niederknien und stützte sich mit der linken Hand ab. »Ich komme raus, und dann werden wir das ein für allemal klären. Wir haben dreimal in einem Mech gekämpft, und ich habe zweimal gewonnen. Bei unseren beiden Faustkämpfen steht es unentschieden. Es wird Zeit, daß wir auch das entscheiden.«

Er zog den Neurohelm vom Kopf und legte ihn auf die Pilotenliege. Dann öffnete er die Luke und marschierte *Grinsers* linken Arm hinab. Am Ellbogen blieb er stehen und schüttelte den Kopf. »Du bist ein Narr, Vlad.«

Der andere MechKrieger zog die Kühlweste aus. »Und du bist so tapfer, weil du eine Pistole hast.«

Phelan grinste. »Ich konnte wohl kaum erwarten, daß du das vergißt, oder?« Er löste das Holster, öffnete den Gurt und warf ihn auf den Boden. Anschließend sprang er vom Arm seines Mechs und zog seine Kühlweste aus. »Das war schon lange fällig.«

Er war nicht so dumm, Vlad zu unterschätzen, aber Phelan mußte einfach lächeln, als sie aufeinandertrafen. Vlad führte einen rechten Haken in Phelans Magengrube aus, aber dadurch gab er Phelan die Möglichkeit zu einem Schwinger mit der Linken, der seinen Kopf nach hinten warf. Phelan setzte auf der Stelle nach und trieb eine mörderische Gerade in Vlads Magen. Der Narbenträger krümmte sich, und eine zweite Linke an den Kopf warf ihn zu Boden.

Phelan tänzelte zurück. »Freigeburt, wie? Du hast recht, ich werde dir nie gleichkommen. So tief kann ich gar nicht sinken.«

Ein tierischer Wutschrei drang aus Vlads Kehle, als er sich aufraffte und auf Phelan zustürmte. Der jüngere MechKrieger wich nach rechts aus und stellte vergnügt fest, daß Vlad in seinem blinden Sturmangriff seine Bewegung nicht zur Kenntnis nahm. *Eine Gerade, und es ist vorbei.*

Phelan hob die Rechte, dann öffnete er überrascht den Mund, als Vlad sich zur Seite warf. Er dachte, sein Gegner habe völlig den Verstand verloren, als dieser die Arme an den Körper zog und auf den *Wolfshund* zusprintete. *Er will sich die Pistole holen.*

Vlad hechtete nach dem Pistolengurt. Er rollte durch den Staub und preßte ihn an seine Brust. Eine Sekunde kämpfte er mit der Holsterklappe, dann zog er die Waffe und spannte den Hahn. Triumphierend stand er auf.

»Ja, Phelan, Freigeburt!« höhnte Vlad. »Ich habe dir gesagt, daß du zu *weich* bist, um diesen Kampf zu gewinnen. Du warst ein Leibeigener, bist es geworden, als ich dich gefangen habe. Ich habe diese Gürtelschnalle als Trophäe genommen, weil der ilKhan dich mir gestohlen hat! Du warst nie meinesgleichen, und hier und jetzt führe ich den Beweis!«

»Du wirst nur eines beweisen, Vlad«, spie Phelan, »wie unglaublich dumm du bist!« Kopfschüttelnd ging er auf Vlad zu.

Mit mörderischem Feuer in den Augen zog Vlad den Abzug durch.

Klick.

Phelan grinste. »Erinnerst du dich, daß wir bei den Kämpfen hier auf Tukayyid Munitionsmangel hatten, Vlad? Ich habe meine Pistolenmunition Evantha gegeben.«

»Nein!« kreischte Vlad. Die Pistole wie eine Keule schwingend, stürmte er auf Phelan zu.

Phelan duckte sich unter dem schlechtgezielten Schlag weg, dann riß er die rechte Faust hoch und hämmerte sie gegen Vlads Kinn. Der Schlag hob den narbengesichtigen MechKrieger von den Füßen. Er schlug auf den Boden und fiel in sich zusammen, als habe er sein Skelett verloren.

Phelan kniete sich neben seinen Gegner und zog die Pistole aus dessen Hand. »Schon ganz gut, daß ich keine Kugeln mehr habe. Ich wäre glatt versucht, eine zu verschwenden.« Er streckte die Hand aus und löste Vlads Gürtel, warf ihn sich über die Schulter und stand auf. Als er davonging, vernahm er Vlads benommene Stimme. Er hielt noch einmal an.

»Du bist ein Krieger. Töte mich.«

»Du verstehst es immer noch nicht, frapos?« Phelan sah zu ihm hinab und schüttelte den Kopf. »Ich bin mehr als ein Krieger. Vielleicht lernst du noch, was das bedeutet, bist du deinen Blutnamen verdienst.«

44

Palast der Einheit, Imperial City, Luthien
Militärdistrikt Pesht, Draconis-Kombinat

30. Mai 3052

Seine brandneue Seidenrobe war Shin Yodama unangenehm. Es lag nicht an dem Kleidungsstück, das von den fürstlichen Schneidern auf ausdrücklichen Befehl des Koordinators Takashi Kurita angefertigt worden war. Die schwarze Hakama lag weich und kühl an seinen Beinen und war ein angenehmer Gegensatz zu dem Druckanzug, den Shin für die schnelle Reise vom Sprungpunkt nach Luthien getragen hatte. Auch der grüne Kimono mit schwarzem Saum fühlte sich gut auf der Haut an, aber das in roter Seide auf Schwarz an Brust, Ärmeln und Rücken ausgeführte Mon erinnerte ihn vor allem an eine hochstilisierte Form der Klauen des Drachen.

Der Obigürtel, der den Kimono zusammenhielt, war so kunstvoll bestickt, daß es an Blasphemie gegrenzt hätte, ihn als simplen Gebrauchsgegenstand zu sehen. Die Stickerei war mit goldenem Faden ausgeführt und schien zunächst wie die Tätowierung auf seinem linken Arm und Körper eine in Gold nachgezeichnete rollende schwarze Wolke darzustellen. Aus der Nähe betrachtet, erschlossen sich jedoch Trigramme und andere Symbole, die Shins Abenteuer in den Diensten von Haus Kurita erzählten.

Er kniete nervös auf einer rosafarbenen Tatami links von der Feuerstelle in der Mitte des Teehauses. Durch die Anordnung der Matten saß er näher an dem zentral stehenden Tisch, als es ihm zugekommen wäre. Auch wenn er auf seine Dienste für die Herren des Draconis-Kombinats stolz war, hegte Shin keine Illusionen bezüglich seiner gesellschaftlichen Stellung. Wie Takashi

Kurita während der Schlacht um Luthien sehr klar zum Ausdruck gebracht hatte, war er nicht mehr als ein Yakuza. Hätte Theodore Kurita während der Konflikte mit seinem Vater nicht die Hilfe des organisierten Verbrechens in Anspruch genommen, wäre Shins Chance, jemals Luthien zu sehen, gleich Null gewesen.

Jetzt kniete er hier allein in einem Teehaus in der Mitte der Gärten in der Mitte des Palastes in der Mitte von Imperial City. Das ging weit über sein Glück hinaus. Angefangen mit dem Erreichen einer Offiziersstellung und dem Überleben des ersten Clanangriffs, bis zur Möglichkeit, Luthien zu verteidigen und Hohiros Rettung zu organisieren, hatte Shin Dinge erreicht, an die er nicht im Traum zu denken gewagt hätte. Und doch erinnerte er sich an den Oyabun der Kuroi Kiri, der ihm versichert hatte, sein Schicksal werde nicht von normalen Konventionen bestimmt.

Zu seiner Rechten wurde die westliche Shoji zurückgeschoben. Theodore Kurita verbeugte sich vor dem Tisch in der Mitte des Raumes und anschließend vor Shin. Shin erwiderte die Verbeugung und preßte die Stirn auf die vordere Mattenkante. Als er sich aufrichtete, sah er Omi ihrem Vater in das kleine Gebäude folgen. Hinter ihr erschien Hohiro. Beide tauschten Verbeugungen mit Shin und ihrem Vater aus, bevor sie ihre Plätze einnahmen. Theodore und Hohiro knieten, wie es sich gehörte, auf den roten Matten, die dem Tisch noch näher waren als die Shins. Omi kniete auf einer weißen Matte hinter den dreien.

Hohiro wirkte so erschöpft, wie Shin sich fühlte. Die dunklen Ringe unter seinen Augen kündeten von Übermüdung, aber Shin bemerkte auch Verfärbungen der Haut und das Aufblitzen eines blauen Medikamentenpflasters an der Innenseite des linken Handgelenks. Hohiro trug einen Kimono, dessen Muster identisch mit dem auf Shins Robe war, und trotz seiner Schwäche und Erschöpfung kniete er korrekt und aufrecht.

Der erzwungene Aufenthalt auf Teniente hatte Hohiro nicht gut getan, aber er *hatte* überlebt, und er *hatte* dafür gesorgt, daß ein Großteil seiner Männer überlebte. Shin hatte keinen Zweifel, daß die Lieder, Gedichte und Gemälde über jene Periode, die bereits als das Geheime Exil bekannt wurde, über alle anderen Punkte die Ausdauer und Tapferkeit des Prinzen betonen würden. Er hatte daran nichts auszusetzen, aber seine Nähe zum Ursprung dieser Legende ließ ihm den Atem stocken.

Er wandte den Kopf etwas nach links und sah Omi in einem prächtigen weißen Kimono mit rotem Saum und rotgoldener Stickerei. Es dauerte einen Moment, aber dann erkannte er die Robe, die sie auf ihrer letzten Holodisk an Victor Steiner-Davion getragen hatte — für die Botschaft, die ihrem Bruder die Untoten als Retter geschickt hatte. Er bemerkte, wie sie ihre Robe korrekt auf der Matte drapiert hatte, und wußte, daß der Symbolgehalt ihrer Kleiderwahl wie alles andere in diesem Teehaus auf einen bestimmten Effekt ausgerichtet war.

Um welchen Effekt es sich dabei handelte, darüber konnte er nur spekulieren, und langsam stieg in ihm Angst vor der Enthüllung auf.

Vor dem nördlichen Shoji, auf der anderen Seite des Tisches, kniete ein Schatten. Die Reispapierwand glitt flüsternd auf. Takashi Kurita kam auf den Knien in den Raum. Er verbeugte sich vor den Gästen, und sie erwiderten die Geste. Wortlos schloß der alte Mann die Wand hinter sich und bewegte sich auf die rote Tatami zu, die nur zwanzig Zentimeter von der Nordkante des Tisches entfernt lag.

Takashis Kimono aus schwarzer Seide mit grünem Saum war das Gegenstück zu der Bekleidung Shins und Hohiros. Der Yakuza betrachtete ihn genauer. Die in schwarzer Seide auf rotem Untergrund ausgeführten Mons *schienen* die Umkehrung der Zeichen auf seiner Robe. Aber in Schwarz auf Rot wirkten sie mehr wie das Drachenmon des Draconis-Kombinats.

Takashi holte fünf identische himmelblaue Schalen hinter dem Tisch hervor. Er stellte sie in einer Reihe auf, aber sie standen nicht parallel zum Rand des Tisches. Außerdem stand die dritte Schale um Haaresbreite näher an der Tischkante und unterbrach den Fluß der Linie.

An den ruhigen, überlegten Bewegungen des Koordinators erkannte Shin, daß dieser scheinbare ästhetische Fehler Takashi bewußt war. Das Chao-no-yu war eine Zeremonie strenger Form, aber eine zu enge Befolgung der förmlichen Regeln konnte dem Ritual jede individuelle Bedeutung rauben. Durch den Bruch des ästhetischen Musters betonte der Koordinator die Ästhetik und Förmlichkeit des Rituals und erhöhte dessen Bedeutung.

Der Koordinator tauchte eine uralte Bambuskelle in eine Wasserurne in der in den Boden eingelassenen Feuerstelle. Er ließ sie ein, zwei Sekunden länger als notwendig im Wasser, dann holte er sie heraus. Er hob eine Wasserschüssel auf und ließ das Wasser langsam aus der Kelle hineintropfen, wobei er die Schüssel drehte, so daß das Wasser den Schmutz von den Seiten waschen konnte.

Als Takashi das Wasser ins Feuer goß und die Schüssel mit fünf vollen Kellen füllte, sah sich Shin das Gefäß genauer an. Es war alt und zerbeult, schien aus BattleMechpanzerung getrieben. *Gibt es da nicht eine Legende darüber, wie Takashi aus der Panzerung seines ersten Mechs eine Wasserschale gehauen hat? Ist sie das etwa?*

Takashi stellte das Wasser auf die in der Grube verborgene Urne mit Holzkohle, um es zu erhitzen. Wie durch Zauberei stieg eine Rauchwolke zum Loch in der Decke des Teehauses, und der Geruch von Tannenholz erfüllte den kleinen Raum. Das vertraute, angenehme Aroma brachte ein Lächeln auf Shins Gesicht, und seine Freude spiegelte sich in den blauen Augen des Koordinators.

»Komban wa«, begrüßte Takashi Kurita seine Gäste.

»Komban wa«, erwiderten diese.

»Eure Anwesenheit hier und heute ehrt mich.« Fältchen erschienen an seinen Augenwinkeln. »Heute vor vierundsechzig Jahren sah ich zum erstenmal meine geliebte Jasmine.« Er hob eine Teedose vom Boden und stellte sie ans Ende der Teeschalenreihe. »Dies ist die Teedose, aus der ich in jener Nacht bedient wurde, und es ist die Dose, aus der ich euch heute nacht bedienen werde.« Takashi sah sich zum Wasser um. »Es ist angebracht, daß ich euch bediene. Es ist das mindeste, was ich tun kann, all das zurückzuzahlen, was ihr für das Kombinat getan habt. Was aber noch wichtiger ist: Es erinnert einen alten Mann daran, daß man nur durch Dienen würdig wird, bedient zu werden.«

Der aus der Wasserschale aufsteigende Dampf wurde dicht genug, um Takashi zufriedenzustellen. Er tauchte die Kelle in das brodelnde Wasser und ließ eine Dampfspur hinter sich, als er sie zur ersten Schale führte. Er füllte sie bis zum Rand, dann holte er etwas Wasser heraus und ließ es nacheinander in die anderen Schalen fließen. Anschließend kehrte die Kelle viermal zur Schüssel zurück, bis alle Schalen gefüllt waren. Das letzte Wasser der Kelle floß wieder in die erste Schale und schloß den Kreis.

Mit der linken Hand öffnete Takashi die Teedose. Er holte mit einem Bambuslöffel ein paar Teeblätter heraus und streute sie in die zweite Schale. Mit dem Bambusquirl in seiner Rechten rührte er die Blätter geschickt in das dunkler werdende Wasser. Er zog den Quirl zurück, drehte die Schale um 90 Grad nach rechts und stellte sie vor seinen Sohn.

»Theodore, du hast standgehalten, wo andere aufgegeben oder revoltiert hätten. Du hast gegen mich gekämpft, weil deine Augen durch den Nebel die Zukunft des Kombinats erkannten. Deine Vision hat uns gerettet und unsere Heimat hier erhalten. Sie zwang dich auch zu einer Entscheidung über die Sicherheit deines Sohnes, wie sie die Götter niemandem abverlangen sollten.«

Takashi bereitete die dritte Schale Tee auf ähnliche Weise zu und stellte sie vor seinen Enkel. »Hohiro, du hast den Mantel des Anführers angenommen und für das Wohl deiner Nation große Härten auf dich genommen. Du schrecktest nicht vor deiner Pflicht zurück, und auch an Mitgefühl hast du es nicht fehlen lassen. Das Überleben so vieler deiner Leute auf Teniente hat seinen Ursprung in der Zeit, die du für sie aufgewandt hast. Du hast verdient, was deine Abstammung dir eines Tages zukommen lassen wird.«

Shin hörte es krachen und knistern, als der Löffel sich für die Blätter der vierten Schale in den Tee grub. Wieder bearbeitete Takashi den Tee ebenso gewissenhaft wie bei den beiden vorherigen Schalen, dann stelle er sie etwas näher zur Tischkante hin. Sie war für Omi bestimmt. »Du, Enkelin, hast eine Findigkeit und Zielgerichtetheit bewiesen, für die ich dich bewundere und beneide. In einem Haus, dessen Vergangenheit so viele interne Querelen gekannt hat, verspricht deine Hingabe für deinen Bruder ein solides Fundament für die Zukunft. Deine Opferbereitschaft für Hohiros Rettung ist ein Beispiel, das ich benutzen würde, jeden zu beschämen, der über die Härten klagt, die der Krieg ihm auferlegt, wäre ich der Ansicht, er wäre einer derart noblen Belehrung würdig.«

Als der Koordinator den Quirl in der fünften Schale drehte, fühlte Shin, wie sein gesamtes Innenleben mitwirbelte. Er neigte den Kopf, als Takashi die Schale vor ihn stellte, und hielt die Augen zu Boden gerichtet, um nicht wie ein ungehobelter Klotz zu starren.

»Und du, Shin Yodama. Was kann ich über dich sagen? Du bist ein Bandit, ein Yakuza, der es gewagt hat, ein MechKrieger zu werden — eine Rolle, die denen vorbehalten ist, die im Bushido erfahren sind. Es gibt

Stimmen, die noch heute erklären, die Rekrutierung von Leuten deiner Art durch meinen Sohn sei ein Verbrechen gegen den Drachen, und ich hätte euch alle töten sollen, um meine Truppen zu reinigen. Und doch hast du immer wieder dein Leben für meinen Enkel, meinen Sohn und selbst für mich riskiert. Du, der keine edle Abstammung und keine formelle Erziehung sein eigen nennt, hast dich als würdiger erwiesen, das Schicksal des Kombinats zu beeinflussen, als zehn Adlige oder zwanzig Höflinge. Wärst du kein Verbrecher, würde ich dich für deine Leistungen in den Orden des Drachen aufnehmen.«

Der Orden des Drachen! Damit wäre ich ein Ritter des Reiches. Beinahe hätte Shin aufgeblickt, um sich zu vergewissern, ob Takashi es ernst meinte, aber die Bemerkung *Wärst du kein Verbrecher* hielt ihn zurück. *Er hat recht. Die Tradition würde nie zulassen, einem Yakuza eine so hohe Ehre zukommen zu lassen. Daß der Koordinator mir Tee serviert, ist genug der Ehre für mich.*

»Nein, Shin Yodama, das ist nicht möglich. Aber ich werde dich belohnen. Aus diesem Grund tragen mein Enkel und du dieselben Roben, denn ihr sollt das Kommando über meine persönliche Leibwache übernehmen, die Klauen. Zu Ehren eurer Taten werde ich sie jedoch umbenennen in die Izanagi-Krieger.«

Shin starrte fassungslos auf die dampfende Schale mit grünem Tee. Izanagi war ein legendärer Krieger, der in die Hölle gereist war und sich den Weg zurück zu den Lebenden erkämpft hatte. *Es läßt sich nicht bestreiten, daß Hohiro und ich gegen viele Feinde angetreten und immer wieder aus der Hölle zurückgekehrt sind.* Er warf Hohiro einen Blick zu und stellte erfreut fest, daß sein Freund grinste.

Takashi zog seinen Kimono enger und rührte seine eigene Schale Tee an. »Ich weiß, ihr wollt protestieren, daß eure Leistungen ohne die Hilfe dieses Victor Steiner-Davion und seiner Leute nicht möglich gewesen wären. Meine Schneider haben für jeden von ihnen einen ähnlichen Kimono gefertigt, und ich werde eine Stiftung gründen, die Stipendien für alle ihre Kinder bezahlt, die vom Hof auf New Avalon verwaltet und von Luthien aus durch ein Mitglied unserer Familie überwacht werden. Ich halte das für eine ausgezeichnete Erfahrung für die zukünftige Wahrerin der Ehre des Hauses.«

Hinter Shin verneigte sich Omi zustimmend.

»Ich grüße euch, Helden.« Takashi hob seine Schale, und die anderen taten es ihm gleich. »Nun wollen wir fünf, die wir alle unser möglichstes getan haben, das Kombinat zusammenzuhalten, gemeinsam trinken. Diese Zeremonie soll unseren Willen symbolisieren, unsere Anstrengungen zu vereinen, und uns neu darauf einschwören, unserer Nation zu dienen und sie für alle Zeiten zu erhalten.«

45

Sitz des Ersten Bereichs ComStars
Hilton Head Island, Nordamerika, Terra

6. Juni 3052

Anastasius Focht, Präzentor Martialum und Sieger von Tukayyid, stand im Innenhof des Sitzes des Ersten Bereichs und starrte das Monument zu Ehren seines Sieges an. Der schwarze Marmorobelisk ragte hoch in den Himmel, und das Sonnenlicht glitzerte auf dem Blattgold, mit dem die Schrift auf dem Sockel ausgelegt war. Er schluckte den Kloß in seiner Kehle hinunter und sprach die Worte laut aus, um festzustellen, ob sie auf diese Weise vernünftiger erschienen.

»Angesichts der Bedrohung der Träume unseres Heiligen Ordens durch die Clans trafen Anastasius Focht und die ComGuards — auf Befehl der Prima Myndo Waterly — in den ersten drei Wochen des Mai 3052 auf die Invasoren und besiegten sie. Durch das Aufhalten der Clans gestatteten sie die Wiedergeburt unseres Heiligen Ordens und die Einsicht in die Rolle, die Jerome Blake ComStar bei seiner Gründung zugedacht hatte.«

Focht studierte die Worte noch einmal schweigend und schüttelte den Kopf. Trotz seiner Berichte an die Prima hatte sie offensichtlich keinerlei Vorstellung vom Tod und der Vernichtung auf Tukayyid. Für sie war die Schlacht gegen die Clans ein Baum, von dem man Monumente pflückte. Sie sah die Schlacht als einen Anfang für ComStar, nicht als das Ende für so viele Leben. *Sie muß endlich lernen, die Wirklichkeit zu sehen!*

Der Präzentor Martialum öffnete die Schnalle seines weißen Umhangs und ließ ihn von den Schultern gleiten. Darunter trug er den olivfarbenen Overall, den ihm sechs Monate zuvor die Zweiundachtzigste Division der Zweiten Armee geschenkt hatte, als er eine Gruppe neuer MechKrieger vereidigte. In der schweren Tasche an seiner linken Hüfte steckte ein Buch mit den Namen aller Krieger der Zweiundachtzigsten Division, die beim Kampf gegen Natascha Kerenskys Wolfsspinnen gefallen waren. Als er die Hand darauf legte, fühlte er auch die Pistole, die in derselben Tasche versteckt war. *Sie muß es sehen!*

Er folgte dem Schatten des Obelisken über das Granitpflaster des Hofes zur Halle der Geschichte. Die Prima wartete zusammen mit ihrer Adjutantin Sharilar Mori in der Rotunde, gekleidet in goldene, respektive rote Roben. Er blieb stehen und salutierte, ging erst weiter, als die Prima wohlwollend applaudierte.

»Du hast das Monument natürlich gesehen?«

»Ja, Prima. Es ist beeindruckend.«

»Es freut mich, daß es dir gefällt.« Myndo lächelte und strich sich das lange weiße Haar von der Schulter. »In den zwanzig Jahren seit Gründung der ComGuards brauchten wir nie eine ernste oder wichtige Schlacht zu schlagen. Ich kann nicht sagen, daß ich hundertprozentiges Vertrauen in unsere Truppen hatte. Es gab Mitglieder im Ersten Bereich, die es als puren Wahnsinn betrachteten, unerfahrene Truppen gegen die Clans ins Feld zu führen.« Sie blickte sich zu Sharilar um. »Glücklicherweise waren wir in der Lage, uns durchzusetzen und dir diese Chance zu bieten.«

»Eure Unterstützung war höchst ermutigend, Prima.« Focht runzelte die Stirn. »Ich glaubte verstanden zu haben, daß ich bei dieser Gelegenheit dem Ersten Bereich Bericht erstatten sollte. Wo sind die anderen?«

Myndo winkte ab. »Sie sind überflüssig. Ein neues Zeitalter ist für ComStar angebrochen. Du solltest dich freuen, denn du bist unser Lichtbringer.«

Lichtbringer! »Nennt ihr mich Luzifer?«

»Prometheus ist angebrachter, Anastasius. Du hast uns die Möglichkeit gegeben, die Menschheit zu erleuchten.« Sie nahm seine rechte Hand in die Linke und führte ihn tiefer ins Gebäude. »Das mußt du sehen. Unsere Künstler haben seit dem Sieg Tag und Nacht gearbeitet. Das ist viel besser als deine Computerwirklichkeit.«

Sie führte ihn durch eine Tür, und er blieb stocksteif stehen. Die riesige Galerie, in der alle Relikte Jerome Blakes und der frühen Geschichte ComStars ausgestellt gewesen waren, war bis an die Wände ausgeräumt worden. Statt dessen hatte man zahllose Tische aufgestellt. Er trat an den ersten davon und sah Berge und Wälder in Miniaturausführung, die bis ins Detail den Bildern der Schlachtfelder entsprachen, die sich in sein Hirn eingebrannt hatten.

Verkohlte Schneisen einstmals reifen Weizens und klaffende Krater überzogen die winzige Landschaft. Mechs im präzisen Maßstab lagen zerbrochen und verbogen am Boden, exakt nachgebildet bis hin zu den Einzelheiten der Bemalung und den Namen des Piloten unter dem Cockpit. Winzige menschliche Figuren lagen auf dem Miniaturschlachtfeld verstreut, genau wie auf Tukayyid. Irgendwie war es den Künstlern sogar gelungen, die exakte bleichgraue Hautfarbe zu treffen.

Gott im Himmel! »Das ist Luk.« Er trat an den nächsten Tisch und sah noch mehr Szenen der Zerstörung. »Das sind die Dinjuberge, und das dort sind die Przenoebenen.«

Wie eine Motte, die von einer Flamme unwiderstehlich angezogen wird, ging Anastasius Focht an den Dioramen entlang, mit derselben Leichtigkeit, mit der er den Planeten in der Konstruktrealität durchstreift hatte, und arbeitete sich langsam auf die riesige graue Vitrine in der Mitte des Saales zu. An jedem Tisch erinnerte er sich an neue, furchtbare Details, die kein Modellbauer einfangen konnte. Ihre kleinen Welten hallten nicht wider vom Stöhnen und Schreien der Verwundeten und Sterbenden. Ihrer Arbeit fehlte der süßliche Gestank verwesender Leichen oder das Knurren der Aasfresser, die davon angezogen wurden. Ihre künstlichen Schlachtfelder kannten die eisige Kälte nicht, die Tukayyid gekennzeichnet hatte, als die Geschütze schwiegen.

In der Mitte des Saales fand Focht die Pozoristuberge. Als er langsam um den Tisch herumging, folgte er der Spur der Vernichtung, die der methodische Feldzug des Wolfsclans hinterlassen hatte. Er sah das Tal, in dem Khan Garth Radick gefallen war, aber die Zahl der zerstörten Clanmechs wirkte bedeutungslos gegen die Anzahl von Leichen, Panzern und Mechs der ComGuards, die das Gelände bedeckten.

»Es ist alles da, Anastasius, und das ist erst der Anfang.« In Myndos Augen brannte ein infernalisches Licht. »Diese Modelle zeigen nur die Trümmer der Schlacht, aber wir werden jedes Gefecht minutiös nachstellen. Jedes Schlachtfeld wird ein eigenes Gebäude erhalten, und man wird sehen können, wie sich die Schlachten entwickelt haben.«

Focht traute seinen Ohren nicht. »Wozu das alles, wenn wir mit Hilfe der Schlachtroms aus unseren und den Clanmaschinen eine exakte Geschichte der Kämpfe erstellen können?«

Sie lächelte ihn gütig an und sah hinüber zu Sharilar. Die Kuritanerin erwiderte das Lächeln, aber als Myndo sich wieder zu ihm umdrehte, sah er Sharilar Mori schaudern. »Anastasius, der Sieger schreibt die Geschichtsbücher. Die wirklichen Ereignisse auf Tukayyid sind nicht annähernd so wichtig wie der symbolische Wert deines Sieges. Du hast bewiesen, daß ComStar der Retter der Menschheit ist. Wir haben die Barbarenhorden daran gehindert, die Innere Sphäre zu überrennen und das Licht des Wissens auszulöschen. Nun werden die Menschen zu uns aufsehen und unsere Führung erbitten.«

Bevor er ihre Interpretation der Geschehnisse anzweifeln konnte, ergriff die Prima erneut seine Hand.

»Komm, das mußt du sehen. Hier umgibt uns Geschichte, aber ich werde dir die Zukunft zeigen!«

Sie zerrte ihn in die nächste Galerie. Er hatte das Gefühl, sein Herz versuche, durch die Kehle zu klettern. »Ja, Anastasius, das ist die Zukunft ComStars! Du bist der Vater, und ich bin die Mutter.«

Sie studierten den abgesenkten Boden der Halle von einem um den ganzen Raum führenden Steg. Die ganze Halle war bis auf ein Meer leuchtender Punkte abgedunkelt, die Focht als dreidimensionale Darstellung der Inneren Sphäre erkannte. Das größte dieser Lichter hing in der Mitte und pulsierte golden. Ein Kegel von Welten, der sich hinauf zur Decke erstreckte, antworteten ihm. Ein goldener Lichtpunkt markierte alle Welten, die von den Clans erobert und von ComStar verwaltet worden waren.

Die Welten des Draconis-Kombinats glühten rot, aber während er noch zusah, wurde ein zentraler Punkt des Reiches golden, und von dort aus dehnte sich die Verwandlung aus. »Luthien«, hauchte er. Dann änderte eine der Welten in dem gewaltigen blauen Meer, das sich quer durch die Innere Sphäre zog, die Farbe, wurde golden. »New Avalon, dann Sian, Atreus.« Eine weitere blaue Welt wechselte die Farbe, und Focht spürte einen Druck auf der Brust. »Tharkad, mein Tharkad.«

Myndo nickte. Tausende goldener Lichtpunkte spiegelten sich in ihren Augen. »Dachtest du, ich hätte dich vergessen?« Sie drehte sich um und berührte eine der abgedunkelten Druckplatten in der Wand hinter ihnen. »Tharkad unter deiner Herrschaft, Archon Frederick Steiner.«

Ein weiteres Diorama erschien, von einer Lexanscheibe geschützt. Er hatte das nagende Gefühl, Tharkad City zu erkennen, aber einige ungewohnte Elemente verwirrten ihn. Er glaubte zunächst, sich zu irren, weil er seit über zwei Jahrzehnten nicht mehr dort gewesen war, aber dann erkannte er, daß die Stadt an die wahnwitzige Vorstellung der Prima von der Zukunft der Inneren Sphäre angepaßt worden war.

Eine kolossale Statue erhob sich in der Mitte der Triade und überragte die drei Gebäude, die das Zentrum der Stadt und der Regierungsgewalt repräsentierten. Sie umklammerte ein zum Himmel gestrecktes Schwert — er selbst, gekleidet wie ein römischer Feldherr des Altertums. In seiner linken Hand hielt er ein Buch, auf dem er das ComStar-Wappen und die Inschrift ›Das Wort Blakes‹ lesen konnte.

Wie Sonnenstrahlen gingen zwölf Straßenzüge durch oder über die Gebäude der Stadt von der Triade aus. An den zwölf Fahnenmasten über der Triade sah er die Flagge mit dem zwölfstrahligen Stern ComStars. Die Gebäude waren im Weiß und Gold des Ordens bemalt. Die gesamte Stadt war nach dem Bild ComStars umgeformt worden.

Plötzlich öffnete sich die hintere Wand der Vitrine, und die Stadtansicht wurde durch ein zweites Diorama ersetzt. Es war in weit größerem Maßstab gehalten und zeigte einen Ort, den er sehr genau kannte. Zwei BattleMechs vom Typ *Greif* standen in der dunklen Halle. Sie flankierten einen Thron unter einem ComStar-Banner, dessen goldener Stern über der gepanzerten Steinerfaust lag. Die Mechs trugen nicht das traditionelle Schwarz der Leibwächter des Archons, sondern waren in den Farben der ComGuards lackiert.

Focht erstarrte, als er die Gestalt auf dem Thron sah. Groß, hager, mit weißem Haarschopf und einer schwarzen Augenklappe saß er selbst auf dem Thron, nach dem er nicht mehr verlangt hatte, seit er das rechte Auge verloren hatte. *Ich habe nur einmal auf diesem Thron gesessen, in einem bösen Traum. Ist das ganze Leben ein Alptraum geworden, aus dem es kein Erwachen mehr gibt?*

»Ja, Anastasius, wie versprochen wird der Thron des Lyranischen Commonwealth dir gehören. Als ComStar-Protektorat wird es alles genießen, was wir anzubieten haben.« Myndo preßte die Hand auf das Glas. »Ich belohne die, in die ich mein Vertrauen setze.«

Focht hob den Kopf. »Ich muß Euch fragen, Prima, wie wir Tharkad einnehmen sollen? Die ComGuards sind im Augenblick nicht in der Verfassung für einen Feldzug.«

Myndo klatschte in die Hände. »Genau das ist der Punkt, Anastasius. Wir brauchen nicht zu kämpfen. Während du gegen die Clans angetreten bist, habe ich den Rest der Inneren Sphäre in die Knie gezwungen. Ich habe ein vollständiges Interdikt aller Kommunikation und des gesamten Raumverkehrs angeordnet. Über ein paar Anlagen haben wir die Kontrolle verloren, aber die werden wir wiedererlangen. Die Welten, die wir derzeit verwalten, sind loyal, und andere werden folgen, auch Tharkad. Unser Interdikt ist ihr Untergang.«

»Das ist also Operation Skorpion.« Focht kniff das verbliebene Auge zusammen. »Ich dachte, Ihr vertraut mir.«

»Das habe ich.« Sie deutete zurück in die erste Halle. »Ich habe darauf vertraut, daß du die Clans ablenkst und verwundest, aber das hier, das war eine zu schwere Last für deine Schultern. Die Clans haben die Innere Sphäre zerschlagen, und wir werden sie wieder aufbauen. Du siehst, ich kenne dich genau. Dich und deine Wünsche. Keine Angst, Tharkad *wird* dir gehören.«

Focht lachte, leise erst, aber immer lauter, als die Verwirrung auf Myndos Gesicht wuchs. »Ihr wißt nichts von mir. Ihr beurteilt mich nach eurem Wissen über den Mann, der ich einmal war. Ja, Frederick Steiner hätte sich darüber gefreut, den Steiner-Thron als Belohnung zu erhalten, aber nicht einmal er wäre so tief gesunken, dazu mit ComStar zu paktieren. Ich bin nicht Frederick Steiner, und das schon seit über zwanzig Jahren.« Er schlug mit der rechten Faust auf das Lexan zwischen sich und seiner Nachbildung. »Anastasius Focht ist ein Name, den ich gewählt habe, damit er mich jeden Tag daran erinnert, daß ich ein Krieger bin. Ich eigne mich nicht für die Politik. Ich habe einen teuren Preis dafür bezahlt, mich darin eingemischt zu haben, und was noch schlimmer ist, meine Nation hat einen teuren Preis dafür zahlen müssen. Wenn Ihr geglaubt habt, mich mit einem welken Traum kaufen zu können, wißt Ihr nichts von mir.«

Die Prima öffnete den Mund, aber er schnitt ihr das Wort ab und stieß den Finger vor ihr Gesicht. »Ihr hattet es nicht nötig, mich zu bestechen. Ich war in Körper und Seele ein Geschöpf ComStars. Ich habe auf Tukayyid gekämpft, weil ich daran glaubte, daß ComStar seine Möglichkeiten gegen die Clans einsetzen mußte. Ich habe nicht mit dem ilKhan verhandelt, um mein Wort von *Euch* unterminieren zu lassen!«

»Das mag alles sein«, schrie die Prima zurück, »aber Realität ist, daß meine Operation Skorpion die Nachfolgerstaaten zerschlagen hat. Die Innere Sphäre ist am Ende, und nur wir können sie retten. Es ist eine Schande, daß du kein Teil der Kur sein willst, denn ich *hätte* dich gebrauchen können.« Sie verschränkte die Arme vor der Brust. »Ich nehme deinen Abschied an und werde dafür sorgen, daß du den Clans ausgeliefert wirst, damit sie mit dir für deinen heimtückischen Dolchstoß abrechnen können.«

Focht lachte erneut auf, und sein Mangel an Furcht schockierte sie deutlich. »Das funktioniert nicht, Prima. IlKhan Ulric weiß sehr genau, daß ich mit Operation Skorpion nichts zu tun hatte. Außerdem war dieses ganze Unternehmen ein Witz. Die Clans waren lediglich gezwungen, ein paar Aufstände niederzuschlagen. Die Rückeroberung der Welten, die wir befreien konnten, wird sie kaum in Anspruch nehmen, und sie werden es wahrscheinlich den Truppen überlassen, die bereits unterwegs sind, um sich in der Inneren Sphäre anzusiedeln. Was die Zerschlagung der Inneren Sphäre angeht, irrt Ihr euch übrigens nicht minder. Ich hatte keinerlei

Schwierigkeiten, eine Nachricht der Priorität Alpha an meine Cousine Melissa auf New Avalon zu schicken, und ihre Antwort traf eine Stunde später bei mir ein. Es scheint, daß unsere Anlagen im Vereinigten Commonwealth unter dessen Kontrolle einwandfrei arbeiten.«

»Das ist nicht möglich!« Myndo stützte sich auf das Geländer des Stegs und blickte hinaus auf ihr Reich aus Licht. »Es sind Ungläubige. Sie können die Geheimnisse der Hyperpulsgeneratoren nicht kennen!«

»Die Wissenschaft ist keine Göttin. Technologie erfordert weder Glauben noch Ritual, Prima. Sie haben herausgefunden, wie man sie benutzt.« Focht zog den Nadler. »Ich fürchte, Ihr seid es, die Ihren Abschied nehmen muß. Es stimmt, jemand muß die Scherben auflesen und die Wunden der Inneren Sphäre heilen, aber Ihr seid das bestimmt nicht.«

Sie blickte von der Waffe in sein Gesicht, und wieder zurück, dann drehte sie sich um. »Du unterschätzt mich und mein Wissen über dich, Anastasius.« Ihre linke Hand spielte am Geländer, als sie sich langsam von ihm und Sharilar entfernte. »Du bist ein Krieger. Dein Ehrenkodex bindet und blendet dich. Er würde es dir nie gestatten, mir in den Rücken zu schießen, und das bedeutet, ich kann einfach hinausspazieren und andere Krieger finden, deren Ehrenkodex verlangt, daß sie ihren *Vorgesetzten* gehorchen. Deine kleine Rebellion endet hier, denn der Traum muß weiterleben!«

Focht schüttelte den Kopf. »Die Träume von Wahnsinnigen verwandeln sich in alptraumhafte Wirklichkeit für die Gesunden.« Er zog zweimal den Abzug durch, und die Prima stürzte zu Boden.

Er drehte die Waffe und richtete sie auf Sharilar Mori. »Und was mache ich mit dir?«

Die Orientalin breitete die Hände aus. »Ich habe mir nichts zu Schulden kommen lassen, was man als Verbrechen ansehen könnte.«

»Ach? Und ich habe immer gedacht, Verrat wird mit

dem Tod bestraft.« Er hob fragend eine Braue. »Und Spionage für das Draconis-Kombinat ist doch wohl Verrat an ComStar?«

»Was? Woher weißt du?«

»Ich bin der Präzentor Martialum. Die Spionageabwehr ist ein wichtiger Teil meiner Aufgaben, und die Suche nach Schwachstellen im Ersten Bereich ist dabei ein Aspekt von erheblicher Bedeutung. Ich mußte vermuten, daß ein Agent des Kombinats im Ersten Bereich saß, als die Prima vor ach so vielen Jahren so begeistert darüber war, daß Theodore Kurita mich an sie aushändigte. Ich war die Antwort auf ihre Gebete, und Theodore hat als Belohnung für meine Dienste bei ComStar alles bekommen, was er wollte. Die an das Kombinat gelieferten Informationen über die Clans und ihre Aktivitäten und schließlich auch über Operation Skorpion wiesen überdeutlich auf einen Spion in den höchsten Reihen hin. Melissa hat bestätigt, daß die Warnungen vor der Rückkehr der Clans und Operation Skorpion aus dem Kombinat stammten. Letzteres engte den Kreis der Kandidaten auf dich ein, denn die Prima hat den Befehl mit Sicherheit über dich laufen lassen, um sich für den Fall eines Scheiterns reinwaschen zu können. Und du hast auch verhindert, daß sie von dem kläglichen Mißerfolg erfuhr.«

Sharilar lächelte voller Respekt. »Deine Analyse ist fehlerlos. Ich wußte, daß ein Risiko bestand, aber ich mußte es eingehen, selbst wenn ich dadurch meinen Deckmantel gefährdete.«

»Wie es Spione von jeher getan haben.«

»So ist es.« Sie sah auf Myndos Leiche hinab. »Also, erschießt du mich, weil ich eine tote Organisation verraten habe?«

Focht schüttelte den Kopf. »Auch ich habe einen Traum für ComStar. Der Krieg gegen die Clans hat mich davon überzeugt, daß wir unsere Mittel nicht verschwenden dürfen, und der Bruderkrieg zwischen den

Nachfolgerstaaten hat mir die Idee für eine neue Ausrichtung ComStars gegeben. Ich habe jedoch ein Problem.«

»Du bist kein Politiker und hast auch nicht das Verlangen, einer zu werden.«

»Ich habe nicht die *Zeit,* einer zu werden. Du hingegen hast dich mit genügend Können durch das Labyrinth des Ordens geschlängelt, um es in recht kurzer Zeit bis zur Mitgliedschaft im Ersten Bereich zu bringen.« Der Präzentor Martialum fuhr sich mit den Fingern der linken Hand durch das Haar. »Hast du die Fähigkeiten, die ich brauche, um meinen Traum zu verwirklichen?«

»Würdest du mir vertrauen, wenn ich ja sage?«

Focht kaute einen Augenblick auf der Unterlippe, dann nickte er. »Die Tatsache, daß du zu ComStar gestoßen bist, weil du oder deine Herren den Orden als eine Macht des Bösen sahen, die aufgehalten werden mußte, beweist mir, daß du nicht auf den pseudoreligiösen Mystizismus eingeschworen bist, der als sein Grundstein gilt. Daß du dein Leben riskiert hast, um die Perversion zu untergraben, die unsere frühere Prima den Nachfolgerstaaten antun wollte, beweist deinen Mut zum Handeln, wenn es notwendig ist. Wenn du mir sagst, daß du alles, was uns zur Verfügung steht, einsetzen willst, um die Schäden wiedergutzumachen, die wir angerichtet haben, vertraue ich dir.«

»Womit fangen wir an?«

Focht steckte die Pistole weg und legte den Arm um Sharilars Schultern. »Wir treiben einen Pflock durch ihr Herz, und dann verbuddeln wir sie in demselben Grab, in das wir das Wort Blakes werfen.«

46

Valigia
Alyina, Jadefalken-Besatzungszone

10. Juni 3052

Kai Allard sah auf und winkte, als Erik Mahler die Hupe des Schwebers bediente. Er reichte dem Tech neben sich die Metallbürste und Aktivatorbuchse, dann wischte er sich an einem Lappen die Hände ab. »Ich komme gleich«, rief er auf dem Weg zum Waschbecken durch die offenen Tore des Mechhangars. Er schrubbte den gröbsten Dreck ab, rollte die Ärmel hinunter und zog die Jacke an.

Auf dem Weg hinaus blieb er noch einmal stehen und sah sich um. Fünf Monate unter dem Mar Negro hatten ihre Spuren an *Yen-lo-wang* hinterlassen, aber seit sie ihn geborgen hatten, ging es ihm von Tag zu Tag zu besser. Malthus hatte vorgeschlagen, seine Reparatur zu einem Werkprojekt für die Techs und MechKrieger zu machen, die aus Gefechtsbasis Tango Zephyr entlassen worden waren. Alle, die dazu in der Lage waren, hatten sofort zugestimmt, und die Aussicht darauf, an der Wiederherstellung teilzunehmen, hatte eine Reihe von Kriegern dazu veranlaßt, bei ihren Ärzten auf schnelle Entlassung aus dem Krankenhaus zu drängen.

Der BattleMech stand groß und stolz in der Halle, auch wenn an einigen Stellen beim Abschleifen der Muscheln die Farbe mit entfernt worden war. Vom Stumpf des rechten Arms hingen Drähte und Aktivatorbündel herab, aber das Gaussgeschütz zum Ersatz der Waffe, die bei der Hovertruckexplosion verlorengegangen war, lag bereits auf einer Palette bereit. Auch das Dach der Pilotenkanzel lag vor den Füßen des *Centurion*, und die Arbeiter wanderten durch das Cockpit.

»Das ist einer der schönsten Anblicke, die ich je gesehen habe. Es bringt Erinnerungen an meine Dienstzeit zurück. Ich kann Ihre Liebe für diese Maschine gut verstehen.« Mahler stand an der Fahrertür. »Ohne Zweifel wird man einige Clankinder mit Geschichten über *Yen-lo-wang* zu gutem Benehmen zwingen.«

Kai dankte Mahler mit einem Blick und setzte sich auf den Platz des Beifahrers. Als Mahler sich wieder hinter das Steuerrad klemmte und die Hubpropeller in Bewegung setzte, reichte er Kai einen Zettel. »Die Besatzung der ComStar-Anlage hat eine Antwort auf ihre Nachricht erhalten. In zwei Wochen trifft ein Schiff von Yeguas bei Morges ein, um Sie abzuholen. Sie fliegen in vierundzwanzig Stunden los, um das Rendezvous nicht zu verpassen.«

»Was ist mit den Leuten, die noch zu krank für einen Sprung sind?«

»Wir schicken sie später nach. Malthus hat Ihre Vereinbarung über die Gefangenen von Tango Zephyr zum Dank für Ihre Hilfe bei der Befriedung der ComStar-Einheiten auf alle Truppen des Vereinigten Commonwealth ausgedehnt. Die Clans werden eine regelmäßige Verbindung nach Morges einrichten, bis alle repatriiert sind.«

»Vierundzwanzig Stunden?« Kai blickte auf seine Hände, während Mahler in den Straßenverkehr einscherte. »Das läßt mir wenig Zeit.«

Mahler hielt die Augen auf die Straße gerichtet. »Müssen Sie noch entscheiden, was Sie ihr zuliebe tun?«

»Nein.« Der MechKrieger stieß einen Seufzer aus. »Ich liebe sie, aber ich fürchte, unser Wesen ist so verschieden, daß wir einander an die Gurgel gehen würden.«

Der alte Mann lachte. »Schon mal was davon gehört, daß sich Gegensätze anziehen? Wird man nicht immer von dem angezogen, was anders ist? Hilda und ich waren wie Hund und Katz, als wir uns kennengelernt haben.«

Kai schüttelte traurig den Kopf. »Eines habe ich auf

Alyina gelernt. Ich hatte es schon früher vermutet, und meine Eltern haben es mir ebenso versichert wie Victor: Ich bin ein guter Krieger.«

»Sie sind ein *überragender* Krieger — das erzählt mir Sterncommander Malthus immer wieder.«

»Ich ...«

Bevor Kai ihm widersprechen konnte, fixierte Mahler hin. »Er sagt, wenn Sie ein Gefangener der Jadefalken wären, hätte er Sie zu seinem Leibeigenen gemacht, um sie augenblicklich zur Adoption als Krieger im Jadefalkenclan vorschlagen zu können. Die Wölfe haben das mit jemand gemacht, den sie gefangen haben, und sie sollen mit Prinz Ragnar von Rasalhaag dasselbe planen. Mit Ihnen, sagt er, hätten die Jadefalken einen Krieger, der die adoptierten Wölfe beschämt.«

»Malthus neigt zur Übertreibung.« Kai fühlte, wie ihm die Schamesröte ins Gesicht stieg. »Ich weiß, Ihre Worte haben eine faktische Grundlage, und das ist bereits mehr, als ich noch vor gar nicht allzulanger Zeit zugegeben hätte. Deirdre hat recht, wenn sie meint, daß ich bei jedem anderen als bemerkenswert bezeichnen würde, was ich bei mir selbst als eben noch ausreichend beurteile. Ich bin ein Krieger — darin liegt mein Können, mein Antrieb und mein Streben. Und mein Problem.«

»Wo liegt das Problem?« Mahler lenkte den Schweber um eine Ecke, und Kai sah am Ende der Straße das Krankenhaus von Valigia auftauchen. »Zu meiner Zeit haben sich jede Menge Soldaten in jeden Rock verliebt, der ihnen im Urlaub begegnet ist. Bei Ihnen und Deirdre ist das anders. Wenn es da ein Problem gibt, kann ich es nicht erkennen.«

»Das Problem ist gerade die Tatsache, *daß* wir einander lieben, aber diese Liebe wurde hier auf Alyina geboren. Das Leben auf der Flucht ist eine Ausnahmesituation. Woher soll ich wissen, ob unsere Liebe echt ist.«

»Ich habe den Eindruck, Sie weichen aus. Indem Sie

die Frage so stellen, flüchten Sie sich bereits in die Vorstellung, Ihre Liebe sei nicht echt.« Mahler senkte die Stimme. »Außerdem hat das nichts damit zu tun, daß Sie ein Krieger sind.«

Kai verzog das Gesicht. »Sie haben recht. Ich weiß, was ich tun muß, und ich werde es tun. Wenn wir zusammenbleiben, würde es sie zerbrechen, damit leben zu müssen, was ich bin und was ich tue.«

»Unterschätzen Sie da nicht ihre emotionale Belastungsfähigkeit, mein Freund?«

»Möglicherweise, aber wenn ich recht habe, könnte ich sie vernichten.« Er blickte Mahler an. »Ich darf ihr Glück und das meine nicht aufs Spiel setzen.«

Mahler steuerte den Schweber ins Parkhaus des Hospitals. »Was wollen Sie tun?«

Was ich schon früher getan habe. »Ich werde ihr erklären, daß das Ganze ein Fehler war.«

Der ältere Mann lachte. »Sie hat einen starken Willen. Sie wird Sie ignorieren.«

»Das weiß ich.« Kai knabberte am linken Daumennagel. »Ich werde den Ton eines Adligen anschlagen, der eine Bürgerliche zurechtweist. Ich bin schon oft genug beschuldigt worden, arrogant zu sein, weil ich zur Zurückhaltung neige. Jetzt kann ich den Spieß umdrehen und das benutzen. Ich werde ihr erzählen, ich sei nur bei ihr geblieben, weil es sich nicht gehört, eine *unserer* Frauen allein zu lassen, wenn Clanner herumstreifen. Jetzt, wo ich die Gelegenheit habe, nach Hause zurückzukehren, muß diese lächerliche Liaison ein Ende haben.«

Mahler verzog mitfühlend das Gesicht. »Sie wollen, daß sie Sie haßt.«

»Sie wird ihren Zorn darauf konzentrieren können, und sie wird glauben, daß sie ohne mich besser dran ist.« *Wahrscheinlich stimmt das sogar.*

»Na, dann bieten Sie ihr am besten auch gleich Geld an, damit sie sich ein Andenken an Sie kaufen kann.«

»Wer einmal schießt, muß auch bereit sein, eine Salve abzufeuern.« Kai warf Mahler einen schrägen Blick zu. »Für einen liebenden Ehemann kennen Sie sich damit aber gut aus.«

Der pensionierte MechKrieger lenkte den Schweber in eine Parklücke und zuckte die Schultern. »Wie gesagt, ich hatte eine Menge Burschen unter meinem Kommando, die sich am Freitagabend ›verlobt‹ haben und am Montagmorgen ausrücken mußten. Ich habe gelernt, wie man so etwas handhabt.«

Kai öffnete die Tür. »Ich weiß nicht, wie lange es dauert.«

Mahler klopfte ihm auf die Schulter. »Schon gut. Ich warte.«

Kai nickte und stieg aus. Er ging über die Brücke hinüber zum vierten Stock des Krankenhauses. Als er am Schwesterntisch nach Deirdre fragte, schickte man ihn in die Kinderabteilung. Er stieg langsam die Treppe hinauf, um die Auseinandersetzung hinauszuzögern.

Angst stieg in ihm hoch, als er die Tür öffnete und sie sofort sah. Sie stand mit dem Rücken zu ihm im Gang. Ein junges Kind lag in ihren Arm, und sie schaukelte es hin und her. Er konnte die Worte nicht hören, aber die Melodie des Schlummerlieds drang sanft an sein Ohr.

Kai, wenn du diese Frau wegstößt, bist du verrückt. Du liebst *sie, und sie liebt dich. Wenn ihr erst die Widersprüche geklärt habt, werdet ihr eine feste Bindung aufbauen können. Zum Teufel, wenn deine Eltern sich lieben konnten, obwohl sie aus völlig unterschiedlichen Traditionen und aus verfeindeten Nationen stammen, warum solltest du in einer sehr viel einfacheren Lage versagen?*

Mit diesem Gedanken fiel die Besorgnis von ihm ab wie ein böser Traum. Er lächelte. Eine Schwester trat aus der Tür neben Deirdre und deutete in seine Richtung, dann nahm sie das Kind aus ihren Armen. Deirdre strich die dunklen Haare aus dem Gesicht des Kindes und drehte sich lächelnd zu ihm um.

»Die Clans haben ...«

Sie hob die Hand und deutete auf eine offene Tür. »Laß uns nicht hier im Gang darüber reden. Komm.«

Kai nickte etwas verwirrt, aber er trat vor ihr in das Zimmer. Es war ihm klar, daß ein Gespräch über ihre Abreise manche Zuhörer verwirren konnte, und nahm an, sie wolle vermeiden, die Kinder zu beunruhigen. Als er sich umdrehte, schloß sie die Tür und deutete auf einen Stuhl.

»Kai, wir müssen miteinander reden.«

Er nickte. »Ich weiß. Erik Mahler sagt, unser Schiff startet morgen. Ich kann arrangieren, daß unsere Sachen an Bord gebracht werden, so daß du weiterarbeiten kannst.« Er zog den Stuhl heran und setzte sich. »Sobald wir im Commonwealth sind, besorge ich uns einen Flug nach New Avalon.«

Sie blieb stehen und sah auf den mit Plastikfliesen bedeckten Fußboden. »Kai, ich komme nicht mit.«

»Was?« Eine Faust schien sich um sein Herz zu schließen.

»Ich bleibe hier. Es gibt eine Menge Arbeit. Eine Menge Leute brauchen meine Hilfe.«

»Gut, dann bleibe ich auch.«

»Nein, Kai, du fliegst ab!« Sie ballte die Fäuste. »Du mußt fort.«

»Ich verstehe nicht, Deirdre.« Er wollte wieder aufstehen, aber sie ging an ihm vorüber und drückte ihn zurück auf den Stuhl. Er drehte sich halb um und beobachtete sie. »Was geht hier vor?«

Sie starrte aus dem Fenster. »Es würde nicht gutgehen, Kai. Wir stammen aus zu verschiedenen Welten mit zu unterschiedlichen Zielen.«

Er stand auf und trat hinter sie. »Es wird gutgehen. Wir werden dafür sorgen.« Er wollte die Arme um sie legen, aber sie schob ihn fort und wirbelte herum.

»Genug geschauspielert, Kai. Ich wollte dir nicht weh tun, aber du läßt mir keine andere Wahl.« Sie verschränkte die Arme vor der Brust und starrte ihn an. »Du bist ein netter Kerl, und die Zeit mit dir hinter den feindlichen Linien war toll. Die Mahlers hätten mich sicher nicht verteidigen können, und ich wollte nicht, daß sie verletzt werden, weil sie mich aufgenommen haben. Es war mein Pech, daß ausgerechnet du der erste Soldat warst, der vorbeikam. Du bist als Liebhaber gar nicht schlecht, aber für mich warst du nur eine Ablenkung.«

Kai hatte das Gefühl, ein schwarzes Loch habe sein Herz verschlungen. *Eine Ablenkung? Sex für Schutz? Alles waren nur Lügen?* Er stolperte rückwärts und fiel wieder auf den Stuhl. *Wie konnte ich so dumm sein?*

»Siehst du, Kai, du denkst militärisch. Du könntest nie verstehen, was für ein komplexes Wesen ich habe. Dein Beruf würde dich festhalten, und ich kann es mir nicht erlauben, mich an jemand wie dich zu binden. Außerdem möchte ich mit jemand leben, der etwas erwachsener ist.« Sie zuckte mit nur einem Hauch von Steifheit die Schultern. »Vielleicht wirst du es eines Tages verstehen.«

Geschockt schloß Kai die Augen. Er lief blutrot an und hatte einen Kloß im Hals, aber irgendwie fühlte er nur Entsetzen. Er schien völlig leer. *Ich muß verrückt gewesen sein zu glauben ...*

Er zögerte, dann ließ er resigniert den Kopf hängen. Endlich kam ihm der Gedanke, daß er gerade ihre Version der ›Ich werde dafür sorgen, daß sie mich haßt‹-Platte zu hören bekam, die er sich für sie zurechtgelegt gehabt hatte. *Das bedeutet, sie glaubt auch, daß meine Karriere als Krieger uns auseinanderbringen muß. Ich habe meine Pflicht vernachlässigt und sie gezwungen, die Verantwortung zu tragen. Wie konnte ich ihr das antun?*

Kai öffnete die Augen und schüttelte den Kopf. »Ich höre Ihre Worte, Doktor, und ich verstehe nur zu gut.« Er sah zu ihr hinüber, als er langsam aufstand. »Was auch immer Ihre Motive sein mögen, ich weiß zu schätzen, was Sie während unserer gemeinsamen Zeit für mich getan haben. Sie haben mich geheilt und mir geholfen, mich und die Welt besser zu verstehen. Das werde ich Ihnen nie vergessen, und ich werde den Rest meines Lebens daran arbeiten, mich Ihrer Opfer würdig zu erweisen.«

Deirdre Lear stand vor dem Fenster und sagte nichts, aber er konnte ihre Schultern leise zucken sehen.

»Ich werde mich Ihnen nicht länger aufdrängen, Doktor.« Er wandte sich zur Tür, um sie nicht mehr ansehen zu müssen. »Wir werden einander nie wiedersehen, aber ich hoffe, Sie werden sich ab und zu gerne an mich erinnern.« Er öffnete die Tür und trat hinaus. »Ich werde es jedenfalls tun.«

Mit der Sanftheit und Endgültigkeit eines Sargdekkels schloß sich die Tür.

47

Sprungschiff *Höhlenwolf,* Im Transferorbit Diosd, Wolfsclan-Besatzungszone

12. Juni 3052

Phelan hielt das Haupt hoch erhoben. Er trug eine zeremonielle graue Ledermontur und wurde von einem Scheinwerfer an der Hallendecke angestrahlt. Vor ihm stand Ulric auf einem Podest, das ebenso beleuchtet wurde. Er trug einen grauen Wolfspelzumhang über seiner schwarzen Montur und eine schwarz emaillierte Wolfsmaske. Auf einer Säule zwischen ihnen stand eine goldene Öllampe in Form eines Wolfes, deren Flamme sich sanft bewegte. Phelan wußte, daß sich die anderen Mitglieder des Wolfsclans außerhalb der beiden Lichtkegel versammelt hatten, aber er konnte sie weder sehen noch hören.

»Eidgefährten, sichtbar und unsichtbar, nah und fern, lebendig und tot, habt Mut. Ein weiterer unserer Zahl ist Blut.« Ulrics hohle Stimme klang durch den Saal, ohne ein Echo zu erzeugen. »Fünf Schlachten hat er geschlagen, und er ist Sieger. Wir alle haben diesen Wettbwerb verfolgt, und niemand kann den Ausgang anzweifeln.«

»Seyla«, flüsterten die unsichtbaren Krieger ringsum.

Der Wolfskopf neigte sich ihm zu. »Phelan, du kamst zu uns als Leibeigener, aber du hast deinen Wert bewiesen, wie es nur ein Krieger kann. Wir haben dich, einen Findling, in die Kriegerkaste aufgenommen, und du hast hart trainiert, um deine Positionsprüfung zu bestehen. Im Kampfeinsatz hast du dich weit über alle Erwartung hervorgetan, hast die Welt Günzburg allein erobert und uns den Prinz von Rasalhaag gebracht. Selbst in dieser letzten Schlacht, bei der Niederlage auf Tukayyid, haben du und deine Leute gesiegt, wo so viele andere Clans versagten.«

Phelan lächelte, als er die letzte Bemerkung hörte, und bemerkte ein fast unmerkliches Rascheln in den unsichtbaren Reihen. Ulric pausierte lange genug, um das Bild vom Versagen der anderen Clans einsickern zu lassen. *Auch wenn das ein todernstes Ritual ist, läßt es sich der ilKhan nicht nehmen, uns an unsere überlegenen Leistungen zu erinnern.*

»All diese Leistungen weisen dich als besonders aus, aber es ist der Gewinn eines Blutnamens, der dich über die einfachen Krieger erhebt, mit denen und gegen die du angetreten bist. Zehn und zehn und fünf ist die Zahl derer, die denselben Nachnamen tragen. Mit ihm wirst du ein Mitglied des Clankonklave und kannst in ein noch höheres Amt mit noch höherer Verantwortung gewählt werden. Dein Blutname hat eine besonders stolze Vergangenheit. Von den fünfzehn, die ihn vor dir getragen haben, wurden zehn Khan. Alle waren berühmt für ihr Können und ihren Mut im Kampf. Du trägst mit deinen einundzwanzig Jahren bereits zu seiner Legende bei, als jüngster Krieger, der je einen Blutnamen errang.«

Phelan senkte den Blick, als Cyrillas Gesicht vor sein inneres Auge trat. *»Trauere nicht um mich, Phelan Wolf. Mach mich stolz auf dich.« Das waren ihre letzten Worte an mich. Ich hoffe, ich habe es geschafft.*

Ulric trat einen Schritt vor. Seine rechte Hand erschien unter dem Mantel. »Gib mir deinen Dolch.«

Phelans Rechte fiel auf den zeremoniellen Dolch, den er bei der Aufnahme in die Kriegerkaste erhalten hatte. Als er das Messer zog und dem ilKhan mit dem Wolfskopfknauf voran reichte, lag seine linke Hand über der Gürtelschnalle, die er Vlad wieder abgenommen hatte.

Ulric nahm den Dolch mit der rechten Hand und packte mit der linken Phelans Handgelenk. Er führte die

Klinge vorsichtig über die Handfläche und preßte an der Handkante leicht nach unten. Der Schnitt füllte sich sofort mit Blut.

Phelan ballte die Hand zur Faust und drückte. Ein Tropfen Blut fiel in die Flamme der Lampe und stieg augenblicklich in einer Rauchwolke wieder nach oben. Die Flamme flackerte und zischte, dann brannte sie hell weiter.

Der ilKhan drehte das Messer um und reichte es Phelan. »Nun und für alle Zeiten kennen dich die Clans als Phelan Ward. Alle haben sich diesem Spruch zu beugen. So sei es, bis wir alle fallen.«

»So sei es, bis wir alle fallen«, antwortete die Menge.

Der Scheinwerfer über Ulric erlosch, und Phelan blieb allein im Lichtkegel zurück. Als das Licht anging, sah er viele Menschen im Halbkreis auf den Stühlen sitzen. Er erkannte Natascha und Evantha, dann sah er Conal Ward, der sich den Weg ins Innere des Saales bahnte. Natascha stand widerwillig auf und folgte ihm. Phelan setzte sich auf den Platz, den sie verlassen hatte.

Evantha begrüßte ihn freundlich. »Willkommen, Phelan Ward.«

»Danke, Evantha Fetladral.« Er deutete mit dem Kopf zur Stirnwand des Saales, wo Conal sich auf einen Stuhl setzte, während Ulric — jetzt ohne Maske — und Natascha auf dem erhöhten Podium Platz nahmen. »Ist das ein Clankonklave?«

Die Elementarin nickte ernst, und ihr roter Zopf wippte. »Allerdings. Trotz unserer Verluste haben wir hier im Saal und« — sie deutete auf eine Kamera in der Ecke — »in Kommunikationsreichweite eine beschlußfähige Mehrheit.«

»Warum so schnell?«

Sie lächelte. »Dir mag es schnell erscheinen, Phelan, aber in Wirklichkeit ist dieses Konklave sehr spät einberufen worden. Wir haben einen Khan verloren und müssen seinen Nachfolger wählen.«

Phelan nickte und sah hinüber zu Conal. *Beinahe wäre er schon bei der letzten Wahl zum Khan gewählt worden. Jetzt ist er Lehrmeister. Und er ist der Hurensohn, der bei der Blutrechtentscheidung betrogen hat, um Vlad zu bevorzugen.* Fast augenblicklich dachte Phelan in denselben Bahnen, wie Cyrilla es getan hätte. »Evantha, wie stehen die Chancen, daß Conal gewinnt?«

»Er hat seine Anhänger.«

Die grünen Augen des MechKriegers leuchteten in einem tückischen Glanz. »Wie würde es seine Kandidatur beeinflussen, wenn bekannt würde, daß er bei meinem Blutnamenkampf betrogen hat?«

Evantha strahlte ihn an. »Natascha hat vorausgesagt, daß du diese Frage stellst.«

»Und?«

»Ich soll dir sagen, die Angelegenheit wurde bereits besprochen, und die Strafe wird dem Vergehen mehr als gerecht.«

Conal Ward stand auf. »Als Lehrmeister dieses Konklave rufe ich zur Ordnung.«

Natascha erhob sich von ihrem Platz und sah Conal durchdringend an. »Wie ihr alle wißt, ist Garth Radick bei den Kämpfen auf Tukayyid gefallen. Da unmittelbar nach dieser Versammlung ein Großes Konklave stattfindet, müssen wir heute einen neuen Khan wählen. Es wird eine sehr wichtige Versammlung, da sie sich mit der Vereinbarung befassen soll, die der ilKhan bezüglich Tukayyid geschlossen hat; also sollten wir jemand wählen, der versteht, was sich dort ereignet hat. Ich bitte um Vorschläge.«

Phelan beugte sich zu Evantha. »Hör mal, du hast auf Tukayyid einiges geleistet. Bist du mit 'ner Nominierung einverstanden?«

Sie runzelte die Stirn. »Wenn du im Clankonklave etwas werden willst, Phelan, mußt du lernen, dich anständig auszudrücken.«

»Heißt das nein?«

»Das heißt, warte ab, gegen wen wir antreten müssen.«

Conal deutete auf jemand in den hinteren Reihen. »Ich erkenne dich, Kevin Carson.«

Ein junger Mann stand auf und verschränkte die Hände hinter dem Rücken. »Mitwölfe, es gibt nur eine offensichtliche Wahl für den Posten des Khans. Es ist ein Mann, der an der Spitze der Roten Wölfe unglaubliche Verwüstungen unter den ComGuards angerichtet hat. Seine Einheit erwies sich im letzten Ansturm, der die ComGuards aus den Pozoristubergen vertrieb, als entscheidend. Weiterhin hätte er bereits zum Khan gewählt werden sollen, als Ulric das Amt des ilKhans angetragen wurde. Ich spreche natürlich von unserem Lehrmeister Conal Ward. Hiermit schlage ich seinen Namen vor.«

Als Carson sich wieder setzte, stellte Phelan fest, daß Conal bleich geworden war. *Was geht hier vor?*

Natascha beugte sich vor. »Möchtest du zu dieser Nominierung nichts sagen, Conal?« fragte sie mit ironischer Stimme.

Conal räusperte sich. »Doch, Khan Natascha, das möchte ich.« Der MechKrieger stand auf und faltete nervös die Hände. »Der Vorschlag ehrt mich, aber ich muß auf diese Ehre verzichten. Ich fühle, daß dies nicht meine Zeit ist.«

Er lächelte verlegen und sah zu Natascha auf.

Die Schwarze Witwe trug ein kaltes Lächeln zur Schau. »Und?«

Conal zuckte zusammen. »Und obwohl dies eine schwere und kritische Zeit für den Wolfsclan ist, fühle ich mich nicht mehr imstande, das Amt des Lehrmeisters auszufüllen. Ich, äh, trete hiermit von meinem Amt zurück.«

Natascha grinste breit. »Und?«

Conal schien dem Herzanfall nahe. »Und ich habe mich entschlossen, den ilKhan darum zu bitten, mich von meiner Position in den Roten Wölfen freizustellen, damit ich ausziehen und Banditen jagen kann.«

Natascha nickte langsam. »Noch etwas?«

»Ja, Khan Natascha.« Sein Gesicht war schmerzverzerrt. »Ich möchte diese Gelegenheit benutzen, den Namen eines Kandidaten vorzuschlagen, von dem ich, äh, persönlich überzeugt bin, daß er das Amt des Khans verdient. Ich unterstütze seine Kandidatur mit meiner ganzen Kraft. Ich, äh, nominiere Phelan Ward.«

Phelan fiel zurück, als Conal praktisch auf seinem Stuhl zusammenbrach. *Mein Gott, die Bestrafung ist dem Verbrechen wirklich angemessen.*

Evantha stand auf, und Conal erteilte ihr das Wort. »Ich unterstütze die Nominierung Phelan Wards. Wie könnten wir diese Ehre dem jüngsten Träger eines Blutnamens verwehren? Wer unter uns hat, bei all unseren glorreichen Leistungen, je eine ganze Welt erobert, ohne einen Schuß abzugeben?« Sie rieb sich das Kinn. »Und welcher MechKrieger unter euch hat je einen einzigen Elementar im Zweikampf besiegt?« Gelächter klang auf. »Außerdem, wer von uns kennt die Völker, die wir erobert haben, und gegen die wir noch kämpfen müssen, so wie er? Es kann keine Zweifel an seiner Qualifikation für diese Ehre geben. Die Frage lautet vielmehr: Sind wir weise genug, das zu erkennen?«

Evantha setzte sich wieder auf ihren Platz und schlug Phelan auf den Schenkel. »Siehst du? Jetzt brauchst du mich nicht mehr vorzuschlagen.«

»Was Ulric mit Natascha gemacht hat, machst du mit mir.« Phelan schauderte. »Ich dachte, du wärst meine Freundin.«

»Das bin ich, Phelan. Ich bin deine Freundin und die des Wolfsclans.« Sie sah hinüber zum ilKhan. »Ich bin sein Werkzeug, genau wie du. Ulric hat dich auf diese Aufgabe vorbereitet, seit du zum erstenmal mehr Intelligenz zeigtest als irgendein anderer Gefangener. Er wußte genau — wie viele andere unter uns —, daß es von lebenswichtiger Bedeutung für uns ist, Anführer zu haben, die die Innere Sphäre verstehen. Natascha kehrte zu uns zurück, nachdem sie ein halbes Jahrhundert in der Inneren Sphäre gelebt hatte. Du bist dort geboren und ausgebildet worden und bringst eine andere Anschauung mit. Dieses Wissen, diese Erfahrung benötigt das Große Konklave. Außerdem war es doch sehr amüsant, Conal sich winden zu sehen, frapos?«

»Pos.« Allmählich ergab alles einen Sinn. Ulric hatte ihn ständig getestet und auf die Probe gestellt, aber bisher hatte Phelan nie den Grund dafür gewußt. Er hatte angenommen, ein Großteil dieser Handlungen sei darauf ausgerichtet gewesen, Informationen über die Innere Sphäre zu erlangen, aber er hatte immer gewußt, daß da auch noch mehr sein mußte. Wenn nicht, warum hätte dann Phelans Verständnis für und Akzeptanz durch die Clans so wichtig sein sollen? Mehr als das, Phelans Adoption in die Kriegerkaste und seine Anerkennung durch die anderen war ein Ziel gewesen, zu dem Ulric ihn regelrecht getrieben hatte.

Ich habe gedacht, Ulric würde in mir eine jüngere Ausgabe seiner selbst sehen. Vielleicht hat er das auch getan, aber er wollte meinen Erfolg, weil er eine Brücke zwischen den Clans und der Inneren Sphäre schlagen wollte; und mit Prinz Ragnar hat er ähnliches vor. Ulric ist möglicherweise der einzige Khan, der erkannt hat, daß es nicht damit getan ist, die Innere Sphäre zu erobern. Wenn uns das gelänge, müßten wir sie auch regieren.

Natascha deutete auf eine Frau, die am rechten Rand des Saales aufgestanden war. »Conal, bevor du gehst, solltest du noch Katya Kerensky erkennen.«

Conal verzog das Gesicht, und Katya ergriff das Wort. »Ich beantrage, daß wir die Nominierung abschließen.«

»Ich unterstütze den Antrag«, erklärte Natascha. Sie lächelte Conal zu.

Der Lehrmeister erhob sich müde. »Angesichts des

Antrags bedeutet dies die Wahl Phelan Wards als Nachfolger Garth Radicks. Angesichts der Bedeutung der Versammlung, die er besuchen wird, äh, bin ich der, äh, festen Überzeugung, daß wir ihn per Akklamation wählen sollten.«

»Ich kann dem nur beipflichten.« Natascha stand auf und begann zu klatschen. Conal stimmte halbherzig in den Beifall ein, dann applaudierten auch die übrigen Mitglieder des Clankonklave. Evantha packte Phelan an der Schulter und riß ihn halb auf die Beine. Er ging den Mittelgang hinab und trat neben Natascha. Als sich der Applaus legte, nahm sie wieder Platz und zwinkerte ihm zu. »Sag was.«

Phelan atmete tief ein und wünschte sich, sein Herz würde aufhören, so laut zu pochen. »Worte können nicht ausdrücken, was ich in diesem Moment höchster Ehrung empfinde. Wie wir alle wissen, sind Worte wertlos im Vergleich mit Taten, also werden meine Taten beweisen, wie dankbar ich euch für diese gewaltige Verantwortung bin.« Er sah sich im Rund um. »Laßt mich nur hinzufügen, daß ich endlich das Gefühl habe, an dem Platz zu stehen, an den ich, Freigeburt oder nicht, hingehöre. Danke.«

Wieder schlug der Applaus über ihm zusammen, und Phelan konnte nur noch breit grinsen. Conal stand auf und beendete die Sitzung mit den Worten: »So sei es, bis wir alle fallen«, und Phelan wiederholte sie mit voller Überzeugung. *Endlich bin ich zu Hause.*

Er drehte sich zu Natascha um. »So, nachdem ihr mich in diese Lage gebracht habt, was soll ich jetzt machen?«

Sie blickte zu Ulric, und der ilKhan grinste. »Bleib dir treu.«

Das Wolfsclan-Konklave verließ den Saal, und eine allmähliche Veränderung vollzog sich. An den Schottwänden tauchten in regelmäßigen Abständen Monitore aus der Versenkung und erwachten flackernd zum Leben. Auf den Mattscheiben sah Phelan Köpfe und Schultern der Clan-Khane. Die Masken, die sie trugen — ähnlich der Ulrics während der Zeremonie, aber ihren Clans entsprechend geformt — verbargen ihre Identität.

Die Türen am entgegengesetzten Ende des Raumes öffneten sich, und zwölf Personen marschierten herein. Die Khane der an dem Angriff auf Tukayyid beteiligten Clans verteilten sich auf die Sitzreihen und nahmen schweigend Platz. Da auch sie Masken trugen, erkannte Phelan keinen von ihnen, aber zwei — ein Nebelparder und eine Stahlviper — humpelten, was er Kampfverletzungen zuschrieb.

Phelan drehte sich zu Natascha um und flüsterte: »Sollten wir nicht auch Masken tragen?«

Die Schwarze Witwe schüttelte den Kopf. »Das sklavische Festhalten an den Formalitäten eines Rituals ist ein Zeichen dafür, daß man ...«

»... nichts Besseres zu tun hat. Ich weiß. Ich erinnere mich.«

Der ilKhan stand auf. »Ich berufe dieses Große Konklave ein und stelle fest, daß wir noch immer unter dem von Nicholas Kerensky festgelegten Kriegsrecht stehen. Wir befinden uns im Kriegszustand und werden unsere Angelegenheiten den Umständen entsprechend regeln.«

Ein Nebelparder erhob sich von seinem Sitz. »Ich möchte dieser Feststellung widersprechen, ilKhan. Eure Übereinkunft mit Anastasius Focht hindert uns daran, unsere Invasion fortzusetzen. Aber während sie uns verbietet, weiter vorzustoßen, attackieren uns ComStar-Truppen hinter den Linien. Ihr habt nicht gut für uns verhandelt, und wir müssen Euch aus dem Amt entfernen, damit Eure Übereinkunft mit ihm widerrufen werden kann.«

Die Miene des ilKhans sandte einen kalten Schauer über Phelans Rücken. »Erst bestreitest du, daß wir uns im Krieg befinden, dann benutzt du die Tatsache, daß wir angegriffen werden, als Rechtfertigung für deine Forderung. Du hast mich nicht davon überzeugt, daß wir Frieden haben.«

Der Nebelparder nickte. »Ich beuge mich diesem Urteil nur zögernd, aber ich werde nicht widersprechen. Die Angelegenheit ist sehr ernst, ilKhan. Ich fordere das Große Konklave auf zu beschließen, daß Ihr bei Eurer Vereinbarung mit Anastasius Focht in der Ausführung unserer Beschlüsse versagt habt. Ihr habt ehrlich mit einem Verräter verhandelt — wie die bereits erwähnten Angriffe beweisen. Ich beantrage, Euch aus Eurem Amt zu entfernen und die Übereinkunft mit Focht für nichtig zu erklären.«

Eine Novakatze stand auf, um den Antrag zu unterstützen, und Ulric nahm ihn mit regloser Miene entgegen. »Der Antrag lautet demnach auf meine Absetzung und den Widerruf der Übereinkunft mit Anastasius Focht? Nun gut, dann wollen wir debattieren. Da wir unter Kriegsrecht stehen, werden wir nur jeweils einen Redner für und gegen den Antrag hören.« Mit der rechten Hand winkte er dem stehenden Nebelparder. »Du, Lincoln Osis von den Nebelpardern, wirst für deinen Antrag sprechen.« Seine linke Hand schlug einen weiten Bogen und deutete auf Phelan. »Du, Phelan Ward von den Wölfen, wirst gegen ihn sprechen.«

Der ilKhan drehte sich halb zu seinem Platz um, dann richtete er sich wieder auf. »Übrigens, Lincoln, es dürfte dich interessen, daß Focht uns von der Absetzung der Prima unterrichtet hat, die diese Angriffe hinter unseren Linien befahl. Wie du sicher von den wenigen Welten, die dein Clan besetzt hält, bereits erfahren hast, ist jeder Widerstand ComStars erloschen.«

Was soll ich sagen? Er blickte Natascha an, aber sie schüttelte nur den Kopf.

»Bleib dir treu, Phelan. Hör dir an, was Osis zu bieten hat, und dann zerschlage es.«

Mir treu bleiben. Er nickte und beobachtete Osis, der in die Mitte des Raumes trat.

Der Elementar breitete die Arme aus, um alle Khane einzuschließen. »Eidgefährten, wir haben gesehen, daß diese Vereinbarung nur dem Wolfsclan nützt. Weil ilKhan Ulric sorgfältig eine Linie ausgehandelt hat, die wir drei Generationen lang nicht überschreiten dürfen, wird er ilKhan bleiben, bis er stirbt, zurücktritt oder seines Amtes enthoben wird. Auf diese Weise hat er eine Vorherrschaft über uns etabliert, wie sie Nicholas Kerensky nie wollte, als er das Amt des ilKhans schuf.« Osis ballte die linke Hand zur Faust und hob sie an die Schulter. »Ulric und der Wolfsclan haben den Geist unserer Vereinbarung zur Eroberung der Inneren Sphäre konstant verletzt. Indem er sich das Recht nahm, eine Schlacht mit Focht auszuhandeln, hat er uns daran gehindert, uns mit ihm zu beraten oder unsere Meinung zu der Vereinbarung abzugeben. Wir sind nun alle durch einen Pakt gebunden, an dessen Aushandlung wir nicht beteiligt waren. Darüber hinaus hat Ulric beim Angriff auf Tukayyid nicht als ilKhan gehandelt. Er hat unsere Aktionen nicht koordiniert, und dadurch waren unsere Anstrengungen, die Welt zu erobern, vergebens!«

Der Elementar drehte sich um und schaute Ulric ins Gesicht. »Euer Widerwillen, was diese Invasion betrifft, ist allgemein bekannt. Eure Vereinbarung mit Focht hat Eurem Ziel geholfen, die Invasion zu stoppen, nicht unserem Ziel, den Sternenbund wiederherzustellen. Als Kriegsfürst gewählt, habt Ihr uns den Frieden gebracht, und dieser Frieden ist ohne Wert für uns. Eigentlich dürfte es nicht notwendig sein, daß ich eine Abstimmung verlange, um Euch abzusetzen; eigentlich müßtet Ihr von selbst zurücktreten. Da Ihr dazu keine Anstalten macht, muß ich die Abstimmung verlangen. Wir müssen Euch des Amtes entheben und weiter unser ursprüngliches Ziel verfolgen. Das ist der Wille der Clans. Das ist die Bestimmung, die wir zu erfüllen haben, und wir werden niemand gestatten, uns diesen Weg zu verbauen, weder Euch noch Eurer Vereinbarung.«

Osis kehrte an seinen Platz zurück, und Ulric blickte auf Phelan. Der junge MechKrieger wünschte sich, im Gesicht des ilKhans lesen zu können, was er dachte, erkennen zu können, wie er dieses Problem angehen würde, aber er konnte es nicht. Phelan zupfte an seinem Gürtel und berührte das kühle Metall der Hundekopfschnalle. *Bleib dir treu.*

»Wortbrüder, Wortschwestern«, sagte er beinahe scheu, und die Worte blieben ihm fast im Halse stecken. »Ich weiß nicht, welche Argumente und Diskussionen dazu geführt haben, die Invasion der Inneren Sphäre einzuleiten. Wie ihr wißt, wurde ich bei einem der ersten Gefechte in der Peripherie gefangengenommen. Daher kann ich nur über das sprechen, was ich von den Clans gesehen habe und über den ilKhan weiß.«

Auf Nataschas Gesicht blühte ein Lächeln auf, das Phelan ermutigte. »Du, Lincoln Osis, hast den ilKhan beschuldigt, all dies nur für das Wohl seines Clans getan zu haben, und hast behauptet, sein Widerwillen gegen diesen Kreuzzug sei allgemein bekannt. Wie kommt es dann, daß der Wolfsclan, dessen Invasionskorridor mehr Welten als jeder andere enthält, so schnell und so weit vorgedrungen ist? Ist ilKhan Ulrics Handlungsweise die eines ängstlichen, habgierigen oder zaudernden Führers? Doch offensichtlich nicht.« Phelan kniff die Augen zusammen und studierte die vor im aufgereihten Clantotems. »Der ilKhan hat erkannt, was euch verborgen geblieben ist. Ihr alle habt von einer Inneren Sphäre geträumt, die vom Krieg zerrissen ist und unfähig, eurem Ansturm zu widerstehen. Es stimmt, ihre Technologie ist weniger hoch entwickelt als eure, aber sie schließt schnell auf. Auf Wolcott hat euch das Draconis-Kombinat bei eurem eigenen Gebrauch des Bietens geschlagen. Ein Mitglied deines eigenen Blutnamenhauses starb, weil er die Schlacht dort so schlecht ausgehandelt hatte. Und auf Twycross haben wir ebenfalls den Geschmack der Niederlage gekostet.«

Er verschränkte die Hände hinter dem Rücken. »In der Zeit, die es uns kostete, Ulric zum ilKhan zu ernennen, hat die Innere Sphäre die Reihen geschlossen. Sie haben miteinander trainiert und Informationen ausgetauscht. Sie haben voneinander gelernt und begonnen, zwischen den Herrscherhäusern Technologien auszutauschen. Es ist uns gelungen, Völker zu einen, die nicht mehr zusammengearbeitet haben, seit unsere Vorfahren die Innere Sphäre hinter sich ließen. Und ja, auch wir haben in der Zeit seitdem gelernt und unsere Taktiken geändert, aber sie haben uns trotzdem besiegt.«

Er deutete auf Osis und den zweiten Khan der Nebelparder. »Ihr habt die Schlacht um Luthien verloren. Die Jadefalken haben bei dem Versuch versagt, Victor Steiner-Davion zu fangen. Wir haben Planeten erobert, aber die entscheidenden Siege blieben uns versagt. Wir haben diese Verluste abgetan und den Umständen angelastet. Auf Twycross beispielsweise lockte Kai Allard-Liao die Jadefalken in eine Falle. Auf Luthien standen euch neben dem Besten, was das Draconis-Kombinat zu bieten hatte, auch die Wolf-Dragoner und die Kell Hounds gegenüber. Auf Alyina war es wieder Kai Allard-Liao, der die für Victor Steiner-Davion ausgelegte Falle entschärfte. Danach ist er uns vier Monate lang entkommen, um schließlich *unsere* Leute aus dem Kerker zu holen, so daß sie die Welt von ComStar befreien konnten. Und Victor Steiner-Davion führte eine Eliteeinheit nach Teniente, um Hohiro Kurita zu befreien — von dessen Einkesselung wir überhaupt nichts wußten!«

Phelan fühlte sein Herz donnern, aber es war nicht mehr die Nervosität, die es trieb. Plötzlich sah er, was Ulric von ihm wollte. *Ich bin eine Fusion aus Clans und Innerer Sphäre. Ich weiß, ich verstehe, was Ulric nur erhoffen konnte.* Er nickte, dann schlug er mit der Faust in seine offene Handfläche.

»Ganz besondere Gegner, sagt ihr. Ganz besondere Umstände, stottert ihr. Ich widerspreche euch mit jeder Zelle meines Körpers! Ja, Kai ist besonders, und Victor ist es ebenso, und auch die Dragoner und die Hounds und die Genyosha, aber sie sind *nicht* einzigartig! Es gibt zahllose ganz besondere Menschen in den Nachfolgerstaaten. Die ComGuards hatten keinerlei Kampferfahrung, als sie auf Tukayyid gegen uns antraten. Die Wolf-Dragoner, gegen die ihr angetreten seid, waren alle Waisen, die am Ende des letzten Krieges adoptiert wurden, oder freigeborene Nachkommen der Wolfsclan-Mitglieder, die ursprünglich in die Nachfolgerstaaten aufgebrochen sind. Seht mich an. In den Nachfolgerstaaten war an mir nur meine Familie und meine Starrköpfigkeit bemerkenswert. Zugegebenermaßen war mir letztere bei den Clans eine Hilfe, aber hätte ich mein Studium am Nagelring abgeschlossen, wäre ich nur ein ganz gewöhnlicher MechKrieger geworden — wahrscheinlich hätte ich es nicht einmal zum Oberleutnant gebracht. Und doch stehe ich hier unter euch, den Führern der Clans, habe einen Stern befehligt und einen Blutnamen gewonnen.«

Er zeigte hinter sich auf den ilKhan. »Das ist die Wahrheit, die der ilKhan erkannt hat. Dreihundert Jahre Zucht haben uns nicht so weit von einander entfernt. Würden wir weiterkämpfen, wäre es der Kampf eines Messers gegen den Schleifstein. Ja, wir würden schärfer werden, wir würden große Siege erringen, aber letztendlich würde nichts von uns übrigbleiben. Die Vereinbarung des ilKhans mit Focht hat uns die Zeit gekauft, die wir brauchen, um uns auf die Zukunft vorzubereiten. Diese Invasion wird nie wieder die schnellen Siege bringen, die wir zu Anfang errungen haben. ComStar hat uns bewiesen, daß unsere Taktiken nicht für einen langen Konflikt geeignet sind. Ihr habt euch darauf nicht vorbereitet und verloren. Der Wolfsclan hat sich darauf vorbereitet und gewonnen.«

Phelan hob den Kopf. »Die Eroberung der Nachfolgerstaaten und ihre anschließende Verwaltung wird mit Gewißheit lange dauern. In den fünfzehn kurzen Jahren, die uns der ilKhan erkauft hat, können wir die Stützpunkte errichten, die wir zur Fortsetzung unserer Eroberung benötigen. Er ist seiner Rolle als Kriegsfürst gerecht geworden, denn er hat die Niederlage am Horizont gesehen und verhindert, daß wir ihr in die Arme rennen. Setzt ihn ab, negiert die Vereinbarung, und lange bevor sie abgelaufen wäre, werden die Clans nur noch eine Erinnerung sein.«

Phelan kehrte an seinen Platz zurück, wo ihn Natascha mit einem Augenzwinkern begrüßte. Ulric schenkte ihm ein kaum wahrnehmbares Nicken, dann wandte er sich an die versammelten Khane. »Ihr habt die Argumente gehört. Bewertet sie und trefft eure Entscheidung. Soll der ilKhan abgesetzt und seine Vereinbarung mit ComStar verworfen werden? Was sagt ihr, Kinder Kerenskys?«

»Nein«, riefen Phelan und Natascha mit einer Stimme, und ihre Stimmen waren nicht in der Minderheit.

Als die Monitore erloschen und die anderen Khane den Raum verließen, kam Ulric zu Phelan und Natascha herüber. »Du hast ihnen gezeigt, was ich ihnen nie klarmachen konnte.«

»Danke, ilKhan.« Phelan zuckte die Schultern. »Der Beschluß war nicht einstimmig. Die Verlierer hätten einen Entscheidungskampf verlangen können. Warum haben sie darauf verzichtet?«

»Weil sie genau wußten, daß ich dich und Natascha aufgefordert hätte, die Entscheidung zu verteidigen, und damit wäre die Sache ziemlich schnell erledigt gewesen.« Während Phelan und die Schwarze Witwe noch lachten, zog Ulric eine Holodisk unter seinem Mantel hervor. »Die ist für dich.«

Phelan zögete. Er erinnerte sich daran, daß die letzte

Holodisk, die er erhalten hatte, von Cyrilla gestammt hatte. »Will ich sie sehen?«

»Ich denke schon. Anastasius Focht hat sie uns überspielt. Du warst so überzeugend, weil du zum Teil zu den Clans gehörst und zum Teil der Inneren Sphäre. Ich will nicht, daß du dieses Erbe vergißt.« Er drückte die Disk in Phelans Rechte. »Sie stammt von deinem Vater und enthält unter anderem seine Annahme meiner Einladung, uns zu besuchen.«

48

Sitz des Ersten Bereichs ComStars
Hilton Head Island, Nordamerika, Terra

16. Juni 3052

Der Präzentor Martialum beobachtete die Mitglieder des Ersten Bereichs, als sie ihre Plätze hinter den kristallinen Podesten einnahmen, von denen aus sie ihn so häufig verhört hatten. Ulthan Everson und Huthrin Vandel rieben sich die Handgelenke. Sie wirkten magerer als bei seinem letzten Besuch hier. Gardner Riis war trübsinnig wie immer; die Wochen in einer Kerkerzelle hatten weder seiner Laune noch seiner weißlichen Hautfarbe gutgetan. Präzentorin Sian Jen Li und Präzentorin Atreus Demona Aziz schienen ihre Haft besser überstanden zu haben, aber sie nahmen ihre alte Position nur zögernd wieder ein.

»Willkommen zurück im Ersten Bereich.« Focht stand an dem Platz, den normalerweise die Prima einnahm, und begrüßte sie mit offenen Armen. »Es freut mich, euch alle so gesund wiederzusehen.«

»Was hat dieses empörende Schauspiel zu bedeuten, Focht?« Everson zeigte zur Tür der Kammer und auf die beiden bewaffneten ComGuardisten, die sie bewachten. »Warum sind wir festgehalten worden, und warum stehen Wachtposten hier in dieser Kammer? Warum ist die Prima nicht hier, um sich für unsere Verhaftung zu verantworten? Beim Blute Blakes, ich hätte nie erwartet, daß ausgerechnet du dich dazu hergibst, sie zu decken.«

Focht hob die Arme. »Beruhige dich, Präzentor Tharkad. Du hattest eine gewisse Unanehmlichkeit, aber du bist nicht verletzt worden. Nachdem deine Robe nicht mehr spannt, würde ich sogar sagen, daß du von deinem Kerkeraufenthalt profitiert hast.«

»Ha!« Huthrin Vandel stemmte sich auf sein Podest.

»Das hört sich an, als sei Einzelhaft eine bloße Lapalie. Die Prima wird für diese Ungeheuerlichkeit bezahlen. Ich habe kaum genug zu essen bekommen. Ich fühlte mich wie tot.«

»Ein passender Vergleich. 40 Prozent meiner Com-Guards sind es tatsächlich.« Er gab den Präzentoren Zeit, diese Information zu verdauen, dann legte er die Stirn in tiefe Falten. »Euretwegen, aufgrund von Aktionen, die ihr ausgeführt oder unterlassen habt, haben weit mehr Menschen als nötig ihr Leben verloren. Wir werden einige Veränderungen an ComStar vornehmen, *grundlegende* Veränderungen, um sicherzustellen, daß sich so etwas niemals wiederholt.«

Garner Riis hob den Kopf. »Wovon redest du? Was soll das? Ich habe nichts getan.«

»Exakt, Präzentor Rasalhaag, du hast *nichts* getan. Du hast nichts getan, um der Prima klarzumachen, daß ihre Vorstellungen zu Maßnahmen gegen die Innere Sphäre und die Clans verrückt waren. Sie hat ComStar dazu gebracht, den Clans zu helfen, weil sie wollte, daß die Clans die Völker vernichten, zu deren Schutz Jerome Blake diesen Orden gegründet hat. Im Namen des Wiederaufbaus der Menschheit wollte die Prima sie noch gründlicher in die Tiefe stürzen, als sie es bereits von eigener Hand geschafft hat.« Focht wies mit dem Finger reihum auf alle Mitglieder des Ersten Bereichs, beendete die Bewegung jedoch, bevor er Sharilar Mori erreichte. »Niemand von euch hat hier gegen ihre Aktionen protestiert. Hat irgend jemand unter euch draußen gegen sie gearbeitet?«

Everson verschränkte die Arme vor der Brust. »Wir haben getan, was wir konnten.«

»Wirklich? Warum haben die Leute in deinem Verwaltungsgebiet Davion-Nachzügler in von ComStar geführte Gefangenenlager gebracht, obwohl es keine Mühe gekostet hätte, sie abfliegen zu lassen? Was ging in eurem Hirn vor, als ihr Nachrichten unterschlagen habt, die den Familien dieser Krieger ihr Überleben mitteilten, oder — schlimmer noch — ihnen gefälschte Todesmeldungen geschickt habt?« Er schüttelte den Kopf. »Manchmal habe ich mich gefragt, ob ausgerechnet diejenigen, die sich den Schutz der Menschheit zur Aufgabe gemacht haben, vergessen haben, was es heißt, ein Mensch zu sein.«

Präzentorin Sian drapierte ihr langes schwarzes Haar über die Schultern der scharlachroten Robe. »Wir haben getan, was die Prima anordnete.«

»Wirklich?« Focht spießte sie mit einem stählernen Blick auf. »Und in deinem Falle hieß das, durch die Übermittlung einer Botschaft den Attentäter zu aktivieren, der Justin Allard tötete. Du hast Romano Liao gestattet, einen Mann zu töten, dessen Können lebenswichtig für die Verteidigung der Inneren Sphäre gegen die Clans war. Für dich, für euch haben meine Leute ihr Leben gelassen?«

»Warum greifst du uns an? Die Prima trägt die Verantwortung für all das. Es ist ihre Schuld.« Riis sah sich unter seinen Mitpräzentoren um. »Wir wollen ihr das Amt aberkennen, sie ausschließen. Sie ist seit Jahren verrückt.« Er sah zu Focht hoch. »Ist das kein Schritt in die richtige Richtung?«

»Doch.« Er zog den Nadler aus der Hosentasche. »Etwas verspätet, aber immerhin.«

Everson wurde bleich. »Sie ist tot?«

»Ja. Ich habe euch die schmutzige Arbeit abgenommen.« Er hob die Pistole in die Höhe, dann steckte er sie wieder ein. »Jetzt werdet ihr ein paar Dinge für mich tun. Es wird Zeit, ComStar zu reformieren.«

Vandel zuckte die Schultern. »Wenn wir über schwerwiegende Fragen zu reden haben, verlange ich, daß du deine Soldaten fortschickst. Unsere Beratungen sind vertraulich.«

Focht schüttelte den Kopf. »Sie hören nur, was sie hören sollen.«

Die blonde Präzentorin Atreus zitterte vor Wut. »Das ist unglaublich. Dieser Mann erzählt uns, die Prima sei tot — ermordet —, und jetzt will er uns Veränderungen in unserem Heiligen Orden diktieren, während seine Bewaffneten uns geiseln! Das können wir uns nicht gefallen lassen.«

»Spar dir deine rechtschaffene Empörung für später auf. Du hast dir in den letzten drei Jahren noch weit schlimmere Verbrechen gefallen lassen.« Focht nickte Sharilar Mori zu. »In den letzten acht Tagen haben Präzentorin Dieron und ich einen Plan ausgearbeitet, der es uns ermöglicht, den angerichteten Schaden zu reparieren und einen Plan zu unserer Mission, als Prometheus für die der Technologie verlustig gegangenen Menschheit zu fungieren. Computer, ComGuardabriß 1.«

Auf Fochts Befehl hin projizierte der Computer eine Organisations- und Ausrüstungstabelle der ComGuards in die Mitte des Saales. Sie drehte sich langsam um die eigene Achse, bevor sie sich in kleinere Versionen vor den einzelnen Podesten auflöste. »Wie ihr sehen könnt, werden die ComGuards in eine hochmobile Einsatztruppe umgewandelt. Im Laufe der Zeit werden wir wieder die Gefechtsstärke erreichen, die wir vor Tukayyid hatten, aber zunächst wird jede unserer Armeen mit vier Divisionen auskommen müssen. Kurzfristig werden wir Truppen auf den Welten der Freien Republik Rasalhaag stationieren, um Abenteuer des Kombinats oder Vereinigten Commonwealth zu unterbinden.«

Demona Aziz kniff die grünen Augen zusammen. »Wenn du das machst und die Truppen an den vorgegebenen Orten stationiert werden, bleiben die meisten unserer Anlagen ungeschützt.«

»Durch die zweite Hälfte unseres Planes werden sie keinen Schutz benötigen.« Focht sah sich im Kreis der Präzentoren um, dann setzte er ein ironisches Lächeln auf. »Als ich half, die Schreckensgalerie zu entfernen, die auf Befehl der Prima in der Halle der Geschichte aufgebaut worden war, hatte ich Gelegenheit, einige der Gegenstände in den Jerome Blake-Exponaten durchzusehen. Dabei stieß ich auf ein Exemplar des ersten Buches, das Jerome Blake geschrieben hat. Sein Inhalt wird euch wahrscheinlich ebenso überraschen, wie es mir erging. Dieses Buch Blakes behandelte ein höchst technisches Problem auf eine allgemein verständliche Art.«

Vandel hieb mit der Faust auf sein Podest. »Du lügst, Focht! Ich habe Jerome Blake studiert, und ich sage dir, ein solches Buch gibt es nicht.«

Die Posten an der Tür luden ihre Gewehre durch.

»Natürlich kann ich mich irren«, setzte der Präzentor New Avalon hastig hinzu.

»Es stimmt, Huthrin. Dies ist keine Lüge, wie die vielen anderen, die unter dem Deckmantel der ›Entdeckung‹ neuer Tagebücher Blakes verbreitet wurden. Angesichts seines offenkundigen Talents, auch komplexe Zusammenhänge denen verständlich zu machen, die sonst kaum in der Lage gewesen wären, sie zu verstehen, müssen wir Blakes Pläne und Vorstellungen in neuem Licht betrachten. Wir können ihn nicht länger als einen Mann sehen, der glaubte, ComStar dürfe warten, bis sich die Menschheit in die Steinzeit zurückgebombt hat, bevor wir ihr die Technologie zurückgeben. Im Gegenteil, er hat darauf bestanden, daß ComStar, sollte dies drohen, eingreifen *muß,* um Information und Technologie nicht untergehen zu lassen.«

»Häresie!« Demona starrte Focht mit wildem Blick an. »Du bist eine Natter an unserem Busen. Wir haben das Wort Blakes verletzt, als wir die ComGuards formten, und wir haben uns selbst verdammt, als wir dich an ihre Spitze stellten. Das ist Häresie, und ich werde es nicht dulden.«

Focht blickte sie mitleidig an. »Wenn du das schon für Häresie hältst, warte, bis ich fertig bin. Wir werden eine ähnliche Rolle einnehmen, wie wir sie für die Clans übernommen haben, und die Völker der Nachfolgerstaaten im Einsatz der Technologie unterrichten. Wir werden ihnen Wissen zukommen lassen, das ihr Leben leichter macht.«

Präzentorin Atreus lief violett an.

Riis schürzte die Lippen. »Alles in allem läuft es darauf hinaus, ComStar zu säkularisieren.«

»Kaum. Wir werden die ComGuards säkularisieren, aber das dürfte nicht weiter schwierig sein. Die meisten sind junge Rekruten oder MechKrieger, die bereits mit einer gesunden Abneigung gegen ComStars magische Auswüchse gesegnet sind. Im Gegensatz zum Großteil der Bevölkerung auf den abgelegeneren Welten, kennen sie die Wunder der Technologie und wissen, daß ein gezielter Tritt oft mehr bewirkt als ein Gebet, wenn etwas nicht funktioniert. Wir werden nur grundlegende, einfache Informationen lehren, um die Lebensqualität zu verbessern, aber absolut nichts, was sich militärisch nutzen läßt. Man wird unsere Techs auch weiter benötigen, um die HPGs in Betrieb zu halten, aber die Nationen werden die Anlagen selbst verwalten und den Bau neuer Stationen finanzieren.«

Everson kaute auf der Unterlippe. »Das würde unsere Auswirkungen auf die Gesellschaft vergrößern, ohne uns zur Bedrohung zu machen. Zusätzlich könnte es die Beziehungen zu den Nachfolgerfürsten verbessern.«

Jen Li nickte. »Es ist keine radikale Abwendung von unserer Tätigkeit unter der Clanherrschaft, aber anstatt nur Propaganda zu verbreiten, würden wir tatsächlich etwas Positives leisten. Das einzige Problem besteht darin, daß wir unseren Leuten so lange eingetrichtert haben, selbst der Verrat der winzigsten technologischen Information an Außenstehende sei Häresie und ein Grund zur Exkommunikation. Das könnte schwierig werden.«

Demona fand ihre Stimme wieder. »Ich kann nicht glauben, was ich höre! Uns ist eine heilige Pflicht anvertraut, und ihr diskutiert hier, als sei ComStar nicht mehr als ein Konzern, der seinen Marktanteil verbessern will. Ich bete, daß euch der Geist Jerome Blakes in euren Träumen verfolgt.«

Focht fing einen Blick Sharilar Moris auf und zwinkerte ihr zu. »Wo du es gerade erwähnst, Präzentorin Atreus. Jerome Blake ist mir bereits im Traum erschienen. Er sagte, wir hätten ihn völlig mißverstanden. Laß mich zitieren: ›Technologie hat nichts Mystisches. Mystisch ist nur, wozu die Technologie den Menschen befähigt. Wir dürfen weder Geizhälse noch Verschwender sein, sondern Lehrer.‹«

»Blasphemie, aber was soll man vom Mörder der Prima anderes erwarten?« Demona blickte hektisch um sich. »Ihr seid alle im Bund mit ihm und habt Myndo Waterlys Blut an den Händen. Ich werde dieses üble Spiel nicht mitmachen.«

Sie drehte sich um und schritt hocherhobenen Hauptes zur Tür. Die Posten wollten sie aufhalten, aber Focht bedeutete ihnen mit einer Geste, sie gehen zu lassen. Die Tür schloß sich hinter ihr, und Focht bemerkte, wie die anderen die Ohren spitzten und auf Schüsse lauschten.

»Ihr wird nichts geschehen. Ein Trupp ComGuardisten wird sie zu einem wartenden Landungsschiff eskortieren. Sie wird zu einem Sprungschiff gebracht, das sie in etwa einer Woche in der Liga Freier Welten abliefern wird.«

Sharilar Mori nickte. »Wir haben erwartet, daß es ein paar Unbelehrbare gibt, die diese Öffnung ComStars nicht akzeptieren können. Wir erwarten, daß Demona Thomas Marik zum ›Exilprimus‹ ausruft. Da sie aber zumindest kurzfristig die Ersatzteile für die Hyperpulsgeneratoren von uns beziehen muß, wird sie die Beziehungen nicht abbrechen. Wahrscheinlich wird sie in der Liga Freier Welten eine Zuflucht für all jene bilden, die ebenfalls unfähig sind, die Veränderungen bei ComStar anzunehmen. Aber mit der Zeit wird sie nachgeben müssen, wenn die Liga Freier Welten mit den übrigen Staaten mithalten will.«

Focht rückte die Augenklappe zurecht. »Bezweifelt noch jemand die Wahrheit meines Traumes?«

Everson schüttelte den Kopf. »Er könnte ein paar Ausschmückungen vertragen, um ihn dem Format ähnlicher Erleuchtungen in der Geschichte anzupassen, aber das ist machbar.«

»Hervorragend.« Focht winkte den Posten zu, und sie öffneten die Türen. »Nun ist es an euch, den Fürsten der Nachfolgerstaaten den neuen ComStar-Orden zu präsentieren. Anschließend können wir damit beginnen, den Schaden zu beheben, den die Menschheit durch unsere Nachlässigkeit erlitten hat.«

49

New Avalon
Mark Crucis, Vereinigtes Commonwealth

17. Juni 3052

Victor Steiner-Davions Magen drohte durch seine Kehle zu hüpfen, als der leichte Scouthubschrauber vom Typ *Frettchen* nach vorne aus dem Mechhangar des Landungsschiffes kippte. Er fiel 200 Meter auf die dunkle, schlafende Stadt zu, bevor der Pilot die Rotoren in Betrieb setzte. Dabei zog er den Bug hoch und warf Victor zurück in den Sitz.

Der junge Prinz blickte zu Galen. »Siehst du, ich habe dir doch gesagt, es geht.«

Galen Cox, dessen Gesicht in den drei Jahren, seit sie sich kennengelernt hatten, noch nie so bleich gewesen war, nickte schwach. »Sie konnten nicht einfach auf der Royal Brigade-Basis landen wie alle andern, oder? Sie mußten unbedingt ein Lufttaxi zum Palast haben.«

Victor zuckte die Schultern. »Eigentlich sind wir erst in einem Monat fällig. Wir hatten Glück, daß die Schiffe warteten, als wir im System ankamen.«

»Ich frage mich, was daran Glück sein soll, eine Botschaft vorauszuschicken, die ihnen befiehlt zu warten.« Langsam kehrte etwas Farbe in Galens Gesicht zurück. »Ehrlich gesagt freue ich mich darauf, Avalon City zu sehen — bei Tag. Ein Rundflug um drei Uhr morgens hat auch seinen Reiz, aber es fehlt ihm die Farbe, die in den Reisebroschüren versprochen wird.«

»Du sollst deinen Rundflug haben, mein Freund. Morgen wird gefeiert. Wir feiern unser Überleben, und wenn die Nachricht von den Jadefalken stimmt, feiern wir auch noch Kais Rückkehr von den Toten!«

»Typisch Kai.« Der blonde Hauptmann schüttelte den Kopf. »Wahrscheinlich ist er auf Alyina getötet worden

— mehrmals sogar, aber er ist zurückgekehrt, weil er Ihnen versprochen hat, Sie in zwanzig Jahren zu treffen, und er Sie nicht enttäuschen wollte.«

Victor erinnerte sich an Kais lachendes Gesicht und den Selbstmordangriff *Yen-lo-wangs* auf Alyina, der ihm das Leben gerettet hatte. *Irgendwie traue ich ihm zu, von den Toten zurückzukehren.* Er wurde nüchtern. »Ich frage mich, ob Kai vom Tod seiner Eltern weiß?«

Galen zuckte die Achseln. »Ich glaube kaum, daß er den ganzen Weg nach New Avalon hinter sich bringt, ohne daß irgend jemand ihm unterwegs kondoliert.«

»Gleich morgen früh werde ich eine Holodisk aufnehmen und mit Priorität Alpha abschicken. Mein Vater wollte, daß ich es ihm sage. Wenn das schon nicht geht, will ich ihm wenigstens mein Mitgefühl ausdrücken.«

»Das wird ihn sicher freuen.«

Durch ein Fenster in der Steuerbordwand sah Victor den Palast auftauchen. »Wir sind über dem Friedenspark. Siehst du, da liegt der Palast. Die Frontansicht bleibt die ganze Nacht beleuchtet, für nachtwandelnde Touristen, deswegen liegen meine Zimmer nach hinten. Im vorderen Teil sind nur Büroräume.«

Galen deutete auf eine Reihe aus drei von innen beleuchteten Fenstern. »Sieh mal an, es gibt auch in der Regierung Nachteulen.«

Victor kniff die Augen zusammen und schirmte sie mit der Linken ab. »Kein Wunder. Das ist das Büro meines Vaters. Wahrscheinlich ist er wieder am Schreibtisch eingeschlafen.«

Die beiden Männer lachten, während der Hubschrauber über den Palast schwenkte und in einem Scheinwerferrund auf der hinteren Rasenfläche aufsetzte. Victor bedankte sich beim Piloten, und die beiden stiegen aus. Vornübergebeugt rannten sie aus dem Scheinwerferkreis und hielten die Mützen fest, als der Hubschrauber mit einem starken Windstoß wieder abhob.

Als sie sich aufrichteten, salutierte ein Mann in der

Leibwächteruniform des Geheimdienstministeriums. »Wilkommen daheim, Prinz Victor. Wie Ihr angeordnet habt, wurde niemand von Eurer Rückkehr unterrichtet. Der Haushalt schläft.«

Victor nickte. »Mein Vater ist noch in seinem Büro?«

»Ja, Sir, zumindest war er es vor fünf Minuten. Minister Mallory brachte ihm etwa vor einer Stunde eine Holodisk mit Priorität, aber Euer Vater hat sie allein betrachtet.«

»Tja, der Haushalt schläft.«

Der Leibwächter grinste. »Ich denke ja, Sir.« Er blickte zu Galen hinüber. »Wir haben für Hauptmann Cox eine Suite neben Euren Räumen hergerichtet. Das Schloß reagiert auf Ihre Dienstnummer, Hauptmann.«

»Danke, Lieutenant.«

Victor setzte sich in Richtung des hinteren Palasteingangs in Bewegung, und der Sicherheitsoffizier eskortierte ihn auf der Linken, während Galen rechts neben ihm ging. »Wir werden meinen Vater überraschen und uns anschließend zurückziehen.«

»Vielleicht habt Ihr mehr Glück bei dem Versuch, ihn in sein Schlafzimmer zu bringen, Hoheit. Er verbringt soviel Zeit in seinem Büro, daß die Posten an der Tür inzwischen glauben, er hat Wurzeln geschlagen.«

Victor hörte die Besorgnis in der Stimme des Mannes. »Ich weiß Ihre Offenheit zu schätzen, Lieutenant. Ich werde sehen, was ich tun kann.«

Der Lieutenant kehrte in sein Büro im Erdgeschoß zurück, während Victor und Galen die breite Marmortreppe zum zweiten Stock hinauf gingen. An einer wuchtigen Bronzestatue des Kriegsgottes Ares schwenkten sie in einen langen Korridor, der von Marmorsäulen flankiert wurde. Die Wände trugen eine prächtige Wandmalerei, auf der die Geschichte von Haus Davion abgebildet war. Victor wurde langsamer, damit Galen das Gemälde betrachten konnte.

»Da ist sie, Galen: die Geschichte der Menschheit aus Sicht der Davions.«

Sein Begleiter grinste. »Etwas einseitig, aber jetzt, wo wir alle eine große, glückliche Familie sind, braucht mich das nicht mehr zu stören, oder?«

»Na ja, es hilft, daß die Vereinigten Sonnen und das Lyranische Commonwealth nie eine gemeinsame Grenze hatten, um die sie hätten kämpfen können.« Victor schnupperte. »Hmmm, keine frische Farbe. Ich schätze, die Untoten sind noch nicht für die Nachwelt festgehalten worden.«

»Verdammt, schon wieder von den Geschichtsbüchern ignoriert!«

Die beiden Posten an der Tür zu Hanse Davions Büro nahmen Haltung an und salutierten, als Victor sich näherte. Die beiden MechKrieger erwiderten den Gruß, dann öffnete einer der Posten leise die schwere Bronzetür. Victor und Galen schlichen lautlos in den Raum und grinsten sich an.

Hanse Davion saß in einem großen Ohrensessel hinter seinem Schreibtisch. Der Sessel war zur Seite gedreht, so daß nur ein Stück seines Profils zu sehen war. Ihm gegenüber stand der Holodiskbetrachter, aber das Kinn des Prinzen lag auf seiner Brust, und er schien zu schlafen.

Als Victor sich dem Schreibtisch näherte, ertönte aus den Lautsprechern des Holodiskbetrachters plötzlich die gedämpfte Musik der capellanischen Hymne. Victor drehte sich zu dem Schirm um, auf dem das Wappen der Konföderation allmählich von Sun-Tzu Liaos Gesicht verdrängt wurde. Er blieb stehen, ebenso Galen.

Sun-Tzu lächelte. »Prinz Davion, bei meinen Staatsgeschäften anläßlich des Todes meiner Eltern entdeckte ich die Holodisk, die Euer Agent Justin Allard für meinen Großvater hinterließ. Ich nehme an, Ihr wißt, daß diese Holodisk meinen Großvater den letzten brüchigen Halt in der Realität kostete. Ich denke, sie hat auch den

Geisteszustand meiner Mutter geschädigt — oder vielleicht sollte ich sagen, weiter geschädigt. Angesichts dieser Wirkung dachte ich mir, ich erwidere das Kompliment und nehme diese Botschaft für Euch auf. Natürlich weiß ich, daß Ihr zu stark seid, um auf ähnliche Weise getroffen zu werden.« Der neue Kanzler der Konföderation Capella setzte sich auf den Rand eines Steinschreibtisches. »Aber wenn Euch diese Aufnahme ein, zwei Stunden Schlaf kostet, betrachte ich die Kosten bereits als gerechtfertigt.«

Victor sah zu seinem Vater hinüber und grinste. »Wieder daneben, Sun-Tzu.«

»Wie Ihr wißt, Prinz Davion, ist mein Reich klein und nicht allzu mächtig. Der St. Ives-Pakt ist wie ein Dolch auf unsere Eingeweide gerichtet. Mein Onkel Tormana ist in der Besatzungszone, die Ihr Mark Sarna nennt, aktiv gegen uns tätig. Er agitiert gegen uns, schickt Agenten in die Konföderation und droht ständig mit einer neuen Invasion, um den Rest der Konföderation zu ›befreien‹. Natürlich würde ich einen Eroberungsfeldzug Eurerseits nicht gerade eine Befreiung nennen. Es ist mir klar, daß ein Angriff gegen ihn oder den St. Ives-Pakt Selbstmord wäre. Ihr würdet meine kleine Nation augenblicklich zerschlagen. Aber selbst mit dem Versprechen, Euch nie anzugreifen, könnte ich die Bedrohung, die Ihr für mein Reich darstellt, nicht entschärfen. Daher habe ich Schritte eingeleitet, unser Überleben sicherzustellen.«

Die Kamera holte Sun-Tzus Gesicht langsam heran. »Wiederum gemäß einer Tradition, die Ihr meinem Großvater gegenüber begründet habt, möchte ich Euch persönlich von meinen Heiratsplänen unterrichten. Ich habe erfolgreich um die Hand von Isis Marik angehalten. Die Zeremonie wird noch im Verlauf dieses Jahres auf Atreus stattfinden. Ich würde Euch Einzelheiten oder sogar eine Einladung zukommen lassen, aber angesichts Eures Verhaltens bei der letzten Verbindung zweier Nachfolgerreiche halte ich es für klüger, wenn Ihr zu Hause bleibt.«

Victor starrte ungläubig auf den Schirm. *Sun-Tzu heiratet eine Marik? Das verbündet die Konföderation mit der Liga Freier Welten, die mit ganzer Kraft neue Mechs und Ausrüstung für den Kampf gegen die Clans produziert. Wieviel davon wird jetzt für die Verteidigung der Konföderation umgeleitet werden?*

»Ich wünsche Euch frohes Schaffen, Prinz Davion. Konzentriert Euch voll auf den Kampf gegen die Clans. Einen Krieg gegen mich solltet Ihr *nicht* ins Auge fassen.«

Das Bild verblaßte, dann erschien wieder das capellanische Wappen, und die Hymne erklang. Mit angewidertem Gesicht deutete Victor auf die Maschine. »Ein Endlosband. Stell sie ab.« Er drehte sich zu seinem Vater um. »Ein Wunder, daß er dabei schlafen konnte.«

»Hat ihn wohl schon nach dem ersten Mal gelangweilt.«

Victor trat näher an den Schreibtisch, dann sah er, daß der Kopf seines Vaters in einem unnatürlichen Winkel zur Seite hing. Sofort wußte er, daß etwas nicht in Ordnung war. Er stürzte vor und sprang um den Schreibtisch vor die Füße seines Vaters. »Mein Gott, Galen, irgendwas ist geschehen!«

Hanse Davion bewegte sich nicht, obwohl Victor unmittelbar neben ihm gestanden hatte, als er aufschrie. Sein Gesicht wirkte grau, die Lider waren geschlossen. Victor packte ihn unter den Achseln und erkannte an der Blaufärbung der Lippen, daß sein Vater im Sterben lag.

»Vater, Vater!« Victor zerrte ihn hoch und stieß den Sessel weg. »Galen, er hat einen Herzanfall! Er atmet kaum noch.«

Als Victor seinen Vater auf den Boden legte, kehrte die Farbe in sein Gesicht zurück. Hanse öffnete die Augen und blickte durch seinen Sohn hindurch. Dann nahm er ihn wahr, und die Andeutung eines Lächelns öffnete seinen Mund. Er packte Victors Schulter. »Victor?«

»Ich bin hier, Vater. Hilfe ist unterwegs. Bleib ganz ruhig.«

»Victor.« Hanse Adriaan Davion sah seinen Sohn stolz an, dann schloß er für immer die Augen.

EPILOG

Palast der Einheit
Luthien

20. Juni 3052

Lieber Victor,
mit großer Trauer haben wir die Nachricht vom Ableben deines Vaters vernommen. Er war ein bemerkenswerter Mann. Als er von seinem Tod hörte, bemerkte mein Vater, daß das Kombinat selbst jetzt, angesichts der Bedrohung durch die Clans, keine Gegner mehr hat, die seiner würdig sind.

Ich wurde informiert, daß dein Vater bis zum Ende des Monats aufgebahrt wird, bevor er in einer privaten Zeremonie in der Familiengruft beigesetzt wird. Ich soll anfragen, ob es uns gestattet ist, eine Delegation des Kombinats zum Begräbnis zu entsenden. Es ist nicht Mangel an Respekt, der meinen Vater oder Großvater daran hindert, diese Delegation zu begleiten, aber die Umstände des Krieges gegen die Clans machen es ihnen unmöglich, Luthien zu verlassen. Mit unseren ergebensten Entschuldigungen bitten wir um die Erlaubnis zur Entsendung einer Delegation weniger hochgestellter Mitglieder der Familie, sofern unsere Anwesenheit angemessen und erwünscht ist.

In deiner Schuld,

Omi

ANHANG

Rangentsprechungen im Militär der
Inneren Sphäre um 3050 bei den Kell Hounds,
im Vereinigten Commonwealth,
im Draconis-Kombinat und in der Freien
Republik Rasalhaag

Glossar

Karte der Inneren Sphäre

Karte der Inneren Sphäre
Kernwärtiger Sektor

Schiffs- und BattleMech-Typen

RANGENTSPRECHUNGEN

im Militär der Inneren Sphäre um 3050

KELL HOUNDS	VEREINIGTES COMMONWEALTH
OFFIZIERSRÄNGE:	
	Marshal of the Armies
	Feldmarschall
	Marschall
Oberst	Generalhauptmann
Oberstleutnant	Lieutenant General
Kommandanthauptmann	Kommandant
Hauptmann	Hauptmann
Oberleutnant	Lieutenant
MANNSCHAFTSRÄNGE:	
Hauptfeldwebel	Hauptfeldwebel
Stabsfeldwebel	
Feldwebel	Sergeant
Obergefreiter	Corporal
Gefreiter	
Schütze	Schütze

DRACONIS-KOMBINAT OFFIZIERSRÄNGE:	FREIE REPUBLIK RASALHAAG
Tai-shu (Kriegsherr)	Överbefälhavere
Tai-sho	General
Sho-sho	Generalmajor
Tai-sa	Överste-Löjtnant
Chu-sa	Överste
Sho-sa	Major
Tai-i	Kapten
Chu-i	Löjtnant

MANNSCHAFTSRÄNGE:

Sho-ko	Fanjunkare
Kashira	
Shujin	
Gunso	Sergeant
Go-cho	Korpral
Gunjin	
Heishi	Menig
Hojujei	

GLOSSAR

Autokanone: Eine automatische Schnellfeuerkanone. Leichte Fahrzeugkanonen haben Kaliber zwischen 30 und 90 mm, während eine schwere Mechautokanone ein Kaliber von 80 bis 120 mm oder mehr besitzen kann. Die Waffe feuert in schneller Folge panzerbrechende Hochexplosivgranaten ab. Durch die Beschränkungen in der Zielerfassungstechnik der BattleMechs sind Autokanonen in ihrer effektiven Reichweite auf 600 Meter begrenzt.

BattleMech: BattleMechs sind die gewaltigsten Kriegsmaschinen, die je von Menschen erbaut wurden. Diese riesigen humanoiden Panzerfahrzeuge wurden ursprünglich vor über 500 Jahren von terranischen Wissenschaftlern und Technikern entwickelt. Sie sind schneller und manövrierfähiger in jedem Gelände, besser gepanzert und schwerer bewaffnet als jeder Panzer des 20. Jahrhunderts. Sie ragen zehn bis zwölf Meter hoch auf und sind bestückt mit Partikelprojektorkanonen, Lasergeschützen, Schnellfeuer-Autokanonen und Raketenlafetten. Ihre Feuerkraft reicht aus, jeden Gegner mit Ausnahme eines anderen BattleMechs niederzumachen. Ein kleiner Fusionsreaktor liefert ihnen nahezu unbegrenzt Energie. BattleMechs können auf Umweltbedingungen so verschieden wie glühende Wüstenei und arktische Eiswüsten eingestellt werden.

Bluterbe: Die Geschichte der Blutnamensträger eines bestimmten Blutrechts wird Bluterbe genannt.

Blutname: Als Blutname wird einer der ursprünglich achthundert Familiennamen jener Krieger bezeichnet, die während des Exodus-Bürgerkrieges auf Seiten von Nicholas Kerensky standen. (Derzeit existieren nur noch 760 dieser Namen. Vierzig Namen wurden nach dem Hochverrat eines der ursprünglich zwanzig Clans getilgt.) Diese achthundert waren die Basis des ausgedehnten Zuchtprogramms der Clans. Das Recht, einen dieser Nachnamen zu tragen, ist seit Einführung dieses Systems der Wunschtraum jedes Kriegers. Nur jeweils fünfundzwanzig Krieger dürfen gleichzeitig einen bestimmten Blutnamen tragen. Stirbt einer von ihnen, wird ein Wettbewerb abgehalten, um einen neuen Träger zu bestimmen. Ein Anwärter muß zunächst anhand seiner Abstammung sein Anrecht auf den Blutnamen nachweisen und anschließend eine Abfolge von Duellen gegen seine Mitbewerber gewinnen. Nur Blutnamensträger haben das Recht, an einem Clankonklave teilzunehmen und zum Khan oder ilKhan gewählt zu werden. Die meisten Blutnamen wurden im Laufe der Zeit einer oder zwei Kriegerklassen vorbehalten. Es gibt jedoch einzelne, besonders angesehene Blutnamen — wie Kerensky —, die dadurch ihren genetischen Wert bewiesen haben, daß sie von herausragenden Kriegern aller drei Klassen (MechKrieger, Jägerpiloten und Elementare) getragen wurden.

Blutnamen werden matriliniear vererbt. Da ein Krieger nur über seine Mutter erben kann, besteht nie ein Anrecht auf mehr als einen Blutnamen.

Blutrecht: Ein spezieller Blutname und die Reihe seiner Träger werden als Blutrecht bezeichnet. Jeder Blutname besitzt fünfundzwanzig Blutrechte. Ein Blutrecht ist kein Stammbaum nach unseren Begriffen, da die Krieger, die ein Blutrecht tragen, möglicherweise nur durch die gemeinsame Abstammung von einem einzelnen Vorfahren verwandt sind. Wie bei Blutnamen sind auch manche Blutrechte angesehener als andere, was hauptsächlich vom Bluterbe abhängt.

Im übertragenen Sinne wird der Begriff Blutrecht auch für den Kampf um einen Blutnamen gebraucht.

Blutung: Ein anderer Name für den Positionstest, mit

dem entschieden wird, ob sich ein Kandidat zum Clankrieger qualifiziert. Dazu muß er mindestens einen von drei aufeinanderfolgenden Gegnern besiegen. Besiegt er zwei oder alle drei, erhält er einen Offiziersposten. Besiegt er keinen der drei Gegner, wird er einer niedrigeren Kaste zugeteilt.

Clans: Beim Zerfall des Sternenbundes führte General Aleksandr Kerensky, der Oberkommandierende der Regulären Armee des Sternenbundes, seine Truppen beim sogenannten Exodus aus der Inneren Sphäre in die Tiefen des Alls. Nachdem sie sich weit jenseits der Peripherie niedergelassen hatte, zerfiel auch die Sternenbundarmee. Aus der Asche der Zivilisation, die Kerensky hatte aufbauen wollen, entstanden die Clans.

ComStar: Das interstellare Kommunikationsnetz ComStar wurde von Jerome Blake entwickelt, der in den letzten Jahren des Sternenbunds das Amt des Kommunikationsministers innehatte. Nach dem Zusammenbruch des Bundes eroberte Blake Terra und organisierte die Überreste des Sternenbund-Kommunikationsnetzes in eine Privatorganisation um, die ihre Dienste mit Profit an die fünf Häuser weiterverkaufte. Seitdem hat sich ComStar zu einem mächtigen Geheimbund entwickelt, der sich in Mystizismus und Rituale hüllt. Initiaten des ComStar-Ordens müssen sich zu lebenslangem Dienst verpflichten.

Elementare: Die mit Kampfanzügen ausgerüstete Eliteinfanterie der Clans. Diese Männer und Frauen sind wahre Riesen, die speziell für den Einsatz der von den Clans entwickelten Rüstungen gezüchtet werden.

Die Erinnerung: *Die Erinnerung* ist ein noch nicht abgeschlossenes Heldenepos, das die Geschichte der Clans von der Zeit des Exodus bis zur Gegenwart beschreibt. *Die Erinnerung* wird ständig erweitert, um neuere Ereignise einzubeziehen. Jeder Clan verfügt über eine eigene Version dieses Epos, in der seine speziellen Meinungen und Erfahrungen verarbeitet sind. Alle Clankrieger können ganze Verse dieses riesigen Gedichtes aus dem Gedächtnis zitieren, und es ist durchaus nicht ungewöhnlich, Passagen auf OmniMechs, Luft/Raumjägern und sogar Rüstungen zu finden.

frapos/franeg: Diese Clanredewendungen werden am Ende rhetorischer Fragen benutzt. Wird eine bejahende Antwort erwartet, benutzt man *frapos* (Frage positiv). Erwartet man eine verneinende Antwort, benutzt man *franeg* (Frage negativ). Die entsprechenden Antworten sind *pos* bzw. *neg.*

Freigeboren: Ein Mensch, der auf natürlichem Wege gezeugt und geboren wurde, ist freigeboren. Da die Clans so großen Wert auf ihr Zuchtprogramm legen, gelten Freigeborene von vornherein als minderwertig.

Freigeburt: Diese Verwünschung wird von wahrgeborenen Mitgliedern der Kriegerkaste benutzt und ist eine tödliche Beleidigung für einen anderen wahrgeborenen Krieger. Sie drückt im allgemeinen Widerwillen oder Frustration aus.

Geschko: Eine Gruppe von Kindern (Geschwisterkompanie) des Zuchtprogramms der Kriegerkaste, die wahrscheinlich von denselben Eltern abstammen und gemeinsam aufgezogen werden. Während sie heranwachsen, werden sie ständig getestet. Bei jedem Test scheiden Mitglieder der Geschko aus und werden in niedrigere Kasten abgeschoben. Eine Geschko besteht zunächst aus etwa zwanzig Kindern, von denen beim abschließenden Test noch etwa vier oder fünf übrig sind. Diese Tests und andere Erlebnisse binden die überlebenden ›Geschkinder‹ so eng aneinander, daß sie häufig lebenslanges Vertrauen und Verständnis füreinander zeigen.

KSR: Abkürzung für ›Kurzstreckenrakete‹. Es handelt sich um ungelenkte Raketen mit hochexplosiven oder panzerbrechenden Sprengköpfen.

Landungsschiffe: Da Sprungschiffe die inneren Bereiche eines Sonnensystems generell meiden müssen und sich dadurch in erheblicher Entfernung von den bewohnten Planeten einer Sonne aufhalten, werden für interplanetare Flüge Landungsschiffe eingesetzt. Diese werden während des Sprungs an die Antriebsspindel des Sprungschiffes angekoppelt. Landungsschiffe besitzen selbst keinen Überlichtantrieb, sind jedoch sehr beweglich, gut bewaffnet und aerodynamisch genug, um auf Planeten mit einer Atmosphäre aufzusetzen bzw. von dort aus zu starten. Die Reise vom Sprungpunkt zu den bewohnten Planeten eines Systems erfordert je nach Spektralklasse der Sonne eine Reise von mehreren Tagen oder Wochen.

Laser: Ein Akronym für ›Light Amplification through Stimulated Emission of Radiation‹ oder Lichtverstärkung durch stimulierte Strahlungsemission. Als Waffe funktioniert ein Laser, indem er extreme Hitze auf einen minimalen Bereich konzentriert. BattleMechlaser gibt es in drei Größenklassen: leicht, mittelschwer und schwer. Laser sind auch als tragbare Infanteriewaffen verfügbar, die über einen als Tornister getragenen Energiespeicher betrieben werden. Manche Entfernungsmeßgeräte und Zielerfassungssensoren bedienen sich ebenfalls schwacher Laserstrahlen.

Leibeigener: Ein gefangener Krieger wird als Leibeigener bezeichnet und als Mitglied der Arbeiterkaste angesehen, bis der Clan, von dem er gefangen wurde, ihn entläßt oder wieder in die Kriegerkaste erhebt. Ein Leibeigener wird nicht durch Fesseln gebunden, sondern durch seine Ehre. Die Tradition verlangt, daß selbst Blutnamensträger, die im Kampf gefangen werden, eine Weile als Leibeigene dienen müssen. Alle Leibeigenen tragen eine Leibeigenenkordel. Dabei handelt es sich um einen geflochtenen Armreif, dessen Grundfarbe die Clanzugehörigkeit und dessen Streifen die Einheit kennzeichnen, die ihn gefangen hat.

LSR: Abkürzung für ›Langstreckenrakete‹, zum indirekten Beschuß entwickelte Raketen mit hochexplosiven Gefechtsköpfen.

Nachfolgerfürsten: Die fünf Nachfolgerstaaten werden von Familien regiert, die ihre Herkunft von einem der ursprünglichen Lordräte des Sternenbunds ableiten. Alle fünf Hausfürsten erheben Anspruch auf den Titel des Ersten Lords. Sie kämpfen seit Ausbruch der Nachfolgekriege im Jahre 2786 gegeneinander. Ihr Schlachtfeld ist die riesige Innere Sphäre, bestehend aus sämtlichen einstmals von den Mitgliedsstaaten des Sternenbunds besetzten Sonnensystemen.

OmniMech-Namen: Im Verlauf der Clan-Invasion haben die Streitkräfte der Inneren Sphäre den verschiedenen OmniMech-Typen der Clans, denen sie begegnet sind, Codenamen zugeteilt. Die folgende Liste führt die bei den Clans gebräuchlichen Namen für diese Mechtypen auf.

Codename	*Clan-Name*	*Codename*	*Clan-Name*
Daishi	Höhlenwolf	Loki	Höllenbote
Fenris	Eismarder	Masakari	Kriegsfalke
Galeere	Gargoyle	Puma	Natter
Geier	Bluthund	Ryoken	Sturmkrähe
Gladiator	Henker	Schwarzfalke	Nova
Katamaran	Waldwolf	Sprinter	Feuervogel
Koshi	Grauluchs	Thor	Nemesis
Libelle	Viper	Uller	Rotfuchs

Peripherie: Jenseits der Grenzen der Inneren Sphäre liegt die Peripherie, das weite Reich bekannter und unbekannter Systeme, das sich bis in die interstellare Nacht erstreckt. Die einstigen terranischen Kolonien in der Peripherie wurden durch den Zerfall des Sternenbundes technologisch, wirtschaftlich und politisch verwüstet. Derzeit ist die Peripherie größtenteils Zufluchtsort für Banditenkönige, Raumpiraten und Ausgestoßene.

PPK: Abkürzung für ›Partikelprojektorkanone‹, einen magnetischen Teilchenbeschleuniger in Waffenform, der hochenergiegeladene Protonen- oder Ionenblitze verschießt, die durch Aufschlagskraft und hohe Temperatur Schaden anrichten. PPKs gehören zu den effektivsten Waffen eines BattleMechs.

Seyla: Dieses Wort ist ungefähr gleichbedeutend mit ›Einheit‹. Es handelt sich um eine rituelle Antwort, die bei bestimmten Zeremonien gefordert wird. Ursprung und exakte Bedeutung des Wortes sind unbekannt, aber es wird nur mit äußerstem Respekt und Ehrfurcht verwendet.

Sprungschiffe: Interstellare Reisen erfolgen mittels sogenannter Sprungschiffe, deren Antrieb im 22. Jahrhundert entwickelt wurde. Der Name dieser Schiffe rührt von ihrer Fähigkeit her, ohne Zeitverlust in ein weit entferntes Sonnensystem zu ›springen‹. Es handelt sich um ziemlich unbewegliche Raumfahrzeuge aus einer langen, schlanken Antriebsspindel und einem enormen Solarsegel, das an einen gigantischen Sonnenschirm erinnert. Das gewaltige Segel besteht aus einem Spezialmaterial, das gewaltige Mengen elektromagnetischer Energie aus dem Sonnenwind des jeweiligen Zentralgestirns zieht und langsam an den Antriebskern abgibt, der daraus ein Kraftfeld aufbaut, durch das ein Riß im Raum-Zeit-Gefüge entsteht. Nach einem Sprung kann das Schiff erst weiterreisen, wenn es durch Aufnahme von Sonnenenergie seinen Antrieb wieder aufgeladen hat.

Sprungschiffe reisen mit Hilfe ihres Kearny-Fuchida-Antriebs in Nullzeit über riesige interstellare Entfernungen. Das K-F-Triebwerk baut ein Raum-Zeit-Feld um das Sprungschiff auf und öffnet ein Loch in den Hyperraum. Einen Sekundenbruchteil später materialisiert das Schiff am Zielsprungpunkt, der bis zu 30 Lichtjahre weit entfernt sein kann.

Sprungpunkte sind die Positionen innerhalb eines

Sonnensystems, an denen die Anziehung des Systems nahezu Null beträgt, eine der Grundvoraussetzungen für das Funktionieren des K-F-Antriebs. Die Entfernung vom Zentralgestirn eines Systems ist abhängig von dessen Masse und beträgt im Regelfall einige zehn Millionen Kilometer. Jeder Stern besitzt zwei Hauptsprungpunkte. Diese befinden sich am Zenit des Systems, über dem Nordpol der Sonne, und am Nadir, über dem Südpol. Es existieren eine unbegrenzte Zahl weiterer Sprungpunkte, die aber nur selten benutzt werden.

Sprungschiffe landen niemals auf einem Planeten und reisen nur sehr selten in die inneren Bereiche eines Systems. Interplanetarische Flüge werden von Landungsschiffen ausgeführt, Raumschiffen, die bis zum Erreichen des Zielpunktes an das Sprungschiff gekoppelt bleiben.

Sternenbund: Im Jahre 2571 wurde der Sternenbund gegründet, um die wichtigsten nach dem Aufbruch ins All von Menschen besiedelten Systeme zu vereinen. Der Sternenbund existierte annähernd 200 Jahre, bis 2751 ein Bürgerkrieg ausbrach. Als das Regierungsgremium des Sternenbunds, der Hohe Rat, sich in einem Machtkampf auflöste, bedeutete dies das Ende des Bundes. Jeder der Hausfürsten rief sich zum neuen Ersten Lord des Sternenbunds aus, und innerhalb weniger Monate war die gesamte Innere Sphäre im Kriegszustand. Dieser Konflikt hält bis zum heutigen Tage, knapp drei Jahrhunderte später, an. Die Jahrhunderte nahtlos ineinander übergehender Kriege werden in toto als die ›Nachfolgekriege‹ bezeichnet.

Wahrgeboren/Wahrgeburt: Ein wahrgeborener Krieger ist aus dem Zuchtprogramm der Clan-Kriegerkaste hervorgegangen.

KARTEN DER INNEREN SPHÄRE

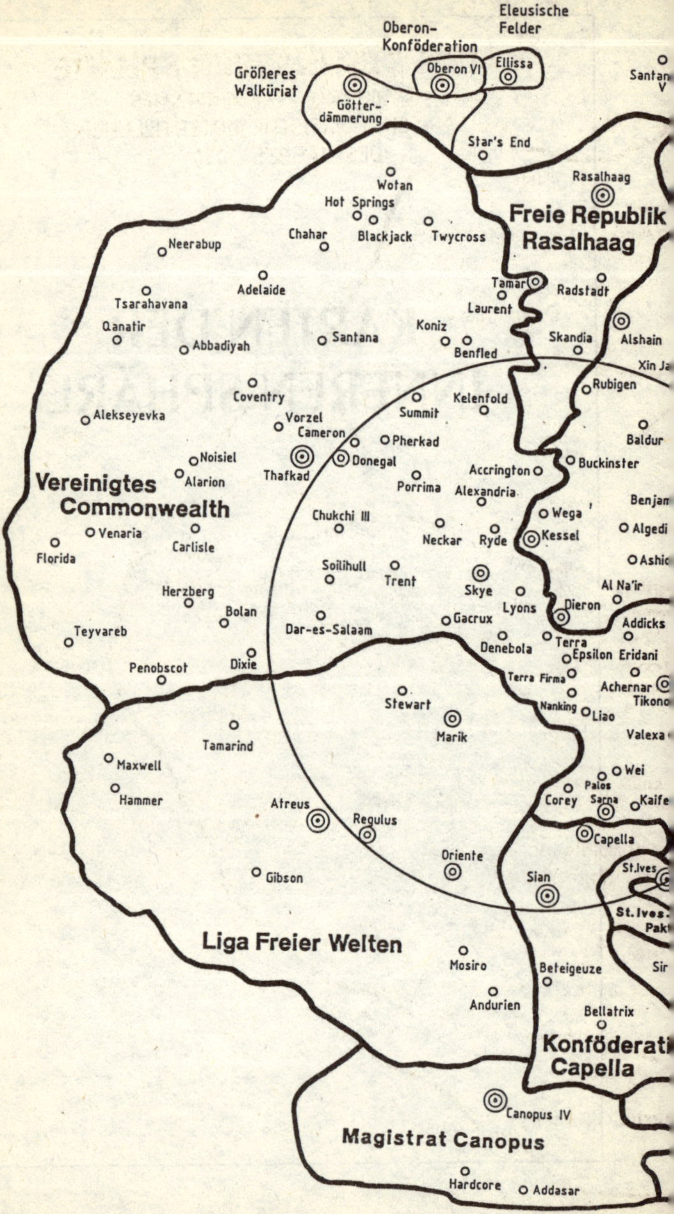

Eleusische Felder
Oberon-Konföderation
Oberon VI
Ellissa
Größeres Walküriat
Götterdämmerung
Star's End
Wotan
Hot Springs
Chahar
Blackjack
Twycross
Rasalhaag
Freie Republik Rasalhaag
Neerabup
Adelaide
Tsarahavana
Tamar
Radstadt
Laurent
Qanatir
Abbadiyah
Santana
Koniz
Benfled
Skandia
Alshain
Coventry
Kelenfold
Rubigen
Alekseyevka
Summit
Vorzel
Cameron
Pherkad
Baldur
Noisiel
Thafkad
Donegal
Buckinster
Alarion
Accrington
Vereinigtes Commonwealth
Porrima
Alexandria
Chukchi III
Wega
Venaria
Carlisle
Neckar
Ryde
Kessel
Algedi
Florida
Soilihull
Trent
Skye
Herzberg
Lyons
Al Na'ir
Bolan
Dieron
Teyvareb
Dar-es-Salaam
Gacrux
Addicks
Denebola
Terra
Epsilon Eridani
Penobscot
Dixie
Terra Firma
Achernar
Stewart
Nanking
Liao
Marik
Tamarind
Maxwell
Wei
Palos
Hammer
Corey
Sarna
Atreus
Regulus
Capella
Oriente
St.Ives
Gibson
Sian
Liga Freier Welten
Mosiro
Beteigeuze
Andurien
Bellatrix
Canopus IV
Magistrat Canopus
Hardcore
Addasar

KARTE DER INNEREN SPHÄRE

UND WICHTIGER PERIPHERIESTAATEN

MILITÄRISCH/POLITISCHE UNTERTEILUNGEN

DES JAHRES 3050

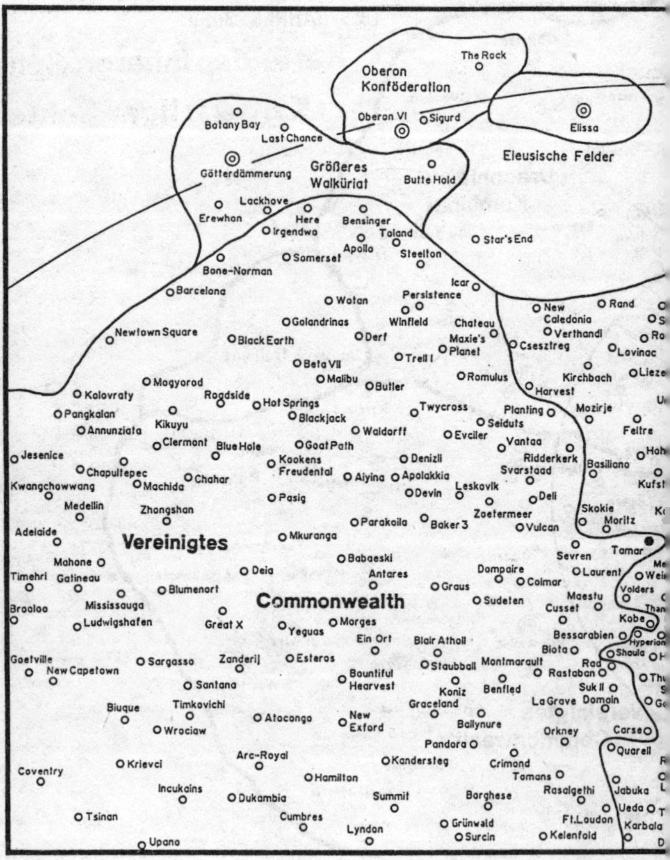
The Rock
Oberon Konföderation
Oberon VI
Sigurd
Elissa
Eleusische Felder
Botany Bay
Last Chance
Götterdämmerung
Größeres Walküriat
Butte Hold
Lackhove
Erewhon
Here
Bensinger
Irgendwo
Toland
Apollo
Steelton
Star's End
Somerset
Bone-Norman
Barcelona
Icar
Persistence
Wotan
Winfield
Golandrinas
New Caledonia
Rand
Verthandi
Chateau
Maxie's Planet
Csesztreg
Lovinac
Newtown Square
Black Earth
Derf
Trell I
Beta VII
Malibu
Butler
Romulus
Kirchbach
Mogyorod
Harvest
Kolovraty
Roadside
Hot Springs
Twycross
Planting
Mozirje
Pangkalan
Kikuyu
Blackjack
Seiduts
Annunziata
Waldorff
Evciler
Feltre
Clermont
Blue Hole
Goat Path
Vantaa
Jesenice
Kookens Freudental
Denizli
Ridderkerk
Basiliano
Chapultepec
Chahar
Aiyina
Apolakkia
Svarstaad
Kwangchowwang
Machida
Leskovik
Deli
Pasig
Devin
Medellin
Zhongshan
Skokie
Parakoila
Baker 3
Zoetermeer
Moritz
Vulcan
Adelaide
Vereinigtes
Mkuranga
Tamar
Sevren
Mahone
Babaeski
Timehri
Gatineau
Deia
Antares
Dompaire
Laurent
Colmar
Volders
Blumenort
Graus
Maestu
Broaloo
Mississauga
Commonwealth
Sudeten
Cusset
Ludwigshafen
Great X
Yeguas
Morges
Kobe
Ein Ort
Blair Atholl
Bessarabien
Hyperion
Biota
Shaula
Goetville
Sargasso
Zanderij
Esteros
Staubball
Montmarault
Rad
New Capetown
Bountiful Hearvest
Rastaban
Santana
Koniz
Benfled
Suk II
Graceland
La Grave
Domain
Biuque
Timkovichi
Atocongo
New Exford
Ballynure
Wroclaw
Orkney
Carse
Pandora
Quarell
Arc-Royal
Krievci
Kandersteg
Crimond
Coventry
Hamilton
Tomans
Incukains
Summit
Borghese
Rasalgethi
Jabuka
Dukambia
Ueda
Tsinan
Cumbres
Ft. Loudon
Grünwald
Karbala
Lyndon
Surcin
Kelenfold
Upano

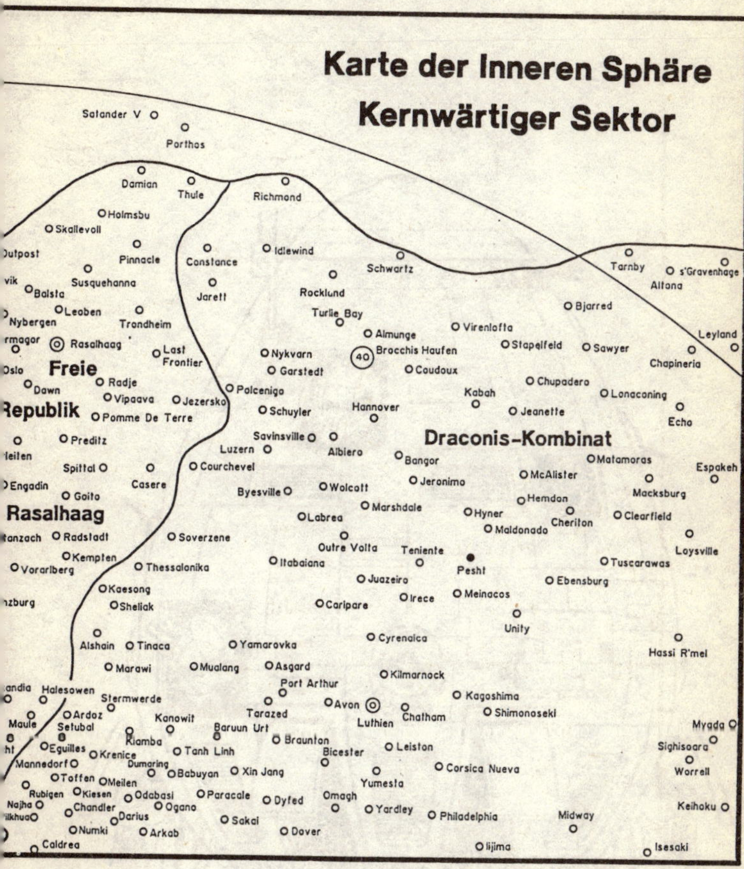

Karte der Inneren Sphäre
Kernwärtiger Sektor
Satander V
Porthos
Damian
Thule
Richmond
Holmsbu
Skallevoll
Pinnacle
Constance
Idlewind
Schwartz
Tarnby
s'Gravenhage
Altona
Susquehanna
Jarett
Rocklund
Balsta
Leoben
Trondheim
Turtle Bay
Bjarred
Nybergen
Almunge
Virenlofta
Rasalhaag
Last Frontier
Nykvarn
Brocchis Haufen
40
Stapelfeld
Sawyer
Leyland
Chapineria
Oslo
Freie
Garstedt
Coudoux
Dawn
Radje
Polcenigo
Chupadero
Vipaava
Jezersko
Kabah
Lonaconing
Republik
Pomme De Terre
Schuyler
Hannover
Jeanette
Echo
Preditz
Savinsville
Albiero
Draconis-Kombinat
Luzern
Spittal
Casere
Courchevel
Bangor
Matamoras
Espakeh
Engadin
Goito
Jeronimo
McAlister
Byesville
Wolcott
Macksburg
Rasalhaag
Marshdale
Hemdon
Labrea
Hyner
Cheriton
Clearfield
Radstadt
Soverzene
Maldonado
Outre Volta
Teniente
Loysville
Kempten
Peshf
Vorarlberg
Thessalonika
Itabaiana
Tuscarawas
Juazeiro
Ebensburg
Kaesong
Irece
Meinacos
Sheliak
Caripare
Unity
Alshain
Tinaca
Yamarovka
Cyrenaica
Hassi R'mel
Marawi
Mualang
Asgard
Kilmarnock
Halesowen
Port Arthur
Stermwerde
Kagoshima
Ardoz
Tarazed
Avon
Chatham
Shimonoseki
Maule
Setubal
Kanowit
Baruun Urt
Luthien
Myada
Klamba
Braunton
Sighisoara
Eguilles
Krenice
Tanh Linh
Bicester
Leiston
Mannedorf
Dumaring
Worrell
Babuyan
Xin Jang
Corsica Nueva
Toffen
Meilen
Yumesta
Rubigen
Kiesen
Odabasi
Paracale
Dyfed
Omagh
Keihoku
Najha
Chandler
Ogano
Yardley
Philadelphia
Midway
Darius
Sakai
Numki
Arkab
Dover
Caldrea
Iijima
Isesaki

SCHIFFS- UND BATTLEMECH-TYPEN

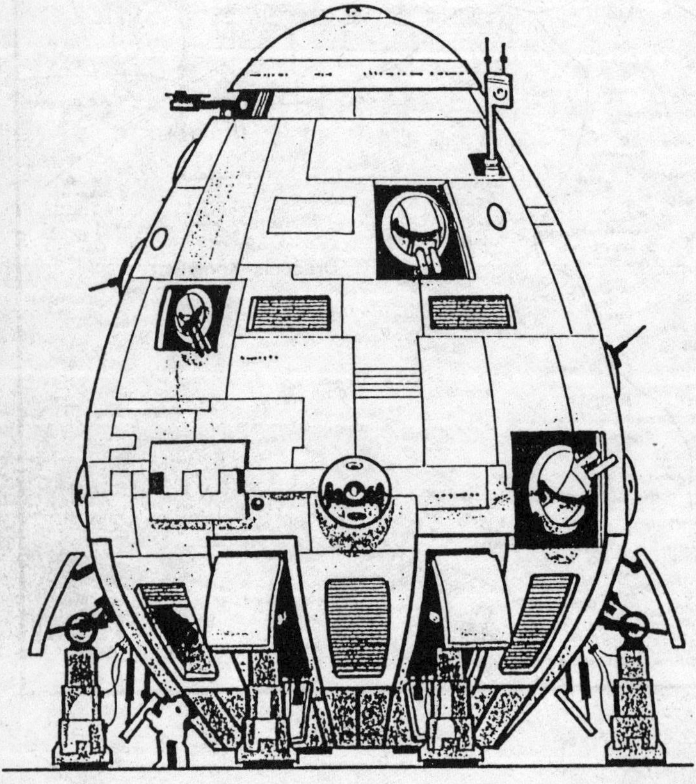

Landungsschiff der Overlord-Klasse

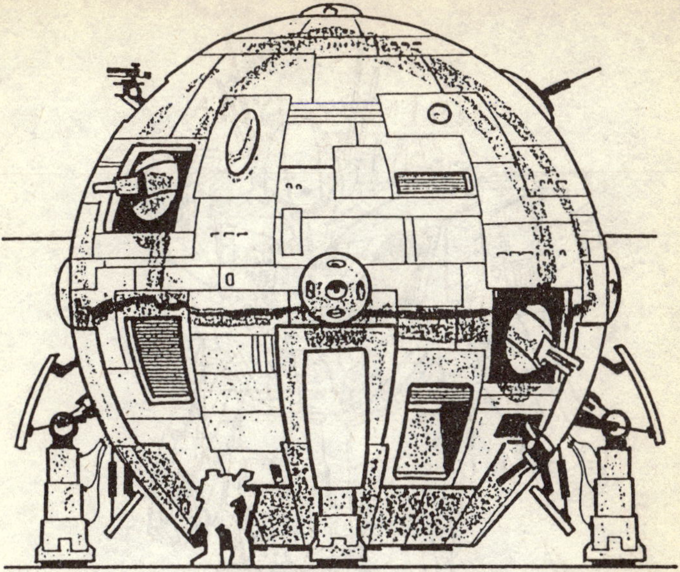

Landungsschiff der Union-Klasse

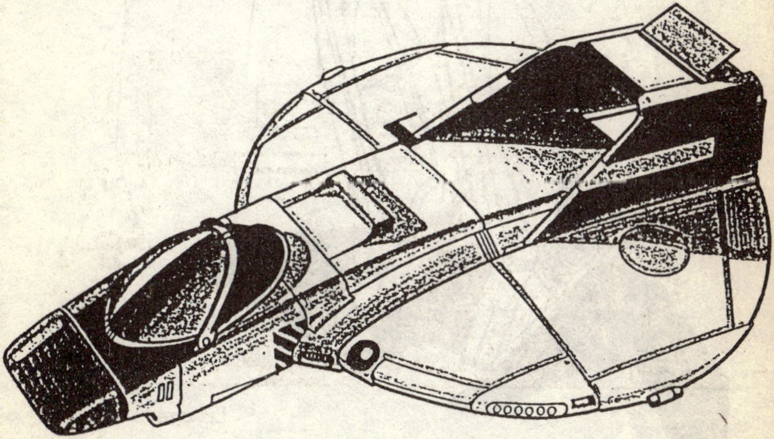

Drossel

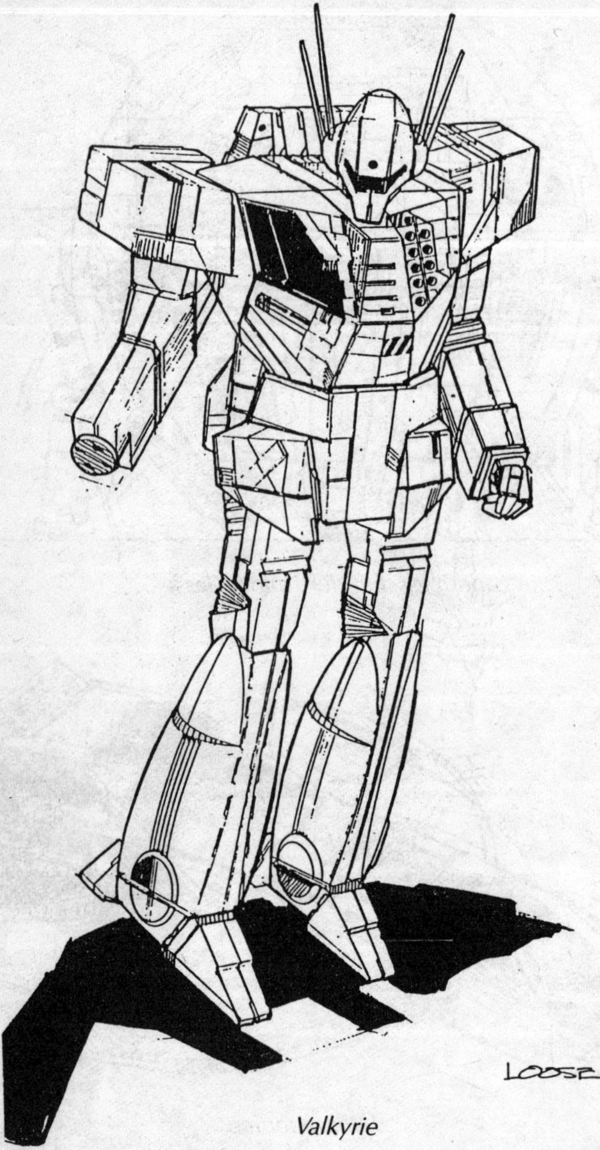

Valkyrie

Kriegshammer

Centurion

Totschläger

Heuschreck

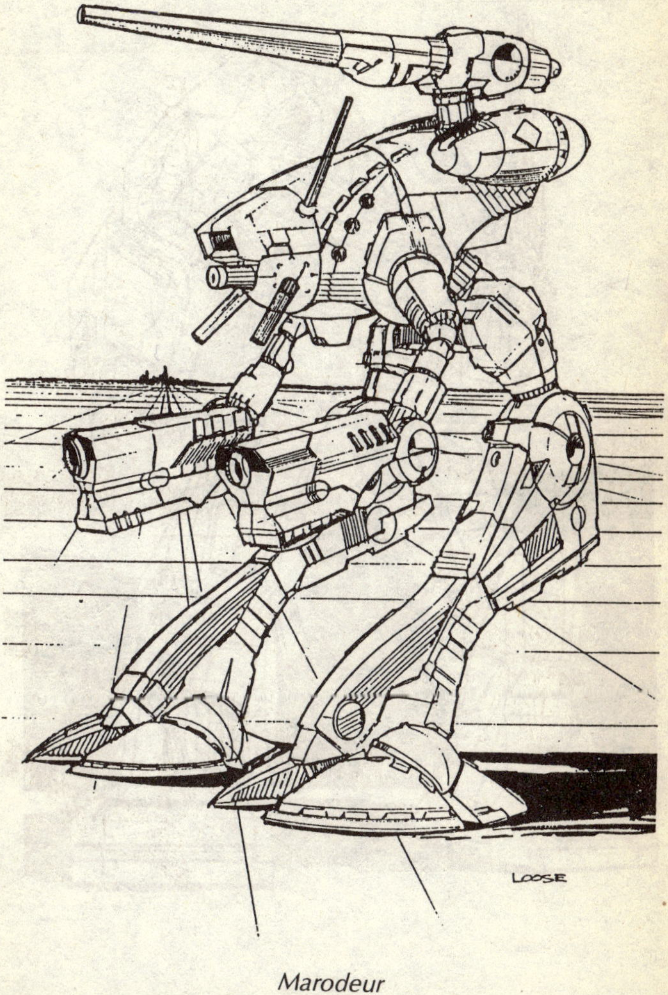

Marodeur

Greif

Kampftitan

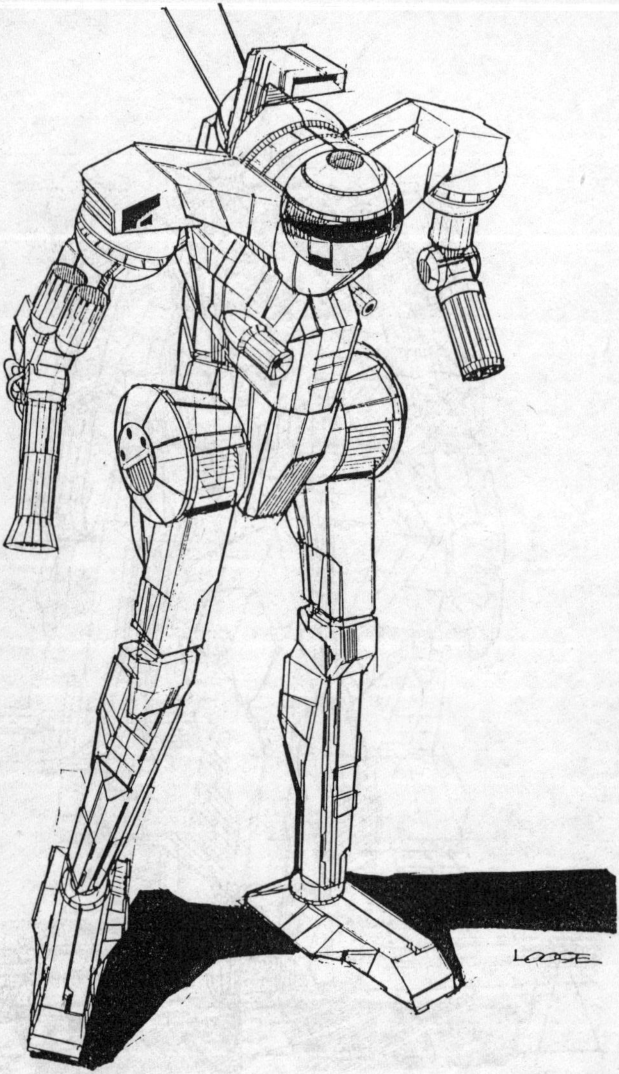

Vulkan

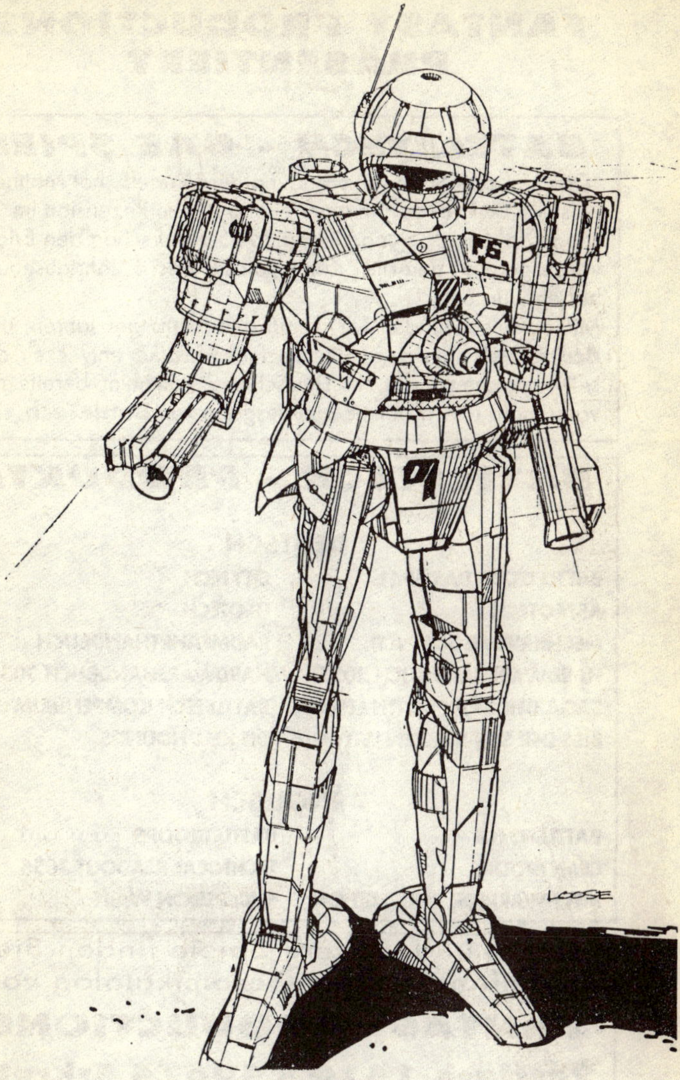

Brandstifter